좋은글 대사전
2ND

마음긍정을 위한 아름다운 희망글, 좋은글의 모든 것

지혜 인생 인연 삶
사랑 처세 행복 희망
리더노력 긍정 감사
마음 용서 성공 가족

좋은글 대사전 2ND

| 좋은글연구회, 이민홍 엮음 |

| 차례 |

지혜 • 깨달음

인생 • 인연

삶 • 만남

사랑 • 겸손

처세 • 인내 • 도덕

행복 • 평화

희망 • 꿈

리더 • 지식

노력 • 고뇌

긍정 • 믿음

감사 • 기타

마음 • 감정

용서 • 배려

성공 • 시작

가족 • 결혼 • 친구

| 머리말 |

마음을 열어 자신을 보라. 넓고 포근한 나 자신을 꿈과 희망으로 맞이하지 않는가.
생각을 열어 거울을 보라. 그리고 자신의 생각을 미소로 맞이하라.

삶이란 자신의 생각과 마음대로 보인다고 한다. 기쁜 마음엔 기쁨이, 유쾌한 마음엔 유쾌하게, 우울한 마음엔 우울하게, 슬픈 마음엔 슬프게,.......

옛부터 현대까지 수많은 성인, 학자, 철학자, 시인, 소설가, 문장가, 일반인들까지 가슴에 새기면 좋은 글들을 많이 남겼다. 좋은 글은 마음에 보약이며, 희망이며, 꿈이다.

이 책은 여러 가지 여건이 안 좋아 절판을 하였으나 좋은글대사전을 사랑하는 많은 분들의 요청에 의해 새롭게 다시 발행하게 되었다. 많은 부분을 새롭게 단장했어야 하지만 좋은 글 특성상 한계점들이 많아 부분별로 수정 보완했음을 명시한다.

그동안 이 작업에 참여해 주신 많은 분들께 감사의 말씀을 드린다. 그리고 이렇게 좋은 글을 수록할 수 있도록 좋은 글을 남겨주신 수많은 분들께 다시 한 번 깊은 감사를 드린다.

좋은글연구회, 지산 이민홍

그렇게 어두운 꿈은 아니랍니다

인생은 현자들이 말하는 것처럼
그렇게 어두운 꿈은 아니랍니다.

때로는 아침에 조금 내리는 비가
화창한 날을 예고하지요.

때로는 우울한 먹구름도 끼지만
오래지 않아 지나가버립니다.

소나기가 내려서 장미를 피운다면
아, 소나기 내리는 걸 왜 슬퍼하겠나.

재빠르게, 즐겁게
인생의 밝은 시간은 훌쩍 가버립니다.

고마운 마음으로, 유쾌하게
날아가는 시간을 즐기세요.

_샬롯 브론테

좋 은 글 대 사 전

지혜 · 깨달음

사람의 본성이 생각에 머물지 않는 것이다

나의 법문은 무념無念을 세워
궁극의 진리로 하고,
무상無相을 본질로 하며,
무주無住를 근본으로 한다.

무상이란 현실을 떠난 것이며,
무념이란 생각을 일으키지 않는 것이며,
무주란 사람의 본성이 생각과 생각에 머물지 않는 것이다.

그러나 지나간 생각과 지금의 생각과
다음의 생각이 이어져 단절이 없나니,
만약 한 생각에라도 머물면
생각과 생각에 머무는 것이므로 얽매임이고,
생각과 생각에 머물지 않으면 곧 얽매이지 않는 것이다.
그러므로 무주를 근본으로 한다.

__돈황본

선과 교의 두 길

말없음으로써
말 있는 데 이르는 것이 선禪이고,
말 있음으로써
말없는 데 이르는 것이 교敎이다.

또한 마음은 선법禪法이고,
말은 교법敎法이다.

법은 비록 한맛이지만
견해는 하늘과 땅만큼 차이가 난다.
이것은 선과 교의 두 길을 가려 놓은 것이다.

_서산대사

운명의 장난은
그 사람이 가진 재산을 빼앗아갈 수 있으나
그 사람의 마음속에 있는 용기는 빼앗지 못한다.
인생의 참된 밑천은 무엇보다도 용기에 있다.
누구나 용기가 있는 한 운명을 박차고 나갈 수 있다.
_루키우스 안나이우스 세네카

아무리 세상이
힘들다 해도

내 마음 안에는 소중한 꿈이 있고
주어진 환경에서
날마다 최선을 다하는 내 모습이 있으니
나는 괜찮습니다.
아무리 세상이 불안하다 해도
나는 괜찮습니다.

내 마음에 작은 촛불을 하나 밝혀두면
어떤 불안도 어둠과 함께 사라지기에
나는 괜찮습니다.
아무리 큰 파도가 밀려와도
나는 괜찮습니다.

든든한 믿음의 밧줄을 걸었고
사랑의 닻을 깊이 내렸으니 나는 괜찮습니다.
아무리 많은 사람들이
떠나간다 해도 나는 괜찮습니다.

변함없이 그들을 사랑하면서
이대로 기다리면 언젠가는 그들이
돌아오리라는 것을 알기에
나는 괜찮습니다.

아무리 많은 사람들이
나를 의심하고 미워해도
나는 괜찮습니다.

신뢰와 사랑의 힘은 크고 완전하여
언젠가는 의심과 미움을 이기리라 믿기에
나는 괜찮습니다.

아무리 갈 길이 멀고 험하다 해도
나는 괜찮습니다.
멀고 험한 길 달려가는 동안에도
기쁨이 있고
열심히 인내하며 걸어가면
언젠가는 밝고 좋은 길
만날 것을 알기에 나는 괜찮습니다.

아무리 세상에 후회할 일이
많다고 하여도 나는 괜찮습니다.

실패와 낙심으로 지나간 날들이지만
언젠가는 그날들을 아름답게
생각할 때가 오리라고 믿고 있으니
나는 괜찮습니다.

__좋은글

나만 홀로 답답하고 촌스러운 것 같네

세상 사람들은 기뻐 웃으면서
호화로운 잔치에 초대받는 것처럼,
격자 높은 정자에 오르는 것처럼 하는데,
나만 홀로 담담하여 아무런 분별이 없네.
많이 아직 웃을 줄도 모르는 어린아이 같다네.
고달프고 힘들어서 돌아갈 곳조차 없는 것 같네.

세상 사람들은 의욕이 넘치는데,
나만 홀로 모든 것을 다 잃어버린 듯하네.
나는 어리석은 사람의 마음처럼 뒤죽박죽일세.
속된 사람들은 다 똑똑한데 나만 홀로 어리숙하네.

속된 사람들은 모두 빈틈없고 분명한데
나만 홀로 어쩔 줄 모르네.
담담한 바다처럼, 매이지 않는 바람처럼 머물 줄 모르네.
세상 사람들은 모두 쓸모가 있는데,
나만 홀로 답답하고 촌스러운 것 같네.
나만 홀로 남들과 달리 삶의 근본을 중히 여기는 구나.

__노자

바람은 고요한 발걸음

바람은 외로운 땅에서 태어나
어두운 길을 지나간다.

바람은 고독한 마음에서 태어나
고독한 모습으로 간다.

바람은 풀 열매 하나를 잉태하게 하고
많은 꽃들을 찾아간다.

바람은 고요한 발걸음으로 지나가면서
화려한 춤을 춘다.

바람은 안 보이는 꽃 한 송이에도 입을 맞추고
흔들리는 넝쿨 한 줄기와도 악수한다.

바람은 노래하며 말을 건넨다.
스스로의 노래와 세계를 가락에 맞춘다.

바람은 울려 퍼지며 새벽으로
아침으로 한낮으로 나아간다.

_카와지 류우코오

필요한 자리에 있어주는 사람

필요한 사람이 필요한 자리에 있어주는 것만큼
큰 행복도 없을 거란 생각이 드네요.

보고 싶을 땐 보고 싶은 자리에, 힘이 들 땐 등 토닥여 위로해주는 자리에,
혼자라는 생각이 드는 날엔 손잡아 함께 라고 말해주는 자리에,

그렇게 필요한 날, 필요한 자리에
그 자리에 있어줄 사람이 있다는 거 너무도 행복한 일이겠죠.

문득 그런 생각이 드네요.
누군가가 필요한 순간이 참 많구나 하구요.
무엇을 해주고 안 해주고가 아니라
행복은 내가 필요한 자리에 누군가가 있어주는 것이란 생각.

사소한 일로 다툰 적 있나요?
그래서 속상해 해본 적 있나요?
그럴 땐 마음에 속삭여 주세요.
곁에 있어주는 것만으로도 참 감사한 일이라고.
세상엔 필요한데 너무도 필요한데
함께 해줄 수 없는 이름의 인연이 말 못해 그렇지 너무도 많으니까요.
누군가가 곁에 있어 힘이 돼주면 좋겠습니다.

__좋은글

참다운 지혜

참다운 지혜는 방대한 지식을 통해 쌓이는 것이 아니다.
아무리 노력해도 우리는 이 세계의 전부를 알지는 못한다.

다만 인간으로서 어떻게 하면 악을 적게 행하고,
어떻게 하면 선을 더 많이 행할 수 있느냐 하는
문제에 대한 지혜만은 반드시 갖추고 있어야 한다.

그것은 인간이 알아야 할 지혜 가운데 가장 중요한 것이다.
유감스럽게도 현대 과학은 이러한 진리를 가볍게 여기거나
혹은 전혀 인정하려 들지 않는 경향이 있다.

_톨스토이

희망은 산과 같은 것이다.
저쪽에서는 기다리고
이쪽에서는 틀림없이 찾아갈 수 있다.
그러나 길을 찾아 올라가야 한다.
단단히 마음을 먹고 떠난 사람들은
모두 산꼭대기에 도착할 수 있다.
산은 올라오는 사람에게만 정복된다.
_알랭

행복은 늘 단순한 데 있다 ❖

행복은 늘 단순한 데 있다.
가을날 창호지를 바르면서 아무 방해받지 않고
창에 오후에 햇살이 비쳐들 때 얼마나 아늑하고 좋은가.
이것이 행복의 조건이다.

그 행복의 조건을 도배사에게 맡겨 버리면
자기에게 즐거움을 포기하는 것이다.
우리가 할 수 있는 일은 우리가 해야 한다.

도배사가 되었든 청소가 되었든 집 고치는 일이 되었든
내 손으로 할 때 행복이 체험된다.
그것을 남에게 맡겨 버리면 내게 주어진 행복의 소재가 소멸된다.

행복하려면 조촐한 삶과 드높은 영혼을 지닐 수 있어야 한다.
몸에 대해서 얼마나 애지중지하는가. 얼굴에 기미가 끼었는가 말았는가.

체중이 얼마나 불었는가 줄었는가에 최대 관심을 기울인다.
그러나 우리는 정신의 무게가,
정신의 투명도가 어떻다는 것에는 거의 무관하다.

내 정신이 깨어 있어야 한다.
깨어 있는 사람만이 자기 몫의 삶을 제대로 살 수 있다.
자기 분수를 헤아려 거듭거듭 삶의 질을 높여 갈 수 있다.

_법정스님

이익을 분에 넘치게 바라지 마라

이익이 분에 넘치면 어리석은 마음이 생기나니
적은 이익으로서 부자가 되세요.

좀 더 가지려는 마음이 언제나 화를 부릅니다.
남보다 잘 살고 싶은 생각에 어리석음을 범하게 되지요.
좀 더 많은 이익, 좀 더 낳은 자리를 차지하기 위해
상대를 헐뜯고 상처내야 하는 것은 자명한 일.

그러나 그렇게 해서 이익이 많으면 행복할까요?
진정한 행복이란 남의 불행의 대가로 얻는 것이 아니라
작고 사소한 것에서 생기는 것이랍니다.

누구나 자기 그릇대로 산다고 합니다.
노력한 만큼 대가가 없을 경우 우리는 좌절하지요.
마음이 아픕니다.
비록 작은 이익이지만 감사하는 마음이 들 때
우리는 돈하고 비길 수 없는 기쁨을 맛보는 것입니다.

항상 분에 넘치지 않는 생활과 이익으로서
겸허하게 생활하는 자세를 배우기 바라며
항상 뜻하는 바 이루소서.

__좋은글

지혜의 속성

그릇에 담긴 물을 다른 그릇으로 옮기는 일은 아주 쉽다.
지혜라는 것도 그릇에 담긴 물처럼
많이 지니고 있는 사람이 적게 지닌 사람에게
쉽사리 나눠줄 수 있는 것이라면 얼마나 좋을까?

하지만 애석하게도 지혜의 속성은 그렇지 않다.
다른 사람의 지혜를 받아들이기 위해서는
무엇보다도 자기 자신의 노력이 수반되어야 한다.

__톨스토이

조급하게 굴지 말고
또 일을 고통스럽게 생각하지 않는다면
피로감을 느끼지 않을 수 있다.
상을 찡그리고 불평한다고
일이 더 잘되는 것은 절대 아니다.
조급, 불안, 고민을 버리면
더욱 정력적으로 일할 수 있다.
__앤드류 카네기

편견 없는 철학으로 가득한 세상

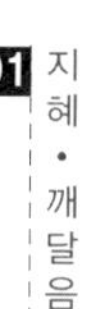

현명하고 철학적인 사람이 되어라.
그러나 짐짓 그렇게 보이려고 꾸미지는 말아야 한다.

철학은 오늘날 그 명성을 잃었지만
여전히 지혜로운 사람이 다룰 만한
최고의 학문으로 인식되고 있다.

철학을 향한 존경의 눈길이 조금씩 수그러들면서
새롭고 때로는 부당한 것이 세상의 인정을 받기는 하지만,
철학은 여전의 우리 정신의 양식으로
올바른 뜻을 가진 사람들의 기쁨이 되고 있다.

__발타자르 그라시안

누구든지 크나 큰 시련을
당하기 전에는 참다운 인간이 될 수 없다.
대체로 시련을 당하고 있는 동안에
큰 운명이나 지위가 결정된다.
이러한 큰 시련을 겪기 전에는
누구나 아직 어린아이에 지나지 않는다.
__르네 레오뮈르

가장 하기 쉽고, 듣기 좋은 말

"잘 지냈는가?"
물어오는 당신의 안부전화는
하루 종일 분주했던 내 마음에
커다란 기쁨 주머니를 달아주는 말입니다.

"고맙소."
가만히 어깨 감싸며 던진 말 한마디는
가슴 저 깊이 가라앉는 설움까지도
말갛게 씻어주는 샘물과 같은 말입니다.

"수고했어."
엉덩이 툭툭치며 격려해주는 당신의 위로 한마디는
그냥 좋아서 혼자 걸레질 하고 난 신나는 말입니다.

"최고야."
눈 찔끔 감고 내민 주먹으로 말하는 그 말 한마디는
세상을 다 얻은 듯한 가슴 뿌듯한 말입니다.

"사랑해."
내 귓가에 속삭여주는 달콤한 사랑의 말 한마디는
고장난 내 수도꼭지에서 또 눈물을 새게 만드는
감미로운 음악과도 같은 말입니다.

_좋은글

책임의 소재

과녁을 맞히지 못하는 것은
활의 책임도 아니고 화살의 책임도 아니다.
물론 과녁에 책임이 있는 것도 아니다.

또 글씨가 엉망인 것은
붓의 책임도 아니고 먹의 책임도 아니며,
종이에 책임이 있는 것은 더더욱 아니다.

__뤼신우

모든 정의와 자유는 사랑을
밑바탕으로 삼고 있다.
순진한 어린이의 마음은
정의에 뿌리 내린 자유의 샘물과 같다.
그러므로 어린이들을 꾸밈새 없는 마음으로 참되고
성실하게 자라도록 어른들이 이끌어주어야 한다.
__요한 하인리히 페스탈로치

해가 질 때까지 기다리지 마라

지혜로운 사람은 일이 그들을 떠나기 전에
자신이 먼저 일을 떠난다.
그들은 종말이 임박해올 때조차 승리를 준비한다.

빛이 찬란할 때
구름 뒤로 숨어 사람들 모르게 저물어가는 해처럼,
사람 또한 떠나야 할 때가 언제인지를
스스로 먼저 알고 떠나는 지혜가 필요하다.

_발타자르 그라시안

어떤 일을 마친 뒤
다리를 뻗고 한숨을 돌릴 때가 있다.
이때가 오히려 위태로운 법이다.
큰일을 이룩한 뒤 한숨 돌리고자 하는 것이
사람의 마음이지만
공든 탑이 작은 일로 인해 무너질 수 있음을
명심해야 한다.
_토머스 우드로 윌슨

11가지 메시지

첫 번째 메시지.
누군가를 사랑하지만 그 사람에게
사랑받지 못하는 일은 가슴 아픈 일입니다.
하지만 더욱 가슴 아픈 일은 누군가를 사랑하지만
그 사람에게 당신이 그 사람을 어떻게 느끼는지
차마 알리지 못하는 일입니다.

두 번째 메시지.
우리가 무엇을 잃기 전까지는 그 잃어버린 것의
소중함을 모르는 것이 사실입니다.
하지만 우리가 무엇을 얻기 전까지는 우리에게 무엇이
부족한지를 깨닫지 못하고 있는 것 또한 사실입니다.

세 번째 메시지.
인생에서 슬픈 일은 누군가를 만나고
그 사람이 당신에게 소중한 의미로 다가왔지만
결국 인연이 아님을 깨닫고
그 사람을 보내야 하는 일입니다.

네 번째 메시지.
누군가에게 첫눈에 반하기까지는 1분밖에 안 걸리고,
누군가에게 호감을 가지게 되기까지는 1시간밖에 안 걸리며,
누군가를 사랑하게 되기까지는 하루밖에 안 걸리지만
누군가를 잊는 데는 평생이 걸립니다.

다섯 번째 메시지.
가장 행복한 사람들은 모든 면에서
가장 좋은 것만 가지고 있는 것은 아닙니다.
그들은 단지 대부분의 것들을 저절로 다가오게 만듭니다.

여섯 번째 메시지.
꿈꾸고 싶은 것은 마음대로 꿈을 꾸세요.
가고 싶은 곳은 어디든 가세요.
되고 싶은 것은 되도록 노력하세요.
왜냐하면, 당신이 하고 싶은 일을 모두 할 수 있는
인생은 오직 한 번이고 기회도 오직 한 번이니까요.

일곱 번째 메시지.
진정한 친구란 그 사람과 같이 그네에 앉아
한마디 말도 안하고 시간을 보낸 후 헤어졌을 때,
마치 당신의 인생에서
최고의 대화를 나눈 것 같은 느낌을 주는 사람입니다.

여덟 번째 메시지.
외모만을 따지지 마세요.
그것은 당신을 현혹시킬 수 있습니다.
재산에 연연하지 마세요.
그것들은 사라지기 마련입니다.
당신에게 미소를 짓게 할 수 있는 사람을 선택하세요.
미소만이 우울한 날을 밝은 날처럼 만들 수 있습니다.

아홉 번째 메시지.
부주의한 말은 싸움을 일으킬 수 있습니다.
잔인한 말은 인생을 파멸시킬 수도 있습니다.
시기적절한 말은 스트레스를 없앨 수 있습니다.

사랑스런 말은 마음의 상처를 치료하고 축복을 가져다줍니다.

열 번째 메시지.
항상 자신을 다른 사람의 입장에 두세요.
만약, 당신의 마음이 상처 받았다면
아마, 다른 사람도 상처 받았을 겁니다.

마지막 메시지.
사랑은 미소로 시작하고 키스로 커가며 눈물로 끝을 맺습니다.
당신이 태어났을 때 당신 혼자만이 울고 있었고
당신 주위의 모든 사람들은 미소 짓고 있었습니다.
당신이 이 세상을 떠날 때는 당신 혼자만이 미소 짓고
당신 주위의 모든 사람들은 울도록 그런 인생을 사십시요.

__좋은글

인생이라고 하는 것은 한 권의 책과 같다.
어리석은 사람일수록 책장을 아무렇게나 넘기지만
현명한 사람은 책을 공들여 읽는다.
현명한 사람일수록
그 책을 두 번 읽을 기회가 드물다는 것을
잘 알기 때문이다.
__장 파울

오직 현재 속에서만 존재하라

과거의 일 때문에 마음 아파하고
또 미래에 닥쳐올 일에 대한 걱정으로 괴로울 때,
생활이란 오직 현재 속에서만 존재한다는 것을 생각하라.

당신이 현재의 생활에 전력을 기울일 때,
과거의 괴로움과 미래의 불안은 모두 사라져버릴 것이다.
그리하여 마침내 자유를 맛보며
온전한 기쁨을 누리게 될 것이다.

__톨스토이

사람과 사람이 함께 웃고 이야기하는 즐거움만큼
사람의 마음을 서로 맺어주는 것은 없다.
때문에 우리는 알지 못하는 사람을 만나도
서로 진실한 대화를 나누며
친하게 지내기를 바라는 것이다.
__장 자크 루소

자랑하지 말라

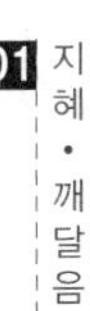

세상에 남에게 자랑할 만한 것은 하나도 없다.
따라서 우리는 언제나 겸손해야 한다.
재능이라는 것도 남에게 자랑하기에는
늘 부족하다는 사실을 알아야 한다.

사람의 덕 또한 타고나는 것인 데다
쉽사리 성인의 경지에까지 이르지는 못한다.
그러니 무엇이든 부족하다고밖에 할 수 없다.
우리의 결핍은 부끄러운 것이지 자랑할 일이 아니다.

_뤼신우

책은 어린 아기와 같이 소중히 다루어야 한다.
그리고 아무것이나 급히 많이 읽는 것보다
한 권이라도 좋은 책을 골라 여러모로 살피며
주의 깊게 읽는 습관을 가져야 한다.
건성으로 읽는 것은 독서라고 할 수 없다.
_존 밀턴

나는 괜찮습니다

아무리 세상이 힘들다 해도
나는 괜찮습니다.

내 마음 안에는 소중한 꿈이 있고
주어진 환경에서
날마다 최선을 다하는 내 모습이 있으니
나는 괜찮습니다.

아무리 세상이 불안하다 해도
나는 괜찮습니다.

내 마음에 작은 촛불을 하나 밝혀두면
어떤 불안도 어둠과 함께 사라지기에
나는 괜찮습니다.

아무리 큰 파도가 밀려와도
나는 괜찮습니다.

든든한 믿음의 밧줄을 걸었고
사랑의 닻을 깊이 내렸으니
나는 괜찮습니다.

아무리 많은 사람들이 떠나간다 해도
나는 괜찮습니다.

변함없이 그들을 사랑하면서 이대로 기다리면
언젠가는 그들이 돌아오리라는 것을 알기에
나는 괜찮습니다.

아무리 많은 사람들이 나를 의심하고 미워해도
나는 괜찮습니다.

신뢰와 사랑의 힘은 크고 완전하여
언젠가는 의심과 미움을 이기리라 믿기에
나는 괜찮습니다.

아무리 갈 길이 멀고 험하다 해도
나는 괜찮습니다.

멀고 험한 길 달려가는 동안에도 기쁨이 있고
열심히 인내하며 걸어가면
언젠가는 밝고 좋은 길 만날 것을 알기에
나는 괜찮습니다.

아무리 세상에 후회할 일이 많다고 하여도
나는 괜찮습니다.

실패와 낙심으로 지나간 날들이지만
언젠가는 그 날들을
아름답게 생각할 때가 오리라고 믿고 있으니
나는 괜찮습니다.

__좋은글

올곧은 사람의 길을 택하라

선한 자가 반드시 행복해지는 것도 아니고
악한 자가 반드시 불행해지는 것도 아니다.
이는 누구나 잘 알고 있는 사실이다.

그렇다 해도 올곧은 사람은 불행한 일을 당했다 하여
홧김에 악행을 저지르지 않는다.
어려움이 닥쳐도 참고 견디면서
자신의 노력으로 이를 해결해나간다.

반면 그렇지 못한 사람은 나쁜 짓을 해서라도
적당히 쉽게 곤경을 빠져나간다.
그러나 정말로 현명한 사람이라면
불행을 각오하고서라도 자신이 옳다고 믿는 길을 선택한다.

__뤼신우

남이 한 번에 능히 할 수 있는 일을 나는 백 번 되풀이 한다.
남이 열 번 하면 나는 천 번, 남이 천 번 하면 나는 만 번쯤 해본다.
과연 노력이란 어리석은 자도 총명하게 무른 것도 단단하게 만드는 것이다.
__중용

참으면 지혜가 생깁니다 ❖

대개 성공하는 사람들을 보면
남다른 재주나 특별한 능력이 있어서라기보다는
보통 사람들한테서는 찾아볼 수 없는
뛰어난 인내력이 있음을 알 수 있습니다.

그래서 성공한 사람들 중에는
인내를 통해서 성공한 사람이 많습니다.

많은 사람들이 쉽게 포기합니다.
재능이 있어도 그 재능을 다 발휘하지 못합니다.
그래서 오늘날은 재능이 많은 것만으로
성공하지 못합니다.

훌륭한 교육을 받은 것만으로 성공하지 못합니다.
용기가 있는 것만으로 성공하지 못합니다.

인내가 없기 때문입니다.
참을성이 없기 때문입니다.

모두들 도중에 포기하기 때문에
성공하지 못하는 것입니다.
이런 이들에게 정말로 필요한 것은 "인내"입니다.

인생을 살다 보면 낙심할 때도 있고

포기하고 싶을 때도 있고, 게을러질 때도 있습니다.

미국의 사업가 강철 왕 카네기는
"승부를 가리는 데 있어서
가장 중요한 것은 인내다."라고 말했습니다.
그는 또한 "참고 있으면
반드시 기회가 생긴다."라고 했습니다.

생존 경쟁에서 남보다 앞서기 위해서는
무엇보다 인내가 필요합니다.
마음과 삶에 인내라는 뿌리가 내리면
성공이라는 풍성한 열매를 맺을 수 있습니다.

인생의 성숙과 성공은
인내의 값을 치른 사람에게만
주어지는 귀중한 결실이니까요.
인내를 통해 삶은 성숙해집니다.

_좋은글

알고 있는 것이 아무리 많다 할지라도
그것을 실천하지 않으면 모르는 것만 못하다.
서로 친하다고 하여도 믿지 않으면
친하지 않는 것만 못하다.
이처럼 실천과 믿음은 중요한 것이다.
_공자

모든 사람에게는 해야 할 일이 있다

사람들은 자신의 보잘것없는 처지에 화를 내며 슬퍼하고,
그것을 조금이라도 빨리 바꿔보려고 애쓴다.
그러나 이 지상에서 벌어지는 상황을 돌이켜보건대
누구에게나 해야 할 중요한 일이 있다.

당신이 건강하다면 그 힘을 남을 위해 쓰도록 하고,
당신이 병들어 있다면
그 병 때문에 남에게 방해가 되지 않도록 하라.

당신이 가난하다면 남에게 동정받지 않도록 노력하고,
당신이 모욕을 당했다면
그 모욕을 준 사람을 사랑할 수 있도록 노력하라.

당신이 남을 모욕했다면
당신이 저지른 과오가 그대로 남아 있지 않도록 힘쓰라.

__톨스토이

> 건전한 지혜의 법칙을 아는 사람은 그 법칙을 사랑하는 자만 못하다.
> 또 법칙을 사랑하는 사람은 그것을 행하는 자만 못하다.
> __공자

아픔과 미움,
괴로움을 지우고 삭히는 지혜

세상을 살다 보면 미운 사람도 많습니다.
사랑하고픈, 좋아하고픈,
친해 보고픈 사람도 많습니다.
그래서 사랑하다 보면 아픔이 따릅니다.

때로는 사랑해선 안 되는 사람이어서
때로는 사랑할 수 없는 사람이어서
아픔도 따르고 괴로움도 따릅니다.
그렇다고 사랑 없이는 하루도 살 수 없습니다.

괴로움, 슬픔, 아픔이 따른다고 사랑을 하지 않는다면
삶이란 것 자체도 괴로움의 연속이니
살지 말라는 말과 같습니다.
아파도 괴로워도 우리는 살아야 하고 사랑해야 합니다.

그래서 좋아하고, 그래서 사랑하다 보면
때로는 실망하고
때로는 배신의 아픔으로 미움을 갖게 됩니다.
배신의 아픔은 우리가 그에게
반대급부를 바라고 있었음을 반증합니다.

조건 없이 바람 없이 주고 사랑했다면
돌아서 가는 사람은 그것으로 그만입니다.

미움도 아픔도 가질 필요가 없습니다.

사랑은 기쁨이지만 괴로움이 동반되듯
누군가를 미워하면 그것은 더욱 자신을 아프게 합니다.

미워하는 마음은 희망 없는 아픔이요,
희망 없는 괴로움 입니다.
사람이니까 그럴 수 있으려니
사람이니까 변하고 배신할 수 있으려니 하고
그냥 내 마음에서 그를 놓아줍니다.

마음에 간직해서 괴로운 미움을 마음에서 지우고
그 사람의 기억도 지워버리는 겁니다.
내 인생의 장부에서 지워서 보내고 놓아주는 겁니다.

살아가면서 인생을 기록하면서
그 기록이 쌓이는 것으로 짐을 만들기보다는
적절히 기억을, 기록을 지우고 삭제할 줄 아는
지혜로움을 가졌으면 좋겠습니다.

__좋은글

올바른 행동은 남보다 자신을 보호하고 이롭게 한다.
모든 옳은 행동의 결과는 궁극적으로
자신에게는 물론 남에게도 이롭다는 사실을 발견하게 된다.
그릇된 행동은 자신과 남을 함께 해치고 만다.
__에픽테토스

경쟁자를 완벽하게 이기는 방법

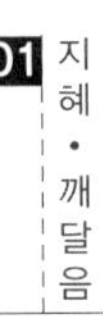

만약 당신을 험담하는 악의적인 경쟁자가 있다면
냉정한 잣대로 평가하지 말고 관대하게 포용하라.
그러면 당신은 최고의 찬사와 행운을 얻게 될 것이다.

당신이 얻은 명성과 행운은
경쟁자를 혼란에 빠뜨리는 지독한 형벌과 같은 것이다.

스스로의 발전을 도모하지 않고
다른 사람의 행운을 질투하기만 하는
어리석은 경쟁자는
상대에 대한 찬사가 들릴 때마다 매번 죽음을 겪는다.

상대의 명성을 스스로에게 독으로 만들어버리기 때문이다.
때문에 명성을 얻은 자는 영예 속에서,
경쟁자는 고뇌 속에서 살아가는 것이다.

__발타자르 그라시안

무슨 소리 들리나요

귀 기울어 보세요.

聽

위 글자는 들을 청(聽)자입니다.

耳 王 十四 一 心

이렇게 여섯 자로 구성이 되었습니다.
글자 풀이에 대해서 학자들 간의 다소 의견이
다릅니다만 저 나름 해석해 보자면,

"듣는 것이 으뜸이다
상황을 예의주시하면서
마음을 하나로 집중하는 것."
이렇게 풀이해보았습니다.

말하는 입이 한 냥이면
듣는 귀는 아홉 냥이라는 말,
값어치로 따져 본다면 말을 삼가고
양쪽 귀는 열어 두어야 하겠습니다.

지금은 사라졌지만, 옛 사람들에게
연례적으로 행해지는 청참(聽讖)이라는

세시풍속이 있었습니다.

정월 초하루 새벽에 문밖으로 나가
사람의 소리나 짐승의 소리나 처음 들리는 소리로
그 해 일 년의 신수를 점쳤다고 합니다.

조선후기 한의학자 이제마도 이목구비의 기능 중에
듣는 귀를 가장 크게 생각했었고,
성스러울 성(聖)이나 총명할 총(聰)을 보더라도
듣는 귀를 앞세우는 것을 볼 수 있습니다.

작금 문명의 윤택으로 말미암아
각자의 운신은 편리해졌습니다만,
우리가 멀고 외로워지는 이유는
소통 부재 마음의 장벽이 쌓이기 때문입니다.

사람과 사람 사이,
자연과 사람 사이,

귀를 쫑긋 열어 두시면 이심전심
행복의 소리가 걸어 올 것입니다. 뚜벅뚜벅

자, 이제 귀 기울어 보세요.
무슨 소리 들리나요?

__지산 이민홍

교제에서도,
우정에서도 약해지지 마라

어떤 교제와 우정은
너무도 쉽게 깨져서 그 본질의 취약함을 드러낸다.
거짓과 반감으로 가득 찬 교제와 우정일수록 그러하다.

어떤 사람들은 관계에 대한 믿음이
한없이 연약해서 농담이 오가는 것조차 견디지 못한다.
또한 의미 없는 사소한 일에 마음을 다치기도 한다.
이런 이들을 상대할 때에는 수시로 신경써서 살펴보라.

별것 아닌 일에도 쉽사리 불쾌함을 드러내는
모습을 엿볼 수 있을 것이다.
이들은 변덕스런 자기 기분의 노예가 되어
모든 것을 내팽개치기 일쑤다.

그리고 스스로 만들어낸 환상에 빠져
자신의 명예만을 우상처럼 숭배한다.

__발타자르 그라시안

지혜의 빛깔과 소리

하루의 길 위에서 어느 것을 먼저 해야 할 지
분별이 되지 않을 때,
중요한 결정을 내려야 하지만
어찌할 바를 모르고 망설임만 길어질 때,
어떤 사람과의 관계가 불편해서 삶에 평화가 없을 때,
가치관이 흔들리고 교묘한 유혹의 손길을 뿌리치기 힘들 때,
지혜를 부릅니다.

책을 읽다가 이해가 안 되는 때에도,
글을 써야하는데 막막하고
아무 생각도 나지 않을 때에도 지혜를 부릅니다.

사람과 사람 사이의 중간역할을 할 때,
남에게 감히 충고를 할 입장이어서 용기가 필요할 때,
어떤 일로 흥분해서 감정의 절제가 필요할 때에도
"어서 와서 좀 도와주세요." 하며
친한 벗을 부르듯이 간절하게 지혜를 부릅니다.

진정 지혜로운 사람은 어떤 사람일까요?

항상 예의바르게 행동하지만 과장하지 않고
자연스런 분위기를 지닌 사람,
재치있지만 요란하지 않은 사람,
솔직하지만 교묘하게 꾸며서 말하지 않는 사람,

농담을 오래해도 질리지 않고
남에게 거부감을 주지 않는 사람,

자신의 의무와 책임을 남에게 미루지 않는 사람,
들은 말을 경솔하게 퍼뜨리지 않고 침묵할 줄 아는 사람,
존재 자체로 평화를 전하는 사람,
자신의 장점과 재능을 과시하거나 교만하게 굴지 않고
감사하게 나눌 준비가 되어있는 사람,

타인의 입장을 먼저 배려하기에 자신의 유익이나 이기심은
슬쩍 안으로 감출 줄 아는 사람 등등.

생각나는 대로 나열을 해보며 지혜를 구합니다.

지혜의 빛깔은 서늘한 가을 하늘빛이고
지혜의 소리는 목관악기를 닮았을 것 같지 않나요?

__좋은글

모든 일에 예방이 최선의 방책이다.
없애야 할 것은 조그마할 때 미리 없애도록 하라.
버려야 할 물건은 무거워지기 전에
빨리 버리도록 하라.
무슨 일이든 문제가 되기 전에 주의해야 한다.
일이 벌어진 뒤에는 이미 때가 늦다.
__노자

곰과 인간

곰을 잡는 법은 다음과 같다.
고기를 담은 통 위에 무거운 돌을 매어둔다.
곰은 고기를 먹기 위하여 그 돌을 밀어젖힌다.
그러면 돌이 그 반동 때문에 되밀려와 곰을 친다.

곰은 화가 나서 돌을 밀어젖히지만 그럴수록
돌은 더욱 세게 곰을 때린다.

이렇게 되풀이하는 동안 곰은 기진맥진하여 쓰러지고 만다.
인간도 때때로 이와 마찬가지의 행동을 한다.

__톨스토이

쓸데없는 고집을 부리기보다
겸손하고 양보하는 마음을 가져야 한다.
이것은 인격을 쌓는 데 반드시 필요한 것이며
마음의 양식이 되기 때문이다.
그러나 무슨 일이든 생각하지도 않고
양보하는 것은 어리석은 행동이다.
__존 러스킨

자신에게 집중하라

타인의 결점이 눈에 보이는 것은
자기 자신의 불완전성을 망각했을 때 일어나는 현상이다.
가끔 우리는 그저 심심풀이로 남을 비난하는 가운데
그의 존엄성을 해치는 과오를 범한다.

타인에게 집중하여 결점을 찾아내기 전에
자기 자신부터 유혹에서 건져 올려라.
바르게 살기 위해 노력하는 사람은
항상 자기 자신만을 관찰하기 때문에
남의 결점을 들여다볼 시간이 없다.

_키케로

사람들은 행복도 양식처럼 광 속에
모아두었다가 하나씩 꺼내 쓰고 싶어 한다.
이것은 잘못이다.
사람은 앞으로 나아가야지
한곳에 머물러 있어서는 안 된다.
앞으로 나아가는 사람에게는 행복이 따르고
멈추는 사람에게는 행복도 멈춘다.
_랠프 에머슨

불가능한 평등을 가능하게 하는 것

흔히들 엄밀한 의미에서 평등이란 불가능하다고 말한다.
왜냐하면 사람은 저마다 다를 수밖에 없으며,
그런 까닭에 누군가는 다른 사람보다 힘이 세고 또
어떤 사람은 다른 사람에 비해 더 지혜롭기 때문이다.

그러나 리히텐베르크는 말했다.
"다른 사람보다 힘이 세거나 조금 더 지혜롭다는 이유만으로도
사람들 사이에 평등한 권리를 보장하는 것이 필요하다."

힘과 지혜가 균등하게 주어져 있지 않은 상황에서
권리마저 평등하게 주어지지 않는다면
약한 사람들이 강한 사람들 사이에서 생존해나갈 길은
도저히 찾을 수 없기 때문이다.

_톨스토이

> 힘은 샘물과 같이 안으로부터 솟아나는 것이다.
> 힘만을 구한다면 사람은 점점 약해질 뿐이다.
> 그러므로 강하게 되려면 무엇보다도 생각을 올바르게 가져야 한다.
> _랠프 에머슨

말수를 줄여라

아는 것이 적은 사람이 말을 많이 하는 법이다.
대개 소인배들은
자신이 알고 있는 것을 무엇이든 대단하게 여긴다.
그리하여 아무 데서나 마구 떠들기를 좋아하는 것이다.

그러나 진짜 아는 게 많은 사람은 언제나 말을 적게 한다.
참다운 지혜란 몇 마디 말로써
쉽게 전달되기 어렵다는 것을 알기 때문이다.

__루소

아는 것이 많다고 반드시
덕망이 높은 사람이라고 말할 수는 없다.
다만 우리가 알고 있는 지식을
충분히 실생활에 활용하려고 노력하며
더 많은 지식을 얻으려고
애쓰는 사람이 되어야 한다.
__아리스토텔레스

지혜를 올바른 곳에 사용하라

지혜를 가치 있는 목적에
이용하려고 하지 않는 사람들은
어둠 속에서는 자유로울 수 있으나
빛이 가득한 대낮에는 장님과도 같다.

그들의 지식은 전쟁을 일으키는
무기를 만들 때에는 몹시 날카로우나,
삶의 진리가 담긴 빛 가운데에서는
아무런 쓸모도 없는 것이다.

_피타고라스

물오리가 날 적부터 헤엄을 치듯
어린이는 태어나면서부터 착한 일을 할 수 있는
천성을 지니고 있다.
어린이들을 일일이 간섭하는 것은
물오리가 헤엄치는 것을 막는 것과 같다.
어린이들의 천성을 돕는 것이 곧 교육이다.
_귀스타브 플로베르

분수를 지키는 지혜

물질에는 한계가 있지만 사람의 욕망에는 한이 없다.
한계가 있는 것으로 한없는 것을 만족시키자면
반드시 다툼이 일어날 수밖에 없다.

하지만 세상 모든 사람이 만족할 줄 아는 지혜를 깨달으면
세상에 부족함은 없을 것이다.

물질은 안정되어 있지만 사람의 마음은 늘 요동친다.
이렇게 흔들리며 요동치는 것으로
안정되어 있는 것을 움직이려고 하면 실패는 불가피하다.

'분수를 지키는 지혜' 를 깨달아
그것을 따를 때 모든 것이 평온해질 것이다.

_뤼신우

자유는 마음속에 질서를 세우는 데서 출발한다.
목표가 없는 행동은 임자 없이 멋대로 달리는 말과 같다.
모든 자유의 원칙은 그 속에 질서가 있고
목표가 분명하다는 점에 있다.
_피타고라스

모욕을 칭찬으로 바꾸는 방법

모욕을 피하는 것이 자신을 모욕한 자에게
복수하는 것보다 훨씬 현명한 처사다.
또한 경쟁자가 될 만한 사람을
신임자로 삼는 것도 참으로 영리한 지혜다.

그러한 지혜를 가진 사람은
자신에게 모욕을 주려고 했던 사람에게조차도
감사의 말을 듣는다.

_발타자르 그라시안

사람은 미래에 대하여 큰 희망을 갖고
열심히 노력해야 한다.
그러나 너무 미래에 관한 일만 중요하게 생각지 말고
현재의 모든 것도 참되고 가치 있게
이용하는 데 힘써야 한다.
미래는 현재의 연속이기 때문이다.
_앨버트 아인슈타인

예의 바른 태도는 큰 매력을 발산한다

능란한 예절을 지닌 사람은
그만큼의 매력 또한 지니고 있는 법이다.

사람을 끄는 매력을 지니고 있는 사람은
그 어떤 이익보다도 더 큰 호의를 얻어낼 수 있다.

타인의 호의 없이 혼자서만 이룬 성취로는
크게 성공하기가 어렵다.
분별력은 타인을 움직일 수 있는
가장 효과적 도구이지만 여기에도 운이 따라야 한다.

그러나 타인의 호의를 힘입으면
훨씬 쉽게 원하는 바를 취할 수 있다.

_발타자르 그라시안

작은 일을 소중히 여겨라. 모든 것은 사소한 일에서 출발한다.
씨앗이 하늘을 찌르는 큰 나무가 되는 것을 보라.
행복도 불행도 성공도 실패도 모두 그 처음은 조그만 일에서 시작된다.
_랠프 에머슨

자존심과 관용의 관계

자존심이 강한 사람은 대개 너그럽지 못하다.
자존심과 관용은 밀접하게 연결되어 있기 때문이다.
그는 자존심이 강하기 때문에 도량이 좁고,
도량이 좁기 때문에 자존심이 강하다.

그런 사람일수록 그 누구도 자신보다
좋은 것을 만들어낼 수 없다고 생각한다.
자기가 만들어낸 모든 것은
다 훌륭한 것뿐이라고 착각을 하는 것이다.

이와 같은 한 사람의 교만은
다른 사람들을 혼란에 빠뜨린다.
그러나 혼란의 시기가 지나면
그는 그저 하나의 웃음거리가 되고 만다.

__톨스토이

성인은 보다 많은 선행을 하고자 해도 힘이 부족함을 슬퍼한다.
그러나 사람들이 그 선행을 외면하거나 오히려 그를 오해하는 일에 대해서는
조금도 슬퍼하지 않는다.
__공자

제때에 눈을 떠라

눈을 뜨고 있다고 해서 중요한 것들을 모두 볼 수 있는 것은 아니다. 어떤 사람들은 중요하지 않은 순간에 분별없이 눈을 뜨는 바람에 자신 혹은 가족, 재산의 피해를 보기도 한다.

의지가 약한 사람일수록 분별력 있게 상황과 사물을 식별하지 못한다. 제때 눈을 뜨고 올바른 것만을 바라볼 줄 아는 지혜를 키우라.

__발타자르 그라시안

지나간 시간, 그것은 다시 얻을 수 없다.
지금이라는 시간, 그것을 잘 사용하라.
미래는 네 것이 아니다.
그것은 주어지지 않을 수도 있다.
지금이라는 시간만이 너를 위한 것이다.
__고대의 해시계 위에 새겨진 말

진실한 말과
거짓된 말을 분별하는 지혜

마음에서 우러난 말이 있는가 하면
간사한 혀끝에서 나오는 말도 있다.
진심을 드러내는 표정이 있는가 하면
겉으로 보여 주기 위해 짓는 표정도 있다.

이것을 말로 구분하기는 쉽지만
실제 상황에서 구분하기란 쉽지가 않다.
그렇지만 세상을 살아가다 보면
이것을 분별할 줄 아는 눈이 생기게 마련이며,
그러한 지혜를 갖추지 않으면
사람들 사이에서 손해를 보기 십상이다.

_뤼신우

인간은 오래 살기를 원한다.
그러나 그 삶은 무엇보다
신중하고 가치가 있어야 하는 것이다.
인생의 시간을 잘 활용하는 것은
쳇바퀴 돌듯 기계적으로 사는 것이 아니라
진실한 삶을 사는 것이다.
_랠프 에머슨

고요하되
활기를 잃지 않는 마음

생각이 없다는 것은
마음을 잃어버린 병에 걸린 것과 같다.

한편 쓸데없이 복잡한 생각에만 사로잡히는 것도
마음을 무리하게 사용하는 병이라 할 수 있다.

이렇듯 마음이라는 것은 가만히 머물러 있어도,
너무 무리하게 움직여도 좋지 않다.

따라서 마음을 항상 고요히 두되 활기를 잃지 않도록
균형을 유지하는 정성이 필요하다.

_뤼신우

이 세상에 어린이들이 없다면 얼마나 우울할까.
그리고 노인이 없다면 얼마나 비인간적인 세상이 될까.
어린이는 희망이요 노인은 거울이다.
그러므로 이들을 아끼고 공경하는
마음을 가져야 한다.
_새무얼 테일러 콜리지

어린아이 같은 마음

사회인이 된 사람에게
가장 큰 장애가 되는 것이 바로 '미성숙한 마음'이다.
이것만 버릴 수 있으면
누구든 훌륭한 인물이 될 수 있다.

그렇다면 성숙하지 못하다는 것은 무엇인가?
감당할 수조차 없는 경쟁심,
남을 깔보는 마음과 행동, 휘황찬란한 것을 동경하는 허영심,
초조함으로 안달하는 것, 들뜨는 것, 명예를 탐내는 것,
이 모두가 미성숙한 마음이라고 할 수 있다.

_뤄신우

햇볕은 포근한 것이요,
비는 모든 것을 깨끗하게 만드는 것이요,
눈은 우리를 기분 좋게 만드는 것이다.
그러므로 나쁜 날씨는 있을 수 없다.
오직 여러 가지 일기가 있을 뿐이다.
우리의 인생도 이와 같다.
_존 러스킨

자신을 도울 줄 알라

심장이 약해지면
주변의 다른 기관들이 보조를 해주어야 한다.
만일 스스로 자신을 도울 줄 안다면
삶에서 부딪히는 어려움들은 훨씬 줄어들 것이다.

자신의 운명에 맞서 화살을 겨누지 말라.
그러면 더욱더 견디기 힘든 운명이 닥칠 뿐이다.
많은 이들은 불운을 당했을 때
자신을 스스로 돕거나 일으켜 세울 생각은 않고
슬픔과 불행한 감정 속에 빠져 있다.

불운을 참고 이겨낼 줄 모르기 때문에
더 깊은 불운의 수렁 속으로 빠져드는 것이다.

_발타자르 그라시안

인간 본성의 선을 믿고 또한
그것이 이 세상에 실현되기를 바라는 마음은
선을 실현하기에 가장 훌륭한 조건이다.
그것을 믿지 않고 언제까지나 인간의 악함만을 생각한다면
선이 실현될 가망은 영원히 없다.
_톨스토이

위대한 보답

당신이 타인의 도움에 대해
감사한 마음을 갖는 것은 당연한 일이다.

당신에게 도움을 받은 어떤 이가
당신에게 고마움을 표하는 것 또한 당연한 일이다.
이것은 범죄자라도 할 수 있는 일이다.

그러나 보답을 바라고 도움을 준
일에 대해서까지 감사할 필요는 없다.
그가 범죄자라 해도 이는 마찬가지다.

__톨스토이

나는 나의 인생이 모든 지역 사회에
속한 것이라고 굳게 믿는다.
그리고 살아 있는 한 내가 무엇을 할 수 있건 간에
지역 사회를 위해 일하는 것은 곧 나의 권리이다.
더 많이 일하는 것은
더 활기차게 사는 것이기 때문이다.
__조지 버나드 쇼

물이 지닌 지혜를 배우라 ❖

어떤 장애물이 앞길을 막아도 물은 거침없이 흐른다.
둑을 만나면 잠시 흐름을 멈추기는 하지만
이내 둑을 헤치고 나아간다.

또한 물은 둥근 그릇에든 모난 그릇에든 어디에도 담긴다.
이처럼 물은 융통성이 있으며
자유로운 가운데서도 강력한 힘을 갖고 있다.

__노자

행복한 사람이 되기 원한다면
쉽게 이루어질 것이다.
그러나 남보다 더 행복한 사람이 되기를 원한다면
그것은 항상 어려운 법이다.
우리는 항상 자신보다
남들이 더 행복하다고 생각하기 때문이다.
__몽테스키외

지혜의 목소리에 따르는 삶

아무도 자기 자신을 모든 면에서
행복한 존재라고 생각하지는 않을 것이다.
그러나 완전한 행복은 지혜의 판단에 의지해 살아갈 때
찾을 수 있는 것이 아닐까?

지혜는 우리에게 명령할 것이다.
타인에게 선을 베풀라고,
그것이 우리를 가장 행복하게 만드는 길임을 명심하라고.

_아우렐리우스

아름다운 옷보다 웃는 얼굴이 훨씬 인상적이다.
기분 나쁜 일이 있더라도 웃음으로 넘겨보아라.
찡그린 얼굴을 펴기만 해도
마음 역시 펴지는 법이다.
웃는 얼굴보다 더 훌륭한 화장은 없다.
웃음은 인생의 약이다.
_알랭

지혜로운 인간

가장 훌륭한 무기는
가장 흉악한 죄악의 도구가 된다.
지혜로운 사람은
평화를 소중히 여기기에 무기를 사용하지 않는다.

그는 승리해도 기뻐하지 않는다.
전쟁에서 승리하고 기뻐한다는 것은
살인하고 기뻐하는 것이나 다름없기 때문이다.

그처럼 살인을 기뻐하는 사람이
인생의 참뜻에 도달할 수는 없다.

__노자

남과 다툰 일은 마치 둑에 구멍이 난 것과 같다.
일단 뚫어진 구멍은 점점 커져서
나중에는 물을 막기 어렵게 된다.
싸움도 불쑥 시작하기는 쉬우나
싸우기 전으로 되돌리기란 매우 어렵다.
조그만 다툼이라도 삼가는 게 현명하다.
__동양 명언

느리게 사는 지혜

1. **빈둥거릴 것**: 자기 자신만의 시간을 가져라.
2. **들을 것**: 신뢰할 만한 사람의 목소리에 귀를 기울이는 것.
3. 권태 무의미 할 때까지 반복되는 것을 받아들이면서 취미를 가져라.
4. **꿈을 꿀 것**: 자기 안에 희미하지만 예민한 하나의 의식을 가져라.
5. **기다릴 것**: 가장 넓고 큰 가능성을 열어두라.
6. **마음의 고향**: 즉, 존재의 퇴색한 부분을 가지라는 것.

한가로이 거니는 것, 그것은 시간을 중단시키는 것이 아니라
시간에 쫓기지 않고 시간과 조화를 이루는 행위이다.

"소유가 우리를 괴롭히는 까닭은
그것이 우리에게 궁핍을 모르게 하고
우리의 정체성을 더욱 부풀게 해 주기 때문이다.
재물이 우리가 할 일을 대신하게 될 때
우리는 스스로 존재할 수 없게 된다."

"살짝 스치기만 한 것이지 움켜잡지 말라.
움켜잡는 순간 그대는 복잡한 삶 속에 빠져들고 말 것이다."

__법정

여우와 지네를 아십니까

어느 날 여우가 지네를 만났습니다.
여우는 지네의 걸음이 우스꽝스럽고 이상해서
심심풀이로 골려 먹기로 작정했습니다.

여우는 지네의 걸음을 멈춰 세우고 물었습니다.
"지네야, 너는 발이 그렇게 많은데
어떻게 엉키지 않고 그렇게 잘 걸어가니?
어느 발부터 먼저 움직이는 거야? 순서가 어떻게 돼?"
지네는 태어나서 처음 그런 질문을 받았고
대답을 하려고 했지만 도무지 알 수가 없었습니다.
지네는 발을 보면서 순서를 찾아보려고 했습니다.
그 순간, 지네의 발이 엉키기 시작했습니다.
갑자기 어떻게 해서 걸어야 할지를 잊어버린 것처럼
걸으려고 하면 할수록 발이 점점 더 엉켜버렸습니다.

세상에는 여우같은 사람이 있고, 지네 같은 사람도 있습니다.
여우는 부정적인 정보로 자연스러움과 긍정적인 마음을 헤치고,
지네는 정보에 의해서 자신의 가치와 자신감을 잃어버립니다.
우리는 여우같은 사람도, 지네 같은 사람도 되지 말아야 합니다.
그러려면 먼저 자신을 믿고 사랑할 줄 알아야 합니다.
자신에게 도움이 되는 정보와 유해한 정보를 판단하고
정화하고 처리할 줄 알아야 합니다.
이것이 바로 뇌의 주인이 되는 과정입니다.

_일지 이승헌

일일삼성(一日三省)

중국의 대학자 사마온공은
세상을 떠나면서 제자들에게
일일삼성(一日三省)을 유언으로 남겼습니다.
매일 세 번 반성하라는 뜻입니다.

반성해야 할 것으로는
남의 일을 성실히 수행했는지
친구를 사귐에 성심을 다했는지
학문을 성의 있게 익히려 하였는지
등을 꼽았습니다.

결국 사마온공이 유언으로 남긴 것은
하루하루를 성실히 살라는 얘기였습니다.
성실에 앞서는 지혜는 없으니까요.

__지식in

> 노여움이 생길 때는 열까지 수를 세라.
> 그래도 노여움이 풀리지 않으면 백까지 세라.
> 노여움을 참지 못하고 화를 내는 것은
> 이 화를 받는 사람보다도 내는 사람에게 더 큰 피해를 가져다줄 수 있다.
> __토머스 제퍼슨

부드러움과 단단함의 지혜

임종을 앞둔 스승이
마지막 가르침을 주기 위해
제자인 노자(老子)를 불렀습니다.
스승은 자신의 입을 벌려
노자에게 보여주며 물었습니다.

"내 입 안에 무엇이 보이느냐."
"혀가 보입니다."
"이는 보이느냐."
"스승님의 치아는 다 빠지고 없습니다."
"이는 다 빠지고 없는데 혀는 남아 있는 이유를 아느냐."
"이는 단단하기 때문에 빠져 버리고
혀는 부드러운 덕분에 오래도록 남아 있는 것 아닙니까."

"그렇다. 부드러움이
단단함을 이긴다는 것이 세상사는 지혜이니라.
이제 더 이상 네게 줄 가르침이 없구나."

__지식in

작은 지혜

만일 겨울이 없다면,
봄은 그토록 즐겁지 않을 것이다.

때때로 역경을 맛보지 않는다면,
성공은 그토록 환영받지 못할 것이다.

나무는 그 열매로 가치가 알려지고,
사람은 한 일에 따라 평가된다.

열매가 많이 열린 나무는
바람에 흔들리지 않는다.

__지식in

자유로운 생활이란
넘치지 않고 흐르는 물과 같이
순리와 질서와 조화를 갖춰야 한다.
진정으로 자유로운 생활은
스스로를 멋대로 내던지는 것이 아니라
자신을 적당히 억누르고 견제하는 데서
출발하는 것이다.
__장 자크 루소

사람의 얼굴

사람의 얼굴은 하나의 풍경이요,
한권의 책이다.
얼굴은 결코 거짓말을 하지 않는다.

입보다도 귀를
더 높게 대접하라.

현명한 사람은
모든 것을 자신의 마음속에서 찾고
어리석은 사람은
모든 것을 타인에게 찾으려 한다.

_지식in

만일 누군가
자기 자신에게만 관심이 있다면
그는 매우 작은 사람이다.
만일 그가
자신의 가정에도 관심을 가지고 있다면
그는 큰 사람이며
지역 사회에도 관심을 가지고 있다면 더 큰 사람이다.
_아리스토텔레스

고요함의 지혜

나무를 보라.
꽃과 풀을 보라.
당신의 맑은 마음을
그 위에 살며시 올려놓으라.

나무는 얼마나 고요한가.
꽃은 얼마나 생명 속에 깊이 뿌리내리고 있는가.
자연에서 고요함을 배우라.

나무를 바라보며
내 안의 고요함을 인식할 때
나도 고요해진다.
나는 깊은 차원으로 나무와 연결된다.

고요함 속에서
그리고 고요함을 통해서 인식한
모든 것과 나는 하나가 되었음을 느낀다.
그렇게 세상만물과 내가
하나임을 느끼는 것이 참사랑이다.

_에크하르트 톨레

스스로를 다스려라

마음을 고요하고
안정된 흐름 속으로 흘러가게 하라.

욕망에 넘어가지 말고
욕망을 지배하는 사람이 되라.

혀를 다스릴 수 있는 사람은
마음을 다스릴 수 있다.

마음을 다스리는 사람은
행동을 다스릴 수 있다.

행동을 다스리는 사람은
스스로를 다스릴 수 있다.

스스로를 다스리는 사람은
진실하고 영원한 깨달음의 빛으로 들어갈 수 있다.

_바바하리다스

자신을 보는 자와 자신을 못 보는 자

지혜로운 자는 자신을 보는 자 입니다.
지혜롭지 못한 자는
자신 외에 다른 것을 보는 자 입니다.
지혜는 자신의 무지를 보는 데서 생기고
무지는 자신의 유식을 보는 데서 생깁니다.

내가 무언가를 하려고 할 때 내 자신을 먼저 돌이켜 보세요,
그것을 왜 하려 하는지.

내가 무언가를 하려고 할 때 내 자신을 먼저 이해시켜 보세요,
그것이 왜 필요한지.

내가 무언가를 하려고 할 때 내 자신을 먼저 납득시켜 보세요,
그것이 되어야만 하는 이유를.

내가 무언가를 하려고 할 때 내 자신을 먼저 설득시켜 보세요,
그것이 된다는 확신이 차도록.

내가 무언가를 하려고 할 때 내 자신을 먼저 인정해 주세요,
그것이 이루어질 수 있도록.

__게이트

진정한 힘을 사용할 수 있는 능력 ❖

어떤 사람이 정글의 동굴에서 수행을 하고 있었다.
신이 그에게 직접 찾아와 물었다.

"무엇을 원하느냐?"

그는 대답했다.

"내가 생각하는 것은 무엇이든지 실현되기를 바랍니다."

"좋다. 네가 바라는 것은 무엇이든지 실현될 것이다."

그 사람은 매우 기뻤다.
좋은 음식을 생각하니 바로 눈앞에 먹음직한 음식이 나왔다.
좋은 침대를 생각하니 바로 앞에 아름다운 침대가 나타났다.
갑자기 그는 생각했다.

"만약 이 동굴이 무너지면 어떨까?"

그랬더니 그 순간 동굴이 무너져 내려 그는 깔려 죽었다.
그는 힘을 얻었으나 그 힘을 조절하여 사용할 수 있을 만큼
수행이 깊지 못해 자신의 생각을 통제할 수 없었다.

이와 같이 우선 자신의 생각을 조절하는 것이야말로
진정 힘을 사용할 수 있는 능력인 것이다.

_바바하리다스

천하의 하고 많은 사람 중에

님에게는 아까운 것 없이 무엇이나 바치고 싶은 이 마음
거기서 나는 보시를 배웠노라.

님께 보이고자 애써 깨끗이 단장하는 이 마음
거기서 나는 지계를 배웠노라.

님이 주시는 것이면 때림이나 꾸지람이나
기쁘게 받는 이 마음 거기서 나는 인욕을 배웠노라.

천하의 하고 많은 사람 중에 오직 님만을 사모하는 이 마음
거기서 나는 선정을 배웠노라.

자나깨나 쉴새없이 님을 그리워하고 님의 곁으로만 도는 이 마음
거기서 나는 정진을 배웠노라.

내가 님의 품에 안길 때에 기쁨도 슬픔도 님과 나와의 존재도 잊을 때에
거기서 나는 지혜를 배웠노라.
이제 알았노라.
님은 이 몸께 바라밀을 가르치려고
짐짓 애인의 몸을 나투신 "부처"시라고.

__춘원 이광수

깨달음

얻으려 하지 말라.
본래 얻을 것이 없는데 무엇을 얻을 것인가.
잃었다 하지 말라.
본래 잃은 것이 없는데 무엇을 잃었다 하는가.
내가 했다 하지 말라.
본래 내가 없는데 누가 나를 세우는가.
이것이다 저것이다 하지 말라.
본래 둘로 나눌 수 없는데
이것과 저것을 어디서 나누는가.
어떤 것도 정하면 이미 아니네.

도를 깨닫고자 하는가.
태양이 뜨면 밝고 지면 어둡다.
알겠는가.
모르면 물을 마셔 보라.
그래도 모르는가.
밝고 어두운 것을
아는 놈은 어떤 놈이며
물 마시는 놈은 또 어떤 놈인가?
그래도 모른다면
몽둥이로 맞는 길 밖에 없네.

__혜봉스님

뒤에야 …… 알았네

고요히 앉아 본 뒤에야
평상시의 마음이 경박했음을 알았네.

침묵을 지킨 뒤에야
지난날의 언어가 소란스러웠음을 알았네.

일을 돌아본 뒤에야
시간을 무의미하게 보냈음을 알았네.

문을 닫아건 뒤에야
앞서의 사귐이 지나쳤음을 알았네.

욕심을 줄인 뒤에야
이전의 잘못이 많았음을 알았네.

마음을 쏟은 뒤에야
평소에 마음씀이 각박했음을 알았네.

__진계유

바깥의 유혹보다는

나는 바깥의 유혹보다는
내 안의 유혹이 더 무섭다고
생각하는 사람 중의 하나이다.
10대 때는 이것이 눈에 몰려 있는 듯했다.
보는 것, 그것에 대한 탐이
어느 때보다도 강했던 것이다.
20대에 들어서는 유혹이 귀로 쏠리는 듯했다.

귀가 유난히 밝은 것 같았고
들리는 것마다에 호기심과 갈증을 느꼈다.
그러던 것이 30대에 들어서는 혀에 곤혹을 느꼈다.
입만 열면 교만과 모함이 쏟아져 나오려고 했다.
그러다 40대에 이른 지금에야 나는 비로소
남이 나를 유혹하는 것이 아니라
내가 나를 유혹하고 있음을 깨달았다.

내 스스로가 그런 빌미를 기다리고 있는 것이다.
나태의 유혹을, 관습의 유혹을.
그리하여 핑계만 있으면 고통스러운 영혼의
의지를 떼어 버리고
몸이 편하자는 대로 살려고 하지 않는가.

__정채봉

진정한 지혜

진정한 사랑은 말에 있지 않고 행동에 있으며
그런 사랑만이 우리에게 진정한 지혜를 줍니다.

진정한 지혜는 모든 것에 대한 지식이 아니라
살아가는데 가장 필요한 지식과 불필요한 지식과
알 필요가 없는 지식을 구별하는 것입니다.

곧 필요한 지식이란 되도록 나쁜 짓을 하지 않고
훌륭하게 살아가는 방법이 무엇인가 아는 것입니다.

그런데 안타깝게도 요즘 사람들은 사는데 가장 필요하고
소중한 지식을 연구하기보다는
쓸모없는 학문을 연구하고 있습니다.

지혜는 순수하기 이를 데 없는 것입니다.
지혜를 얻게 되면 영혼이 평안함을 느낄 것입니다.
지혜는 헤아릴 수 없습니다.
지혜에 가까이 가면 갈수록
지혜는 더욱 삶에 중요하게 다가오기 때문입니다.
지혜로운 우리의 삶은
시시각각 좋은 모습으로 변하는 것입니다.

__톨스토이

지혜의 달력

삶을 살아가는 태도는
두 가지로 나뉘어집니다.
하나는 죽음을 전혀 생각하지 않고
살아가는 것이며,
다른 하나는 매순간
어떻게 살아야 하는가 고민하며,
죽음의 순간까지 살겠다는
생각을 하고 살아가는 것입니다.

육체적이고 물질적인 생활을
정신적인 생활로 전환하면
할수록 그만큼 죽음을 두려워하지 않게 됩니다.
마음과 정성을 다해
정신적인 생활을 추구하는 사람은
죽음을 결코 두려워하지 않는 법입니다.

무엇을 할 것인가 마음을 잡지 못할 때는
그날 당장 죽는다고 상상해 보십시오.
곧바로 마음이 잡히게 되고
양심이 말하는 소리를
똑똑히 들을 것이고 진정으로
내밀한 소망이 무엇인가 확연히 알게 될 것입니다.

수초 안에 사형이 집행될 사람은

재산을 늘리겠다든가 어떤 명예를 얻을까.
그리고 전쟁에서 어느 나라가 이겼다는지,
새로운 행성을 발견했는가 하는 문제를 전혀 생각하지 못합니다.

그러나 죽음을
일분이라도 남겨 놓은 사람은
학대받는 사람을 위로하거나 제대로 걷지 못하는
노인을 부축하거나 상처에 붕대를 묶어주거나
아이들의 장난감을 고쳐주고 싶어합니다.

_톨스토이

해 질 무렵 집으로 돌아와
자신의 하루를 돌이켜보라.
착한 일을 했는지
바른 말을 했는지 헤아려보라.
그렇다면 당신은 하루를 가치 있게 산 것이다.
반대라면 당신은 하루를 의미 없이 산 것이다.
_토머스 스턴스 엘리엇

성공하려거든 남을 밀어젖히지 말고
자기 힘보다 무리하지 말 것이며,
한눈을 팔지 말고
자신이 뜻한 일만 묵묵히 해나가야 한다.
가장 평범한 방법이지만
이것이 곧 성공이 튀어나오는 요술 주머니이다.
_벤저민 프랭클린

사람을 알아보는 지혜

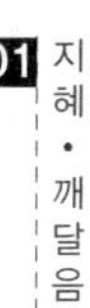

사람의 마음은 험하기가 산천보다 심하고, 알기는 하늘보다 더 어렵다.
하늘에는 그래도 봄, 여름, 가을, 겨울의 사계절과
아침, 저녁의 구별이 있지만,
사람은 꾸미는 얼굴과 깊은 감정 때문에 알기가 어렵다.
외모는 진실한 듯하면서도 마음은 교활한 사람이 있고,
겉은 어른다운 듯하면서도 속은 못된 사람이 있으며,
겉은 원만한 듯하면서도 속은 강직한 사람이 있고,
겉은 건실한 듯하면서도 속은 나태한 사람이 있으며,
겉은 너그러운 듯하면서도 속은 조급한 사람이 있다.

그러므로 군자는 사람을 쓸 때에
1. 먼 곳에 심부름을 시켜 그 충성스러움을 보고,
2. 가까이 두고 써서 그 공경을 본다.
3. 번거로운 일을 시켜 그 재능을 보고,
4. 뜻밖의 질문을 던져 그 지혜를 본다.
5. 급한 약속을 하여 그 신용을 보고,
6. 재물을 맡겨 그 사용하는 마음을 통해 그 어짐을 본다.
7. 위급한 일을 알려 그 절개를 보고,
8. 술에 취하게 하여 그 절도를 보며,
9. 남녀를 섞여 있게 하여 그 이성에 대한 자세를 살핀다.

이 아홉 가지 결과를 종합해서 놓고 보면
사람을 알아볼 수 있게 되는 것이다."

__공자

모든 해답은 우리의 내부에 있다

모든 해답은 우리의 내부에 있다.
우리는 스스로 그것을 깨달아야 한다.

배는 하나의 방향타에 의해 방향을 조절한다.
방향타는 배 안에 있다.
바로 스승은 당신 안에 있다.
그 스승이 참다운 당신인 것이다.

세상 전체가 우리의 스승이다.
우리는 모든 사람에게서 배워야 한다.
그러나 모든 것을 한꺼번에 알 수 있다는 의미는 아니다.

어떤 대답은 깊은 영향을 주기도 하고
또 어떤 것은 그렇지 않기도 하다.

의식이 높아질수록 이해도 또한 깊어진다.
우리는 서로 다른 업과 사고,
감각을 가지고 있다.

이런 차이점 때문에 다른 사람의 말을
자기식으로 해석해서
그것에 따라 행동한다.

__바바하리다스

사람의 눈을 흐리게 하는 것

논쟁하는 사람들의 무리에 끼어들지 말라.
아무리 하잘것없는 문제일지라도 흥분하지 말라.

격정은 결코 현명한 것이 못 된다.
무엇보다도 정의에 대해서 그렇다.

왜냐하면 격정은 사람의 눈을 흐리게 하며
나아가서는 마음을 혼란에 빠뜨리기 때문이다.

_고골리

행복과 불행은 사람의 마음에 따라
작은 것도 커지고 큰 것도 작아질 수 있다.
현명한 사람은 큰 불행도 작게 처리한다.
그러나 어리석은 사람은 조그마한 불행을
현미경으로 확대해서 스스로 큰 고민에 빠진다.
_라 로슈푸코

진정한 깨달음이란

진정한 깨달음이란 지금까지의 지식을
완전히 잊어버렸을 때 얻을 수 있는 것이다.

어떤 사물을 연구하려고 할 때
그것이 이미 앞서간 사람들에 의해
밝혀졌다고 생각한다면
털끝만큼도 진실에 가까워지지 못할 것이다.

그러므로 한 가지 사물을 완전히 규명하기 위해서는
스스로 그 사물에 대해서
아무것도 모르는 듯한 마음가짐으로 출발해야 한다.

__소로

인생에 있어서 가장 큰 고난은
우리가 무엇을 얻고자 노력하지 않는 데 있다.
희망을 가로막는 장애물은 결코 문제가 아니다.
희망을 실현해보려는 의지력이 약한 것이 문제일 뿐이다.
약한 의지력이야말로 성공의 가장 큰 장애물이다.
__요한 볼프강 폰 괴테

지혜는 그릇에 담긴 물처럼

이 그릇에 담긴 물을 저 그릇으로 옮기기란 아주 쉽다.
지혜라는 것도 그릇에 담긴 물처럼
많이 지니고 있는 사람이 적게 지닌 사람에게
쉽사리 나눠줄 수 있는 것이라면 얼마나 좋겠는가?

애석하게도 지혜의 속성은 그렇지가 못하다.
다른 사람의 지혜를 받아들이기 위해서는
무엇보다도 자기 자신의 노력이 가장 중요한 것이다.

_톨스토이

불행 앞에 우는 사람이 되지 말고
불행을 새로운 출발점으로 이용하는 사람이 돼라.
어떠한 지혜로도 불행을 미리 막을 도리는 없다.
그러나 그 불행 속에서
새로운 길을 발견할 힘은 우리에게 있다.
_오노레 드 발자크

지혜로운 사람

가장 훌륭한 무기는
가장 흉악한 죄악의 도구가 된다.
지혜로운 인간은 무기를 사용하지 않는다.
지혜로운 인간은 평화를 소중히 여긴다.

승리할지라도 기뻐하지 않는다.
전쟁의 승리를 기뻐함은
곧 살인을 기뻐하는 것이나 다름없다.
또한 살인을 기뻐하는 자는
인생의 목적에 도달할 수가 없다.

__노자

남에게 동정이나 칭찬을 받으려는 생각 속에는
남에게 의지하는 마음이 숨어 있다.
홀로 의연히 서 있는 사람은
남의 동정을 기대하지 않는다.
남의 칭찬과 비난에도 일일이 신경 쓰지 않는다.
__라 로슈푸코

좋 은 글 대 사 전

인생 • 인연

마음을 깨끗이 비워두라

눈 속에 이물질이 끼어 있으면
그 어떤 것도 정확히 보지 못한다.

또 귓속에 이명이 들리면
어떤 소리도 왜곡되게 들린다.

마찬가지로 마음속에 선입견이 있으면
만사를 대할 때마다 잘못된 생각을 하게 된다.

그러므로 마음은 깨끗이 비워두면 둘수록 좋다.

__뤼신우

그대가 헛되이 보낸 오늘은
어제 죽어 간 이들이
그렇게 살고 싶어 하던 내일이다.
내가 아직 살아 있는 동안에는
나로 하여금 헛되이 살지 않게 하라.
__랄프 왈도 에머슨

욕망과 예속

욕망을 품을수록 인간은 많은 것에 예속된다.
서서히 늘어가는 욕망 때문에
인간은 자유를 잃어버리는 것이다.

따라서 완전한 자유를 누리기 원한다면
결코 아무것도 바라지 않는 편이 좋다.

욕망의 크기를 줄일수록
인간은 한층 더 자유로워질 수 있는 것이다.

__조로아스터

우리가 어느 날 마주칠 불행은
우리가 소홀히 보낸,
지난 시간에 대한 보복이다.
__나폴레옹

인생의 목적은 승리가 아닌 성숙

우리는 살아가면서 수많은 일들을 겪습니다.
마치 날씨가 청명하고 바람 불고 비오고 눈 오듯이
우리의 인생에 있어 어찌 평탄하고 좋은 날만 있겠습니까.
그러나 그 흐린 날도 다 우리의 인생의 한 자락입니다.

흐리면 흐린 대로 맑으면 맑은 그 아름다움에 감사하면서
때론 길을 잃고 헤맬지라도 포기하지 않고,
목적지를 잊지 않고 지나온 길을 더듬어 가다보면
잃어버린 그 길을 다시 발견하는 기쁨도 맛볼 수 있습니다.
완벽하고자 하는 사람일수록 자신의 실수나 잘못에 대해
비판적이며 지나치게 자책하고 괴로워합니다.
그러므로 사람도 역경에 단련되지 않고서는 진정한 행복과
인생에 대해 폭넓은 이해를 가질 수 없지 않을까요?

시련과 고통은 우리를 단련시키고
더 깊이 보고 더 넓게 보는 혜안을 길러주기 때문이며,
인생을 한걸음 물러서서 관조할 마음의 여유를 갖게 될 것이기 때문입니다.
그러므로 안 좋은 일에 집착하여 우울함 속에 있지 말고
밝고 긍정적인 사고로 인간의 나약함을 인정할 때
우리는 자책으로부터 벗어날 수 있을 것입니다.
인생의 목적은 승리하는데 있지 않고
성숙해지고 함께 나누는 것에 있기 때문입니다.

__좋은글

기다림을 배워라

성급한 열정에 휩쓸리지 않고 인내할 때
인간의 위대한 정신은 빛을 발하는 법이다.
그러기 위해 인간은
먼저 자기 자신의 주인이 되어야 한다.
스스로를 완전히 정복해야만
다른 사람도 다스릴 수 있는 법이다.

길고 긴 기다림 끝에 계절은
무언가를 완성하고 감춰진 것을 무르익게 한다.
그렇듯 신은 우리를 채찍이 아닌 시간으로 길들인다.

"시간과 나는 또 다른 시간 그리고
또 다른 나와 겨룬다."라는 말이 있다.

지금까지 살아온 시간 속에서
당신의 인생에 무르익은 것은 무엇이며
무르익기를 기다리는 것은 무엇인가?

_발타자르 그라시안

모든 일에 뛰어날 필요는 없다

탁월한 능력을 가진 자는
자신의 능력을 과신하다가 곧잘 함정에 빠진다.
많은 분야의 다양한 일에 걸쳐 능력을 뽐내다가
사람들의 반감을 사고 마는 것이다.

어떤 일에도 쓸모없는 사람이 되는 것도 불행이지만,
모든 일을 다 잘해내려고 하는 것
역시 불행을 불러오는 태도다.

혹 인생의 한순간 자신의 욕심만큼
많은 일을 일구어냈다 해도,
제풀에 지쳐 쓰러지면 한꺼번에 많은 것을 잃게 되어
그를 추어올리며 찬탄하던 이들에게서조차 외면당하기도 한다.

그렇게 모든 능력을 탕진한 후 그에게 남는 것은
가치 높은 평가가 아니라 익숙지 않은 홀대뿐이다.
이와 같은 극단적인 상황을 피하기 위해서는
명성을 얻고 있을 때 절제하며 분수를 지킬 줄도 알아야 한다.
지나치게 많은 것을 추구하려고 발버둥치고 있다면,
그리고 그것을 많은 사람들 앞에서 과시하고 있다면
겸허한 마음으로 행동에 브레이크를 걸어라.

_발타자르 그라시안

행동이 인생을 결정한다

우리가 하는 모든 행동은 개개인의 지성과 사고 능력,
즉 오성(悟性)에 따라 나타난다.
사람들은 스스로를 보호하기 위해
본능적으로 자신의 오성을 따르게 된다.

그리고 우리의 인생은 각자의 오성이 가리키는
방향에 따라 흘러가게 되어 있다.

건강한 오성은 그 사람을 '가장 적합한 길',
'올바른 길'로 인도할 것이고
편협하고 나약한 오성은
불행하고 가파른 길로 인도할 것이다.

_발타자르 그라시안

삶이 비극인 것은 우리가 너무 일찍 늙고
너무 늦게 철이 든다는 점이다.
_벤자민 프랭클린

인생의 역경을 대하는 태도

사람이 좋아하는 일에 열중하면
몸이 아픈 줄도 모르게 된다.
그러나 아무런 일도 하지 않는 사람은
조금만 아파도 엄살을 부린다.

마찬가지로 덕의 완성을 인생의 중요한 목적으로
삼고 있는 사람들은 예사로 역경을 견뎌내지만,
정신적인 수양을 쌓지 못한 사람들은
그 역경을 치명적인 불운으로 여긴다.

__톨스토이

생각이 바뀌면 태도가 바뀌고,
태도가 바뀌면 행동이 바뀌고,
행동이 바뀌면 습관이 바뀌고,
습관이 바뀌면 인격이 바뀌고,
인격이 바뀌면 운명이 바뀐다.
__윌리엄 제임스

지식은 영혼의 음식이다 ❖

음식이 육체를 살찌우듯
지식도 영혼을 살찌운다.

그러나 음식을 잘못 먹으면
병이 나는 것처럼
영혼도 여러 가지 잡다한 지식으로
포화 상태가 되면
탈이 나게 마련이다.

그러므로 지식도 지나치면
병이 됨을 기억해야 하리라.

_러스킨

걱정은
내일의 슬픔을 덜어 주는 것이 아니라
오늘의 힘을 앗아 갈 뿐이다.
_코리 덴 붐

노여움은 모욕보다 더 해롭다

노여움은 다른 사람에게 불쾌감을 주지만
그 자신에게는 더 큰 괴로움을 안긴다.

노여움으로 시작된 일은 부끄러움으로 끝나는 법이며,
그래서 노여움은 모욕을 당하는 것보다 스스로에게 더 해롭다.

악에 빠진 인간은 가장 악한 원수가
기다리고 있는 곳으로 스스로 끌려 들어가기 쉽다.

악은 곧바로 열매를 맺지는 않지만
재 속의 불씨처럼 차츰차츰 타오르면서 사람들을 괴롭힌다.

_붓다

진심 어린 말은 언제, 어느 때, 어느 곳에서건 조심스럽게,
심사숙고한 뒤에 입 밖으로 나온다.
그러므로 당신이 무슨 말을 하든
그 말이 침묵보다 가치가 있어야 한다는 사실을 늘 유념하라.
_아라비아 격언

그 흐름이 흐트러지지 않는다

큰물에는 아무리 큰 돌을 던져도
그 흐름이 흐트러지지 않는다.
다른 사람의 비난에 마음이 흔들리는 사람은
큰물은커녕 작은 물구덩이보다도 못한 옹졸한 인간이다.

다른 사람 때문에 불행해졌다면
스스로 그 불행의 구렁텅이를 헤쳐 나와라.
당신은 용서받을 자격이 있는 인간이라는 것,
그리고 결국은 흙으로 돌아갈 존재라는 사실을 기억하라.

_사디

가장 영광스럽게 사는 사람은
한 번의 실패도 없이 나아가는 사람이 아니라
실패할 때마다 조용히,
그러나 힘차게 다시 일어나는 사람이다.
_스미스

행동으로 드러내라

당신의 정의를 행동으로 보여주어라.
모든 사물에서 중요한 것은 본질이지만
내면의 가치를 겉으로 드러낸다면
더 큰 빛을 발휘할 것이다.

겉으로 행동하지 않는 정의는
참된 정의라고 할 수 없다.
겉모습만으로 판단된 거짓이 난무하는 세상에서
훌륭한 본질에서 드러난 진실한 겉모습은
완전함을 드러내는 최고의 표지다.

__발타자르 그라시안

부자들은
가난한 사람들이 어떻게 살고 있는지를 알아야 한다.
가난한 사람들은
부자들이 어떻게 일하고 있는지를 알아야 한다.
__에드워드 아트킨슨

참된 마음, 참된 입, 참된 귀, 참된 눈

풍요로운 인생을 위하여 지녀야 할 네 가지는
참된 마음, 참된 입, 참된 귀, 참된 눈이다.

참된 마음이란 잡념이 없는 것,
참된 입이란 잡담을 하지 않는 것,
참된 귀란 비뚤어진 말을 듣지 않는 것,
참된 눈이란 잘못된 인식을 갖지 않는 것이다.

_뤼신우

세상에서 산을 가장 잘 타는 사람은
산에 오르면서 가장 재미있어 하는 사람이다.
_미상

눈물로 씻어지지 않는 슬픔은 없다.
땀으로써 낫지 않는 번민도 없다.
눈물은 인생을 위로하고, 땀은 인생에게 보수를 준다.
_서양 격언

못난 사람들의 흉내

어떤 사람이 억지로 일하는 사람에게 물었다.

"왜 자기 마음에도 없는 일을 하고 있지요?"
"다른 사람들이 모두 하니까요."

대답이 끝나자 질문했던 사람이 고개를 저으며 말했다.

"남들이 다 하고 있는 것은 아니오. 일례로 나는 지금 그런 일을 하고 있지 않소. 나 이외에도 그런 일을 하지 않는 사람들을 더 찾아낼 수도 있소."
"물론 전부 다는 아니겠지만 아주 많은 사람들이 그렇게 하고 있지요."

그 대답에 처음에 질문했던 사람이 다시 물었다.

"그렇다면 이 세상에는 못난 사람이 많은가요, 똑똑한 사람이 많은가요?"
"그거야 뭐, 못난 사람들이 더 많겠죠."
"그렇다면 당신은 많은 사람들의 흉내를 내고 있다니까 결국 못난 사람들의 흉내를 내고 있는 꼴이군요."

_포프

다른 사람들의 충고와 의견을 허락하라

막강한 권력을 가진 왕에게도
유순한 성정이 필요하듯이 아무리 뛰어난 사람이라도
진심 어린 충고에 귀 기울이는 자세가 필요하다.

모든 것으로부터 자기 자신을 폐쇄하려는 사람들이 있는데,
이들은 아무도 붙잡아주려 하지 않으므로
결국 위기의 순간에 스스로 몰락하고 만다.

제아무리 뛰어난 사람이라도 마음의 문을 열고
다른 이들의 의견을 주고받는 것이 좋다.
주변 사람에게 자신을 질책할 자유를 허락하라.
그러면 상대방은 당신의 융통성과 분별력을 높이 사고
당신의 권위를 인정할 것이다.

그렇다고 누구나 신뢰하는 것은 곤란하다.
우리들 내면 깊은 곳에 있는 진실한 거울에 비추어서
믿을 만한 사람과 그렇지 않은 사람을 구분할 줄 알아야 한다.

그리하여 질책과 경고로 우리의 오류를
바로잡아줄 만한 사람을 소중히 여기도록 하라.

_발타자르 그라시안

내가 천지 사이에 살고 있다는 것

내가 천지 사이에 살고 있다는 것은
한 마리 개미가 큰 맷돌에 붙어 있는 것이나 같은 것,
애써 오른편으로 가려 해도 풍륜 같은 맷돌은 왼편으로 돎을 어찌하나!

비록 인의의 길 가려해도헐벗음과 굶주림 당하는 걸 면할 수 없네.
칼끝에 앉아서 밥 짓는 것 같기도 하고,
바늘방석에 앉았듯이 편히 있지 못하네.
어찌 아름다운 산수 없으랴만 눈으로 대하기를 비바람 지나가듯 하네.

전원으로 돌아감에 늙기를 기다리지 않는
용단을 내리는 이, 몇이나 있는가?

다행히도 버려진 찌꺼기 같은 나는 지친 말의 안장과 짐을 푼 것 같이
온 집안 함께 강가 역사를 차지하니
절경을 하늘이 날 위해 꺼내준 듯 하네.

굶주리고 가난하지만 이걸 합쳐 생각하니
슬퍼해야 할지 축하해야 할지 알 수 없네.
담담히 근심도 즐거움도 없고 보니
괴로운 말은 전혀 나오지 않네.

__소식蘇軾

화내는 기술을 배워라

가능하다면 이성적인 힘을 길러서
분노를 쉽게 드러내지 마라.
현명한 사람에게 이는 어려운 일이 아니다.

화가 나면 먼저 자신이 화내고 있다는
사실부터 인지해야 하고,
그다음에는 그 화가 어떤 결과를 가져올지 생각해보고,
어디쯤에서 그 노여움을 멈춰야 할지를 가늠해야 한다.

그리고 더 이상은 나아가지 마라.
이 신중한 책략으로 자신의 분노를
적절한 시기에 멈출 수 있도록 노력해야 한다.

감정이 일단 움직이기 시작하면 멈추는 것이 쉽지 않다.
누군가 어리석게 판단력을 잃고 헤맬 때
그가 분노를 조절할 수 있도록 도와주라.

지나친 감정이란
결국 모두 이성적인 본성에서 벗어난 것이다.

_발타자르 그라시안

인간다운 삶에 대한 고민

"나는 생각한다. 고로 나는 존재한다."라는 말은 참으로 좋은 말이다. 인간은 지혜롭게 생각하지 않으면 안 된다. 지혜롭게 생각하는 사람이라면 무엇보다 먼저 자신이 어떤 목적 때문에 살아야 하는지를 생각할 것이다.

그리고 모두의 미래와 순수한 진실에 대해 생각할 것이다. 하지만 정작 우리는 무엇을 생각하고 있는가? 그저 자기에게 이로운 것만을 생각하고 있을 따름이다. 춤과 음악에 대해, 노래에 대해, 또는 그와 비슷한 만족을 생각하며, 부자나 왕자의 호사를 부러워하면서 말이다.

사람다운 삶에 대해서는 결코 생각하려고도 하지 않는 것이다.

_파스칼

세상에서 가장 좋은 벗은 나 자신이며, 가장 나쁜 벗도 나 자신이다.
나를 구할 수 있는 가장 큰 힘도 나 자신 속에 있으며,
나를 해치는 가장 무서운 칼도 나 자신 속에 있다.
이 두 가지 중 어느 것을 따르느냐에 따라 자신의 운명이 결정된다.
_월만

이성의 힘을 부여받은 갈대

인간이란 약한 갈대에 지나지 않는다.
하지만 우리는 이성을 가진 존재들이기 때문에
나약함을 극복할 힘이 있다.

우리의 본질을 뒤흔드는 고된 시련의 순간이 닥쳤을 때
이성의 힘을 발휘하여 인생의 진짜 보물을 찾아야 한다.

그것은 목적지로 향하는 우리의 길에
빛을 비추며 우리의 가치를 드높여줄 것이다.

_파스칼

처음에는 우리가 습관을 만들지만
그 다음에는 습관이 우리를 만든다.
_월존 드라이든

서로를 소중히 아끼며

살아가면서
서로를 소중히 아끼며 살아야 하겠습니다.
이토록 애절히 그리운 맘 운명이라는 것은
그림자와 같기에 언제 우리들 삶에 끼어들어
서로를 갈라놓을지 모르기에 서로 함께 있을 때
소중함을 깨달을 수 있어야 합니다.

작은 말 한마디라도 타인에게 상처를 주지 않았는지
항상 자기 자신을 돌아보아야 합니다.

화는 입에서 나와 몸을 망가지게 하므로
입을 조심하여 항상 겸손해야 하고
나는 타인에게 어떠한 사람인지
돌아보는 자세가 필요하다고 하겠습니다.

타인에게 있어 소중한 사람이 되려 하면
먼저 타인을 소중히 생각해야 합니다.
나보다 먼저 항상 남의 입장이 되어
생각하는 넓은 마음이 되어야 하겠습니다.

내 자신이 서로 아픔을 나눌 수 있는
포근한 가슴을 지녔는지,
그리고 타인에게서 언짢은 말을 들었더라도
그것을 다 포용할 수 있는 넓은 경지가 되어 있는지

돌아보아야 하겠습니다.

어차피 이 세상을 당당히 살아가야 하기에
서로 공경하여 사랑하며, 이해하며,
좀 더 따스한 마음으로 감싸 가야 하겠습니다.

기쁨보다 아픔이 많고
번뇌와 고뇌가 많은 이 세상입니다.
참고 인내하지 않으면
서로 이별이 많을 수밖에 없는 세상인 듯합니다.

우리가 살아가는 이 한 세상
생각하면 한숨만 절로 나오는 이 세상
하지만 아직은 마음 따뜻한 사람들이 많이 있기에
살아 볼만한 세상이 아닌가 싶습니다.

진정 나 자신부터 마음 따뜻한 사람이 되어
이 세상 어떠한 것도 감싸 안을 수 있는
우주와 같은 넓은 마음이 되어야 겠습니다.

진정 소중한 인연으로
함께 남을 수 있기에
진정! 소중한 인연으로 함께 할 수 있기에…….

__좋은글

진정으로
안타까워해야 할 일

가난하다고 해서 부끄러워할 필요는 없으나
가난하다는 이유로 삶의 의지를 잃어버렸다면
이는 부끄러워할 일이다.

지위가 낮다고 스스로를 비하할 필요는 없으나
지위가 낮다고 더 이상 노력하지 않는다면
스스로를 비하해야 마땅하다.

또한 늙었다고 해서 한탄할 필요는 없으나
늙었다는 이유로 아무 목적 없이 살아간다면
이를 한탄할 만하며,
죽음을 앞두고 있다고 해서 슬퍼할 필요는 없으나
죽은 뒤에 이름이 쉽게 잊힌다면 이는 슬퍼할 만한 일이다.

__뤼신우

걱정은 흔들의자와 같다.
계속 움직이지만 아무 데도 가지 않는다.
__윌 로저스

침묵은 뛰어난 지성의 봉인된 창고다

비밀이 없는 마음은 만인에게 공개된 편지와 같다.
근원이 깊은 곳에는 비밀도 깊이 숨겨져 있는 법이다.
이와 같은 비밀을 지켜내는 침묵은
굉장히 훌륭한 자제력을 갖추었을 때 나온다.

이로써 자신을 극복하는 것이야말로
인생에서 가장 참된 승리이다.
자신이 하려고 계획한 일을 여기저기 떠벌리지 말고
이미 말했던 것을 반복해서 말하지도 말라.

__발타자르 그라시안

태산에 부딪혀 넘어지는 사람은 없다.
사람을 넘어지게 하는 것은 작은 흙무더기이다.
__한비자

맹신은 금물이다

스스로 모든 것을 확신하지 못하는 사람들이 있는가 하면 지독한 맹신에서 벗어나지 못하는 고집쟁이들도 있다.

어리석은 사람은 주로 잘못된 판단에 대해 지나친 확신을 갖고 고집을 꺾지 않는다. 하지만 틀림없이 자신이 옳다고 여겨지더라도 일단 양보하는 것이 좋다.

우리가 가진 확신의 근거는 다른 사람들 역시 알고 있으며, 그들은 우리가 점잖게 물러나야 하는 이유 또한 알고 있다.

승리로 얻는 것보다 완고한 고집으로 잃는 것이 더 많기 때문이다. 완고함은 진리를 드러내기보다 거칠고 천박한 면모를 드러낼 뿐이다. 특히 위험한 상황에서 이와 같은 맹신을 버리지 않는다면 그로 인한 피해는 두 배로 늘어날 것이다.

_발타자르 그라시안

깊은 강물은 돌을 집어 던져도 흐려지지 않는다.
모욕을 받고 이내 발칵 하는 인간은 작은 웅덩이에 불과하다.
_톨스토이

이 글을 읽는 그대에게

지금 이 글 속에 나도 있고
이 글을 읽는 그대도 함께 하고 있습니다.
글 속에서 그대는 꽃이 되고
나는 한 마리 나비가 됩니다.

이 글을 읽는 그대는 나무가 되고
나는 그대를 휘감는 바람이 됩니다.
글 속에서 그대는 그리움이 되고
나는 그대를 그리워하는 기다림이 됩니다.

이 글을 읽으면서 나를 느끼고
그대의 가슴 속에 담아둘 수 있다면
난 그대의 시상이 될 수 있을 겁니다.

지금 이 글을 적으면서 이 순간만이라도
그대와 나는 함께하는 것입니다.
그대를 사랑해서 인연이라 말하며
보이지 않는 곳에서
그리움 하나 만들어 갈 뿐 입니다.

글 속에서 우리는 사랑을 하고
그리워하고 보고파 할 수도 있습니다.
하늘이 허락한 인연이 아니라면
만남 또한 없을 겁니다.

만약에 흐르는 시간 속에서 인연이라 한다면
내 영혼을 불사른다 해도 아깝지 않을
그런 사랑을 할 수 있을 겁니다.

가난한 사랑이라 해도 좋은 그런 사랑이라면
우린 글 속에서 행복해 할 테니까요.

글 속에서 그대의 목소리를 들을 수 없을지라도
마음하나 만은 언제든
그대에게 달려갈 수 있습니다.

글 속에서 그대를 그리워하며
그대 사랑을 가슴으로 느껴도 될는지요?

아무도 모르게 소리 없는 미련이지만
글 속에서 그대를 사랑하고 싶습니다.
글 속에서는 그대와 나 함께 하면서
아름다운 사랑을 하고 싶습니다.

인연이라 말하며
이 글을 읽는 동안이라도
나의 그대가 되어 주셨으면 합니다.
내가 언제나 그리워 할 그런 님이 되어 주시기를.

__좋은글

말과 행동의 조화

말과 행동이 조화롭게 어우러질 때
우리는 비로소 완전한 인간이 된다.

입으로는 훌륭한 말을 하고 행동은 영예롭게 하라.
훌륭한 말은 두뇌의 완전함을,
영예로운 행동은 마음의 고귀함을 드러낸다.

그리고 이 두 가지는 모두 숭고한 정신에서 비롯된다.

칭찬하는 사람보다 칭찬받는 사람이 되어라.
말하기는 쉽지만 행동하기는 어렵다.
인간의 행동이 삶의 본질을 이룬다면
말은 일종의 장식품이다.

뛰어난 행동은 후세에 남지만 말은 덧없기 때문이다.

__발타자르 그라시안

지나간 시간에 후회하는 삶보다는
다가오는 삶에 의미를 부여하는 시간이 훨씬 아름답다.
__톨스토이

인생의 길

인생의 길은 하나다.
인류의 영원한 희망은 우리 모두가
이 길 위에서 하나로 결합하는 것이다.

또 그 길은 우리 인생의 밑바탕에
너무도 뚜렷이 깔려 있다.
그러나 넓디넓은 세상 속에서 대부분의 사람들은
그 뚜렷한 길을 미처 발견하지 못하고
스스로 죽음의 길을 걸어간다.

__고골리

아무도 보지 않는다고 생각하고 춤을 추어라.
아무데도 상처받지 않을 것처럼 사랑하라.
아무도 듣지 않는다고 생각하고 노래를 불러라.
마치 지상의 천국처럼 살아라.
__윌리엄 퍼키

한 세상 살다 가는 것을

누구나 다 마찬가지겠지만
가끔 나의 삶이 맑고 투명한
수채화였으면 좋겠다는 생각을 해본다.

내가 그려온 삶의 작은 조각보들이
수채화처럼 맑아 보이지 않을 때
심한 상실감, 무력감에 빠져들게 되고
가던 길에서 방황하게 된다.

삶이란 그림을 그릴 때 투명하고 맑은 수채화가 아닌
탁하고 아름답지 않은 그런 그림을 그리고 싶은 사람이
어디 있으랴만은 수채화를 그리다가 그 그림이
조금은 둔탁한 유화가 된다면 또 어떠하랴.

그것이 우리의 삶인 것을,
부인할 수 없는 우리 삶의 모습인 것을,
때로는 수채화처럼 그것이 여의치 않아
때로는 유화처럼 군데군데 덧칠해 가며
살아간들 또 어떠하랴.

누구나 다 그렇게 한 세상 살다 가는 것을,
맑은 영혼 하나만 가져가게 되는 것을.

__좋은글

자기 자신을 불러일으켜라

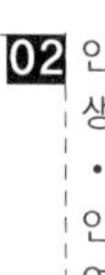

심려(深慮, 마음을 깊이 써서 생각함)가
불멸에 이르는 길이라면
천려(淺慮, 얕은 생각)는
죽음으로 가는 길이다.

심려는 결코 죽지 않으나
천려는 반드시 죽음을 자초한다.

심려로써 자기 자신을 불러일으켜라.
그렇게 스스로를 지킬 때 당신은 불멸하리라.

_붓다

재산은 분뇨와 같아서 쌓아 놓으면 악취를 풍기지만
넓게 뿌려졌을 때에는 땅을 기름지게 한다.
_톨스토이

인생의 법칙

인생의 변하지 않는 법칙은 보이지 않는 것이
보이는 것을 만들어낸다는 사실에 있다.
그러나 그 원인은 항상 숨겨져 있으며,
다만 그 결과만이 눈에 드러날 따름이다.

따라서 보이지 않는 것을 믿는다는 것은
모든 드러나지 않는 힘을 믿는다는 뜻이기도 하다.

그에 비해 보이는 것만을 받아들이는 것은
무익하고 일시적이며 헛된 수고에 지나지 않는다.

__맬러리

인생은 자전거를 타는 것과 같다.
당신이 계속 페달을 밟는 한 당신은 넘어질 염려가 없다.
__클리우드 페페

아름답고 향기로운 인연 ❖

당신을 사랑하는 마음 천년이 흘러도
사랑을 다해 사랑하며 살다가
내가 눈 감을 때까지
가슴에 담아 가고 싶은 사람은
내가 사랑하는 지금의 당신입니다.

세월에 당신 이름이
낡아지고 빛이 바랜다 하여도
사랑하는 내 맘은 언제나 늘 푸르게 피어나
은은한 향내 풍기며 꽃처럼 피어날 것입니다.

시간의 흐름에 당신 이마에 주름지고
머리는 백발이 된다 하여도
먼 훗날 굽이굽이 세월이 흘러
아무것도 가진 것 없는 몸 하나로 내게 온다 하여도
나는 당신을 사랑할 것입니다.

사랑은 사람의 얼굴을 들여다보며
사랑하는 것이 아닌
그 사람 마음을 그 사람 영혼을
사랑하는 것이기 때문입니다.

그렇기에 주름지고
나이를 먹었다고 해서 사랑의 가치가

떨어지는 것은 아니기 때문입니다.

만약 천년이 지나
세상에 나 다시 태어난다면 당신이 꼭
내 눈 앞에 나타났으면 좋겠습니다.

세월의 흐름 속에서도 변하지 않고
가슴에 묻어둔 당신 영혼과 이름 석 자 그리고
당신만의 향기로 언제나 옆에서 변함없이
당신 하나만 바라보며
다시 사랑하며 살겠습니다.

지금 내 마음속에 있는
한 사람을 사랑하며 내가 죽고 다시
천년의 세월이 흘러 내가 다시 태어난다 해도
만약 그렇게 된다면 사랑하는 사람의
부르고 싶은 단하나의 이름은
지금 가슴 속에 있는 당신 이름입니다.

_좋은글

과거에 대해 생각하지 말라.
미래에 대해 생각하지 말라.
단지 현재에 충실하게 살라.
그리하면 모든 과거도 모든 미래도 그대의 것이 될 것이다.
_라즈니쉬

죽음의 순간은 승리의 순간이다

죽음을 맞을 준비를 하자.
그 준비란 보통 생각하는 것처럼 장례식이나
이 세상의 여러 가지 번잡한 일들을
마무리한다는 의미가 아니다.

죽음의 순간은 진정한 승리의 순간이며,
죽는 사람의 마지막 모습은 살아남은 사람들에게
엄청나게 큰 영향력을 행사한다.

그 순간이 모두에게 이롭고
아름답게 기억되도록 준비하자.

_톨스토이

삶에 염증을 느꼈다고 해서 죽음을 택할 권리는 누구에게도 없다.
모든 사람들에게는 주어진 생을 끝까지 완수해야 할 도덕적 의무가 있으며,
그 의무에서 벗어나는 길은 죽음이 아니라
끝까지 해내는 길밖에 없다.

_에머슨

떠나버린 사랑이 아름답다

떠나버린 사랑이 아름다운 건
그리움이 있기 때문입니다.

아직 버리지 못한 사진 첩 속에
해맑은 미소로 남아 있는 그대 모습을
볼 수 있기 때문에 아름답습니다.

차마 지우지 못한 흔적들 속에서
내 젊은 날 그대를 더 많이
사랑하지 못했던 안타까움에
아직도 못다 부른 사랑 노래
부를 수 있기 때문입니다.

떠나버린 사랑이 아름다운 건
그대 나를 버리고 떠나셨다 해도
떠나던 그대 눈빛 속에 나를 향한
그대 바다를 보았기 때문입니다.

그대 바다에 배 띄워
세상을 향해 노 저어 가야할 내 운명 앞에
끝내 아무 말 하지 못하고
떠날 수밖에 없었던 그대의 마음을
이제야, 이제야 조금 알았기 때문입니다.

떠나버린 사랑이 아름다운 건
내 젊은 날 소중한 한 페이지를 만들어준
그대의 맑은 영혼이 있기 때문입니다.
그 페이지 속에서 언젠가는
그대를 다시 만날 것을 기약할 수 있기 때문입니다.

떠나버린 사랑이 아름다운 건
밤하늘 반짝이는 별들을 바라볼 수 있기 때문입니다.
그 별들의 속삭임에 눈물 흘릴 수 있는
내가 있기 때문입니다.

이른 아침잠이 깨어
밤사이 흘린 그대 영롱한 눈물방울의
아름다움을 볼 수 있기 때문입니다.

떠나버린 사랑이 아름다운 건
그대 사랑에 행복했었던 내가 있기 때문입니다.
아직도 보고픈 그대를 그리워 할 수 있는
자유가 있기 때문입니다.
나만의 추억이 있기 때문입니다.

떠나버린 사랑이 아름다운 건
아직도 못다 부른 우리의 사랑 노래
남아 있기 때문입니다.

__좋은글

생각의 방향과 의지의 방향

생각의 방향이 올바르지 않으면
그 사람의 의지 또한 올바르지 않다.

의지는 생각하는 방향의
결과로 나타나는 것이기 때문이다.
사상의 방향이 인생의 규범 위에 자리 잡고
정의의 관점에서 취급될 때에만
가장 선한 사상이 수립된다.

_세네카

두려움은 적게 희망은 많이,
먹기는 적게 씹기는 많이,
푸념은 적게 호흡은 많이,
미움은 적게 사랑은 많이 하라.
그러면 세상의 모든 좋은 것이 당신의 것이다.
_스웨덴 격언

쾌락의 도구에 집착하지 말라

아무리 세련된 예술도 도덕적 이상과 결부되지 않고
예술 자체의 만족만을 추구한다면
그것은 쾌락의 도구에 불과하다.

사람들은 쾌락에 골몰할수록 이러한 예술에 열중한다.
그것은 자신의 공허한 내면에 대한 불안감 때문이다.

그러나 그것은 결과적으로 끊임없이 자기 자신을 무능하고
불완전한 존재로 전락시키고 만다.

_칸트

독서의 습관을 몸에 지닌다는 것은
인생의 거의 모든 불행으로부터 당신을 지켜주는
피난처를 마련한다는 것이다.
_서머셋 모옴

삶이란 때론 이렇게 외롭구나

어느 날 혼자 가만히 있다가
갑자기 허무해지고,
아무 말도 할 수 없고,
가슴이 터질 것만 같고,
눈물이 쏟아지는데…….

누군가를 만나고 싶은데 만날 사람이 없다.

주위엔 항상 친구들이 있다고 생각했는데,
이런 날 이런 마음을 들어줄 사람을 생각하니
수첩에 적힌 이름과 전화번호를 읽어 내려가 보아도
모두가 아니었다.

혼자 바람맞고 사는 세상
거리를 걷다 가슴을 삭이고
마시는 뜨거운 한 잔의 커피

아……, 삶이란 때론 이렇게 외롭구나.

__이해인

마음의 문을 닫고

혼자 있더라도 마음이 열려 있으면 하늘이 있고,
땅이 있고, 새가 있고, 나무가 있음을 느낍니다.

봄이 되면 봄을 즐기고, 여름이면 여름대로,
가을이면 가을대로, 겨울이면 겨울대로
계절을 만끽할 수 있어요.

찾아오는 손님이 있으면 함께 대화할 수 있어서 좋고,
그가 돌아가면 혼자서 고요히 명상할 수 있어서 좋지요.

이렇게 받아들이면 혼자 있어도
외롭지 않고 더불어 있어도 귀찮지 않아요.
그런데 마음의 문을 닫고 있으면
혼자 있을 땐 외로워 못살고,
같이 있으면 귀찮아서 살 수가 없다고 합니다.

그러니 일가친척이 없기 때문에 외로운 게 아니라
마음의 문을 닫고 있기 때문에 외로운 것입니다.

_지산 이민홍

굳는다는 것은 죽음을 의미한다

인간의 몸은 살아 있는 동안은
부드럽고 유연하다가 죽으면 굳는다.

굳는다는 것은 곧 죽음을 의미하며
부드럽다는 것은 살아 있음을 의미한다.

지나치게 굳세고 메마른 것은 승리를 얻지 못한다.
수목이 굳어져버릴 때는 죽음이 다가온 때이다.

굳세고 큰 것은 언제나 아래에 있으며
부드러운 것은 언제나 그 위에 있다.

_노자

인간이 현명해지는 것은
단지 경험에 의한 것이 아니라
경험에 대처하는 능력에 따르는 것이다.
_조지 버나드 쇼

상황에 맞게 살라

우리는 행동도, 생각도 상황에 맞게 해야 한다.
어떤 일이든 할 수 있을 때 추구하라.
시간과 기회는 당신을 마냥 기다려주지 않는다.

인생을 미리 만들어놓은
법칙대로만 살아가려 하지 말라.
그것이 아무리 고상한 미덕이라 할지라도
매사에 융통성이 따르지 않으면 곤란하다.

__발타자르 그라시안

나는 지식보다 상상력이 더 중요함을 믿는다.
신화가 역사보다 더 많은 의미를 담고 있음을 나는 믿는다.
꿈이 현실보다 더 강력하며
희망이 항상 어려움을 극복해준다고 믿는다.
그리고 슬픔의 유일한 치료제는 웃음이며
사랑이 죽음보다 더 강하다는 걸 나는 믿는다.
이것이 내 인생의 여섯 가지 신조이다.
__로버트 풀검

문명의 함정

우리의 문명이 아무리 견고해 보일지라도
다른 한편에는
그것을 파괴하는 힘이 자라나고 있다.

그것도 인적이 끊긴 숲 속이 아니라
사람의 왕래가 빈번한 길거리에서 자라고 있으니,
이는 마치 야만인들이
교육받고 있는 것이나 다름없는 현실이다.

__헨리 조지

과거를 알고 싶은가?
그렇다면 오늘의 당신의 모습을 보라.
그것이 과거의 당신이다.
내일을 알고 싶은가?
그렇다면 오늘의 당신을 보아라.
그것이 바로 미래의 당신이다.
__삼세인과경

인연

전생에 무언가 하나로 엮어진 게
틀림이 없어 보이는 그런 사람이 있나보다.

깜짝 깜짝 놀랍기도 하고,
화들짝 반갑기도 하고,
어렴풋이 가슴에 메이기도 한
그런 인연이 살다가 보면 만나지나 보다.

겉으로 보여지는 것 보단 속내가 더 닮은
그래서 더 마음이 가고 더 마음이 아린
그런 사람이 있나보다.

그러기에 사랑은 어렵고 그리워하기엔 목이 메이고
모른 척 지나치기엔 서로에게 할 일이 아닌 것 같고.

누군가 그랬다.

인연이란?
잠자리 날개가 바위에 스쳐
그 바위가 눈꽃처럼 하이얀 가루가 될 즈음
그때서야 한 번 찾아오는 것이라고
그것이 인연이라고.

__지산 이민홍

다가온 인연은 소중하게

한 생애 사는 동안 우리는
우연이든 필연이든 많은 사람과
끊임없이 인연을 맺고 살아갑니다.

비단 사람과 사람의 인연이 아니어도
기르는 애완동물이나 화초 등
동식물과의 인연 또한 예사롭지 않은 만남입니다.

하물며 수 없이 많은 사람을 만나며
끊임없이 관계를 맺고 살아가는
사람과 사람의 인연이 어찌 소중하지 않을까요.

누구를 만나느냐에 따라
한 사람의 인생이 영웅이 될 수도 있고
범죄자가 될 수도 있을 만큼
만남의 인연이 우리 삶에 끼치는 영향은 매우 크므로
다가온 인연은 소중하고
아름답게 가꾸어 갈 줄 알아야 합니다.

스치고 지나가는 한 줄기 바람처럼
잠시 잠깐 머물다 헤어질 인연일지라도
결코 가볍게 여긴다거나 함부로 대할 수는 없습니다.

다가오는 모든 인연들을 진실하게 대하고 소중히 여기며

깊은 배려와 사랑으로
한 번 맺은 인연을 아름답게 가꾸는 노력을
게을리 해서는 안 됩니다.

살아 숨 쉬는 날까지
끊임없이 인연을 맺고 살아가는 것이 우리의 삶이기에
내게 다가온 인연은 오래도록 소중하고 아름답게.

__좋은글

인생이란 소유하거나 받는 것이 아니라,
사람이 되는 것이다.
더 좋은 사람이 되어 가는 것이다.
__ 아놀드 토인비

하루도 자그마한 일생이다.
날마다 잠이 깨어 자리에서 일어남이 그날의 탄생이요.
시원한 아침마다 짧은 청년기를 맞는 것과 다름없다.
그러나 저녁, 자리에 누울 때는
그날 하루의 황혼기를 맞는다는 것을 알아야 한다.
__쇼펜하우어

인생에 있어서의 의지

등불을 든 사람은 결코 길의 끝까지 다다르지 못한다.
그는 항상 등불의 뒤에 서 있기 때문이다.

삶에 대한 의지 또한 그러한 등불과 같다.
의지를 갖고 살아가는 삶에서 죽음이란 존재할 수가 없다.

왜냐하면 그 등불은 최후의 시간까지도 끊임없이
그의 길을 비추고 그는 그 뒤를 따라
언제까지나 걸어가야 하기 때문이다.

__톨스토이

남에게 선을 베푸는 것은
자기 자신에게 선을 베푸는 행위이기도 하다.
이것은 남에게 베푼 선의 대가를 뜻하는 말이 아니다.
선행의 의미는 선행 그 자체에 있다.
누군가에게 선행을 베풀었다는 의식은
인간 모두에게 최고의 자부심을 안겨준다.
__세네카

내 인생에 가장 좋은 것

우리는 늘 무언가를 찾습니다.
더 좋은 것, 더 새로운 것, 더 아름다운 것.

우리는 이 더 때문에
늘 바쁘고 외롭고 불안합니다.

만약 우리가 더가 아니라
최고를 찾고 그것을 갖는다면
우리는 더는 불안하지도
초라하지도 않을 것입니다.

우리는 누구나
끊임없이 더 좋은 것을 찾고 바랍니다.

하지만
우리는 간혹이라도 가장 좋은 것을 생각하고
그것을 향해 나아가야 합니다.

그러면 언젠가는
참 행복과 기쁨을 만날 수 있을 것입니다.

더 좋은 것은
눈에 보이고 돈으로 살 수 있지만
가장 좋은 것은

눈에 보이지도 않고 돈으로 살 수도 없습니다.

그것은
내 마음 안에 있습니다.

사랑, 정직, 진실, 성실, 친절, 순수, 소박,
겸손, 희망 배려, 용서, 이해, 감사…….

긍정적인 생각
바로 이런 것들입니다

지금이라도 만날 수 있고 할 수 있는
작고 평범한 생각이며 일들입니다.

이것들을 통해
우리는 더 좋은 삶이 아니라
최고의 삶을 살 수 있습니다.

__좋은글

슬퍼하는 자여!
마음을 가라앉히고 탄식을 거두어라.
구름 뒤에 태양은 언제나 빛나고 있을지니.
__롱펠로우

신을 찾는 것은 그물로 물을 긷는 일과 같다

그물을 물에 담그면 물이
그물 속에 담겨 있는 것 같지만
그물을 거둬 올리면 아무것도 남아 있지 않다.
사색과 행동으로 신을 찾으려 하는 동안에는
신이 당신의 마음속에 있을 것이다.

그러나 신을 찾아냈다고 생각하고
마음을 놓는 순간 신은 이내 사라져버린다.
내면을 깊이 들여다보라.
거기서 신을 발견하게 되리라.

__톨스토이

우리가 사는 이 땅은
조상에게서 물려받은 것이 아니다.
이것은 우리 아이들로부터 빌린 것이다.
__인디언 격언

나이가 들어서는 기분을 발산시켜라

젊을 때는 될 수 있는 한 기분을 억제하라.
무턱대고 발산해서는 안 된다.
주변 사람들을 배려하는 이와 같은
인내는 덕을 쌓는 데 도움이 된다.

그러나 나이가 들어서는
무리하게 억제하지 말고 기분을 발산하라.
그리하면 장수를 누릴 수 있다.

_뤼신우

남보다 더 잘하려고 고민하지 마라.
지금의 나보다 잘하려고 애쓰는 게 더 중요하다.
_윌리엄 포크너

기억되는 사람

이기적인 동기를 가지고
그들을 대하지 마세요.
할 수만 있다면 그냥 베풀기로 작정하세요.

나를 잘해주는 사람에게만
선대하는 일에 머물지 마세요.
나를 잘 대해주지 못하는
사람에게도 선대하세요.

훗날 그들은 당신의 호의와
사랑을 기억해낼 것입니다.
당신을 가슴에 꼭 새기고 싶은
사람으로 기억되겠지요.

다른 사람의 가슴 속에
새겨질 수 있는 사람으로 남으십시오.
다른 사람의 기억 속에
유독 향기 나는 꽃처럼 기억되는
사람으로 남으십시오.

__좋은글

인생의 시험

게으름에 빠졌을 때
우리는 지금껏 얼마나
스스로를 잘 다스려왔는지 시험하게 된다.

또 덤벙거릴 때
지금껏 자신의 행동을
얼마나 반성해왔는지 시험받고,
기쁨이나 분노가 치밀어 오를 때 지금껏
얼마나 마음의 수양을 쌓아왔는지 시험받으며,

곤란한 경우에 처했을 때
지금껏 얼마나 역량을 키워왔는지 시험받는다.

_뤼신우

생생하고 무한한 정신력을 추구하는 것이
인간의 본성이다.
물질적인 행복만을 추구한다면 우
리는 인간 자신에게 또는 단순하고 우연한 일에
노예처럼 종사하지 않으면 안 될 것이다.
_에머슨

인생에서 어느 때가 가장 중요합니까?

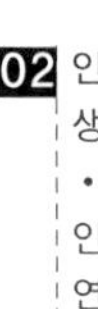

사람들이 성인에게 물었다.

"인생에서 어느 때가 가장 중요합니까?
어떤 사람이 가장 중요하고 또 어떤 일이 가장 중요한 겁니까?"

성인이 대답했다.

"가장 중요한 때는 현재다.
인간은 현재에 있어서만 자기 자신을 통제할 수 있기 때문이다.
가장 중요한 사람은 현재 당신이 관계를 맺고 있는 사람이다.
이후 당신이 또 다른 사람과 관계를 맺게 될지 어떨지는 확실하지 않다.
따라서 가장 중요한 일은 그 사람들과 사랑하며 조화를 이루며 사는 일이다."

_톨스토이

> 희망만큼 효과가 좋은 약은 없다.
> 그리고 내일이 더욱 나아질 것이라는
> 기대만큼 강력한 영양제는 없다.
> _오리슨 스웨트 마든

인간만큼 불가사의한 존재도 없다

태어나 처음으로 보고 듣고 맛보는 모든 것은 우리에게 놀라움을 선사한다. 그러나 그것은 신기하다는 의미에서의 놀라움일 뿐 그 이상도 그 이하도 아니다.

세상에 알 수 없는 일들이 아무리 많다 해도 인간만큼 불가사의한 존재는 없다. 인간은 살아가면서 동시에 죽음을 경험하는 신비한 존재다. 때로는 참을 수 없는 고통과 싸우기도 하고, 돌이킬 수 없는 과거를 그리워하면서 무한한 감정의 깊이를 느낀다. 그런데 오늘날 우리는 얼마만큼의 신비의 본질을 이루며 살아가고 있을까?

안타깝게도 오늘날에 신비라는 것은 공상이 작용할 수 있는 직관의 영역으로 후퇴해버렸다. 인간의 영혼은 물질적 세계보다는 논리와 이성으로 설명되지 않는 정신적 세계와의 교류에 힘써야 한다.

_톨스토이

인생에서 힘든 시기는
나쁜 날씨가 계속될 때가 아니라
구름 한 점 없는 날들만 계속될 때이다.
_칼 힐티

죽음을 두려워 하듯

모든 사람은 죽음에 초연하지 못하다.
죽음은 두려움과 공포로 대변되기 때문이다.

당신이 죽음을 두려워하듯 지상에 생명을 얻어
살아가는 모든 것들 또한
죽음을 두려워한다는 사실을 기억하라.
그러므로 언제, 어디서든, 그 무엇도 살생하지 말라.

__붓다

인생에서 가장 즐거운 것은
목표를 갖고 그것을 향해 노력하는 것이다.
__탈레스

인생은 흘린 눈물의 깊이만큼 아름답다

나는 눈물이 없는 사람을 좋아하지 않는다.
눈물이 없는 사람은 가슴이 없다.
바닥까지 추락해 본 사람은 눈물을 사랑한다.

바닥엔 가시가 깔렸어도
양탄자가 깔린 방처럼 아늑할 때가 있다.
이제는 더는 내려갈 수 없는 나락에 떨어지면
차라리 다시 일어서서 오를 수가 있어 좋다.

실패한 사랑 때문에,
실패한 사업 때문에,
실패한 시험 때문에,

인생의 밑바닥에 내려갔다고 그곳에 주저앉지 마라.
희망조차 보이지 않는다고 실망하지 마라.
무슨 일이든 맨 처음으로 돌아가
다시 시작하면 되는 것이다

사람은 자기가 흘린 눈물만큼 인생의 깊이를 안다.
눈물보다 아름다운 것은
다시 시작하는 용기와 희망이다.

_좋은글

누군가에게 소중한 만남이고 싶다

나도 누군가에게 소중한 만남이고 싶다.

내가 그대 곁에 있어 그대가 외롭지 않다면
그대의 눈물이 되어 주고, 가슴이 되어 주고
그대가 나를 필요로 할 때
언제든지 그대 곁에 머무르고 싶다.

나도 누군가에게 꼭 필요한 만남이고 싶다.

내 비록 연약하고 무디고 가진 것 없다 하여도
누군가에게 줄 수 있는 건
부끄럽지도 않은 마음 하나

누군가 나를 필요로 할 때
주저 없이 달려가 잡아 주고
누군가 나를 불러 줄땐
그대 마음 깊이 남을 의미하고 싶다.

나도 누군가에게 소중한 만남이고 싶다.

만남과 만남엔 한 치의 거짓이 없어야 하고
만남 그 자체가 내 생애에 기쁨이 되어야 하나니
하루하루가 누군가에게 소중한 만남이고 싶다.

_김옥림

빌려 쓰는 인생

지금 내가 가지고 있는 모든 것들은
정말 내 것이 아닙니다.

살아있는 동안 잠시 빌려 쓸 뿐입니다.
죽을 때 가지고 가지 못합니다.

나라고 하는 이 몸도 내 몸이 아닙니다.
이승을 하직할 때는
버리고 떠난다는 사실은
우리 모두가 다 아는 사실입니다.

내 것이라고는 영혼과 업보뿐입니다.
영원히 가지고 가는 유일한 나의 재산입니다.
부귀와 권세와 명예도 잠시 빌린 것에 불과합니다.

빌려 쓰는 것이니
언젠가는 되돌려 주어야 합니다.
빌려 쓰는 것에
너무 집착하지 말아야겠습니다.

너무 가지려고도 하지 말아야겠습니다.
많이 가지려고 욕심 부리다
모두 잃을 수도 있습니다.

그대로 놓아두면 모두가 내 것입니다.
욕심을 버리고 베풀면 오히려 더 큰 것을
얻을 수 있습니다.

내 것이라고 집착하던 것들을
모두 놓아버립시다.
나 자신마저도 놓아버립시다.

모두 놓아버리고 나면 마음은 비워질 것입니다.
마음이 비워지고 나면 이 세상 모두가
나의 빈 마음속으로 들어올 것입니다.
그것들은 이제 모두 내 것입니다.

__좋은글

사람이 아는 바는 모르는 것보다 아주 적으므로,
사는 시간은 살지 않는 시간에
비교가 안 될 만큼 아주 짧다.
이 지극히 작은 존재가 지극히 큰 범위의 것을
다 알려고 하기 때문에
혼란에 빠져 도를 깨닫지 못하는 것이다.
__장자

한 번 밖에 없는 인연

인연을 소중히 여기지 못했던 탓으로
내 곁에서 사라지게 했던 사람들.

한때 서로 살아가는 이유를 깊이 공유했으나
무엇 때문인가로 서로를 저버려
지금은 어디에 있는지도 모르는 사람들.

관계의 죽음에 의한 아픔이나 상실로 인해
사람은 외로워지고 쓸쓸해지고
황폐해지는 건 아닌지.

나를 속이지 않으리라는 신뢰
서로 해를 끼치지 않으리라는
확신을 주는 사람이 주변에 둘만 있어도
살아가는 일은 덜 막막하고 덜 불안할 것이다.

마음 평화롭게 살아가는 힘은
서른이나 마흔 혹은 오십이 되어도
저절로 생기는 것이 아니라

내일을 자신의 일처럼 생각하고
내 아픔과 기쁨을
자기 아픔과 기쁨처럼 생각해주고
앞뒤가 안 맞는 얘기도 들어주며

있는 듯 없는 듯 늘 함께 있는 사람의
소중함을 알고 있는 사람들만이 누리는
행복이었다는 생각도 든다.

그것이 온전한 사랑이라는 생각도
언제나 인연은 한 번밖에 오지 않는가도
생각하며 살았더라면.

그랬다면 지난날 내 곁에 머물렀던 사람들에게
상처를 덜 줬을 것이다.

결국 이별할 수밖에 없는 관계였다 해도
언젠가 다시 만났을 때, 시의 한 구절처럼
우리가 자주 만난 날들은 맑은 무지개 같았다고
말할 수 있게 이별했을 것이다.

진작, 인연은 한 번밖에 오지 않는다고
생각하며 살았더라면.

__좋은글

사과할 때 가장 힘든 일은
자신이 틀렸음을 깨닫고 스스로 인정하는 것이다.
자신에 대해 솔직해지는 1분은
자기를 기만한 며칠, 몇 달 혹은 몇 년보다 값진 것이다.
__켄 블랜차드

내 인생은 나의 것

우리는 체면을 무척 중요하게 생각합니다.

마땅히 해야 할 일을 체면 때문에 피하는가 하면
하지 않아도 좋을 일을
체면 때문에 맡았다가 낭패를 보기도 합니다.

그러나 곰곰이 생각해 보세요.
내가 사는 것은 남에게 보여주기 위함이 아닙니다.
내 인생이 남에게 보여주려고 있는 것이 아닙니다.

남이 나를 어떻게 생각할까를 생각하기보다
내 생각에 나는 어떤가를 먼저 생각해야 합니다.
내 인생은 내 것이니까요.

_지식in

> 인간은 현재의 중요성을 모른다.
> 막연하게 보다 나은 미래를 상상하거나
> 헛된 과거에 집착하고 있기 때문이다.
> _괴테

명품 인생

명품을 싫어할 사람은 없습니다.
누구나 명품을 갖고 싶어 합니다.

하지만 우리는
명품을 부러워할 것이 아니라
우리 삶이 명품이 되도록 만들어야 합니다.

옷으로, 가방으로, 신발로
자신을 치장하는 겉치레 인생이 아니라
당당함과 성실함과 진실함으로
자신의 매력을 뽐내는 명품 인생을 살아야 합니다.

그러기 위해서는
무엇보다도 자기 이름 석 자를 소중히 여겨야 합니다.
그 이름을 더럽히는 일은 하지 말아야 합니다.

_지식in

후회의 씨앗은 젊었을 때 즐거움으로 뿌려지지만
늙었을 때 괴로움으로 거두어들이게 된다.
_콜턴

인생은 경주가 아니라 음미하는 여행이다

과거나 미래에 집착해
당신의 삶이 손가락 사이로
빠져 나가게 하지 말라.

당신의 삶이 하루에 한 번인 것처럼
인생의 모든 날들을 살게 되는 것이다.

아직 줄 수 있는 것이 남아 있다면
결코 포기하지 말라.

당신이 노력을 멈추지 않는 한
아무것도 진정으로 끝난 것은 없으니까.

당신이 완전하지 못하다는 것을
인정하기를 두려워 말라.

우리들을 구속하는 것이
바로 이 덧없는 두려움이다.

위험에 부딪치기를 두려워 말라.
용기를 배울 수 있는 기회로 삼으라.

찾을 수 없다고 말함으로서

당신의 인생에서 사랑의 문을 닫지 말아라.

사랑을 얻는 가장 빠른 길은 주는 것이고,
사랑을 잃는 가장 빠른 길은
사랑을 너무 꽉 쥐고 놓지 않는 것이고,
사랑을 유지하는 최선의 길은
그 사랑에 날개를 달아주는 것이다.

당신이
어디에 있는지도 모르고
어디로 향해 가고 있는지도 모를 정도로
바쁘게 삶을 살지 말아라.

사람이
가장 필요로 하는 감정은
다른 이들이 그 사람에게
고맙다고 느끼는 그것이다.

시간이나 말을 함부로 사용하지 말아라.
둘 다 다시는 주워 담을 수 없다.

인생은 경주가 아니라
그 길을 한걸음 한걸음 음미하는 여행이다

__좋은글

인생의 기차여행

넓은 땅의 중국 기차도
언제나 들판만을 달릴 수는 없습니다.
언제나 곧게 뻗은 길만을 달릴 수도 없습니다.

더러는 산을 힘겹게 오르고
더러는 어두운 터널을 지나야 합니다.
그런 기차여행이
평지만을 달리는 것보다 재미있기도 합니다.

기찻길이 인생이고 기차가 우리의 삶이라면
산과 터널은 우리가 겪는 시련과 고통입니다.
기차여행에서 산과 터널이 있어야 재미있듯이
인생에서도 시련과 고통이 있어야 더 살맛이 납니다.

시련과 고통을 삶의 일부로 받아들이는 순간,
그것은 더 이상 시련이나 고통이 되지 않습니다.

_지식in

오늘이 무슨 날인지 아십니까?
오늘은 바로 당신이 앞으로 살아갈 인생의 첫날입니다.
_영화 〈아메리칸 뷰티〉 中에서

인생은 종합 사탕통이다

갖가지 맛이 나는 사탕이 가득 든
종합 사탕통 하나가 있다고 생각해 보세요.

그 중에는
당신이 정말 좋아하는 사탕과
당신이 아주 싫어하는 사탕이 있을 겁니다.

당신이 거기서 맛있는 사탕만
하나둘 골라 먹으면 어떻게 될까요?
나중에는 싫어하는 것만 남게 될 것입니다.
하지만 싫어하는 사탕을 먼저 먹으면
나중엔 어떤 것을 집어도 맛있는 사탕뿐일 겁니다.

그 사탕통이 인생이라고 생각해 보세요.
그리고 당신이 겪는 지금의 힘겨움이
바로 싫어하는 그 사탕이라고 생각해 보세요.

__지식in

벽돌이 쌓인다고 집이 되지 않듯이
시간이 쌓인다고 삶이 만들어지지 않는다.
__에리스 로럴드 미리에리

가장 아름다운 인생

가장 현명한 사람은
늘 배우려고 노력하는 사람이고
가장 훌륭한 정치가는
떠나야 할 때가 되었다고 생각이 되면
하던 일을 후배에게 맡기고 미련 없이 떠나는 사람이며.

가장 겸손한 사람은
개구리가 되어서도 올챙잇적 시절을 잊지 않는 사람이다.
가장 넉넉한 사람은
자기한테 주어진 몫에 대하여 불평불만이 없는 사람이고,

가장 강한 사람은
타오르는 욕망을 스스로 자제할 수 있는 사람이며,
가장 겸손한 사람은
자신이 처한 현실에 대하여 감사하는 사람이다.

가장 존경받는 부자는
적시적소에 돈을 쓸 줄 아는 사람이고,

가장 건강한 사람은 늘 웃는 사람이며,
가장 인간성이 좋은 사람은
남에게 피해를 주지 않고 살아가는 사람이다.

가장 좋은 스승은

제자에게 자신이 가진 지식을 아낌없이 주는 사람이고,

가장 훌륭한 자식은
부모님의 마음을 상하지 않게 하는 사람이며,

가장 현명한 사람은
놀 때는 세상 모든 것을 잊고 놀며
일할 때는 오로지 일에만 전념하는 사람이다.

가장 좋은 인격은
자기 자신을 알고 겸손하게 처신하는 사람이고,

가장 부지런한 사람은 늘 일하는 사람이며,
가장 훌륭한 삶을 산 사람은
살아 있을 때보다 죽었을 때 이름이 빛나는 사람이다.

__좋은글

훌륭한 사람을 만났을 때는
그 사람의 훌륭한 점을 자신도 가지고 있는가 생각해 보라.
그리고 악한 사람을 만났을 때는
그 사람의 나쁜 모습이 자기에게도 있지 않는가를 돌아보라.
언제나 자기를 점검해 보고 잘못된 것이 발견될 때는
곧바로 반성하는 사람이 되라.
__세르반테스

피아노와 인생

누구는
피아노로 시끄러운 소음밖에 내지 못하지만
누구는
같은 피아노로 감동스러운 연주를 합니다.

하지만 어느 누구도
피아노가 잘못됐다고 말하지는 않습니다.

인생도 그렇습니다.
누구든 인생이라는 피아노에서
멋지게 연주하고 멋진 음악을 남기길 소원합니다.
하지만 누구나 다 멋진 연주자가 될 수는 없습니다.

그리고 그것은
피아노의 잘못이 아니라 내 실력 탓입니다.

__지식in

운명보다 강한 것이 있다면
그것은 운명에 동의하지 않고 짊어지고 가는 용기이다.
__E. 가이벨

김치와 인생의 공통점

맛있는 김치가 만들어지기 위해서는
배추가 다섯 번이나 죽어야 한다고 합니다.

땅에서 뽑힐 때 한 번 죽고,
배가 갈라지면서 또 죽고,
소금에 절여질 때 다시 죽고,
매운 고추와 짠 젓갈에 범벅돼서 또다시 죽고,
마지막으로 장독에 담겨 땅에 묻히면서 죽어야
비로소 제대로 된 김치 맛을 낼 수 있다고 합니다.

인생도 그럴 것 같습니다.
남에게 진한 맛을 전하는 인생을 살기 위해서는
'욱' 하고 솟는 성질을 죽여야 하고,
자기만의 고집을 죽여야 하고,
남에 대한 삐딱한 편견도 죽여야 합니다.

__지식in

인간은 결심에 의해 올바르게 되어가는 것이 아니라
습관에 의해 올바른 모습을 갖추어 나가게 되는 것이다.
__윌리엄 워즈워드

길지도 않은 인생

우리네 인생이 그리 길지도 않은데
왜 고통 속에 괴로워하며 삽니까?
우리네 인생이 그리 길지도 않은데
왜 슬퍼하며 눈물짓습니까?

우리가 마음이 상하여 고통스러워하는 것은
사랑을 너무 어렵게 생각해서 그래요.
나의 삶을 누가 대신 살아주는 것이 아니잖아요.
나의 삶의 초점을 상대에게 맞추면 힘들어져요.

행복은,
누가 가져다주는 것이 아닙니다.
단지 내가 마음속에서 누리는 것이랍니다.

어떤 대상을 놓고
거기에 맞추려고 애쓰지 말아요.
그러면 병이 생기고,
고민이 생기고, 욕심이 생겨 힘들어져요.

누구에게도 나의 바램을 강요하지 말아요.
누구에게서도 나의 욕망을 채우려 하지 말아요.
그러면 슬퍼지고 너무 아파요.

우리네 인생이 그리 길지도 않은데

이제 즐겁게 살아요.
있는 그 모습 그대로 누리면서 살아요.

우리의 삶을 아름답고 행복하게 지어서
서로의 필요를 나누면서 살아요.
그리하면 만족하고 기쁨이 온답니다.

갈등하지 말아요.
고민하지 말아요.
슬퍼하지도 말아요.
아파하지도 말아요.

우리가 그러기엔 너무 인생이 짧아요.
뒤는 돌아보지 말고 앞에 있는 소망을 향해서 달려가요.
우리 인생은 우주보다도 크고 아름다워요.
우리 인생은 세상 어느 것과도 바꿀 수 없어요.
우리 자신은 너무 소중한 존재입니다.

세상에 태어나서
단, 한 번 살고 가는 우리네 인생
아름답고 귀하게 여기며
서로 사랑하며 마음을 나누며 살아요.

__좋은글

승자는 책임지는 태도로 삶을 살지만
패자는 약속을 남발하며 삶을 허비한다.
__J. 하비스

개똥밭에 굴러도 이승이 낫다

노랫말에도 있듯이
세상에 소중하지 않은 사람은 없습니다.
누구나 축복 속에 태어났으며
세상을 살아가면서 저마다 할일이 있습니다.

그러므로 자신의 생명을
함부로 다루지 말아야 합니다.
내 몸과 마음은
남이 나에게 맡겨놓은 물건을 다루듯
소중히 해야 합니다.

지금의 삶이 허물투성이라고 생각돼도
자책할 필요가 없고, 부끄러워할 까닭도 없습니다.
세상은 남에게 보여주기 위해 꾸려 가는 시간이 아니라
'궁극의 나'를 찾아가는 과정이기 때문입니다.

'개똥밭에 굴러도 이승이 낫다'라는 말은
산다는 것이 힘겨운 일이지만,
살다 보면 누구에게나 좋은 일이 생긴다는 의미입니다

__지식in

인생은 운명이 아니라 선택이다

옛말에 '작은 부자는 부지런하면 누구나
될 수 있지만, 큰 부자는 하늘이 내린다.'
라는 말이 있다.

곧 아무리 노력하고 때를 잘 타고 태어나도
불가항력적인 섭리(攝理)라는 법칙이 있다는 것이다.
이것을 인정하지 않을 때 인생은 고통스럽다.

인생은 운명이 아니라 선택(選擇)이다.
되돌릴 수 없는 순간들 앞에서 최선을 다하는
그 자체가 인생을 떳떳하게 하며 후회 없는
행복한 삶을 만드는 것이다.

그러므로 최선을 다했다면 등수 때문에
인생을 소진시키는 어리석은 짓은 하지 말아야 한다.
인생은 실패할 때 끝나는 것이 아니라
포기할 때 끝나는 것이다.

그 고통을 인정하고 고난을 통한 그 뜻을 알고
새 힘을 얻어 '아자!'를 외치며 성실하게
땀 흘리는 사람들은 박수를 받아야 마땅하다.

존재를 잃어버리면 가슴을 잃는 것이다.

가슴을 잃어버리면 자신을 잃는 것이다.
자신을 잃어버리면 세상을 잃는 것이다.
세상을 잃어버리면 인생을 잃는 것이다.

삶의 목표는 일등이 아니다.
편안함을 누리는 것은 더더욱 아니다.
어쩜 우리네 삶 자체가 고통 일지도 모르겠다.

__좋은글

인생이란,
특히 변화에 도전하는 시기에 있어서는
사막을 건너는 것과 같다.
끝은 보이질 않고,
길은 찾기 힘들고,
오도 가도 못하는 신세가 되었다가
잡힐 듯 말 듯한 신기루를 쫓기도 한다.
사막을 건너는 동안에는
언제 건너편 목적지에 다다를지 알 수가 없다.
우리의 인생도 많은 부분이
사막을 건너는 모습과 흡사한 것이다.
__지식in

인생은 폭풍속

살아있다는 것 자체가 축복이다.
살아있음을 자축하라.

척박한 사막에도 푸른 생명이 피어난다.
사막에 핀 꽃이 더 강렬한 색감이 있다.

태풍전야가 고요하듯 태풍의 눈은 조용하다.

폭풍속으로 뛰어 들어라.
그곳에도 고요가 있다.

인생은 어차피 폭풍 속이다.

__지식in

삶의 진정한 의미는 언제 죽느냐가 아니라
살아 있는 동안 얼마나 많은 일을 할 수 있느냐이다.
__조지 워싱턴

이런 게
인연이지 싶습니다

살다보면 만나지는 인연 중에 참 닮았다고 여겨지는 사람이 있습니다.
영혼이라는 게 있다면 비슷하다 싶은 그런 사람이 있습니다.

한 번을 보면 다 알아버리는 그 사람의 속마음과
감추려는 아픔과 숨기려는 절망까지 다 보여지는 사람이 있습니다.

아마도 전생에 무언가 하나로 엮어진 게
틀림이 없어 보이는 그런 사람이 있나봅니다.

깜짝 깜짝 놀랍기도 하고
화들짝 반갑기도 하고 어렴풋이 가슴에 메이기도 한
그런 인연이 살다가 보면 만나지나 봅니다.

겉으로 보여지는 것 보단 속내가 더 닮은
그래서 더 마음이 가고 더 마음이 아린 그런 사람이 있나봅니다.

그러기에 사랑은 어렵고, 그리워하기엔 목이 메이고,
모른 척 지나치기엔 서로에게 할 일이 아닌 것 같고
마냥 지켜보기엔 그가 너무 안쓰러운 보듬어가며
그런 하나하나에 마음을 터야 하는 사람
그렇게 닮아 버린 사람을 살다가 보면 만나지나 봅니다.

__좋은글

눈이 눈을 보지 못하듯

그렇지, 그렇지.
자기 자신을 사랑하기란 힘든 것이지.
우리들은 자기 자신을 잊은 지 오래지.
자기 자신은 눈썹보다 더 가까이 있기에.

눈이 눈을 보지 못하듯,
자기 자신이 자기 자신을 찾지 못하지.
우리는 객관적인 것에 익숙해 있기에
참다운 주관을 맛보지 못하지.

우리들은 주위의 평가에 자신을 맡기지.
주위 사람들이 예쁘다고 하면
자신이 예쁜 줄 알지.
주위 사람들이 무능하다고 하면
자신이 무능한 것으로 알지.
주위 사람들이 자기 자신을 결정하지.

한 가지 잊은 것이 있어.
주위 사람들 모두
자기 자신을 모르고 있다는 것을.
그래서 주위 사람들 모두
그 옆에 있는 사람들의 평가에 의존하고 있다는 것을.
주위 사람들 모두 자기와 다를 바 없는
고민과 열등의식, 불행감으로 가득하다는 것을.

안으로 들어가라.
안으로 들어가라.
누구의 목소리도 들리지 않는 안으로 들어가라.
그리고 거기에서 아직껏 한 번도 들어보지 못한,
자신만의 사자후(獅子吼)를 만나라.

안으로,
안으로만 들어가라.

__투리야

불평과 거짓말은 나 자신을 약하게 하는 방법이다.
강한 사람은 불평을 입에 올리지 않는다.
구멍 난 자기 집 앞을 불평과 거짓말로 메우지 말고
진실로만 메워 나가라.
__필립 체스터필드

가장 훌륭한 것은 물처럼 되는 것이다.
물은 온갖 것을 위해 섬길 뿐, 그것들과 겨루는 일이 없고
모두가 싫어하는 낮은 곳을 향하여 흐를 뿐이다.
__도덕경

나이로 살기보다는 생각으로 살아라

나이로 살기보다는 생각으로 살아라.
99℃ 사랑이 아닌 100℃ 사랑으로 살아라.

속담에 "밥은 봄처럼, 국은 여름처럼,
장은 가을처럼, 술은 겨울처럼."이란 말이 있다.

모든 음식에는 적정 온도가 있기 마련이다.
사랑에도 온도가 있다.

사랑의 온도는 100℃이다.
너무 많은 사람들이 99℃에서 멈춰 버린다.

기왕 사랑하려면 사랑이 끓어오르는 그 시간까지 사랑하여라.
계란후라이가 아닌 생명으로 살아라.

스스로 껍질을 깨고 나오면 생명(병아리)으로 부활하지만
남이 깰 때까지 기다리면 계란 프라이밖에 안 된다.

더군다나 뱀은 그 허물을 벗지 않으면 죽는다고 하지 않은가?
남이 너를 깨뜨릴 때까지 기다린다는 것은 비참한 일이다.
관습의 틀을 벗고, 고정관념을 깨뜨려, 매일 새롭게 태어나라.

돼지로 살기보다는 해바라기로 살아라.

돼지는 하늘을 쳐다보지 못한다.

넘어져야 비로소 하늘을 쳐다 볼 수 있다.
하지만 해바라기는 늘 하늘을 향해 있다.
해바라기가 아름다운 것은,
아무리 흐린 빛도 찾아내 그 쪽을 향하는데 있다.

나이로 살기보다 생각으로 살아라.
사람은 생각하는 대로 산다.
그렇지 않으면 사는 대로 생각하고 만다.
생각의 게으름이야말로 가장 비참한 일이다.

나이로 보다 생각으로 세상을 들여다 보아라.
생리적 나이는 어쩔 수 없겠지만,
정신적 나이, 신체적 나이는 29살에 고정해 살아라.

인상파로 보다 스마일맨으로 살아라.
잘 생긴 사람은 가만있어도 잘 나 보인다.
그러나 못생긴 사람은 가만있는 것만으로도
인상파로 보이기 십상이다.

너는 '살아있는 미소'로 누군가에
기쁨을 전하는 메신저가 되어라.
산은 산대로 아름답고 바다는 바다대로
아름다운 것을 따뜻한 마음하나로
자신의 인생을 사랑할 줄 알아야겠다.

물은 고여 있는 것보다 흐르는 것이 좋다

__지산 이민홍

위대한 자각이 바로 '나' 다

세상에 그 모든 것이 존재한다 하여도
그 모든 것이 존재함을 밝혀줄 수 있는 빛이 없다면
우리는 그 모든 것이 존재함을 알지 못한다.
비록 어둠이 존재한다 하여도
어둠조차도 이렇듯 밝음을 통해 볼 수 있는 것이며,
빛의 부재 또한 빛이 있기에 알 수 있다.

빛으로 인해 만물은 자신의 존재를 자각하고 있다.
빛으로 인해 만물은
자신의 모습을 인식하고 드러내고 있다.

나는 이러한 만물에 귀속 돼 있지 않다.
나는 빛이다.
나는 모든 것을 비추고 있는 빛이다.
나는 밝음이다.
나는 모든 것을 밝혀 주고 있는 밝음이다.

모든 만물의 자각을 갖게 하는
빛과 밝음이 바로 '나' 다.
모든 만물의 자각을 존재하게 하는
위대한 자각이 바로 '나' 다.
나는 진정 하느님이다.

_게이트

나이만큼 그리움이 온다 ❖

그리움에도 나이가 있답니다.
그리움도 꼬박꼬박 나이를 먹거든요.
그래서 우리들 마음 안에는 나이만큼 켜켜이 그리움이 쌓여 있어요.

그리움은 나이만큼 오는 거예요.
후드득 떨어지는 빗방울에도 산들거리며 다가서는 바람의 노래 속에도
애틋한 그리움이 스며 있어요.

내 사랑하는 이는 내가 그리도 간절히 사랑했던 그 사람은
지금 어디서 무엇을 하고 있을까요?

이만큼 그리워하고 있을까요?

내가 그리움의 나이를 먹은 만큼 나이만큼 그리움이 온다.
그리움의 나이테를 동글동글 끌어안고 있겠지요.

조심스레 한 걸음 다가서며 묻고 싶어요.
'당신도 지금 내가 그리운가요?'
스쳐가는 바람의 소맷자락에 내 소식을 전합니다.

'나는 잘 있어요'
이렇게 당신을 그리워하면서.

__좋은글

완전한 존재

완전한 존재가 되기를 기다렸다가
나를 사랑하려 한다면 인생을 허비하고 말뿐이다.
지금 이 순간 이곳에 있는 나는 이미 완전한 존재이다.

지금 이 순간 만큼은 지금의 내 모습이 완벽하다.
이것으로 충분하다.
삶으로 충만한 존재인 지금
더 나은 것을 바라려고 굳이 바둥거릴 필요가 없다.

지금 해야 할 일은 어제의 나보다는 오늘의 나를 좀 더 사랑하는 것
나 자신을 깊이 사랑 받고 있는 존재로 대하는 것뿐.

내가 나를 소중히 여길 때 나는 형언할 수 없을 만큼 기쁘고
아름다운 존재로 피어나리라.

사랑은 인류가 그 위대함을 충족시키는데 필요한 양분이니
나를 사랑하는 법을 배움에 따라 사람들 모두를 사랑하는 법도 배우게 된다.

이렇게 해서 우리 모두가 보다 아름다운 세상을 이루게 될 것이다.
모두가 치유 받게 되고 이 세상 역시 치유 받으리라.
나는 나의 완벽함, 삶의 완벽함을 인식하고 넘치는 기쁨을 맛본다.
진실로 그러하다.

__루이즈 L. 헤이

인생에도 색깔이 있다

인생에도 색깔이 있습니다.
온종일 내리던 비가 멎은 다음에
찬란하고 영롱하게 피어오르는 무지개처럼 말입니다.

우리들이 이 세상을 살아가면서
나 혼자만의 색깔이 아닌
일곱 색깔의 무지개처럼 사노라면
기쁨과 슬픔, 절망과 환희
그러한 것들을 겪게 마련입니다.

삶이 힘들고 어렵고 두렵다 해서
피해 갈수는 없습니다.

힘든 절망의 순간을 잘 이겨내고 나면
우리의 존재와 가치는 더욱 성숙해지고
절망의 순간을 잘 대처하고 나면
삶의 지혜와 보람이 한 움큼 쌓이게 됩니다.

기쁨도 슬픔도, 그리고 절망과 환희도
모두 나의 몫이라면
꼬~옥 끌어안고 묵묵히 걸어야할 길입니다.

__좋은글

빈손으로 돌아갈 인생

갓 태어난 인간은
손을 꽉 부르쥐고 있지만
죽을 때는 펴고 있습니다.

태어나는 인간은
이 세상의 모든 것을
움켜잡으려 하기 때문이고
죽을 때는 모든 것을 버리고
아무 것도 지니지 않은 채
떠난다는 의미라고 합니다.

빈손으로 태어나
빈손으로 돌아가는 우리 인생!
어차피 다 버리고 떠날 삶이라면
베푸는 삶이 되면 얼마나 좋겠습니까?

당신이 태어났을 때
당신 혼자만이 울고 있었고
당신 주위의 모든 사람들은
미소 짓고 있었습니다.

당신이 이 세상을 떠날 때는
당신 혼자만이 미소 짓고 당신 주위의
모든 사람들은 울도록 그런 인생을 사세요.

02

시간의 아침은 오늘을 밝히지만
마음의 아침은 내일을 밝힙니다.

열광하는 삶보다
한결같은 삶이 더 아름답고
돕는다는 것은 우산을 들어주는 것이 아니라
함께 비를 맞는 것이 아닐까요?

__지식in

좋은 책을 읽는 것은
과거의 가장 뛰어났던 사람들과
대화를 나누는 것과 같다.
__데카르트

잃어버린 것에 슬퍼하며 울고 난 뒤에는
아직 남아 있는 것에 감사할 줄 알아야 한다.
__모리 슈워츠

운명이란 다른 곳에서 찾아오는 것이 아니고
자기 마음속에서 성장하는 것이다.
__헤르만 헤세

지금 손에 쥐고 있는 시간이 인생이다

시간은 말로써는 이루다 표현하기 힘들 정도로
멋진 만물의 재료이다.
시간이 있으면 모든 것이 가능하며,
또 그것 없이는 그 무엇도 불가능하다.

시간이 날마다 우리에게 빠짐없이 공급된다는 사실은
생각하면 할수록 기적과 같다.

자, 당신 손에는 당신의 '인생' 이라는,
대우주에서 이제까지 짜여진 일이 없는
24시간이라는 실이 주어져 있다.

이제 당신은 이 세상에서
가장 귀중한 보물을 자유롭게 할 수가 있는 것이다.
이 매일 매일의 24시간이야 말로 당신 인생의 식량이다.

당신은 그 속에서 건강을, 즐거움을, 수입을,
만족을, 타인으로부터의 존경을
그리고 불멸의 영혼을 발전을 짜내는 것이다.

모든 것은 이것이 있어서 비로소 가능하다.
당신도 마찬가지다.

__좋은글

이렇게 살아가게 하소서

남자는 마음으로 늙고
여자는 얼굴로 늙는다고 하지만,
나이가 들수록 꽃 같은 인품의 향기를 지니고
넉넉한 마음으로 살게 하소서.

늙어가더라도
지난 세월에 너무 집착하지 말고
언제나 청춘의 봄날 같은 의욕을 갖고
활기가 넘치는 인생을 살아가게 하소서.

우러난 욕심 모두 몰아내고
언제나 스스로 평온한 마음 지니며
지난 세월을 모두 즐겁게 안아
자기 인생을 사랑하며 살게 하소서.

가진 것 주위에 모두 나누어
아낌없이 베푼 너그러운 마음이
기쁨의 웃음으로 남게 하시고
그 웃음소리가 영원의 소리가 되게 하소서.

늘어나는 주름살 인생의 경륜으로 삼고
자신이 살아오면서 남긴 징표로 고이 접어
감사한 마음, 아름다운 마음으로
큰 기쁨속에 살아가게 하소서.

인생이란 결국 혼자서 가는 길
살아온 날들의 경륜이 쌓인 그 무게 노여워도
아무것도 지니지 말고 가벼운 마음으로 그렇게,
마음의 부자로 살게 하소서.

자연스런 마음으로 다시 돌아가
마음의 호수 하나 가슴에 만들어 놓고
언제나 기도하는 마음으로
근심 없는 시간을 살아가게 하소서.

그것이
우리들 인생의 가장 큰 행복이게 하소서.

__지식in

내가 누군가의 손을 잡기 위해서는
내 손이 빈손이 되어야 한다.
내 손에 너무 많은 것을 올려놓거나
내 손에 다른 무엇이 가득 들어 있는 한,
남의 손을 잡을 수 없다.
소유의 손은 반드시 상처를 입으나
텅 빈 손은 다른 사람의 생명을 구한다.
__정호승

인간이란 존재는 여인숙과 같다

인간이라는 존재는 여인숙과 같다.
매일 아침 새로운 손님이 도착한다.
기쁨, 절망, 슬픔,
그리고 약간의 순간적인 깨달음 등이
예기치 않은 방문객처럼 찾아온다.

그 모두를 환영하고 맞아들이라.
설령 그들이 슬픔의 군중이어서
그대의 집을 난폭하게 쓸어가 버리고
가구들을 몽땅 내가더라도.
그렇다 해도 각각의 손님을 존중하라.
그들은 어떤 새로운 기쁨을 주기 위해
그대를 청소하는 것인지도 모르니까.

어두운 생각, 부끄러움, 후회,
그들을 문에서 웃으며 맞으라.
그리고 그들을 집 안으로 초대하라.
누가 들어오든 감사하게 여기라.
모든 손님은 저 멀리에서 보낸 안내자들이니까.

__잘랄루딘 루미

내 안에서

인생이라는 비단은
만남과 헤어짐이라는
삶의 씨줄과 날줄로 지어진다.
낙엽은 흙속에서 자신을 잃음으로서
비로소 숲의 삶에 참여한다.
인간은 바다의 고요와
대지의 시끄러움과 하늘의 노래를
모두 자기 안에 담고 있다.

조약돌을 완벽한 음률로 조율하는 것은
망치질이 아니라 춤추는 파도다.
밤은 낮의 잘못을 용서한다.
그리하여 스스로 평안을 얻는다.
중심은 영원한 윤회의 춤
한복판에서도 고요히 침묵한다.

여정의 마무리를 앞두고
내안에서 하나가 모두에 이르게 하라.
껍데기는 우연과 변화의 급류에 휩쓸린
군중과 함께 하도록 버려두어라.

_타고르

인생의 길은 하나이다

인생의 길은 하나이다.
인류의 영원한 희망은,
우리들 모두가 조만간 이 길 위에서
하나로 합쳐지길 바라는 것이다.

우리 모두가 하나 되는 이 길은
우리 인생의 밑바탕에
너무나 뚜렷하게 깔려 있다.
인생의 길은 넓디 넓다.

그러므로 대개는 그 뚜렷한 길을 미처
발견하지 못하고 죽음의 길을
걸어가고 마는 것이다.

생명을 가진 모든 것들과
그대가 결합되어 있음을
부정하는 모든 악을 그대 자신 속에서 제거하라.

__고골리

참된 인생을 사는 법

나는 주의사람들에게 얼마나 휩쓸리고 있는가?
나는 다른 사람들에게 무슨 일을 해 왔는가?
나는 다른 사람들을 어떻게 받아들이고 있는가?
나는 이기적인 사랑을 구하고 있지는 않는가?

고요한 장소에서 스스로에게
꾸밈없이 솔직한 질문을 던져보십시오.
어떤 경우에도 사랑으로 대하고
모든 일에서 진실을 발견할 것,
이것이 참된 인생을 사는 법입니다.

사랑이란 적대하지 않고 다투지 않으며
책망하거나 미워하지 않는 것입니다.
흔들림 없이 사랑을 믿으십시오.
사랑이 모든 문제에 종지부를 찍어 줄 것입니다.
죄의식과 후회뿐만 아니라
이 세상 모든 마음의 갈등과 원망을.

더럽혀지지 않은 순수한 마음은
남을 공격할 줄도 미워할 줄도 모릅니다.
왜냐하면 모든 것을 사랑스럽게
받아들이는 큰 사랑이 있기 때문입니다.
밀려드는 곤란과 어려움에 마음을 빼앗기지 마십시오.
남들의 나쁜 점만 눈여겨보아서도 안 됩니다.

희망과 기쁨에만 눈길을 돌리십시오.

그것이 슬픔과 고통, 미움으로부터
진정 자유로워지는 길입니다.
머리를 쥐어뜯으며 후회하는 것은 슬픔을 불러들입니다.
슬픔은 희망 없는 내일을 만들지요.
자신에게나 남에게서 허물만 찾아서
불평하고 한탄함으로써
흐트러진 마음과 불면의 밤을 불러들입니다.
이런 사실만 이해해도
자기에게나 남에게 저절로
상냥한 웃음을 건넬 것입니다.

__제임스 앨런

삶이 그대에게 주는 것은 오직 10%이다.
나머지 90%는 이제부터 그대가 할 몫이다.
__렐리스 크로우

고통은 인간을 생각하게 만든다.
사고는 인간을 현명하게 만든다.
지혜는 인생을 견딜 만한 것으로 만든다.
__J. 패트릭

다른 길은 없다

자기 인생의 의미를 볼 수 없다면
지금 여기, 이 순간, 삶의 현재 위치로 오기까지
많은 빗나간 길들을 걸어 왔음을 알아야 한다.
그리고 오랜 세월 동안 자신의 영혼이 절벽을 올라왔음도 알아야 한다.

그 상처, 그 방황, 그 두려움을
그 삶의 불모지를 잊지 말아야 한다.
그 지치고 피곤한 발걸음이 없었다면
오늘날 이처럼 성장하지도 못했고
자기 자신에 대한 믿음도 갖지 못했으리라.

그러므로 기억하라.
그 외의 다른 길은 있을 수 없었다는 것을.
자기가 지나온 그 길이 자신에게는 유일한 길이었음을.
우리들 여행자는 끝없는 삶의 길을 걸어간다.

인생의 진리를 깨달을 때까지
수많은 모퉁이를 돌아가야 한다.
들리지 않는가.
지금도 그 진리는 분명하게 말하고 있다.
삶은 끝이 없으며
우리는 영원 불멸한 존재들이라고.

_마르타 스목

인생에 주어진 의무

인생에 주어진 의무는 다른 아무것도 없다네.
그저 행복하라는 한 가지 의무뿐.
우리는 행복하기 위해 세상에 왔지.

그런데도 그 온갖 도덕 온갖 계명을 갖고서도
사람들은 그다지 행복하지 못하다네.
그것은 사람들 스스로 행복을 만들지 않는 까닭.
인간은 선을 행하는 한 누구나 행복에 이르지.

스스로 행복하고 마음속에서 조화를 찾는 한,
그러니까 사랑을 하는 한, 사랑은 유일한 가르침,
세상이 우리에게 물려준 단 하나의 교훈이지.

예수도, 부처도, 공자도 그렇게 가르쳤다네.
모든 인간에게 세상에서 한 가지 중요한 것은
그의 가장 깊은 곳 그의 영혼, 그의 사랑하는 능력이라네.

보리죽을 떠먹든 맛있는 빵을 먹든
누더기를 걸치든 보석을 휘감든
사랑하는 능력이 살아있는 한,
세상은 순수한 영혼의 화음을 울렸고
언제나 좋은 세상 옳은 세상이었다네.

_헤르만 헤세

얻으려고 하지 마라

수행중에 무엇이든 얻으려고 하지 마라.
자유로워지려고 하거나 깨달으려고 하는
바로 그 욕망이 당신의 자유로움을
방해하는 욕망이다.

아무리 오래
그리고 열심히 수행한다 해도
지혜는 욕망으로부터는 오지 않는다.

그러므로 단지 놓아버려라.
주의 깊게 몸과 마음을 관찰하라.
그러나 무엇이든 얻으려고 하지 마라.

심지어 수행이나 깨달음에도 집착하지 말아야 한다.

__아잔 차 스님

어떤 상황이 변화하기를 바란다면
우리는 우리가 변화시킬 수 있는 단 한 가지,
바로 자기 자신에게 초점을 맞추어야 한다.
__스티븐 코비

누가 주인이 되어야 하나

나의 생각이 나를 다루니
세상에 걱정과 근심이 끊이지를 않네.
내가 나의 생각을 다루니
세상에 걱정할 것도 근심할 일도 없네.

나의 생각이 나를 다루니
세상에 미혹과 의심이 끊이지를 않네.
내가 나의 생각을 다루니
세상에 미혹할 것도 의심할 일도 없네.

나의 생각이 나를 다루니
세상에 답답함과 혼란이 끊이지를 않네.
내가 나의 생각을 다루니
세상에 답답할 것도 없고 혼란이랄 것도 없네.

나의 생각이 나를 다루니
세상에 불안함과 초조함이 끊이지를 않네.
내가 나의 생각을 다루니
세상에 불안함과 초조함이 사라지네.

나의 생각이 나를 다루니
세상에 불평과 불만이 끊이지를 않네.
내가 나의 생각을 다루니
세상에 불평할 것도 불만스러운 일도 없네.

나의 생각이 나를 다루니
세상에 욕구와 욕망이 끊이지를 않네.
내가 나의 생각을 다루니
세상에 욕구할 것도 욕망에 빠질 일도 없네.

나의 생각이 나를 다루니
세상에 시기와 질투가 끊이지를 않네.
내가 나의 생각을 다루니
세상에 시기할 것도 질투할 일도 없네.

나의 생각이 나를 다루니
세상에 거짓과 진실의 시비가 끊이지를 않네.
내가 나의 생각을 다루니
세상에 거짓과 진실의 시비가 사라지네.

나의 생각이 나를 다루니
세상의 구속과 속박의 굴레가 끊이지를 않네.
내가 나의 생각을 다루니
세상의 구속과 속박으로부터 자유로워지네.

누가 주인이 되어야 하는가.

__게이트

신이 선물을 줄 때는
고통의 보자기에 싸서 주는 법이다.
__미상

나이 들면
인생은 비슷비슷 하다

30대에는 모든 것 평준화로 이루어지고,
40대에는 미모의 평준화가 이루어지고,
50대에는 지성의 평준화가 이루어지며,
60대에는 물질의 평준화가 이루어지며,
80대에는 목숨의 평준화가 이루어진다는 말이 있습니다.

30대까지는 세상의 모든 것이 불공평하고
사람마다 높은 산과 계곡처럼 차이가 나지만

나이가 들면서 산은 낮아지고 계곡은 높아져
이런 일, 저런 일 모두가 비슷비슷해 진다는 것입니다

많이 가진 자의 즐거움이 적게 가진 자의 기쁨에 못 미치고
많이 아는 자의 만족이 못 배운 사람의 감사에 못 미치기도 하여

이렇게 저렇게 빼고 더하다 보면
마지막 계산은 비슷하게 되는 것이지요.

우리가 교만하거나 자랑하지 말아야 할 이유가 여기에 있습니다.
우리가 친절하고 겸손하고 서로 사랑해야 할 이유도 여기에 있습니다.

__지식in

나이는 먹는 것이 아니라 거듭하는 것

나이는 칠을 더할 때마다 빛을 더해가는 옻과 같습니다.

어떻게 하면, 나이를 멋있게 먹을 수 있을까요?

이 세상에는 한 해 두 해 세월이 거듭할수록,
매력이 더해지는 사람과 세상이 거듭될수록,
매력을 잃어버리는 사람이 있습니다.

나이를 먹고 싶지 않다고 발버둥치는 사람일수록
세월이 지나갈 때마다 매력의 빛이 희미해지기 마련입니다.

나이를 먹는 것은 결코 마이너스가 아닙니다.

한 번 두 번 칠을 거듭할 때마다 빛과 윤기를 더해가는 옻 말이에요.

나이를 먹는다고 해서 기회가 적어지는 것도 아닙니다.
이 세상에는 나이를 거듭하지 않으면
맛볼 수 없는 기쁨이 얼마든지 있지 않습니까?

나이를 거듭하는 기쁨! 그 기쁨을 깨달았을 때,
당신은 비로소, 멋진 삶을 발견할 수 있을 것입니다.

__지식in

인연은 받아들이고 집착은 놓아라

미워한다고 소중한 생명에 대하여
폭력을 쓰거나 괴롭히지 말며,
좋아한다고 너무 집착하여
곁에 두고자 애쓰지 말라.

사랑하는 사람에게는 사랑과 그리움이 생기고
미워하는 사람에게는 증오와 원망이 생기나니

사랑과 미움을 다 놓아버리고
무소의 뿔처럼 혼자서 가라.
너무 좋아할 것도 너무 싫어할 것도 없다.
너무 좋아해도 괴롭고, 너무 미워해도 괴롭다.

사실 우리가 알고 있고,
겪고 있는 모든 괴로움은
좋아하고 싫어하는 이 두 가지 분별에서
온다고 해도 과언이 아니다.

늙는 괴로움도 젊음을 좋아하는 데서 오고,
병의 괴로움도 건강을 좋아하는 데서 오며,
죽음 또한 삶을 좋아함,
즉 살고자 하는 집착에서 오고,

사랑의 아픔도 사람을 좋아하는 데서 오고,

가난의 괴로움도 부유함을 좋아하는데서 오고,
이렇듯 모든 괴로움은 좋고 싫은
두 가지 분별로 인해 온다.

좋고 싫은 것만 없다면 괴로울 것도 없고
마음은 고요한 평화에 이른다.
그렇다고 사랑하지도 말고,
미워하지도 말고 그냥 돌처럼
무감각하게 살라는 말이 아니다.

사랑을 하되 집착이 없어야 하고,
미워하더라도
거기에 오래 머물러서는 안 된다는 말이다.
사랑이든 미움이든 마음이 그 곳에
딱 머물러 집착하게 되면
그 때부터 분별의 괴로움은 시작된다.

사랑이 오면 사랑을 하고, 미움이 오면
미워하되 머무는 바 없이 해야 한다.
인연 따라 마음을 일으키고,
인연 따라 받아들여야 하겠지만,
집착만은 놓아야 한다.

이것이 인연은 받아들이고 집착은 놓는
수행자의 걸림 없는 삶이다.
사랑도 미움도 놓아버리고
무소의 뿔처럼
혼자서 가는 수행자의 길이다.

_지식in

인연설

정말 사랑하고 있는 사람앞에서
사랑하고 있단 말은 아니합니다.
아니하는 것이 아니라 못하는 것이 진리입니다.

잊어버려야 하겠다는 말은 잊을 수 없다는 말입니다.
정말 잊고 싶을 땐 잊겠다는 말이 없습니다.

어질 때 돌아보지 않는 것은
너무도 헤어지기 싫기 때문입니다.
그것은 헤어진다는 것이 아니라
언제나 같이 있다는 것입니다.

사랑하는 사람앞에서 눈물 보이는 것은
그 만큼 그 사람을 잊지 못하는 증거요,
사랑하는 사람앞에서 웃는 것은
그 만큼 그 사람과 행복했다는 것이요,
그러니 알 수 없는 표정은 이별의 시발점입니다.

떠날 때, 울면 잊지 못하는 증거요,
가다가 달려오면 사랑하니 잡아달라는 뜻이요,
떠나가다 전봇대에 기대어 울면
오직 당신만을 사랑한다는 뜻입니다.

함께 영원히 할 수 없음을 슬퍼 말고

잠시라도 함께 있을 수 있음을 기뻐하고
더 좋아해 주지 않음을 노여워 말고
애처롭기까지만 한 사랑을 할 수 있음을 감사하고

주기만 하는 사랑이라 지치지 말고
더 많이 줄 수 없음을 아파하고
남과 함께 즐거워한다고 질투하지 않고

그 사람의 기쁨으로 여겨 함께 기뻐할 줄 알고
이룰 수 없는 사랑이라 일찍 포기하지 않고
깨끗한 사랑으로 오래 간직할 수 있는
나 당신을 그렇게 사랑합니다.

__만해 한용운

인생의 계획은 젊은 시절에 달려 있고
일년의 계획은 봄에 있으며,
하루의 계획은 아침에 달려 있다.
젊어서 배우지 않으면 늙어서 아는 것이 없고,
봄에 밭을 갈지 않으면 가을에 바랄 것이 없으며,
아침에 일어나지 않으면 아무 한 일이 없게 된다.
__공자

책은 인생이라는 험한 바다를 항해하는 데
도움이 되도록 남들이 마련해준
나침반이요, 망원이요, 지도이다.
__아놀드 베네트

그것이 인간이다

사람들은 작은 상처를 오래 간직하고
큰 은혜는 얼른 망각해 버린다.
상처는 꼭 받아야 할 빚이라고 생각하고
은혜는 꼭 돌려주지 않아도 될 빚이라고
생각하기 때문이다.

대부분의 사람들은 인생의 장부책 계산을 그렇게 한다.
나의 불행에 위로가 되는 것은 타인의 불행뿐이다.
그것이 인간이다.

억울하다는 생각만 줄일 수 있다면 불행의 극복은 의외로 쉽다.
상처는 상처로 밖에 위로할 수 없다.
세상의 숨겨진 비밀들을 배울 기회가 전혀 없이
살아간다는 것은 이렇게 말해도 좋다면 몹시 불행한 일이다.
그것은 마치 평생 동안 똑같은 식단으로 밥을
먹어야 하는 식이요법 환자의 불행과 같은 것일 수 있다.

인생은 짧다.
그러나 삶 속의 온갖 괴로움이 인생을 길 게 만든다.
소소한 불행에 대항하여 싸우는 일보다는
거대한 불행 앞에서 차라리 무릎을 꿇어 버리는 것이
훨씬 견디기 쉬운 법이다.
인생은 탐구하면서 살아가는 것이 아니라
살아가면서 탐구하는 것이다.

실수는 되풀이된다.
그것이 인생이다.

제아무리 강한 사람도 살면서 눈물을 흘리는 때가 있다.
우리는 친구의 어깨를 붙잡고 울기도 하고,
남몰래 이불 속에서 웅크리고 누워
고독의 눈물을 주체하지 못하기도 한다.

때론 우리의 진실을 곡해하는 사람들 앞에서도
참담한 눈물이 고일 때가 있다.

혹시 그대가 사람들 앞에서
눈물을 보여야 할 때가 있다면,
가능한 한 사려 깊어야 한다.
진실이 진실로 통하지 않은 순간에서
눈물만큼 훌륭한 언어는 없기 때문이다.

누구에겐가 편지를 쓸 수 있다는 것은
참 좋은 일이야.
누구에게 자신의 생각을 전하고자
책상 앞에 앉아서 펜을 들고,
이렇게 글을 쓸 수 있다는 것은 정말 멋진 일이야.
물론 글로 써놓고 보면,
자신이 말하고 싶었던 것의 아주 일부분밖엔
표현하지 못한 것 같지만 그래도 괜찮다 싶어.
누구에게 뭔가를 적어보고 싶다는 기분이 든 것만으로도,
지금의 나로서는 행복해.
그래서 나는 지금 네게 이렇게 편지를 쓰고 있는 거야.

_무라카미 하루키

인생에서 필요한 5가지 끈

인생은 끈이다.
사람은 끈을 따라 태어나고,
끈을 따라 맺어지고, 끈이 다하면 끊어진다.
끈은 길이요, 연결망이다.
좋은 끈이 좋은 인맥, 좋은 사랑을 만든다.

1. 매끈
까칠한 사람이 되지 마라.
보기 좋은 떡이 먹기 좋고,
모난 돌은 정맞기 쉽다. 세련되게 입고,
밝게 웃고, 자신감 넘치는 태도로
매너 있게 행동하라.
외모가 미끈하고 성품이 매끈한 사람이 되라!

2. 발끈
오기있는 사람이 되라.
실패란 넘어지는 것이 아니라
넘어진 자리에 머무는 것이다.
동트기 전이 가장 어두운 법이니
어려운 순간일수록 오히려 발끈하라!

3. 화끈
미적지근한 사람이 되지 마라.

누군가 해야 할 일이라면 내가 하고,
언젠가 해야 할 일이라면 지금 하고,
어차피 할 일이라면 화끈하게 하라.
눈치 보지 말고 소신껏 행동하는 사람,
내숭떨지 말고 화끈한 사람이 되라!

4. 질끈
용서할 줄 아는 사람이 되라.
실수나 결점이 없는 사람은 없다.
다른 사람을 쓸데없이 비난하지 말고
질끈 눈을 감아라.
한 번 내뱉은 말은 다시 주워 담을 수 없으니
입이 간지러워도 참고,
보고도 못 본 척 할 수 있는 사람이 되라.
다른 사람이 나를 비난해도 질끈 눈을 감아라!

5. 따끈
따뜻한 사람이 되라.
계산적인 차가운 사람이 아니라
인간미가 느껴지는 사람이 되라.
털털한 사람, 인정 많은 사람,
메마르지 않은 사람,
다른 사람에게 베풀 줄 아는 따끈한 사람이 되라!

__지식in

자신을 괴롭히지 말라

잘 알지도 못하는 일에
끼어들어 자신을 괴롭히지 말라.

자기와 관계없는 일에는 되도록
개입하지 않는 것이 현명하다.

그런 부질없는 일에 마음을 허비할 여유가 있다면
자기 수양에나 힘쓸 일이다.

__톨스토이

운명은 사람을 차별하지 않는다.
사람이 자신이 운명을 무겁게 짊어지기도 하고,
가볍게 짊어지기도 할 뿐이다.
운명이 무거운 것이 아니라 나 자신이 약한 것이다.
내가 약하면 운명은 그만큼 무거워진다.
운명을 두려워하면 그 갈퀴에 걸리고 말 것이다.
__세네카

우리는 할 수 있다는 느낌으로 자신을 판단하지만
다른 사람들은 행동의 결과를 보고 우리를 판단한다.
__롱펠로우

불쌍한 인간

지식을 주워 모으려고
돌아다니는 학자는 불쌍한 인간이다.

자아도취에 빠져 있는 철학자나,
인생을 재물 모으기에만 바치는 수전노처럼
탐욕스러운 연구가도 역시 불쌍한 인간이다.

이런 사람들은 대개 자신이
얼마나 불쌍한 인간인지 깨닫지 못하고,
오히려 그 알량한 지식을 과시하기 위해
잔칫집 주인마냥 흥청거린다.

그러므로 속이 허한 사람들은
더더욱 기아에 허덕이게 된다.
왜냐하면 이런 류의 지식인들은
얄팍한 지식으로 헛배만 불렀지
그 내면은 텅 비어 있기 때문이다.

__톨스토이

죽음에 대한 생각

가끔씩 죽음에 대하여 생각해보라.
그리고 그대도 머지않아
죽음을 맞게 될 것이라 생각하라.

그대가 무슨 일을 해야 할지 몰라
갈팡질팡하거나 심각한 번민에 빠져 있을 때라도,
당장 오늘 밤이면 죽을지도 모른다고 생각한다면
그 번민은 곧 해결될 것이다.

_톨스토이

누구도 자신의 어제를 바꿀 수는 없다.
하지만 우리 모두 자신의 내일은 바꿀 수 있다.
_콜린 파월

사람이 인생에서 이루어야 할 주요 과제는
자기 자신을 다시 태어나게 하는 것이다.
_에리히 프롬

모든 일은 사상의 결과이다

우리가 일상생활에서 겪는 모든 일들은
우리들 사상의 결과이다.

우리의 생활은 우리 자신의 마음속에서,
우리가 갖고 있는 생각 속에서 이루어지는 것이다.

만약 우리가 악한 마음을 품고 살아간다면
평생 번뇌의 수레바퀴에 끌려 다니는 신세가 될 것이다.

그러나 항상 선한 마음에서
우러나오는 말과 행동으로 세상을 살아간다면
평생 기쁨을 그림자처럼 달고 다닐 것이다.

_붓다

진정 우리가 미워해야 할 사람이
이 세상에 흔한 것은 아니다.
원수는 맞은편에 있는 것이 아니라,
정작 내 마음 속에 있을 때가 더 많기 때문이다.
_알랭

욕망을 억제하라

예전에는 심한 욕망에 사로잡히게 했던
그 어떤 것이 지금은 아주 하찮은
경멸의 대상이 되고 있음을 생각해보라.

지금 그대가 갈망하고 있는 모든 것이
또한 언젠가는 그렇게 되리라.

그대는 욕망을 만족시키려고 애쓰면서
얼마나 많은 것을 잃어버렸는가.

미래도 현재와 조금도 다를 바 없다.
매사에 욕망을 억제하라.

__톨스토이

덕이 높은 사람은 자기 스스로 덕이 높다고 생각하지 않는다.
그리하여 그는 더욱 큰 덕을 쌓게 되는 것이다.
덕이 많은 사람은 자만하지 않으며, 또 자기를 내세우려 들지도 않는다.
오히려 덕이 없는 사람이 기고만장하여 자기를 추켜세우는 법이다.
__노자

인간의 법칙

절대적으로 완전한 것은 하늘의 법칙뿐이다.
그러므로 어떤 완성된 상태,
즉 하늘의 법칙을 깨닫기 위해서
스스로의 모든 노력을 기울여야 하는 것이
인간의 법칙이다.

성인은 늘 쉴 새 없이
자기완성을 위하여 노력하는 사람이다.
성인은 선과 악을 구별할 줄 안다.
그는 선을 찾아내는 자이며,
항상 그 선을 잃지 않기 위해 노력하는 자이다.

__공자

이 세상을 움직이는 것은 희망이다.
수확할 희망이 없다면 농부는 씨를 뿌리지 않으며,
이익을 거둘 희망이 없다면
상인은 장사를 시작하지 않는다.
좋은 희망을 품는 것이
바로 그것을 이룰 수 있는 지름길이다.
__마틴 루터

명확한 인생관

지금 당장은
내 말이 잔인하게 느껴질 수도 있으리라.
그러나 내일이면 그대는
참다운 천성의 가르침에 따르게 될 것이다.

우리가 서로 진실하다면 추구하는 목적도 같을 것이다.
세속적인 행동의 동기와 원인을 버리고
자기 자신을 신뢰할 수 있는 사람은 행복하다.

관습과 규칙을 자신의 신념으로 알고
그 신념이 다른 사람들에 대한 철칙이 되도록
자기를 완성하기 위해서는 고결한 정신과
굳은 의지의 명확한 인생관을 갖고 있어야 한다.

__에머슨

젊었을 때는 잘못을 저질러도 좋다.
그러나 그것을 늙어서까지 끌고 가서는 안 된다.
__괴테

인생은 짧다

우리는 사랑하는 사람들에게
늘 공정하며 자애롭고
언제나 주의 깊게 대하기를 망설일 필요가 없다.

우리는 그들이 또한 우리들 자신이 병에 걸리거나
죽음의 위협을 받는 때를 기다릴 필요는 없다.

인생은 짧다.
그러므로 이 길을 함께 가는 사람의 마음을
즐겁게 하기 위해서는 조금도 낭비할 시간이 없는 것이다.

__아미엘

인생을 가장 인생답게 인도하는 힘은 의지력이다.
기둥이 약하면 집이 흔들리는 것처럼
의지가 약하면 생활이 흔들린다.
__랄프 왈도 에머슨

어리석은 사람

어리석은 사람에게도
자기의 부족한 점을 알 수 있는 지혜는 있다.
그러나 자신이 슬기로운 사람이라고 생각하는 사람은
결코 지혜로운 사람이 아니다.

오히려 어리석은 사람보다 더 어리석은 사람이다.
어리석은 사람은 성인의 곁에 살고 있을지라도
진리를 조금도 깨닫지 못한다.
마치 숟가락이 산해진미의 맛을 모르는 것처럼.

__붓다

사람들은 자기가 본 것에 집착하기 때문에
한 부분만을 보고 서로 자기가 옳다고 우겨댄다.
__중육모상경

생각하는 여유

서서히 가라. 생각하는 여유를 가져라.
그것이 힘의 원천이다.

노는 시간을 가져라. 그것이 영원한 젊음의 비결이다.
독서하는 시간을 가져라. 그것이 지식의 샘이 된다.
사랑하고 사랑받는 시간을 가져라.
그것은 신이 부여한 특권이다.

평안한 시간을 만들어라. 그것은 행복에의 길이다.
웃는 시간을 만들어라. 그것은 혼의 음악이다.
남에게 주는 시간을 만들어라.
자기 중심적이기에는 하루가 너무 짧다.

노동하는 시간을 가져라.
그것이 성공을 위한 대가이다.
자선을 베푸는 시간을 가져라.
그것은 천국의 열쇠다.

__아일랜드 격언

의지에 달려 있다

우리의 마음은 밭이다.
그 안에는 기쁨, 사랑, 즐거움, 희망과 같은
긍정의 씨앗이 있는가 하면
미움, 절망, 좌절, 시기, 두려움 등과 같은
부정의 씨앗이 있다.

어떤 씨앗에 물을 주어 꽃을 피울지는
전적으로 자신의 의지에 달려 있다.

__틱낫한

세상에는 두 부류의 인간이 있다.
한 부류는 자신의 길을 가는 인간이고,
다른 한 부류는
그 길을 가는 사람에 대해 말하며 사는 인간이다.
__니체

좋은 것을 얻을 수 있는 기회

어떤 고통이나 비극을 겪고 있다면
그것은 어떤 좋은 것을 얻을 수 있는 기회이기도 하다.

그것은 우리가 원했던 것일 수도 있고
다른 것일 수도 있지만,

위기의 나날이 끝나면
우리는 더 강하고 현명한 사람이 될 것이고,
자신의 본모습을 찾게 될 것이다.

__맥사인 슈널

대문자만으로 인쇄된 책은 읽기가 쉽지 않다.
그것은 일요일뿐인 인생도 마찬가지이다.
__장 파울

웃는 건 일류다

힘들 때 우는 건 삼류다.
힘들 때 참는 건 이류다.
하지만, 힘들 때 웃는 건 일류다.

꽃에 향기가 있듯이 사람에게는 품격이 있다.
그러나 신선하지 못한 향기가 있듯이
사람도 마음이 밝지 못하면
자신의 품격을 지키기 어렵다.

썩은 백합꽃은 잡초보다 그 냄새가 고약한 법이다.

__셰익스피어

사람은 반복적으로 행하는 것에 따라
판명되는 존재이다.
따라서 탁월함이란 단일 행동이 아니라 바로 습관이다.
__아리스토텔레스

시간의 착각

소년은 앞으로 꺼내 쓸 수 있는
시간이 무한정 많다고 생각하지만
그것은 착각에 불과한 것이다.

청소년기에는 살아갈 날이 좀 더 많아
시간이 더디 오지만 정신없이 청년기를 보내고
장년기에 이르면 시간은 무섭게 빨라진다.

시간은 젊은이와 늙은이를 구별하지 않고
재빨리 다가와 아주 잠깐 얼굴을 내비치고는
또다시 재빨리 왔던 곳으로 돌아간다.

섬광이 하늘을 가르는 듯한 그 짧은 순간 앞에서
우물쭈물 망설이기만 하다가는
시간이 할퀴고 간 상처에 고통을 받게 된다.

나는 그 짧은 순간 겨우 한 가지 일 밖에는 하지 못한다.

__ 뉴 캐슬 경

좋 은 글 대 사 전

삶 • 만남

꿈꾸는 삶

꿈은 꾼다는 것,
그 자체만으로 의미 있는 일입니다.

꿈을 꾸는 동안에는
누구나 승리자가 될 수 있으며
누구나 행복에 젖을 수가 있습니다.

하지만 꿈을 포기하는 순간
기쁨과 행복은 일제히 사라집니다.

길을 나서지 않고서는
새로운 길을 찾을 수 없듯이
꿈을 꾸지 않고서는
성공에 도전할 수가 없습니다.

꿈을 키우는 한 허망한 삶은 없습니다.
지금부터라도 꿈을 꾸어 보세요.

__지식in

있을 때의 소중함

있을 때는 그 소중함을 모르다가
잃어버린 후에야 그 안타까움을 알게 되는
못난 인간의 습성내 자신도
그와 닮아 있지 않나 하는 생각이 들 때면 매우 부끄러워집니다.

내일이면 장님이 될 것처럼 당신의 눈을 사용하십시오.
그와 똑같은 방법으로 다른 감각들을 적용해 보시기바랍니다.

내일이면 귀머거리가 될 것처럼
말소리와 새소리 오케스트라의 힘찬 선율을 들어보십시오.

내일이면 다시는 사랑하는 사람들의 얼굴을
못 만져보게 될 것처럼 만져보십시오.

내일이면 다시는 냄새와 맛을 못 느낄 것처럼
꽃향기를 마시며 매 손길마다 맛을 음미하십시오.

못 가진 것들이 더 많았지만
가진 것들을 충분히 누린 헬렌 켈러여사의 글입니다.

문제의 근원은 있고 없음이 아닙니다.
없는 것들에 대한 탄식에 자신의 시간을 망쳐버리느냐,
있는 것들에 대한 충만함에 자신의 영혼을 매진하느냐,
문제는 바로 그것입니다.

__박성철

거울의 진실

아침에 일어나면 세수를 하고 거울을 보듯이 내 마음도 날마다
깨끗하게 씻어 진실이라는 거울에 비추어 보면 좋겠습니다.

집을 나설 때 머리를 빗고 옷매무새를 살피듯이 사람 앞에 설 때마다
생각을 다듬고 마음을 추스려 단정한 마음가짐이 되면 좋겠습니다.

몸이 아프면 병원에 가서 진찰을 받고 치료를 하듯이 내 마음도
아프면 누군가에게 그대로 내 보이고 빨리 나아지면 좋겠습니다.

책을 읽으면 그 내용을 이해하고 마음에 새기듯이 사람들의 말을
들을 때 그의 삶을 이해하고 마음에 깊이 간직하는 내가 되면 좋겠습니다.

위험한 곳에 가면 몸을 낮추고 더욱 조심하듯이 어려움이 닥치면
더욱 겸손해지고 조심스럽게 행동하는 내가 되면 좋겠습니다.

어린 아이의 순진한 모습을 보면 저절로 웃음이 나오듯이 내 마음도
순결과 순수를 만나면 절로 기쁨이 솟아나 행복해지면 좋겠습니다.

날이 어두워지면 불을 켜듯이
내 마음의 방에 어둠이 찾아 들면 얼른 불을 밝히고
가까운 곳의 희망부터 하나하나 찾아내면 좋겠습니다.

__정순철

웃음이라는 것

세상에는 아름다운 보석이 많습니다.

그 중에서 가장 아름다운 보석은
사랑하는 이들의 웃음인 것 같습니다.

웃음이라는 것,
참으로 신비한 힘을 지녔지요.

삶이 힘들고 지칠 때면,
내 모든 것을 이해하고 감싸주는
엄마의 웃음을 마음에 담아봅니다.

그러면 어느새
마음은 평안해지지요.

불안해질 때마다
아빠의 믿음직한 웃음으로 인해
든든함을 얻습니다.

순간순간 그려지는 사랑하는 이의
웃음은 삶의 샘물 같습니다.

나를 바라보며
나의 못난 모습까지도

웃음으로 안아주는 이들이 있어
나는 행복합니다.

또한 그들에게 함박웃음으로
힘이 되고 싶습니다.

그들에게 다가가 속삭여 보려 합니다.

당신의 웃음을 살며시 안았더니,
당신의 심장이 나의 가슴에서 뛥니다. 라고…….

_좋은글

이상은 삶의 안내인이다.
우리에게 이상이 없다면
인생의 확실한 방향을 찾을 수 없다.
방향이 없으면 행동할 수도 없고
살아갈 수도 없다.
_톨스토이

삶에 염증을 느꼈다고
죽음을 택할 권리는 누구에게도 없다.
모든 사람들에게는 끝까지
완수해야 할 도덕적 의무가 있다.
그 의무에서 벗어나는 길은 죽음이 아니라
끝까지 해내는 것이다.
_에머슨

세상이 존재하는 것

우리는 모두
자기 분야에서 최고가 되려 합니다.
하지만 모두 최고가 될 수는 없습니다.
최고가 되지 못했다고 해서
그 사람이 실패자는 더더욱 아닙니다.

망망대해를 항해하는 배에
모두가 선장일 수는 없습니다.
기관실을 지켜야 하는 사람이 있는가 하면
갑판을 닦거나 요리를 하는 사람도 필요합니다.
그들이 힘을 합쳐야 목적지에 이를 수 있습니다.

세상에 쓸모없이 태어난 사람은 없습니다.
하는 일에 귀함과 천함도 없습니다.
하나하나의 사람으로 세상이 존재하는 것입니다.

__지식in

참된 삶을 맛보지 못한
인간만이 죽음을 두려워한다.
__톨스토

더블어 사는 게 인생이지 ❖

나 혼자 버거워 껴안을 수조차 없는
삶이라면 적당히 부대끼며 말없이 사는 거야.

그냥 그렇게 흘러가듯이 사는 게야
인생이 특별히 다르다고 생각하지 말자.

어제도, 오늘도, 내일도,
모두가 똑같다면 어떻게 살겠어.
뭔지 모르게 조금은 다를 거라고
생각하면서 사는 게지.

단지 막연한 기대감을 가지고
사는 게 또 우리네 인생이지.

숨 가쁘게 오르막 길 오르다 보면
내리막길도 나오고
어제 죽을 듯이 힘들어 아팠다가도
오늘은 그런대로 살만해.

어제의 일은 잊어버리며 사는 게
우리네 인생이 아니겠어.

더불어 사는 게 인생이지
나 혼자 동 떨어져 살 수 만은 없는 거잖아.

누군가 나의 위로가 필요하다면 마음으로
그의 어깨가 되어줄 수도 있는 거잖아.

그래 그렇게 사는 거야
누군가의 위로를 받고 싶어지면
마음속에 가두어둔 말 거짓 없이
친구에게 말하면서 함께 살아가는 거야.

그래 그렇게 살아가는 거야.

__좋은글

03

사람은 누구든지 간에
다른 사람 속에 거울을 가지고 있다.
그 거울은
자기 자신의 죄악과 결점을 똑똑히 비춰준다.
그러나 우리는 대개
이 거울에 대하여 개처럼 행동하고 있다.
거울에 비치는 것이 자기가 아니라고
개처럼 짖어 대는 것이다.
__쇼펜하우어

차분히 선행을 이루고 싶지만
뜻대로 되지 않더라도 결코 낙담하지 말라.
만약 그것이 가치 있는 일이라고 생각된다면
아무리 높은 곳에서 떨어지더라도
다시 그리고 올라가도록 노력하라.
시련을 견디는 힘은
오직 겸양을 통해서만 얻어지는 것이다.
__아우렐리우스

이름 없는 들꽃처럼

온실 속에서
사랑받고 자라는 화초가 있는가 하면
허허로운 벌판에서
비바람과 혹한을 견뎌야 하는 들꽃도 있습니다.

온실 속의 화초도 나름대로 아름답지만
이름 없는 골짜기에서 저 홀로 자란 들꽃도
골짜기 곳곳으로 자신의 향기를 풍깁니다.

그 들꽃을 위해 하늘은
때에 맞춰 단비를 내려주고
따뜻한 볕으로 몸을 감싸주기도 합니다.
들꽃의 몸을 심하게 흔드는 바람마저
사실은 들꽃의 뿌리를 튼튼히 만들어 줍니다.

당신이 이름 없는 골짜기의 들꽃일지 모릅니다.

__지식in

악한 일을 행하는 것만이 죄는 아니다.
악한 일을 생각하는 것만으로도 죄가 성립된다.
__조로아스터

목숨을 가장 값지게 하는 일

신이 인간을 세상에 보내면서
아무것도 없이 빈손으로 태어나게 하는 것은
누구나 사랑 하나만으로도
이 세상을 충분히 살아갈 수 있기 때문이라고 합니다.

신이 인간을 다시 데려가면서
아무것도 없는 빈 몸으로 불러들이는 까닭은
한평생 얻은 것 가운데 천국으로 가져갈 만한 것은
오직 사랑밖에 없기 때문이라고 합니다.

모두에게 헌신하고
모두를 위하고 아껴서
가슴에 사랑을 철철 넘치게 하는 것은
신이 허락한 목숨을 가장 값지게 하는 일입니다.

__지식in

인생에서 살아남는 사람들은
조금씩 꾸준히 노력하는 사람이다.
__오프라 윈프리

누구나 특별한 사람

삶이란
누구에게나 복잡하고 아슬아슬한 시간입니다.
어느 것 하나 풍족한 것이 없고
아무 걱정 없이 보내는 날도 없습니다.
어떤 일을 맘대로 결정하고,
무슨 결심을 바로 실행하기도 어렵습니다.
이리저리 흔들릴 수밖에 없는 것이 삶입니다.

그렇게 힘든 삶에서
그나마 기쁨과 행복을 찾으려면
무엇보다도 자신을 사랑할 줄 알아야 합니다.

이 세상에 특별하지 않게 태어난 사람은 없습니다.
누구나 세상에 단 하나뿐이며
무엇이든 해낼 수 있는 특별한 사람들입니다.

__지식in

바다에 빠져 죽은 사람보다
술에 빠져 죽은 사람이 더 많다.
__토머스 풀러

적당히 채워야 한다

생각이든, 재물이든, 물이든
적당히 채워야 합니다.

지나치면 모자람만도 못하다는
옛말을 타산지석으로 삼아야 합니다.

적당한 만족을 모르는 데서 생겨나는
불행함을 볼 수 있습니다.

우리는 하루 2~3끼의 식사로
몸을 돌보지만 하루 한 끼라도
마음의 양식을 생각하지 않습니다.

결과적으로 풍요속의 빈곤에
허덕이는 정신세계의 문제를 봅니다.

행복지수는 결코 몸의 건강과 물질에
해당되는 것이 아니라는 명제를
다시금 일깨워야 하겠습니다.

_지산 이민홍

훌륭한 습관

인품이란 것은
따지고 보면 일종의 습관입니다.

인사하는 습관,
옷을 잘 입는 습관,
좋은 책을 고르고 읽는 습관,
술을 알맞고 기분 좋게 마시는 습관,
상대방의 입장을 배려할 줄 아는 습관,
상대의 이야기를 진지하게 들어주는 습관,
돈을 아끼되 필요한 곳에는 잘 쓰는 습관,
어려움에 처한 사람을 보면 감싸고 도와주는 습관.

이렇게 헤아릴 수 없이 많은 습관들이 모여서
그 사람의 인품을 만들며
성공한 사람들은 훌륭한 습관을 가지고 있습니다.

__지식in

남의 생활과 비교하지 말라.
오직 네 자신의 생활을 즐겨라.
__콩도르세

인생은 둥글게 둥글게

삶이란
참으로 복잡하고 아슬아슬합니다.
걱정이 없는 날이 없고
부족함을 느끼지 않는 날이 없습니다.
어느 것 하나 결정하거나 결심하는 것도
쉽지 않습니다.

내일을 알 수 없고
늘 흔들리기 때문입니다.
삶이란
누구에게나 힘든 이야기입니다.
말로는 쉽게
"행복하다.", "기쁘다."고 하지만,

과연 얼마만큼 행복하고
어느 정도 기쁘게 살아가고 있는지
생각해보면 막막합니다.
이러면서 나이가 들고 건강을 잃으면
"아! 이게 아닌데……." 하는
후회의 한숨을 쉬겠지요.

그런데도 왜 이렇게 열심히 살까요.
어디를 향해 이렇게 바쁘게 갈까요.
무엇을 찾고 있는 걸까요.

결국, 나는 나,
우리 속의 특별한 나를 찾고 있습니다.
내가 나를 찾아다니는 것입니다.

그 고통, 갈등, 불안, 허전함은
모두 나를 찾아다니는 과정에서 만나는 것들입니다.
참 나를 알기 위해서 내가 이 세상에 태어난
존재 이유를 알기 위해서 나만의 특별함을 선포하기 위해서
이렇게 바쁜 것입니다.

이 세상에 살고 있는 사람 치고
아무 목적 없이 태어난 사람은
한 사람도 없습니다.

자기만의 독특한 가치,
고유의 의미와 능력을 가지고 태어났습니다.

이것을 찾으면 그날부터 그의 삶은
고통에서 기쁨으로, 좌절에서 열정으로,
복잡함에서 단순함으로,
불안에서 평안으로 바뀝니다.

이것이야말로
각자의 인생에서 만나는 가장 극적이 순간이요,
가장 큰 기쁨입니다.

아무리 화려해도 몸에 맞지 않는 옷을 입으면
불편하여 오래 입지 못하듯이,
아무리 좋은 일도 때에 맞지 않으면 불안하듯이,
아무리 멋진 풍경도 마음이 다른데 있으면

눈에 들어오지 않듯이,
내가 아닌 남의 삶을 살고 있으면,
늘 불안하고 흔들립니다.

하지만 자기를 발견하고
자신의 길을 찾으면,
그때부터 그의 인생은
아주 멋진 환희의 파노라마가 펼쳐지게 되고
행복과 기쁨도 이때 찾아옵니다.

__좋은글

03

'자기 자신을 알라.'
이것은 모든 행동의 기초가 된다.
그러나 자기를 바라본다고 해서
자신을 알 수 있는 것은 아니다.
다른 사람의 눈으로 볼 때 비로소
자기 자신을 똑똑히 알 수 있는 것이다.
__러스킨

성자를 대할 때는 자신을 돌이켜보며
나도 성자와 같은 덕을 쌓고 있는가 생각해보라.
악인을 대할 때도 마찬가지이다.
그대 역시 그 악인처럼 행동하지는 않았는지 생각해보라.
__중국 잠언

두 가지 꿈

꿈에는 두 가지가 있다고 합니다.
허황된 꿈과 현실 가능한 꿈이 바로 그것입니다.

성공은 자신의 열정이 한데 뭉친 덩어리입니다.
어느 것 하나 허황된 것이 없습니다.
이 때문에 성공하는 사람은
절대 허황된 꿈을 꾸지 않습니다.
자신의 열정이
엉뚱한 곳에 사용되는 것을 원치 않기 때문입니다.

상상만 하는 사람으로
한번뿐인 인생을 허비할 것인가?
상상을 현실화하는 당당한 사람으로 살 것인가?
그 해답은 이미 당신 마음속에 있습니다.

__지식in

하루와 하루의 길이는 같지만
삶과 삶의 길이는 다르다.
__서양 격언

아름다운 약속을 하는 사람

사람들 사이에는 수많은 약속들이 있습니다.
가족과의 약속, 친구와의 약속, 직장 동료들과의 약속,
이런 수많은 약속들은 자신이 혼자가 아님을 증명해주는 거랍니다.
만일 자기 곁에 아무도 없다면 그 흔한 약속 하나 없겠지요.

분명 약속이 많은 사람은 주위 사람들에게 많은
사랑을 받고 있다는 말이기도 합니다.

그러나 깊이 생각해봐야 할 것은 약속을 정하기는 쉽지만
그 약속을 지키기는 더욱 어렵다는 것입니다.

약속을 정하기 전에 먼저 이 약속을 지킬 수 있는지
생각해 볼 필요가 있습니다.
지키지 못할 약속은 차라리 하지 않는 편이 낫습니다.

작은 약속 하나 때문에 서로의 사이가 서운해질 수도 있다는 것을
우리는 많은 경험으로 알고 있으니까요.

자신이 한 약속들을 끝까지 지킬 줄 아는 사람은
아름다운 약속을 하는 사람입니다.

__지식in

별 볼일 없는 것이 특별하다

진시황제는 오래 살기 위해 엄청 애를 썼습니다.
불로초를 찾기 위해 수많은 사람을 여러 나라에 보냈고
명의들을 시켜 온갖 약을 만들 것을 명했습니다.
하지만 그는 결국 자신의 소망을 이루지 못했습니다.

그로부터 2000여년이 지난 지금
효과적인 장수 비결이 속속 밝혀지고 있습니다.
하지만 그런 것들은
진시황제가 생각하던 것과는 너무 거리가 멉니다.

조금씩 먹기, 많이 걷기, 충분히 잠자기,
남들과 많이 얘기하고 많이 웃기 등등
아주 작은 일에 장수비법이 있음이 밝혀지고 있습니다.

그렇습니다.
우리가 행복이나 성공 등을 위해 애써 찾는 특별한 방법을
어쩌면 우리는 진작부터 갖고 있는지도 모릅니다.

__지식in

소중한 오늘 하루

고운 햇살을 가득히 창에 담아 아침을 여는
당신의 오늘은 눈에 보이지는 않지만
마음과 마음이 통하는 천사들의 도움으로 시작합니다.

당신의 영혼 가득히 하늘의 축복으로
눈을 뜨고 새 날 오늘을 보며 선물로 받음은
당신이 복 있는 사람입니다.

어제의 고단함은 오늘에 맡겨보세요.
당신이 맞이한 오늘은
당신의 용기만큼 힘이 있어
넘지 못할 슬픔도 없으며
이기지 못할 어려움도 없습니다.

오늘 하루가 길다고 생각하면
벌써 해가 중천이라고 생각하세요.
오늘 하루가 짧다고 생각하면
아직 서쪽까진 멀다고 생각하세요.
오늘을 내게 맞추는 지혜입니다.

오늘을 사랑해 보세요.
사랑한 만큼 오늘을 믿고
일어설 용기가 생깁니다.
오늘에 대해 자신이 있는 만큼

내일에는 더욱 희망이 보입니다.

나 자신은 소중합니다.
나와 함께하는 가족은 더 소중합니다.

나의 이웃도 많이 소중합니다.
그러나 이 모든 소중함 들은 내가 맞이한
오늘을 소중히 여길 때 가능합니다.

고운 햇살 가득히 가슴에 안으면서
천사들의 도움을 받으며
무엇과도 바꿀 수 없는 오늘을 맞이한
당신은 복되고 소중한 사람입니다.

그런 당신의 오늘은 정말 소중합니다.

__좋은글

자기 자신을 존중하듯 남을 존중하고
자기가 남에게 바라보는 것을
남에게도 해줄 수 있다면
그는 참된 사랑을 아는 사람이다.
그 이상 무엇을 더 바라겠는가.
__공자

'일하는 곳' 보다 '하는 일' 이 중요하다

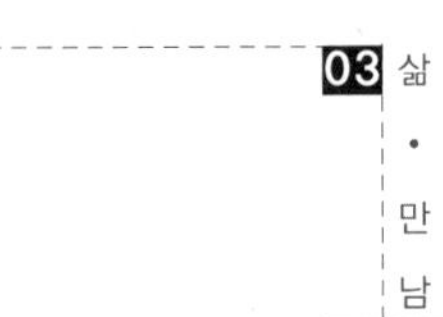

이 세상을 살아가고 있는 사람 중에서
아무 목적 없이 태어난 사람은 한 사람도 없습니다.
누구나 자기만의 의미와 능력을 가지고 태어났습니다.
그러므로 세상에 귀하지 않은 사람도 없습니다.

다만 자기 삶의 의미와 능력을 모르는 사람이 많습니다.
그것을 찾아야 합니다.
자기가 살아가는 의미와 자기의 타고난 능력 말입니다.
그것을 찾으면 그날부터 모든 삶이
고통에서 기쁨으로, 좌절에서 열정으로,
복잡함에서 단순함으로, 불안에서 평안으로 바뀝니다.

몸에 맞지 않은 옷을 입으면 불편해 오래 입지 못하듯이
적성에 맞지 않은 일을 하면 흥이 날 수 없습니다.
이 때문에 대학이나 직장을 선택할 때는 간판보다
그곳에서 배우고 하는 일에 마음을 두어야 합니다.

__지식in

삶이란 원래 그런 것

참으로 복잡하고 아슬아슬한 것이 삶입니다.
걱정 없는 날이 없고,
부족함을 느끼지 않는 날이 없는 게 삶입니다.

삶은 어느 것 하나 결정하기가 쉽지 않고
마음 단단히 먹은 것도 실천하기가 쉽지 않습니다.
알 수 없는 내일 때문에 오늘 이리저리 흔들리곤 합니다.

말로야 쉽게 행복하다, 기쁘다고 얘기하지만
과연 얼마나 행복하고 어느 정도 기쁘게 사는지 생각하면
막막하기만 합니다.

삶이란 원래 그런 것입니다.
나만 그런 것이 아니라 누구에게나 힘든 이야기입니다.
'왜 나만 이렇게 불운하지' 라고 말하는 것은
삶의 진짜 모습을 모르고서 하는 푸념일 뿐입니다.

__지식in

어리석은 자는 자신의 경험에서 배운다고 한다.
그러나 나는 다른 사람의 경험에서 많은 것을 얻는다.
__몰트케

순수를 사랑하는 삶을 살았으면

깨끗하고 투명한 유리잔 두 개가 있습니다.

한 잔에는 맑은 물이 가득 채워져 있고,
다른 한 잔은 비워져 있습니다.

전자는 "순수"라는 것이요,
후자는 "순진"이라는 것이죠.

순수라는 것은 물이 가득 채워져 있어
더 이상 들어갈 틈이 없으니,
깨끗함 그 자체이고요.

순진은 비어 있으므로,
그 안에 순수처럼 깨끗한 물이 담길 수도 있고,
더러운 물이 들어갈 수도 있는 것입니다.

어떤 누군가가
"순수"와 "순진"의 차이를 묻더군요.

순수의 사전적 의미는
"잡 것의 섞임이 없는 것", 사사로운 욕심이나
못된 생각이 없는 것입니다.

그리고 "순진"의 사전적 의미는
"마음이 꾸밈이 없이 순박하고 참되다",
세상 물정에 어두워 어수룩함 입니다.

그런데 곰곰이 생각해 보면
우리 삶의 의미를 되새겨 보게 됩니다.
살아가면서 "순진하다"라는 말은
어리석다는 의미일 수 있습니다.

반면 "순수하다"라는 말은
자신의 소신이 있고, 주관이 뚜렷하다는 것이며
세속에 물들지 않는다는 것을 뜻하는 것 같습니다.

"순진" 이란 말은
어릴 때만 간직할 수 있는 말입니다.
어른이 되어도 순진하다면
세상을 모르는 무지한 사람입니다.

반면 순수는 누구나 가질 수 있습니다.
나이가 들어도 순수한 사람이 있습니다.

순수한 사람은 거짓이 없습니다.
순수한 사람은 자기 말에 책임을 집니다.
순수한 사람은 주관이 뚜렷합니다.

순수한 사람은 어떤 상황이든 흔들리지 않습니다.
순수한 사람은 남에게 해를 끼치지 않습니다.
순수한 사람은 겸손의 미덕을 갖고 있습니다.
순수한 사람은 남의 잘못은 용서하지만
자신에게는 엄격합니다.

순수하게 살아간다는 게 쉽지는 않습니다.
하지만 좋은 습관을 가지려 노력하면
순수해질 수 있습니다.

진정 순수해
누가 봐도 아름다워서 나를 닮고 싶어 하는
사람들이 많았으면 좋겠습니다.

누가 봐도 아름답고,
누가 봐도 부담이 없는
순수를 사랑하는 삶을 살았으면 좋겠습니다.

__좋은글

03

인간의 정욕은 처음에는 거미줄처럼 가늘다가
나중에는 동아줄처럼 굵게 변한다.
또한 처음에는 이방인처럼 낯설다.
다음에는 손님처럼 보인다.
그리하여 마지막에는
집주인처럼 사람의 마음속에 눌러앉는 것이다.
__탈무드

베푸는 삶이 즐겁다

본래 사람은
누구나 다 성인이 될 수 있다고 합니다.
그런데도 성인이 되는 사람을 거의 찾기가 어렵습니다.

그 이유는
성인이 되기 위해서는 자신의 것을 버려야 하는데
하나같이 자신의 것을 끝까지 지키기 때문이라고 합니다.

자신의 것을 버리는 데도 방법이 있다네요.
내가 남에게 베푸는 것은 언젠가 다시 내게 돌아오지만
내가 남한테 던지는 것은 다시는 내게 돌아오지 않는답니다.

받는 기쁨은 짧고 주는 기쁨은 길다는 것을,
늘 기쁘게 사는 사람은
받는 즐거움보다 주는 즐거움을 더욱 소중히 여긴다는 것을
마음에 간직해야 하겠습니다.

_지식in

괴로움이란
그것을 철저히 경험하는 것으로 치유할 수 있는 것이다.
_마르셀 프루스트

반성하는 삶이 아름답다

참아야 한다고 생각하면서도
결국 화를 내고 시원해한 적이 없습니까.

실패도 삶에 도움이 된다고 말하면서도
정작 실패할 것에 두려워 벌벌 떤 적이 없습니까.

혹시 너그러운 척하면서 까다롭게 행동한 적이 없습니까.
말로는 절약하자고 하지만, 실제는 낭비하고 있지 않습니까.

남에게는 희망을 품으라고 하면서
스스로는 불안해하거나
남에게는 변화가 좋은 것이라 말하면서
스스로는 안정만을 따라다니지는 않습니까.

남의 성공에 박수를 치기보다 질투를 하고,
감사의 말보다는 불평을 많이 하며 살지는 않습니까.

우리가 매일 반성해야 할 얘기들입니다.

__지식in

아름다운 삶을 위한 생각

보이지 않아도 볼 수 있는 것은
사랑이라고 합니다.
분주히 하루를 여는 사람들과
초록으로 무성한 나무의 싱그러움 속에
잠깨는 작은 새들의
문안 인사가 사랑스럽습니다.

희망을 그린 하루가 소박한 행복으로
채워질 것들을 예감하면서
그대들의 하루를 축복합니다.
밤사이 아무도 모르게 대문에 붙여 놓은
광고지를 살짝 떼어 내며 힘들었을
그 누군가의 손길을 생각해 보았습니다.

나만 힘들다고 생각하면,
나만 불행하다고 생각하면,
우리는 그만큼 작아지고
가슴에 담을 수 있는 이야기와
행복 또한 초라한 누더기 입고선
추운 겨울벌판 같을 것입니다.

이제 시작하는 하루는 자신을 위하여
불평을 거두고 마음을 다스려
사랑과 희망의 시선으로 감사의 조건들을

바라 보셨으면 합니다.
긍정적인 사고를 갖고 환경에 굴함 없이
간직한 꿈을 향하여 부단히 노력하는
사람만이 앞으로 나아갈 수 있기 때문입니다.

때때로 향하는 길에서 지쳐 멈춰서 기도하겠지만
그 길이 올바른 길이라면 결코 물러서지 않는 의지로
또 다시 걸음을 떼어 놓을 수 있는
용기를 내는 사람이 되었으면 합니다.

가슴에 간직하고 있는 따뜻한 사랑의 불씨를
끄지 않은 한 닥친 역경과 시련마저도 그 불꽃을
강하게 피우는 마른 장작에 불과하다는 것을
우리 모두는 이미 알고 있습니다.

우리는 저마다 개성과 인격을 지닌
단 하나 뿐인 소중한 사람임을 잊지 말고
희망을 그려 가는
너그럽고 자랑스러운 하루였으면 합니다.

_좋은글

아직 힘이 약해지기 전부터
죄를 뉘우치는 사람에게 복이 있으라.
그대에게서 힘이 사라지기 전에 뉘우치라
빛이 아직 사라지기 전에
등불을 밝힐 기름을 준비하라.
_톨스토이

03

우직하게 걸어라

영국의 역사가이자 수필가인 토머스 칼라일은
친구 존 스튜어트 밀에게 원고를 보냈다가 낭패를 당했습니다.
밀의 하녀가 원고를 불쏘시개로 사용해 버린 것이죠.

원고를 잃은 칼라일은 하늘이 무너지는 듯했습니다.
2년간의 노고가 하루아침에 물거품이 됐으니 그럴 만도 했습니다.
다시 글을 쓰는 것은 소름끼치는 일이었습니다.

그러던 어느 날
그는 길을 걷다가 벽을 쌓는 석공들의 모습을 보았습니다.
그들은 한 번에 한 장씩 벽돌을 쌓고 있었습니다.
그것을 보고 칼라일은 깨달음을 얻었습니다.

"그래, 하루에 한 쪽씩 쓰자. 한 번 해 보자."

결국 그는 프랑스대혁명에 대한 방대한 집필을 끝마쳤습니다.
앞만 보고 우직하게 걷는 것이 성공의 지름길입니다.

__지식in

김치의 법칙

배추는 5번 이상 죽어서야
김치가 된다.

땅에서 뽑힐 때,
칼로 배추의 배를 가를 때,
소금에 절일 때,
매운 고추와 젓갈 마늘의 양념에 버무려질 때,
그리고 입 안에서 씹힐 때.

그래서 입 안에서
김치라는 새 생명으로 거듭난다.

행복이란 맛을 내기 위해
부부도 죽고 죽어야 한다.
그래야 행복이 피어난다.

_지식in

젊은이들은 별 이유 없이 웃지만
그것이야말로 그들의 가장 큰 매력 중의 하나이다.
_오스카 와일드

흐르는 물처럼

선(善)은 물과 같다.

만물을 잘 살게 하면서도
앞 다투지 않고 흘러 낮은 곳에
머물기를 마다하지 않는다.

유승강(柔勝强), 약승강(弱勝强)이니,
부드러움이 단단함을 이기고
약한 것이 강한 것을 이기느니라.

그러므로 지혜로운 사람은
논하지 않는다.
"강한 사람이 되고 싶으면,
물과 같이 행하라."

__노자

지금 웃지 않고 있다면
당신의 소중한 시간을 낭비하고 있는 것이다.
__샹포르

지금의 그대를 한껏 즐겁고 아름답게 살라

바람에 뒤척이는 풀잎처럼 춤추며 살 일이다.
날으는 풀씨처럼 가볍게 살 일이다.
온 대지에 은은한 향기 풍기며 살 일이다.
하늘 향해 눈부신 생명력을 내뿜으며 살 일이다.
어제와 내일은 보내신 이의 시간이고, 나의 시간은 오직 이 순간 뿐,
온갖 근심과 고뇌는 나를 지으신 이의 몫이니,
나는 그저 살아있음의 기쁨을 구가할 뿐이다.

나는 어차피 내 주변 몇 사람의 생각 속에서나 살아가는 존재.
내가 죽어 단 몇 십 년만 지나도 세상은 나를 까맣게 잊으리니.
그대 무엇을 위하여 그다지 고뇌하는가?
다만 지금의 그대를 한껏 즐겁고 아름답게 살라.

그리고 그대 주변의 사람들을 기쁘게 하여주라.
그대의 지난날조차도 스스로 기억하지 못하거든
그 누가 먼 훗날 그대의 지난날을 기억하리요?
그러니 모든 것을 다 놓고 그저 지금 이 순간을 더불어 기쁘게 살라.

모든 죄는 잊혀지고 용서되며 지워질 것이나
그대 스스로 영혼이 남아있거든 먼 훗날 후회할 것이다.
다만 즐겁게 살지 않은 채 사소한 것에 너무나 심각했던 것이 〈죄〉라고.

_무라까미 류

오늘이란

"오늘"이란 말은 싱그러운 꽃처럼
풋풋하고 생동감을 안겨줍니다.

마치 이른 아침 산책길에서 마시는
한 모금의 시원한 샘물 같은 신선함이 있습니다.

사람들은 누구나 아침에 눈을 뜨면
새로운 오늘을 맞이하고
오늘 할 일을 머릿속에 떠올리며
하루를 설계하는 사람의 모습은
한 송이 꽃보다 더 아름답고 싱그럽습니다.

그 사람의 가슴엔 새로운 것에 대한
기대와 열망이 있기 때문입니다.

반면에 그렇지 않은 사람은
오늘 또한 어제와 같고 내일 또한
오늘과 같은 것으로 여기게 됩니다.

그러나 새로운 것에 대한
미련이나 바람은 어디로 가고
매일 매일에 변화가 없습니다.

그런 사람들에게 있어 "오늘"은 결코 살아 있는 시간이 될 수 없습니다.

이미 지나가 버린 과거의 시간처럼
쓸쓸한 여운만 그림자처럼 붙박여 있을 뿐입니다.

오늘은 "오늘" 그 자체만으로도
아름다운 미래로 가는 길목입니다.

그러므로 오늘이 아무리 고달프고 괴로운 일들로
발목을 잡는다 해도 그 사슬에 매여
결코 주눅이 들어서는 안 됩니다.

사슬에서 벗어나려는 지혜와 용기를 필요로 하니까요.

오늘이 나를 외면하고 자꾸만 멀리 멀리
달아나려 해도 그 "오늘"을 사랑해야 합니다.

오늘을 사랑하지 않는 사람에게는 밝은 내일이란 그림의 떡과 같고,
또 그런 사람에게 오늘이란 시간은 희망의 눈길을 보내지 않습니다.

사무엘 존슨은
"짧은 인생은 시간의 낭비에
의해서 더욱 짧아진다."라고 했습니다.

이 말의 의미는 시간을 헛되이 하지 말라는 것입니다.
오늘을 늘 새로운 모습으로 바라보고 살라는 것입니다.

누구에게나 늘 공평하게 찾아오는
삶의 원칙이 바로 "오늘" 이니까요.

_좋은글

오늘 자유로워져라

중요한 것은
어서 너 자신을 자유롭게 하는 일이다.
네가 만약 다른 마음들에게 평화를 주려 한다면
너 자신이 갈등에서 벗어나야 하기 때문이다.

아무도 포로로 잡아두지 말라.
묶어두려 하지 말고 풀어주어라.
그래야 네가 자유로워진다.

단 한사람의 '노예'가
이 땅에 걸어 다니는 한 너의 자유는 완전하지 못하다.

오늘 자유로워져라.
그리하여 아직도 스스로를
육체 속에 갇힌 노예라고 믿고 있는 사람들에게
네 자유의 선물을 건네주어라.

너는 자유로워져라.
그래서 〈성령〉은 굴레에서의 너의 탈출을 이용하여
자신들이 얽매여 있고
절망적이며 무섭다고 여기는
그 수많은 사람들에게 자유를 줄 수 있으리라.
사랑으로 하여금 너를 통해 그들의 두려움에 대체하게 하라.

_Courses In Miracle

스스로 이겨가는 삶

꽃의 향기는 십리를 가고
말의 향기는 백리를 가지만,
베풂의 향기는 천리를 가고
인품의 향기는 만리를 갑니다.

보통 사람들의 평범한 이야기지만,
편협한 논리로 정신적 피로와
사적인 채무까지 맡아 겪은 일이 있습니다.

무척 힘든 한 해였고,
지금 또한 조금도 편하지 않지만,
아직 면역력이 성장하고 있습니다.
동병상련이라는 일체감을 느끼는
주변인을 보면서 느끼는 감회가 새롭습니다.

어느 해인들 다사다난하지 않으리오만,
결국엔 스스로 이겨가는 삶이라고 생각합니다.

깨달은 바! 다들 그렇게 삽니다.
채워가는 기쁨의 삶과 비워내는 홀가분한 삶.
욕심의 자리에서 약간 물러선다면
그것이 인간이 간직한 최선의 미덕임을 알아 갑니다.

__지산 이민홍

삶의 신비를 풀게 되리라 ❖

내가 순수해지면,
삶의 신비를 풀게 되리라.
나는 진리 안에 머물고
진리는 내 안에 머물게 되리라.

내 마음이 순수해질 때,
나는 안전하고 분별력을 지니며
완전히 자유로워지리라.

조화의 원리, 정의,
또는 신성한 사랑을 발견하면,
모든 것이 있는 그대로의 모습으로 보인다.
착각을 일으키는 이기심과 의견의 매개 없이
바로 볼 수 있기 때문이다.

있는 그대로의 모습으로 보면,
세계 전체가 하나의 존재이며
세계의 모든 다양한 작용들은
단일 법칙의 현실이다.

__제임스 앨런

내 마지막 순간

나는 그날이 오리라는 것을 안다.
이 세상이 내 눈 앞에서 사라질 그날이
삶을 조용하게 마침을 고하면서
마지막 커튼을 내 눈앞에 드리우겠지.

그러나 별들은 여전히 반짝이고
새벽은 어제처럼 밝아올 것이고
시간은 파도처럼 출렁이면서
기쁨과 슬픔을 옮길 것이다.

내 마지막 순간 찰나의 벽들이 사라진다.
그리고 개의치 않던 보물이
당신들의 세계 속에 있음을 보리라.
하찮은 인생이란 없으며
낮고 비천한 자리도 없음이다.

아주 헛되이 집착한 것들과
그래서 얻은 것들을 그냥 내버려두라.
그 대신 이제껏 스스로 걷어 차 버린
보물을 소유하게 되리니.

_타고르

삶이란 그런 것이다

어제를 추억하고,
오늘을 후회하고,
내일을 희망한다.

수없이 반복되는 습관처럼
어제와 오늘을 그리고 내일을 그렇게 산다.

삶이 너무나 힘들어도
세월은 위로해주지 않는다.

버거운 짐을 내리지도 못하고
끝없이 지고가야 하는 데
어깨가 무너져 내린다.

한없이 삶에 속아
희망에 속아도 희망을 바라며
내일의 태양을 기다린다.

낭떠러지인가 싶으면 오를 곳을 찾아 헤메이고
암흑인가 싶으면 빛을 찾아 한없이 뛰어야 한다.

죽음의 끝이 다가와도 애절하게
삶에 부질없는 연민을 갖는다.

산처럼 쌓아 둔 재물도
호사스런 명예도 모두 벗어 놓은 채,
언젠가 우리는 그렇게 그렇게 떠나야 한다.

삶이란 그런 것이다.
가질 수도 버릴 수도 없는.

_좋은글

지식은 무한한 것이다.
그러므로 적게 아는 사람보다
아주 많이 아는 사람이
유일한 위치를 차지하는 경우란 매우 드물다.
_톨스토이

조급하게 처신하지 말라.
어떤 일에 종사하더라도
꼭 필요한 인간이 될 수 있도록 힘써라.
모든 것 속에서 그대의 생활에
필요한 지혜를 끌어내도록 노력하라.
지혜를 배울 때는 우리 육체가
음식물에서 자양분을 골라내어 섭취하듯이 하라.
_아우렐리우스

삶을 즐겨라

우린 노래를 즐겨 부르지.
삶을 제대로 즐길 줄 아는 이들,
아름다운 이들만이
진짜 노래를 할 수 있는 법이지.
우린 삶을 사랑해.

저기서 노래하는 사람들도
피곤하긴 마찬가지야.
그러나 하루 종일 일을 하고도
달이 뜨면 저렇게 모여 앉아
즐겁게 노래를 하는 거지.

삶을 모르는 사람들은
누워서 잠을 자겠지만
삶을 제대로 이해하고 즐기는 사람들은
저렇게 노래를 하는 거지.

__막심고리끼

재산이란 그것을 가지고 있는 사람의 것이 아니라
그것을 즐기는 사람의 것이다.
__하우얼

왜 사느냐고 물으면

당(唐)대의 시선(詩仙) 이백의
"묻노니, 그대는 왜 푸른 산에 사는가
웃을 뿐, 대답은 않고 마음만 한가롭네."
라는 시 구절이 생각납니다.

어쩌면 우리의 인생,
삶의 전쟁터에서 이전투구처럼
위선이 가득 찬 가면무도회입니다.

이런 때일수록 마음에서 우러른 여유 있고
겸손이 묻어나는 따뜻한 미소를 띄워 주세요.

겸허의 그릇이 늘 비어 있어
다시 채울 준비가 되어 있는 것처럼
우리들의 마음도 자주 비우면서
온정이 철철 넘쳤으면 좋겠습니다.

왜 사느냐고 물으면,
그냥 온화한 미소로 대답하는
달관한 삶의 경지에 이르는 그런 날이 되시기를.

__지산 이민홍

단순하게 살아라

단순하게 살라.
제발 바라건대 여러분의 일을
두세 가지로 줄이라!
간소화하고, 간소화하라.
하루 세끼 먹는 대신 하루 한 끼만 먹으라.
우리는 더 많은 것을
얻으려고만 끝없이 노력하고,
더 적은 것으로 만족하는 법은
끝내 배우지 않을 것인가?

자기 자신을 사냥의 대상으로 삼는 것이
좀 더 고귀한 스포츠가 아니겠는가?
그대의 눈을 안으로 돌려 보라,
그러면 그대의 마음속에 지금까지 발견 못했던
천개의 지역을 찾아내리라.
그곳을 답사하라,
그리고 자기 자신이라는 우주학의 전문가가 되라.

__헨리 데이빗 소로우

세상을 보게 해주는 창문 ❖

인생이라고 하는 것은 승차권 하나 손에 쥐고
떠나는 기차여행 같은 것 아닐까요.

출발하면서 우리는 인생이라는
이 기차에 한 번 승차하면
절대 중도하차 할 수 없다는 것을 알고 떠납니다.

시간이라는 것은
탄환과 같아서 앞으로만 갈 뿐
뒤로 되돌아오는 법이 없듯
인생이라는 기차 또한 마찬가지입니다.

가다보면 강아지풀이 손 흔드는 들길도 있고
금빛 모래사장으로 눈부신 바다도 만나게 됩니다.

그때 우리의 얼굴엔
기쁨에 겨운 아름다운 미소가 번지겠지요.

하지만 이 기차는 그런 길 뿐 아니라
어둠으로 가득 찬 긴 터널을 지나갈 때도 있습니다.

허나 고통과 막막함이 느껴지는 곳을
지난다고 해서 우리의 손에 쥐어진
승차권을 내팽개쳐 버리거나 찢어버리면 안 됩니다.

지금 빛이 보이지 않는다고 해서
목적지에도 채 도착하기 전에
승차권을 찢어 버리고 중도하차 하려는
인생만큼 어리석은 인생은 없습니다.

__좋은글

조급하게 처신하지 말라.
어떤 일에 종사하더라도
꼭 필요한 인간이 될 수 있도록 힘써라.
모든 것 속에서 그대의 생활에
필요한 지혜를 끌어내도록 노력하라.
지혜를 배울 때는 우리 육체가
음식물에서 자양분을 골라내어 섭취하듯이 하라.
__아우렐리우스

친절로써 노여움을 극복하라.
선으로써 악을 은혜로써
인색함을 정의로써 허위를 이기도록 하라.
__불교 경전

참된 삶의 기쁨

삶을 참으로 즐기고자 하는 사람은
포기할 줄 알아야 한다.
내적 자유를 얻는 과정에는 자기 수련이 필요하다.
자신의 삶을 자신의 손으로 스스로
만들어 가고 있다는 느낌을 가지는 사람만이
그러한 사실에서 행복을 느끼게 된다.

자신의 욕구들에 완전히 노예가 되어
어떤 욕구가 발생하면
즉시 해결해야만 하는 사람은
결코 참된 삶의 기쁨을 누릴 수 없다.
그러한 사람은 기쁨을 누리기는커녕
자신의 삶을 스스로 살아가는 것이 아니라
남으로 인해서 살아가는 듯한 몽롱한 느낌을 가지게 된다.

__안셀름 그륀

노인의 비극은 그가 늙었기 때문이 아니라
아직도 젊다는데 있다.
__오스카 와일드

지금 이 순간을 살아라

"지금 이 순간"을
삶의 구심점으로 삼으십시오.
시간 속에 살면서 잠깐씩만
"지금 이 순간"에 들르는 것이 아니라,
"지금 이 순간"에 살면서
실제로 필요한 경우에만
과거와 미래를 잠깐식 방문하도록 하십시오.

현재의 순간에게
항상 "네" 라고 말하십시오.
이미 그러한 상황에 저항하는 것보다
무익하고 어리석은 태도가 있을까요?
삶은 항상 "지금"이 있을 뿐인데도,
그러한 삶 자체에 반대하는 것보다
더 미친 짓이 있을까요?

있는 그대로 내맡기십시오.
삶에게 "네"라고 말하십시오.
그제야 삶은 당신을 거역하지 않고
당신을 향해 움직이기 시작할 것입니다.
언제나 현재의 '순간' 만이
내가 갖고 있는 '전부' 라는 것을
깊이 깊이 인식하십시오.

_에크하르트 톨레

삶의 여백이 필요한 이유 ❖

사랑의 체험은 남의 말을 듣기 위해 필요하고,
고통의 체험은 그 말의 깊이를 느끼기 위해 필요합니다.

한 곡의 노래가 울리기 위해서도 우리 마음속엔 그 노래가
울릴 수 있는 공간이 있어야 합니다.

질투, 이기심, 같은 것으로 꽉 채워져 있는 마음속엔
아름다운 음률을 느낄 수 있는 공간이 없습니다.

주위를 가만히 살펴보세요.
음악을 싫어하는 사람치고 마음에 여유가 있는 사람이 얼마나 되는지.

아무리 아름다운 음악이라도 마음에 여유가 없는 사람에게는
그저 소음일 뿐입니다.

마찬가지로 고통의 체험이 없는 사람은 마음속에 무엇인가를
채울 수 있는 아량과 깊이가 부족하게 마련입니다.
고통은 인간을 성숙하게 하고 겸허하게 자신을 비우게 하니까요.

마음속에 빈 공간이 없는 사람에겐 어떤 감동적인 시나
어떤 아름다운 음악도 울림을 줄 수 없습니다.

마음의 여백이 없는 삭막한 사람일수록 자신이 잘난 줄 착각하고
용서와 화해에 인색합니다.

__좋은글

비워야 채워지는 삶

예전엔 몰랐습니다.
비워야 채워지는 삶을 어제보다 지금보다 나은 생활을 영위하려고
발버둥만 치는 삶이었습니다.
항상 내일을 보며 살았으니까요.

오늘은 늘 욕심으로 채워 항상 욕구불만에
남보다 더 갖고 싶은 생각에 나보다 못 가진 자를 보지 못했습니다.
그래서 항상 불만이었습니다.

하지만 이제 깨닫습니다.
가득 차 넘치는 것은 모자람만 못하다는 현실을 이제 마음을 비웠습니다.
또 욕심이 찬다면 멀리 갖다가 버리겠습니다.

무엇이 필요하다면 조금만 갖겠습니다.
그리고 나누겠습니다.
가식과 허영을 보며 웃음도 지어 보이겠습니다.
내 안의 가득 찬 욕심을 버리니
세상이 넓어 보이고 내가 쥔 게 없으니 지킬 걱정도 없어 행복합니다.

예전에 헌 자전거를 두고 새 자전거를
사서 잃어버릴까 걱정하던 생각이 떠오릅니다.
마음하나 비우면 세상이 달라지는 이유를 깨달았습니다.

__이민홍

자신을 들여다보는 삶

"자신을 알려거든 다른 사람이 하는 것을 유심히 보라"는 말이 있습니다.
상대방이 자신의 거울임은 두말할 나위가 없는 까닭입니다.

좋은 것은 좋은 대로 받아들이고 나쁜 것은 그것이 왜 나쁜 것인가를
알게 되는 것으로 자신에게 유익함을 주게 됩니다.

먼지가 없는 깨끗한 거울은 자신의 모습을 환하게 보여주지만 먼지가
가득 낀 거울은 자신의 모습을 희뿌옇게 보여주는 이치와 같습니다.

그러므로 자신 또한 상대방의 거울인 까닭에 경거망동을 삼가고
바른 몸과 마음을 지녀야 하겠습니다.
자신을 살피고 돌아볼 줄 아는 사람은 그렇지 않은 사람에 비해
보다 더 아름답고 평안한 생활을 영위해 나갈 수 있습니다.

왜냐하면 자신을 살피고 들여다보는 것으로 해서
자신의 옳고 그름을 알 수 있기 때문입니다.
그래서 잘못된 것이 있으면 고쳐서 바로 잡아야 하고
어긋난 것이 있으면 제 위치로 돌려놓을 수 있게 되는 것입니다.
그래야만 반듯한 사람이 될 수 있는 것입니다.

다른 사람에게 필요한 사람 이렇듯 다른 사람에게 필요한
사람이 된다는 것은 즐거운 일입니다.

__좋은글

가슴 뛰는 삶을 살아라

가슴 뛰는 일을 하라.
그것이 당신이 이 세상에 온 이유이자 목적이다.

그리고 그런 삶을 사는 것이 실제로 가능하다는 사실을
당신은 깨달을 필요가 있다.
자신이 원하는 방향으로 삶을 이끌어나가는 힘이 누구에게나 있다.
두려움을 믿는 사람은 자신의 삶도 두려움으로 가득 차게 만든다.

사랑과 빛을 믿는 사람은 오직 사랑과 빛만을 체험한다.
당신이 체험하는 물리적 현상은
당신이 무엇을 믿고 있는가에 따라 결정된다.
자신의 삶을 사는 일,
충분히 자신의 모든 부분을 살아가는 일,
그리고 자기 존재가 이미 완전하다는 것을 깨닫는 일,

지금 당신에게 필요한 것은 그것이다.
삶은 당신이 생각하는 것보다 훨씬 단순하다.
진정으로 가슴 뛰는 일을 하고 있다면 모든 것이 당신에게 주어 질 것이다.
우주는 무의미한 일을 창조하지 않기 때문이다.
당신이 가슴 뛰는 삶을 살 때 우주는 그 일을 최대한 도와줄 것이다.
이것이 우주의 기본 법칙이다.

__다릴 앙카

삶의 향기 가득한 곳에서 ❖

그윽한 삶의 향기 소중한 인연은
언제나 흐르는 강물처럼 변함없는
모습으로 따뜻한 마음으로 맑고 순수한 인연으로
마음 나눌 수 있기를 소망하며

찌든 삶의 여정에 지치고 힘이 들 때
배려하고 위하는 마음으로
사랑과 정이 넘치는 우리들의 이야기로
우리 마음에 남겨지길 나는 소망하고 바랍니다.

언제나 좋은 생각 푸른 마음으로
아픈 삶을 함께하고 글이나 꼬리로 배려하고
위로 받으면서 맑고 향기로운 삶의 향내음
가득 내 마음 깊이 남겨지길 소망합니다.

둘이 아닌 하나의 마음으로
우리 모두 가꾸면서 변치 않는 마음으로
서로 사랑하는 마음으로 따뜻한 정 나누면서
그윽한 향기 우리 삶의 휴식처에서
언제나 함께 할 수 있는 아름다운 삶의
인연으로 영원히 남겨지길 소망합니다.

__좋은글

행복한 삶

행복한 삶이란
나 이외의 것들에게
따스한 눈길을 보내는 것이다.

우리가 바라보는 밤하늘의 별은
식어 버린 불꽃이나 어둠 속에 응고된 돌멩이가 아니다.
별을 별로 바라 볼 수 있을 때,
발에 채인 돌멩이의 아픔을 어루만져 줄 수 있을 때,
자신이 잃어버린 것이 무엇인지 깨달았을 때,
비로소 행복은 시작 된다.

사소한 행복이 우리의 삶을 아름답게 만든다.
하루 한 시간의 행복과 바꿀 수 있는 것은
이 세상에 아무것도 없다.

__헨리 데이빗 소로우

죽음은 항상 평화롭다.
죽음이란 우리의 본질을 다른 형태로 변화시키는 것이 아닐까?
본질이 소멸되고, 만물의 무궁한 근원과 합류되는 것이 아닐까?
__톨스토이

삶은 새로운 것을 받아들일 때만 발전한다.

삶은 신선해야 한다.
결코 아는 자가 되지 말고
언제까지나 배우는 자가 되어라.
마음의 문을 닫지 말고 항상 열어두도록 하여라.

졸졸 쉴 새 없이 흘러내리는 시냇물은 썩지 않듯이,
날마다 새로운 것을 받아들이는 사람은
언제나 활기에 넘치고, 열정으로 얼굴에 빛이 납니다.

고여 있지 마시길.
멈춰 있지 마시길.

삶은 지루한 것이 아닙니다.
삶은 권태로운 것이 아닙니다.
삶은 신선해야 합니다.
삶은 아름다운 것입니다.
삶은 사랑으로 가득 차 있습니다.

자신이 하는 일에 열중하고 몰두할 때
행복은 자연히 따라옵니다.
결코 아는 자가 되지 말고
언제까지나 배우는 자가 되십시오.

고민은 어떤 일을 시작하였기 때문에 생기기보다는
일을 할까 말까 망설이는 데에서
더 많이 생긴다고 합니다.
망설이기보다는 불완전한 채로 시작하는 것이
한 걸음 앞서는 것이 되기도 합니다.

새로움으로 다시 시작해 보세요.
그리고 어떠한 경우라도 마음의 문을 닫지 말고
항상 열어두도록 하세요.
마음의 밀물과 썰물이 느껴지지 않나요.

_좋은글

식물이나 동물에게는 선도 없고 악도 없다.
단지 살아 있을 뿐이다.
사색이 없는 인간에게도 선악의 구별이 없다.
선악에 대한 구별은 인간이 의식하고
판단하는 능력이 있을 때 생겨나는 것이다.
_톨스토이

중요한 것은 지식의 양이 아니라 질이다.
우리는 꽤나 많은 것을 알고 있으면서도
가장 필요한 것은 알지 못하는 경우가 다반사이다.
_톨스토이

살다보니

살다보니 돈보다 잘난 거 보다
많이 배운 거 보다 마음이 편한 게 좋다.
살아가다보니 돈이 많은 사람보다
잘난 사람보다 많이 배운 사람보다
마음이 편한 사람이 좋다.

내가 살려하니 돈이 다가 아니고
잘난 게 다가 아니고 많이 배운 게 다가 아닌 마음이 편한 게 좋다.

사람과 사람에 있어 돈보다는 마음을 잘남보다는 겸손을
배움보다는 깨달음을 반성할 줄 알아야 한다.

내가 너를 대함에 있어 이유가 없고,
계산이 없고, 조건이 없고,
어제와 오늘이 다르지 않은 물의 한결같음으로 흔들림이 없어야 한다.

산다는 건
사람을 귀하게 여길 줄 알고, 그 마음을 소중히 할 줄 알고,
너 때문이 아닌 내 탓으로 마음의 빚을 지지 않아야 한다.

내가 세상을 살아감에 있어 맑은 정신과 밝은 눈과 깊은 마음으로
눈빛이 아닌 시선을 볼 수 있어야 한다.

__지식in

생동감으로 넘치는 삶을 살아라

삶을 즐겁고 편하게 대하라.
삶을 느긋하게 대하라.
불필요한 문제를 만들어 내지 말라.
그대가 가진 문제의 99퍼센트는 삶을 심각하게 대하기 때문에 생긴 것이다.
심각함이 모든 문제의 뿌리다.

밝고 유쾌하게 살라.
밝게 산다고 해서 놓치는 것은 없을 것이다.
삶이 곧 신이다.
그러니 하늘 어딘가에 앉아 있는 신은 잊어라.

활기차게 살라.
생동감으로 넘치는 삶을 살라.
마치 이 순간이 마지막인 것처럼 매 순간을 살라.

강렬하게 살라.
그대 삶의 횃불이 활활 타오르게 하라.
단 한순간만 그렇게 산다 해도 그것으로 충분하다.

강렬하고 전체적인 한 순간이 그대에게 신의 맛을 보여주기에 충분하다.
투명하고 전체적인 한순간, 즉흥적이고 자발적인 한순간을 살라.
후회나 미련이 남지 않도록 강렬하게 살라!

__오쇼 라즈니쉬

인생의 소중한 참맛

인생이란 한 인간의 탄생과 성장,
뇌쇠와 사망에 이르는 일련의 지속적인 활동과정이다.

세상에 태어난 인간들은 살아가며 저마다
물질을 갈구하고 어떤 대상에 집착하게 된다.
그리고 자신의 소유를 위해 싸우고 서로 착취한다.
인간은 끝없는 욕망 앞에 조바심치며 안달하는데
이것이 분노와 증오, 시기를 낳는다.
그리하여 탄생에서 부터 죽음에 이르는 순간까지
커다란 고통을 지니게 되는 것이다.

인생의 소중한 참맛을 볼 수 있는 방법은
딱 하나, 있는 그대로 받아들이는 것이다.
덧없는 쾌락에 빠져들지 말고,
얕은 감각의 대상에 얽매이지 말라.
죽음 또한 인생의 한 부분으로 받아들여라.

그대에게 찾아드는 모든 것은 그저 즐겨라.
이 길만이 그대가 더 이상의 고통스런
짐으로 부터 해방되는 길이며
진정 평화로운 세상에서
행복한 삶을 누릴 수 있는 유일한 방법이다.

__바바하리다스

지혜로운 삶

모든 세상 사람들이
정말 알아야 할 것이 있다면 그것은 무엇일까요.
그것은 삶뿐만이 아닌
죽음 또한 내 경험의 일부분이라는 것을
인식하는 것이랍니다.

삶은 죽음에 의해 사라지는 것이 결코 아니며,
단지 삶의 선택에서 죽음의 선택으로 바뀌는 것 뿐이랍니다.
나는 살아 있을 때도 있고, 죽을 때도 있습니다.
삶도 나의 소유이고, 죽음도 나의 소유입니다.

삶을 가져 보기도 하고,
삶을 버려보기도 하는 것입니다.
즉, 있어도 보고, 없어도 보는 것일 뿐,
나는 늘 그 소유에 대한 선택의 현장에 있습니다.
가질 것인가 말을 것인가.
취할 것인가 버릴 것인가.

그러므로 그 어느 존재의 형태에 있든
그것에 연연할 것이 없습니다.
자신이 육체를 선호하면 육체를 가지게 될 것이고,
영체를 선호하면 영체를 가질 것입니다.
또한 그 밖의 다른 존재 형태를 원하면
그 형태를 띌 것이고,

무형의 존재로 머물러 있겠다 하면 그리 될 것입니다.
그 모든 것이 나의 선택의 자유입니다.

사람들은 삶에 죽음을 적용시킬 줄 알아야 합니다.
내 삶에 죽음을 포함시킬 때,
그 삶은 지혜로워 집니다.
내 삶에 죽음을 포함시킬 때,
그 삶은 여유로워지며 초연해집니다,
그 삶은 긍정적이 되며, 의미가 깊어집니다.

그 때 그러한 삶은
진정한 경험과 성장의 장이 될 수 있습니다.
즉, 나의 선택으로 이루어진 육체적인 삶이라는 자각아래
그 사람은 바로 세상 속의 삶 속에서
소중한 가치를 찾을 수 있습니다.
그리고 그 가치는 다름 아닌
"나의 자유를 만끽하는데 있는 것입니다."

_게이트

모든 낭비는
남들과 똑같이 하려는 마음에서 비롯되는 것이다.
남이 먹는 것을 보면
자기도 그것을 먹기 위해 빚을 얻기까지 한다.
그러나 우리는 지식을 쌓거나
정신의 아름다움을 위해서는
결코 그렇게 많은 지출을 하려고 하지 않는다.
_에머슨

더블어 사는 세상

높이 쏘아진 화살도 기운이 다하면 땅에 떨어지고,
피었던 잎도 떨어지면 뿌리로 돌아간다.
만물은 원래부터 한 뿌리에서 비롯되었기 때문이다.
이를 들어 연(緣), 윤회(輪廻), 또는 인과(因果)라 한다.

시비선악(是非善惡)도 본래 하나에서 시작된 것이어서
이를 가른다는 것은 마음속에 타오르는 불기둥을 끄려고
바닷물을 다 마시려는 것과 같다.
원래가 하나인, 사바 사람들이
더불어 잘 사는 세상을 만들기 위해서는
이 시비선악의 분별심이 없어져야 한다.

사바의 참모습은 수억만 년 비추는 해나
티없이 맑은 창공과 같아 청정한 것인데
분별심을 일르키는 마음에서 하나가 열이 되고 백이 되고,
그로 인해 욕심과 고통이 생겨나는 것이다.

__성철스님

지혜는 나이로 얻어지는 것이 아니라
노력으로 얻는 것이다.
__플라투스

산다는 것과 초월한다는 것

진정한 기쁨은
세상에 대한 모든 관념을 벗어던질 때 찾아온다.
이 세상 자체가 바로 관념들의 덩어리이다.
규칙적인 명상수행과 삶의 자체에 대한
신뢰감을 키워 나감으로써 우리는
그 진정한 기쁨의 경지에 다다를 수 있다.

삶의 과정에서 겪는 많은 일들
기쁨과 슬픔 성공과 좌절
이 모든 일을 삶의 성숙이라는 입장에서 받아들여보라.
그 때 존재의 차원에서 변화가 온다.

우리 안에 있는 참나는
순수의식 자체이며 스스로 빛나는 촛불과 같다.
인생을 있는 그대로 받아들이면 거기에 만족이 있다.
찾아오는 대로 받아들이면 된다.
거기에 평화가 있다.
삶을 있는 그대로 받아들이지 않을 때 거기에 고통이 있다.

깨달음을 얻은 사람은
언제나 평화 속에서 있어서 그 평화가 주위로 퍼져나간다.
아주 자연스러운 현상이다.
이 평화는 정신적인 힘으로 높은데서 흘러내리는 물과 같다.

햇살이 주변을 밝히고 따뜻하게 하는 것과 같다.
몸 속에 깃든 영혼은 지고한 존재이다.
몸은 영혼이 거주하는 신전이다.
영혼 속에 신의 생명력이 숨쉬고 있다.
자유로운 선택으로 이루어진
이 세계에서는 모든 것이 가능하다.
집착을 원하면 욕망에 따라 고통을 얻을 것이요,
초연함을 원하면 그에 따라 평화와 자유를 얻을 것이다.

__바바하리다스

참다운 교양과 올바른 지식을 갖춘 사람은
자기 소유의 재물을 부끄럽게 생각한다.
__에머슨

질병은 사람이 살아가면서 얻게 되는 하나의 상황이다.
__톨스토이

세상은 하나의 학교

삶의 목적에는 경험과 자유 두 가지가 있다.
가져 본 자만이 버릴 수 있다.
마찬가지로 자유라는 것이 무엇인가로부터
벗어나는 것이라면 우선 우리가 벗어나야 할
경험의 세계를 겪어야만 한다.

당신의 삶은 영혼의 탄생에서 시작하여 해탈에서 끝을 맺는다.

세상은 하나의 커다란 학교다.

삶의 여정에 있어서 순간순간
많은 것을 체험하면서 배워나간다.
나쁜 일에 대한 경험은 두 번 다시
그것을 반복하지 않도록 충고해 준다.

그리고 당신이 매일 매일의 삶 속에서 좋은 일들만 기억하고 있다면
당신의 마음은 깨끗해지고 세상에 대한 집착은 점차 줄어들 것이다.

모든 경험과 기억, 그리고 그 결과에 대해
완전히 무심한 상태에 이르렀을 때 당신의 영혼은 큰 자유를 얻게 된다.
아니 바로 그 자체가 큰 자유인 것이다.

_바바하리다스

삶의 길에서 바라보는 법 ❖

삶의 길에서 성실하고 좋은 삶을 엮어가며 살고 싶지만
세상은 때론 우리의 생각과 정 반대로 갈 때가 많다.
그것은 자연의 순리라고도 할 수도 있지만
당신을 실험하는 세상의 가르침으로 좋게 받아드려라.
그 가르침에서 이겨내야만 진리의 길을 갈 수 있다.

마음은 미래에 있고 삶은 늘 조급하고
위급한 길을 걷고 있지만 살아가는 일이 고통과 시름이 있다하여
오늘의 삶을 미워하여서는 아니 된다.
삶을 사랑하며 살아라.
삶은 사랑이고 사랑은 삶인 것이다.

우리들의 내일은 시원한 바람과 향기로운 꽃으로
물든 그런 천국이어야 한다.
나의 삶을 위하여 오늘도 열심히 살아가는 길이
미래를 여는 행복의 길일 것이다
성실의 삶을 몸에 익혀라.
성실은 많은 행복을 가져다주는 밑거름인 것이다.

세상을 흔들림 없이 살고 싶지만
사람을 미워하고 시기하고 악하게 만드는 것이
세상의 얼굴인 것,
그것을 다 상대하고 살다보면 내 몸과 내 정신이 병들어
자신의 삶이 위태해진다.

대충 보다는 인내와 명철한 판단으로 대처를 잘 해야 한다.
버릴 것은 버리고 잡을 것은 잡으라는 말일 것이다.

꽃은 열흘 아름답지 않고 사람은 평생 한결 같을 수 없다.
그것은 저마다의 욕심과 악업을 쌓으며 인간은 살고 있기 때문이다.
그 의미의 정도야 어찌될지 모르지만 좋은 글과 좋은 생각으로
마음의 크기와 생각을 넓히려 정진하고 또 정진해야 할 것이다.

사람에게는 저마다의 특징과 향기가 있듯
좋은 품성을 가지려 애쓰고 좋은 마음으로 살아간다면
그 삶의 열매는 찬란하게 빛날 것이다.
건실한 삶의 보람은 자신에게서 부터 시작된다.
늘 현실을 직시하며 삶을 살아가라.

삶의 길에서는 모든 것이 정당화 될 수도 있고
모든 것이 비합리적일 수도 있다.
항상 뒤를 돌아보며 삶의 길을 모색하고 어제의 실수를 반성하는 자세로
내일을 아름답게 만들 줄 아는 현명한 사람이 되었으면 좋겠다.

인생의 길에서는 작은 배려에 고마워하며
작은 일을 소중하게 생각하는 자세야말로 큰 것을 얻는 길일 것이다.
모든 삶은 다 작은 것에서 화가 되고 복이 되어 오는 법,
세심하게 주위를 살피며 살아가야 겠다.

삶을 살면서 떠나버린 것에 아쉬워 하지 말고 잃어버린 것에
한탄하지 말라.
이미 가버렸다면 가버린 것에 아쉬워 할 시간이
지금 우리의 시대에는 없다.
그 전에 충분한 노력과 정성을 다하였다면 그것으로 인연은 다 한 것이다.
지금은 내 마음을 추스르고 희망을 다시 찾을 때이다.

행복은 서로가 나누어 가질 줄 알고 아픔 또한 나누어 가지어
삶의 길에서 정이 가득한 사람이 되어야 한다.
주는 것이 있으면 받는 것이 있듯 삶은 반드시 되돌아오는 법.

인내야말로 행복을 가질 줄 알고 웃음을 가질 줄 아는 사람의 미덕이다.
인내심 없이 우왕좌왕 하다보면 모든 것이 가벼워지고
삶의 길에서 심하게 흔들릴 수 있다.
참고 다스리는 법을 알아야 한다.

내일을 여는 힘은 우리의 몸과 정신에서 가꾸어지고
현실의 열매가 되는 것 사랑의 힘으로 스스로의 가슴과 정신에
꽃씨를 뿌려 삶을 사랑하고 삶을 긍정적으로 보는 사람이 되길 바란다.
오늘도 열심히 살아가는 당신 그것이 삶을 올바르게 바라보는
가장 빠른 행복의 지름길일 것이다.

__지식in

말로 표현하든 그렇지 않든
그 사람의 생활을
파괴하기도 하고 돕기도 하는 것은
바로 그 사람이 갖고 있는 사상이다.
__맬러리

남에게 베푸는 삶

어떤 농가에 한 거지가 구걸하러 왔습니다.
농부의 밭에는 토마토, 오이, 가지 등 많은 열매가 있었습니다.

그러나 욕심이 많은 농부의 아내는
거지에게 썩어가는 마늘 줄기를 주었습니다.
배가 고픈 거지는 그것이라도 감사했습니다.

훗날 농부의 아내가 죽었을 때
그녀는 천사에게 천국으로 보내 달라고 애원했습니다.
천사는 그녀에게 마늘 줄기를 내밀었습니다.

그러나 그것은 썩은 것이었기 때문에 농부의 아내는 천국으로 가는 중에
그만 줄이 끊어져 지옥으로 떨어지고 말았습니다.

톨스토이의 소설에 나오는 이야기입니다.
우리는 자신안에 모든 것을 담아 두려고 합니다.

바다가 내 것이고 공기와 땅과 하늘이 내 것인데
왜 굳이 손 안에 담으려고 하십니까?
내 안의 모든 것을 강물에 흘려 보내십시오.
우리가 이 세상 소풍을 마치고 하늘로 가는 날, 분명 그곳에는 우리가
살면서 남에게 베푼 인정이 큰 재산이 되어 기다리고 있을 것입니다.

__김현태

이 순간은 완벽한 것이다

정신의 청정함에서 만족이 생긴다.
만족이라 함은 자신이 어떠한 상황에 처해 있든 아무런 불평 없이
있는 그대로 받아들이는 것이다.

불평하지 않고 그냥 받아들일 뿐 아니라
주어진 것에 감사하고 기뻐하는 것이다.
이 순간은 완벽한 것이다.

마음이 이 순간에서 벗어나지 않을 때,
다른 시간을 구하지 않을 때,
다른 장소를 구하지 않을 때,
다른 존재의 방식을 요구하지 않을 때,
구하는 마음을 놓을 때,
새들이 노래하는 것처럼, 꽃이 피어나는 것처럼,
별들이 춤추는 것처럼 지금 여기에서 기뻐한다.

바로 지금 이 순간이 모든 것이요, 전체요 완벽함이다.
여기에 더 보탤게 없다.
미래를 내려놓고 내일을 내려놓을 때 만족이 찾아온다.
'지금' 이 유일한 시간이요
영원이 될 때 만족이 찾아온다.

__오쇼 라즈니쉬

깨어있는 의식으로 살아라

순간 마다 일을 자각하며
깨어 있는 의식으로 살아라.
과거가 아니라 현재에 살아라.
위험을 감수하라.
그러면 그대는 주변에 전혀 다른 현상이
일어나는 것을 볼 것이다.

삶이 황홀해진다.
삶이 깊이와 의미를 갖기 시작한다.
취한 듯이 짜릿하고 황홀한 삶이 전개된다.

순간 순간 살아갈 때
그대는 지식에 따라 살지 않는다.
지식은 과거로부터 온 것이기 때문이다.
과거를 버리고 순간 순간 살아갈 때,
매 순간 과거를 죽이면서 살아갈 때,
그대는 어린아이처럼 천진 난만한 삶을 산다.

어린아이처럼 사는 것,
이것이 현자(賢者)의 삶이다.
예수는 '어린아이처럼 되지 않는 한
신의 왕국에 들어갈 수 없다' 고 말한다.
지식에 매이지 않는 삶을 살아야 한다.

경이감에 넘치는 눈을 갖고 천진난만 하게 살아야 한다.
항상 놀랄 준비가 되어 있어야 한다.

삶은 놀라운 일로 가득하다!
이 놀랍고 경이로운 일들을 보지 못하는 것은
지식의 먼지가 그대의 눈을 가렸기 때문이다.
지금도 사방에서 경이로운 일들이 일어난다.
삶은 기적이다.
어떻게 권태를 느낀단 말인가?
삶은 하나의 기적이다.
삶은 터무니 없고 우스꽝스런 일로 가득하다.

__오쇼 라즈니쉬

그것 자체만으로 모든 것을 포함하고
하늘과 땅에 앞서서 존재하는 것이 있다.
그 속성을 이성이라고 부른다.
그것은 조용하다. 형태도 없다.
만약 거기에 이름을 붙여야 한다면
나는 그것을 위대한 이룰 수 없는 무한의
그리고 두루 존재하는 진리라고 말하리라.
__노자

사람들 앞에서 부끄러워하는 것은 선한 감정이다.
그러나 자기 자신 앞에서 부끄러워하는 것은 한층 더 아름다운 감정이다.
__톨스토이

생명 그 자체는 불멸인 것이다

한 그루의 나무가 죽으면 생명의 작용에 의해
부패라는 과정이 일어난다.
그것 또한 생명의 작용이 일으키는 하나의 과정이다.

나무가 완전히 썩고 나면
제삼의 생명력이 활동을 시작한다.

형태가 바뀌어지는 순환은 영원히 계속되지만
생명의 본질은 사라지지 않는다.

생명 그 자체는 불멸인 것이다.
우리는 감각을 통해 여러 가지 형태로
존재하는 생명의 다양한 힘을 의식할 수 있다.

그러나 생명의 힘 중에는 우리의 인식능력을
초월하여 존재하는 것도 있다.
그런 것을 인식 차원으로 파악하기 위해서는
망원경이나 현미경이 필요하다.

단 하나의 세포로 구성된 아주 작은 생물을 보면
그 자체로 완전하다는 것을 알 수 있다.

그것은 음식을 먹고,
소유하기 위해 싸우며 번식한다.

_바바하리다스

왜 사느냐고

"왜 사느냐?" 고
어떻게 살아 가느냐?" 고
굳이 묻지 마시게.

사람 사는 일에 무슨 법칙이 있고
삶에 무슨 공식이라도 있다던가?
그냥, 세상이 좋으니 순응하며 사는 것이지.
보이시는가.
저기, 푸른 하늘에 두둥실 떠있는 한조각 흰구름,
그저, 바람 부는대로 흘러가지만
그 얼마나 여유롭고 아름다운가.
진정, 여유있는 삶이란
나, 가진만큼 만족하고
남의 것 탐내지도 보지도 아니하고
누구하나 마음 아프게 아니하고
누구 눈에 슬픈 눈물 흐르게 하지 아니하며
오직, 사랑하는 마음하나 가슴에 담고 물 흐르듯,
구름 가듯, 그냥 그렇게 살아가면 되는 것이라네.

"남들은 저리 사는데." 하고
부러워하지 마시게.
깊이 알고 보면, 그 사람은 그 사람 나름대로
삶의 고통이 있고 근심 걱정 있는 법이라네.
옥에도 티가 있듯이

이 세상엔 완벽이란 존재하지 않으니까.

한 가지 살아가며 검은 돈은 탐하지 마시게.
먹어서는 아니되는 그놈의 '돈' 받아 먹고
쇠고랑 차는 꼴, 한 두 사람 보았는가?

받을 때는 좋지만 알고 보니 가시 방석이요,
뜨거운 불구덩이 속이요,
그 곳을 박차고 벗어나지 못하는 선량들
오히려, 측은하고 가련하지 않던가.

그저, 비우고 고요히 살으시게,
캄캄한 밤하늘의 별을 헤며
반딧불 벗 삼아 마시는 막걸리 한잔.

소쩍새 울음소리 자장가 삼아 잠이 들어도
마음 편하면 그만이지.
휘황찬란한 불 빛 아래 값 비싼 술과
멋진 풍류에 취해 흥청거리며
기회만 있으면 더 가지려 눈 부릅뜨고,
그렇게 아웅다웅 하고 살면 무얼하겠나.

가진 것 없는 사람이나
가진 것 많은 사람이나
옷 입고, 잠 자고, 깨고, 술 마시고,
하루 세끼 먹는 것도 마찬가지고,
늙고 병들어 북망산 갈 때,
빈손 쥐고 가는 것도 똑 같지 않던가.

우리가 100년을 살겠나,

1000년을 살겠나?
한 푼이라도 더 가지려 발버둥쳐 가져 본들,
한 치라도 더 높이 오르려 안간 힘을 써서 올라 본들,
인생은 일장춘몽.

들여 마신 숨마저도 다 내 뱉지도 못하고
눈 감고 가는 길,
마지막 입고 갈 수의에는 주머니도 없는데,
그렇게 모두 버리고 갈 수 밖에 없는데,
이름은 남지 않더라도 가는 길 뒤편에서
손가락질 하는 사람이나 없도록
허망한 욕심 모두 버리고,
배풀고, 비우고, 양보하고, 덕을 쌓으며.

그저, 고요하게 살다가 조용히 떠나게나.

_하현

한 알의 조그만 씨앗이
하늘을 찌르는 큰 나무가 되는 것을 보라.
행복이나 불행도, 성공이나 실패도
모두 그 처음은 작은 일에서 시작된다.
_랄프 왈도 에머슨

아무리 작은 것이라도 다 밝혀지게 마련이다.
다만 조금 늦거나 빠르게 알려질 뿐이다.
_공자

나에게 바치는 기도

나는 신의 환상으로 나를 무시하지 않을 것이다.
나는 진리의 환상으로 나를 미궁에 빠뜨리지 않을 것이다.
나는 깨달음의 환상으로 나를 방황시키지 않을 것이다.
나는 해탈의 환상으로 나를 구속하지 않을 것이다.
나는 능력의 환상으로 나를 초라하게 만들지 않을 것이다.
나는 성공의 환상으로 나를 힘들게 하지 않을 것이다.
나는 수행의 환상으로 나를 자학하지 않을 것이다.
나는 비교의 환상으로 나를 위축시키지 않을 것이다.
나는 행복의 환상으로 나를 불행히 여기지 않을 것이다.
그리고 나는 나의 환상으로 나를 대신하지 않을 것이다.

__지식in

그대에게 도움을 구하는 모든 사람에게 봉사하라.
그리고 그대의 것을 빼앗아간 사람에게
다시 돌려줄 것을 요구하지 말라.
그대가 다른 사람들에게 바라는 일을 온전히 그들에게 베풀라.
__성서

선(禪)

추울 때는 눈 오고,
따뜻하면 꽃 피고,
더울 때는 비 오고,
서늘하면 낙엽진다.

禪은
모든 것을
있는 그대로 보고,
있는 그대로 듣고,
있는 그대로 그 맛을 보고,
이를 깨달아 아는 것.

禪은
모든 것의 실상을 바로 알고자
자신의 마음 밭을 있는 그대로 보고
깨달아 아는 것.

자신의 마음 밭을 알고자 하는가?

사람은 누구든지
목마르면 물마시고,
부르면 대답하고,
소리나면 듣고,
매 맞으며 아프다 하는데

무엇이 이와 같이 하는가.

몸이라 해도 어긋나고,
감정이라 해도 어긋나고,
느낌이라 해도 어긋나고,
마음이라 해도 멀어지니
있는 그대로만 보라.
그러면 바로 알게 되리
그래도 모르면
이것이 무엇인지 사무쳐 참구할 일이네.

__혜봉스님

03

말이 많은 자는 실행이 적다.
성인은 언제나 그 말에 실행이 따르지 않을까하여 염려한다.
그래서 그는 행동과 말이 일치되지 않을까
두려워하기 때문에 결코 헛소리를 하지 않는다.
__공자

먼저 다시 한 번 생각하라.
그 다음에 말하라.
말은 사람들이 싫증을 내기 전에 끝내야 하는 법이다.
인간은 말을 할 수 있다는 것 때문에 동물보다 나은 존재이다.
그러나 만약 그 말에 독이 되는 점이 없다면
동물보다 나을 것이 없는 존재가 되어버리고 만다.
__톨스토이

당신은 원하는 인간이 될 수 있으리

당신은 원하는 인간이 될 수 있으리
비열한 마음은 실패의 원인을
환경에서 찾겠지만 그를 나무라는 고결한 마음은 늘 자유롭구나.

고결한 마음은
시간을 거느리고 공간을 다스린다.
겁먹은 허풍선이 사기꾼 우연은
전제군주 환경의 왕관을 빼앗으려고 의욕적으로 봉사하는구나.

인간의 뜻,
그 보이지 않는 힘이여!
멸하지 않는 영혼의 자손들은
두꺼운 암벽도 뚫고
목표를 향해 길을 넓히리라.

또박 또박 걸어가는
지루한 노정에도 인내를 버리지 마라.
이해하는 자여,
기다려라.
고결한 마음이 일어나 부르면
신들도 필시 화답하리라.

_제임스 앨런

흐름에 몸을 맡겨

흐름에 몸을 맡겨요.
그러면 이 흐름은 당신을
당신이 원하는 곳으로 데리고 갈 것입니다.

삶은 참으로 경이로운 것이다.
삶은 하나의 신비이다.
만일 "나는 이러저러한 삶을 살아야 한다."는
생각을 갖지 않는다면,
그저 삶이 이끄는 대로 흘러간다면,
이때에는 어디를 가든 그대가 원하는 곳이다.

그대가 삶에 대해
어떤 관념을 갖고 있기 때문이 아니라
거기에 그저 삶이 존재하기 때문에 이렇게 되는 것이다.

이때 그대와 삶은 동의어가 된다.
삶이 흘러가는 곳은 항상 '지금 여기' 이다.

"흐름에 몸을 맡겨요.
그러면 이 흐름은 당신을
당신이 원하는 곳으로 데리고 갈 것입니다."

_타오하르

바꾸려고 하지 마라

결코 다른 사람을 개혁하거나 바꾸려고 시도하지 마십시오.
사람들은 흔히 자기의 부정적인 생각이나 그림을
다른 사람에게 투사(投射)해서
그가 부정적인 생각을 가졌다고 보려고 합니다.
자기의 결점과 죄악감, 피해 의식 등을
그에게 떠 넘기려고 하는 것입니다.
자신의 사고 속에 있는 모든 종류의 특성을
다른 사람에게 돌림으로써,
자기 자신의 결점을 덮어버리고 숨기려고 하는 것입니다.

그것은 자기 자신을 속이는 일입니다.
어떤 사람들은 자기 자신의 의견을 바꾸기 보다는
다른 사람들을 개혁하겠다고 시도합니다.
그러나 개혁이 필요한 것은 자기 자신인 것입니다.
자기 자신이 죄가 있다는 느낌을
가지고 있기 때문에 그는 개혁이 필요한 것입니다.

그가 죄책감을 갖지 않았다면
다른 사람들을 개혁하여
고쳐주려는 생각 같은 것을 하지 않았을 것입니다.
도덕적인 노여움, 다른 사람의 부도덕성에 대해 화를 내는 것은
상대방이 나쁘기 때문이 아니라
우리들의 몸안에 청소를 해야 할 것이 있기 때문입니다.
그것은 사실은 우리들이 할 일은 아닙니다.

다른 사람이 잘못했다는 그런 생각은 잘못이며
고쳐야 하는 나쁜 일로서 개혁한다고 하는 생각은
우리들 자신의 결핍감이나 내부적인 불 만족감을
그에게 투사한 것에 지나지 않습니다.
그것을 다른 사람에게 투사함으로써
자신의 결점으로부터 자기 자신을 구출하려고 하는 것입니다.

_단 카스터

03

우리는 부와 명성이나 권력에는 놀라지 않는다.
다만 가난이나 구속, 그리고 힘 앞에서도
굴복하지 않는 그 놀라운 인내력에는
놀라지 않을 없는 것이다.
_조로아스터

말로 천 번을 참회해도 침묵 속에 이루어지는
한 번의 참회에는 미치지 못하는 법이다.
_공자

가슴으로 돌아가라

혼란스럽고, 외롭고, 무엇을 해야 할지 모를 때
당신이 믿을 수 있는 곳으로 돌아가라.
곧 당신의 가슴으로.

일과 돈, 사랑에 문제가 있을 때,
당신의 가슴으로 돌아가라.
사랑과 진실을 알고 있는 가슴이 당신을 안내할 것이다.

삶에서의 혼란을 느끼는가?
왜 일이 잘 풀리지 않는지 궁금한가?
자신이 가진 지도를 믿을 수 없고,
앞으로 내디딜 발걸음에 확신이 없으며,
뒤엉킨 과거를 풀 방법을 모르겠는가?

해답은 머리가 아니라 가슴에 있다.
해답은 밖에 있는 것이 아니다.
물론 가끔은 다른 사람들의 안내를 받기도 하지만,
당신이 원하는 해답은 당신 가슴 속에 있다.

가슴은 당신의 중심이며,
감성과 지성, 영혼이 균형을 이루는 곳이다.
가슴은 늘 당신을 진정한 집으로 인도한다.

__멜로디 비에티

그 맛이 사람을 현혹시킨다

육체를 좀먹는 독약과
정신을 망치는 독약은 차이가 있다.

육체를 좀먹는 독약은
대부분 그 맛이 쓰고 불쾌하지만
정신에 해를 끼치는 독약은
그 맛이 곧잘 사람을 현혹시킨다.

사악한 것은
항상 매혹적인 모습으로 다가오게 마련이다.

_톨스토이

먹고 입고 잠자기 위해서는
그리 많은 것이 필요하지 않다.
남은 것은 이웃의 끼니를 위해서 써야 할 것이다.
_동양격언

성현의 도를 구하기

스스로를 종교에 바치는 사람은
어두운 집안에 등불을 들고 들어가는 사람과도 같다.
어둠은 삽시간에 사라지고 광명이 찾아든다.

성현의 도를 구하기 위해서라면 집요한 것도 좋다.
진리의 계시를 얻기 위해서라면 탐욕스러워도 좋다.
밝은 빛이 그대의 마음속 구석구석까지 비치게 되리라.

_붓다

그대가 괴로워하고 힘겨워하는
악업의 근원을 자기 속에서 찾아라.
어떤 때는 그 악업이 그대의 행위의
직접적인 결과일 수도 있으리라.
또 어떤 때는 그것이 돌고 돌아서
그대 자신에게로 되돌아오는 수도 있을 것이다.
그러나 악업의 근원은 늘 그대 자신 속에 있다.
_톨스토이

삶은 시정해가는 과정

삶은 인생에 있어서 지혜롭지 못한 것을
시정해가는 과정이다.
그러기 위해서는 다음의 두 가지를 주의해야 한다.

첫째, 생활 전반에 걸쳐
지혜롭지 못한 점을 올바로 인식하고,
그것을 바로잡도록 항상 노력해야 한다는 것이다.

또 하나는 인생에 있어서
모든 일들을 순수한 지혜로써
터득해야 한다는 것이다.

__톨스토이

잠들지 못하는 자에게는 밤이 길다.
피로한 자에게는 한 걸음도 천릿길처럼 멀다.
무지한 자에게는 인생이 지루하다.
__에머슨

절대적인 공감

우리는 개가 선택을 하고, 생각하는 능력이 있으며,
기억하고, 사랑하고, 두려워하고,
뭔가를 연구할 능력이 있는지에 대해서는 잘 알지 못한다.

그러나 정욕도 아니고 감정도 아닌
여러 가지 이물질이 상호 결합하여
성립된 유기체의 조직이 개의 몸속에서
습관적이고 자연적인 운동을
계속하고 있을 뿐이라는 의견에 대해서,
나는 절대적으로 공감한다.

_라 브뤼에르

사람들 중에는 혼자서만 생활하는 사람이 있다.
벌레 중에서도 홀로 사는 것들이 있다.
이렇게 홀로 살고 있는 것들은
이 세상에 자기만이 있는 줄 알고
생활의 전부를 오직 자기만을 위해서 요구한다.
이러한 모순을 고쳐지기가 매우 어렵다.
_톨스토이

이런 사람이 좋다

그리우면 그립다고 말할 줄 아는 사람이 좋고,
불가능 속에서도 한줄기 빛을 보기 위해
애쓰는 사람이 좋고,

다른 사람을 위해
호탕하게 웃어 줄 수 있는 사람이 좋고,
옷차림이 아니더라도
편안함을 줄 수 있는 사람이 좋고,
자기 부모형제를
끔찍이 사랑할 줄 아는 사람이 좋고,

바쁜 가운데서도
여유를 누릴 줄 아는 사람이 좋고,
어떠한 형편에서든지
자기 자신을 지킬 줄 아는 사람이 좋고,
노래를 썩 잘하지 못해도
즐겁게 부를 줄 아는 사람이 좋고,

어린아이와 노인들에게
좋은 말벗이 될 수 있는 사람이 좋고,
책을 가까이하여
해의 폭이 넓은 사람이 좋고,
음식을 먹음직스럽게 잘 먹는 사람이 좋고,

철따라 자연을 벗 삼아
여행할 줄 아는 사람이 좋고,
손수 따뜻한 커피 한 잔을
탈 줄 아는 사람이 좋고,
하루 일을 시작하기 앞서
기도할 줄 하는 사람이 좋고,

다른 사람의 자존심을
지켜 볼 줄 아는 사람이 좋고,
때에 맞는 적절한 말 한마디로
마음을 녹일 줄 아는 사람이 좋고,
외모보다는 마음을 읽을 줄 아는 사람이 좋고,
적극적인 삶을 살아갈 줄 아는 사람이 좋고,

자신의 잘못을 시인할 줄 아는 사람이 좋고,
용서를 구하고 용서할 줄 아는
넓은 마음을 가진 사람이 좋고,
새벽공기를 좋아해 일찍 눈을 뜨는 사람이 좋고,
남을 칭찬하는데 인색하지 않은 사람이 좋고,

춥다고 솔직하게 말할 줄 아는 사람이 좋고,
어떠한 형편에서든지
자족하는 마음을 가진 사람이 좋다.

__지식in

인생은 만남이다

인생에서 제일 중요한 것은 만남입니다.
독일의 문학자 한스 카롯사는
"인생은 너와 나의 만남이다."고 말했습니다.
인간은 만남의 존재입니다.

산다는 것은 만난다는 것입니다.
부모와의 만남, 스승과의 만남, 친구와의 만남,
좋은 책과의 만남, 많은 사람과의 만남입니다.
인간의 행복과 불행은 만남을 통해서 결정됩니다.

학생은 훌륭한 스승을 만나야 실력이 생기고
스승은 뛰어난 제자를 만나야 가르치는 보람을 누리게 됩니다.

씨앗은 땅을 잘 만나야 하고
땅은 씨앗을 잘 만나야 합니다.

인생에서 만남은 모든 것을 결정합니다.
우연한 만남이든 섭리적 만남이든, 만남은 중요합니다.

인생의 변화는 만남을 통해 시작됩니다.
만남을 통해 우리는 서로를 발견하게 됩니다.
서로에게 의미를 부여하기 시작합니다.

__지식in

스스로 자기를 아프게 하지 말라

모두가 지난 일이지요.
다시 생각해보면 아무것도 아니었지요.
아무런 일도 없었던 것처럼 잊어버려요.
누구에게나 있을 수 있는 일이지요.

나 혼자만이 겪는 고통은 아닌 것이지요.
주위를 돌아보면 나보다 더 더한 고통도 있는 거지요.
하지만 모두가 극복하려 했고 그것을 이겨내려고
노력했던 것처럼 스스로 해낼 수 있다는 것을 보여주세요.

자꾸 걸어왔던 슬픔의 길로 되돌아가려 하지 말아요.
앞으로 가야 할 삶의 길에도 슬픔의 시련은 있을 테니
지금의 고통으로 스스로를 성숙하고 강하게 하는 계기로 삼아요.

힘들고 아픈 이야기만을 쓰려 하지 말아요.
복잡한 생각은 파고들수록 다른 비극을 꾸며내니까요.
향을 피우고 고요한 음악을 벗 삼아 생각을 정리해요.

세상사 모두가 꿈일 뿐이지요.
꿈속의 주인공 역시 나인 것인데 무엇을 위해 자기 스스로를 아프게 하나요.

지금은 당장 힘들겠지만 그것도 잠시뿐이지요.
자기를 위해 밝은 햇살로 고개를 돌려요.
꿈에서 깨어나면 또 다른 내일이 맑게 개어있을 테니까요.

__원성스님

선물 같은 좋은 만남

어느 날 하늘이 내게 주신 축복이자 아름다운 선물인
그대들과 매일 함께할 수 있어 가난하지 않은 마음이어서 좋습니다.

아름다운 봄날 꽃들의 속삭임은 그대들의 달콤한 속삭임으로 들려와
가슴 가득 향기로운 꽃으로 피어나는 선물 같은 그대들과의 이 행복
그 어떠한 그림으로도 그릴 수 없습니다.

기쁨을 주는 그대들과의 좋은 인연 언제까지나 퇴색되지 않는 선물 같은
좋은 만남이고 싶어 그대들에게 결코 많은 것을 원하지 않으렵니다.

그저 항상 가슴 한켠에 피어 있는 한 떨기 꽃으로
그 향기 그 아름다움이길 바랄 뿐
그 무엇도 그대들에게 바라지 않으렵니다.

소유하려는 욕심의 그릇이 커질수록
아픔도 자라고 미움도 싹틀 수 있기에
그저 이만큼의 거리에서
서로 배려하고 신뢰하며
작은 말 한 마디 일지라도
서로에게 기쁨을 주는 선물 같은 좋은 만남이고 싶습니다.

_부데루붸그

우연이란 없다

본래 우연이란 없다고 합니다.
어느 날 누구를 우연히 만난 것 역시
평소 그 사람을 마음에 두고 있었기에
그 사람에 대한 막연한 그리움이 있었기에
그 사람이 불현듯이 앞에 나타난 것이라고 합니다.

성공이나 행복 등도 그러합니다.
성공과 행복이
우연히 나를 찾아오는 것이 아니라
내가 성공과 행복을 마음에 품고
내가 성공과 행복을 만나기 위해 애쓰면
어느 날 문득 내 앞에 나타나는 것이 성공과 행복입니다.

__지식in

선행을 실천하지 않는 사람일수록 오히려
쓸데없이 커다란 선만 생각하는 법이다.
__공자

내 영혼이 나에게 충고했네

내 영혼이 나에게 충고했네.
형태와 색채 뒤에 숨겨진 아름다움을 보라고,
또한 추해보이는 모든 것이
사랑스럽게 보일 때까지 잘 살펴보라고.

내 영혼이 이렇게 충고하기 전에는
아름다움을 연기기둥 사이에서
흔들리는 횃불과 같다고 생각했지만
이제 연기는 사라져 없어지고
불타고 있는 모습만을 볼 뿐이라네.

내 영혼이 나에게 충고했네.
혀끝도 목청도 아닌 곳에서 울려나오는
목소리에 귀 기울이라고
그 날 이전에는 나의 귀가 둔하여
크고 우렁찬 소리밖에는 듣지 못했네.

그러나 이제 침묵에 귀 기울이는 법을 배웠으니
시간과 우주를 찬송하며
영원의 비밀을 드러내는 침묵의 합창을 듣는다네.

_칼릴지브란

삶의 목적

큰 공장에서 일하는 노동자는
자기가 하고 있는 부분적인 일이
전체적인 목적을 이루는 데
얼마나 중요한지 알지 못한다.

그러나 훌륭한 노동자라면
자기가 하고 있는 일이
얼마나 중요한 일인지 반드시 알고 있을 것이다.

이와 마찬 가지로 우리는 삶의 목적이 무엇인지
우리에게 주어진 인생이 얼마나 중요한 것인지
분명하게 인식해야만 한다.

__러스킨

남을 행복을 위하여 자기의 이익을 버리고
노력하는 것만큼 큰 행복은 없다.
그것은 영원한 행복을 찾는 지름길이다.
자기의 이익을 위해서 힘을 다하듯이
우리는 사회 공공의 이익을 위하여
진력하는 가운데 평화와 행복을 얻을 수 있다.
__맬러리

그릇된 신념

우리는 간혹 그릇된 신념 때문에
생명까지 희생하는 사람을 볼 수 있다.

이를테면 결투라든지 자살 등이 그것이다.
그러나 참된 진리를 위하여
목숨을 버리는 사람은 극히 드물다.

발작적인 충동 때문에 목숨을 내놓기는 쉬워도
진리를 위해 목숨을 버릴 수 있을 만큼
확고한 신앙을 갖기란 어려운 일이기 때문이다.

_톨스토이

가장 단순하고 실재적이며 또한
모든 사람들의 행복을 실현시킬 것을
목적으로 하는 가르침은
믿지 않으려고 해도 믿지 않을 수 없게 된다.
그것이 바로 오직 하나의 참된 가르침이다.
_톨스토이

완성되어가고 있는 중

절대적인 정의라는 것은 없다.
자기는 완성되었다고 생각하지 말라.
단지 완성되어가고 있는 것이라 생각하라.

정의에 배반되는 죄를 범하지 않기 위해서는
단 하나의 수단밖에 없다.
항상 자기 자신은
완성되어가고 있는 중이라고 생각하는 것이다.

__톨스토이

일한다는 것은 육체의 생활을 위해서
없어서는 안 될 필연적인 조건이다.
이것은 누구나 다 알고 있는 일이다.
그러나 그것이 정신적 생활을 위해서도
필요한 조건이라는 점을 누구나 다 알고 있는 것은 아니다.
__톨스토이

미래와 현재의 슬픔

지나가버린 슬픔은 과거나 미래 또는
현재의 만족과 더불어 떠올리다 보면
오히려 즐거워지기도 한다.
그러므로 우리를 괴롭히는 것은
미래와 현재의 슬픔뿐이다.

현대인들은 너무 자기만족에만 치우치기 때문에
더욱더 우리 앞에 가로놓인
슬픔에 무관심하게 되는 것이다.

_리히텐베르크

자연과 조화된 생활을 하라.
그 때에 그대는 결코 불행을 느끼지 않을 것이다.
세상 사람들의 사고방식만을 따라서 산다면
결코 참된 재산을 얻지 못하리라.
_세네카

행하는 사람과
행하지 않는 사람

나의 모든 말을 듣고 그것을 행하는 사람은
바위 위에다 집을 짓는 현명한 사람이다.
비오고 바람 불어도 그 집은 무너지지 않는다.

나의 말을 듣고도 그대로 행하지 않는 사람은
모래 위에 집을 짓는 사람과 같다.
그 집은 하찮은 가랑비나 약한 바람에도
곧 무너져버린다.

__성서

정의라는 것은 정의 자체를 지키기 위한 노력보다는
사랑에 의해서 얻어지는 것이다.

__톨스토이

완성된 인간

만약 죽는 게 무섭다고 생각된다면,
그 원인은 죽음 속에 있는 것이 아니라
우리에게 있는 것이다.

인간은 옳은 생활을 하면 할수록
죽음에 대한 공포가 줄어든다.

완성된 인간에게 죽음은 존재하지 않는다.

__톨스토이

사랑을 강요하면 도리어 미움을 초래하듯이
신앙을 강요하면 도리어 불신앙을 조장하게 된다.
__쇼펜하우어

삶의 번뇌

사람은 죽은 뒤에 비로소 평등하게 되는 것은 아니다.
이 세상의 모든 존재는 한 가지씩의
고민거리를 가지고 있다는 점에서 평등하다.

삶의 번뇌는 울퉁불퉁한 땅을 평평하게 다져놓듯이
이 세상의 높고 낮은 것을 고르게 찾아가는 것이다.

__톨스토이

좋은 것이란 거의 언제나 그 가치에 비해 값이 싸다.
나쁜 것이란 거의 언제나 그 가치에 비해 값이 비싸다.
__소로

만약 자신의 처지가 만족스럽지 못하다고 생각된다면
다음의 두 가지 방법으로 극복해보라.
그 하나는 생활 상태를 좋게 하는 일이고,
또 하나는 자기 영혼의 상태를 좋게 하는 것이다.
전자는 항상 가능한 것이 아니고,
후자는 언제든 가능한 것이다.
__에머슨

이기심

이기심은 인간성의 주된 동기이다.
그것은 사람이라면
도저히 피할 수 없는 특질이기 때문에
우리 존재는 이 특질에 의해 결정된다.

그러나 나는 이기심을
악덕이라고 부르고 싶지는 않다.
이기심이 없었다면
오늘의 우리도 없었을 것이다.

__톨스토이

동물을 괴롭히는 것은
한없이 무자비한 짓이다.
그것은 사람이 만물의 영장이라서가 아니라,
사람은 모든 생명 있는 것들과
괴로움을 함께 나누지 않으면 안 되기 때문이다.
__붓다

좌절이 있기 때문에

좌절이 있기 때문에 우리는 불행하다.
손이나 발 때문에 그대가 좌절하게 된다면
그것을 끊어버려라.

불구로서 살아가는 것은
온전한 육체로 영원히 불길 속으로
던져지는 것보다는 나은 일이다.

또 그대의 눈이 그대를 좌절하게 만든다면
그 눈을 빼버려라.
외눈으로 생명을 이어가는 것은
두 눈을 멀쩡하게 뜨고서도 영겁의 불 속에
던져지는 것보다는 나은 것이다.

_성서

불신 가운데 가장 무서운 것은
자기 자신을 믿지 않는 것이다.
_칼라일

체념의 순간

인생에는 목표를 향해
힘차게 나아가는 의지력이 필요한 반면,
이미 지나간 일에 대한 체념이 필요하다.

힘차게 나아갈 때 나아가고 물리칠 때
물리칠 줄 아는 것이 인생의 지혜이다.

성공한 사람이 한 번의 실패로
자신을 망치는 것은
그것으로 인해 너무 상심했기 때문이다.

인생에는 체념의 순간도
필요하다는 사실을 잊지 말라.

__톨스토이

남의 행위를 비방하지 말라.
남을 비방하는 것은 쓸데없이 자기 자신을 피곤하게 하며
커다란 과실을 범하는 것이다.
자기 자신을 성찰하라.
그때 비로소 그대의 하는 일이 정당해지리라.
__에머슨

좋 은 글 대 사 전

사랑 • 겸손

남녀 역할에 대한 뿌리 깊은 착각

인류에 오래도록 남아 있는
기묘하고 뿌리 깊은 착각이 있다.
그것은 요리며 바느질, 세탁, 육아는
모두 여자만이 하는 일이며
남자가 그런 일을 하는 것은
수치라고 여기는 것이다.

그러나 진실로 무익하고 수치스러운 존재는,
여자가 피로에 지친 무거운 몸으로
힘들게 음식을 만들고 빨래를 하고
아이를 돌보는 동안에 쓸데없는 일에
시간을 낭비하거나 혹은
하는 일 없이 빈둥거리는 남자들이다.

_키케로

사랑이란 하나를 주고 하나를 바라는 것이 아니라
둘을 주고 하나를 바라는 것도 아니다.
아홉을 주고도 미처 주지 못한 하나를 안타까워하는 것이다.
_브라운

정말로 내가 사랑한다면

내가 다시 사랑한다면
그때는 습관처럼 헤어지자는 말은 절대 안하렵니다.
언젠가 나의 말에 익숙해진
그 사람의 입에서 먼저 그 말이 나올지도 모르니까요.
아주 많이 힘들어도 그 말만은 절대하지 않으렵니다.

내가 다시 사랑한다면
그때는 아주 예쁜 말들만 하렵니다.
언젠가 나의 말에 상처 입은 그 사람이
내 곁을 떠날지도 모르니까요.
서로에게 상처가 되는 말은
목언저리까지 나와도 절대 하지 않으렵니다.

내가 다시 사랑한다면
그때는 어느 사랑과도 비교하지 않으렵니다.
자꾸 남과 비교하는 내 모습이
어느 사이 그 사람의 눈에도
다른 사람과 비교될지 모르니까요.
나의 사랑 하나만을 바라보며
해바라기 같은 사랑을 하렵니다.

내가 다시 사랑한다면
그때는 자존심 따위는 내 세우지 않으렵니다.

괜한 자존심으로 그 사람을 잡지 못하고
떠나보낸 후에 후회할지도 모르니까요.
먼저 다가가 손 내밀어
힘들어하는 그 사람을 보듬어 주렵니다.

내가 다시 사랑한다면
그때는 어떠한 자로도 그 깊이를 재려하지 않으렵니다.
잴 수 없는 깊이를 재려다 아름다운 사랑을 하기에도
모자란 시간을 낭비할지도 모르니까요.
그저 바다와 같고 하늘과도 같다고 생각하며
그 안에서 안주하렵니다.

내가 다시 사랑을 한다면
그때는 사랑한단 말을 아끼지 않으렵니다.
내가 얼마나 사랑하는지도 모른 체 떠나갈지도 모르니까요.
듣기 지겹다 하더라도 아끼지 않고 말하렵니다.

내가 다시 사랑을 한다면
그때는 마음의 문을 활짝 열렵니다.
혹시라도 나의 마음을 두드리다 두드리다,
지쳐서 뒤돌아서는 일이 있을지도 모르니까요.
마음의 문을 활짝 열고 들어오는 그 사람을 맞이하렵니다.

정말로 내가 사랑한다면, 이렇게 하렵니다.

__좋은글

사랑이라는 나무의 작은 열매

공적인 일에 봉사하라.
사랑으로 완성하라.
말을 삼가라.
절제에 힘쓰라.
노력하라.
악한 일을 거부하고 옳은 일을
실천에 옮길 때는 용기와 자신감을 가져라

필요한 일, 옳은 일,
가치 있는 일을 하며 진실 되게 말하라.
눈에 보이지 않는 사소한 행동이나 말은
사랑이라는 나무의 작은 열매이다.
그것은 나중에 크게 자라서 그 가지로
이 세상의 모든 것을 덮게 될 것이다.

__톨스토이

사랑한다는 것은 둘이 마주보는 것이 아니라
함께 같은 방향을 바라보는 것이다.
__생텍쥐페리

당신이 좋습니다

난 당신에게 아무것도 드린 것이 없는데
당신은 언제나 나에게 힘이 되어주시네요.

세상에 지쳐있을 때
당신은 햇살로 웃게 해주시고,
공허한 외로움에 방향을 잃고 있을 때
당신은 나지막한 섭리소리로 속삭여 주셨습니다.

당신의 목소리만 들어도,
당신의 그림자만 보여도,

생각과 신경이 온통 당신께로 향해 있는 지금
난, 당신께 달려가 안겨서 엉엉 울고만 싶습니다.

너무 좋은 당신을 위해
달리 표현할 방법이 없어서입니다.

난 당신이 좋습니다.

당신이 좋을 뿐 아니라
한 없이 소중한 나의 큰 보금자리입니다.

_좋은글

사랑의 법칙에 따라 살라 ❖

사람의 가장 큰 불행은
지극히 동물적인 것을 삶의 본질인 것처럼
착각하는 데서 비롯된다.

동물적인 생활의 영역으로 전락해버린
인간은 차라리 죽은 목숨과 다를 바 없다.
인생의 법칙을 위반한 인간에게는
오직 죽음의 고통만이 있을 뿐이다.

그러나 사랑의 진실한 법칙에 따라
살아가는 사람에게는 죽음도, 고통도 없다.

_톨스토이

시간이란,
기다리는 사람에게는 너무나 느린 것이요,
겁내는 사람에게는 너무나 빠른 것이요,
슬퍼하는 사람에게는 너무나 긴 것이요,
기뻐하는 사람에게는 너무나 짧은 것이다.
그러나 사랑하는 사람에게 시간은 영원한 것이다.
_존스 베리

신의 의지를 처음으로 의식하는 마음

사랑이란 인간의 삶에서
최초의 것이 아니라 최후의 것이다.
또한 사랑 그 자체는 원인이 아니다.

원인이 되는 것은 인간의 마음속에 있다.
그것을 깨닫는 것은
신의 의지를 처음으로 의식하는 마음이다.

_칸트

우리는 결국 모든 지혜를 이성을 통해 알 수 있다.
그러므로 이성에 따를 필요가 없다고
주장하는 사람들의 말을 믿어서는 안 된다.
그런 말을 하는 사람은
하나밖에 없는 등불을 끄라고 권한 다음
우리를 어둠 속으로 끌어넣으려는 사람이다.
_톨스토이

사랑과 호의를 구하라

타인의 마음을 사로잡아 호의를 얻기 위해 노력해보라.
어떤 사람들은 자신의 힘을 과신하며 타인의 호의를 등한시하기도 한다.
그러나 인생 경험이 풍부하고 현명한 사람은 다른 사람의 호의 없이
무언가를 이룬다는 것이 얼마나 멀고 험난한 일인지 잘 알고 있다.
호의는 모든 것을 형통하게 하고 스스로의 부족한 점을 보완해주는
힘을 갖고 있다.

세상 모든 사람이 용기나 성실함, 학식이나 지혜 같은 재능을
갖추고 있지는 않다.
하지만 사람들이 주고받는 선한 호의는 그러한 모자람을
감싸 안고 서로를 완벽하게 채워준다.
물질적으로, 또 마음으로 호의를 갖고 서로 화합할 때
가족과 직장, 국가 등 모든 조직은 평화로 가득해질 것이다.

_발타자르 그라시안

사랑의 치료법은
더욱 사랑하는 것 이외에는 없다.
_헨리 데이빗 소로우

당신을 그립니다

오늘은 하루 종일 혼자이겠습니다.
혼자일 때 당신을 더 많이 생각할 수 있기 때문입니다.

오늘은 아예 작정하고
새벽부터 하루 온종일을 그리고자 합니다.

당신과 만남과 헤어짐의 쉼 없는 반복사이에
오히려 혼자일 때가 더 가슴이 뛥니다.
당신의 생각은 그 자체가 그리움과 함께 기쁨이네요.

지난날 당신과 헤어져 눈물 젖을 때 내 모습이 그리워지고
당신을 다시 만나려 설레이며 단장하던 시간들이 보배롭습니다.

사람들은 이별보다 더 가슴 졸이는 것이
기다림이라 하지만 넓고 넓은 당신 안에는
이별과 기다림이 하나이시다니.

짧은 생각의 이내 몸은
어렴풋 깨달음으로 당신의 품에 안깁니다.

아무리 알려 해도 다 헤아릴 수 없이
넓기만 한 당신의 마음,
그 마음으로 인해
나는 오늘도 당신을 그립니다.

__좋은글

사랑의 본성

당신에게 고통을 준 사람을 사랑하라.
당신이 욕하고 미워하던 사람을 사랑하라.
자신의 마음을 감추고 보여주지 않는 사람을 사랑하라.
모든 사람을 사랑하라.

그때 비로소 당신은 맑은 물속을 들여다보듯
그 사람들의 내면에 존재하는
성스러운 사랑의 진면목을 볼 수 있을 것이다.

__세네카

무식한 사람이 되기 싫은 사람은
누구든지 자신이 무식한 사람이라는 사실을 고백해야 한다.
__몽테뉴

다른 사람의 존재를 자신의 존재만큼
소중하게 여기기 시작할 때
비로소 사랑은 시작된다.
__설리반

나와 더불어 살아가는 사람들을 사랑하자

사랑은 인간에게 자신을 잊고 사는 법을 가르치며,
그 결과 인간을 고통에서 구해낸다.
생활이 고통스럽고 사람 대하기가 꺼려지며
어떤 일에 대한 판단조차 서지 않아 망설여질 때,
당신 자신을 향해 이렇게 다짐하라.

'나와 더불어 살아가는 사람들을 사랑하자.'

그리고 그렇게 행동하도록 노력하자.
그러면 비로소 모든 괴로움이 사라지고
가벼워진 마음의 상태를 유지할 수 있게 되어
아무것도 두려워하지 않고
욕망으로부터 벗어나게 되리라.

__톨스토이

사랑이란
돌처럼 한 번 놓인 그 자리에 있는 게 아니다.
그것은 빵처럼 항상 다시 새로 구워져야 한다.
__르귄

사랑하는 사람과 좋아하는 사람

사랑하는 사람 앞에서는
가슴이 두근거리지만
좋아하는 사람 앞에서는 즐거워집니다.

사랑하는 사람 앞에서는
겨울도 봄 같지만
좋아하는 사람 앞에서는 겨울은 겨울입니다.

사랑하는 사람 앞에서는
눈빛을 보면 얼굴이 붉어지지만
좋아하는 사람 앞에서는 웃을 수 있습니다.

사랑하는 사람 앞에서는
할 말을 다 할 수 없지만
좋아하는 사람 앞에서는 다 할 수 있습니다.

사랑하는 사람은 매일 기억나지만
좋아하는 사람은 가끔 기억납니다.

사랑하는 사람에게는 무엇이든 다 주고 싶지만
좋아하는 사람에게는 꼭 필요한 것만 해주고 싶습니다.

사랑하는 사람이 딴 사람에게 잘해주면 샘이 나지만

좋아하는 사람이 딴 사람에게 잘해주면 아무렇지 않습니다.

사랑하는 사람의 눈빛은 빤히 볼 수 없지만
좋아하는 사람의 눈빛은 볼 수 있습니다.

사랑하는 사람이 울고 있으면 같이 울게 되지만
좋아하는 사람이 울고 있으면 위로하게 됩니다.

사랑하는 사람 앞에서는 멋을 내게 되지만
좋아하는 사람 앞에서는
그대로의 모습을 보일 수 있습니다.

사랑하는 사람은 슬플 때 생각나지만
좋아하는 사람은 고독할 때 생각납니다.

사랑하는 사람과의 시간은
길어도 짧게 느껴지지만
좋아하는 사람과의 시간은 길면 넉넉합니다.

사랑하는 마음의 시작은 눈에서부터 시작되고
좋아하는 사람의 시작은 귀에서부터 시작됩니다.

그래서 좋아하다 싫어지면
귀를 막아버리면 끝나지만
사랑하는 마음은 눈꺼풀을 덮어도
포도송이 같은 구슬로 맺히는 눈물이 납니다.

__좋은글

사랑은 다른 사람을 행복하게 하는 말

일반적으로 사랑한다는 것은
선량한 일을 한다는 것을 의미한다.
즉, 사랑은 다른 사람을 행복하게 하는 말이자 실천이다.
그런데 만약 어떤 사람이 장래에 큰 사랑을 베풀겠다는
명목으로 현재의 작은 사랑을 외면한다면,
그 사람은 자기 자신과 다른 사람을 모두 속이는 셈이 된다.

그는 자기 자신 외에는 사실
그 누구도 사랑하고 있지 않은 것이다.
미래의 사랑이란 있을 수 없다.
사랑은 늘 현재형의 행위이므로
현재 사랑을 실천하지 않는 사람은 사랑이 없는 사람이다.

_톨스토이

기다린다는 것,
그것은 사랑에 대해 배워야 할 첫 번째 과제이다.
_피에트라

사랑받기 전에 사랑하라 ❖

진정한 사랑이란 어느 특정인의 사랑이 아니라
만인을 사랑하고자 하는 정신 상태다.
그러한 경험을 통해 우리는 우리의 마음이
신적인 것에서 비롯되었다는 사실을 깨달을 수 있다.

남에게 사랑받기 위해 애쓰지 말라.
다만 사랑하라.
그러면 당신도 비로소 사랑을 얻으리라.
사랑은 사랑을 베푸는 사람에게
정신적이고 내면적인 기쁨을 안겨준다.

__톨스토이

사랑이란 마술사는
두 사람이 서로 다른 방향으로 걷고 있더라도
항상 곁에서 나란히 걷고 있는 것처럼
느끼게 해주는 것이다.
__휴 프레이더

내면의 끊임없는 투쟁

인간의 내면은 이성과 정욕 사이에서 끊임없이 갈등한다.
만약 인간이 이성과 정욕 둘 중
어느 하나만 가졌더라면 차라리 편했을지도 모른다.

그러나 인간의 내면에는 이 두 가지가
동시에 존재하기 때문에 투쟁을 피할 수 없으며,
이 둘이 서로 갈등하고 있는 한 마음의 평화를 찾기 힘들다.

인간은 항상 자신의 일부와
또 다른 자신의 일부가 대립하는
모순 속에서 살아가고 있는 것이다.

_파스칼

좋아하는 사람의 이름은 수첩 맨 앞에 적지만,
사랑하는 사람의 이름은 가슴 맨 앞에 새긴다.
좋아하는 사람의 얼굴은 눈을 크게 뜨고 보지만,
사랑하는 사람의 얼굴은 눈을 감아야
더욱 선명하게 보인다.
_미상

사랑의 길에 서서 행하라 ❖

사랑의 길에 서서 사랑을 행하라.
당신이 비록 모든 삶의 진리를 터득했다 할지라도
당신에게 행복을 가져다주는 것은 사랑뿐이다.

마음이 사랑으로 넘치는 사람이라면
결코 어둠이나 슬픔의 나락으로
떨어지지 않을 것이다.

어떠한 악도 사랑에 빠져 있는
선량한 사람을 범하지는 못한다.
사랑에 빠진 가난한 사람은 기회가 닿으면
부자가 될 수도 있다.
그러나 마음이 악한 사람에게는
그런 변화조차 이루어지지 않으며
그들은 영원히 가난할 것이다.

_톨스토이

사랑을 시작하기 전에 반드시 배워야 하는 것은
자신을 먼저 사랑하는 것이다.
_데드 에고

사랑의 힘은 죽음의 공포보다 강하다

헤엄을 못 치는 아버지가 자식이 물에 빠진 것을 보고
구하기 위해 물속에 뛰어드는 것은 사랑의 감정 때문이다.

사랑은 나 이외의 사람을
나보다 더 아끼는 마음에서 우러나온다.

인간의 삶에 끼어드는 불필요한 문제와 모순들도
오직 이러한 사랑으로만 해결할 수 있다.

사랑은 자신을 위해서는 약해지고
남을 위해서는 강해지는 속성을 지녔기 때문이다.

_톨스토이

사랑이란 좋아하는 사람들에게
우리가 원하는 것을 강요하지 않고
그들이 하고 싶은 것을
마음껏 할 수 있게 해주는 아량이다.
_웨인 다이어

사랑은 아주 작은 관심

사랑은 아주 작은 관심입니다.
가령 내가 너의 이름을 부를 때 그 부름에 여기에 있다고
대답하여 주는 일입니다.

사랑은 사소하고 그 작은 일을 통하여 내가 그에게 받아들여지고
있다는 느낌을 주니 말입니다.

그 사소함이 무시되거나 받아들여지는 모습이 보여 지지 않으면
이내 그 사랑은 효력이 없는 것으로 간단히 치부하여 버리는
어리석은 습성이 있습니다.

사랑은 수용되고 있다는 모습이 서로에게 보여져야 합니다.

그 수용의 모습은 받아들임이나, 이해의 모습으로 결국 표출되어집니다.

사랑이 수용되어지지 않는다면 결국 서로에게 상처의 모습으로,
그리고 오해의 모습으로 변질되어 다가옵니다.
그 누군가에게 오해와 상처를 주고 싶지 않으려면
아주 사소한 배려를 소홀히 하는 어리석음은 없어야 할 것입니다.

사랑은 그런 아주 작고도 사소한 것입니다.
이 계절은 그런 사소함을 무시하지 말라고 내게 충고하는 것 같습니다.

_좋은글

타인을 사랑하는 마음

사람들이 성인에게 물었다.
"학문이란 무엇입니까?"
성인이 대답했다.
"인간을 아는 것이다."
사람들이 또 물었다.
"도덕이란 무엇입니까?"
성인이 대답했다.
"사람을 사랑하는 것이다."

타인을 사랑하는 마음은 작은 시련에도
쉽게 흔들리는 우리의 삶에 완전한 행복을 가져다준다.

사랑이란 인간으로 하여금 타인을 통해
신에게 가까워지도록 하는 것이기 때문이다.

_톨스토이

질투는 일천 개의 눈을 가지고 있다.
그러나 어느 한 가지도 올바르게 보지 못한다.
_유태 격언

인간의 정욕

인간의 정욕은 처음에는 거미줄처럼 가느다랗다가
나중에는 동아줄처럼 굵게 변한다.

또한 처음에는 이방인처럼 낯설게 보이다가
다음 순간 친근한 손님처럼 보인다.

그러다가 결국은 집주인처럼
인간의 마음속에 눌러앉는 것이다.

__탈무드

사랑을 얻는다는 것은 모든 것을 얻는 것이다.
__체호프

이 세상에 하나님을 본 사람은 하나도 없다.
그러나 만일 우리가 서로 사랑한다면
하느님은 우리의 가슴속에 머무를 것이다.
__톨스토이

욕심 하나 버리면 보이는 사랑

욕심은 또 다른 욕심을 낳습니다.
욕심으로 가득 찬 마음은 불안하고 초초합니다.

순리를 알아야 했습니다.
세상사는 욕심으로 되는 게 아니고 순리가 있음을 그 순리의 흐름을
배반하고 욕심으로 채워진 마음은 더 큰 욕심만 자꾸 밀려옵니다.

욕심은 또 다른 욕심을 부르고 그 고리는 끝이 없습니다.
내가 불안할 때 알았습니다.

욕심으로 채워져 버린 마음이 내 안에 있음을
그대 사랑 찾아가는 길에 편안한 마음으로 욕심부터 내려놓아야 겠습니다.

다시 시작하고 싶은 첫마음으로 다시 향해가는 처음 같은 기분으로
그대를 사랑하는 마음은 욕심부터 내려놓으려 합니다.
그러지 못한다면 그대를 사랑할 수 없기 때문입니다.

그대에게 가는 길은 해맑고 깨끗한 순백 같은 마음이어야 합니다.
다 내려 놓으려합니다.
내게 더 소중한 사랑하는 사람들이 있기에
그들로 인해서 난 이미 다 채워져 가는 풍요로운 삶입니다.

__좋은글

사랑보다 더 아름다운 사랑

세상에 가장 아름다운 것이 뭘까요.
아마 사랑보다 더 아름다운 건 그대 투명한 마음입니다.

흐릿한 잿빛 상념 파편을 잘게 깨고 내안에서 영롱한 순백의 빛
새하얀 소망을 맑게 뿌리기에 눈꽃보다 그대 마음이 더 깨끗합니다.

사랑보다 더 아름다운 건 그대 밝은 눈망울입니다.

암울한 슬픔이 내일을 휘감아도 별빛을 담은 두 눈망울이
내딛는 발걸음 희망의 첫 이정표이기에
샛별보다 그대 눈빛이 더 찬란합니다.

사랑보다 더 아름다운 건 그대 붉은 가슴입니다.
기다림에 지쳐 시린 이슬비를 뿌려도
따스한 불꽃 언어로 빚은 그대의 선홍빛 고백이 있기에
모세혈관을 희열로 타고 도는 내 유일한 그리움인 까닭입니다.
사랑합니다.
이유가 없답니다.
그냥 사랑합니다.

__좋은글

먼저 마음의 문을 연다면 ❖

사랑은 움직이는 것이라고 하죠.
가만히 앉아서 기다리기만 하는 것이 아니라
먼저 다가가려는 노력을 해야 얻을 수 있는
정성의 결과가 바로 사랑이라는 얘기일 겁니다.

상대가 나에게 해주기를 바라기보다
내가 먼저 다가가서 해주는
겸손과 용기가 바로 사랑이랍니다.

차 한 잔으로, 좋은 책으로, 혹은 따뜻한 대화로
내가 먼저 마음의 문을 연다면
나를 피하던 사람들도 귀한 벗이 될 것입니다.

__지식in

좋아하는 것이 사랑한다는 것은 아니다.
우린 흔히 조금 좋아해 놓고 사랑한다고 말해버린다.
하지만 절대 좋아하는 것이 사랑일 순 없다.
사랑한다는 말은 진실을 위해 아껴야 한다.
__생텍쥐페리

진정한 사랑이란

'자신을 사랑하듯이 이웃을 사랑하라' 라는 말은
스스로를 먼저 사랑하고 그러한 사랑에서 우러난
자연스러운 마음으로 타인에게 선을 행하라는 말이다.

자신에 대한 사랑이 당신의 마음속에
사람들에 대한 사랑을 품게 하는 것이다.
그러므로 누군가로부터 먼저 사랑받은 후에
그만큼 되돌려주겠다는 생각은 바람직하지 않다.

대가를 바라는 것은
진정한 사랑이라고 할 수 없기 때문이다.
사랑은 먼저 선을 행하려는 진실된 마음이
눈에 보이는 결과로 나타나는 것이기 때문이다.

_톨스토이

자신감이란 마음이 확신하는 희망을 품고
위대하고 영예로운 길로 나서는 감정이다.
_톨스토이

사랑이 무엇이기에

사랑이 무엇이기에 촛불되어
그대 위하여 밝히고 싶을까.

사랑이 뭐기에
강물 위 다리 되고 싶은 마음 간절할까.

사랑이 뭐기에
행복과 환희의 꽃 피웠다가
밤이면 그대 향한 그리움과 보고픔으로
잠 못 이루고 눈물의 꽃 피울까.

신비스런 마술 같은 사랑에 풍덩 빠져버렸나
눈을 뜨나 감으나 내 그림자 찾을 길 없고
그대 생각으로 가득하네.

_좋은글

몸에 꼭 맞는 옷을 입기보다는
양심에 꼭 맞는 옷을 입는 것이 좋은 것이다.
_톨스토이

사랑과 믿음 그리고 행복 ❖

사랑은 인생의 흐뭇한 향기이자
우리의 인생에 의미와 가치를 부여하는
인생의 따뜻한 햇볕입니다.

가정에서, 사회에서, 그리고 이웃 간에
흐뭇하고 아름다운 정을 나누고 삽니다.
그 고운 정속에는 아름다운 사랑이 있습니다.

이러한 사랑이 있기 때문에 우리는 인생을 희망과 용기와
기대를 가지고 살아 갈 수가 있습니다.

인간에게는 정의 아름다움과
흐뭇함이 있기 때문에 괴로운 인생도
기쁜 마음으로 살아 가는 것입니다.

사랑한다는 것은 상대방에 대하여
따뜻한 관심을 갖는 것입니다.
내가 사랑의 주체가 되어 누구를 사랑하는 동시에
내가 사랑의 객체가 되어 누구의 사랑을 받아야 합니다.

내가 사랑할 사람도 없고
나를 사랑해 주는 사람도 없을 때
나의 존재와 생활은 무의미와
무가치로 전락하고 맙니다.

사랑이 없는 인생은 풀 한포기 없는 사막과 같고
샘물이 말라버린 샘터와 같습니다.

생에 빛을 주고, 향기를 주고, 기쁨을 주고,
보람을 주고, 의미를 주고, 가치와 희망을 주는 것이
곧 사랑입니다.

사랑은 우리 생활의 등뼈요, 기둥입니다.
인생을 행복하게 살려면
애정의 향기를 항상 발산해야 합니다.

나는 너를 믿고, 너는 나를 믿을 수 있어야 합니다.
서로 믿기 때문에 같이 잘 살 수 있고
같이 일할 수 있고
같이 친해질 수 있는 것입니다.

사랑, 협동, 화목, 대화, 희생, 봉사 등
인간의 아름다운 덕이 모두 다
믿음과 신의의 토대위에서 비로소 가능합니다.

신의와 믿음의 질서가 무너질 때
모든 것이 무너지고 맙니다.
사랑과 믿음 그리고 행복은
하나의 가치임과 동시에 삶의 기초입니다.

사랑과 믿음, 창조의 토대위에
행복의 탑을 쌓고 즐거운 생활의 요람을 만들어야 합니다.
그런 우리일 때 인생은 아름다워집니다.

__좋은글

내 마음의 밝은 미소

내 마음의 밝은 미소는
삶이 아무리 힘들고 지칠지라도
그 삶이 지칠 줄 모르고 새로운 용기와 희망으로
끊임없이 샘솟아 나게 합니다.

일상생활에서 힘이 들고 지칠 때는
내 모든 것을 이해하고 감싸주시던
어머니의 따뜻한 사랑으로 미소 지으며
어루만져 주시던 그 기억들을 생각하고
그것을 마음에 담아보십시오.

그리고 내 자신의 삶이 불안해 질 때마다
아버지의 굳은 의지의 삶을 생각하며
온 가족에게 보여주셨던 믿음직한 웃음을
가슴에 담아 보십시오.
그러면 어느새 마음은 새로운 평화를 느끼고
든든함을 얻게 될 것입니다.

이처럼 가슴에서 순간, 순간 그리는 마음은
나를 사랑해 주시던 이들의 웃음으로 인해
새로운 빛과 용기를 일으키게 되므로
"밝은 미소"는 생활의 여유로움을 가져다주는
삶의 샘물과도 같은 것이랍니다

나에게 주어진 삶 중에서
나를 바라보며 나의 못난 모습까지도
웃음으로 감싸 줄 수 있다면
그것은 분명히 나의 행복일 것이며
나 또한 나를 사랑하는 사람에게
함박웃음으로 힘이 되고 싶은 마음이
무한정 일어날 것입니다.

그러나 "밝은 미소"를 가지려면
먼저 자신의 마음을 예쁘고 아름답게 해야 합니다.
그런 다음 나를 사랑해주는 사람에게 속삭여보세요.
나는 당신을 진정으로 사랑한다고.

그리고는 또 말하세요.
"당신의 밝은 웃음을 내 마음에 살포시 안았더니
당신의 심장이 나의 가슴에서 뛰네요."라고.

그러면 그이도 당신을 사랑할 것입니다.

__지식in

04

진실도 때로는 우리를 다치게 할 때가 있다.
하지만 그것은 머지않아 치료를 받을 수 있는 가벼운 상처이다.
__앙드레 지드

당신을 기다립니다

해당화 피기 전에 오시겠다고 하던 당신이 아직도 오지 않습니다.

싸립문 앞 삽살개가 먼저 뛰어나오기 전에
오신다고 하시던 당신, 언제 오시렵니까?

장독위에 하얗게 내린 눈을 보며
긴 밤을 기다렸습니다. 많이도 기다렸습니다.

어제는 당신이 오시는 소리로 알고
너무 급히 방문을 열고 뛰쳐나가다가 넘어지기도 했습니다.

고요하지만 절박한 당신의 기다림 속에 이 내 마음 다 녹아집니다.

하지만 너무 급히 오지 마십시오.넉넉히 오십시오.

평생을 함께 할 당신이기에
조급하던 기다림을 느긋으로 바꾸겠습니다.

인생이 기다림일진데
기다림을 오히려 설레임으로 바꾸겠습니다.
기다림의 순간이 행복일진데
이 설레임으로 오늘도 당신을 기다립니다.

__좋은글

당신과 걸었습니다

바쁜 일상을 벗어나
산이 보이는 작은 길을 걸었습니다.

피어오르는 동네 아침안개를 보면서
고즈넉한 당신의 모습을 그려 봅니다.

버드나무에 날리는 나뭇잎은
당신의 웃음소리 같고, 흐르는 냇물에 소리는
세수하고 나오는 당신의 모습을 그리게 합니다.

논두렁에 심은 콩은 당신을 만나는 설레임의 환희요,
초가을에 부르는 빗방울은 풀잎에 맺혀 흐르는 영롱한 당신의 마음 같네요.

한참 걷다가 길가에
바위에 앉아 당신을 생각합니다.

어젯밤에는 당신이 너무 보고 싶어
애써 참다가 그만 베개를 흠뻑 적시고 말았습니다.

길가에 핀 나리꽃을 보면서
당신이 꽃이라면 나는 그 꽃을 피우며 평생을 살겠습니다.

__좋은글

한없이 넓은 당신

내가 아는 당신은
마음이 한없이 넓습니다.

당신 마음은 찢어지는 아픔이 있고
세파에 애간장이 다 녹으면서도 저에게
늘 넉넉한 삶과 웃음을 안겨주는 당신입니다.

내가 생각하는 당신은 무조건 좋습니다.
이유 없이 좋습니다.

늘 함께 있는데도 불구하고
눈 한 번 마주치지 못한다 해도
저는 당신의 기분과 속내를 읽을 수 있습니다.

내가 사랑하는 당신은 이유 없는 희망입니다.

나는 좋은 열매만을 먼저 원하는데
당신은 먼저 씨앗을 심어주시는 자상한 분입니다.

내 마음 속의 당신은 언제나 설레이게 합니다.

보기 전에는 보고 싶어 설레이고
만나면 무슨 말할까, 또 설레이면서도
정작 만나서는 하고 싶은 말도 못합니다.

나를 행복하게 하는 당신은 따뜻하기만 합니다.

며칠 전 눈보라치던 날 그리 추운 들판에서도
당신은 외투를 벗어 나를 감싸주는군요.
아마 평생 못 잊을 겁니다.

추울 때 따뜻하게 하고
더울 때 시원하게 해주는 당신
당신은 마음이 한없이 넓습니다.

__좋은글

내가 남을 사랑하면
그들은 나를 더욱 사랑하게 된다.
남들이 나를 사랑하면 할수록
나는 남들을 더욱 사랑할 수 있다.
그러므로 사랑은 무한한 것이다.
__브라운

사랑하는 사람이 멀어지면
보통의 사랑은 함께 멀어지지만
큰 사랑은 더욱 커진다.
바람이 불면 촛불은 꺼지고
화재는 불길이 더욱 세지는 것과 같다.
__라 로슈푸코

당신을 만난 후

당신을 만난 후부터 나는 추억의 시간 쌓기가 시작되었습니다.

왜 그리도 일분일초가 값지고 고귀한지요.
당신과 잠시라도 떨어져 있을라치면
다시 만날 시간이 참 많이도 기다려집니다.

지난 번 당신이 너무 그리워 온 밤을 새하얗게 지새야 했습니다.
당신이 오신다기에 아침부터 설레이는 마음 진정을 해야 했습니다.

당신이 오시는 시간이 다가올수록
너무나 설레어 두 손으로 뛰는 가슴을 눌러야 했습니다.

당신을 만나선 아무 말이 없는데도 추억은 쌓여만 가고
정겨워 너무 정겨워 서로 보고 웃기만 하는데도
추억은 소중해져만 갑니다.

한없이 넓은 당신의 마음을 쓸어안고 내 영혼을 맡깁니다.
내 혼을 송두리째 앗아 추억을 쌓아주는 사랑하는 내 당신아!

약속을 드리지요.
내 인생을 드리지요.
당신을 위해 내 삶의 모두를 다 드리지요.

__좋은글

나를 생각하면……

나는 믿는다고 하면서 의심도 합니다.
나는 부족하다고 하면서 잘난 체도 합니다.

나는 마음을 열어야 한다고 하면서 닫기도 합니다.
나는 정직하자고 다짐하면서 꾀를 내기도 합니다.

나는 떠난다고 하면서 돌아와 있고
다시 떠날 생각을 합니다.

나는 참아야 한다고 하면서
화를 내고 시원해 합니다.

나는 눈물을 흘리다가
우스운 일을 생각하기도 합니다.
나는 외로울수록 바쁜 척합니다.

나는 같이 가자고 하면 혼자 있고 싶고
혼자 있으라 하면 같이 가고 싶어집니다.

나는 봄에는 봄이 좋다 하고
가을에는 가을이 좋다 합니다.

나는 남에게는 쉬는 것이 좋다고
말하면서 계속 일만 합니다.

나는 희망을 품으면서 불안해하기도 합니다.
나는 벗어나고 싶어 하면서 소속되기를 바랍니다.
나는 변화를 좋아하지만 안정도 좋아합니다.

나는 절약하자고 하지만 낭비할 때도 있습니다.
나는 약속을 하고나서
지키고 싶지 않아 핑계를 찾기도 합니다.

나는 남의 성공에 박수를 치지만
속으로는 질투도 합니다.
나는 실패도 도움이 된다고 말하지만
내가 실패하는 것은 두렵습니다.

나는 너그러운 척하지만 까다롭습니다.
나는 감사의 인사를 하지만
불평도 털어놓고 싶습니다.

나는 사람들 만나기를
좋아하지만 두렵기도 합니다.

나는 사랑한다고 말하지만 미워할 때도 있습니다.
흔들리고 괴로워하면서 오늘은 여기까지 왔습니다.

그리고 다음이 있습니다.
그 내일을 품고 오늘은
이렇게 청개구리로 살고 있습니다.

__정용철

당신에게 줄 수 있는 마음이 있을 때

내 행복은 당신입니다.
혼자 짊어지고 가던 모진 나의
삶의 무게를 덜어준 당신,
언제든지 찾아가 쉴 수 있고
무거워진 어깨를 토닥거려 주는
당신을 사랑하게 되어서 참으로 기쁩니다.

언제까지 이어질지 모르지만
이 순간의 행복이 나의 꿈이라고 할 만큼
부러웠던 삶이었습니다.
하루를 보내면서도 기억하기 싫었던 시간들
수많은 시간들이 내 곁을 스치고 지나갔지만
지금처럼 행복한 적은 없었습니다.

늘 오늘이 나의 전부였고
내일은 나의 아픔이었습니다.
희망을 말하고 싶은 당신을 만났고
내일의 행복을 이야기할 수 있는
당신을 알았기에 주저 없이
사랑한다고 말할 수 있습니다.

어제 같은 삶은 나를 멀리하고
흔적도 없이 사라져간 이슬처럼

잊혀져간 기억일 뿐입니다.
오늘만 사랑하는 당신이라면
희망도 꿈도 꾸지 않겠습니다.
허락 없이 당신을 바라보지 않겠습니다.

사랑해도 당신의 마음부터 얻어야겠습니다.
강물은 말없이 흘러가도 맞닿을 수 있는 바다가 있었지만 난
닿을 수 없는 거리만 걸어 다녔기에
당신을 만남이 나에겐 뜻밖의 행운입니다.

나보다 더 나를 이해해 주고 있는 당신
당신을 먼저 본 것은 나였지만
가슴에 먼저 안은 것은 당신이었습니다.
끝이 보이지 않던 나의 인생 여정 당신에게서 멈추고 싶습니다.

그 곳이 굽이진 길이라 해도,
거세게 몰아치는 바람 센 곳이라 해도,
당신이 그곳에 있다면 발길 멈추겠습니다.

당신에게서 나의 행복을 노래하고
당신에게 줄 수 있는 마음이 있을 때.

__좋은글

모든 사람은 인류를 변화시킬 생각을 한다.
그러나 자기 자신을 변화시킬 생각을 하는 사람은 많지 않다.
__톨스토이

사랑을 알게 한 사람

하루에도 몇 번씩
생각나는 사람이 있습니다.
얼굴만 떠올려도 좋은 사람,
이름만 들어도 느낌이 오는 사람,

아침 내내 그렇게 그립다가도
언덕 끝에 달님이 걸린
그런 밤이 되면 또다시 그리운 사람,

내 모든 걸 다 주고 싶도록
간절히 보고픈 사람 그런 사람이 있습니다.

그 사람을 알고부터 특별할 것 없는 일상에
행복이라는 단어가 작은 파문으로 일렁이기 시작합니다.

길을 가다가 혹여 하는 마음에
자꾸만 뒤를 돌아보게 되고
매일 오가다 만나는 집 잃은 고양이들도
오늘 따라 유난히 귀여워 보이고
지하철역에 있는 대형 어항속의 금붕어도
이제 외로워 보이지 않습니다.

누군가를 그리워하고
그 그리움이 사랑으로 자라고

그 사랑이 다시 사람과 사람간의
좋은 인연으로 이어질 때…….

이것이 이것이야 말로
힘겹고 괴로운 삶이라도
우리가 참고 견디는 이유였음을…….

그리하여 세상에 숨겨진
아름다운 것들을 발견하고 가꾸는 것이
또 하나의 큰 사랑임을 알았습니다.

한 사람만을 알고 사랑을 배우고
진짜 한 사람만을 더 깊이 배우는 그런 삶
행복합니다.

사랑을 알게 한 사람
당신이 고맙습니다.

_지식in

교육이란 알지 못하는 바를 알도록
가르치는 것을 의미하는 것이 아니라
사람들이 행동하지 않을 때
행동하도록 가르치는 것을 의미한다.
_마크 트웨인

기쁨을 같이 하고픈 당신 ❖

오늘 하루
당신이 계신 자리에서 잠시 눈을 감고
내면을 한 번 들여다보세요.

먼저 자신이 세상에서 제일 귀한 단 하나의 걸작임을
스스로에게 일깨우세요.

그러면 마음이 여유로워지고
얼굴에 자신감으로 인한 미소가 피어날 것입니다.

이제 한 사람 한 사람 마주치는 사람들에게
정다운 인사를 나눌 수 있도록
가슴을 열고 눈을 마주치며 웃어 보세요.

분명 마음이 닫혀있던 사람들이
당신에게 호감어린 시선과
뭔가 기대에 찬 얼굴로 마주설 것입니다.

이제 행복을 주는 사람이 되어 보세요.
상대의 단점보다는 장점을 발견해
부드러운 칭찬을 해 보세요.

가능하면 당신을 만난 것이 참 행운이라는 말을
빠뜨리지 말고 하는 것이 좋습니다.

누구나 자신이 상대에게 희망을 주는 사람이리라는 것을
기쁘게 생각할 것이기 때문입니다.

그런 다음 시간이 되신다면
따뜻한 차 한 잔 나누면서 마음속 사랑담아 축복해 보세요.

어려울 것 같지만 우리가 인상 찌푸리고
푸념하는 시간이면 충분하답니다.

내가 밝고 주위가 밝아져야 근심이 없어집니다.

당장은 일이 잘 풀리지 않더라도
마음에 여유로움이 생긴답니다.

서로에게 아름다운 마음으로 나누는 사랑의 언어는
참으로 행복한 하루를 열어줄 거예요.

이제 제가 당신께 고백드릴 차례입니다.
당신은 세상에서 가장 아름다우며
둘도 아닌 단 하나의 걸작이십니다.

__좋은글

우리가 받은 인생은 짧은 것이 아니다.
다만 우리 스스로가 인생을 짧게 만드는 것뿐이다.
__세네카

혼자 거울 앞에 서면

사랑하는 연습은
자기 자신부터 시작하는 것이 좋습니다.

자신을 사랑할 수 있다면
다른 사람들과 나누는 사랑도
봄날의 감미로운 키스처럼
부드럽게 흐를 것입니다.

자, 그럼 약간의 숙제를 내드릴까요.

손에 종이와 연필을 들고서
혼자 거울 앞에 서 보세요.

종이를 반으로 나누는 선을 긋고
왼편에는 '받아들일 수 있는 나의 일면'
오른편에는 '받아들일 수 없는 나의 일면' 이라고
각각 쓰세요.

그리고 거울에 비친 자신의 영상과
정직하고 솔직한 대화를 나누세요.

자기 자신을 여러 가지 차원에서 음미해 보세요.

가장 고상한 상태에서 가장 천박한 상태까지,

가장 성숙한 상태에서 가장 미숙한 상태까지,
가장 상냥한 상태에서 가장 퉁명스런 상태까지,
가장 사랑에 찬 상태에서 가장 분노에 찬 상태까지.

스스로 사랑, 자비, 미움, 분노, 질투,
그리고 희생심을 얼굴에 표현해 보세요.

그리고 그때 자신이 스스로 어떻게 판단하는지,
자신의 사랑을 스스로 얼마나 불신하는지,
자아비판에 스스로 얼마나 도취하는지
깨우치세요.

이상의 자기 관찰은
결코 냉혹하게 실시해서는 안 됩니다.

정말이지 그래서는 안 됩니다.
그대는 이제껏 충분히 냉혹하게 살아왔잖습니까!
단지 진실에 대한 안목만 지니면 됩니다.

그대가 진정으로 자신을 사랑한다면
수치심만으로도 가슴이 아파올 것입니다.

그대는 사랑을 배우기 위해 살고 있는 것입니다.

누구든지 자신을 사랑하는 이상으로
남을 사랑할 순 없습니다.

그리고 남을 사랑하는 이상으로
신을 사랑할 수도 없지요.

거울을 보고 최소한 10분간 자신과 대화를 나누세요.
물론 원한다면 더 오래 할 수도 있습니다.
잘만 된다면 몇 시간씩 지속해도 상관없습니다.
그러나 아무리 못해도 10분은 넘겨야 합니다.

그러고 나서 눈을 감고 사랑이 넘실대는 빛 속에
온 몸을 적시는 자신의 모습을 그려보세요.
그렇다고 확신하세요.

전신의 모든 숨구멍으로
그 빛의 물결을 빨아들이세요.

매일 매일 순간순간마다
그대는 이 사랑 속에서 목욕하고 있습니다.
그대가 바로 사랑이기에…….

__패트 로데가스트

이 세상에서 가장 위대한 일은
우리가 서 있는 위치보다는 앞으로 나아가는 것이
더욱 중요함을 깨닫는 것이다.
__올리버 웬델 홈스

삶은 새로운 것을 받아들일 때만 발전한다.
마음의 문을 닫지 말고 항상 열어두어라.
__라즈니쉬

가슴이 따뜻한 이유

당신에게는 두 눈이 있어
세상의 아름다움을 볼 수 있습니다.
당신에게는 두 귀가 있어
세상의 감미로운 소리들을 들을 수 있습니다.
당신에게는 두 손이 있어
사랑하는 사람의 얼굴을 어루만질 수 있습니다.
당신에게는 두 발이 있어
가고 싶은 곳을 어디든 자유롭게 다닐 수 있습니다.

하지만 당신이 늘 하고 있고, 쉽게 할 수 있는 일을
부러운 눈빛으로 바라보는 사람도 없지 않습니다.

그런 사람들에게 당신의 즐거움을 나눠 주라고
그런 사람들에게 당신의 기쁨을 조금 덜어 주라고
당신에게 따뜻한 가슴이 있는 것입니다.

__지식in

뭔가 배울 수 있는 실수들은
가능하면 일찍 저질러 보는 것이 이득이다.
__윈스턴 처칠

언제나 자신과 연애하듯이 살라

언제나 당신 자신과 연애하듯이 살라.
그대가 불행하다고 해서 남을 원망하느라
기운과 시간을 허비하지 말라.
어느 누구도 그대 인생의 질에 영향을 미칠 수는 없다.
그럴 수 있는 사람은 오직 당신뿐이다.

모든 것은 타인의 행동에 반응하는 스스로의 생각과 태도에 달려있다.
모든 사람들이 현재의 자신과는 다른,
좀 더 중요한 사람이 되고 싶어하는 데 그런 헛된 노력에 매달리지 말라.
그대는 이미 중요한 사람이다.
그대는 그대 자신이다.
그대 본연의 향기로운 모습으로 존재할 때 비로소 행복해질 수 있다.

그대 본연의 모습에서 만족을 느끼지 못한다면
진정한 만족이란 결단코 불가능하다.
자부심이란 다른 누구도 아닌 오직 그대만이
그대 자신에게 줄 수 있는 것이다

스스로를 사랑하는 것은 중요한 일이다.
당신의 어머니가 당신을 사랑하는 것 이상으로 스스로를 사랑하라.
언제나 당신 자신과 연애하듯이 살라.

_어니 J. 젤린스키

먼 곳에서 예수를 찾지 마라

먼 곳에서 예수를 찾지 마십시오.
그분은 거기에 계시지 않습니다.
그분은 그대 바로 가까이 그대와 함께 계십니다.

그대의 등불이 타오르게 하다 보면
그대는 항상 그분을 만날 것입니다.
몇 방울의 사랑을 부어 등불이 꺼지지 않게 애쓰다 보면
그대를 사랑하는 그분의 사랑을 확연히 보게 될 것입니다.

우리 마음에 가득 찬 것들은 다양한 방법으로 표현됩니다.
즉, 우리의 눈이나 감각을 통해, 우리가 쓰는 글이나 말을 통해,
우리가 걸어가거나, 무엇을 받거나, 봉사하는 방법을 통해서도
우리는 우리의 마음을 표현하게 됩니다.

하느님으로부터 온 이 세상. 그리스도의 빛으로 변화된 이 세상에서
저는 가난한 이들의 고통을 나누며 살고자 했습니다.

누구하고든지 하나가 되어야만 우리는 그들을 구원할 수 있고,
하느님을 그들의 삶으로 끌어들일 수 있으며
그들에게 하느님의 모습을 줄 수 있다고 확신하기 때문이지요.

_마더 테레사

배우고 사랑하고 웃어라

당신이 가진 한계는 스스로 만든 것이다.
감옥은 당신 자신이 만든 것,
삶은 당신에게 도전을 주었다.
하지만 그렇다고 해서 그 목적이
당신을 구속하기 위함은 아니었다.

당신에게 자유를 주고, 성장하고,
치유 받을 수 있는 배움과
경험을 주기 위함이었다.
삶은 당신을 감옥에서 구하기 위해 노력했다.

자기 자신을 비난하지 말라.
사랑하는 마음으로 여행을 계속하고,
지금 이 순간에 머물라.
경험하고, 배우고, 사랑하고, 웃으라.
울고 싶다면 울어라.
어둠 속에서도 볼 수 있도록
손전등을 갖고 다니라.

하지만 무엇보다
자기 자신을 받아드리고 앞으로 나아가라.
여행을 계속하라. 자유롭게.
그리고 사랑하고, 자주 웃으라.

_멜로디 비에티

모든 것이 하나의 과정이었다

당신의 과거와
당신이 배운 모든 교훈을 소중히 여기라.
과거의 가치를 부정하고
역사를 비판적인 시각으로 보기는 쉽다.
우리는 과거의 실수,
반드시 알았어야 했던 것,
더 잘할 수 있었던 일들을 발견한다.
하지만 우리가 잊고 있는 것이 있다.

우리가 지금 분명히 볼 수 있는 이유는
과거가 있었기 때문이고,
과거로부터 배웠기 때문이다.
지금 후회하는 일들 덕분에
훗날 더 분명한 시각을 갖게 되는 것이다.
과거의 배운 것들을 소중히 여길 것,
각각의 배움은 다음의 배움으로 이어지므로,
당신의 삶 속에 있는 모든 사람과 사건들이
지금의 당신을 만드는데
말할 수 없이 중요한 역할을 했다.

현재의 당신을 창조하는데 큰 공헌을 한 것이다.
당신의 과거 속에서 수많은 사람들이
당신의 삶 속에 들어와

고통과 기쁨을 함께했다.
그들 덕분에 당신은 삶과, 사랑, 신과 다른 이들,
그리고 자신을 향해 더 많이 마음을 열 수 있었다.
당신의 잘못이나 실수조차도
지금의 당신을 만드는데 필요한 일이었다.
때론 그 일들이 당신의 가장 중요한 모습을 만들기도 했다.

그 경험을 통해 당신은 타인에 대한
자비심과 이해심을 갖게 되었기 때문이다.
이따금 우리는 삶에서 가장 고통스러운 일들을
겪음으로써 다른 사람들을 치유하고, 돕고,
희망을 주는 능력을 갖게 된다.
당신의 과거가 당신에게 다른 사람들과 자신을
사랑하라고 가르친 것이다.

_멜로디 비에티

사람의 몸은 심장이 멈출 때 죽지만
사람의 영혼은 꿈을 잃을 때 죽는다.
_톨스토이

영웅이 보통 사람보다 용기가 훨씬 많은 것이 아니다.
다만 5분 더 유지할 뿐이다.
_랄프 왈도 에머슨

당신은 소중한 사람

누군가가 우리에게
고개를 한 번 끄덕여주는 것만으로도
우리는 미소지을 수 있고
또 언젠가 실패했던 일에
다시 도전해볼 수도 있는 용기를 얻게 되듯이
소중한 누군가가
우리 마음 한구석에 자리 잡고 있을 때
우리는 그 어느 때보다 밝게 빛나며 활기를 띠고
자신의 일을 쉽게 성취해나갈 수 있습니다.
우리는 누구나 소중한 사람을 필요로 합니다.

또한 우리들 스스로도 우리가 같은 길을
가고 있는 소중한 사람이라는 걸
잊어서는 안 되겠지요.

우리가 누군가에게
소중한 사람이라는 걸 알고 있을 때
어떤 일에서든 두려움을 극복해낼 수 있듯이
어느 날 갑작스레 찾아든 외로움은
우리가 누군가의 사랑을 느낄 때
사라지게 됩니다.

_카렌 케이시

모두를 하나로 묶어주는 것

심상 치유에서는
건강이란 다름 아닌 '내면의 평화'라고 정의되며,
치유는 '두려움에서 벗어나는 것'을 뜻한다.
그것은 자신의 잘못된 인식들을 바로잡는 길이다.
아마도 인류에게 주어진 가장 값진 선물은
생각을 선택하고 결정할 수 있는 자유일 것이다.

사람은 누구나 사랑을 받을 만한 능력과 자격이 있으며,
조건 없이 서로 사랑하고,
모든 관계에서 사랑을 불러일으키도록 태어났다.
인간관계의 목적은 서로 함께 하는 데 있으며,
오직 사랑만이 참된 실재임을 잊지 않는 데 있다.

사랑의 신념 체계에서는
우리 관계의 목적이 바로 사랑
그 자체라는 것을 일깨워 준다.
사랑은 인간관계를 배움의 기회로 생각하고
개인의 성장을 위한 도전으로 생각한다.
인간관계를 두렵고 위험스럽게 생각하기보다
거기에서 사랑과 배움의 가능성을 찾을 때,
다른 사람에게서 우리 자신의 거룩함을
떠올리게 하는 하느님의 얼굴을 보게 되는 것이다.

사랑은 변하지 않는다.
의심하거나 판단하지도 않는다.
사랑은 늘 부드럽고 상냥하다.
언제나 모든 한계를 뛰어넘어 퍼지고 늘어나고 넓어진다.

자아의 신념체계를 버리고 사랑의 신념체계를 따를 때,
행복이란 날 때부터 우리에게 주어진 몫이며,
존재의 자연스러운 상태임을 다시 한 번 깨닫게 된다.
자신의 경험에 대해서 스스로 책임을 져야 한다는 사실을
우리는 날마다 배운다.

이제는 자신을 피해자로 볼 것이 아니라
사랑하는 데 최선을 다해야 하며,
더 이상 사람을 함부로 판단하거나
자신을 책망하지 말아야 한다.

마음으로 떠나는 여행을 함께 하게 된 분들을 환영하며,
누구나 지니고 있고 우리 모두를 하나로 묶어주는
사랑의 무한한 힘을 깨달아서
어떤 질문에도 사랑이 그 답이라는 것을
더불어 알게 되기를 진심으로 바란다.

__제럴드 잼폴스키

다른 사람의 존재를 자신의 존재만큼
소중하게 여기기 시작할 때 비로소 사랑은 시작된다.
__설리반

겸손은 신이 내린 최고의 덕이다

사람들은 자기의 겉모습을 보려면
반드시 거울 앞에 서게 됩니다.
거울은 정말로 정직합니다.
있는 그대로의 모습을,
있는 그대로 거울 속에 비춰줍니다.
자기 얼굴에 검정이 묻지 않았다고
완강히 고집하는 사람도
거울 앞에 서게 되면
그 모습은 일목요연합니다.

그러므로 사람들은 그때서야
자기의 잘못을 인정하게 되고
그것을 바로 고치게 되는 것입니다.
이와 같이 겉모습은 거울로 잡을 수가 있지만,
마음속의 잘못까지는 비춰내지 못합니다.

그래서 사람들은 자신의 잘못된 생각을
자각하기가 매우 어려운 것입니다.
마음의 거울이 없기 때문입니다.
그런데 구하는 마음이 겸손하기만 하다면
마음의 거울은 아무 데나 있습니다.

주위에 있는 모든 물건,

자신과 접하는 모든 사람,
이 모두가 자신을 비춰주는 마음의 거울이 되는 것입니다.
모든 물건이 각자의 마음을 비춰주고
모든 사람이 각자의 마음과 연결되어 있는 것입니다.

옛 성현들은
"자신의 눈에서 대들보를 끄집어 내어라."라고 가르쳤습니다.
좀 더 주위를 자세히 살피고
주위 사람들의 소리에 귀를 기울이여야 하겠습니다.
이 겸허한 마음, 솔직한 마음이 있으면
모든 것이 마음에 비춰질 것입니다.

__브하그완

사랑이란 마술사는
두 사람이 서로 다른 방향으로 걷고 있더라도
항상 곁에서
나란히 걷고 있는 것처럼 느끼게 해주는 것이다.
__휴 프레이더

누군가를 사랑하지 않는 것은
사랑할 만한 대상이 없어서가 아니다.
사랑하는 마음이 없기 때문이다.
__톨스토이

새로운 사랑 안으로 죽어라

이 새로운 사랑 안으로 죽어라.
네 길이 저편에서 시작된다.
푸른 하늘이 되어라.
감옥 담장을 도끼로 부숴라.
도망쳐라.

갑자기 색을 입고 태어난 사람처럼
걸어 나가라, 지금 곧 하여라.
너는 두터운 구름에 덮여 있다.
옆으로 비껴 벗어 나거라, 죽어라,
그리고 고요해라.

고요는 네가 죽었다는 분명한 표식,
낡은 네 인생은 침묵에서 뛰쳐나온
미친 듯한 질주였다.
이제 곧 말 없이 소리 없이
보름달 뜨느니.

__잘랄루딘 루미

꽃도 없는 깊은 나무에

바람도 없는 공중에
수직(垂直)의 파문(波紋)을 내이며
고요히 떨어지는 오동잎은 누구의 발자취입니까.

지리한 장마 끝에 서풍에 몰려가는
무서운 검은 구름의 터진 틈으로
언뜻언뜻 보이는 푸른 하늘은 누구의 얼굴입니까.

꽃도 없는 깊은 나무에 푸른 이끼를 거쳐서
옛 탑(塔) 위의 고요한 하늘을 스치는
알 수 없는 향기는 누구의 입김입니까.

근원은 알지 못할 곳에서 나서 돌부리를 울리고 가늘게 흐르는
작은 시내는 굽이굽이 누구의 노래입니까.

연꽃같은 발꿈치로 가이없는 바다를 밟고,
옥같은 손으로 끝없는 하늘을 만지면서 떨어지는
날을 곱게 단장하는 저녁놀은 누구의 시(詩)입니까.

타고 남은 재가 다시 기름이 됩니다.
그칠 줄을 모르고 타는 나의 가슴은
누구의 밤을 지키는 약한 등불입니까.

__만해 한용운

속속들이 털어 놓으세요

하느님도 자신이 가진 모든 것을
우리에게 드러내십니다.

진실로 하느님은
자신이 줄 수 있는 것이
지혜이든 진리이든 비밀이든 신성이든
그 어떤 것이라도
우리에게 감추지 않으십니다.

우리가 그분에게
속속들이 털어놓기만 한다면
방금 드린 말씀은 참말입니다.

우리가 하느님께
속속들이 털어놓지 않으면
그분께서도 우리에게 털어놓지 않으십니다.

왜냐하면 우리가 그분에게 털어놓는 것과
그분께서 우리에게 털어놓는 것은
동등한 거래이기 때문입니다.

_마이스터 엑카르트

당신이 나에게

당신이 나에게 노래를 부르라고 명령하실 때,
나의 가슴은 자랑스러움으로 인하여
터질 것만 같았습니다.
나는 당신의 얼굴을 바라보면서
뜨거운 눈물을 흘립니다.

나의 생명 속에 깃들여 있는
거칠고 어긋난 모든 것들이 한 줄기의
아름다운 화음으로 녹아들고 있습니다.
나의 찬미는 바다를 날아가는 새처럼
즐겁게 날개를 펼칩니다.

나는 당신이 나의 노래를
듣고 있다는 사실을 알고 있습니다.
나는 오직 노래를 부르는 사람으로
내가 당신 앞에 나갈 수 있다는 것을 알고 있습니다.

활짝 펼친 내 노래의 날개 끝으로
나는 감히 닿을 수 없는 당신의 발을 어루만집니다.
노래를 부르는 즐거움에 젖어서,
나는 자아를 잃어버리고
나의 주인 당신을 친구라고 부릅니다.

_라빈드라나드 타고르

사랑에 대하여

사랑이 그대를 부를 때엔 그를 따르라.
비록 그 길이 험하고 가파를지라도.
사랑의 날개가 그대를 품어 안을 때엔
그에게 온 몸을 내맡기라.

비록 그 날개 안에 숨은 칼이
그대에게 상처를 줄지라도.
사랑이 그대에게 말할 때엔 그를 믿으라.

비록 폭풍이 정원을 폐허로 만들듯이
사랑의 목소리가 그대의 꿈을 흩트려 놓을지라도
사랑은 사랑 외엔 아무것도 주지 않으며
사랑 외엔 아무것도 바라지 않는 것,
사랑은 소유하지도 소유당할 수도 없는 것,
사랑은 사랑만으로 충분한 것.

_칼릴 지브란

경험이란 나에게 일어난 일이 아니라
그 일에 대해 내가 한 행동이다.
_헉슬리

모든 것을 사랑하라

모든 잎사귀를 사랑하라.
모든 동물과 풀들 모든 것을 사랑하라.
네 앞에 떨어지는 빛줄기 하나까지도.

만일 네가
모든 것을 사랑할 수 있다면
모든 것 속에 담긴 신비를 보게 되리라.

만일 네가 모든 것 속에 담긴
신비를 본다면 날마다 더 많이
모든 것을 이해하리라.

그리고 마침내는 모든 것을 받아들이고
너 자신과 세상 전체를 사랑하게 되리라

__Fyodor Mikhailovich Dostoevskii

우리가 깊이 사랑하는 모든 것들은
언젠가 마침내 우리 자신의 한 부분이 된다.
__헬렌 켈러

별(別) 사랑

그대 아무 말 마세요.
그냥 나의 침묵을 느껴 보세요.

언어란
어지러운 생각의 찌꺼기,
헤매는 영혼의 장난감,
바보들의 소음.

그대 내 곁에 앉아
나의 침묵을 들어 보세요.

들리지 않는 그 소리가,
그 침묵의 노래가,
그대의 영혼에 아름다운 잠을 드릴 것입니다.

그대에 대한
나의 사랑은 이 같은 시이며,
그 같은 침묵이며, 무심(無心)입니다

_묵연스님

문제 그 자체를 사랑하라 ❖

모든 시작에 앞서
가슴에서 풀리지 않는 것들에 대해
항상 인내하라.

또 잠겨 있는 방이나
어려운 외국어로 된 책을 대하듯
문제 그 자체를 사랑하라.

지금 당장 해답을 얻고자 서두르지 말라.
문제에 대한 해답은
문제와 함께 주어지지 않기 때문이다.
따라서 문제를 해결하는 가장 좋은 방법은
모든 문제들과 함께 숨 쉬는 것이다.

지금 당장 그대 앞에
문제들과 함께 숨 쉬어라.
그러면 언젠가 자신도 모르는 사이에
문제의 답이 그대에게
주어져 있음을 깨닫게 될 것이다.

항상 시작하는 자세로,
시작하는 사람으로 살아가라.

_라이너 마리아 릴케

나를 사랑해야 한다면

당신이 나를 사랑해야 한다면
오로지 사랑을 위해서만 사랑해 주세요.
그리고 부디 미소 때문에,
미모 때문에,
부드러운 말씨 때문에,
그리고 또 내 생각과 잘 어울리는 재치 있는 생각 때문에.

그래서 그런 날이 내게 기쁨을 주었기 때문에
사랑한다고는 정말 말하지 마세요.

님이여!
사실 이러한 것들은 그 자체가 변하거나 당신을 위하여 변하기도 합니다.
그러기에 그렇게 이루어진 사랑은 또 그렇게 잃어버리기도 하는 것입니다.

내 뺨의 눈물을 닦아주는 연민 어린 당신의 사랑으로도 날 사랑하진 마세요.
당신에게 오랫동안 위안 받았던 이는 웃음을 잃게 되고
그리하여 당신의 사랑을 잃게 될지도 모르지요.

오로지 사랑을 위해서만 날 사랑해 주세요.
영원토록.
언제까지나 사랑할 수 있는 사랑을 위해서만
나를 사랑해 주십시오.

_엘리자베스 바레트 브라우닝

사랑이 내 눈을 띄울 때

사랑의 번갯불 눈앞에 번쩍일 때 나 신을 아네.
밤낮으로 내게 힘을 주고,
바로 앞에 무엇이 있는지 보여주기도
내 안에 불꽃이 있고,
땔감도 연기도 내 안에 있는 것
겨우 그제사 님을 보네.
바후, 사랑이 내 눈을 띄울 때.

당신께서 오직 하나 되는 것을 보여주셨을 때,
나를 잃었습니다.
친밀함도, 합일도, 단계도, 목표도, 육체도, 영혼도
남아 있지 않았습니다.
어떤 식의 사랑도, 공간도, 존재도 없었습니다.
바로 그 순간.
바후, 나는 신성한 하나의 비밀과 마주했습니다.

가까이 살면서도 멀고 멀어,
내 뜰에 들어오지 않는 저들은
안에서 찾을 줄 모르니,
저 가엾은 사람들 밖에서 찾지
멀리 가서 아무것도 얻을 게 없느니,
그 님은 집안에 있는데
그대 마음 문질러 닦게, 거울처럼
바후, 그제사 모든 장막이 사라지리.

연인들 늘 헤매네.
그 님의 사랑에 취해 님께 생명을 바친 사람들
이 세상에 살면서도 두 세상을 사네.
마음의 등불 빛나는 것을 왜 촛불을 밝히나?
지성도 분별심도 거기 이르지 못해
바후, 그런 건 부서뜨려야지.

솟아올라 밝게 비춰라.
달아! 별들 그대의 회상에 잠겼다.
그대와 같은 달들 예전에도 있었지만
내 님, 그분 없이는 그저 암흑
나의 달 떠오를 때 그대들은 무용지물
평생을 바친 그 님.
바후, 나 단 한 번만이라도 만나지려나.

그래, 사랑의 우상을 숨겨두면 또 어때?
마음은 결코 멀리 떨어지지 않아
저기 수많은 산 너머에 계신
스승 바로 눈앞에 보이는데
한 톨의 사랑을 품으면 술 없이도 취하는 것을
참다운 수피는 바후, 숨쉬는 무덤 속에 사는 사람.

__술탄 바후

녹이 슬어 못쓰게 하는 것 보다는
써서 닳아 버리게 하는 것이 낫다.
__리처드 컴벌랜드

누군가 너무
그리워질 때

누군가 그리워질 때 보고 싶은 만큼 나도 그러하다네.
하지만 두 눈으로 보는 것만이 다는 아니라네.
마음으로 보고 영혼으로 감응하는 것으로도
우리는 함께일 수 있다네.
결국 있다는 것은 현실의 내 곁에 존재하지는 않지만
우리는 이미 한 하늘 아래 저 달 빛을 마주보며
함께 호흡을 하며 살고 있다네.
마음 안에서 늘 항상 함께라네.
그리하여 이 밤에도 나는 한사람에게 글을 띄우네.
그리움을 마주보며 함께 꿈꾸고 있기 때문이라네.

두 눈으로 보고 싶다고 욕심을 가지지 마세.
내 작은 소유욕으로 상대방이 힘들지 않게
그의 마음을 보살펴 주세.
한 사람이 아닌 이 세상을 이 우주를
끌어안을 수 있는 넉넉함과 큰 믿음을 가지세.
타인에게서 이 세상과 아름다운 우주를 얻으려 마세.
내안의 두 눈과 마음 문을 활짝 열고
내안의 시간과 공간이 존재하는 내 우주를 들여다보세.
그것이 두 눈에 보이는 저 하늘과 같다는 것을
이 우주와 같다는 것을 깨닫게 될 걸세.

그 안에 내 사랑하는 타인도 이미 존재하고 있음이

더 이상 가슴 아파할 것 없다네.
내 안에 그가 살고 있음이
내 우주와 그의 우주가 이미 하나이니
타인은 더 이상 타인이 아니라네.
주어도 아낌이 없이 내게 주듯이
보답을 바라지 않는 선한 마음으로
어차피 어차피…… 사랑하는 것조차,
그리워하고 기다리고 애태우고
타인에게 건네는 정성까지도
내가 좋아서 하는 일 아니던가.

결국 내 의지에서 나를 위해 하는 것이 아니던가.
가지려하면 더더욱 가질 수 없고 내 안에서 찾으려 노력하면
갖게 되는 것을 마음에 새겨 놓게나.
그대에게 관심이 없다 해도,
내 사랑에 아무런 답변이 없다 해도,
내 얼굴을 바라보기도 싫다 해도,
그러다가 나를 잊었다 해도,
차라리 나를 잊은 내안의 나를 그리워하세.

_법정스님

아름다운 부인들도 대개는
먼저 얼굴부터 나이를 먹는다.
_스탕달

신발 한 짝

열차가 플랫폼을 막 출발했을 때 일이다.
열차의 승가대를 딛고 올라서던 간디는
실수로 그만 한쪽 신발을 땅에 떨어뜨리고 말았다.

열차는 속도가 붙기 시작했으므로
그 신발을 주울 수 없었다.
옆에 있던 친구가 그만 포기하고
차내로 들어가자고 말했다.

그런데 간디는 얼른 한쪽 신발을 마저 벗어 들더니
금방 떨어뜨렸던 신발을 향해 세게 던지는 것이었다.
친구가 의아해서 그 까닭을 물었다.
간디는 미소 띤 얼굴로 이렇게 대답했다.

"누군가 저 신발을 줍는다면
두 쪽이 다 있어야 신을 수 있을게 아닌가"

__간디

> 우리는 늙기 마련이지만
> 그렇다고 마음까지 늙을 필요는 없다.
> __조지 번스

손을 잡으면

손을 잡으면 마음까지 따뜻해집니다.
누군가와 함께 가면 갈 길이 아무리 멀어도 갈 수 있습니다.
눈이 오고 바람 불고 날이 어두워도 갈 수 있습니다.

바람 부는 들판도 지날 수 있고 위험한 강도 건널 수 있으며
높은 산도 넘을 수 있습니다. 누군가와 함께라면 갈 수 있습니다.

나 혼자가 아니고 누군가와 함께라면 손 내밀어 건져 주고 몸으로
막아 주고, 마음으로 사랑하면 나의 갈 길 끝까지 잘 갈 수 있습니다.

이 세상은 혼자 살기에는 너무나 힘든 곳입니다.
단 한 사람이라도 사랑해야 합니다.
단 한 사람의 손이라도 잡아야 합니다.
단 한 사람이라도 믿어야 하며
단 한 사람에게라도 나의 모든 것을 보여 줄 수 있어야 합니다.

동행의 기쁨이 있습니다.
동행의 위로가 있습니다.
그리고 결국 우리는 누군가의 동행에 감사하면서 눈을 감게 될 것입니다.
우리의 험난한 인생길 누군가와 손잡고 걸어갑시다.
우리의 위험한 날들도 서로 손잡고 건너갑시다.
손을 잡으면 마음까지 따뜻해집니다.

__지식in

집착에서 벗어나면

물은 파문이 일지 않으면
스스로 고요하고
거울은 때가 끼지 않으면
스스로 밝은 것이다.

마음도 굳이 맑게 하려고 애쓸 필요가 없으니
때를 없애버리면 맑음이 저절로
나타나게 된다.

즐거움도 꼭 찾으려고 할 필요가 없으니
괴로움을 떨쳐 버리면
즐거움이 저절로 있게 되는 것이다.

__채근담

헤엄을 못 치는 아버지가
그 자식이 물에 빠진 것을 건지기 위해
물속에 뛰어드는 것은 사랑의 감정이 시킨 것이다.
사랑은 나 자신을 위해서는 약하고
남을 위해서는 강하다.
인생에서 가장 아름다운 모습은 사랑을 보여주는 것이다.
__레프 니콜라예비치 톨스토이

오늘을 사랑하라

오늘을 사랑하라.
어제는 이미 과거 속에 묻혀 있고
미래는 아직 오지 않은 날이라네.
우리가 살고 있는 날은 바로 오늘,
우리가 사용할 수 있는 날은 오늘,
우리가 소유할 수 있는 날은 오늘 뿐.

오늘을 사랑하라.
오늘에 정성을 쏟아라.
오늘 만나는 사람을 따뜻하게 대하라.
오늘은 영원 속의 오늘,
오늘처럼 중요한 날도 없다.
오늘처럼 소중한 시간도 없다.

오늘을 사랑하라.
어제의 미련을 버려라.
오지도 않은 내일을 걱정하지 말라.
우리의 삶은 오늘의 연속이다.
오늘이 30번 모여 한 달이 되고,
오늘이 365번 모여 일 년이 되고,
오늘이 3만 번 모여 일생이 된다.

_토머스 칼라일

겸손과 내적 평화

겸손과 내적 평화는 나란히 존재하는 것이다.
타인에게 자신의 유능함을
증명하려는 욕망이 적은 사람일수록
얼굴에 평온함이 가득하다.

자신의 가치를 증명하고자 하는 욕심은
위험한 함정과 같다.
또한 계속해서 자신의 성취를 내보이며 자랑하고,
인간으로서의 가치를 타인에게 확신시키려고
애쓰는 것은 마음을 피로하게 만든다.

현실은 역설적이다.
다른 사람들의 동의를 얻기 위해 애쓰지 않을수록
그들로부터 더 큰 동의를 얻을 수 있다.
사람들은 대개 자신이 옳다는 것을
증명해 보일 필요가 없는 사람,
타인의 가치를 깎아 자신의 것으로 만들 필요가 없는 사람,
다시 말해 조용한 내적 확신을 가진
사람에게 끌리기 마련이다.

__리처드 칼슨

애정과 미움은 동전의 양면

애정과 미움은 동전의 양면처럼 짝을 지어 작용한다.

마음속에서 당신이 '나는 그를 사랑하지 않아' 라고
말하는 순간 당신은 그에게 미움을 느낄 것이다.

그것은 자기 세뇌와 같다.
당신의 마음은 좀 더 매력적인 사람을 찾고 있다.

매력이 며칠 동안 지속되다가 사라지면
그는 당신의 남편처럼 재미없는 사람이 된다.
삶의 수레바퀴는 쾌락과 고통 속을 헤매고 평화는 오지 않는다.

서로 간에 자신만을 위한 욕망을 희생하지 않는다면 함께 살아갈 수 없다.
둘이 함께라면 둘은 자유롭지만 하나가 제멋대로
움직이려한다면 둘은 자유로워질 수 없다.

당신의 과거 애정관계를 돌아보면
서로 헤어지게 된 것은 둘 중 하나가 혹은
둘 다가 자기만의 바램을 채우려고
따로 움직이기 시작했기 때문이라는
사실을 알 수 있을 것이다.

_바바하리다스

그대가 보고자 하는 눈만 있다면

그대가 보고자 하는 눈만 있다면
세계 도처에서 캘커타를 발견할 수 있을 것입니다.
캘커타 거리는 그 자체로 모든 사람을 어떤 문으로 이끌어 줍니다.
그대는 아마도 어느 날 캘커타로 여행을 오고 싶어 할지도 모르지요.

이렇게 우리는 먼 곳에 있는 이들을 사랑하기가 더 쉬울지도 모릅니다.
그러나 바로 내 곁에 있는 이들을 한결같이 사랑하기란 쉽지 않습니다.
나는 진정 가난한 이들에 대해서 알고 있는가요?

단순히 먹을 것이 부족한데서 오는
가난이 아닌 가난을 이해하고 있는가요?
멀리 있는 사람들을 사랑하는 것이 오히려 쉽습니다.

그러나
우리에게 가까이 있는 사람들을 항상 사랑하기란 쉽지 않습니다.
음식으로 배고픔을 달래주는 일은 사랑받지 못한 외로움과 아픔을
달래주는 일보다는 쉽다는 것을 가정에서도 보게 됩니다.
여러분의 가정에 사랑을 가져오십시오.
이곳이야말로 우리 서로를 위한 사랑이 시작되는 장소이니까요.

_마더 테레사

참된 사랑

참된 사랑은 이기적이지 않습니다.
참된 사랑은 주는 사람이나
받는 사람 모두를 자유롭게 해 줍니다.

우리가 사랑받고 있다는 것을 알 때
우리의 마음은 한없이 따뜻해지고
우리 앞에 놓여 있는 어려움도
큰 문제가 되지 않습니다.

참된 사랑은
서로를 구속하는 것이 아니라
서로의 마음을 결속시켜 주는 것이고
더욱 성장하고 변화할 수 있도록
그리고 서로를 위해서라면
헤어질 수 있는 용기도 가질 수 있도록
격려해 주는 것입니다.

참된 사랑은
순간순간의 경험을 소유하는 것이 아니라
그런 경험들을 소중히 여기고 돌봐주는 것입니다.

_카렌 케이시

조건 없는 사랑

우리는 상대방에 대하여 그토록 많은 사랑을 보여 주었는데도
상대방이 자신을 사랑하지 않는다고 비난한다.
이 경우에 자신이 알지 못하는 것은
조건 없는 사랑만이 진정한 사랑이라는 것이다.

그 밖의 모든 것은 가장이다.
만일 상대방을 참으로 사랑한다면 그 결과가 어떤 것이던
우리는 그가 행복하기를 바랄 것이다.

누군가를 진짜로 사랑하려면 우리는 먼저 사랑이 무엇인지를 알아야 하고,
사랑은 참된 나를 발견할 때만 이루어질 수 있음을 알아야 한다.

참 나를 발견할 때 우리는 자신을 사랑하지 않을 수 없다.
그리고 자신을 사랑하려면 자신이 모르는 것을 사랑할 수는 없는 법이니,
먼저 자신의 나가 사랑임을 알아야 한다.

조건 없는 사랑은 자신이 사랑이기에 사랑하고
자신의 축복을 조건에 따라 내리지 않기에 사랑한다.
그것은 유자격자와 무자격자를 똑같이 사랑한다.
사랑의 본성은 사랑하는 것이니 그럴 수밖에 없다.
그리고 오직 그렇게 할 때만
사랑은 확장될 수 있다.

__페테르 에르베

사랑은 모두 교활하다

이념을 끌어들이는 순간 그대는 관계를 오염시킨다.
누군가에게 관심을 갖고 돌보는 것은 아름다운 일이다.
그러나 거기에 어떤 관념이 개입되어 있다면
그 관심은 매우 교활한 술수이다.
그때에 그것은 장사이다.
거기엔 조건이 개입되어 있다.

우리의 사랑은 모두 교활하다.
그래서 세상이 이렇게 불행하고 지옥 같은 것이다.
이 세상에 관심과 보살핌이 없다는 게 아니다.
관심은 있다.
그런데 교활한 의도가 너무 많이 개입되어 있다.
엄마, 아버지, 부인, 남편, 형제자매 등
모든 사람이 서로에게 관심을 갖는다.
나는 아무도 서로 관심을 갖지 않는다고 말하는 게 아니다.
사람들은 서로 지극한 관심을 갖고 있다.
그런데 세상은 여전히 지옥 같다.
무엇인가 잘못되었다.

근본적으로 잘못된 점이 있다.
무엇이 잘못되었을까?
어디에서부터 잘못되었을까?
그들의 관심에는 '이렇게 하라! 이런 사람이 되라!' 는
조건이 개입되어 있다.

그대는 아무 조건 없이 사랑한 경험이 있는가?
상대방을 있는 그대로 사랑한 적이 있는가?
상대방을 뜯어고치거나 변화시키려고 하지 말라.
모든 것을 받아 들여라.
그때에 그대는 진정한 관심이 무엇인지 알 것이다.
그대는 그 관심을 통해 만족감을 얻을 것이다.
그리고 상대방은 엄청난 도움을 받을 것이다.

명심하라.
그대의 관심에 아무 욕망도 개입되어 있지 않다면,
거기에 비즈니스적인 속성이 없다면
상대방은 영원히 그대를 사랑할 것이다.
그러나 그대의 관심에 어떤 관념의
의도가 개입되어 있다면
상대방은 결코 그대를 용서하지 않을 것이다.
그것이 아이들이 부모를 용서하지 않는 이유이다.

정신과 의사에게 가서 물어 보라.
정신과를 찾아오는 아이들은 부모의 관심이
지나칠 정도로 극진한 경우가 대부분이다.
그런데 그들의 관심은 사업적인 거래와 같았다.
그것은 냉정하게 계산된 것이었다.
그들은 아이를 통해 자신의 야망을 이루기 원했다.
사랑은 무료로 주는 선물과 같은 것이 되어야 한다.
꼬리표에 가격이 매겨지는 순간,
그것은 더 이상 사랑이 아니다.

__오쇼 라즈니쉬

사랑이란 이름은

우리가 흔히 말하는 '사랑' 이란 무엇인가.
세속적인 의미로 그것은 단지 상대방에 대한 집착과 기대,
동물적 쾌락의 느낌 등이 뒤섞인 것에 불과한 것이 아닌가.
이런 종류의 사랑은 완전하지 못하다.
기껏해야 애증, 쾌락, 고통, 집착과 혐오 사이를 오락가락 할 뿐이다.

세상에서 완전한 노릇을 하려면 서로 대립되는 한 쌍이 있어야 한다.
이때 긍정적인 쪽이 우세한 상태를 사랑, 행복, 평화라고 하며
부정적인 쪽이 강하면 절망과 고통, 슬픔이라 일컫게 되는 것이다.
인간이 마음은 누구나 에고 '나' 와 밀접한 관련이 있다.

서로 대립되는 한 쌍이 마음에 의해 '나는 이것이다' ,
'나는 저것이다' 라는
식으로 분별되는 것이다.
하지만 만일 이런 마음이 더 이상 '나' 혹은 '자아' 에
얽매이지 않게 된다면 어떻게 될까?
존재는 그때부터 그 모든 대립을 초월하여
순수한 사랑, 오직 그 자체로서 빛을 발하기 시작할 것이다.

이것이 바로 완전한 사랑, 그 자체요,
신이요, 평화 본래의 모습이다.

_바바하리다스

커피도 사랑도 뜨거워야 제 맛

첫 번째.
커피도 사랑도 뜨거워야 제 맛입니다.
식어버린 커피를 마셔 본 적이 있나요?

그 비릿한 내음, 역겨운 맛.
식어버린 사랑을 느껴 본 적이 있나요?
그 차가운 눈빛, 역겨운 정.
커피도, 사랑도, 당신이 원하는 온도로만
유지된다면 정말 행복하겠지만,
시간은 커피와 사랑의 온도를 유지시켜 주지 않습니다.

뭐, 때론 데울 수도 있겠지만 처음 같지만은 않습니다.
그러나 커피가 너무 뜨거우면 입을 델 수조차 있고,
사랑도 너무 뜨거우면 마음을 데일 수가 있습니다.

두 번째.
커피도 사랑도 순수해야 합니다.

커피에 무엇을 넣어 마시나요?
사랑 이외에 무엇을 바라나요?
세상엔 온갖 종류의 커피가 있듯이
세상엔 온갖 종류의 사랑이 있습니다.

달콤함을 원하기에 이것저것 넣어보지만
그 달콤함이 지나치면 커피의 맛을 느낄 수 없습니다.
순수한 커피가 가끔은 쓰게 느껴지더라도
당신은 오로지 커피만을 마신 겁니다.

사랑도 마찬가지,
달콤함을 원하기에 이것저것 바래 보지만
그 달콤함이 지나치면 사랑의 맛을 느낄 수 없습니다.
순수한 사랑이 가끔은 힘들게 느껴지더라도
당신은 오로지 사랑만 한 겁니다.

세 번째.
커피도 사랑도 지나치면 몸에 해롭습니다.
하루에 몇 잔의 커피를 마시나요?
일생에 몇 번의 사랑을 하나요?

한 잔의 커피는 그날의 기분을 새롭게 하지.
계속되는 커피는 몸에 해로울 수도 있습니다.
한 번의 사랑은 당신을 행복하게 하지만,
계속되는 사랑은 당신을 지치게 할 수도 있습니다.

네 번째.
커피도 사랑도 잠을 이룰 수 없게 합니다.
커피가 언제 그리워지나요?
사랑을 언제 그리워하나요?

늦은 밤이면 더욱 커피가 생각나고,
늦은 밤이면 더욱 사랑이 그립지 않든가요.
밤늦은 시간 마신 커피는
오늘 밤 당신을 잠 못들게 하듯이

사랑하는 이를 그리는 당신은
늦은 밤까지 잠을 이룰 수가 없습니다.

다섯 번째.
커피도, 사랑도 중독됩니다.

커피에 중독되어 있나요?
사랑에 중독되어 있나요?

커피엔 카페인이 들어있어
당신의 손을 놓지 못하게 하죠.
사랑엔 미련이 들어있어
당신의 마음을 놓지 못하게 하죠.

그리고 중독된 커피는
처음 당신이 커피를 입에 댔을 때의
그 신선하고 그윽한 맛을 느낄 수 없듯이,
중독된 사랑 또한 어느새 당신의 일상이 되어 버려
그 설레이고 가슴 벅참을 느낄 수 없게 된답니다.
하지만 커피와 사랑의 맛을 아는 당신은
그 무엇보다도 그들과 함께하는 시간이
행복하다는 것 또한 느낄 수 있죠.

여섯 번째.
커피도 사랑도 혼자 할 때 가장 외롭습니다.

커피를 혼자 마셔 본 적이 있나요?
사랑을 혼자 해본 적이 있나요?

혼자 마시는 커피는 당신에게 외로움을 전해주고

혼자 하는 사랑은 당신을 아프게 합니다.

일곱 번째.
커피도 사랑도 한 번에 이루려고 해서는 안 됩니다.

커피를 어떻게 마시나요?
사랑을 어떻게 하나요?
마시고 싶다 하다 해서
뜨거운 커피를 들이켜 부을 수 없듯이
간절하다 해서 사랑을 한 번에 이룰 수는 없습니다.

조금씩 천천히 그 맛을 음미할 때
그 둘의 참 맛을 느낄 수가 있습니다.

세상에서 가장 맛있는 커피는
사랑하는 이와 마시는 커피입니다. 그리고
세상에서 가장 행복한 사랑은
사랑하는 이와 함께하는 사랑입니다.

_카페 레디메이드

04

"내가 너희를 사랑함과 같이 서로 사랑하라.
만약 너희가 서로 사랑한다면
너희가 내 제자임을 만인이 다 알아주리라."
그는 '만약 너희가 그것을 믿는다면' 이라고 하지 않고,
'만약 너희가 서로 사랑한다면' 이라고 말했다.
_성서

가장 아름다운 시간은 사랑하는 시간이다

우리에게 정말 소중한 것은,
정녕 중요한 것은 당신이 어떤 차를 모느냐가 아니라
얼마나 많은 사람들을 태워 주느냐는 것이다.

정녕 중요한 것은 당신이 사는 집의 크기가 아니라
얼마나 많은 사람들을 집으로 초대하느냐는 것이다.

정녕 중요한 것은 당신의 사회적 지위가 아니라
당신의 삶을 어떤 사람들과 더불어 살아가느냐는 것이다.

정녕 중요한 것은 당신이 무엇을 가졌는가가 아니라
남에게 무엇을 베푸느냐는 것이다.

정녕 중요한 것은 얼마나 많은 친구를 가졌는가가 아니라
얼마나 많은 사람이 당신을 친구로 생각하느냐는 것이다.

정녕 중요한 것은 얼마나 많은 일을 했느냐가 아니라
당신의 가족과 사랑하는 이들을 위하여 보낸 시간이 얼마나 되느냐는 것이다.

정녕 중요한 것은 당신이 좋은 동네에 사느냐가 아니라
당신이 이웃사람들을 어떻게 대하느냐는 것이다.

_지식in

사랑은 모든 속박으로부터의 자유다

사랑은 인생에 있어서 가장 소중한 것이다.
사랑할 수 있는 한 크게 사랑하게 하라.
사람에 인색해서는 안 된다.

사람들은 매우 인색하다.
사람들은 사랑받기를 원하지만 사랑해주지는 않으려 한다.
그것이 세상이 비참해지는 이유다.

마음이 활짝 꽃피어나게 하려면
우리 자신은 물론 남에게도 미움을 가지면 안 된다.
서리가 내리면 연못은 얼어붙고
그 속에 사는 연꽃의 줄기는 부러지고 만다.
미움도 그와 같다.

사랑은 모든 속박으로부터의 자유다.
사랑은 마음으로도 육체로도 만들어 낼 수 없다.
사랑은 그 자체의 순수성 안에 존재하며 스스로 빛을 발한다.
연못에 피어난 연꽃은 남의 눈을 끌려고 애를 쓰지 않아도
사람들의 시선은 저절로 연꽃에게로 끌린다.

마음의 연못에 사랑의 연꽃이 활짝 피어나면
그것을 본 사람들은 꿀을 찾는 벌처럼 연꽃에게로 다가온다.
참된 사랑이 솟아나면

마음은 햇빛을 흠뻑 받은 연꽃처럼 활짝 피어난다.

당신의 존재속에 사랑이 자라도록 하라.
마음이 순수해질수록 더 큰 사랑이 영글 것이며
어느 날 당신은 사랑 자체가 되리라.

__바바하리다스

똑바로 살아라.
노여움에 지지 말라.
요구하는 사람에게 주어라.
이 세 가지 길을 걸음으로써 마침내
그대는 성스러운 것에 가까워질 것이다.
__붓다

한 자루 촛불이 수천 자루의 촛불을 붙이듯,
한 사람의 마음이 다른 사람의 마음에다 불을 붙이고
나중에는 천 사람의 마음에 불을 붙이게 되는 것이다.
__톨스토이

겸손의 힘

사람이란 자신의 내면을 깊이 파고들수록
자기는 아무런 가치가 없는
인간이라는 생각을 하게 된다.
성현들의 맨 처음 가르침은 겸손이었다.
여태껏 겸손에 대하여 많은 교훈이 있었지만
사람들은 그중의 일부만을 알 따름이다.

겸손이란 자기 자신에 대하여
깨달은 것이 있을 때 최초로 생기는 감정이다.
겸손은 스스로에 대한 지식을 높게 해준다.
자신의 약점을 아는 사람은
오히려 그로 인해 힘을 얻게 된다.

_체이닝

자신을 사랑하는 방법을 배우는 것이야말로
세상에서 가장 위대한 사랑이다.
_앤드류 매튜스

신의 사랑은 영원한 것

나를 사랑해주는 자,
나의 마음에 드는 자를 사랑하는 것은
인간의 보편적인 감정이다.

그러나 적을 사랑하는 것은
신의 영역에서만 가능한 일이다.

간혹 인간의 일반적인 사랑은
미움으로 바뀌기도 한다.
그러나 신의 사랑은 영원한 것이다.
죽음도 그것을 변화시키지 못한다.

_세네카

믿음은 모든 것을 가능하게 만들지만
모든 것을 쉽게 만들어 주는 것은 사랑이다.
_이반 홉킨스

도둑질의 정의

금은보화나 땅을 빼앗는 것만이
도둑질은 아니다.
예컨대 물건을 팔거나 사면서
지나치게 값을 비싸게 부르거나,
또는 터무니없이 많이 깎으려고 하는 행위도
강도짓과 다를 게 없다.

약탈하는 물건의 가치로
정의와 불의가 정해지는 것은 아니다.
그것은 양의 많고 적음과는 상관없이
똑같은 결과를 나타내는 것이다.

_조로아스터

어머니는 20년의 세월 동안
한 소년을 사나이로 키워낸다.
그러고 나면 다른 여자가 나타나
그 사나이를 20분 만에 바보로 만들어 버린다.
_마르셀 프루스트

자기 자신을 지배하는 사람

어떤 사람이 전쟁에서
몇 만 명의 병사를 물리쳐 승리를 얻고 또
어떤 사람은 자신의 정욕을 극복해서 승리를 얻었다면
후자가 더 큰 승리를 거둔 것이다.

자기 자신을 이기는 것보다 값진 승리는 없다.
어떤 사람도, 어떤 신도
자기 자신을 지배하는 사람의 승리를 막을 수는 없다.

__불교 경전

한사람의 상대자를 평생 동안
사랑할 수 있다고 장담하는 것은
한 자루의 초가 평생 동안 탈 수 있다고
장담하는 것과 같다.
__톨스토이

자신의 올바른 견해

진정으로 남에게 좋은 일을 하고 싶다면
자신이 올바르다고 믿는 견해를 가지고
상대방을 설득할 수 있어야 한다.

비록 상대방이 그릇된 견해를 가지고
고집을 피우더라고 꾸준히 이해시켜야 한다.
그러나 우리는 대개의 경우
그와 정반대의 행동을 하게 된다.

자기의 말에 동의하는 사람들과는 뜻이 잘 통하지만
자신의 견해를 대수롭지 않게 여기거나
무시하는 사람을 보면 당장 외면해버리는 것이다.

_에픽테토스

원하는 것이 없는 사랑,
이것이 우리 영혼의 가장 높고 가장 바람직한 경지이다.
_헤르만 헤세

황당한 자부심

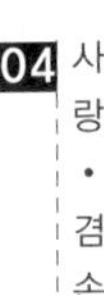

"땅에는 풀이 돋아 있다. 우리는 그 풀을 볼 수 있다.
달에서는 그것들을 보지 못할 것이다.
풀에는 꽃이 달려 있다. 꽃에는 작은 벌레가 붙어 있다.
그 밖에는 아무 것도 없다."라고 말하는 사람들이 있다.

이 얼마나 황당한 자부심이냐!

"육체는 여러 가지 요소로 형성되어 있다.
그 요소는 꼭 필요한 것이다."라고 말하는 사람들이 있다.
이 또한 얼마나 엉뚱한 확신이냐.

__파스칼

중요한 것은
사랑하는 대상이 아니라 사랑한다는 그 자체이다.
__마르셀 프루스트

사랑의 힘

사랑은 죽음을 소멸시키며
죽음을 공허한 환영으로 바꾸어 버린다.

또한 사랑은 무의미한 삶을
의미 있는 것으로 바꾸어놓으며
불행에서 행복을 만들어 낸다.

그대가 만약 누구에게나 사랑으로 대할 수 있고
선행을 베풀 수 있거든 지금 당장 실천하라.
기회는 두 번 다시 오지 않는다.

_리히텐베르크

성인은 어떤 사람의 말 한마디로
그 사람의 가치를 판단하는 일이 없다.
또한 하잘것없는 사람의 말이라고 해서
그 말을 함부로 흘려듣지도 않는다.
_공자

좋 은 글 대 사 전

처세 · 인내 · 도덕

자신을 단계적으로 드러내라

남에게 늘 똑같은 사람으로 보이거나
필요 이상의 많은 힘을 선보이지 마라.
지식이나 성취 중 그 어떤 것도
한꺼번에 전부 탕진하지 마라.

자신이 지닌 모든 것을 모조리 꺼내 전시하고
그로 인해 남들의 경탄을 불러냈다면
앞으로는 그런 경탄을 받을 수 없을 것이다.

처음에는 돋보이지 않아도 매일 매일
새로운 면모를 보여주는 사람이 그보다 훨씬 매력적이며,
능력의 한계를 드러내지 않았으므로
기대감을 지속시키게 마련이다.

_발타자르 그라시안

세상에서 가장 가난한 사람은 미소가 없는 사람이다.
누군가에게 미소를 지어 보여라.
_지그 지글라

남을 칭찬할 수 있는 넉넉함

우리는 남의 단점을 찾으려는
교정자가 되어서는 안 됩니다.
남의 단점을 찾으려는
사람은 누구를 대하든 나쁘게 보려 합니다.

그래서 자신도 그런 나쁜 면을 갖게 됩니다.
남의 나쁜 면을 말하는 사람은
언젠가 자신도 그 말을 듣게 됩니다.

우리는 남의 좋은 면,
아름다운 면을 보려 해야 합니다.
그 사람의 진가를 찾으려 애써야 합니다.

그 아름다운 사람을 보면
감동하며 눈물을 흘리고 싶을 만큼의
맑은 마음을 가져야 합니다.

남의 좋은 점만을 찾다 보면
자신도 언젠가 그 사람을 닮아 갑니다.

남의 좋은 점을 말하면
언젠가 자신도 좋은 말을 듣게 됩니다.

참 맑고 좋은 생각을 가지고
나머지 날들을 수놓았으면 좋겠습니다.
마음이 아름다운 사람을 보면
코끝이 찡해지는 감격을 가질 수 있는
티 없이 맑은 마음을 가졌으면 좋겠습니다.

누구를 만나든
그의 장점을 보려는 순수한 마음을 가지고,
남을 많이 칭찬할 수 있는 넉넉한
마음을 가졌으면 좋겠습니다.

말을 할 때마다 좋은 말을 하고,
그 말에 진실만 담는 예쁜 마음 그릇이
내 것이었으면 좋겠습니다.

__좋은글

용서는 단지 상처를 준 사람들을
받아들이는 것만을 의미하지 않는다.
그것은 그들을 향한 미움과 원망의 마음에서
스스로를 놓아 주는 일이다.
그러므로 용서는 자기 자신에게 베푸는
가장 큰 자비이자 사랑이다.

__달라이 라마

당신의 본질은 정신이다 ❖

삶이란 당신 안에 깃들어 있는 영혼이
육체를 이끌어나가는 과정이라는 것을 기억하라.

신께서 이 세상을 주관하듯이
영혼은 육체를 거느리고 있다.

따라서 죽음이란 존재 자체가 없어지는 것이 아니라
육체만이 소멸할 뿐이라는 것을 기억하라.

육체가 나타내는 것은 당신 자신이 아니다.
당신의 본질은 영혼 속에 있다.

_키케로

가장 현명한 사람은
모든 사람으로부터 배울 수 있는 사람이고,
가장 사랑받는 사람은 모든 사람을 칭찬하는 사람이며,
가장 강한 사람은
자신의 감정을 조절할 줄 아는 사람이다.

_탈무드

건전한 판단력을 기르라 ❖

어떤 사람들은 어릴 때부터 남다른 분별력을 갖추고 있다.
그런 이들에게는 성공에 이르는 길이 이미 반은 주어진 셈이다.

이러한 지혜에 연륜과 경험이 뒷받침되고
성숙한 이성까지 더해지면,
이들 앞에는 확고하고 올바른 판단으로 무장한
현명하고 지혜로운 인생이 펼쳐질 것이다.

이들은 갖가지 변덕을 부리거나
헛된 망상을 품지도 않기에
선부른 행동으로 불행을 부르지도 않는다.

_발타자르 그라시안

실수하는 사람은 실수하지 않는 사람보다 빨리 배운다.
실수하는 사람은 실수하지 않는 사람보다 깊게 배운다.
실수하는 사람은 실수하지 않는 사람보다 쉽게 적응한다.
가장 큰 잘못은 실수하기를 두려워하는 것이다.
_여훈

일관성을 유지하라

성품에서든 행동에서든 자신의 태도에서 모순을 드러내지 마라.
분별 있는 사람은 항상 일정한 태도를 유지하며
자신을 완벽하게 다잡는다.

그리고 그러한 태도 덕분에 사람들에게 '지혜롭다'는 평판을 듣는다.
그에게 변화란 외부의 원인에 의해서 혹은
다른 사람들 때문에 일어날 뿐이다.

그들의 마음속에 뿌리 내린 지혜는
잦은 변화를 일으키며 펄럭이지 않는다.
반면 하루가 멀다 하고 변덕을 부리는 사람들,
어제는 흰색인 척했다가 오늘은 검은색으로 변하는 사람들은
걸핏하면 주위 사람들을 혼란에 빠뜨리다가 결국 신용을 잃는다.

__발타자르 그라시안

내가 남을 손가락질하며 비난할 때
나머지 세 개의 손가락은 나를 가리키고 있다.
__미상

정말 소중한 것이란 무엇일까?

정말 소중한 것은
잃어버리고 난 뒤에야 알게 되는 것이라고 합니다.

내 손안에 있을 때는 그것의 귀함을 알 수가 없고
그것이 없어지고 나면 그제서야 '아, 있었으면 좋을 텐데.'
그렇게 아쉬움이 남는 것이랍니다.

무엇인가 소중한 것을 잃고 난 뒤에야
아쉬움을 느껴보신 일이 있으십니까?

그때 그냥 둘 것을 하면서 후회해 본 일이 있으십니까?

사람이란 그런 것이지요.
항상 손닿는 곳에 있을 때는 모르고 있다가
내 손을 떠나고 나면 그렇게나 큰 미련으로
하염없이 아쉬워하는 그런 것이
그것이 바로 사람의 모습이지요.

내 주위에 있는 이젠 없어도 될 것 같은 것들
이젠 더 이상 쓸모도 없고 없어도 그다지 아쉽지 않을 것 같은
그런 것들의 가치는 어느 정도일까요?
혹시나 그것들을 잃고 나서야 후회하게 되면
어떻게 할까요?

가끔은 한 발짝 떨어져서
바라봐 줄 필요가 있는 겁니다.

책을 읽을 적에 너무 눈앞에 바짝 대면
무슨 글씨인지 알 수도 없듯이
소중한 것들도 너무나 가까이 있기에
느끼지 못한 것이 아닐까요?

때로는 내 주위의 모두를 잠시 한 발짝 떨어져서
바라보는 시각이 필요한 것 같습니다.

그래야 잃고 난 뒤에 아쉬운 미련에 매달리는 그런 모습
조금이나마 덜 겪어도 되겠지요.

나의 모든 것들을 한 발짝 떨어져서 바라봄으로
나의 마음의 눈이 가리지 않기를,
그리하여 소중한 것을 쉽게 발견할 수 있기를 바라고
또한 어쩔 수 없이 보냈을 때
마음의 상처가 크지 않기를 바래봅니다.

_좋은글

남을 증오하는 감정이 얼굴의 주름살이 되고
남을 원망하는 마음이 고운 얼굴을 추악하게 만든다.
_데카르트

적에게도 예의를 갖추어라

깍듯한 예의를 차리는 것만큼
호감을 얻는 좋은 방법은 없다.

예의는 교양에서 비롯되며,
이는 모든 사람의 호의를 얻어내는
일종의 마법과도 같다.

반대로 무례한 태도는
사람들의 비난과 반감을 사기 십상이다.
자만에서 비롯된 무례함은 거만하고 거칠며,
천박함에서 비롯된 무례함은
타인으로 하여금 경멸을 불러일으킨다.

자신의 가치를 높이고 싶다면
적에게조차 정중한 태도를 보여라.
모든 사람에게 예의를 갖추는 데 능숙해진다면
크게 힘들이지 않고도 주변 사람들에게
많은 도움을 얻게 될 것이다.

__발타자르 그라시안

여유

살아온 날보다 살아가야 할 날이 더 많기에
지금 잠시 초라해져 있는 나를 발견하더라도
난 슬프지 않습니다.

지나가 버린 어제와 지나가 버린 오늘,
그리고 다가올 내일,
어제 같은 내일이 아니길 바라며,
오늘 같은 내일이 아니길 바라며,

넉넉한 마음으로 커피 한잔과 더불어
나눌 수 있는 농담 한 마디의 여유로움이 있다면
초라해진 나를 발견하더라도 슬프지 않을 것입니다.

우리는 하루를 너무 빨리 살고
너무 바쁘게 살고 있기에
그냥 마시는 커피에도 그윽한 향이 있음을 알 수 없고

머리위에 있는 하늘이지만 빠져들어
흘릴 수 있는 눈물이 없습니다.
세상은 아름다우며 우리는 언제나 사랑할 수 있는
마음을 갖고 있습니다.

커피에서 나는 향기를 맡을 수 있고 하늘을 보며
눈이 시려 흘릴 눈물이 있기에 난 슬프지 않고
내일이 있기에 나는 오늘 여유롭고 또한 넉넉합니다.

__좋은글

다툼이 일어나는 것은 욕심을 부리기 때문이다

두 가지 물건이 부딪치면 반드시 소리가 난다.
두 사람이 오래 만나도 이처럼 반드시 다툼이 일어난다.
소리를 내는 것은 두 가지가 모두 단단하기 때문이며,
만일 양쪽이 모두 부드러우면 소리가 나지 않을 것이다.
혹은 한쪽이 단단하고 다른 한쪽이 부드러워도 역시 소리는 나지 않는다.

따라서 다툼이 일어난다는 것은
두 사람 모두 욕심을 부리고 있다는 증거다.
만일 두 사람 모두 양보하면 다툼이 일어날 수가 없고,
한 사람이 욕심을 부려도 다른 한 사람이 양보하면
이 또한 다툼이 일어나지 않는다.

가장 이상적인 관계는 부드러운 쪽이 단단한 쪽을 부드럽게 만들고
양보한 사람이 욕심 많은 상대방을 감화시키는 관계다.

_뤼신우

현대는 연출의 시대다.
단순히 있는 사실을 말하는 것으로는 남의 마음을 사로잡지 못한다.
_데일 카네기

작은 것에서 모든 일이 비롯된다

자신과 다른 사람을 차별하지 않는 마음을 갖고 있으면
멀리 있는 사람과도 가족처럼 가까워질 수 있다.

자신의 이익밖에 생각하지 않는 이기적인 마음으로 행동하면
부모와 자식이라도 원수처럼 지내게 된다.

천하의 흥망, 국가의 통치, 인간의 생사 등과 같은
커다란 문제도 실은
이 자그마한 태도의 차이에 기인하고 있는 것이다.

_뤼신우

참된 생활은 오직 눈에 보이지 않는
어떤 변화가 일어났을 때에 비로소 시작된다.
그 어떤 정치적 연금술도 납덩이 같은
인간의 본능을 황금으로 가장할 수는 없는 것이다.
_스펜서

내 나이를 이해할 수 있다면

하루에 한 번쯤은 하늘을 올려보고
저녁노을과 함께 마음의 여유를 가져보고
그렇게, 깨알같이 쌓이는 나날을 음미하면서
작은 일에 감동할 수 있는 순수함과
큰일에도 두려워하지 않아 담대할 수 있고,

솔직히 시인할 수 있는 용기와
남의 허물을 따뜻이 감싸줄 수 있는 포용력과
고난을 끈기 있게 참고 인내할 수 있기를.

무사안일에 빠지지 않고 보람과 즐거움으로 충만한 하루를 통해
지금, 내 나이를 이해할 수 있다면.

_지산 이민홍

화가 나면 행동이나 말을 하기 전에 열을 세라.
몹시 화가 났을 때는 백을 세라.
화가 날 때마다 이 사실을 상기하면
숫자를 셀 필요조차 없게 된다.
_톨스토이

성실한 경쟁자의 모습

누군가에게 경쟁자가 될 수밖에 없는 상황이라면
상대할 만한 가치가 있는 적수가 되어라.
남이 원하는 모습이 아니라 자신의 본모습대로 행동해야 하는 것이다.

적과 겨룰 때도 관대한 사람이 더 많은 갈채를 받는 법이다.
싸움에 임할 때도 단지 우월한 힘만으로 싸울 것이 아니라
싸우는 법을 알고 승리하기 위해 싸워야 한다.

비열하게 얻어낸 승리는 영예가 아니라 패배이다.
정직한 사람은 감춰둔 무기를 쓰지 않는다.
또한 신뢰를 복수에 이용하는 것은 매우 저열한 행동으로,
신중한 사람에게서는 그러한 비열함을 찾아볼 수 없다.

아량과 관대함, 신뢰가 세상에서 모조리 사라졌다고 하더라도
우리 가슴속에서 그것들을 다시 찾을 수 있다는 것을 명심하라.

_발타자르 그라시안

인간에게 가장 필요한 능력은 친구를 만드는 능력이다.
즉, 상대방이 가진 최대의 장점을 찾아낼 수 있는 능력이다.
_데일 카네기

어리석은 사람의 표본

어리석은 사람들은 어떤 면모를 갖고 있을까?
그들은 대개 허영에 차 있고 거만하며
고집스럽고 변덕스러운 데다가
독선적이고 극단적이기까지 하다.

또한 일상생활에서 내내 얼굴을 찌푸리고 있고
틈만 나면 남의 험담을 늘어놓고
비뚤어진 생각으로 궤변을 늘어놓는다.

정신의 기형은 육체의 기형보다 추하다.
그것은 고귀한 아름다움을 추구하는 모든 정신에 역행하며,
남들이 조소를 보내는 것도 모른 채
찬사를 받으리라는 착각에 빠져 헤맨다.

_발타자르 그라시안

동전 하나가 든 항아리는 시끄럽게 소리를 내지만
동전이 가득 찬 항아리는 아무리 흔들어도 조용한 법이다.
_탈무드

사람들을 저절로 모여들게 하는 사람

아름다운 꽃이 피어 있거나
탐스러운 과일이 달린 나무 밑에는
어김없이 길이 나 있습니다.
사람들이 저절로 모여들기 때문일 것입니다.

그와 마찬가지 이치로 아름답고
향기 나는 사람에게 사람이 따르는 것은
당연한 일이 아닐까 싶습니다.

내가 좀 손해 보더라도 상대를 위해
아량을 베푸는 너그러운 사람,
그래서 언제나 은은한 향기가 풍겨져 나오는 사람,
그런 사람을 만나 함께 있고 싶어집니다.

그 향기가 온전히 내 몸과 마음을 적셔질 수 있도록,
그리하여 나 또한 그 향기를
누군가에게 전할 수 있도록 말입니다.

스치듯 찾아와서 떠나지 않고
늘 든든하게 곁을 지켜주는 사람이 있고.
소란피우며 요란하게 다가왔다가
언제 그랬냐는 듯이
훌쩍 떠나가는 사람들도 있습니다.

소리 없이 조용히, 믿음직스럽게
그러나 가끔 입에 쓴 약처럼 듣기는 거북해도
도움이 되는 충고를 해 주는 친구들이 있고
귓가에 듣기 좋은 소리만 늘어놓다가 중요한
순간에는 고개를 돌려버리는 친구들도 있습니다.

우리 곁에는 어떤 사람들이 머물러 있습니까?

있을 땐 잘 몰라도 없으면 표가 나는 사람들,
순간 아찔하게 사람을 매혹시키거나 하지는 않지만
늘 언제 봐도 좋은 얼굴, 넉넉한 웃음을 가진 친구들,
그렇게 편안하고 믿을 만한 친구들을
몇이나 곁에 두고 계십니까?
나 또한 누군가에게 가깝고 편안한 존재인지
그러기 위해 노력은 하고 있는지
스스로에게 자문하고 싶습니다.

두드러지는 존재,
으뜸인 존재가 될 필요는 없습니다.

오래 보아도 물리지 않는 느낌,
늘 친근하고 스스럼없는 상대,
그런 친구들을 곁에 둘 수 있었으면,
나 또한 남들에게 그런 사람으로 남을 수 있었으면
하고 바랄 뿐입니다

__좋은글

책망하지 말라

남이 잘못을 저지르는 것을 보더라도 결코 책망하지 말라.
고의로 잘못을 저지르는 사람은 없다.
그는 허위를 진실로 믿고 있기 때문에 잘못을 저지른 것이다.

살아가면서 한 번도 잘못을 한 적이 없다고
큰소리칠 수 있는 사람은 단언컨대 아무도 없을 것이다.

진실이 명확하게 눈앞에 보이는 데도
그것을 받아들이지 않는 사람들도 있다.
그들은 이해하지 못하기 때문에 진실을 받아들이지 못한다.

그들에게는 진실이 도리어 악처럼 여겨지기 때문이다.
그러므로 우리는 이런 사람들의 잘못을 책망할 것이 아니라
오히려 동정해야 할 것이다.
유감스럽게도 그들의 양심은 병들어 있는 것이나 다름없다.

_에픽테토스

사람은 누구나 자신이 하는 말에 의해서 평가 받게 된다.
말 한마디 하나가 자신의 초상화를 그려 놓는 것과 같은 것이다.
_랄프 왈도 에머슨

내 생각과 같은 사람은 없다

세상을 살다 보면 많은 것을 보고 느끼며 경험하지만
내 생각과 같은 사람은 없습니다.

생김이 각자 다르듯 살아가는 모습도 모두가 다릅니다.
살아가는 사고방식이 다르고, 비전이 다르고, 성격 또한 다릅니다.

서로 맞추어가며 살아가는 게
세상사는 현명한 삶인데도 불구하고 내 생각만 고집하고
타인의 잘못된 점만 바라보길 좋아하는 사람이 의외로 많습니다.

흔히들 말을 합니다.
털어서 먼지 않나는 사람이 어디 있느냐고
칭찬과 격려는 힘을 주지만 상처를 주는 일은 도움이 되지 못합니다.
또 감정을 절제 하는 것은 수양된 사람의 기본입니다.

우선 남을 탓하기 전 나 자신을 한 번 돌아본다면
자신도 남들의 입에 오를 수 있는 행동과 말로
수 없이 상처를 주었다는 사실을 깨달을 수 있습니다.

말은 적게 하고 베푸는 선한 행동은 크게 해서 자신만의 탑을 높이
세워가면서 조금은 겸손한 마음으로 살아갈 수 있었으면 좋겠습니다.

__좋은글

신중하게 말하라

오랜 시간의 평정보다
한순간의 분노와 기쁨이 더 많은 위험을 야기한다.

한순간의 실수로 평생을 수치스럽게 살게 될 수도 있다.
때로는 타인의 악의가 일부러 당신의 이성을 그런 식으로 시험하기도 한다.

그들은 당신의 정신 깊은 곳까지 탐지해내서
탁월한 지성을 가진 당신을 궁지로 몰고 갈 것이다.
그러니 대수롭지 않은 말 한마디라도 신중하게 내뱉어라.

가볍기 그지없는 말일지라도
그 말을 듣는 사람에 따라 무게는 천차만별로 달라질 것이다.

_발타자르 그라시안

가장 현명한 사람은
모든 사람으로부터 배울 수 있는 사람이고,
가장 사랑받는 사람은 모든 사람을 칭찬하는 사람이며,
가장 강한 사람은 자신의 감정을 조절할 줄 아는 사람이다.
_탈무드

설탕같은 사람
소금같은 사람

설탕같은 말을 하는 사람이 있고 소금같은 말을 하는 사람이 있습니다.
설탕같이 일을 하는 사람이 있고 소금같이 일을 하는 사람이 있습니다.
설탕같은 삶을 사는 사람이 있고 소금같은 삶을 사는 사람이 있습니다.

눈에 보이지는 않지만 모든 바닷물에는 하얀 소금이 들어 있듯이
우리 마음의 바다에도 소금이 많이 들어 있습니다.

내 안에 있는 소금으로 사람들의 이야기에 맛을 내고,
사람들의 사랑에 맛을 내고, 사람들의 이름에 맛을 내도록 합시다.

설탕같이 흐려지는 이웃이 되지 말고 소금같이 분명해지는 이웃이 됩시다.

설탕같이 흔한 친구가 되지 말고 소금같이 소중한 친구가 됩시다.
설탕같이 맛을 잃는 사람이 되지 말고
소금같이 맛을 얻는 사람이 되도록 합시다.

설탕은 없어도 살 수 있지만 소금이 없다면 살 수 없습니다.

__좋은글

동정심에 대하여

몇몇의 부유한 사람들은 자신들의 물질적 풍요로움을
마음껏 즐기는 순간에도 거리를 헤매는
가난한 사람들에게 관심을 돌리지 않는다.

배고픔에 지친 슬픈 아이의 울음소리에
마음을 쓰기는커녕 그들의 간절한 도움의 요청이
거짓말이라고 비난한다.

그들은 과연 한 조각의 빵 때문에 거짓말을 하는 일은
결코 없을 거라고 확신할 수 있을까?

혹시 누군가 빵 한 조각이 낳은 거짓말 때문에
질타를 받고 있다면 그에게 도움의 손길을 뻗으라.
섣부른 동정보다 진심 어린 마음의 구원이
그에게는 더욱 필요할 것이다.

_조로아스터

미소는 인간이 표현할 수 있는 가장 아름다운 예술이다.
_데일 카네기

은혜를 베풀어라

먼저 은혜를 베풀고 보상은 나중에 받아라.
이는 현명한 사람들의 수완이다.

미리 호의를 베풀면 받는 사람은 더욱 고마움을 느끼고
그것을 갚기 위해 더 큰 공적을 쌓을 것이다.

그러나 이것도 명예에 대한
자부심이 있는 사람에게 한한 얘기다.

천박한 마음을 가진 사람에게 미리 은혜를 베풀면,
그것은 그에게 제약이 될 뿐 힘이 되지 않는다.

__발타자르 그라시안

말이 입 안에 있으면 네가 말을 지배하고,
말이 입 밖에 있으면 말이 너를 지배한다.
__유대 격언

내가 이런 사람이 되었으면

꾸미지 않아 아름다운 사람
모르는 것을 모른다고 말할 줄 아는 솔직함과
아는 것을 애써 난척하지 않고도
자신의 지식을 나눌 줄 아는 겸손함과
지혜가 있었으면 좋겠습니다.

돋보이려 애쓰지 않아도
있는 모습 그대로 아름답게 비치는
거울이면 좋겠습니다.

자신이 가지고 있는 아름다움과
남에게 있는 소중한 것을
아름답게 볼 줄 아는 선한 눈을 가지고

남이 나를 알아주지 않을 때
화를 내거나 과장해 보이지 않는
온유함이 있었으면 좋겠습니다.

영특함으로 자신의 유익을 헤아려
손해 보지 않으려는 이기적인 마음보다
약간의 손해를 감수하고서라도
남의 행복을 기뻐할 줄 아는
넉넉한 마음이면 좋겠습니다.

삶의 지혜가 무엇인지 바로 알고
잔꾀를 부리지 않으며
나 아닌 다른 사람의 입장에서
생각할 줄 아는 깊은 배려가 있는
사람이면 좋겠습니다.

잠깐 동안의 억울함과 쓰라림을
묵묵히 견뎌내는 인내심을 가지고
진실의 목소리를 낼 수 있었으면 좋겠습니다.

꾸며진 미소와 외모보다는
진실된 마음과 생각으로
자신을 정갈하게 다듬을 줄 아는
지혜를 쌓으며

가진 것이 적어도 나눠주는 기쁨을 맛보며
행복해 할 줄 아는 마음을 가진 사람이면 좋겠습니다.

__좋은글

자기 자신을 싸구려 취급하는 사람은
타인에게도 역시 싸구려 취급을 받을 것이다.
__윌리엄 해즐릿

바보들에게 예의를 지켜라

거만한 자, 고집쟁이, 오만한 자, 바보들에게 늘 예의를 지켜라.
다양한 사람들과 부딪치며 살아가는 세상 속에서 가급적이면
아무와도 대적하지 않는 것이 현명하다.

필요하다면 안전한 방법으로
그들과 거리를 두는 것도 나쁘지 않다.

어리석은 이들이 꾸미는 일을 일부러 못 본 체 지나가는 것도
그러한 면에서 영리한 처사다.

또한 매사에 예의를 지켜 그들과 부딪칠 일을 만들지 않으면
그런 사람들이 꾸며내는
온갖 복잡한 일들에서 간단히 벗어날 수 있다.

__발타자르 그라시안

다른 사람의 속마음으로 들어가라.
그리고 다른 사람을 당신의 속마음으로 들어오게 하라.
__마르쿠스 아우렐리우스

자신의 잘못을 깨닫기는 어렵다

남의 잘못을 들춰내 말하기는 쉽지만
자신의 잘못을 깨닫기는 대단히 어렵다.
그래서 대부분의 사람들은 남의 실수에 대해서는
말하기 좋아하면서도 자신의 잘못은 기를 쓰고 감추려 든다.

그러나 다른 사람의 사소한 잘못
한 가지를 찾아내려고 혈안이 되어 있을 때,
그 자신은 누구보다 형편없는 사람으로
전락해버린다는 사실을 유념해야 할 것이다.

__붓다

말을 잘 못하는 사람의 문제 해결 비법은
이야기를 잘 들어주는 사람이 되는 것이다.
말하는 것은 능력이 있는 사람에게 맡기고
자신은 듣는 것에 통달하면 된다.
사람들 앞에서 이야기하는 것에 서툴러도 상관없다.
그것을 극복하려고 하면 할수록
오히려 심적인 부담만 느끼게 될 것이다.
__타카하시 류우타

초심을 잃지 않고 사는 지혜

우리가 아껴야 할 마음은 초심입니다.
훌륭한 인물이 되고, 중요한 과업을 성취하기 위해서는
세 가지 마음이 필요하다고 합니다.

첫째는 초심, 둘째는 열심,
그리고 셋째는 뒷심입니다.

그 중에서도 제일 중요한 마음이 초심입니다.
그 이유는 초심 속에 열심과 뒷심이 담겨 있기 때문입니다.

초심에서 열심이 나오고, 초심을 잃지 않을 때 뒷심도 나오기 때문입니다.

초심이란
무슨 일을 시작할 때 처음 품는 마음입니다.
처음에 다짐하는 마음입니다.

초심이란 첫 사랑의 마음입니다.
초심이란 겸손한 마음입니다.
초심이란 순수한 마음입니다.
초심이란 배우는 마음입니다.
초심이란 견습생이 품는 마음입니다.
초심이란 동심입니다.

피카소는 동심을 가꾸는데 40년이 걸렸다고 말했습니다.
그래서 초심처럼 좋은 것이 없습니다.

가장 지혜로운 삶은
영원한 초심자로 살아가는 것입니다.

우리가 무엇이 되고, 무엇을 이루었다고 생각할 때가
가장 위험한 때입니다.

그때 우리가 점검해야 할 마음이 초심입니다.
우리 인생의 위기는 초심을 상실할 때 찾아옵니다.

초심을 상실했다는 것은
교만이 싹트기 시작했다는 것입니다.
마음의 열정이 식기 시작했다는 것입니다.
겸손히 배우려는 마음을 상실해 가고 있다는 것입니다.

초심을 잃지 않기 위해서
우리는 정기적으로 마음을 관찰해야 합니다.

초심과 얼마나 거리가 떨어져 있는지
초심을 상실하지는 않았는지 관찰해 보아야 합니다.

초심은 사랑과 같아서 날마다 가꾸지 않으면 안 됩니다.
사랑은 전등이 아니라 촛불과 같습니다.

전등은 가꾸지 않아도 되지만
촛불은 가꾸지 않으면 쉽게 꺼지고 맙니다.

_좋은글

모든 정의로운 행위는 땅에 뿌려진 씨앗과 같다

모든 정의로운 행위는 땅에 뿌려진 씨앗과 같다.
그것은 오래도록 땅속에 가만히 묻혀 있다가
적당한 온도와 습기에 의해 서서히 발아되고
마침내 꽃을 피워 열매를 맺는다.

그러나 폭력과 부정에 의해 뿌려진 씨앗은
꽃을 피우기도 전에 썩고 시들어 자취도 없이 사라진다.

_톨스토이

가장 나쁜 감정은 질투,
가장 무서운 죄는 두려움,
가장 무서운 사기꾼은 자신을 속이는 자,
가장 큰 실수는 포기해 버리는 것,
가장 어리석은 일은 결점만 찾아내는 것,
가장 심각한 파산은 의욕을 상실하는 것,
그리고 가장 좋은 선물은 용서하는 것이다.
_F. 크레인

그렇게 사는 겁니다

버릴 것은 버려야지, 내 것이 아닌 것이 있으면 무엇하리오.
줄 게 있으면 줘야지, 가지고 있으면 뭐하노 내 것도 아닌데.

삶도 내 것이라고 하지 마소, 잠시 머물다 가는 것일 뿐인데,
묶어 둔다고 그냥 있겠소,
흐르는 세월 붙잡는다고 아니 가겠소.

그저 부질없는 욕심일 뿐 삶에 억눌려 허리 한 번 못 펴고
인생 계급장 이마에 붙이고 뭐 그리 잘났다고 남의 것 탐내시오.

훤한 대낮이 있으면 까만 밤하늘도 있지 않소.
낮과 밤이 바뀐다고 뭐 다른 게 있소.

살다 보면 기쁨 일도 슬픔 일도 있다마는

잠시 대역 연기 하는 것일 뿐 슬픈 표정 진다 하여 뭐 달라지는 게 있소.
기쁨 표정 짓는다 하여 모든 게 기쁜 것만은 아니요.

내 인생, 네 인생 뭐 별거랍니까
바람처럼 구름처럼 흐르고 불다 보면 멈추기도 하지 않소.
그렇게 사는 겁니다.

_좋은글

근심은 꼬리에 꼬리를 물고 생겨난다

못을 박을 때는 흔들거려 빠져버릴 것을 걱정하고
다시 못을 빼려고 할 때는 반대로 빠지지 않을까 걱정하는 것,
빗장을 걸 때에는 단단히 잠기지 않을까 걱정하고
빗장을 풀 때는 쉽게 풀리지 않을까 걱정하는 것,
그것이 사람의 마음이다.

이와 같은 마음은 어떤 상황에서도 꼬리에 꼬리를 무는
걱정 때문에 한시도 근심에서 자유로울 수가 없다.

_뤼신우

인생에서 실리만을 추구하는 사람들은
대중의 결속을 막고 어린아이나
노인이 대접받지 못하는 제도를 옹호한다.
또한 노동자의 힘을 이용하여
필요하지도 않은 물건을 만들어내게 하기도 한다.
이것은 합리적인 것과는 다르며
실속을 가장한 악(惡)일 뿐이다.

_러스킨

욕심은 모든 화를 불러온다

우리는 무릇
작은 것과 적은 것에 만족할 줄 알아야 합니다.
그것이 청빈의 덕이며, 청빈은 삼라만상의 기운을 다스립니다.

우주의 기운은 자력과 같아서 우리가 어두운 마음을 지니고 있으면
어두운 기운이 몰려옵니다.
하지만 밝은 마음을 지니고 긍정적이고 낙관적인 마음으로 살면
밝은 기운이 밀려와 우리의 삶을 밝게 비춰 줍니다.

그중에도 으뜸이 청빈입니다.
욕심은 모든 화를 불러오는 근원이기 때문입니다.

__지식in

상대가 비록 불쾌한 말을 하더라도
오히려 적극적으로 그 이야기를 들어주어서
조금이라도 상대의 의견을 존중하는 태도를 가져라.
그렇게 되면 상대도 당신의 의견을 존중하게 된다.
__벤자민 프랭클린

말의 힘

인간이면 누구나 몇 가지 죄를 짓고 산다.
말로써 죄를 범하지 않는 사람은 완전한 인간이며,
그는 다른 모든 사람들을 지배할 수 있다.

보라, 인간은 올가미를 씌워 짐승들을 지배한다.
보라, 제아무리 부피가 커서 모진 풍랑에도 잘 견디는 배도
단지 사공의 손으로 저어가는 작은 키(舵) 때문에 움직인다.

말의 힘도 이와 같아서 몇몇 사람이 무책임하게
던진 한마디의 말이 큰 화근이 되기도 한다.

작은 불씨 하나가 얼마나 많은 사람의 목숨과 재산을 앗아가는가.
사람의 입에서 나오는 말도 불처럼 무서운 것이다.

또한 말은 간혹 허위를 장식하기도 한다.
그러므로 인간관계에 오점을 남기기도 하고,
때로는 지옥의 불길처럼 인간세계를 화염으로
덮어버릴 수도 있는 것이 곧 사람의 말이다.

__성서

좋은 점을 보아라

아름다운 입술을 갖고 싶다면
친절한 말을 하라.

사랑스런 눈을 갖고 싶다면
사람들에게서 좋은 점을 보아라.

날씬한 몸매를 갖고 싶다면
너의 음식을 배고픈 사람과 나누라.

아름다운 머리카락을 갖고 싶다면
하루에 한 번 어린이가 너의 머리를 쓰다듬게 하라.

아름다운 자세를 갖고 싶다면
너 자신이 혼자 결코 걷고 있지 않음을 명심해서 걸어라.

__오드리 헵번

자기 자신을 싸구려 취급하는 사람은
타인에게도 역시 싸구려 취급을 받을 것이다.
__윌리엄 해즐릿

무슨 소용이 있겠는가

남이 나를 인정해주지 않음을 걱정할 것이 아니라
내가 남을 이해하지 못할까를 걱정하라.

상처 입은 사람이 당신의 마음을 읽을 수 있다면
그는 당신을 이해하고 용서할 것이라고 확신하여도 좋다.

말에 의해 이해하지 못함을,
마음에 의해 이해하려 하지 말며,
마음에 의해 이해하지 못함을,
기에 의해 이해하려 하지 말라.

고기로 배를 채워도 소화되지 아니하면 무슨 소용이 있겠는가.

모든 사람이 같은 것을 보더라도
똑같이 이해하지는 않는다.

_A. 체이스

말이 입 안에 있으면 네가 말을 지배하고,
말이 입 밖에 있으면 말이 너를 지배한다.
_유대 격언

나무의 가르침

겨울이 되면 가진 걸 다 버리고
앙상한 알몸으로 견디는 그 초연함에서,

아무리 힘이 들어도 해마다 꽃을 피우고
열매를 맺는 그 한결같음에서,

평생 같은 자리에서 살아야 하는
애꿎은 숙명을 받아들이는 그 의연함에서,

그리고 이 땅의 모든 생명체와 더불어
살아가려는 그 마음 씀씀이에서,

나는 내가 정말 알아야 할 삶의 가치들을 배운 것이다.

_우종영

타인에 대해 나쁜 말을 하는 것은
너 자신을 근사하게 보이려는 싸구려 방법이다.
_앨렌 애펠

근심은 손님이다

누구든 열 살 때에도 근심이 있고,
스무 살에도 근심이 있으며,
서른이 되고 마흔이 돼도
그 나이 그 상황에 따른
근심이 있기 마련입니다.

그런데 열 살 때의 근심은
스무 살이 됐을 땐 저절로 사라집니다.
마흔 살이 됐을 때는
서른 살 때의 근심이 흔적도 없어지죠.

근심은 내게 찾아온 손님이 아니라
내가 붙들고 있는 손님입니다.
내가 붙잡지 않으면 그도 떠납니다.

__지식in

유머 감각이 없는 사람은 스프링이 없는 마차와 같다.
길 위의 모든 조약돌마다 삐걱거린다.
__헨리 워드 비쳐

얼굴이라는 말

우리의 '얼굴' 중에서 '얼' 이란 무얼까요?
사전에서 찾아보니 정신의 줏대를 말하고,
비슷한 우리말을 찾아보니 넋이라는 말입니다.
한자로 번역한다면 혼(魂)으로 해석됩니다만.

그럼 '굴' 은 무엇인가?
깊숙이 패여 통할 수 있는 길이니,
즉 얼굴은 넋이 수시로 다니는 길목입니다.

나이 40이면 얼굴에
책임질 줄 알아야 한다는 말,
생의 경험이 반환점에 이러느니
관대하게 상대를 배려해야 하기 때문에

70% 이상이 한자로 구성된 우리말 중
얼굴은 참 아름다운 우리말이니,
소중히 가꿔야겠다는 생각이 듭니다.

소싯적에 들은 "얼빠진 놈" 이란 말!
이제 와서 귀를 울리는 이유가 뭘까요?

__지산 이민홍

일이 막힐 때는 무조건 걸어라

05

삶에서 부딪히는 문제에 맞서는 최고의 방법은
잡념이 생기지 않은 몸을 만드는 것입니다.

운동을 하고 나서 기분이 좋아집니다.
몸은 날아갈 듯 가볍고, 기분은 상쾌하고,
에너지는 가득 차오르게 됩니다.

내 몸의 상태가 좋을 때는
어떤 문제도 더 이상 문제로 느껴지지 않습니다.

일이 막힐 때는 무조건 걸어보세요.
걷다보면 불필요한 생각은 떨어져 나가고,
누군가에게 그 답을 구하지 않아도
스스로 답을 알게 됩니다.

신선한 에너지가 몸 구석구석까지 흐르기 시작하면
의식은 명료해지고 사고는 단순해집니다.
그래서 무엇이 중요한지 알게 되고 행동도 진취적으로 바뀌게 됩니다.

걸음을 잘 걷는 습관 한 가지가
여러분의 운명을 바꿀 수 있습니다.

_일지 이승헌

서로 함께 할 때
소중함을

우리는 늘 무언가를 찾습니다.
더 좋은 것, 더 새로운 것, 더 아름다운 것.

우리는 이 '더' 때문에
늘 바쁘고 외롭고 불안합니다.

만약 우리가 '더' 가 아니라
'최고' 를 찾고 그것을 갖는다면

우리는 더는 불안하지도 초라하지도 않을 것입니다.
우리는 누구나 끊임없이 '더 좋은 것' 을 찾고 바랍니다.
하지만, 우리는 간혹이라도 '가장 좋은 것' 을 생각하고
그것을 향해 나아가야 합니다.

그러면 언젠가는
참 행복과 기쁨을 만날 수 있을 것입니다.

더 좋은 것은 눈에 보이고 돈으로 살 수 있지만
가장 좋은 것은 눈에 보이지도 않고
돈으로 살 수도 없습니다.

그것은 내 마음 안에 있습니다.

사랑, 정직, 진실, 성실, 친절, 순수, 소박,
겸손, 희망, 배려, 용서, 이해, 감사, 긍정적인 생각.
바로 이런 것들입니다.

지금이라도 만날 수 있고,
할 수 있는 작고 평범한 생각이며 일들입니다.

이것들을 통해 우리는 '더 좋은 삶' 이 아니라
'최고의 삶' 을 살 수 있습니다.

__좋은글

입을 경계하여 남의 잘못됨을 보지 말고,
입을 경계하여 남의 허물을 말하지 말고,
마음을 경계하여 탐욕을 꾸짖어라.

__명심보감

한 말짜리 그릇에는 아홉 되쯤 담는 게 좋다.
가득 채운다면 자칫 그릇을 깨게 되리라.
모든 일에는 어느 정도 여백을 남겨 두는 것이 좋다.
화나는 일이 있어도
화나는 감정을 다 쏟아 내지 말 것이며,
비록 정당한 말이라도
7~8할쯤만 말하고 여운을 남겨 두어라.

__채근담

나를 다스리는 법

만약 누군가로 인해 화가 난다면
우선 말하는 것부터 멈추는 것이 좋습니다.
그래야 일렁이는 분노를 가라앉힐 수 있습니다.

그래도 화가 가라앉지 않는다면
우리 인생이 얼마나 덧없는가를 생각해 보세요.

그러면 서로 사랑하며 살아가기도 바쁜 세상인데
뭐 하러 아옹다옹 싸우며 살아가는가 하는 생각이
당신의 분노를 조금은 잠재울 것입니다.

당신이 화가 난 얼굴로 있을 때는
주위의 사람들이 모두 당신에게서 등을 돌리고 맙니다.
그러나 당신이 고요한 눈길로 웃음을 보내면
사람들은 당신에게 다가올 것입니다.

__지식in

다른 사람을 지나치게 신경 쓰면
결국 그 사람의 포로가 된다.
__도덕경

나의 티, 남의 티

늘 창문 앞에서 앞집 여자가
게으르다고 흉을 보는 한 부인이 있었다.

"저 여자가 널어놓은 빨래에는
항상 얼룩이 남아 있어.
어떻게 빨래 하나도 제대로 못할까?"

그러던 어느 날, 깔끔하기로 소문난 친구가 부인의 집에 방문했다.

친구는 집 안으로 들어오자마자
얼굴을 찌푸리며 창문 가까이 다가갔다.

그러고는 못마땅한 듯 걸레를 들고 창을 닦기 시작했다.

"봐, 이렇게 닦으니 얼마나 깨끗하고 좋아?
창이 더러우면 창밖이 전부 지저분해 보인다고."

_지식in

애교 있는 행동은 사람의 눈을 즐겁게 하고,
진실 있는 행동은 사람의 마음을 지배한다.
_포프

자신에게 보내는 칭찬의 박수

작은 우물에는 물이 조금밖에 없습니다.
길을 가던 한 나그네가 몹시 목이 말라 우물가로 갔습니다.

우물가에 물을 떠서 마실만한 것이 아무것도 없었습니다.
그는 매우 화를 내며 돌아가 버렸습니다.

얼마 후 다른 한 사람이 우물가에 왔습니다.
그는 물을 떠서 마실만한 게 없는 것을 알고는
두 손을 가지런히 모아 물을 떠 마셨습니다.

만일 앞에 온 나그네가 성냄을 죽이고
조금만 더 생각을 했다면 목마름을 해결할 수 있었을 것입니다.
어리석은 사람과 지혜로운 사람의 차이는 멀리 있는 것이 아닙니다.

성냄과 분노를 참아내는가 아닌가에 달려 있습니다.
화가 머리끝까지 치밀더라도 그 순간에는 함부로 말을 내뱉지 마십시오.

화가 나는 순간 앞뒤 없이 내뱉는 말은 독을 뿜는 뱀의 혀끝처럼 상대에게
큰 상처를 남김과 동시에 자신마저도 해칩니다.

다툼은 한쪽이 참으면 일어나지 않습니다.
두 손이 마주쳐야 소리가 나는 것과 같습니다.

__좋은글

바람은 그 소리를 남기지 않는다

바람이 성긴 대숲에 불어와도
바람이 지나가면 그 소리를
남기지 않는다.

기러기가 차가운 연못을 지나가고 나면
그 그림자를 남기지 않는다.

그러므로 군자(君子)는 일이 생기면
비로소 마음이 나타나고 일이 지나고 나면
마음도 따라서 비워진다.

사람들은 무엇이든 소유하기를 원한다.
그들은 눈을 즐겁게 해 주는 것,
그들의 귀를 즐겁게 해 주는 것,
그리고 그들의 마음을 즐겁게 해 주는 것이면
가리지 않고 자기 것으로 하기를 주저하지 않는다.

남의 것이기보다는 우리 것으로,
그리고 또 우리 것이기보다는
내 것이기를 바란다.
나아가서는 내가 가진 것이 유일하기를 원한다.

그들은 인간이기 때문에,

인간이기 위하여 소유하고 싶다고 거리낌 없이 말한다.

얼마나 맹목적인 욕구이며 맹목적인 소유인가?

보라. 모든 강물이 흘러 마침내는
바다로 들어가 보이지 않듯이 사람들은 세월의 강물에 떠밀려
죽음이라는 바다로 들어가 보이지 않게 된다.

소유한다는 것은
머물러 있음을 의미한다.

모든 사물이 어느 한 사람만의 소유가 아니었을 때
그것은 살아 숨쉬며 이 사람 혹은 저 사람과도 대화한다.

모든 자연을 보라.
바람이 성긴 대숲에 불어와도
바람이 가고 나면 그 소리를 남기지 않듯이,
모든 자연은 그렇게 떠나며 보내며 산다.

하찮은 일에 집착하지 말라.
지나간 일들에 가혹한 미련을 두지 말라.

그대를 스치고 떠나는 것들을 반기고
그대를 찾아와 잠시 머무는 시간을 환영하라.

그리고 비워 두라.
언제 다시 그대 가슴에 새로운
손님이 찾아들지 모르기 때문이다.

_채근담

허영을 경계하라

지금 당장 그대 자신 속에 있는
모든 지배욕을 없애버려라.

허영을 경계하라.
영예와 칭찬을 얻으려 하지 말라.
그것들은 그대의 정신을 멸망시킬 따름이다.

자기가 남보다 월등하다는 자만심을 경계하라.
갖고 있지도 않은 도덕심으로
자신을 치장하려는 위선을 경계하라.

_톨스토이

행운은 눈이 멀지 않았다.
따라서 부지런하고 성실한 사람을 찾아간다.
앉아서 기다리는 사람에게는
영원히 찾아오지 않는다.
걷는 사람만이 앞으로 나아갈 수 있다.
노력하는 사람에게 행운이 찾아온다.
_클레망소

덕성의 완성

덕성의 완성으로 생기는
예지의 광채는 선천적인 도덕이라 불리운다.

예지의 광채로부터 발생하는
덕성의 완성은 후천적인 신성(神性)이라 불리운다.

덕성의 완성에는 예지의 광채가 필요하다.
또한 예지를 빛내려면 덕성의 완성이 필요하다.

__공자

한 말짜리 그릇에는 아홉 되쯤 담는 게 좋다.
가득 채운다면 자칫 그릇을 깨게 되리라.
모든 일에는 어느 정도 여백을 남겨 두는 것이 좋다.
화나는 일이 있어도
화나는 감정을 다 쏟아 내지 말 것이며,
비록 정당한 말이라도
7~8할쯤만 말하고 여운을 남겨 두어라.
__채근담

선량한 감정

자연은 인간들이 만들어놓은
차별제도를 알지 못한다.

신분이 높다든지
부유하다든지 하는 것과는 상관없이
자연은 진실 그 자체의 관계 속에 있다.

참으로 선량한 감정은
항상 단순한 것에서 찾을 수 있는 것이다.

_레싱

무슨 일을 하든지 즐거움을 위하여 하라.
굶주린다 하더라도 당신이 가장 사랑하는 일을 하라.
명예를 바라고 일하는 사람은 자주 그 목적을 잃는다.
돈을 위하여 일하는 사람은 자기 영혼과 돈을 바꾼다.
일을 위하여 일하라.
그러면 이것들은 당신을 따라올 것이다.
_K. 콕스

도덕은 지켜야 한다

험한 길을 걸어갈 때
이 길을 끝까지 걸어갈 수 있을까 하고
의심하는 사람은
도덕이 무엇인지 알면서도 의심하는 사람이나 다름없다.

이 세상에 사는 동안에는
여러 가지 의심스러운 일이 많이 생길 것이다.

그러나 우리는 낭떠러지를 만나도
어떻게든 길을 찾아내듯이 도덕은 지켜야 한다.

_붓다

남을 아는 사람은 현명한 사람이요,
자신을 아는 사람은 덕이 있는 사람이다.
남을 이기는 사람은 힘이 강한 사람이며,
자신을 이기는 사람은 굳센 사람이다.
남을 이기는 것보다도
자신을 알고 자신을 이기는 것이 중요하다.
_노자

자아를 벗어났을 때

다른 사람과 대화를 나누던 중
자기 생각에 빠져 그 이야기를 중단하게 되면
결국 대화의 실마리를 잃게 된다.

자기를 버리고 자아를 벗어났을 때에만
우리는 타인과 충실한 교제를 할 수 있으며,
또 타인에게 큰 영향을 끼칠 수 있게 된다.

_톨스토이

남의 흠보다는 자기 흠을 찾아라.
남의 흠은 보기 쉬우나 자기 흠은 보기 어렵다.
남의 흠은 쭉정이를 골라내듯 찾아내지만,
자기 흠은 주사위 눈처럼 숨기려 한다.
자기 흠을 숨기고 남의 흠만 찾아내려 들면
더욱더 마음이 흐려져
언제나 위해로운 마음을 품게 된다.
_법구경

느끼는 대로 실천하며 살아라

도살장으로 끌려가는
짐승의 그 힘없는 모습을 보면서
우리는 왜 괴로움을 느끼게 되는가.

그것은 반항할 능력도 없으며,
아무 죄도 없는 동물을 죽이는 것이
얼마나 잔인하고 옳지 못한 일인가를 알기 때문이다.

지금 그대가 느끼는 그대로를 실천하며 살아라.
혀끝에 닿는 즐거움을 위해서
죄 없는 생물을 죽이려는 그 마음을 버려라.

__스트르베

질투는 사람의 감정 중 가장 오래 산다.
질투는 휴일이 없다.
질투는 가장 사악하고 비열한 감정이다.
이 감정은 악마의 속성이다.
__F. 베이컨

문명인과 식인종의 차이 ❖

채식주의자는 문명인의 식탁에 놓인
돼지고기나 양고기를 보고
"끔찍한 일"이라고 말할 것이다.

그러면 문명인들은
"이 고기에 소금을 발라 먹으면
더욱 맛있다."라고 대답할 것이다.

그들 문명인들은 식인종과 무엇이 다른가?
그들은 죽은 동물의 고통은 생각조차 하지 않는다.

_맬러리

걱정의 40%는 절대 현실로 일어나지 않는다.
걱정의 30%는 이미 일어난 일에 대한 것이다.
걱정의 22%는 사소한 것이다.
걱정의 4%는 우리 힘으로는
어쩔 도리가 없는 일에 대한 것이다.
나머지 4%는 우리가 바꿔 놓을 수 있는
일들에 대한 것이다.
_어니 J. 젤린스키

신을 이해하는 사람

참으로 신을 이해하는 사람은
두 가지의 특성을 지녔다.

겸손한 마음으로 가난한 사람들을
동정하는 사람이 그 첫 번째 유형이다.
이런 사람은 많이 배웠건 적게 배웠건
상관없이 신을 아는 사람이다.

두 번째 유형은,
어떤 장애물이 있을지라도 그 장애물에 구애됨이 없이
진리를 탐구하려는 지혜가 충만한 사람이다.

__파스칼

얻음은 그 때를 만난 것이요.
잃음은 자연의 순리에 따른 것이다.
세상에 오면 편안히 그 때에 머물고
떠나면 또 그런 순리에 몸을 맡긴다면
슬픔과 기쁨이 비집고 들어올 틈이 없다.
__장자

진실을 전하는 유일한 방법

진실을 전하기 위해서는 두 사람이 필요하다.
하나는 그것을 말하는 사람이요,
또 하나는 그것을 듣는 사람이다.

진실을 전하는 유일한 방법은
사랑을 담아 말하는 것이다.
사랑이 담겨 있는 말만이 호소력을 갖는다.
명분만 앞세운 말은 사람을 불편하게 만든다.

__소로

행운은 눈이 멀지 않았다.
따라서 부지런하고 성실한 사람을 찾아간다.
앉아서 기다리는 사람에게는 영원히 찾아오지 않는다.
걷는 사람만이 앞으로 나아갈 수 있다.
노력하는 사람에게 행운이 찾아온다.
__클레망소

정신의 향연

매일같이 먹고 자고 하는 일을
되풀이하면서도 권태를 느끼지 않는다.
그것은 허기와 꿈이 잇달아 나타나기 때문이다.

그러나 배가 고프지도 않고 꿈을 꾸지도 않는다면
먹는 것, 자는 것이 다 귀찮아질 것이다.

즉, 정신의 향연에 만족할 수 없다면
사람들은 틀림없이 권태를 느낄 것이다.

__파스칼

고통은 사람을 강하게 만든다.
그러나 고통으로 강해지지 못한 사람은 죽고 만다.
행복할 때는 우리가 고난을 어떻게
견딜 수 있는지 알지 못한다.
고난 속에서 비로소 우리는 자기 자신을 알게 된다.
__C. 힐티

자선가들이 깨닫지 못하는 것

돈 가진 자선가들은
다음과 같은 일을 전혀 깨닫지 못한다.

그들은 가난한 사람들에게
자선을 베풀고 있다고 생각하지만
사실은 그 이상으로 더욱더 많은 것을
가난한 사람들 마음속에서 약탈하고 있다는
사실을 깨닫지 못하는 것이다.

__러스킨

남을 아는 사람은 현명한 사람이요,
자신을 아는 사람은 덕이 있는 사람이다.
남을 이기는 사람은 힘이 강한 사람이며,
자신을 이기는 사람은 굳센 사람이다.
남을 이기는 것보다도 자신을 알고 자신을 이기는 것이 중요하다.
__노자

부유한 사람의 착각

부유한 사람은 가난한 사람들에게
자선을 베푸는 일에만 만족할 뿐,
그 때문에 발생하는
해독에 대해서는 조금도 생각지 않는다.

물질적으로 풍부한 것만을 대단하게 여기고,
그것만이 인생의 행복인 양
착각하는 것은 실로 엄청난 해독이다.

_체이닝

길은 가까운 곳에 있다.
그런데 사람들은 헛되이 먼 곳을 찾고 있다.
일은 해 보면 쉬운 것이다.
시작도 하지 않고 미리 어렵게만 생각하고 있기 때문에
할 수 있는 일들을 놓쳐 버리는 것이다.
_맹자

예술의 목적

예술은 알맞은 환경에 있을 때에만
사람들을 이롭게 하는 것이다.

예술의 목적은 교훈이다.
그것도 사랑을 내포한 교훈이다.

예술이 다만 오락에 불과하고
진리를 계발하는 힘을 갖지 못한다면
그것은 참다운 예술도 아니고 고상한 것도 못된다.

_러스킨

인생은 한 권의 책과 같다.
어리석은 이는 그것을 마구 넘겨 버리지만,
현명한 사람은 열심히 읽는다.
단 한 번 밖에 인생을 읽지 못한다는 것을
알고 있기 때문이다.
_장 파울

무능하고 불안한 존재

아무리 세련된 예술도
도덕적 이상과 결부되지 않고
다만 예술 자체의 만족만을 추구한다면
쾌락의 도구에 불과하다.

사람들은 쾌락에 골몰하게 되면
더욱 이러한 예술에 열중하게 된다.

그것은 자신의 공허한 내면에 대한 불안감 때문이다.
그러나 그것은 결과적으로 끊임없이
자기 자신을 무능하고 불완전한 존재로 전락시키고 만다.

__칸트

느낌 없는 책은 읽으나 마나,
깨달음 없는 종교는 믿으나 마나,
진실 없는 친구는 사귀나 마나,
자기희생 없는 사랑은 하나 마나이다.

__아리스토파네스

차분히 견뎌라

어떤 불행도 차분히 견뎌라.
그리고 그 불행을 행복의 재료가 되게 하라.

위는 음식물 속에서
영양분이 될 만한 것만을 골라서 섭취한다.
나무를 집어넣으면 불길은 더욱 밝게 타오른다.

그와 같이 모든 불행 속에서
인생에도 도움이 될 만한 것만을 골라내도록 하라.

_러스킨

거울 앞에서 얼굴을 찡그리는 사람은 없다.
거울 앞에 있을 때처럼 이맛살의 주름을 펴라!
그것이 명랑해지는 비결이며
늙지 않는 미덕이다.

_슈와프

강한 힘의 소유자

참을성이 적은 사람은
그만큼 인생에 있어서 약한 사람이다.

오늘 하나의 어려운 일을 참고 극복했다면
그 순간부터 그 사람은
강한 힘의 소유자이다.

곤란과 장애물은
언제나 새로운 힘의 근원인 것이다.

__버트런드 러셀

당신이 건강하거든
당신의 힘을 남을 위해서 봉사하라.
당신이 병들고 있거든
그 병 때문에 남에게 방해가 되지 않도록 노력하라.
__잠부론

목표에 충실하라

불평을 말하면 한이 없다.
세상에는 훼방꾼도 있고 원수도 있지만
어떠한 경우라도 유쾌하고
화평한 기분을 잃지 않고 나아간다면
반드시 목적을 이루게 된다.

언제나 당신의 목표에 충실하라.
묵묵히 한 길로 꾸준히 나가라.

__모리스 메테를링크

고집을 자랑하는 것은 소인의 짓이다.
대단한 일이 아니라면 당당히 자기 쪽에서 사과하라.
생긋이 웃으며 악수를 청하고
새롭게 출발하는 사람이야말로 큰 인물이다.
__데일 카네기

먼저 생각하라

좋은 음식이라도 소금으로
간을 맞추지 않으면 그 맛을 잃고 만다.

모든 행동도 음식과 같이 간을 맞춰야 한다.

음식을 먹기 전에 간을 먼저 보듯이
행동을 시작하기 전에 먼저 생각하라.

생각은 인생의 소금이다.

__에드워드 조지 얼리 리튼

당신이 내일 만날 사람들 중
4분의 3은 동정심을 갈망할 것이다.
그것을 그들에게 안겨 주라.
그러면 그들은 당신을 좋아하게 될 것이다.
__데일 카네기

행동을 바르게 하라

무엇을 아끼고 무엇을 버릴 것인가를
바로 알아서 행동하면 현명한 사람이다.

그리고 언제나 행동이 분명하면
누구에게나 존경을 받을 수 있다.

때문에 모든 사람들이 자신의 행동을
바르게 하도록 노력하여야 한다.

__린위탕

길은 가까운 곳에 있다.
그런데 사람들은 헛되이 먼 곳을 찾고 있다.
일은 해 보면 쉬운 것이다.
시작도 하지 않고 미리 어렵게만 생각하고 있기 때문에
할 수 있는 일들을 놓쳐 버리는 것이다.
__맹자

오늘 일을 미루지 마라

아침에 일찍 일어나지 않으면
그날 일을 다 할 수 없다.

오늘의 일을 오늘 하지 않고
내일로 미루기 시작하면
결국 시대에 뒤떨어지게 된다.

많은 사람들이 자신에게 주어진
기회를 잡지 못하는 것은
오늘 일을 내일로 미루기 때문이다.

_새뮤얼 스마일스

자신의 약점을 비판하느니
장점을 키우기에 힘쓰는 것이 현명하다.
땅속에 무진장한 금광이 있듯이
사람의 정신 속에도 파면 팔수록 빛나는 재능이 있다.
노력만이 그 재능을 빛낼 수 있다.
_프랭클린 루스벨트

어두운 밤과 같다

해가 높이 떠도
눈을 감고 있으면 어두운 밤과 같다.

청명한 날에도 젖은 옷을 입고 있으면
기분이 비 오는 날처럼 침침하다.

사람은 마음의 눈을 뜨지 않고
마음의 옷을 갈아입지 않으면 언제나 불행하다.

__모리스 메테를링크

가장 위대하고 훌륭한 사람이란
늘 일어나고 있는 조그마한 일이라도
업신여기거나 무심코 넘겨버리지 않는 사람이다.
하찮은 일이라도 주의하여 관찰하고
깊이 생각하는 사람이
곧 가장 훌륭하고 위대한 사람이다.
__새뮤얼 스마일스

재주라는 것

재주라는 것은
그 사람의 됨됨이에 따라 다르게 쓰인다.

인물이 크면 그 재주가 살고
인물이 작으면 재주가 도리어
화가 되고 원수가 되기 쉽다.

때문에 자기의 재주를 옳은 방향으로
발휘하기 위해서 먼저 마음을 닦아야 한다.

__라 로슈푸코

식물 중에는 꽃만 피고
열매를 맺지 않거나
줄기만 자라고 꽃이 피지 않는 것도 있다.
진실도 이와 같아
사람이 진실을 사랑한다고 하여 반드시
진실을 행동에 옮겨 실천한다고는 말할 수 없다.
__공자

진리의 열매

나무는 해마다 같은 열매를 맺는다.

이처럼 사람들도 해마다 가치 있는
일들을 남기고자 노력하지만
누구나 그 뜻을 이루기란 매우 어렵다.

우리는 수목이 열매를 남기듯이
진리의 열매를 맺도록 힘써야 한다.

__알베르트 슈바이처

세 사람이 같이 있을 때
그 가운데 두 사람은 나의 스승이 될 수 있다.
한 사람이 좋은 말과 행동을 하였다면
그것을 배울 것이고
다른 한 사람의 말과 행동이 바르지 못하다면
그 잘못을 거울로 삼을 것이기 때문이다.
__공자

인생의 참된 밑천

운명은
사람이 가진 재산은 빼앗아갈 수 있다.
그러나 마음속에 있는 용기는 빼앗지 못한다.

인생의 참된 밑천은 무엇보다 용기에 있다.
용기가 있는 한 실패에 한탄하지 않고
운명을 박차고 나갈 수 있다.

_루키우스 안나이우스 세네카

만족의 샘은 바로 마음이다.
그러므로 자신의 자세는 변화시키지 아니하고
다른 모든 것을 변화시키는 것만이
행복의 길이라고 생각하는 이는
인간의 본성을 모르는 사람이다.
그것은 일생을 낭비하는 것이다.
_새뮤얼 존슨

위대한 사상

위대한 사상은 반드시
커다란 고통이라는 밭을 갈아서 이뤄진다.

갈지 않고 둔 밭에는 잡초만 무성할 뿐이다.
사람도 고통을 겪지 않고서는 언제까지나
평범하고 천박함을 면하지 못한다.

모든 곤란은 인생의 벗이다.

__칼 힐티

무릇 덕이 있는 사람은
부덕한 사람의 스승이다.
그러므로 덕이 없는 사람은
매사를 스승으로부터 배워야 한다.
스승의 가르침을 하찮게 여기거나
배움을 소홀히 하는 사람은
아무리 영리해도 큰 실수를 범하는 법이다.
__노자

남을 소중히 여겨라

남을 소중히 여길 때
남도 나를 소중히 받들어준다.

사람의 본성은 좋은 일을 바란다.
이 천성을 따르지 않으면 마음이 아프고
이 천성을 좇을 때는 마음이 유쾌하다.

그렇기에 착한 방향으로 나아감은
순풍에 돛단배가 가는 것과 같다.

__동양 명언

여름밤에 불을 보고 날아드는 날벌레는
누구의 눈에나 어리석어 보인다.
잘난 척하고 덤벙거리는 사람은
불 속에 뛰어드는 벌레의 운명을 따르기 쉽다.
지혜로운 사람은 뜻은 높이 지니되
행동은 한 발짝 물러서는 법이다.
__채근담

불행의 씨앗

귀와 눈으로 불행의 씨앗이
들어가지 않도록 경계해야 한다.

경계할 것은 남의 눈이나 귀가 아니라
나 자신의 눈과 귀인 것이다.

그리고 남을 경계하기보다는 내 마음속에
움트는 나쁜 생각을 경계해야 한다.

__채근담

꽃에 향기가 있듯
이 사람에게도 품격이 있다.
꽃이 생생할 때 향기가 신선하듯
사람도 그 마음이 맑지 못하면 품격을 지키기 어렵다.
썩은 백합꽃은 잡초보다 오히려 좋지 못한 법이다.
__윌리엄 셰익스피어

땀 흘려 일하라

사람은 그가 흘린 땀으로써
행복하게 될 수 있는 것인데
본능적으로 땀 흘리기를 몹시 싫어한다.

몸을 아끼면 결국 몸을 망치고
몸을 아끼지 않아야 도리어 몸을 구하게 된다.

사람이 그 한 몸을 아끼지 않고
땀 흘려 일한다면 이루지 못할 것이 없다.

__동양 명언

세상 사람들이 다 없어져도 살 수 있다고
생각하는 사람이 있다면 잘못이다.
하물며 자신이 없으면 세상이 존속하지 않는다고
믿는 사람은 더 큰 잘못이다.
그러기에 인간은 함께 사는 것이다.
__라 로슈푸코

미덕이 없는 사람

미덕이 없는 사람은
늘 남의 아름답고 갸륵한 덕행을 질투한다.

사람의 마음이란 스스로 착하지 못하면
모든 것을 악으로 돌리게 된다.

착한 마음은 착한 것을 이루어내고
악한 마음은 악한 것을 만들 뿐이다.

__프란시스 베이컨

당신의 건강을 지키기 위해서는
약도 요법도 필요 없다.
무엇보다도 간소하게 사는 것이 가장 좋은 방법이다.
조금만 먹고, 조금만 놀고, 일찍 쉬어야 한다.
이것은 세계적인 만병통치약이다.
__페르디낭 빅토르 외젠 들라크루아

고난을 돌파하는 비결

능숙한 선장은 폭풍을 만났을 때
폭풍에 대항하지 않으며
결코 절망하지도 않는다.

언제나 이길 수 있다는 신념을 가지고
최후의 순간까지 온 힘을 다하여 살길을 찾는다.
여기에 인생의 고난을 돌파하는 비결이 있다.

__제임스 램지 맥도널드

일을 함으로써 인간이 죽는 일은 없다.
그러나 빈둥거리며 매일 놀기만 한다면
신체와 생명이 망가지고 만다.
새가 날도록 태어난 것처럼
인간은 일을 하도록 태어났기 때문이다.
__마르틴 루터

불행의 원인

불행의 원인은 늘 나 자신이다.

몸이 굽으니 그림자도 굽는다.
어찌 그림자가 굽은 것을 한탄할 것인가.

나 외에는 아무도 나의 불행을 치료해줄 사람이 없다.
늘 마음을 평화롭게 가져라.
그러면 불행이 사라질 것이다.

_블레즈 파스칼

사람은 누구나 화를 낼 수 있다.
그러나 올바른 사람에게 알맞게, 올바른 목적으로
올바른 방법으로 화를 내는 것은
누구나 해낼 수 있는 것이 아니다.
그것은 결코 쉽지 않기 때문이다.
_아리스토텔레스

진리란

세 사람이 한자리에 모이면
그 의견이 각각 다르다.

당신의 의견이 비록 옳다 하더라도
무리하게 남을 설득시키려 하는 것은
현명한 일이 아니다.

진리는 말로 증명할 수 있는 것이 아니라
인내와 시간이 절로 밝혀준다.

_바루흐 스피노자

세상에는 두 가지 자유가 있다.
하나는 나쁜 자유이다.
그것은 자신이 좋아하는 일을 하는 자유이다.
또 다른 하나는 진짜 자유이다.
그것은 자신이 해야 하는 일을 하는 자유이다.
_찰스 킹졸리

성과를 내려면

남보다 뛰어나려면
아직 남이 손대지 못한 일을 시작하라.

그러나 그 일을 하루아침에 이루려고
서둘러서는 안 된다.

나무가 클수록 그 뿌리가 깊듯이
모든 위대한 성과는 매우 길고
오랜 준비가 필요하다.

어떤 생각이
당장에 하나의 성과를 가져오는 것은 아니다.

_동양 명언

상대가 비록 불쾌한 말을 하더라도
오히려 적극적으로 그 이야기를 들어주어서
조금이라도 상대의 의견을 존중하는 태도를 가져라.
그렇게 되면 상대도 당신의 의견을 존중하게 된다.
_벤자민 프랭클린

좋 은 글 대 사 전

행복 • 평화

행복을 얻는 기술

지혜로운 사람은
모든 일을 우연으로 생각하지 않는다.
그들은 행복을 얻는 데에도 규칙이 있다고 믿으며,
그것을 얻기 위해 노력한다.

한편 행복의 여신이 문을 열어주기를
태평하게 기다리는 사람도 있다.
그러나 적극적인 사람들은 좀 더 대담하게
앞으로 나아가고자 노력한다.

그들은 지혜로움과 용기를 날개 삼아 솟구쳐 날아오르며
행복의 여신에게 다가가 그녀의 은총을 얻기 위해 애쓴다.

그러나 조금만 더 깊이 생각해본다면
행복의 여신에게 이르는 특별한 길이라는 것은
따로 없다는 사실을 깨닫게 된다.

미덕을 갖추고 모든 악을 경계하며
살아가는 것만이 행복에 이르는 유일한 길이다.

_발타자르 그라시안

웃음은 좋은 화장이다

이 땅에 존재하는 모든 만물 중에
사람만 웃고 살아갑니다.
웃음은 곧 행복을 표현하는 방법입니다.
요즘 사람들은 웃음이 부족하다고 합니다.

그러나 좀 더 넉넉한 마음을 가지고
힘차게 웃을 수 있다면
모든 일에도 능률이 오를 것입니다.
유쾌한 웃음은 어느 나라를 막론하고
건강과 행복의 상징이라고 합니다.

여섯 살 난 아이는 하루에 삼백 번 웃고
정상적인 성인은 하루에
겨우 열일곱 번 웃는다고 합니다.
바로 체면을 차리려고 하기 때문입니다.

유쾌한 웃음은 우리를 행복하게 만듭니다.
웃음은 좋은 화장입니다.
웃음보다 우리의 얼굴 모습을
밝게 해주는 화장품은 없습니다.
그리고 웃음은 생리적으로도
피를 잘 순화시켜주니 소화도 잘되고
혈액순환도 물론 잘됩니다.

우리의 삶은 짧고도 짧습니다.
웃을 수 있는 여유가 있는 사람이 행복한 사람입니다.
남에게 웃음을 주는 사람은 자신은 물론
남도 행복하게 해주는 사람입니다.

신나게 웃을 수 있는 일들이
많이 있으면 더욱 좋을 것입니다.
하지만 스스로 만들어가는 것이 중요합니다.

__좋은글

우리를 망치는 것은
다른 사람의 눈을 지나치게 의식하는 것이다.
만약 나를 제외한 모든 사람이 장님이라면
큰 집이나 번쩍이는 가구도 원할 필요가 없을 것이다.
__벤자민 프랭클린

사람은 과거의 원한과 시름만 갖지 않는다면
누구든지 훨씬 행복해질 수 있다.
__벤자민 프랭클린

행복을 저장해두는 방식 ❖

행복할 때는 다른 사람들의 호의를 쉽게 얻을 수 있고
도처에 우정도 넘쳐흐른다.
이처럼 행복할 때 우리는 불행에 대비하여
그 순간의 기쁨을 저장해둘 필요가 있다.

그 방법은 간단하다.
진정한 친구를 만들고 사람들에게 호의를 베푸는 것이다.
지금은 하찮게 여겨지는 일들이 언젠가는
귀한 보답으로 돌아올 것이기 때문이다.

그러나 미련한 사람은 행복할 때
친구를 두지 않으므로
불행할 때에도 도움을 요청할
친구 하나 없이 홀로 어려움에 시달린다.

__발타자르 그라시안

> 사람은 부족함을 깊이 깨달으면 깨달을수록
> 인생의 행복에 가까워지게 된다.
> __빌리 그레이엄

내면적인 사색의 시간을 가져라

가난한 사람은 부자보다 환하게 웃는다.
마음이 편하기 때문이다.
그렇다면 왜 사람들은 부자가 되려 하는가?

좋은 옷과 아름다운 집, 그리고
여러 가지 향락을 즐기고자 하는 마음 때문은 아닌가?
그런 사람에게는 사색의 시간이 필요하다.

이제 모든 욕심을 내려놓고 홀로 산책을 하거나
빈 방에서 명상을 하라.
세상의 그 어떤 부자보다도 큰 행복을 누릴 것이다.

__에머슨

사람이 얼마나 행복한가는
그가 감사함을 느끼는 깊이에 달려 있다.
__ 존 밀러

마음이 따뜻한 차

마음이 따뜻해지는 방법을 묻자
한 아이가
따뜻한 차를 마시면 된다고 했답니다.

그렇습니다.
따뜻한 차를 마시면
분명히 마음이 따뜻해집니다.

아름다운 꽃을 보면 마음이 아름다워지고
좋은 생각을 하면 마음이 좋아집니다.

새소리를 들으면 마음이 즐거워지고
물소리를 들으면 마음이 맑아집니다.

봄을 상상하면 얼었던 마음이 녹아내리고
여름을 기다리면 마음이 뜨거워집니다.

우리가 따뜻한 차를 마시고
꽃을 보고
여행을 하는 까닭이 여기 있습니다.
마음을 아름답고
따뜻하게 하기 위하여…….

__좋은글

백해무익한 분노의 감정

어째서 당신은 타인의 악의에 대해서,
배신에 대해서,
질투와 교활함에 대해서 그토록 성급해지는가?

사람을 욕하고 멸시하고 벌주고자 하면
한이 없는 법이다.
그보다는 차라리 모든 것을 씻은 듯이
잊어버리는 것이 낫다.

모멸감과 분노는
결국 그것을 느끼는 사람의 마음만 소란하게 할 뿐이다.

_아미엘

인간을 고독에서 구출해 주는 유일한 것은
신뢰할 수 있는 우정이다.
운명이 위대한 사람들을 고독으로 쫓아 보낼 때도
그 곁에 한 사람만은 남아있게 해 준다.
_A. 보나르

나를 행복하게 해주는 생각들

힘들 땐 푸른 하늘을 볼 수 있는
눈이 있어서 나는 행복합니다.

외로워 울고 싶을 때 소리쳐
부를 친구가 있는 나는 행복합니다.

잊지 못할 추억을 간직할 머리가 내게 있어
나는 행복합니다.

잠이 오지 않는 밤에
별의 따스함을 들을 수 있는 귀가 있기에
나는 행복한 사람입니다.

슬플 때 거울 보며 웃을 수 있는
미소가 내게 있기에 난 행복합니다.

소중한 사람들의 이름을 부를 수 있는
목소리가 있기에
나는 행복한 사람입니다.

온몸에 힘이 빠져 걷기도 힘들 때
기대어 쉴 수 있는 슬픔이 있기에
나는 행복합니다.

내 비록 우울하지만 나보다
더 슬픈 사람들을 도울 수 있는
발이 있어 나는 행복한 사람입니다.

내 가진 것 보잘것없지만 소중한
사람들을 위해 편지 하나 보낼 수 있는
힘이 있어 행복한 사람입니다.

내 가슴 활짝 펴 내 작은 가슴에
나를 위해주는 사람을 감싸 안을 수 있어
나는 진정 행복한 사람입니다.

__좋은글

한 가족이 같은 추억을 공유하는 것이야말로
진정한 행복이다.
행복을 만드는 공장이 있다면
그 공장의 주인은 바로 웃음이다.
모든 행복과 불행은 나의 마음가짐에 달려 있다.
진정한 만족은 남이 평가해 주는 것이 아니라
스스로 느끼는 것이다.
__몽테뉴

신념을 가진
사람은 행복하다

인생이란 기쁨도, 슬픔도 아니며
그 두 가지를 종합해나가며 이뤄내는 것이다.

큰 기쁨이 거대한 슬픔을 불러오기도 하며
깊은 슬픔도 놀라운 기쁨으로 전환될 수 있다.
다만 그 가운데에서 자신의 할 일을 발견하고
그 일에 대한 신념을 가진 사람만이 행복할 것이다.

사람의 가치는
흔히 그가 찾아낸 진리를 기준으로 판단되지만,
사실 그보다는 그 진리를 찾기 위해
겪어온 고난의 과정으로 정의되는 것이 옳다.

_톨스토이

행복의 비밀은 자신이 좋아하는 일을 하는 것이 아니라
자신이 하는 일을 좋아하는 것이다.
_앤드류 매튜스

평화롭게 사는 것이 오래 사는 길이다

살고자 하면 삶을 그냥 내버려두라.
평화로운 사람은 삶을 스스로 살뿐더러 삶 위에 군림한다.
보고, 듣고, 침묵을 지켜라.

낮 동안 싸우지 않은 자는 한밤에 평화롭게 잠이 든다.
오랫동안 기분 좋게 산다는 것은
모두와 더불어 사는 길이자 평화의 결실이다.

매사에 일일이 날을 세우며
사는 것만큼 고약하고 부조리한 태도는 없다.

__발타자르 그라시안

행복이란 넘치는 것과 부족한 것의
중간쯤에 있는 조그마한 역이다.
사람들은 너무 빨리 지나치기 때문에
이 작은 역을 못 보고 지나간다.
__C. 폴록

사랑도 행복도 습관입니다

사랑도 습관이고 행복도 습관입니다.
아무리 좋은 이벤트를 잡고 만들어 봐도 소용없습니다.
가족다운 가족을 만드는 방법은 바로 습관입니다.

늘 소리만 지르던 가장이
어느 날 갑자기 이벤트 해봐야 아무 소용이 없습니다.
가족들은 그 이벤트에 꿈쩍도 하지 않습니다.

직장에서도 말 한마디라도
늘 따뜻하게 해주는 상사가 좋습니다.

상사가 어느 날 갑자기 술 마시며 직원들한테
내가 자네들 좋아한다고 말해봐야 소용없습니다.

사랑도 습관이고 행복도 습관입니다.

매일처럼 습관처럼,
밥상에 숟가락도 놓아주고,
따뜻한 커피라도 한 잔 타주면서
따뜻한 말 한마디에서
행복이 이루어지는 것이다.

__좋은글

행복의 두 가지 상태

정신적인 행복은 두 가지로 나뉜다.
하나는 만족을 느끼며 평화롭게 사는 것이고
다른 하나는 즐겁고 유쾌하게 사는 것이다.

첫 번째 행복에서
인간은 일어나는
모든 일에 쉽게 동요하지 않고
물질적 풍요로움의 부질없음을 분명하게 느낀다.

또한 두 번째 행복은
자연스러운 아이다움으로 돌아가
자연에서 느끼는 선물과도 같은 것이다.

_칸트

성공이 행복의 열쇠가 아니라 행복이 성공의 열쇠다.
자신의 일을 진심으로 사랑하는 사람이라면
그는 이미 성공한 사람이다.
_ 알버트 슈바이처

있는 그대로 만족하는 행복

달도 차면 기울듯이 모든 사물은
충만하면 이내 쇠퇴하기 시작한다.
그 충만함이란 사물에 따라 각기 그 분량이 다르다.

술잔은 한 잔의 술을 따르면 가득 차버리지만
항아리는 여러 동이의 물을 넣어야 비로소 가득 차오른다.

이처럼 그릇에 따라 분량이 다르나
항아리만 한 그릇을 갖고서도
한 잔의 물로 만족할 수 있다면
여유 있게 그 기쁨을 즐길 수 있을 것이다.

_뤼신우

행복을 즐겨야 할 시간은 바로 지금이고,
행복을 즐겨야 할 장소는 바로 이곳이다.
_로버트 인젠솔

행복을 두 배로 늘리는 방법

이기적인 사람은 늘 자신의 주변에
한 번도 본 적 없는 적이 있음을 느낀다.

그들은 늘 자신의 이익에만 정신을 쏟는다.
반면 이타적인 사람은 다정하고 즐겁게 맞이해주는
친구로 가득 찬 세상 속에 살고 있다.

그러므로 모든 사람들의 이익이나
행복을 자기 자신의 행복으로 여긴다.

__쇼펜하우어

사람은 그 마음속에서
정열이 불타고 있을 때가 가장 행복하다.
정열이 식으면
사람은 급속도로 퇴보하고 무위하게 되어 버린다.
__라 로슈푸코

기억 속에 넣고 싶은 사람

사람은 누구나 자신의 가슴속에
넣고 싶은 사람이 있습니다.
잊혀질 수 없는 사람입니다.

자신에게 아무런 대가 없이
사랑해준 사람입니다.
자신에게 특별한 관심을 보여준 사람입니다.

가장 기억하고 싶지 않는 사람도 존재합니다.

자신에게 상처를 준 사람입니다.
자신에게 피해를 준 사람입니다.
자신에게 아픔을 준 사람입니다.

다른 사람들은 오늘도 당신을 기억합니다.
당신이 어떤 사람인지를
가슴에 새기고 싶은 사람인지
아니면 다시는 기억하고
싶지 않은 사람인지를…….

잠시 스쳐 지나가는 사람이라고
함부로 말하지 마세요.
스치고 만나는 모든 사람에게
한결같이 대해주세요.

_좋은글

사소한 재앙도 가볍게 여기지 말라

행운이 느닷없이 오지 않듯이 재앙도
결코 아무런 이유 없이 들이닥치지는 않는다.

행운이든 불행이든 모든 것은 사슬처럼 연결되어 있다.
그러니 불행이 잠자고 있을 때는 이를 깨우지 마라.

불행 속에 발을 조금 담그기만 해도
끝을 모를 수렁으로 미끄러져 들어가게 될 것이다.

하늘이 우리에게 내리는 시련과 고난을 인내로 참아내고,
지상에서 일어나는 모든 일에 지혜를 갖고 대처하라.

_발타자르 그라시안

자신의 생각만 바꾼다면
삶을 전혀 변화시키지 않고도
행복해질 수 있는 법이다.
_리처드 칼슨

자만하지 마라

자신에게 만족하지 못하는 사람은
소심하다고 할 수 있지만
자신에게 만족하는 사람은 어리석은 자에 불과하다.

자만심은 분별없이 기뻐하는 자의 특성으로
평판이나 위신에 해로울 뿐 아무런 득이 되지 않는다.

한데 대개 사람들은 자신의 무한한 가능성을
제대로 통찰해내지 못하고
현재 갖고 있는 비천하고 평범한 재능에 만족해버리고 만다.

반면 최악의 상황을 고려하고 나쁜 결과를
대비하는 사람은 좋지 않은 결과를 맞닥뜨린다 해도
자신을 위로할 준비가 되어 있다.

__발타자르 그라시안

사람의 행복은 얼마나 많은
소유물을 가지고 있는가에 달려 있는 것이 아니라,
그것을 어떻게 잘 즐기는가에 달려 있다.
__찰스 H. 스파존

그래 그렇게 사는 거야

나 혼자 버거워 껴안을 수조차 없는 삶이라면
적당히 부대끼며 말없이 사는 거야.
그냥 그렇게 흘러가듯이 사는 거야.

인생이 특별히 다르다고 생각하지 말자.
어제도, 오늘도, 내일도 모두가 똑같다면 어떻게 살겠어.
뭔지 모르게 조금은 다를 거라고 생각하면서 사는 거지
단지 막연한 기대감을 가지고 사는 게 또 우리네 인생이지.

숨 가쁘게 오르막길 오르다 보면 내리막길도 나오고
어제 죽을 듯이 힘들어 아팠다가도 오늘은 그런대로 살만해
어제의 일은 잊어버리며 사는 게 우리네 인생이 아니겠어.
더불어 사는 게 인생이지 나 혼자 동떨어져 살 수만은 없는 거잖아.

누군가 나의 위로가 필요하다면
마음으로 그의 어깨가 되어줄 수도 있는 거잖아.

그래 그렇게 사는 거야
누군가의 위로를 받고 싶어지면 마음속에 가두어둔 말
거짓 없이 친구에게 말하면서 함께 살아가는 거야.

그래 그렇게 살아가는 거야.

__좋은글

행복에 더 가까이

적게 바라고 스스로 노력해 만족을 얻는 것,
무언가를 얻기 위해 수단 방법을 가리지 않고
덤벼들기보다 언제나 남에게 베풀 수 있는 마음을 갖는 것.
이보다 확실한 행복의 비결은 없다.

모든 면에서 많은 혜택을 누리는 것보다
자기에게 필요한 것을 만족시키는 것이
행복에 더 가까이 다가가는 태도다.

물론 몇몇 소수의 사람들에게
반감을 살 수 있는 말인지도 모르겠지만,
이것이야말로 모든 사람들에 두루
적용될 만한 가장 확실한 행복의 비결이다.

_에머슨

다른 사람에게 친절하고 관대한 것이
마음의 평화를 유지하는 길이다.
남을 행복하게 할 수 있는 사람만이행복을 얻을 수 있다.
_플라톤

진정 행복한 사람

자신을 미워하는 사람을 미워하지 않을 때
우리는 이루 말할 수 없는 행복을 맛본다.
미움이 없는 세상에서 살 수 있다면
얼마나 행복할까?

탐욕의 세상에서
탐욕을 모르고 산다는 것
또한 참으로 행복한 일이다.
탐욕 때문에 고통받는 사람들의
무리에서 벗어나 행복해지자.

어느 것도 미워하거나 내 것이라고 주장하지 않음으로써
우리는 진정 행복한 사람이 될 수 있으며,
그때에야 우리는 비로소 성인의 삶을 살게 될 것이다.

_붓다

행복의 비결은 첫째 '웃는 것' 이다,
둘째 '그래서, 웃는 것' 이다.
셋째 '그러나, 웃는 것' 이다.
_미상

다 그럽디다

사람 사는 일이 다 그렇고 그럽디다.

능력있다고 해서 하루 밥 열끼
먹는 것도 아니고,

많이 배웠다 해서 남들 쓰는 말과
다른 말 쓰는 것도 아니고,

그렇게 발버둥 치고 살아봤자
사람 사는 일 다 그렇고 그럽디다.

다 거기서 거깁디다.

백 원 버는 사람이 천 원 버는 사람 모르고
백 원이 최고 인줄 알고 그 사람이 잘 사는 겁디다.

길에 돈 다발을 떨어뜨려 보면
개도 안 물어 갑디다.

돈이란 돌고 돌아서 돈, 입디다.
많이 벌자고 남 울리고
자기 속상하게 살아야 한다면
벌지 않는 것이 훨 낳은 인생입디다.

남의 눈에 눈물 흘리게 하면
내 눈에 피 눈물 난다는 말 그 말 정말 입디다.

내꺼 소중한 줄 알면
남에꺼 소중한 줄도 알아야 합디다.

니꺼 내꺼 악 쓰며 따져 봤자
이 다음에 황천 갈 때 관속에
넣어 가는 거 아닙디다.

남녀 간에 잘났네 못났네 따져 봤자
컴컴한 어둠 속에선 다 똑같습디다.

니 자식 내 자식 따지지 말고
그저 다 같은 내 새끼로 품어 키워내면
이 세상 왔다간 임무 완수 하고 가는 겁디다.

거둘 노인이 계시거들랑 정성껏 보살피며
내 앞날 내다보시길
나도 세월이 흘러 늙어 갑디다.

어차피 내 맘대로 안 되는 세상
그 세상 원망하며 세상과 싸워 봤자
자기만 상처 받고 사는 것.

이렇게 사나, 저렇게 사나
자기속 편하고 남 안 울리고 살면
그 사람이 잘 사는 겁디다.

_좋은글

늘 마음을 파악하라

당신과 관계하는 사람들의 마음을 늘 파악해야
모든 상황에서 그들의 의도를 알아차리기 수월하다.
원인을 제대로 알면 결과를 예측할 수 있듯 말이다.

예를 들어 상대의 마음이 우울함으로 가득 찼다면
그는 최악의 일을 상상하거나 불행한 사건만을 예고할 것이다.
또한 상대가 뜨거운 열정으로 가득 차 있다면
그는 이성에서 조금 동떨어진 이상적인 발언을 할지도 모른다.

이처럼 사람은 자신의 기분에 따라 생각하고 말한다.
따라서 이들과의 대화는 진실로부터
조금은 떨어져 있다는 것을 명심하라.

__발타자르 그라시안

행복이란 마음의 여백을 갖는 일이다.
다가올 즐거운 순간을 기다리는 마음의 여백이 바로 행복이다.
결국 행복이란, 결국 기다림의 다른 말이다.
__김재진

내 기억 속에 넣고 싶은 사람

사람은 누구나 자신의 가슴속에
넣고 싶은 사람이 있습니다.
잊혀질 수 없는 사람입니다.

자신에게 아무런 대가 없이
사랑해준 사람입니다.
자신에게 특별한 관심을 보여준 사람입니다.

가장 기억하고 싶지 않는 사람도 존재합니다.

자신에게 상처를 준 사람입니다.
자신에게 피해를 준 사람입니다.
자신에게 아픔을 준 사람입니다.

다른 사람들은 오늘도 당신을 기억합니다.
당신이 어떤 사람인지를
가슴에 새기고 싶은 사람인지
아니면 다시는 기억하고 싶지 않은 사람인지를.

잠시 스쳐지나가는 사람이라고
함부로 말하지 마세요.
스치고 만나는 모든 사람에게 한결같이 대해주세요.

이기적인 동기를 가지고 그들을 대하지 마세요.
할 수만 있다면 그냥 베풀기로 작정하세요.

나에게 잘해주는 사람에게만 선대하는 일에 머물지 마세요.
나를 잘 대해주지 못하는 사람에게도 선대하세요.

훗날 그들은 당신의 호의와 사랑을 기억해낼 것입니다.
당신을 가슴에 꼭 새기고 싶은 사람으로 기억되겠지요.

다른 사람의 가슴 속에
새겨질 수 있는 사람으로 남으십시오.
다른 사람의 기억 속에
유독 향기 나는 꽃처럼 기억되는 사람으로 남으십시오.

_좋은글

언제까지고 계속되는 불행은 없다.
가만히 견디고 참든지, 용기를 내 쫓아 버리든지,
이 둘 중의 한 가지 방법을 택해야 한다.
_로맹 롤랑

어떠한 불행 속에서도 행복은 있는 법이다.
어디에 좋은 것이 있고 어디에 나쁜 것이 있는지를
우리가 모르고 있을 따름이다.
_게오르규

진정한 행복이란

행복이란 관점에서 보면
인생 그 자체는 몹시 불안정하다.
끝없이 솟아오르는 욕망이 우리의 행복을 계속해서
불완전한 것으로 만들어버리기 때문이다.

의무도 마찬가지다.
의무를 다함으로써 마음이 평온해지기는 하지만
그렇다고 해서 반드시 행복해지는 것은 아니다.

그러나 자기희생의 숭고한 기쁨을 맛본 자는
진정한 행복이 무엇인지 확실히 알게 될 것이다.
무한한 영예를 누리는 것과 더불어서 말이다.

_아미엘

행복의 비결은
자기가 하고 싶은 일을 하는 것이 아니라
자기가 해야 할 일을 좋아하는 것이다.
_제임스 빌리

삶을 맛있게 요리하려면 ❖

오늘의 메뉴는
"삶을 맛있게 요리하는 방법"입니다.

먼저 크고 깨끗한 마음이라는
냄비를 준비한 후
냄비를 열정이라는 불에 달구어줍니다.

충분히 달구어지면 자신감을 교만이라는 눈금이
안보일 만큼 부어야합니다.

자신감이 잘 채워지고 나면
성실함과 노력이라는 양념을 충분히 넣어줍니다.

우정이라는 양념을 어느 정도 넣어주면
훨씬 담백한 맛을 낼 수 있으니
꼭 잊지 말고 넣어주어야 합니다.

약간의 특별한 맛을 원할 경우
이성간의 사랑을 넣어주면 좀 더 특별해집니다.

이 사랑이 너무 뜨거워지면
집착이라는 것이 생기는데
생기지 않도록 불조절을 잘 해야 합니다.

만약 생길 경우는 절제라는 국자로
집착을 걷어내면 됩니다.

이때, 실패하면 실연이라는 맛이 나는데
이 맛은 아주 써서 어쩌면 음식을 망칠 수
있으니 조심해야 합니다.

이 쓴맛을 없애고 싶을 경우
약간의 용서나 너그러움
그리고 자신을 되돌아 볼 수 있는
여유로움을 넣어주면 어느 정도 없앨 수 있습니다.

깊은 맛을 원할 경우는 약간의 선행과
관용을 넣어주면 됩니다.

가끔 질투, 욕심이라는 것이 생기는데
계속 방치해 두면 음식이 타게 되므로
그때그때 제거합니다.

또한 가끔 권태라는 나쁜 향이 생기는데
도전과 의욕이라는 향료를 넣어서 없애줍니다.

이쯤에 만약 삶이라는 음식을 만드는 것이
힘들어서 지치게 돼서 포기하고 싶어지면
신앙이라는 큰 재료를 넣어주면
새로운 맛과 향을 느낄 수 있게 될 것입니다.

그것을 알게 되면
기쁨이라는 맛이 더해 가는 데
그 맛이 더해져 잘 어우러지면

진정한 자유라는 맛이 생기게 됩니다.

그 후에 평안과 감사함이라는
행복한 향이 더해짐으로
음식의 완성도도 높아집니다.

이 향은 아주 특별한 것이라서
이웃에게 베풀어 주고 싶게 됩니다.

06

이 정도면 어느 정도 요리는 끝난 셈이 됩니다.

마지막으로 진실이라는 양념을 넣어
한소끔 끓인 후 간을 봅니다.

이때 가장 중요한 것은
사랑이라는 소스를 충분히 뿌려주면
이 모든 맛이 더욱 잘 어우러져서

정말 맛있고 깊은 맛이 나는
"삶"이라는 음식을 맛 볼 수 있다는 것입니다.

__로렌스 베인즈, 댄 맥브래이어

당신의 행복은 당신이 사랑하는 사람의
행복 속에서 발견할 수 있다.
__뒤랑 팔로

삶이 아름답다는 것을

예전에는 미처 몰랐지만
시간이 지날수록
내 삶이 아름답다는 것을 느낍니다.

사노라니 몸에 힘들고 마음에 아픔도 많지만
이해하고 용서하고 사랑하다보니
내 삶이 아름답다는 것을 이제는 알 수 있습니다.

예전에는 몰랐지만 시간이 지날수록
내 인생길이 순탄하다는 것을 알게 됩니다.

사노라니 가시밭길 많지만
그때마다 내 삶의 길섶에서
따뜻하게 손잡아주는 이들이 있기에
내 인생길이 순탄하다는 것을 이제는 알 수 있습니다.

예전에는 몰랐지만 시간이 지날수록
내 이름이 귀하다는 것을 알게 됩니다.

사노라니 실패와 유혹도 많지만
그때마다 안 된다 하고 일어선 내 이름이
얼마나 귀한지를 이제는 알 수 있습니다.

예전에는 몰랐지만 시간이 지날수록

내 모습이 건강하다는 것을 알게 됩니다.

사노라니 눈물 흘릴 때도 있지만
눈물을 그치고 열심히 살아가는 내 모습이
건강하다는 것을 이제는 알 수 있습니다.

예전에 몰랐지만 시간이 지날수록
내가 착한 사람임을 알 수 있습니다.
사노라니 나쁜 생각을 할 때도 있지만
그때마다 돌아서서 후회하고
내 마음 밭에 좋은 생각의 터를 넓혀 가다 보니
이제는 착해진 나를 느낄 수 있습니다.

__좋은글

06

사람들은 행복과 불행은
모두 운명에 달렸다고 생각한다.
그러나 실제로 운명은 우리에게
그 기회와 재료와 씨를 제공할 따름이다.
__몽테뉴

마음이 비뚤어진 사람들만이 불행하다.
행복이란 외면적인 데 있는 것이 아니라
인생에 대한 밝은 견해와 맑은 마음속에 깃드는 것이다.
__도스토예프스키

행복을 느끼면서 살려면

창문을 열고 하늘을 올려다보세요.
저렇게 높고 파아란 하늘색도
조금 있으면 변하게 되어 있습니다.

우리의 삶이, 우리의 마음이, 저 하늘색만큼
맨날 변하는 거지요.
변하지 않는다면
우리는 영원히 잠잘 수 없잖습니까?

우리에게 주어진 몫은 어떻게든 치르고 지나는 것,
우리가 겪어야 하는 과정이니
누구도 대신해 주지 않는다는 것,
그대와 나, 우리는 잘 알고 살아갑니다.

지금 이 고달픔이 내 것이려니
누구도 대신해 주지 않는 내 몫이려니
한 걸음 한 걸음 걷다보면
환한 길도 나오게 될 것이라 믿습니다.

그대여, 지금 힘이 드시나요?
지금 창문을 열고 바람을 쐬어 보세요.
맑은 공기로 심호흡 해 보세요.
자연은 우리에게 아무 것도 요구하지 않고
그저 주기만 하고 있지 않습니까.

그대가 지금 힘든 것은
더 좋은 것이 그대를 기다리고 있기에
그대의 인생길에서 딛고 건너야 할 과정일 것입니다.

그대와 나 그리고 우리는
더불어 살아가는 세상에 살고 있는 것입니다.

인생은 살아볼 가치가 있는 세월을
이겨볼 가치가 있는 아름다운 곳이
그대와 내가 살았던 세상이라고
함께 웃으며 추억할 날이 오리라 믿습니다.

그대여 용기를 가지세요.
땀방울 맺힌 이마 씻어줄 시원한 바람
두 팔로 안아 보세요.

공짜인 공기, 가슴 크게 벌리고 흡입하세요.
그 모두가 바로 당신의 것입니다.

__지식in

06

하루만 행복하려면 이발을 하라.
한 달 동안 행복하려면 말을 사라.
한 해를 행복하려면 새 집을 지어라.
그러나 평생을 행복 하려면 정직하여라.
__영국 격언

행운은 자주 찾아오지 않는다

정말 갖고 싶은 물건이 있다면
수전노처럼 모으고 개처럼 벌어서라도
살 수도 손에 넣을 수도 있겠지만,
사람의 마음이라는 게
갖고 싶다는 욕심만으로 가질 수 있는 건가요.

상대의 마음이 어떤 모양인지 안다면,
그림조각 맞추듯
이 마음과 그 마음을 빈자리에 꼭 끼워 맞출텐데.

각각의 모습만큼이나 다양한 각양각색의 마음
순간에도 수만 수천가지의 생각이 떠오르는
그 바람 같은 마음이 머물게 한다는 건
정말 쉬운 듯 어려운 일인 것 같아요.

세상에서 가장 어려운 것이 있다면
아마도 사람의 마음을 얻는 일이 아닐까.

수많은 사람 중에
친구로 동료로 다가서서 신뢰를 얻는 것도
오랜 시간 동안 정성을 들여야 하는 법일진데,
이미 누군가의 마음을 얻었다는 것은
삶의 많은 이유 중에서 가장 큰 의미를

찾았다는 것이겠지요.

사람의 마음을 얻는 것이 머리로 계산해서
얕은꾀로 얻어질 성질의 것이 아니요.
마음을 얻는다는 것은 그 사람 의식 그 하부가
흔들렸을 때나 가능한 일이지요.
이 상태가 되면 조건 없이 좋아하는 마음이 생기고
가진 것들을 댓가 없이 공유하고 싶어지는 것이
사람의 마음 아닐까요.

좋은 사람을 만난다는 것,
내 마음을 줄 수 있는 사람을 만난다는 것,
나를 알아주고 좋아해주는 사람을 만난다는 것,
나와 코드가 맞는 사람들을 만난다는 것이
얼마나 큰 축복이며 행운인가.
행운은 사실 자주 찾아오지 않지요.

__좋은글

그대를 괴롭히고 있는 불행을 머리속에서 쫓아내려면
일에 몰두하는 외에 방법이 없을 것이다.
__베토벤

적당하게 일하고 좀 더 느긋하게 쉬어라.
현명한 사람은 느긋하게 인생을 보냄으로써
진정한 행복을 누리는 것이다.
__발타자르 그라시안

웃음을 다는 저울

말로 했는데, 글을 써서 보냈는데
왜 안 통할까? 이런 답답함을 느낍니까?

원래 말과 글은 불완전합니다.
완전하지 못한 것에 너무 의존하면 상처를 받거나 타락합니다.

언어가 정보전달수단으로서 한계가 있다는 것을 인정할 때
우리는 다른 수단을 찾아보려 할 것입니다.

가장 아름답고 순수한 정보는 에너지입니다.
에너지는 언어의 한계를 넘어 서로 주고받을 수 있고
정보를 전달할 수 있습니다.

'기쁨' 은 말로 다 표현할 수 없고
'웃음' 의 무게를 재는 저울은 없습니다.
우리는 에너지로 그것을 느끼고 전달할 수 있습니다.

우리가 서로 사랑하고 통할 때,
'기쁨과 슬픔' 이라는 정보를 주고받을 수 있습니다.
하지만 분리되어 있고 서로 사랑하지 않을 때
그 정보를 주고받을 수 없습니다.

언어가 없이도 주고받을 수 있는 그 진실은 사랑하면 다 알게 됩니다.

__일지 이승훈

그리운 사람이 있다는 것은

살아가면서 언제나
그리운 사람이 있다는 것은
내일이 어려서 기쁘리.

살아가면서 언제나
그리운 사람이 있다는 것은
오늘이 지루하지 않아서 기쁘리.

살아가면서 언제나
그리운 사람이 있다는 것은
늙어가는 것을 늦춰서 기쁘리.

이러다가 언젠가는 내가 먼저 떠나
이 세상에서는 만나지 못하더라도
그것으로 얼마나 행복하리.

아, 그리운 사람이 있다는 것은
날이 가고 날이 오는 먼 세월이
그리움으로 곱게 나를 이끌어 가면서
다하지 못한 외로움이 훈훈한 바람이 되려니
얼마나 허전한 고마운 사랑이런가.

_조병화

그리움의 갈대

불교 용어에 연기(緣起)라는 것은
갈대의 묶음을 말하는 것입니다.

갈대 하나는 서기 어렵지만 그 갈대를
다발로 묶으면 쉽게 설 수 있습니다.

우리의 삶 또한 갈대와 같습니다.

혼자서 잘 살고 혼자만 편하면
그만이라는 그릇된 생각을 버려야 합니다.

생각하는 갈대,
흔들리는 갈대,
그리움의 갈대.

사회나 조직을 떠나 나 홀로
살아가기 힘든 이유이기도 합니다.

오늘은 그리운 사람을 그리워할 것입니다.

__지산 이민홍

행복에 이르는 두 가지 방법

행복에 이르는 두 가지 방법이 있습니다.
하나는 욕망을 가득 채웠을 때 오는 행복과
또 하나는 욕망을 비웠을 때
오는 행복이 그것입니다.

욕망을 가득 채워야 행복한데
그냥 욕망 그 자체를 놓아버리면
더 이상 채울 것이 없으니
그대로 만족하게 되는 것이지요.

전자의 행복은 또 다른 욕망을 불러오고
잠깐 동안의 평온을 가져다주며,
유한하기에 헛헛한 행복이지만,

후자의 행복은 아무것도 바랄 것 없이
그대로 평화로운 무한하고 고요한 행복입니다.

모든 성자들이 '마음을 비워라'
'그 마음을 놓아라' 하는 이유는
바로 욕망을 비웠을 때 오는 행복이
지고한 참된 행복이기 때문일 것입니다.

무엇에 욕망을 가지고 있는가!

바라는 것이 무엇인가!
충족되었을 때
나를 가장 기쁘게 하는 것은 무엇일까?

가장 되고 싶은,
하고 싶은 것은 무엇인가!
가만히 마음을 비추어 보시기 바랍니다.

바로 그 놈이 지금 이 자리에서
비워야 할 것들입니다.

_좋은글

행복이란
같은 취미와 의견을 지닌 사람들의 교제로써 축적된다.
인간적 행복을 원하는 사람은
칭찬을 더 많이 하고 시기심을 줄여야 한다.
_버트런드 러셀

행복이란 현재와 관련되어 있는 것이다.
목적지에 닿아야 비로소 행복해지는 것이 아니라
여행하는 과정에서 행복을 느끼기 때문이다.
_앤드류 매튜스

채우는 행복,
비우는 행복

비운다는 것은 하지 않음을 이르는 것이 아니라
걸리지 않음, 집착하지 않음을 이르는 것입니다.

언제라도 포기할 수 있고,
결과에 연연해하지 않을 수 있음을 말입니다.

마음 비우기의 참 큰 매력은 비우고서 했을 때
그 때 정말 큰 성취가 있다는 점입니다.

그러나 그렇게 이룬 성취는 이미
나를 들뜨게 하지 않는 평온한 성취입니다.

또한 설령 성취하지 못하였더라도
내 마음 비웠기에 아무런 괴로울 이유가 없는 것입니다.

채우는 행복, 비우는 행복,
자! 어떤 행복을 만드시겠습니까?

__지산 이민홍

자기만족이 행복이다

어떤 일을 하든
거기에는 자기의 몫이 있고
어떤 사람이든
자기만의 그릇을 가지고 있다.

사람은 자기 그릇에 맞는
자기만의 몫을 가질 때 행복해진다.

그렇지 못하고
남의 몫과 남의 그릇을 넘보며
내 몫이나 내 그릇과 비교하다 보면
불행의 싹이 움트기 시작한다.

행복은
자기만족이 가져다주는 선물이다.

__지식in

행동은 반드시 행복을 초래하지 않을지도 모른다.
그러나 행동이 없는 곳에 행복은 결코 생기지 않는다.
__디즈 레일리

늘 행복한 사람

우리가 아는 사람 중에서
늘 행복하게 생활하는 사람이 있다.

그는 다른 사람을 나쁘게 말하는 법이 없다.
그는 많이 웃고 항상 즐겁게 지낸다.
무슨 일이든 결국엔 잘되리라고 생각한다.

행복의 수준은 일상의 사소한 불안 요인에 대해
어떻게 대처하는가에 따라 결정된다.

좋은 점을 찾아 그것을 발판으로 삼아라.
대신 나쁜 점은 과감하게 버려라.

그러면 행복은 어느새 당신 곁으로
다가와 미소 지을 것이다.

__테리 햄튼 로니 하퍼

인간이 불행한 것은 자기가 행복하다는 것을
알지 못하기 때문에 불행한 것이다.
__도스토예프스키

나의 삶은 바로 여기

"나에게 가장 중요한 때와
나에게 가장 중요한 일과
나에게 가장 중요한 사람은 누구인가?"

톨스토이의 말입니다.

나에게 가장 중요한 때는 지금 현재이며,
나에게 가장 중요한 일은 지금 하고 있는 일이며,
나에게 가장 중요한 사람은
지금 내가 만나고 있는 사람입니다.

현재 자신의 행복을 모르고
막연한 내일에 기대어 세월을 보내고 있지 않으십니까?

내가 원하는 모습이 되기 위해
미래를 기다릴 필요는 없습니다.

나의 삶은 바로 여기, 지금입니다.

_지산 이민홍

행복을 주는 사람

상대의 단점 보다는 장점을 발견해 부드러운 칭찬을 해 보세요.

가능하면 당신을 만난 것이
참 행운이라는 말을 빠뜨리지 말고 하는 것이 좋습니다.

누구나 자신이 상대에게 희망을 주는 사람이리라는 것을
기쁘게 생각할 것이기 때문입니다.

어려울 것 같지만
우리가 인상 찌푸리고 푸념하는 시간이면 충분하답니다.

내가 밝고 주위가 밝아져야 근심이 없어집니다.

당장은 일이 잘 풀리지 않더라도
마음에 여유로움이 생긴답니다.

서로에게 아름다운 마음으로 나누는
사랑의 언어는 참으로 행복한 하루를 열어줄 거예요.

이제 제가 당신께 고백드릴 차례입니다.
당신은 세상에서 가장 아름다우며
둘도 아닌 단 하나의 걸작이십니다.

__좋은글

불행한 사람과 행복한 사람

"행복은 불행이 없는 상태가 아니라
불행을 극복한 상태다."라는 말이 있습니다.

이를 달리 얘기하면
불행하다고 생각하는 사람은
곧 행복해질 수 있으며,
행복하다고 생각하는 사람은
곧 닥쳐올 불행에 대비해야 한다는
말이 됩니다.

세상에는
언제나 불행한 사람도
언제나 행복한 사람도 없습니다.

__지식in

인생에는 한 가지 행복이 있을 뿐이며
그것은 사랑을 주고받는 것이다.
__조르쥬 샌드

행복의 열쇠

오늘 어두웠던 마음에
행복의 열쇠를 드리려 합니다.

미간을 찌푸리며
마음에 닫혀진 미움의 문이 있었다면
미움을 열 수 있는 열쇠를 드리려 합니다.

부드럽지 못한 말로
남에게 상처를 준 칼날의 문이 있다면
용서를 구할 수 있는 넉넉한 마음의
열쇠를 드리려 합니다.

내가 나에게 약속한 것을
지키지 못한 문이 있다면
내일에는 그 약속을 지킬 수 있는 확고한
믿음의 열쇠를 드리려 합니다.

내가 남에게 먼저 손 내밀지 못하는
닫혀진 배려의 문이 있다면
내일에는 먼저 손 내밀 수 있는
배려의 열쇠를 드리려 합니다.

문득 수고로 일관하며 노력하는
발의 지침을 알지 못하는 문이 있다면

수고의 문턱을 알 수 있게 노력하는
열쇠를 드리려 합니다.

행여 사랑에 갈급하여 헤메이는
주소 없는 빈 사랑이 있다면
사랑을 찾아 나설 수 있는
그리움의 열쇠를 드리려 합니다.

그리하여 그 사랑이 잉태되는 날에
그 열쇠 다른 이를 위해
소중히 간직하길 바랍니다.

건너편의 행복을 찾기 위해 길을 나서는 자에게
나룻배의 노를 풀 수 있는 희망의 열쇠를 드리려 하니
천상의 노래로 힘차게 저어 가십시오.

그리하여 생의 찬미를 느끼고
닫혀있던 마음에 생기를 불어넣는
고귀한 열쇠를 날마다 가슴에 달고
오늘의 삶의 여정 더 높게만 하소서.

__좋은글

행복은 종착역에 도착했을 때 발견되는 것이 아니라,
여행 중에 발견되는 것이다.
__마가레트 리 런백

나를 행복하게 해주는 생각들

힘들 땐 푸른 하늘을 볼 수 있는
눈이 있어서 나는 행복합니다.

외로워 울고 싶을 때 소리쳐
부를 친구가 있는 나는 행복합니다.

잊지 못할 추억을 간직할 머리가 내게 있어
나는 행복합니다.

잠이 오지 않는 밤에 별의
따스함을 들을 수 있는 귀가 있기에
나는 행복한 사람입니다.

슬플 때 거울 보며 웃을 수 있는 미소가
내게 있기에 난 행복합니다.

소중한 사람들의 이름을 부를 수
있는 목소리가 있기에
나는 행복한 사람입니다.

온몸에 힘이 빠져 걷기도 힘들 때
기대어 쉴 수 있는 슬픔이 있기에
나는 행복합니다.

내 비록 우울하지만 나보다
더 슬픈 사람들을 도울 수 있는 발이 있어
나는 행복한 사람입니다.

내 가진 것 보잘것없지만 소중한
사람들을 위해 편지 하나 보낼 수 있는
힘이 있어 행복한 사람입니다.

내 가슴 활짝 펴 내 작은 가슴에
나를 위해주는 사람을 감싸 안을 수 있어
나는 진정 행복한 사람입니다.

__좋은글

사람들이 때때로 불행을 느끼는 것은
사랑을 받지 못해서가 아니라 사랑을 하지 못해서이다
사랑할 사람이 없는 것보다 불행한 것은 없다.

__톨스토이

우리에게 행복을 안겨 주는 것은
돈이나 명성이 아니라 평안과 함께,
내가 가지고 있는 나의 일이다.

__토마스 제퍼슨

일곱 가지 행복 서비스

첫째,
부드러운 미소,
웃는 얼굴을 간직하십시오.
미소는 모두를 고무시키는 힘이 있습니다.

둘째,
칭찬하는 대화,
매일 두 번 이상 칭찬해 보십시오.
덕담은 좋은 관계를 만드는 밧줄이 됩니다.

셋째,
명랑한 언어,
명랑한 언어를 습관화하십시오.
명랑한 언어는 상대를 기쁘게 해줍니다.

넷째,
성실한 직무,
열심과 최선을 다하십시오.
성실한 직무는 당신을 믿게 해줍니다.

다섯째,
즐거운 노래,
조용히 흥겹게 마음으로 노래하십시오.
마음의 노래는 사랑을 깨닫게 합니다.

여섯째,
아이디어 기록,
떠오르는 생각들을 기록하십시오.
당신을 풍요로운 사람으로 만들 것입니다.

일곱째,
감사하는 마음,
불평대신 감사를 말하십시오,
비로소 당신은 행복한 사람임을 알게 됩니다.

__좋은글

진짜 행복의 대가는 아주 저렴한데도
우리는 행복의 모조품에
참으로 많은 대가를 지불한다.
__발로

행복은 건강이라는 나무에서 피어나는 꽃이다.
건강한 몸과 마음을 유지하기 위해
스스로를 단련하라.
__쇼펜하우어

지금 그 자리에 행복이 있습니다.

사람들이 불행한 이유는 단 한 가지뿐입니다.
그것은 자기 자신이 행복하다는 사실을
잊어버리고 살아가기 때문입니다.

우리의 삶이 우리에게 주는 고마움을
그것을 잃어버리기 전까지는 느끼지 못하는 경향이 있습니다.

잃고 난 후에 그 소중함을 깨닫지만 이미 때는 늦어 버린 뒤입니다.

눈 들어 세상을 보면
우리는 열 손가락으로는 다 헤아릴 수 없는 행복에 둘러 싸여 있습니다.

우리가 불행을 헤아리는 데만 손가락을 사용하기 때문에
그 많은 행복을 외면하고 살아가는 것입니다.

눈을 들어 주위를 다시 한 번 살펴보십시오.
그리고 찬찬히 내주위에 있는 행복을
손가락 하나하나 꼽아 가며 헤아려 보십시오.

그러는 사이 당신은 지상에서 가장 행복한 사람으로 변해 있을 것입니다.
지금 그 자리에 행복이 있습니다.

__좋은글

행복은 가까이에 있다

문득
'나는 불행하다' 라는 생각이 들 때면
방에 아무렇게나 퍼질러 앉아서
재미난 만화책을 읽으면서
평소 먹고 싶어 하던 것을 먹으면서
온종일 편하게 쉬어 보세요.

아마 세상을 다 가진 듯한 행복을 느낄 겁니다.

행복은 특별한 것이 아닙니다.
당신에게서 멀리 있는 것도 아닙니다.

파랑새가 가까이에서 노래를 불러도
그 새가 파랑새인지 까마귀인지 모르면
아무 소용이 없습니다.

__지식in

연애는 인간을 강하게 하는 동시에 약한 존재로 만든다.
그러나 우정은 강하게 할 뿐이다.
__A. 보나르

당신의 웃음은

당신이 웃는
모습은 신선합니다.

웃는 모습에서 사랑이 커져가고
꼼짝없이 사로잡는 보이지 않는
사슬과 같습니다.

당신의 웃음은
마술을 부립니다.

슬퍼지면 웃는 당신 모습을
상상만 해도 듣기만 해도
체면에 걸린 듯 즐거워집니다.

당신의 웃음은
은은한 향을 지녔습니다.

그 향기에 취해 하루라도
당신을 생각하지 않을 수 없습니다.

당신의 웃음은
내게 사랑입니다.

웃음소리만 들어도

나도 모르게 행복해집니다.

웃음소리가
사랑의 시작이 되었고
웃음소리가
가슴을 설레이게 했습니다.

당신이 웃어 주면
마음은 햇살입니다.

언제까지나
당신이 웃어 주었으면 좋겠습니다.

__지식in

참된 우정은 앞과 뒤가 같다.
앞은 장미로 보이고 뒤는 가시로 보이는 것이 아니다.
그러므로 참다운 우정은 삶의 마지막 날까지 변하지 않는다.
__류카이르

현명한 친구는 보물처럼 다루어라.
인생에서 만나는 많은 사람들의 호의보다
한 사람의 친구로부터 받는 이해심이 더욱 유익한 법이다.
__발타자르 그라시안

서로를 행복하게 해주는 말

말(言)은
우리의 마음과 마음을 이어주는
다리 역할을 합니다.

정다운 인사 한마디가 하루를 멋지게 열어주지요.
우리는 서로를 행복하게 해주는 말을 해야 합니다.

짧지만 이런 한마디 말이 우리를 행복하게 하지요.

"사랑해."
"고마워."
"미안해."
"잘했어."
"넌 항상 믿음직해."
"넌 잘 될 거야!"
"네가 곁에 있어서 참 좋아."

벤자민 프랭클린이 이런 말을 했습니다.

"성공의 비결은 험담을 하지 않고
상대의 장점을 들어내는 데 있다고."

우리의 말 한마디 한마디가 얼마나 중요한지 모릅니다.

그 사람이 사용하는 말은 그 사람의 삶을 말해주지요.

오늘 우리도 주위 사람들을 행복하게 해주는
말을 해보기로 해요.
우리 곁에 있는 사람이 행복할 때
우리는 더욱 더 행복해 진답니다.

__좋은생각

결국 최악의 불행은
결코 일어나지 않기 때문이다.
대개의 경우, 불행을 예상함으로써
비참한 꼴을 당하게 되는 것이다.
__발자크

인간의 행복의 원리는 간단하다.
불만에 자기가 속지 않으면 된다.
어떤 불만으로 해서 자기를 학대하지 않으면
인생은 즐거운 것이다.
__베트런드 러셀

1초 만에 언을 수 있는 행복

“고마워요.”
1초면 할 수 있는 이 짧은 말로
당신은 상대방의 마음을 따뜻하게 만들 수 있습니다.

“힘내세요.”
1초면 할 수 있는 이 짧은 한마디로
당신은 누군가의 든든한 버팀목이 될 수 있습니다.

“축하해요.”
1초면 할 수 있는 이 짧은 말로
당신은 상대방에게 행복한 순간을 선물할 수 있습니다.

“용서하세요.”
1초면 할 수 있는 이 짧은 한마디로
당신은 상대의 분노를 누그러뜨릴 수 있습니다.

__지식in

행복의 비결은 포기해야 할 것을 포기하는 것이다.
__앤드류 카네기

행복의 비결

어떤 일이든 위와 견주면 모자라고
아래와 견주면 남는 것이 세상의 이치입니다.

행복이라는 것도 마찬가지입니다.
내가 가진 것보다 많은 사람과 비교하면
내 것은 한없이 초라해 보이지만
내가 가진 것에 비해 적은 사람과 비교하면
내 것이 그나마 나아 보이게 마련입니다.
결국 행복을 찾는 방법은 내 안에 있는 셈입니다.

이를 달리 얘기하면
행복의 비결은
필요한 것을 얼마나 많이 갖고 있는가가 아니라
불필요한 것에서 얼마나 자유로워져 있는가에
달려 있다고 할 수 있습니다.

__지식in

사치한 생활 속에서 행복을 구하는 것은
마치 그림 속의 태양이 빛을 발하기를 기다리는 것과 같다.
__나폴레옹

부족함과 행복함

행복이란 만족한 삶이라고 했습니다.
자기가 만족할 수 있으면
무엇을 먹든, 무엇을 입든, 어떤 일을 하든
그건 행복한 삶입니다.

우리의 불행은 결핍에 있기보다
부족하다고 느끼는 결핍감에서 온다는 말이 있습니다.
그것도 다른 사람과 비교하면서 느끼는
상대적인 결핍감에서 비롯된다고 합니다.

첫째, 먹고, 입고, 살고 싶은 수준에서
조금 부족한 듯한 재산.
둘째, 모든 사람이 칭찬하기에 약간 부족한 용모.
셋째, 자신이 자만하고 있는 것에서
사람들이 절반 정도밖에 알아주지 않는 명예.
넷째, 겨루어서 한 사람에게는 이기고
두 사람에게 질 정도의 체력.
다섯째, 연설을 듣고도 청중의 절반은
손뼉을 치지 않는 말솜씨가 그것입니다.

그가 생각하는 행복의 조건들은 완벽하고
만족할 만한 상태에 있는 것들이 아닙니다.
조금은 부족하고 모자란 상태입니다.

재산이든, 외모든, 명예든
모자람이 없는 완벽한 상태에 있으면
바로 그것 때문에 근심과 불안, 긴장과 불행이
교차하는 생활을 하게 될 것입니다.

적당히 모자란 가운데 그 부족한 부분을
채우기 위해 노력하는 나날의 삶 속에
행복이 있다고 플라톤은 생각했습니다.
우리는 잘 모르고 있습니다.

늘 없는 것, 부족한 것이 무엇인가에 대해서
더 많이 생각하며 살고 있기 때문입니다.
행복은 자기가 하고 싶은 일을 하며 살되
만족할 줄 아는 사람에게 찾아옵니다.

행복은 물질적 풍요가 가져다주는 것이 아니라
만족할 줄 아는 마음에서 생긴다는 것을
그분들은 잘 보여 주고 있습니다.

__좋은글

사람이 나이를 먹어감에 따라
새로운 친구들을 사귀지 않으면 곧 외로움을 느끼게 된다.
그러므로 꾸준히 우정을 수선해 나가지 않으면 안 된다.
__새뮤얼 존슨

고민은 10분을 넘기지마라

고민이 많다고 해서 한 숨 쉬지마라.
고민은 당신의 영혼을 갉아 먹는다.

문제의 핵심을 정확히 파악하고
해결책을 찾아 그대로 실행하라.
해결책이 보이지 않으면 무시하라.
고민하나 안하나 결과는 똑같지 않는가.

그러므로 고민은 10분만 하라.

잊어버릴 줄 알라.
잊을 줄 아는 것은 기술이라기보다는 행복이다.
사실 가장 잊어버려야 할 일을 우리는 가장 잘 기억한다.

기억은 우리가 그것을 가장 필요로 할 때
비열하게 우리를 떠날 뿐 아니라,
우리가 그것을 가장 원하지 않을 때
어리석게도 우리에게 다가온다.

기억은 우리를 고통스럽게
하는 일에는 늘 친절하며,
우리를 기쁘게 해줄 일에는 늘 태만하다.

_지식in

작은 행복을

나 그대에게 작은 행복을 드립니다.
나와 함께 동행 하는 동안
얼마만큼의 시간이 지나 갈는지 모르지만
기분 좋은 산책길이 되었으면 해요.

나 그대에게 작은 행복을 드립니다.
나와 함께 걷는 세월이
언제나 하늘빛처럼 맑음으로
당신 가슴에 자라날 수 있으면 좋겠습니다.

나 그대에게 작은 행복을 드립니다.
닿을 수 없는 곳에 그저 그리움 하나로
찾아가는 그 길이지만 언제나 웃을 수 있는 향기
그윽한 꽃길 밟아 가는 당신이면 좋겠습니다.

나 그대에게 작은 행복을 드립니다.
먼 길 찾아오는 당신,
곱게 단장하고 나 당신 환한 웃음으로 마중 나와
당신 기쁨에 벅차 따스함 담아 풀 수 있어서
행복한 그런 행복 드릴 수 있는 내가 되고 싶습니다.

언제나 그 자리에서 늘.

__좋은글

언제나 즐겁구나

가난을 스승으로 청빈을 배우고
질병을 친구로 탐욕을 버렸네.

고독을 빌어 나를 찾았거니
천기가 더불어 나를 짝하누나
산천은 절로 높고 물은 스스로 흐르네.

한가한 구름에 잠시 나를 실어본다.
바람 부는 데로 맞길 일이지,
어디로 흐르건 상관이 없네.

있는 것만을 찾아서 즐길뿐
없는 것을 애써 찾지 않으니
다만 얽매이지 않으므로 언제나 즐겁구나.

_어느 스님

> 평화는 내가 바라는 마음을 그만 둘 때이며
> 행복은 그러한 마음이 위로 받을 때이며
> 기쁨은 비워진 두 마음이 부딪힐 때이다.
> _톨스토이

행복을 누릴 자격이 없다 ❖

행복을 붙잡으려고 쫓아다닌다면
당신은 아직 행복을 누릴 자격이 없다.

사랑스러운 모든 것이
당신 것이 된다 해도
잃어버린 것을 당신이 안타까워하고
목표를 정해놓고 초조해 한다면
당신은 아직 평화가 무엇인지 모르는 사람이다.

모든 갈망을 단념하고
목표나 욕망 따위를 더 이상 알지 못할 때,
행복이라는 말을 더 이상 입에 담지 않을 때,
비로소 일상의 물결은 더 이상
당신의 마음을 괴롭히지 않고
당신의 영혼은 안식을 찾을 것이다.

_헤르만 헤세

편안함만 찾는 생각을 끝내 버리지 못하는 사람은
행복을 차지할 수 없는 사람이다.
_에센 바흐

우리가 잊고 사는 행복

내 삶이 너무 버겁다는 생각이 들 때
오늘 하루 무사히 보내 감사하다고,

가진 것이 없어 라고 생각이 들 때
우리 가족이 있어 행복하다고,

나는 왜 이 모양이지 라고 생각이 들 때
넌 괜찮은 사람이야 미래를 꿈꾸고 있잖아 라고,

주머니가 가벼워 움츠려 들 때
길거리 커피자판기 300원짜리 커피의
그 따뜻함을 느껴 보세요.
300원으로도 따뜻해질 수 있잖아요.

이렇게 생각하지 못하는 이유는
당신이 살아 숨 쉬는 고마움을
때로 잊어버리고 있기 때문입니다.

살아있어 내일을 오늘보다 더 나으리라는
희망을 생각한다면 우리 행복하지 않을까요.

어떻게 생각하는가에 따라서
인생의 방향이 달라질 수도 있습니다.

당신의 삶을
늪에 빠뜨리는 무모함은 없어야 합니다.

긍정적인 사고로 변하여진 당신의 모습이
다른 사람에게 희망을 줄 수도 있답니다.

나는 자식에게 남편에게 아내에게
에너지가 되는 말을 하고 있는지 생각해 보세요.

에너지를 주는 것이 아닌
빼앗는 말은 부정적인 말이겠죠.

말이 씨가 된다는 말처럼 좋은 말을 하면
그렇게 좋게 될 것입니다.

__좋은글

물이 너무 맑으면 물고기가 없고
사람이 너무 살피면 친구가 없는 법이다.
__명심보감

참된 우정은 건강과 같다.
즉, 그것을 잃기 전까지는
우정의 참된 가치를 절대 깨닫지 못하는 것이다.
__찰스 칼렙 콜튼

아침이 행복해지는 글

'오늘' 이란 말은 싱그러운 꽃처럼
풋풋하고 생동감을 안겨줍니다.
마치 이른 아침 산책길에서 마시는
한 모금의 시원한 샘물 같은 신선함이 있습니다.

사람들은 누구나 아침에 눈을 뜨면
새로운 오늘을 맞이하고
오늘 할 일을 머릿속에 떠올리며
하루를 설계하는 모습은
한 송이 꽃보다 더 아름답고 싱그럽습니다.

그 사람의 가슴엔 새로운 것에 대한
기대와 열망이 있기 때문입니다.

반면에 그렇지 않은 사람은
오늘 또한 어제와 같고 내일 또한
오늘과 같은 것으로 여기게 됩니다.

그러나 새로운 것에 대한 미련이나 바람은
어디로 가고 매일 매일에 변화가 없습니다.

그런 사람들에게 있어 '오늘' 은
결코 살아 있는 시간이 될 수 없습니다.
이미 지나가 버린 과거의 시간처럼 쓸쓸한

여운만 그림자처럼 붙박여 있을 뿐입니다.

오늘은 '오늘' 그 자체만으로도
아름다운 미래로 가는 길목입니다.

그러므로 오늘이 아무리 고달프고 괴로운
일들로 발목을 잡는다 해도 그 사슬에 매여
결코 주눅이 들어서는 안 됩니다.

사슬에서 벗어나려는
지혜와 용기를 필요로 하니까요.
오늘이 나를 외면하고 자꾸만 멀리 멀리
달아나려 해도 그 '오늘'을 사랑해야 합니다.

오늘을 사랑하지 않는 사람에게는
밝은 내일이란 그림의 떡과 같고
또 그런 사람에게 오늘이란 시간은
희망의 눈길을 보내지 않습니다.

사무엘 존슨은 "짧은 인생은 시간의
낭비에 의해서 더욱 짧아진다."라고 했습니다.
이 말의 의미는 시간을
헛되이 하지 말라는 것입니다.

오늘을 늘 새로운 모습으로 바라보고 살라는 것입니다.
누구에게나 늘 공평하게 찾아오는 삶의 원칙이
바로 '오늘'이니까요.

_좋은글

항상 감사하는 마음

두 눈이 있어
아름다움을 볼 수 있고,
두 귀가 있어
감미로운 음악을 들을 수 있고,
두 손이 있어
부드러움을 만질 수 있으며,
두 발이 있어
자유스럽게 가고픈 곳 어디든 갈 수 있고,
가슴이 있어
기쁨과 슬픔을 느낄 수 있다는 것을 생각합니다.

나에게 주어진 일이 있으며,
내가 해야 할 일이 있다는 것을
날 필요로 하는 곳이 있고,
내가 갈 곳이 있다는 것을 생각합니다.

하루하루의 삶의 여정에서
돌아오면 내 한 몸 쉴 수 있는
나만의 공간이 있다는 것을
날 반겨주는 소중한 이들이
기다린다는 것을 생각합니다.
내가 누리는 것을 생각합니다.

아침에 보는 햇살에 기분 맑게 하며

사랑의 인사로 하루를 시작하며
아이들의 해맑은 미소에서
마음이 밝아질 수 있으니 길을 걷다가도
향기로운 꽃들에 내 눈 반짝이며

한 줄의 글귀에 감명받으며
우연히 듣는 음악에
지난 추억을 회상할 수 있으며
위로의 한 마디에
우울한 기분 가벼이 할 수 있으며
보여주는 마음에
내 마음도 설레일 수 있다는 것을
나에게 주어진 것들을 누리는 행복을 생각합니다.

볼 수 있고, 들을 수 있고,
만질 수 있고, 느낄 수 있다는 것에
건강한 모습으로 뜨거운 가슴으로
이 아름다운 한 세상을 살아가고 있다는 것에
오늘도 감사하다는 것을.

__지식in

어리석은 자는 행복이 어딘가 먼 곳에 있다고 생각한다.
그러나 현명한 자는 행복을 자기의 발치에서 키운다.
__제임스 오펜하임

살아 있기에
누릴 수 있는 행복

아침을 볼 수 있어 행복하고,
붉게 물든 저녁을 볼 수 있어 행복하고,

노래가 있어 행복하고,
꿈이 있어 행복하고,
사랑을 베풀 수 있어 행복하고,

봄, 여름, 가을, 겨울
아름다운 세상을 볼 수 있어 행복하고,
기쁨도 슬픔도 맛볼 수 있어 행복하고,
더불어 인생을 즐길 수 있어 행복하고,

누군가가 그리워 보고픔도,
그리워 가슴 아리는 사랑의 슬픔도,
모두 다 내가 살아있기에 누릴 수 있는
행복입니다.

누굴 사랑하기 전에
이런 행복을 주는 내 자신을
먼저 사랑으로 감싸줬는지요.

_좋은글

전철의 레일처럼

황홀한 행복을 오래 누리는 방법은
전철의 레일처럼 나무들처럼
적당한 거리를 두는 것입니다.

통하는 마음이라 하여
정신없이 다가서지는 마십시오.
거리없이 섞이지는 마십시오.
우주와 우주 사이에는 존경과 설레임만
가득하여도 천국입니다.

풀잎에 맺힌 이슬은
돋는 해를 잠깐 바라보고 사라지지만
우리의 내일은 또 눈떠 맞는 행복입니다.
사람은 가장 명예로운 자연임에도
구속을 배우고 곧잘 강요합니다.

동서남북의 네방향은
거리가 적으나 많으나 항시 같듯
우리의 마음도 멀든 가깝든 내 마음만은
사철 푸른 오래도록 같은 빛이어야 합니다.

진실로 사랑하기 위해서는
어미닭이 품는 알처럼
마음의 부화를 먼저 깨쳐야 합니다.

사람의 손이 타는
연약한 동물은 다치거나 쉽게 생명을 잃듯
사람 역시 사람으로 인해 쉽게 다칠 수 있습니다 .

거리의 필요성을 깨우치지 못하고
다만 눈앞에 보이는 것들로는
아쉬움의 이별은 몸서리치게 줄달음하여 옵니다.

서로가 오래 바라보면서
기쁨 충만한 신뢰감에 스스로 가슴 흠씬 젖어
작은 부분을 크게 지켜내는 행복을 만들고
언제고 그런 마음이 봄처럼 따뜻하게
머물 수 있다면

당신의 수줍도록 작게 열린 쪽문으로
달빛 스미듯 곱게 들어오는
나뭇잎 사각이는 한 걸음 있을 것이며
그럴 때 사람의 조물주인 신(神)은
되려 당신에게 있는 좋은 마음 하나
그렇게 닮고 싶어 할 것입니다.

"진정한 행복은
먼 훗날 달성해야 할 목표가 아니라,
지금 이 순간 존재하는 것입니다.
지금 이 순간 당신이 행복하기로 선택한다면
당신은 얼마든지 행복할 수 있습니다.
그런데 안타까운 것은 대부분의 사람들이 행복을 목표로 삼으면서
지금 이 순간 행복해야 한다는 사실을 잊는다는 겁니다."

_프랑수아 를로르

06

좋은 말을 하면 할수록

마음이든, 물건이든
남에게 주어 나를 비우면
그 비운 만큼 반드시 채워집니다.
남에게 좋은 것을 주면 준만큼
더 좋은 것이 나에게 채워집니다.

좋은 말을 하면 할수록 더 좋은 말이 떠오릅니다.
좋은 글을 쓰면 쓸수록 그만큼 더 좋은 글이 나옵니다.

그러나 눈앞의 아쉬움 때문에
그냥 쌓아 두었다가는 상하거나
쓸 시기를 놓쳐 무용지물이 되고 맙니다.

좋은 말이 있어도 쓰지 않으면
그 말은 망각 속으로 사라지고
더 이상 좋은 말은 떠오르지 않습니다.

나중에 할 말이 없어질까 두려워
말을 아끼고 참으면 점점 벙어리가 됩니다.

우리의 마음은 샘물과 같아서
퍼내면 퍼낸 만큼 고이게 마련입니다.

나쁜 것을 퍼서 남에게 주면 더 나쁜 것이 쌓이고,

좋은 것을 펴서 남에게 주면 더 좋은 것이 쌓입니다.

참 신기합니다.
그냥 쌓이는 게 아니라 샘솟듯 솟아나서
우리 마음을 가득 채우니 말입니다.

가난이 두렵다고 과도한 재물을 탐하지 말 것이며,
부자의 있음을 비방하여
자신의 무능을 비호하지 말아야 합니다.

차면 넘칠 것이고,
비우면, 가득해집니다.

__좋은글

06

친구를 얻는 것은
일생을 통해 행복을 보장 받는
모든 방법 중에서 가장 중요한 것이다.
__에피쿠로스

참다운 벗은 좋을 때는 초대해야 나타나지만
어려울 때에는 부르지 않아도 나타난다.
__A. 보나르

후회 없는 삶을 살기 바라면서

하루 또 하루를 살면서
우리는 부족함이 많은 인간이기에
더 바라고 더 갖기를 원하는
욕망의 욕심은 끝이 없는 듯합니다.

어느 하나를 절실히 원하다 소유하게 되면
그 얻은 것에 감사하는 마음은
짧은 여운으로 자리하고
또 다른 하나를 원하고 더 많이
바라게 되는 것은 아닐는지요.

우리의 욕심은 그렇듯 채워지지 않는 잔인가 봅니다.
갖고 있을 때는 그 가치의 소중함을 모르는걸요.
잃고 나서야 비로소 얼마나
소중했는지를 깨닫게 된답니다.

현명한 사람은 후에 일을 미리 생각하고 느끼어
언제나 감사하는 마음을 잃지 않으려 하고 변함없는
마음 자세로 끊임없이 노력합니다.

아쉽게도 우리는 그것을 이미 알고는 있으나
가슴으로 진정 깨닫지는 못하고 사는 듯싶습니다.

가진 것을 잃은 뒤에 소중함을
깨닫는 것은 이미 늦은 잘못인걸요.

그렇기에 우리넨 같은 아픔과 후회를
반복하며 살아가나 봅니다.
욕심을 버리는 연습을 해야겠습니다.
그렇게 마음을 비우는 연습을 해야겠습니다.

06

그리고 처음부터 하나하나
다시 내 마음을 만들어 가야겠습니다.

아직 내게 주어진 시간이 살아온 시간보다
더 많이 남았을 때 지금부터라는 마음으로
그렇게 하나하나 만들어 가는 연습을 해야겠습니다.

__좋은글

행복하다는 것은 소망을 가지는 것을 말한다.
__헤르만 헤세

인간의 행복은 육체에 의해서도 아니며
금전에 의해서도 아니다.
마음의 바름과 지혜의 풍부함에 의한 것이다.
__데모크리토스

혼자 길에서
뒹구는 저 작은 돌은

혼자 길에서
뒹구는 저 작은 돌은
얼마나 행복할까.

세상의 출세에는 아랑곳없고
급한 일 일어날까 하는 조바심도 전혀 없네.

천연의 갈색 옷은
지나던 그 어느 우주가 입혀주었나
그 누구에게도 의지하지 않고
혼자 살고 혼자 타오르는 태양처럼
꾸미지 않고 소박하게 살며
하늘의 뜻을 온전히 따르네.

_에밀리 디킨슨

딸기가 딸기 맛을 지니고 있듯이
삶은 행복이란 맛을 지니고 있다.
_알랭

행복해진다는 것

06 행복 · 평화

인생에 주어진 의무는 다른 아무것도 없다네.
그저 행복하라는 한 가지 의무뿐.
우리는 행복하기 위해 세상에 왔지.
그런데도 그 온갖 도덕 온갖 계명을 갖고서도
사람들은 그다지 행복하지 못하다네.
그것은 사람들 스스로 행복을 만들지 않는 까닭.
인간은 선을 행하는 한 누구나 행복에 이르지.

스스로 행복하고 마음속에서 조화를 찾는 한,
그러니까 사랑을 하는 한, 사랑은 유일한 가르침
세상이 우리에게 물려준 단 하나의 교훈이지.
예수도, 부처도, 공자도 그렇게 가르쳤다네.

모든 인간에게 세상에서 한 가지 중요한 것은
그의 가장 깊은 곳, 그의 영혼,
그의 사랑하는 능력이라네.

보리죽을 떠먹든 맛있는 빵을 먹든
누더기를 걸치든 보석을 휘감든
사랑하는 능력이 살아 있는 한
세상은 순수한 영혼의 화음을 울렸고
언제나 좋은 세상 옳은 세상이었다네.

_헤르만 헤세

06

아름다운 무관심

06 행복 • 평화

어느 때는 그냥 두세요.
아무 말도 하지 말고 그냥 내버려 두세요.
우리가 힘들어하는 것의 많은 부분은
'관심' 이라는 간섭 때문입니다.

홀로서는 아름다움이 있습니다.
외로움의 아름다움,
고난을 통한 아름다움,
눈물을 통한 아름다움이
얼마나 빛나는지 모릅니다.

사람은 성장하면서 스스로 깨닫습니다.
어느 것이 좋은지, 어떻게 해야 할지를 다 알게 됩니다.

또 사람은 누구나 스스로 자라고
열매 맺도록 되어 있습니다.
그저 따스한 햇살로, 맑은 공기로
먼발치에서 넌지시 지켜봐 주십시오.

사랑이란
일으켜 세워주고 붙드는 것이 아니라,
스스로 일어나 자랄 수 있다고 믿는 것입니다

__지식in

지금 이 순간에 머물러라

지금 이 순간에 온전히 머물 때,
당신은 후회나 불안에
끌려 다니지 않을 수 있습니다.

깨어있는 마음으로 걷는 한 걸음 한 걸음은
우리의 행복을 키워주는 봄비 같은 것입니다.
걷고 먹는 것은 우리가 매일 하는 일상입니다.

그러나 대부분의 사람들은 걸을 때
온 마음을 다해 걷지 않습니다.
일과 걱정에 온 마음을 빼앗겨버리니까요.
그래서 사람들은 자유롭지 못합니다.

걸을 땐 깨어있는 마음으로 걸으십시오.
깨어있는 마음만 있다면 당신은
이제 과거를 후회할 필요가 없습니다.

깨어있는 마음은 사랑하는
사람들을 진정으로 볼 수 있게 해주고,
그들을 마음으로 받아들일 수 있게 해줍니다.
이것이 바로 우리를 진정으로
살아있게 하는 힘이며 행복하게 하는 힘입니다.

__틱낫한

아무 것도 자신과 관련시켜 받아들이지 마라

아무 것도 자신과 관련시켜 받아들이지 않는 습관이
완전히 몸에 배면 당신은
감정이 상하는 일을 많이 피할 수 있다.
아무 것도 자신과 관련시켜 받아들이지 않으면
분노 질투 시기심이 사라지고 슬픔조차도 자취를 감출 것이다.

세상 전체가 당신에 대해
수군거린다 하더라도
당신이 그것을 자신과 관련시켜 받아들이지 않으면
당신은 거기에서 벗어나 안전하다.
누군가 일부러 당신에게 감정의 독을 발산할 수 있다.

그래도 당신이 그것을 당신과 무관한
그들의 문제로 취급하고 신경 쓰지 않는다면
당신은 그 독을 먹지 않게 된다.
그 독은 당신의 내부로 들어오지 못하고
그것을 보낸 사람의 내부에서 더 독해진다.

아무 것도 자신과 관련시켜 받아들이지 말라.
이 약속을 종이에 적어 냉장고 앞에 붙여 두고 늘 되새기라.
이 약속을 지키기만 하면
활짝 열린 마음으로 온 세상을 여행할 수 있으며
아무도 당신을 다치게 할 수 없다.

당신은 조롱 받고 거부당하는 것을
두려워하지 않고
다른 사람들에게 "사랑합니다."라고 말할 수 있다.

필요한 것이 있으면 사람들에게 요청할 수 있다.
또 남들이 무엇을 부탁해 오면
아무런 죄의식이나 자기 정당화 없이
그 부탁을 들어 주던가 거절 하든가 할 수 있다.
언제나 마음 가는 데로 선택 할 수 있다.
그러면 당신은 지옥 한복판에서도
내적인 평화와 행복을 느낄 수 있다.

_돈 미겔 루이스

언제나 신뢰할 수 있는 친구를 만들어라.
친구를 갖는다는 것은 또 하나의 인생을 갖는 것이다.
_발타자르 그라시안

한 사람의 진실한 친구는
천 명의 적이 우리를 불행하게 만드는 것 이상으로
우리를 행복하게 만든다.
_에센 바흐

있는 그대로 바라보라

자신의 믿음에 매달리는 일 때문에 삶의 경험이 협소해질 수 있습니다.
그렇다고 해서 믿음이나 의견이나 생각들이 문제라고 말하는 건 아닙니다.

자신의 믿음과 의견에 집착하여 삼라만상이 특별한 방식으로
움직여야만 한다고 고집하는 태도가 문제를 일으킨다는 뜻입니다.
이런 식으로 믿는 태도는 볼 수 있는 눈이 있어도 눈 감겠다는 뜻이며,
살아 숨쉬기보다는 죽겠다는 의미이고, 깨어나기보다는 잠자겠다는 뜻입니다.

건강하고 풍족하고 거침없고 변화무쌍하며,
생생한 삶을 누리려는 사람들에게 한 가지 분명하게 할 수 있는 말은
다음과 같습니다.

있는 그대로를 바라보세요.
자꾸만 자기 믿음이나 생각만을 고집하려 든다는 느낌이 들 때,
그저 있는 그대로를 바라보세요.

믿는 바가 사실이든 거짓이든 따지지 말고 그냥 인정하세요.
판단 따위는 그냥 지나치게 내버려두고 똑바로 보세요.
그리고 지금 이 순간으로 돌아오세요.
지금부터 죽는 그날까지 이렇게 살아가세요.

_페마 쵸드론

사람을 매혹시키는 것

사람을 그토록 매혹시키는 그 모든 것,
사실 그것들은 아무런 행복도 가져다주지 않는다.

어떤 한 가지에 정신없이 몰두할 때,
사람들은 자신이 좇는 것에 행복이 있다고 믿어버린다.

지금껏 그런 헛된 욕망에 도달하기 위해서
쏟아 부은 노력의 절반만이라도 버리도록 시도해보라.
그대는 그로 인해 훨씬 더 큰 평화와 행복을 얻게 될 것이다.

_에픽테토스

우리의 인생에서 가장 행복한 때는
일에 몰두하고 있을 때이다.
_칼 힐티

행복 속에 살라

행복 속에 살라.
기쁨 속에 하루하루를 보내라.
죽음에 임해서는 아무도
그대에게 어찌하여 세상이
이 지경이 되었느냐고 묻지 않을 것이다.

아침은 어둠의 장막을 거두었다.
무엇을 탄식하는가?
일어나라, 아침을 칭송하자.
우리의 호흡이 끊어진 뒤에도
아침은 줄기차게 숨 쉬고 있을 것이다.

_톨스토이

나는 노력하는 것만큼
훌륭한 성공의 방법을 없다고 생각한다.
그리고 실제로 잘 되어가고 있다는 사실을
느끼는 것만큼 큰 만족은 없을 것이다.
이것은 내가 오늘날까지 살아오면서 경험한 바이니
나는 그것을 행복이라고 정의하고 싶다.
그것이 행복이라는 것은 내 양심이 증명한다.
_소크라테스

두 가지 평화

평화에는 두 가지가 있다.

하나는 소극적 평화이다.
그것은 사람을 피곤하게 하는
시끄러움이 사라진 상태를 말한다.
즉, 투쟁 후의 평온이 그것이다.

또 하나의 평화는
더욱 완전한 정신의 평온이다.
이는 모든 것을 이해한 신의 평온이며,
진실로 '신의 왕국이 나에게 임하였노라' 고
찬양할 만한 평화이다.

인간의 행복은 이러한 평화 속에 깃들여 있는 것이다.

__체이닝

인생에 있어서 최고의 행복은
우리가 사랑 받고 있다는 확신이다.
__빅토르 위고

좋아하는 일

사람은 누구나 항상
자기가 좋다고 생각하는 일을 하게 된다.
만일 실제로 그 일이 좋은 일이라면
그 사람은 옳은 것이다.
그러나 그 일이 잘못된 일이라면
누구보다도 그 자신에게 나쁜 결과를 가져오고 만다.

모든 그릇된 일끝에는
반드시 고통이 따르기 때문이다.
이 점을 늘 기억한다면
남에게 화를 내거나 짜증을 내지 않을 것이다.
또 남을 비난하거나 꾸짖지도 않을 것이며
사이가 벌어지지도 않을 것이다.

_에픽테토스

친구를 만들지 않고 사는 사람은
벼랑 끝에서 잠자는 나그네와 같다.
_바스크

인간의 행복

모든 무위도식하는 무리들이여
인간의 행복에 없어서는
안 될 조건은 태만이 아니라
노동이라는 점을 명심하라.
인간은 일하지 않고는 견딜 수 없는 존재이다.

일하지 않으면 개미나 말,
그 밖의 모든 동물이 무엇으로 하루를 보내겠는가.

일이 없는 나날이 동물들에게도 고역인 것처럼
사람에게 더욱 무료하고 혼란스럽기만 한 것이다.

_에머슨

벗이 화내고 있을 때에는 달래려고 하지 말라.
그가 슬퍼하고 있을 때에도 위로하지 말라.
_탈무드

육체 노동

육체 노동은
모든 사람의 의무이며 행복이다.
그러나 두뇌를 쓰거나 감정적인
능력을 필요로 하는 일의 경우는 다르다.
그런 노동은 그 일을 사명으로 타고난
사람들에게만 의무이자 행복이 될 수 있는 것이다.

이런 사명은
어떤 희생을 전제로 한다.
그리하여 종종 학자나 예술가는
일상의 평화와 안식을 희생하는 것이다.

__에머슨

가장 행복한 삶이란
가장 재미있는 생각을 하는 삶이다.
__T. 드와이트

예술의 의의

지식이 완성되어간다는 말이 있다.
즉, 보다 더 진실하고
필요한 지식이 거짓과 모순을 몰아내고
그 자리를 차지한다는 뜻이다.

다시 말하면
인간의 행복에 도움이 되지 않는
불필요하고 비열한 감정이
보다 좋고
보다 필요한 감정에 쫓겨난다는 말이다.
여기에 예술의 의의가 있다.

_괴테

가장 큰 행복이란 사랑하고,
그 사랑을 고백하는 것이다.
_앙드레 지드

행복을 기도하라

양심에 가책되는 일을 하지 말라.
진리에 어긋나는 말을 하지 말라.
이것을 가장 중요한 것이라고 생각하고 지켜라.

그때에 그대는 모든 인생의 문제를 해결할 수 있으리라.
그대의 의지를 도둑질한 강도는 존재하지 않는다.
이성이 용납하지 않는 일을 탐내지 말라.

모든 사람들의 행복을 기도하라.
그리고 개인적인 것을 탐내는 이기심을 버려라.

_아우렐리우스

피로가 계속되면 사람은 쉬이 늙는다.
기분 좋게 일했을 때는 많은 일을 해도
크게 피로하지 않으나 하기 싫은 일을 하면
짧은 시간에도 피로가 온다.
또한 초조나 고민 같은 심리 상태가 피로를 가중시키고 있다.
그러므로 우선 천천히 쉬운 일부터 시작하는 것이 좋다.
_톨스토이

크게 한 번 웃어 보라

06 행복·평화

06

네가 웃으면 세상도 웃는다.
그러나 네가 울면 너는 혼자다.
크게 한 번 웃어 보라.

가장 행복한 사람이 거기 있음을 알게 될 것이다.
행복을 이웃집 담 너머에서 찾는 것은 가장 어리석은 일이다.

행복의 파랑새는
모든 사람이 자신의 마음속에서 찾아야 한다.
해가 떴는데도 눈을 감고 있으면 어둔 밤과 같다.

_알랭

행복한 정신 상태에는 두 가지가 있다.
그 하나는 정신의 평화 또는 만족이다.
다른 하나는 언제나 즐겁게 산다는 것이다.
첫째 상태는 인간에게 아무런 거리낌이 없고
현세의 물질적 행복이 부질없다는 것을
분명하게 느끼는 조건하에서 가능하다.
둘째 상태는 자연의 선물이다.
_칸트

좋 은 글 대 사 전

희망 • 꿈

스스로 만족한다는 것

행복이란 스스로 만족하는 점에 있다.
남보다 나은 점에서 행복을 구한다면,
영원히 행복하지 못할 것이다.

왜냐하면 누구든지 남보다 한두 가지 나은 점은 있지만
열 가지 전부가 남보다 뛰어날 수는 없기 때문이다.

그렇기 때문에 행복이란
남과 비교해서 찾을 것이 아니라,
스스로 만족할 수 있는 것이 중요하다.

_톨스토이

희망이란,
본래 있다고도 할 수 없고, 없다고도 할 수 없다.
그것은 마치 땅 위의 길과 같은 것이다.
본래 땅 위에는 길이 없었다.
걸어가는 사람이 많아지면 그것이 곧 길이 되는 것이다.
_노신

끝없이 기쁜 사람이 되자 ❖

우리가 삶에 지쳤을 때
서로 마음 든든한 사람이 되고
때때로 힘겨운 인생의 무게로 하여
속마음마저 막막할 때
우리 서로 위안이 되는 그런 사람이 되자.

누군가 사랑에는 조건이 따른다지만
우리의 바램은 지극히 작은 것이게 하고
그리하여 더 주고 덜 받음에 섭섭해 말며.
문득 스치고 지나가는 먼 회상 속에서도
우리 서로 기억마다 반가운 사람이 되자.

어쩌면 고단한 인생길 먼 길을 가다
어느 날 불현 듯 지쳐 쓰러질 것만 같은 시기에
우리 서로 마음 기댈 수 있는 사람이 되고

혼자 견디기엔 한 슬픔이 너무 클 때.
언제고 부르면 달려 올 수 있는 자리에
오랜 약속으로 머물며 기다리며
더 없이 간절한 그리움으로
눈 시리도록 바라보고픈 사람.

우리 서로 끝없이 끝없이 기쁜 사람이 되자.

__좋은글

때로는 진지함보다 쾌활함이 낫다

적당히 절제할 수만 있다면 쾌활함은
단점이라기보다 재능으로 평가될 수 있는 미덕이다.

위인들도 때로는 익살을 부리며 세인의 사랑을 받기도 했다.
하지만 그들은 그럴 때조차 지혜로움과 품위를 잃지 않았다.

어떤 이들은 어려운 일에 처해 절망에
휘말릴 수 있는 상황을 농담 한마디로 거뜬히 이겨낸다.
또한 다른 사람들이 진지하게 생각하는 것을
가벼운 농담으로 해내기도 한다.

쾌활한 태도로 붙임성 있게 대하는 사람에게
사람들은 매력을 느끼고 다가갈 수밖에 없다.

__발타자르 그라시안

명랑해지는 첫 번째 비결은
명랑한 척 행동하는 것이다.
__윌리엄 제임스

인간의 본원

인간의 가치는 '이성' 과 '양심' 이라고 불리는
정신적 본원 속에 존재하는 것이다.

그 본원은 시공을 초월한 진리와 불변의 진실을 갖고
모든 불완전 속에서 그 무엇을 발견한다.
그것은 늘 공평하고 인간에게 내재된
일체의 정욕과 이기심에 반하며,
힘찬 목소리로 우리를 향해 외친다.

우리의 이웃은 우리와 똑같이 가치 있는 존재이며
그 원리는 우리의 권리와 똑같이 신성한 것이니
진리를 받아들이라고도 외친다.

비록 올바른 것이 우리에게 이익이 되지 못하는 경우에도
그 모든 본원은 신의 빛으로서 인간 속에 존재한다.

_체이닝

인생에서 끌어내는 즐거움은
환경의 탓을 얼마나 하는지에 반비례한다.
_앤드류 매튜스

우리 서로
기쁜 사람이 되자

우리가 삶에 지쳤을 때나 무너지고 싶을 때
말없이 마주보는 것만으로도 서로 마음 든든한 사람이 되고,

때때로 힘겨운 인생의 무게로 하여
속마음마저 막막할 때 우리 서로 위안이 되는 그런 사람이 되자.

누군가 사랑에는 조건이 따른다지만
우리의 바램은 지극히 작은 것이게 하고
그리하여 더 주고 덜 받음에 섭섭해 말며,

문득문득 스치고 지나가는 먼 회상 속에서도
우리 서로 기억마다 반가운 사람이 되자.

어느 날 불현듯 지쳐 쓰러질 것만 같은 시간에
우리 서로 마음 기댈 수 있는 사람이 되고,

혼자 견디기엔 한 슬픔이 너무 클 때
언제고 부르면 달려올 수 있는 자리에 오랜 약속으로 머물며,
기다리며 더없이 간절한 그리움으로 눈 저리도록 바라보고픈 사람.

우리 서로 끝없이 끝없이 기쁜 사람이 되자.

__좋은글

성장은 하루아침에 이루어지지 않는다

성장이란 서서히 진행되는 과정이며
돌발적으로 비약하는 것이 아니다.

갑자기 발생하는 사상적 충동으로는
과학의 전 영역을 알 수 없다.
또 즉흥적인 참회로는 죄악을 극복할 수 없다.

정신적 성장을 꾀하려면 성인의 가르침을 받고
끊임없이 인내하고 노력하는 수밖에 없다.

__체이닝

세상에서 가장 강한 사람은
현재에 만족하는 사람이다.
그러나 그가 갑자기 필요 이상으로
욕심을 부리기 시작한다면
그는 한순간에 세상에서
가장 나약한 사람으로 전락하고 말 것이다.
__루소

오늘은 만나고 싶은 사람이 있습니다

얼굴만 보아도 살짝 미소 짓는
그 모습이 너무 멋져서 행복해지는
그런 사람을 만나고 싶습니다.

오늘은 느낌이 좋은 사람을 만나고 싶습니다.
말 한마디에도 세상에 때묻지 않고
신선한 산소 같은 그런 사람을 만나고 싶습니다.

오늘은 더욱 보고 싶은 사람이 있습니다.
순수하다 못해 여린 마음을 가진 그런 사람
내 마음까지도 맑아질 것 같은
그런 사람입니다.

오늘은 만나고 싶은 사람이 있습니다.
그 마음 비단결 같이 너무 곱고 아름다워서
바라만 보아도 기쁠 것 같은
그런 사람을 만나고 싶습니다.

세상이 거짓되고 모순투성이라도
그 사람은 진실되고 믿음이 가는
그런 사람과 세상사는 이야기도 나누고
내 모든 것 털어 놓을 수 있는
그런 사람을 오늘은 왠지 만나고 싶습니다.

그 눈빛 너무 맑고 그윽한 빛이어서
다가설 수는 없지만 살짝 미소라도 보내고 싶은
아름다운 사람을 만나고 싶습니다.

이처럼 설레임의 마음을 가져다주는 사람
바라만 보아도 행복해질 것 같은
그런 사람을 오늘은 만나서 은은한 커피 향을 마시며
긴긴 이야기꽃을 피웠으면 좋겠습니다.

이처럼 희망의 마음을 가져다주는 사람,
이끼낀 마음에 화사함으로 다가오는 사람,
오늘은 그냥 그런 사람을 만나고 싶습니다.

이렇게 그리움이 밀려오는 날
두 손을 꼭 잡고 한없이 같이 걷고 싶은 사람
오늘은 왠지 만나고 싶습니다.
함박웃음 지으며 금방이라도 내게 올 것만 같습니다.

오늘도,
마음 고운 그 사람을 기다려 봅니다.

_좋은글

자신이 항해하고 있는 배를 제외한
모든 배는 낭만적으로 보이게 되어 있다.
_랄프 왈도 에머슨

가장 아름다운 시간

가장 낭비하는 시간은 방황하는 시간이고,
가장 교만한 시간은 남을 깔보는 시간이고,
가장 자유로운 시간은 규칙적인 시간이고,
가장 통쾌한 시간은 승리하는 시간이고,

가장 지루한 시간은 기다리는 시간이고,
가장 서운한 시간은 이별하는 시간이고,
가장 겸손한 시간은 자기 분수에 맞게 행동하는 시간이고,
가장 비굴한 시간은 자기 변명을 늘어놓는 시간이고,

가장 불쌍한 시간은 구걸하는 시간이고,
가장 가치 있는 시간은 최선을 다한 시간이고,
가장 현명한 시간은 위기를 슬기롭게 극복한 시간이고,
가장 분한 시간은 모욕을 당한 시간이고,

가장 뿌듯한 시간은 성공한 시간이고,
가장 달콤한 시간은 일한 뒤 휴식 시간이고,
가장 즐거운 시간은 노래를 부르는 시간이고,
가장 아름다운 시간은 사랑하는 시간이다.

__좋은글

망각의 지혜

잊을 줄 아는 것은
기술이라기보다는 축복이다.
한데 많은 사람들이 가장 잊어버려야 할
기억을 가장 뚜렷이 기억하며 산다.

기억은
우리가 그것을 가장 필요로 할 때
비열하게 우리를 떠나고
우리가 가장 원하지 않을 때
음험하게 우리 곁으로 다가온다.

또한 우리를 고통스럽게 하는 일은 세세히 기억하면서도
우리가 기뻐할 만한 일은 늘 게으르게 떠올린다.

_발타자르 그라시안

단지 도착하기 위한 여행이라면 불쌍한 여행이며,
읽는 책이 어떻게 끝을 맺을 것인가를 알기 위한 독서라면
가련한 독서이다.
_A. 콜런

아름다운 삶

생각이 깊은 사람은
말을 하지 않고 생각을 합니다.

생각이 없는 사람은
여러 이야기를 생각 없이 합니다.

사람들은 드러내는 말보다는
밝은 미소로,
침묵으로
조용한 물이 깊은 것처럼
깊이 있는 말로 사랑과 감동을 전할 수 있다면
바로 그것이 아름다운 삶이 아닐까요.

__좋은글

생각하는 것은 쉬운 일이다.
행동하는 것은 어려운 일이다.
생각한 대로 행동하는 것은 더욱 어려운 일이다.
__괴테

대지는 만물의 어머니다

대지는 우리를 길러주고
살 곳을 마련해주며 따스하게 품어준다.

우리가 태어난 순간부터
대지는
어머니처럼 자비롭게
우리를 자신의 가슴에 안아준다.

또한 영원한 꿈을 좇아 헤매며
마음의 평안을 얻지 못하는
우리에게 끊임없는 위안과 희망을 안겨준다.

_칼라일

사람들은 행복과 불행은 모두 운명에 달렸다고 생각한다.
그러나 실제로는 운명은 우리에게
그 기회와 재료와 씨를 제공할 따름이다.
_몽테뉴

우리의 아름다움

기대한 만큼
채워지지 않는다고 초조해하지 마십시오.
믿음과 희망을 갖고 최선을 다하는 거기 까지가
우리의 한계이고 그것이 우리의 아름다움입니다.

누군가를 사랑하면서
더 사랑하지 못한다고 애태우지 마십시오.
마음을 다해 사랑하는 거기까지가
우리의 한계이고 그것이 우리의 아름다움입니다.

지금 슬픔에 젖어 있다면
더 많은 눈물을 흘리지 못한다고
자신을 탓하지 마십시오.
우리가 흘리는 눈물 거기까지가 우리의 한계이고
그것이 우리의 아름다움입니다.

누군가를 완전히 용서하지 못한다고
부끄러워하지 마십시오.
아파하면서 용서를 생각하는 거기까지가 우리의 한계이고
그것이 우리의 아름다움입니다.

모든 욕심을 버리지 못한다고 괴로워하지 마십시오.
날마다 마음을 비우면서 괴로워하는 거기까지가
우리의 한계이고 그것이 우리의 아름다움입니다.

빨리 달리지 못한다고 내 발걸음을
아쉬워하지 마십시오.
내 모습 그대로
부지런히 걸어가는 거기까지가
우리의 한계이고
그것이 우리의 아름다움입니다.

세상의 모든 꽃과 잎은 더 아름답게 피지 못한다고
안달하지 않습니다.
자기 이름으로 피어난 거기까지가 꽃과 잎의 한계이고
그것이 최상의 아름다움입니다.

__좋은글

07

고난과 불행이 찾아올 때에
비로소 친구가 친구임을 안다.
__이태백

시작이 나쁘면 결과도 나쁘다.
중도에서 좌절되는 일은 대부분
시작이 올바르지 못했기 때문이다.
시작이 좋아도 중도에서 마음을 늦추면 안 된다.
충분히 생각하고 계획을 세우되,
일단 계획을 세웠거든 꿋꿋이 나가야 한다.
__레오나르도 다빈치

세상에서 가장 바라고 싶은 것

세상에서 가장 행복할 때는
친구를 사랑하는 맘이 남아 있을 때이고
세상에서 가장 울고 싶을 때는
친구가 내 곁을 떠나갈 때입니다.

세상에서 가장 미워하고 싶을 때는
친구가 점점 변해 갈 때이고,
세상에서 가장 두려울 때는
친구가 갑자기 차가워질 때입니다.

세상에서 가장 비참할 때는
친구가 나의 존재를 잊으려 할 때이고,
세상에서 가장 웃고 싶을 때는
친구가 즐거워하는 모습을 볼 때입니다.

세상에서 가장 고마울 때는
친구가 나의 마음을 알아 줄 때이고,
세상에서 가장 편안할 때는
친구가 내 곁에 머물러 있을 때입니다.

세상에서 가장 다정스러울 때는
친구가 나의 이름을 불러 주었을 때입니다.

세상에서 가장 믿고 싶은 것은
친구가 날 사랑하는 마음입니다.

세상에서 가장 친근하게 느낄 때는
친구의 손을 꼭 잡고 마주 앉아 있을 때이고,
세상에서 가장 외롭다고 느껴질 때는
친구가 내 곁에 없다고 생각될 때입니다.

세상에서 가장 바라고 싶은 것은
친구의 맘속에 내가 영원히 간직되는 것이며,
마지막으로 세상에서 가장 사랑하는 것은
바로 내가 사랑하는 나의 친구,
이 글을 읽고 있는 바로 당신입니다.

__좋은글

인간은 강과 같다.
물은 어느 강에서나 마찬가지이며
어디를 가도 변함없다.
그러나 강은 큰 강이 있는가 하면 좁은 강도 있으며,
고여 있는 물이 있는가 하면 급류도 있고,
맑은 물과 흐린 물, 차가운 물과 따스한 물도 있다.
인간도 바로 이와 같은 것이다.
__톨스토이

'희망' 이란 두 글자

절벽 가까이 나를 부르셔서 다가갔습니다.
절벽 끝에 더 가까이 오라고 하셔서 다가갔습니다.

그랬더니 절벽에 겨우 발을 붙이고 서 있는 나를
절벽 아래로 밀어버리는 것이었습니다.
물론 나는 그 절벽 아래로 떨어졌습니다.

그런데 나는 그때까지
내가 날 수 있다는 사실을 몰랐습니다.

__로버트 슐러

어려움에 처했을 때 어떻게 하면 구제받을 수 있을까.
첫째는 선한 희망을 잃지 않아야 한다.
둘째는 노력을 멈추지 않아야 한다.
항상 선한 희망을 잃지 않고 노력을 계속하는 한
최후에는 반드시 구제된다.
그러한 확신과 믿음이 필요하다.
__괴테

희망을 버리지 않는 힘

울지 않는 사람이 있었습니다.
하루는 누가 그에게 물었습니다.
"당신은 정말 행복합니까."라고요.
그는 고개를 가로 저었습니다.

"그렇다면 당신은
눈물이 메마른 사람이군요."
누군가 다시 물었습니다.
그는 또다시 고개를 저었습니다.
그러고는 이렇게 말했습니다.
"나에겐 희망이 있기 때문."이라고요.

그렇습니다.
희망을 버리지 않는 한 슬퍼할 일도
절망한 일도 세상에는 없습니다.

_지식in

힘을 내라!
힘을 내면 약한 것이 강해지고 빈약한 것이 풍부해질 수 있다.
_뉴턴

하루를 시작하는 기도

하루 분량의 즐거움을 주시고
일생의 꿈은 그 과정에 기쁨을 주셔서
떠나야 할 곳에서는 빨리 떠나게 하시고
머물러야 할 자리에는
영원히 아름답게 머물게 하소서.

작은 것을 얻든, 큰 것을 얻든
만족은 같게 하시고
일상의 소박한 것들에서
많은 감사를 발견하게 하소서.

누구 앞에서나 똑같이 겸손하게 하시고
어디서나 머리를 낮춤으로써
내 얼굴이 드러나지 않게 하소서.

마음을 가난하게 하여 눈물이 많게 하시고
생각을 빛나게 하여 웃음이 많게 하소서.

기쁨이 있는 곳에 찾아가 함께 기뻐하기보다
슬픔이 있는 곳에 찾아가 같이 슬퍼하게 하소서.

남에게 상처를 주지 않게 하시고
내가 상처 입었을 때는 빨리 치유해 주소서.

이전에 나의 어리석음으로
남에게 피해를 주었거나 상처 입힌 일이 있으면
나를 괴롭게 하여 빨리 사과하고
용서받도록 하소서.

인내하게 하소서.
인내는 잘못을 참고
그냥 지나가는 것이 아니라
사랑으로 깨닫게 하고
기다림이 기쁨이 되는 인내이게 하소서.

용기를 주소서.
부끄러움과 부족함을 드러내는 용기를 주시고
용서와 화해를 미루지 않는 용기를 주소서.

투명하게 하소서.
왜곡이나 거짓이나 흐림이 없게 하시고
무엇이 내 마음을 통과할 때 그대로 지나가게 하소서.

그때 무엇인가 덧붙는다면 그것은
사랑이나 이해나 감사나 희망이게 하소서.
약속을 조심스럽게 하게 하소서.

그 자리에서 결정하기보다
잠시 미루게 하시고
순간의 감정에 흔들리지 않게 하소서.

주기로 약속했다면 더 많이 주게 하소서.
그러나 그것이 그에게 짐이 되지 않게 하시고
나에게는 교만이 되지 않게 하소서.

음악을 듣게 하시고,
햇빛을 좋아하게 하시고,
꽃과 나뭇잎의 아름다움에 늘 감탄하게 하소서.

누구의 말이나 귀 기울일 줄 알고
지켜야 할 비밀은 끝까지 지키게 하소서.

훌륭함을 알게 하고
그 훌륭함의 핵심에 접근하게 하소서.

사람을 외모나 학력이나
출신으로 평가하지 않게 하시고
그 사람의 참 가치와 의미와 모습을
빨리 알게 하소서.

사람과의 헤어짐을 자연스럽게 받아들이되
그 사람의 좋은 점만 기억하게 하소서.

시간을 아끼게 하소서.
하루 해가 길지 않다는 것을 알게 하시고
내 앞에 나타날 내일을 설렘으로 기다리게 하소서.

나이가 들어 쇠약하여질 때도
삶을 허무나 후회나 고통으로
생각하지 않게 하시고
나이가 들면서 찾아오는 지혜와 너그러움과
부드러움과 안정을 좋아하게 하소서.

삶을 잔잔하게 하소서.
그러나 폭풍이 몰려와도 쓰러지지 않게 하시고

고난을 통해 성숙하게 하소서.

그리고 그 이후에 오는 잔잔함을 새롭게 감사하고
이전보다 더 깊은 평안을 누리도록 하소서.

계절의 변화에 민감하고
햇살이 좋은 날은 며칠쯤 그 계절을 완전히 그리고
색다르게 느끼게 하소서.

가족에 대한 사랑,
가정의 기쁨을 늘 가슴에 품게 하시고
이런 마음을 전할 기회를 자주 허락하소서.

건강을 주소서.
그러나 내 삶과 생각이
건강의 노예가 되지 않도록 하소서.

일하는 동안에는 열정이 식지 않게 하시고
열정이 식어 갈 때는 다음 사람에게 일을 넘겨주고
자리를 떠나게 하소서.

질서를 지키고 원칙과 기준이 확실하며
균형과 조화를 잃지 않도록 하시고
성공한 사람보다 소중한 사람이 되게 하소서.

언제 어디서나 사랑만큼 쉬운 길이 없고
사랑만큼 아름다운 길이 없다는 것을 알고
늘 그 길을 택하게 하소서.

__좋은글

올챙이 적을 생각하는 사람

직장에 처음 입사하면 다들
적은 보수와 낮은 직책에도 열심히 일합니다.
그다지 좋은 근무환경이 아니더라도
불만이나 불평 없이, 오히려 고마움을 느끼면서
남의 것까지 거들면서 열심히 일합니다.

그러나 점점 시간이 지나고 자기 위치를 찾게 되면서
서서히 변해 가는 사람이 없지 않습니다.

남과 자신의 보수를 비교하며 불만을 늘어놓고,
자신의 낮은 직책은 부당한 평가 때문이라고 불평합니다.

처음에 고마워하던 일은 당연한 일로 생각하고
더 잘해 주지 않는 것에 대한 불만만 쌓아 갑니다.

유능하던 신입사원이 무능한 투정꾼이 되는 것이죠.

개구리가 돼서도 올챙이 적을 생각하는 직장인,
그가 가장 유능하고 현명한 직장인입니다.

__지식in

참 아름다운 사람

분주한 삶 속에서도 여유가 있는
당신은 참 아름다운 사람입니다.

가진 것이 적어도 그것을 베풀 줄 아는
당신은 정말 아름다운 사람입니다.

병든 자를 따뜻하게 보살피고,
남의 아픔을 감싸주는 사랑이 있고,
약한 자를 위해 봉사하는 당신은 참 아름답습니다.

언제나 웃으며 친절하게 대하는 당신,
늘 겸손하려 애쓰는 당신, 아무리 작은 약속도 반드시 지키는 당신,
모든 일에 최선을 다하는 당신은 참 아름다운 사람입니다.

그런 당신 덕에 세상도 조금은 아름다워졌습니다.

__지식in

쾌락은 육체의 어떤 한 점의 행복에 지나지 않는다.
참다운 행복, 유일한 행복, 온전한 행복은
마음 전체의 영혼 가운데 존재한다.
__주베르

남을 기쁘게 해주는 삶

아침에 눈을 뜨자마자 오늘 한 사람이라도
기쁘게 해 주어야지 하는 생각과 함께
하루를 시작하십시오.

햇빛은 누구에게나 친근감을 줍니다.
웃는 얼굴은 햇빛처럼 누구에게나 친근감을 주고 사랑을 받습니다.

인생을 즐겁게 살아가려면 먼저 찌푸린 얼굴을 거두고
웃는 얼굴을 만들어야 합니다.

명랑한 기분으로 생활하는 것이
육체와 정신을 위한 가장 좋은 건강법입니다.

값비싼 보약보다 명랑한 기분은 언제나
변하지 않는 약효를 지니고 있습니다.

__좋은글

항상 나를 새롭게 하지 않으면
그것은 곧 죽음이라.
__성경

꽃보다 아름다운 것

아무리 아름다운 꽃도
열흘을 붉게 피어 있기 어렵다고 했습니다.
겉으로 드러난 아름다움은 그렇게
세월의 흐름 속에서 허망하게 사라지기 마련입니다.

그러나 아름다운 사람은 그렇지 않습니다.
아름다운 사람은
만나면 만날수록 보석처럼 빛납니다.
만나고 헤어진 뒤에도 오래도록 여운이 남습니다.

아름다운 사람이란 외모가 빼어나고
가진 것이 많은 사람을 얘기하는 게 아닙니다.
고통을 슬기롭게 인내해 마음이 돌처럼 굳은 사람,
나보다 남을 먼저 배려하며 마음이 물처럼 맑은 사람,
남의 아픔을 감싸 안아 주는 햇볕처럼 따뜻한 사람입니다.

__지식in

평화는 폭력에 의해서 유지될 수가 없다.
그것은 오직 이해를 통해서만 유지될 수가 있다.
__A. 아인슈타인

모든 일이 잘 풀릴 것입니다

지금 나에게 실망을 주는 이 일로 인하여
앞으로는 모든 일이 잘 풀릴 것입니다.
오늘의 실패가 있기에
나는 지금 일상에서 안주하지 않고
내일에 대한 열정을 품고 열심히 살아가고 있으니까요.

지금 나에게 고통을 주는 이 일로 인하여
앞으로는 모든 일이 잘 풀릴 것입니다.
지금 힘겨운 고통을 이겨내고 있으니
앞으로 나에게 작은 평화라도 찾아오면
그것을 큰 기쁨으로 삼고
감사의 생활을 할 수 있을 테니까요.

지금 내가 당하는 손해로 인하여
앞으로 모든 일이 잘 풀릴 것입니다.
지금의 작은 손해가 다음에 있을 수 있는
큰 손실을 막아 줄 테니까요.

지금 나를 외롭게 하는 이 일로 인하여
앞으로는 모든 일이 잘 풀릴 것입니다.
지금 느껴지는 외로움 때문에 앞으로는
더욱 사람을 귀히 여기면서 가깝게 다가갈 테니까요.

지금 나에게 슬픔을 주는 이 일로 인하여
앞으로는 모든 일이 잘 풀릴 것입니다.
지금 나에게 주어진 슬픔으로 인하여
나는 이제부터 다른 이의 눈물을 받아 주는
촉촉한 사람이 될 테니까요.

지금 내가 받고 있는 멸시와 비난으로 인하여
앞으로 모든 일이 잘 풀릴 것입니다.
멸시와 비난의 아픔이 얼마나 큰 상처인 줄 알기에
앞으로 나는 실력을 높이면서도
남에게 불평 불만하지 않을 테니까요.

겨울이 지났기에 봄이 아름답습니다.

오늘의 시련이 있기에 내 앞날은 더욱 빛날 것입니다.
오늘의 시련은 나를 더욱 성숙시켜
앞으로 있을 많은 일들이 잘 풀리게 할 것입니다.

_지식in

07

노력을 중단하는 것보다 더 위험한 것은 없다.
그것은 습관을 잃는 것이다.
좋은 습관을 버리기는 쉽지만,
다시 길들이기는 어려운 일이다.
_빅토르 위고

꿈꾸지 않으면 이루지 못한다

'오늘' 은 아주 평범한 날입니다.
하지만 이 평범한 오늘은
과거와 미래를 잇는 무척 소중한 시간이기도 합니다.

오늘을 사는 우리는 평범한 사람들입니다.
하지만 누구보다 귀하게 태어났고
누구보다 귀하게 될 수 있는 특별한 사람들입니다.

그런 우리 자신을 싸구려로 여겨서는 안 됩니다.
내가 나를 싸구려로 생각하면
남들도 나를 싸구려로 취급할 것이 뻔하기 때문입니다.

우리가 귀해지기 위해 가져야 할 최고의 지혜는 희망입니다.
희망을 잃지 않는 한 세상은 한 번 도전해 볼만한 무대입니다.
어떠한 일이 있더라도 꿈을 잃지 마세요.
꿈꾸지 않고서 얻을 수 있는 것은 아무것도 없습니다.

__지식in

아무리 힘든 날이 오더라도

세상의 시인들이 사랑이라는 낱말 하나로
수많은 시를 쓰듯이 살아가는 동안
행여 힘겨운 날이 오거든 사랑이라는 낱말 하나로
길을 찾아 가십시오.

시인들의 시처럼 길이 환하게 열릴 것입니다.

사랑은 마음속에 저울 하나를 들여 놓는 것
두 마음이 그 저울의 수평을 이루는 것입니다.

한쪽으로 눈금이 기울어질 때
기울어지는 눈금만큼 마음을 주고받으며
저울의 수평을 지키는 것입니다.

세상에는 꽃처럼 고운 날도 있지만
두 사람의 눈빛으로 밝혀야 될 그늘도 참 많습니다.

사랑한다면 햇빛이든, 눈보라든, 비바람이든
폭죽처럼 눈부시겠고
별이 보이지 않는 날,
스스로 별이 될 수도 있습니다.

어느 날,

공중에서 떨어지는 빗방울처럼 아득해질 때
당신이 먼저 그 빗방울이 스며들 수 있는
마른 땅이 된다면 사랑은 흐르는 물에도
뿌리 내리는 나사말처럼 어디서든 길을 낼 것입니다.

서로 사랑하십시오.
보물섬 지도보다 더 빛나는 삶의 지도를 가질 것입니다

세월이 흐를수록
당신이 있어 세상은 정말 살만 하다고
가끔은 그렇게 말할 수 있는
아름다운 날이 올 것입니다.

__좋은글

비록 산의 정상에 이르지 못했다 하더라도
그 도전은 얼마나 대견한 일인가.
중도에서 넘어진다 해도
성실히 노력하는 사람들을 존경하자.
자신에게 내재한 힘을 최대한 끊임없이 도전하는 사람,
큰 목표를 설정해 놓고 부단히 노력하는 사람은
인생의 진정한 승리자인 것이다.
__세네카

나의 길은 누가 내었습니까

이 세상에는 길도 많기도 합니다.
산에는 돌길이 있습니다.
바다에는 뱃길이 있습니다.
공중에는 달과 별의 길이 있습니다.
강가에서 낚시질하는 사람은 모래위에 발자취를 냅니다.

들에서 나물 캐는 여자는 방초(芳草)를 밟습니다.
악한 사람은 죄의 길을 좇아갑니다.
의(義)있는 사람은 옳은 일을 위하여는 칼날을 밟습니다.
서산에 지는 해는 붉은 놀을 밟습니다.
봄 아침의 맑은 이슬은 꽃머리에서 미끄럼탑니다.

그러나 나의 길은 이 세상에 둘밖에 없습니다.
하나는 님의 품에 안기는 길입니다.
그렇지 아니하면 죽음의 품에 안기는 길입니다.
그것은 만일 님의 품에 안기지 못하면
다른 길은 죽음의 길보다 험하고 괴로운 까닭입니다.

아아, 나의 길은 누가 내었습니까.
아아, 이 세상에는 님이 아니고는 나의 길을 내일 수가 없습니다.
그런데 나의 길을 님이 내었으면 죽음의 길은 왜 내셨을까요.

__만해 한용운

뒤끝을 흐리지 말라

오는 손 부끄럽게 하지 말고
가는 발길 욕되게 하지 말라.

자랑거리 없다 하여 주눅 들지 말고
자랑거리 있다 하여 가벼이 들추지 말라.

멀리 있다 해서 잊어버리지 말고
가까이 있다 해서 소홀하지 말라.

부자는 빈자를 얕잡아 보지 말고
빈자는 부자를 아니꼽게 생각하지 말라.

은혜를 베풀거든 보답을 바라지 말고
은혜를 받았거든 작게라도 보답을 하라.

타인의 허물은 덮어서 다독거리고
내 허물은 들춰서 다듬고 고쳐라.

모르는 이 이용해 먹지 말고
아는 이에게 아부하지 말라.

공적인 일에서 나를 생각지 말고
사적인 일에서는 감투를 생각하지 말라.

공짜는 주지도 받지도 말고
노력 없는 대가는 바라지 말라.

세상에 태어났음을 원망 말고
세상을 헛되게 살았음을 한탄하라.

죽어서 천당 갈 생각 말고
살아서 원한 사지 말고 죄짓지 말라.

타인들의 인생 좇아 헐떡이며 살지 말고
내 인생 분수지켜 여유 있게 살라.

나를 용서하는 마음으로 타인을 용서하고
나를 다독거리는 마음으로 타인을 다독거려라.

보내는 사람 야박하게 하지 말고
떠나는 사람 뒤끝을 흐리지 말라.

__좋은글

07

한마디의 말이 날카로운 칼이 되기도 하고
혹은 솜처럼 따뜻하고 부드럽기도 하다.
어느 쪽을 택할 것인가는
우리 마음에 달려 있다.
__T. 제퍼슨

날마다 이런 오늘 되세요 ❖

좋은 일만으로 기억하며 지낼 수 있는
오늘이었으면 좋겠습니다.

사랑의 향내와 인간미 물씬 풍기는
오늘이었으면 좋겠습니다.

향수를 뿌리지 않았는데도 은은한 향기를 뿜어 낼 수 있는
오늘이었으면 좋겠습니다.

산속 깊은 옹달샘의 깊은 물 같은
오늘이었으면 좋겠습니다.

좋은 사람 만났다고 즐거워할 수 있는
오늘이었으면 좋겠습니다.

"난 역시 행운아야."라고 말하며 어깨에 힘을 더할 수 있는
오늘이었으면 좋겠습니다.

무엇인가를 생각하면 답답하거나 짜증나지 않고 미소를 머금을 수 있는
오늘이었으면 좋겠습니다.

"참 행복했다, 잘했어."라고 말할 수 있는
오늘이었으면 좋겠습니다.

_좋은글

밝은 미소를 잃지 마세요 ❖

밝은 미소는 우리 인간의 삶 안에서
참으로 신비하고
무궁한 힘을 나타내고 있습니다.

삶이 아무리 힘들고 지친다 하더라도
즐거움을 가지고 미소 짓는 사람들에게는
그 삶은 지칠 줄 모른 체 새로운 용기와 희망으로
삶의 희망이 끊임없이 샘솟아 나게 됩니다.

일상생활에서 힘이 들고 지칠 때
내 모든 것을 이해해주고 감싸 주시던
어머니의 따뜻한 사랑과 사소한 것 까지도
미소 지으며 어루만져 주시던
기억들을 생각해 내고 그것들을 마음에 담아 보십시오.

그리고 내 자신의 삶이 불안해 질 때마다
아버지의 굳은 의지의 삶을 생각하며
온 가족에게 보여 주셨던
믿음직한 웃음을 가슴에 담아 보십시오.

어느새 마음은 새로운 평화를 느끼고
든든함을 얻게 될 것입니다.

__좋은글

당신은 당신이 믿는 모습 그대로이다

당신은 당신이 믿는 모습 그대로이다.
현재의 모습 그대로인 것 말고 달리 할 일은 없다.
당신에게는 스스로를 아름답다고 느끼고 그것을 즐길 권리가 있다.
당신의 몸을 존중하고 있는 그대로 받아들일 권리가 있다.
당신을 사랑해줄 그 누구도 필요치 않다.

사랑은 내부에서 생겨나는 것
사랑은 우리 내부에 살며 항상 그곳에 있지만
벽처럼 두꺼운 안개 때문에 우리는 그것을 느끼지 못한다.
오로지 당신의 내부에 사는 아름다움을 느낄 때
당신의 외부에 사는 아름다움을 인지할 수 있을 뿐이다.

당신은 무엇이 아름답고
무엇이 추한지에 대한 믿음을 가지고 있으며
당신 자신이 마음에 들지 않으면, 당신의 믿음을 바꿀 수 있으며
그러면 당신의 삶 역시 바뀔 것이다.
간단한 이야기로 들리지만 결코 쉽지는 않다.
믿음을 지배하는 사람은 누구든 꿈을 지배한다.
꿈을 꾸는 사람이 마침내 꿈을 지배하면,
꿈은 대단한 예술작품이 될 수 있다.

_돈미겔 루이스

느낌들을 그저 느껴라

내면에서 느낌들이 올라오면
그저 느껴라.
느낌들이 내면에서 경험되도록 허용하라.
느낌들은 당신을 스쳐 지나갈 것이다.
느낌들은 당신 속으로 들어가지 않을 것이다.

느낌들은 당신의 일부가 되지 않을 것이다.
하지만 느낌들을 어떤 식으로든
긍정하거나 부정하면,
당신은 그것들을 자신의 것으로 만들게 된다.

느낌들을 긍정하면
느낌들에 집착하게 될 것이다.
느낌들을 부정하면 느낌들을 내면에 억누르게 될 것이다.

어떤 경우든 당신은 개인적이지 않은 느낌들을
개인의 느낌들로 만들어버린다.
개인적이지 않은 것을 개인의 것으로 만들어버린다.
당신이 해서는 안 되는 일이다.

__레너드 제이콥슨

흐린 것을 버리면 스스로 맑아진다

물은 물결이 일지 않으면
스스로 조용하고,
거울은 먼지가 끼지 않으면
저절로 밝다.
그러므로 굳이 마음을 맑게 하려고
애쓸 필요가 없다.

흐린 것을 버리면
스스로 맑아질 것이다.
또한 굳이 즐거움을 찾으려
애쓸 필요가 없다.

괴로움을 버리면
저절로 즐거울 것이다.

_채근담

무엇인가 하고 싶은 사람은 방법을 찾아내고
아무것도 하기 싫은 사람은 구실을 찾아낸다.
_아라비아 격언

고통은 기쁨의 한부분

금붕어는 어항안에서는
3천 개 정도의 알을 낳지만
자연상태에서는 1만 개 정도 낳습니다.

열대어는 어항속에서
자기들끼리 두면 비실비실 죽어버리지만
천적과 같이 두면 힘차게 잘 살아 갑니다.

호도와 밤은 서로 부딪혀야
풍성한 열매를 맺고
보리는 겨울을 지나지 않으면
잎만 무성할뿐 알곡이 들어차지 않습니다.

태풍이 지나가야
바다에 영양분이 풍부하고
천둥이 치고 비가 쏟아져야 대기가 깨끗해집니다.

평탄하고 기름진땅보다
절벽이나 척박한 땅에서 피어난 꽃이 더 향기롭고,
늘 따뜻한 곳에서 자란 나무보다
모진 추위를 견딘 나무가 더 푸릅니다.
고통은 기쁨의 한 부분입니다.

__지식in

내면의 눈으로 아름다움을 보라

최근에 나는 한참 동안 숲 속을 산책하고
방금 돌아온 친구에게 무엇을 보았냐고 물어본 적이 있다.
그녀는 "별로 특별한 게 없었어." 라고 대답했다.
한 시간 동안이나 숲 속을 산책하면서
아무것도 주목할 만한 것이 없었다니 그럴 수가 있을까?

나는 스스로에게 반문해 보았다.
아무 것도 볼 수가 없는 나는
단지 감촉을 통해서도 나를 흥미롭게 해주는
수많은 것들을 발견한다.
나는 잎사귀 하나에서도 정교한 대칭미를 느낀다.
은빛 자작나무의 부드러운 표피를
사랑스러운 듯 어루만지기도 하고
소나무의 거칠고 울퉁불퉁한 나무껍질을
더듬어 보기도 한다.

때때로 이러한 모든 것들을
보고 싶은 열망에 내 가슴은 터질 것만 같다.
단지 감촉을 통해서도 이처럼 많은 기쁨을
얻을 수 있는데 볼 수만 있다면
얼마나 더 많은 아름다움을 발견할 수 있을 것인가?

내일이면 눈이 멀지도 모른다는 생각으로

당신의 눈을 사용하라.
내일이면 귀가 멀게 될 사람처럼
음악을 감상하고
새들의 노랫소리를 듣고
오케스트라의 멋진 하모니를 음미하라.
내일이면 다시는 냄새도 맛도
느끼지 못할 사람처럼 꽃들의 향기를 맡아보고
온갖 음식의 한 숟갈 한 숟갈을 맛보도록 하라.

__헬렌 켈러

완전한 기쁨이란
이치에 닿지 않는 비방을 견디는 것,
그 때문에 겪어야 할 육체적인 고통을 참고 견디는 것,
그리고 그 비방과 고통의 원인과 대적하지 않는 것이다.
그것은 그 어떤 악의적인 공적이나
육신의 고통으로도 파괴 할 수 없는
참된 신앙과 사랑을 의식하는 기쁨이다.
__톨스토이

이 세상을 움직이는 힘은 희망이다.
풍년의 희망이 없다면 농부는 씨를 뿌리지 않고
이익이란 희망이 없다면 상인은 장사를 하지 않는다.
좋은 희망을 품는 것은
바로 그것을 이룰 수 있는 지름길이다.
__마르틴 루터

먼저 당신 자신이 깨어나라

만약 당신이 세상을 바로잡고,
모든 악과 불행을 내쫓고 싶다면,
황무지에 꽃이 피게 하고 적막한 불모지가
장미꽃이 만발하듯 번영하게 만들고 싶다면,
먼저 당신 자신을 바로잡아라.

오랫동안 죄에 사로잡혀 있는 이 세상이
영광을 향해 방향을 바꾸도록 이끌고 싶다면,
찢어진 사람들의 가슴을 회복시키고,
슬픔을 뿌리 뽑고, 감미로운 위로가 넘치게 하려면,
먼저 당신 마음의 방향을 바꿔라.

세상의 오랜 질병을 치료하고,
세상의 슬픔과 고통을 끝내려면,
모든 것을 치유하는 기쁨을 세상에 가져오려면,
그리고 고생하는 이들에게 평안을 주려면,
먼저 당신 자신을 치료하라.

세상을 사랑과 평화로 인도하고,
영원한 생명과 빛과 광명에 이르게 하여
죽음과 음울한 투쟁의 잠으로부터
세상을 깨우고 싶다면,
먼저 당신 자신이 깨어나라.

_제임스 앨런

시간을 낭비하지 말라

그대의 인생을 사랑하는가!
그렇다면 시간을 낭비하지 말라.
왜냐하면 시간은 인생을 구성한 재료니깐.

똑같이 출발했는데 세월이 지난 뒤에 보면
어떤 사람은 뛰어나고
어떤 사람은 낙오자가 되어 있다.

이 두 사람의 거리는
좀처럼 접근할 수 없는 것이 되어버렸다.
이것은 하루하루 주어진 시간을 잘 이용했느냐
이용하지 않고 허송세월을 보냈느냐에 달려 있다.

_B. 프랭클린

폭풍이 지나간 들판에도 꽃이 피고
불탄 자리에도 풀은 돋는다.
이같이 자연은 사랑과 생명이 가득 차 있다.
우리는 어떠한 순간에도 쓰러지지 말고
자연의 속삭임에 귀를 기울여야 한다.
_조지 고든 바이런

양심만 밝다면

절대적인 건강이나
낭비를 해도
없어지지 않는 재물은 없다.

육체나 재물은 결국 없어진다.
다만 사람의 마음만은 무너지지 않는다.

우리의 양심만 밝다면
마음속을 침범할 어떠한 힘도 없다.

_에픽테토스

지나치게 정중하면 상대방에게 고통을 주고
지나치게 신중하면 비겁하게 된다.
예의 없는 용맹은 난폭하게 되며
정직해야 하지만 예의가 없는 정직은
잔혹하다는 비난을 듣게 된다.
_공자

희망은 기쁨이다

희망은 기쁨이요,
사람이 갖고 있는 기름진 땅이다.

희망이 있는 사람은
농부가 곡식을 거두어들이는 것처럼
그 생활이 윤택해진다.

때문에 희망은 귀중한 재산과 같은 것이다.

_로버트 루이스 스티븐슨

사람의 마음 속에는 두 개의 침실이 있어
기쁨과 슬픔이 살고 있다.
한 방에서 기쁨이 깨어났을 때
다른 방에서는 슬픔이 잠을 잔다.
그러니 기쁨아 조심하여라.
슬픔이 깨지 않도록 조용히 말하여라.
_J. H. 뉴먼

시간을 잘 활용하라

함께 출발해도
세월이 지난 뒤에 보면
어떤 사람은 앞서가고
어떤 사람은 뒤떨어져 있다.

이것은 하루하루 주어진 시간을
누가 더 잘 이용했느냐
헛되이 보냈느냐에 달려 있다.

__벤저민 프랭클린

매일 면도를 하는 것처럼
우리의 마음도 매일 다듬어야 한다.
어제 세운 뜻은 오늘 새롭게 되지 않는다.
그 뜻은 곧 우리를 떠나고 만다.
그러므로 어제의 좋은 뜻은
날마다 마음속에 새기고 되씹어야 한다.
__마틴 루터

완성해가는 과정

여러분은 그림을 그릴 때
가끔 아름다운 것을 발견할 것이다.

그러나 그것을 지워버리고
몇 번이고 다시 그려야 한다.

지우는 일은
모양을 바꾸고 더 보태서
아름다움을 완성해나가는 과정이다.

__파블로 피카소

사람이 역경에 처했을 때는
그를 둘러싼 환경 하나하나가
모두 불리한 것처럼 생각된다.
그러나 사실은 그것들이 몸과 마음의 병을
고칠 수 있는 힘이요 약이 된다.
__홍자성

먼저 웃어라

갓난아이가 웃는 것은
우스운 일이 있어 웃는 것이 아니다.
그 웃음은 아무런 뜻도 없는 것이다.

행복하기 때문에 웃는 것이 아니고
웃기 때문에 행복하다고 할 수 있다.
그러므로 먼저 웃는 것이 중요하다.

_알랭

평생에 한 번도 친절한 일을 한 적이 없고
남에게 진정한 기쁨을 준 적도 없으며
남을 도운 일 없이 보낸 사람은
훗날 노인이 되어서 인생을 아름답게 빛내주는
즐거운 추억을 얻을 기회를 놓쳐버린 사람이다.
_존 워너메이커

생각을 주장하라

네 자신의 생각을 주장하라.
결코 남의 흉내를 내지 말라.

자신이 타고난 재능을
그동안 쌓아온 능력과 함께 발휘해보라.

다른 사람의 재능을 따라 하는 것은 일시적인 것이다.
각자가 어떤 능력을 발휘할 수 있을지는
오직 신만이 알고 있다.

_랠프 에머슨

우리 인생살이에는 목표로 삼을 두 가지가 있다.
첫째는 자기가 갖고 싶은 것을 얻는 것이다.
다음은 얻은 그것을 누리는 것이다.
사람 가운데 가장 현명한 자만이
두 번째 일에 성공한다.
_로건 스미스

힘에 겨운 약속

아무것도 아닌 약속이라도,
하잘것없는 약속이라도,
상대방이 감탄할 정도로 정확하게 지켜주면
신용도 신용이지만
상대방은 나라는 사람을 늘 믿게 된다.

그러므로 누구나 힘에 겨운 약속은
애초에 하지 말아야 한다.

_앤드류 카네기

시간은 금이다.
그러나 한푼의 가치도 없는 일 년이 있는가 하면
수만금을 쌓아도 마음대로 할 수 없는 반 시간이 있다.
시간에도 여러 가지 시간이 있는 셈이다.
_톨스토이

성과를 얻으려면

한 발짝 천천히 걸어도
목적지에 닿을 수 있다고 생각하지 말라.

한 발짝은 그 자체로써 가치가 있어야 한다.
커다란 성과는 조그마한 가치가 모여
이뤄지는 것이다.
알찬 성과를 얻으려면

한 발짝, 한 발짝 힘차고 충실하지 않으면 안 된다.

__알리기에리 단테

오늘 배우지 아니하고 내일이 있다고 말하지 말며,
올해 비우지 아니하고 내년이 있다고 말하지 말라.
날과 달은 흘러가서 세월은 나를 위해 늦추지 않는다.
아! 늙었도다. 이 누구의 허물인가.
__주자

부모로서 부족함

나의 집이 이 세상에서
가장 따뜻한 보금자리라는 인상을
어린이에게 줄 수 있는 어버이는 훌륭한 어버이다.

어린이가 자신의 집을 따뜻한 곳으로
인식하지 못한다면 그것은 부모의 잘못이다.
부모로서 부족함이 있다는 증거다.

__워싱턴 어빙

오늘 할 수 있는 일은 내일로 미루지 말라.
자기가 할 수 있는 일은 남에게 미루지 말라.
싸다고 해서 필요치 않은 물건을 사지 말라.
지나치지 않고 알맞게 행동하면 후회하는 일이 없다.
__T. 제퍼슨

고맙게 생각하라

매일 아침 일어나면 좋든 싫든 무엇인가
한 가지는 할 일이 있다는 것을 고맙게 생각하라.

어떤 어려움이 있더라도
일에 열중하고 최선을 다한다면
부지런해지고 굳센 의지를 갖게 되는 등
게으른 사람은 상상도 할 수 없는
여러 가지 미덕을 갖추게 된다.

__찰스 킹즐리

참다운 행복은
값비싼 보석을 많이 가지고 있어야
얻을 수 있는 것으로 알기 쉽다.
그러나 우리가 무엇을 바라고
그 목표를 위해 어떻게 실천하느냐에 따라
참다운 행복이 결정된다.
__로버트 루이스 스티븐슨

인류 최대의 불행

인류 최대의 불행은
농사가 잘못되었거나
화재를 당했다거나 또는
나쁜 사람으로부터 피해를 입는 것보다
개개인이 서로 화목하지 못하는 데서 생긴다.

부모 형제와 이웃,
그리고 친척이나 친구들과
화목한 것이 행복의 출발점이다.

_카를 힐티

사람의 고민은 밭에 난 잡초와 같아
뽑지 않으면 무성하여 곡식에 해를 주지만
서둘러 뽑아버리면 곡식은 잘 자란다.
우리에게 밭에 잡초가 나는 것을
막을 힘은 없지만 뽑아버릴 힘은 있다.
_채근담

현명한 깨우침

직접 나무라기 어렵거든 다른 일에 비유해서
은근히 깨우쳐주는 것이 좋은 방법이다.

오늘 타일러 깨닫지 못하거든
다시 기회를 보아 이야기해주어라.

봄에 눈이 녹고 따뜻한 양기가 얼음을 녹이듯이
일을 처리하는 것이 필요하다.

_채근담

우리가 매일 저녁
단 한 번만이라도 별을 보며 명상한다면
이 세상은 한결 아름다워질 것이다.
또 간혹 죽음과 삶의 수수께끼에 대해 생각한다면
이 세계는 보다 발전할 것이다.
_알베르트 슈바이처

훌륭한 목표

훌륭한 목표를 세워서
위대한 일을 이루는 방법은
두 가지밖에 없다.

체력과 인내력인 것이다.

몸의 관리를 잘하고 항상 참고 견디는 것은
매우 약한 사람도 할 수 있으며,
이렇게 한다면 대개의 경우 목표를 이루게 된다.

__요한 볼프강 폰 괴테

때를 놓치지 말라!
이 말은 인간에게 주어진 영원한 교훈이다.
그러나 인간은 그리 대단치 않게 여기기 때문에
좋은 기회가 와도 그것을 잡을 줄은 모르고
때가 오지 않는다고 불평만 한다.
하지만 때는 누구에게나 오는 것이다.
__D. 카네기

너 자신을 알라

'너 자신을 알라' 는 말에는
확실히 중대한 경고의 뜻이 담겨 있다.

하지만 자기 자신을 연구하는 경우에도
무엇이 문제인가 하는 것은 직접 알아봐야 한다.

공부에 대한 연구도 마찬가지다.
문이 잠겼는지는 직접 열어봐야 알 것 아닌가.

_미셸 에켐 드 몽테뉴

세상에서 가장 강한 것은 내 양심이다.
양심이 약하면 인간도 약해진다.
많은 양심을 보존함으로써
그 인생을 가장 강하게 살아 나갈 수 있다는 점을
사람들은 너무도 생각지 않고 있다.
_에픽테토스

진정한 생명력

자신의 마음속에 있는 생각만이
진정한 생명력이 있다.

인간이 완벽하게 이해할 수 있는 것은
그것밖에 없기 때문이다.

다른 사람의 생각을 가져와 사용한다면
남이 버린 음식과 옷가지를 먹고 입는 것과 다를 바 없다.

_아르투어 쇼펜하우어

가장 중요한 것은 생각이다.
건전한 정신 자세를 가져라.
용기, 정직, 담백함, 명랑함 등은
곧 창조의 작업이다.
_앨버트 허버드

무엇이든지 할 수 있다

인간이 해낼 수 있는 일이라면
무엇이든지 할 수 있다는 마음을 갖는다면
아무리 곤란한 일에 부딪히더라도
언젠가는 반드시 목표를 이룰 수 있다.

반대로 간단한 일도 자신에게 무리라고 생각한다면
두더지가 쌓아 올린 흙더미도
태산처럼 보이는 것이다.

__에밀 쿠에

술은 게으름의 원인이 되는 것이다.
술에 빠지게 되면
다음과 같은 여섯 가지의 과오가 생긴다.
첫째, 당장 재산의 손실을 입게 되며,
둘째, 다툼이 잦아지며,
셋째, 쉽게 병에 걸리며,
넷째, 악평을 듣게 되며,
다섯째, 벌거숭이가 되어 치부를 드러내게 되며,
여섯째, 지혜의 힘이 약해진다.
__아함경

어려운 일이 닥치면

눈앞에 어려운 일이 닥치면
자신도 모르는 사이에 꽁무니를 빼버리고
다른 사람이 그 일을 맡아주었으면
하는 마음을 갖기 쉽다.

이것은 비겁한 행동이다.
자신이 해야 할 일이라고 생각한다면
의무를 다할 때까지 버텨야 한다.

__윈스턴 처칠

자기 자신 속에서 재능을 만들지 않고
다른 사람으로부터 얻으려 하지 말라.
이것은 마치 의사와 가끔 식사를 나누는 것만으로
건강해지기를 바라는 것과 같다.
__마르셀 프루스트

좋 은 글 대 사 전 리더 • 지식

웃는 연습을 하라 인생이 바뀐다

웃음에 대한 한국인의 해부학적인 단점은
연습으로 충분히 극복될 수 있다고 전문가들은 말한다.

웃음은 타고난 것이 아니라
연습이고 습관이라는 것이다.
따라서 평소 꾸준히 연습하면 누구나 자연스럽게
웃는 표정을 지닐 수 있다고 한다.

우리 뇌에는 웃는 입 모양을 식별하는
전용 시스템이 존재하는데
이것을 가장 쉽게 자극할 수 있는 방법이
입 꼬리를 위로 올려서 웃는 것이라고 한다.

이렇게 입모양만 바꾸어서 일부러 웃는 표정을 지어도
뇌는 이것을 실제로 웃는 것으로 판단하게 되고
우리 몸에 이로운 반응을 일으킨다.

입 꼬리를 당기고 내리는 근육의 신경이
뇌를 자극해서 면역력을 높여주는
호르몬을 분비시키기 때문이다.

말기 암 시한부 3개월의 절망 속에서
웃음으로 활력을 되찾은 사람의 이야기는

우리에게 많은 것을 느끼게 해준다.
웃음으로 활기를 얻는 것은 비단
우리의 육체만이 아니다.
스트레스에 찌든 우리의 마음도 웃음으로
잠시나마 위안을 얻고
또 다른 도전을 준비할 힘을 얻게 된다.

신이 인간에게만 준 선물인 웃음
오직 우리 사람들만이 누릴 수 있는
그 특권을 마음껏 즐기자.
인생이 바뀔 것이다.

_좋은글

08

사람은 누구든지 자기만의 거울을 갖고 있다.
그 거울은 타인 속에 있어서 자신의 죄악과 결점을 똑똑히 비춰준다.
그런데 우리는 대개 이 거울에 개처럼 반응한다.
거울에 비친 것이 자신이라는 사실을 모르고
사납게 짖어대는 것이다.
_쇼펜하우어

인생에서 가장 본질적인 의미를 찾고 싶다면
양심의 소리에 귀를 기울여라.
양심의 소리는 진리의 길에서 벗어났거나
혹은 벗어나려는 조짐을 느낄 수 있는 사람에게
명백하고 또렷하게 들리는 법이다.
_스트라호프

속 좁은 사람을 대할 때

적당히 거리를 유지하는 것이 좋다.
독사가 사랑스럽다고 손을 내밀어
만지려고 하면 물려서 독이 옮게 된다.

또 호랑이가 덤빌까 봐 섣불리
먼저 해치려고 하면 도리어 해를 입게 된다.

따라서 독사와 호랑이를 대할 때는
최대한의 거리를 두는 것이 안전하다.

속 좁은 사람을 대할 때도 마찬가지다.
너무 멀리하지도, 가까이하지도 않은 채
적당한 거리를 두는 것이
그와의 관계를 유지하는 가장 현명한 처사다.

__뤼신우

리더십은 테크닉이 아니라 마음이다.
리더십은 부하의 마음을 아는 데서 출발한다.
__미상

당신 옆에 이런 사람이 있습니까?

삶이 너무나 고달파 모든 것을 포기하려 해도
딱 한 사람 나를 의지하는 그 사람의 삶이
무너질 것 같아 일어나 내일을 향해 바로 섭니다.

속은 일이 하도 많아 이제는 모든 것을 의심하면서
살아야겠다고 다짐하지만 딱 한 사람 나를 믿어 주는
그 사람의 얼굴이 떠올라 그동안 쌓인 의심을
걷어 내고 다시 모두 믿기로 합니다.

아프고 슬픈 일이 너무 많아 눈물만 흘리면서
살아갈 것 같지만 딱 한사람 나를 향해 웃고 있는
그 사람의 해맑은 웃음이 떠올라 흐르는 눈물을 닦고
혼자 조용히 웃어 봅니다.

사람들의 멸시와 조롱 때문에 이제는 아무 일도
할 수 없을 것 같지만 딱 한사람 나를 인정해 주고
격려해 주는 그 사람의 목소리가 귓가에 맴돌아
다시 용기를 내어 새 일을 시작합니다.

세상을 향한 불평의 소리들이 높아
나도 같이 불평하면서 살고 싶지만
딱 한사람 늘 감사하면서 살아가는
그 사람의 평화가 그리워 모든 불평을 잠재우고

다시 감사의 목소리를 높입니다.

진실로 한 사람을 사랑하는 것은
온 세상을 사랑하는 것이요,
온 세상의 모든 사랑도
결국은 한 사람을 통해 찾아옵니다.

당신 옆에 이런 사람이 있습니까?
그러면 정말 행복한 사람입니다.
내 옆에 그런 사람을 두고도 불평하십니까?
그러면 그 사람은 정말 불행한 사람입니다.

__좋은글

만일 당신이 배를 만들고 싶다면
인부들에게 꼼꼼하게 일을 지시하는 것보다는
저 넓고 끝없는 바다에 대한 동경심을 키워 주어라.
__생텍쥐페리

고객 한 명을 데려오는 데는 10달러의 비용이 들고,
고객을 잃어버리는 데는 10초의 시간이 걸리며,
잃어버린 고객을 다시 데려오는 데는 10년이 걸린다.
__안종운

선불리
행동하지 마라

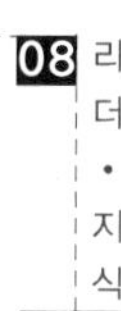

흥분한 상태에서 행동하면
모든 일을 그르칠 우려가 있다.
자신을 다스리지 못하는 사람은
자신을 위한 행동이 무엇인지 알지 못하기 때문이다.

그럴 경우 자신을 위해 분별 있고 냉정한
다른 이성적인 중개자를 내세우는 게 좋다.

이것은 마치 연극에서 관객이 연기자보다
침착하기 때문에 더 많은 것을 보는 것과 같다.

__발타자르 그라시안

삼류 리더는 자기의 능력을 사용하고,
이류 리더는 남의 힘을 사용하고,
일류 리더는 남의 지혜를 사용한다.
__한비자

자신의 식견을 파악하라

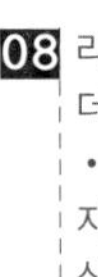

사람은 큰 사건이나 어려운 일에 직면했을 때
비로소 자신이 얼마나
책임감 있는 사람인지를 깨닫게 된다.

또 흥분될 만큼 좋은 일이나
격분할 일이 닥쳤을 때도
자신이 얼마나 그러한 감정을 효율적으로
조절할 수 있는지 알 수 있다.

이와 마찬가지로 여러 사람과 어울려
얼마 동안 함께 지내보면
자신의 식견이 어느 정도인지 비로소 알게 된다.

__뤼신우

그러면 위험이 두 배로 늘어난다.
그러나 결연하게 맞선다면 그 위험은 반으로 줄어든다.
__윈스턴 처칠

내게 이런 삶을 살게 하여 주소서

연약할 때 자기를 알고
힘을 기를 줄 아는 여유와
두려울 때 자신을 잃지 않는 대담성과
정직한 패배에 부끄러워하지 않고 태연하며
승리에 겸손하고 온유한 마음을 갖게 하여 주소서.

사리를 판단할 때 고집으로 인하여
판단을 흐리지 않게 하고
생각하고 이해하여 사심이 없는 판단을 하며
또한 평탄하고 안이한 길만이 삶의 전부라
생각하지 말게 하고
고난에 직면할 때 분투노력할 줄 알며
패자를 관용할 줄 알도록 가르쳐 주소서.

마음을 항상 깨끗이 하고
목표는 높이 설정하되
남을 정복하려고 하기 전에
먼저 자신을 다스릴 줄 알며
장래를 바라봄과 동시에
지난날을 잊지 않게 하여 주소서.

이에 더하여 삶을 엄숙하게 살아감은 물론
유머를 알고 삶을 즐길 줄 알게 하소서.

자기 자신에 지나치게 집착하지 말게 하시고
겸허한 마음을 갖게 하여 참된 위대성은
소박함에 있음도 알게 하시고
참된 지혜는 열린 마음에 있으며
참된 힘은 온유함에 있음을 명심하게 하소서.
그리하여 먼 훗날 내 인생 헛되이 살지
않았노라고 말할 수 있게 하여 주소서.

__좋은글

훌륭한 리더는
어떤 일을 시도해보라는
공식적인 허락을 기다리지 않는다.
무능한 중간 관리자는
'허락을 받지 못했으니 그 일을 할 수 없어' 라고 생각하지만
훌륭한 관리자는
'하지 말라는 지시가 없었으니까 할 수 있어' 라고 생각한다.
__콜린 파월

신은 모든 사람들에게 시련을 내린다

시련을 참고 견디는 사람에게
비로소 삶의 은총이 내린다.

신은 어떤 사람에게는 재물로,
어떤 사람에게는 가난과 비천함으로
각기 다른 모습의 시련을 내린다.

누군가 재물이 필요한 사람에게
인색하게 굴고 있다면
그것은 부귀한 사람에게 내려진 시련일 것이며,
주어진 자신의 삶에 감사하지 못하고
불평불만에 하루하루를 보낸다면
그것은 가난하고 비천한 사람에게 내려진 시련일 것이다.

_탈무드

08

가장 앞서가는 사람은
빠르게 결단을 내려 과감히 실행하는 자이다.
_데일 카네기

꼭 만나야 할 사람이 있다면

꼭 만나야 할 사람이 있다면
정말 그런 사람이 있다면
많이 헤메이다 많은 길로 돌아오는
힘든 걸음이 아니었으면 합니다.

꼭 만나야 할 사람이 있다면,
힘든 일 혼자서 겪고 지친 몸으로
쓰러져 가는 나약함을 봐야 하는
순간이 아니었으면 합니다.

꼭 만나야 할 사람이 있다면,
상처투성이의 마음으로
인연의 끈을 부정하고 두려워하는
겁쟁이가 아니었으면 합니다.

꼭 만나야 할 사람이 있다면,
그 사람의 가장 가까운 곳에
아직 나의 자리가 남아 있었으면 합니다.

꼭 만나야 할 사람이 있다면,
정말 그런 사람이 있다면
간절히 바라기를 내가 더 지치기 전에
지금 내 앞에 나타나 주었으면 합니다.

정말 그런 사람이 있다면,
지금 나의 이 한숨 소리가
어딘가에 있을 그 사람의 가슴을 돌아
다시 나에게로 되돌아오는 길이였으면 합니다.

꼭 만나야 할 사람, 그 사람과 어느 순간,
어느 장소에서 마주칠지라도
한눈에 서로를 알아볼 수 있도록
언제나 준비하고 있었으면 합니다.

_좋은글

마음에는 못이 박혀 있는 것이 좋고
입에는 문이 달려 있는 것이 좋다.
마음에 못이 박혀 있으면
밖으로 흘러넘칠 걱정이 없고,
입에 문이 달려 있으면
말이 함부로 튀어나올 염려가 없기 때문이다.
_뤼신우

단점을 지적하는 사람에게 감사하라

단점을 지적하는 사람에게도
결점은 있는 법이다.

완벽한 사람만이 남의 단점을
지적할 자격이 있다고 생각한다면
평생 동안 자신의 단점을 지적받을 기회는
단 한 번도 얻지 못할 것이다.

사람은 누구나 단점이 있기에
단점을 지적받았다는 사실
그 자체만으로 감사해해야 스스로에게도 이롭다.

_뤼신우

> 훈련비용은 직원을 훈련시키는 데 소요되는 비용이 아니다.
> 그것은 훈련을 시키지 않았을 때 치러야 할 대가인 것이다.
> _필립 월버

가치를 약탈하지 말라

금은보화나 땅을 빼앗는 것만이
도둑질이 아니다.
예컨대 물건을 팔거나 사면서
값을 지나치게 비싸게 부르거나
터무니없이 많이 깎으려고 하는 행위도
도둑질과 다름없다.

약탈하는 물건의 가치로
정의와 불의가 정해지는 것은 아니다.

그것은 양의 많고 적음과는 관계없이
똑같은 결과를 나타낸다.

__조로아스터

결국, 살아남은 종은 강하거나 지적 능력이 뛰어난 종이 아니다.
종국에 살아남은 것은 변화에 가장 잘 적응한 종이다.
__찰스 다윈

꾸미지 않아도 아름다운 마음

찬란하게 빛나는 영롱한 빛깔로 수놓아져
아주 특별한 손님이 와야
한 번 꺼내놓는 장식장의 그릇보다
모양새가 그리 곱지 않아 눈에 잘 띄지 않지만
언제든지 맘 편하게 쓸 수 있고
허전한 집안 구석에 들꽃을 한 아름 꺾어
풍성히 꽂아 두면 어울릴 만한
질박한 항아리 같았으면 좋겠습니다.

오해와 이해 사이에서 적당한 중재를 할 수 있더라도
목소리를 드높이지 않고 잠깐 동안의 억울함과 쓰라림을
묵묵히 견뎌내는 인내심을 가지고
진실의 목소리를 낼 수 있었으면 좋겠습니다.

꾸며진 미소와 외모보다는 진실된 마음과 생각으로
자신을 정갈하게 다듬을 줄 아는 지혜를 쌓으며
가진 것이 적어도 나눠주는 기쁨을 맛보며
행복해 할 줄 아는 소박한 마음을 가진 사람이면 좋겠습니다.

__좋은글

태양의 빛은 온 세상 구석구석을 비춘다

08 리더 · 지식

태양은 끊임없이 자신의 빛을
온 세상 구석구석에 비춘다.

당신이 가지고 있는 이성의 빛도
이 세상의 빛과 같이 모든 방법을 통해
비춰나가지 않으면 안 된다.

만약 살면서 인생의 방해물을 만난다 하더라도
겁내지 말고 조용하게 실천에 옮기라.
그러면 당신의 빛을 받은 모든 것은 밝게 빛나고
그 빛을 거부하는 것만이 홀로 어둠 속에 남게 될 것이다.

_아우렐리우스

08

가장 신뢰할 수 있는 마부란
사나운 말을 대하든 순한 말을 대하든 상관없이
자신의 노여움을 억제할 줄 아는 사람이다.
_불경

말은 땅에 뿌린 씨앗과 같다

말은 땅에 뿌린 씨앗과 같아서
사물을 계시하는 힘이 된다.
때문에 말 한마디가 전혀 예상하지 못했던
충격적인 결과를 불러오기도 한다.

그런데 우리는 너무도 쉽게 이런 진실을 잊어버린다.
언어란 참으로 깊은 뜻을 내포하고 있으나
어리석은 사람들은 눈에 보이는 것만을 중시한다.

길거리의 돌이나 나무 등 물질적인 것은
무엇이든 볼 수 있으나 눈에 보이지 않는
가치나 사상 같은 것들의
부피를 깨닫지는 못하는 것이다.

대기 중에 가득 찬 그것들은
매 순간 우리들 주위를 떠돌고 있는데 말이다.

_아미엘

말의 씨앗

그 사람의 환경은 생각이 됩니다.
그 사람의 생각은 말씨가 됩니다.

침묵이 금이 될 수도 있고 한마디 말이
천 냥 빚을 탕감할 수 있는 것은 말의 위력입니다.

말(言)이 적은 친절이 기억에 오래 가는 것은
마음속 깊이 우러나오기 때문입니다.

비록 많은 말을 하지 않는 행동이
보는 이의 심금을 울려주겠지요.

너그러운 마음씨가 혀를 고쳐준다고 합니다.

적을 많이 가지고 있으면 불평하는 말도
그만큼 늘 것이고 정신건강에 지대한 악영향을 줄 것입니다.

사랑의 말이 사랑을 낳고
미움이 말이 미움을 부릅니다.

내가 한 말은 반드시 어떻게든 돌아옵니다.
그래서 말씨는 곧 말의 씨앗인 것입니다.

__좋은글

자신의 마음을 믿어라

뜻이 확실할 때는 당신의
마음에서 들려오는 소리를 경청하라.

마음은 때때로 삶에서 무엇이
가장 중요한지를 미리 알려준다.

그것은 당신의 내면에서 나오는 진실한 예언이다.
사람은 천성적으로 올바른 마음을 지니고 있으며,
그 마음은 불행이 다가올 때마다 경고의 소리를 전한다.

당신의 마음을 믿고 그 마음이 보내는 소리에 경청한다면
불행을 극복할 충분한 힘을 얻을 수 있을 것이다.

_발타자르 그라시안

> 사람을 낚으려는 악마는
> 여러 가지 맛있는 미끼로 사람을 유혹한다.
> 그러나 게으른 사람에게는 그것마저도 필요하지 않다.
> 그들은 미끼 없는 낚시에도 쉽게 걸려들기 때문이다.
> _에머슨

정의의 영원성

진실된 사랑만큼 인생에서
꼭 실현되어야 하는 진정한 가치 중의
하나가 바로 '정의' 이다.

정의의 필요성을 인식하지 못하는 동안은
사랑의 영원성도 빛을 바랠 것이다.

또한 탄탄한 정의를 기반으로 한
참된 관용은 모든 미움과 다툼, 시기 혹은
시련으로부터 인간을 지켜줄 것이며
자비 넘치는 사회를 만들어줄 것이다.

_톨스토이

혼자 있을 때에도
마음을 올바르게 하는 수행이 뒷받침되지 않으면
진정한 학문을 한다고 말할 수 없다.
또 자신이 얻은 지식을
세상을 위해 제대로 활용하지 못한다면
그 지식 또한 쓸데없는 것이 될 것이다.
_뤼신우

지도자가 저지르기 쉬운 잘못 열 가지

지도자 위치에 있는
사람들이 저지르기 쉬운 잘못이 있다.

그중에서도 자손에게까지 나쁜 영향을 미치는
열 가지로 다음과 같은 일을 꼽을 수 있다.

1. 특별 대우나 조세 감면 등의 특혜를 누리는 일.
2. 남의 권리를 침해하거나 남의 재물을 빼앗는 일.
3. 공적인 위치를 망각하고 권력자에게 빌붙어 편의를 도모하는 일.
4. 권세를 믿고 남을 짓밟으려 하는 일.
5. 주위 사람들을 괴롭히고 그들의 생활을 파탄에 이르게 하는 일.
6. 권력자와 결탁하여 남에게 손해 입히는 일.
7. 윗사람으로부터는 훔치고 아랫사람으로부터는 빼앗아 사사로운 욕심을 채우는 일.
8. 잘못된 주장을 내세워 큰일을 그르치는 일.
9. 파벌을 만들어 반대파에게 보복하고 훌륭한 인물까지 공격하는 일.
10. 측근에 있는 하찮은 인물을 등용시켜 나라와 국민을 곤란에 빠뜨리는 일.

_뤼신우

쉽게 믿지도,
쉽게 사랑하지도 말라

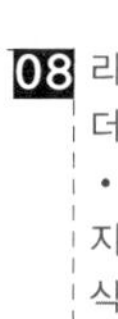

08

상대방이 하는 말이 의심스럽더라도
이를 알아차리게 해서는 안 된다.
말하는 사람을 목전에서 사기꾼으로 모는 것은
정중하지 못한 처사다.

그러므로 이야기를 들을 때는
신중하게 판단을 내리는 것이 좋다.
쉽사리 호의를 드러내는 것 또한
조심성 없는 태도로 바람직하지 않다.

사람은 말보다 행동에 더 빨리 반응하기 때문에
행동에 주의를 기울이지 않으면
신뢰가 깨질 위험은 그만큼 더 커진다.

__발타자르 그라시안

> 더 잘하려고만 생각하지 마라.
> 다르게 생각하는 습관을 만들어라.
> __해리 벡위드

보다 능동적인 삶의 자세

인간의 삶은 식물과 같아서 여러 가지
양분을 골고루 흡수해야만 성장할 수 있다.
그렇게 살다가 이 세상에 씨앗을 남기고
얼마 후에는 시들어버리는 것이다.

하지만 우리가 식물과 다른 것이 있다면
자신의 청사진을 그려보고
능동적으로 바꿔나갈 수 있다는 점이다.

식물의 수동적인 면만을 따르다 보면
일차원적인 목적밖에 이루지 못한다.
또한 자신에게 주어진 가능성을
효율적으로 이끌어내지 못한다.

현명한 사람이라면 미래에 대한 움직임 없이
현재의 틀 안에만 갇혀 있다가
더 크게 성장할 수 있는
시기를 결코 놓치지 않을 것이다.

_칸트

사람의 다섯 가지 공통된 마음

사람에게는 누구나 다섯 가지의 공통된 마음이 있다.

1. 이익을 보면 달려든다.
2. 미인을 보면 애정을 느낀다.
3. 음식을 보면 탐을 낸다.
4. 안일을 보면 몸을 눕힌다.
5. 어리석은 사람이나 약한 사람을 보면 속인다.

이 다섯 가지 마음은
모두 이기심 때문에 생기게 되는 것으로,
인간은 이를 스스로 제어하고 조절할 수 있어야 한다.
그렇지 않으면 남에게 비판을 받거나 낭패를 당하기 십상이다.

_뤼신우

막대한 생산 능력이 헛되이 소비되는 것은
자연 법칙에 의한 것이 아니라 사회적 무질서 때문이다.
이 무질서 때문에
일하는 사람들이 노동의 참된 즐거움을
제대로 얻지 못하는 것이다.
_헨리 조지

바람직한 지식을 가진 사람이 되어라

분별력이 있는 사람은 우아하고
품위 있는 독서로 자신을 무장한다.
또한 시대를 풍미하는
모든 것에 대해 폭넓은 지식을 갖춘다.
다만 평범한 방식이 아닌 비범한 방식을 취한다.

현명한 사람들은 이런 준비를 통해
적절한 때에 기지와 지혜를 발휘한다.
예컨대 주변 사람의 단점을 무턱대고
비난하기보다 재치 있는 말 한마디로
상대에게 훌륭한 지혜를 전달하는 식이다.

이는 엄숙한 교훈보다 이해하기도 쉽고
상대의 기분을 상하게 하지 않기 때문에
많은 사람들에게 실질적인 도움을 준다.

때로는 이런 상식이 대학에서 가르치는
학문보다 더 도움이 되기도 하는 것이다.

__발타자르 그라시안

인격의 완성을 위해 노력하라

노력 없이 인격을 완성하는 것은 불가능하다.
우리는 명예나 이익을 혼자 독점하려 하기보다
늘 주위 사람들에게 나누어줄 필요가 있다.

또한 자신의 몫이 줄어든다고 하여
불평해서도 곤란하다.

양지가 있으면
반드시 음지가 있는 것이 세상의 이치다.
즉, 자신이 이익을 얻으면
반드시 손해를 입는 사람이 있고
자신이 명예를 얻으면
반드시 치욕을 당하는 사람이 있게 마련이다.

__뤼신우

크게 생각하라.
작게 생각하는 것보다 돈이 더 들지 않는다.
__제인 애플게이트

누구도 멸시하지 말라

세상의 그 누구도 멸시하지 말라.
그가 한낱 비천하고 보잘것없는 사람일지라도
처음부터 그를 비난하거나
모략하려는 마음을 품지 말라.

다른 사람의 말과 행동을
언제나 선한 마음으로 받아들여라.

사람은 누구라도 그 자신의 인격 속에
영원불멸의 가치를 지니고 있음을 기억하라.

그러므로 우리가 사람들과
더불어 살아가기 위해서는
모든 인격 속에 제각기 존재하는 개성을
비난하지 않고 조용히 견뎌낼 수 있는
힘을 길러야 한다.

_쇼펜하우어

> 능력은 당신을 정상에 서게 해 줄 수 있다.
> 그러나 그 정상에 계속 머무르기 위해서는 인격이 뒷받침되어야 한다.
> _존 우든

우리는 마치
어린아이들과 같다

인간은 학교에서 혹은 성장 과정에서 알게 된
숱한 위인들의 가르침이나
일상생활의 하찮은 지식 등을
확고부동한 진리로 받아들여
의지하려는 속성을 가지고 있다.

하지만 그 무수한 말들을 외우고 익히는 동안에도
끊임없이 고난과 역경을 헤쳐 나가야 한다.

인생을 달관한 사람들은
그런 말들의 덧없음을 깨닫고
스스로의 삶에서 다시 진리를 배운다.

__에머슨

유능한 리더는 사랑 받고 칭찬 받는 사람이 아니다.
그는 그를 따르는 사람들이 올바른 일을 하도록 하는 사람이다.
리더십은 인기가 아니라 성과이다.
__피터 드러커

천박한 변덕에 자신을 내맡기지 마라

마음을 충동질하는
변덕스러운 기분에 흔들리지 마라.
자신을 똑바로 관찰하는 것은 지혜를 배우는 필수 과정이며
자기인식은 자기 개선의 출발점이다.

하루가 다르게 취향이 매일 바뀌는 사람들이 있는데,
이와 같은 변덕은 의지를 흩트리고
이성을 마비시켜 어느 것도 진정으로 사랑할 수 없게 만든다.

또한 세상만물을 올바르게 인식하고 인생에서 가치 있는 것에 대한
의지를 갖는 일을 방해할 뿐이다.

__발타자르 그라시안

> 부하 직원들에게 어떻게 일할 것인지 꼼꼼하게 말하지 말라.
> 단지 할 일이 무엇인지만 간단히 말하라.
> 그러면 부하 직원들의 기발한 솜씨와 능력에 놀라게 될 것이다.
> __예기

무지를 자랑거리로 삼는 사람들

스스로는 지식과 예의가 있고
덕까지 갖추었다고 생각하지만
실제로는 지독한 악취를 풍기며
무지 속에서 헤매는 사람들이 많다.

그들은 인생의 진정한 의의를
깨닫지 못할 뿐만 아니라 도리어
자신의 무지를 자랑거리로 삼아 살아간다.

정신적 지식의 결핍보다 더 부끄러운 일은
무지로 똘똘 뭉쳐 결코 깨우치려는
노력을 전혀 보이지 않는 것이다.

_헨리 조지

08

내게 성공의 비밀이 있다면
그것은 다른 사람의 입장을 이해하고
사물을 다른 시각으로 바라보는 것이다.
_헨리 포드

당신의 명예를 남에게 맡기지 마라

08 리더 · 지식

명예에 관한 한 안전과 위험을
상대방과 똑같이 나누어라.

자신의 명예를 남의 손에 맡길 필요는 없다.
정 그래야 한다면 신중하게 문제를 살펴라.

상대방과 동등하게 위험 부담을 나누고,
일이 잘못되었을 때 관계가 틀어지지 않도록
만약의 경우에 항상 대비해야 한다.

_발타자르 그라시안

그릇된 지식은 무지보다 더 무서운 것임을 기억하라.
거짓된 세계로부터 당신의 눈길을 거두어라.
자신의 감정을 완전히 믿지 말라.
감정은 종종 자기 자신을 속이는 법이다.
_붓다

완벽하게 뛰어들고 완벽하게 빠져나오라

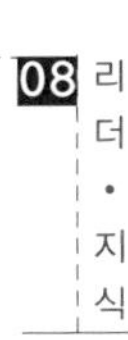

어떤 대상을 이해하기 위해서는
일단 그 속으로 뛰어들어야 한다.
비록 나중에 거기서 뛰쳐나오는 한이 있더라도
일단은 그것의 포로가 되어보는 것이다.

이런 때에는 매료되었다가 각성하고
정신없이 몰두했다가도
결국은 냉정을 되찾는 결단이 필요하다.

그러지 못하고 냉정을 찾을 때가 되었는데도
아직 그 함정에 빠져 허우적거리고 있는 사람은
그 대상을 이해할 자격이 없으며,
결국 그 대상에 대해
철저히 무지한 사람과 다를 바가 없다.

어떤 일에든 일단 확신을 갖고 접근하라.
그리고 충분한 검증 단계를 거치면서 정확히 이해하라.
하나의 이치를 정확히 이해하기 위해서는
자유로운 사고방식도 중요하지만
그 이전에 만사를 제쳐두고 집중하는 자세도 필요하다.

__톨스토이

단 하루도 게으르게 보내지 마라

운명은 장난을 좋아해
모든 일을 우연으로 보이게 하다가
갑작스럽게 우리의 일상에 급습한다.

따라서 우리는 항상 지성과 기지,
용기를 갖추고
언제 닥칠지 모를 운명의 습격에 대비해야 한다.

교활한 의도를 가진 적은
완벽한 상대가 주의력을 흩트릴 때를
기회 삼아 시험에 들게 한다.
운명 또한 그러하다.

화려한 축제의 날은 누구에게나 오지만
운명은 간계를 부려
우리가 이날을 그냥 지나치게 만든다.
그러다가 가장 준비가 안 되어 있는 날을 택해
갑자기 우리를 시험대 위에 올려놓는 것이다.

_발타자르 그라시안

자신의 모습을 들여다보라

매 순간마다 자신의 모습을 들여다보라.
현재의 자기 모습이 위선인가,
참모습인가를 정확히 알아야 한다.

그래야만 정의롭고 바른 행동으로
주어진 운명에 따라 살 수 있다.

당신이 이와 같은 경지에 도달하면
다른 사람의 말이나 행동, 소문에 대해서도
냉정한 입장을 취할 수 있다.
남들이 모두 쓸데없는 일에 골몰하고 있을 때,
당신 스스로 해야 할 일을

틀림없이 완수해낼 수 있을 것이다.

_아우렐리우스

욕망의 노예가 되지 말라 ❖

어리석은 사람일수록 욕망의 노예가 되기 쉽다.
무지한 사람의 욕정은 그칠 줄 모르고 뻗어나간다.

그것은 잡초처럼 질기고 왕성한 번식력을 갖고 있다.
욕정에 사로잡힌 인간은 먹이를 찾아서
온 숲을 헤매 다니는 원숭이처럼 끝도 없이 방황한다.

또한 나뭇가지를 친친 감는 나팔꽃 덩굴처럼
무성한 번뇌의 덩굴에 휘감겨 살아간다.

하지만 정욕의 억센 마력으로부터
자유로워질 수 있는 사람에게는
연꽃에 빗방울이 떨어지듯
모든 괴로움이 일시에 떨어져 내린다.

__붓다

사람을 다스리려면 자신을 그들 아래에 두어야 한다.
사람을 인도하려면 그들을 따르는 법을 알아야 한다.
__노자

평정심을 유지하라

'평정심' 이야말로 사람이 지녀야 할
최상의 마음가짐이다.

평정심을 유지하는 사람들은
마음이 확고한 중심을 지키고 있다.

한데 현대인들 가운데는 혼자 있을 때 느끼는
소외감을 견디지 못하는 사람이 많다.
그러다 정작 어떤 문제에 부딪히거나
사람들을 만나면 이번에는 스스로를
절제하지 못해 말을 함부로 내뱉게 된다.

이래서는 남에게 신뢰를 줄 수 없을 뿐 아니라
덕 있는 사람이 될 수도 없다.

_뤼신우

재산은 거름과 같아서 모아서 쌓아두기만 하면 악취를 풍기지만
사방에 뿌리면 대지를 기름지게 한다.
_톨스토이

세상의 절반은 다른 절반을 비웃는다

세상 사람들이 둘로 나뉘어 서로를 비웃는다면 양쪽 모두 다 바보다.
어디에 찬성하느냐에 따라 모든 것은 옳기도 하고 그르기 때문이다.
매사를 자기 입장과 가치관대로만
해석하고 평가하는 것처럼 어리석은 행동은 없다.
그러한 태도를 보이는 사람에게는
현명한 두뇌 대신 형편없는 감각만 남아 있을 뿐이다.

그 어떠한 것도 상대적이기 때문에
명백하게 옳거나 명백하게 옳지 않은 것은 없다.
그러니 자신이 하는 일을 몇몇 사람들이
마음에 들어 하지 않는다고 용기를 잃을 필요는 없다.
어딘가에는 그것을 높이 평가하는 사람들도 있을 테니까 말이다.

또한 찬사를 받았다 해도
너무 들뜨지 않도록 자신을 경계해야 한다.
모든 사람에게 찬사를 받는 사람에게도
그를 배척하는 누군가가 반드시 나타나게 마련이기 때문이다.
명망 있는 사람들 가운데 사회적 발언권을 지닌 사람만이
우리가 진정한 성취감을 느낄 만한 찬사를 보낸다.
그러므로 어떤 한 사람의 일시적인 비난이나
한 시대에 머물 뿐인 찬사에 집착해서는 안 될 일이다.

_발타자르 그라시안

정신적인 불행과 고뇌의 원인

모든 정신적인 불행과 고뇌의 원인은
물질에 대한 애착과 욕심에 있다.

욕망이란 꼬리에 꼬리를 물고 나타나므로
물질적 욕망과 결부된 정신은
한없이 불행하고 항상 번민에 사로잡힌다.

또한 욕망은 수시로 모습을 바꿔가며
인간의 정신을 황폐하게 만든다.
다만 영원히 변치 않는 것에 대한
사랑만이 우리의 정신을 평화롭게 하리라.

__스피노자

인간관계에서 자신을 높이는
가장 훌륭한 방법은 남을 탓하지 않는 것이다.
또한 자신의 그릇을 크게 하는
가장 훌륭한 방법은 남을 이해하는 것이다.
__뤼신우

마음이 인색한 자가 얻는 것과 잃는 것

이익을 얻기 위해 다른 사람과 인간관계를 맺는다면
당신은 그 거짓된 선행으로 인해
아무런 대가도 얻지 못할 것이다.

그러나 아무런 욕심 없이 누군가와 교류를 주고받는다면
당신은 감사의 이익을 얻을 것이다.

'마음을 인색하게 쓰는 자는 그것을 잃으리라.'

이 말은 모든 사람에게 해당되는 진리다.

_러스킨

일하는 사람의 마음에서는
신의 능력과도 같은 힘이 솟구친다.
신성한 생활력이 샘솟는 것이다.
이 힘은 전능한 신이 우리에게 내린 능력이다.
사람이 하기 힘든 노동일수록
그 가치는 고귀하고 신성한 것이다.
_칼라일

고뇌는 축복이다

고뇌가 없다면 인간은
자기 자신의 한계를 결코 알지 못할 것이다.
우리가 고뇌에서 찾을 수 있는 의의가
바로 여기에 있다.

우리가 처한 모든 상황은 고뇌를 동반하며,
인간이 고뇌할 줄 안다는 것은 차라리 행복한 것이다.

도덕적으로 자신이 표준 이하로
떨어지려고 한다는 사실을 느끼는 것도,
도덕상의 표준 이상으로 오르려는 욕심도 고뇌다.

마찬가지로 한자리에 마냥
머물러 있으려는 태만도 하나의 고뇌가 될 수 있다.
양심의 가책이 곧 고뇌를 불러오는 것이다.

이와 같은 양심의 가책으로 인한 고뇌는
인간을 도덕적으로 앞으로 나아가게 하는 축복이다.

_스트라호프

고귀한 덕성은 현실적인 세상의 법칙과 상반된다

일상 속에서 지속적인 성취를 해내는 사람을 존경하라.
그는 무한하고 영원한 것을 향해 전진하는 사람이다.
그는 칭찬 속에서가 아니라 혼란 속에서
자신이 올바른 길을 가고 있음을 가리키는 이정표를 발견해낸다.

그는 특출하지 않으며 자신을 뽐내며 드러내려고 애쓰지도 않는다.
다만 스스로 비방의 과녁이 되리라는 점을 알면서도
도덕을 지켜나가며, 자기를 적대시하던 사람들과도 힘을 합쳐
자신과 함께 지켜나갈 진리를 쫓는다.

무릇 고귀한 덕성은
이처럼 현실적인 세상의 법칙과는 상반되는 법이다.

_에머슨

가장 훌륭한 리더는 아니다.
가장 훌륭한 리더는 자신이 저지른 실수를 발판 삼아
가장 눈부신 승리를 거두는 리더이다.
그러므로 이미 저지른 실수에 대해서는 잊어버리고 승리를 위한 궁리를 하라.
_로버트슨

자기 자신에 대해
왈가왈부하지 마라

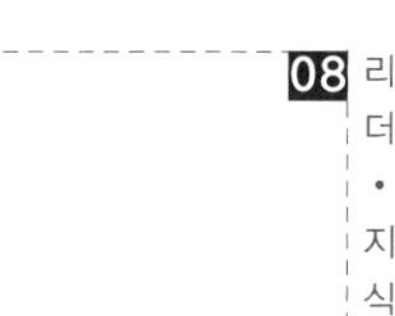

스스로를 칭찬하는 것은 허영심에서,
스스로를 책망하는 것은 소심한 마음에서 비롯된다.
무엇이 되었든 그것은 말하는 자의 어리석음을 드러내고
듣는 사람에게 거부감을 안겨주기 십상이다.

이는 일상적인 교제에서도 피하는 것이 좋은 행동이며,
고위층과의 회합이나 모임에서는 더더욱 그렇다.

자신의 단점을 조금만 내비쳐도
사람들은 알게 모르게
그 사람을 어리석은 사람이라고 낙인찍는다.

또한 자신의 장점을 드러내기에 급급한 사람은
자칫 건방진 사람으로 오인당하고 비난을 들을 수 있다.

_발타자르 그라시안

> 사람을 가르칠 때에는 그 사람이 눈치 채지 못하게 가르치고
> 새로운 사실을 제안할 때는 마치 잊어버렸던 것이 생겨난 듯이 제안하라.
> _알렉산더 포프

지혜와 양심

우리는 이제까지 지혜와 양심을 서로 다른 것으로 생각해왔다.
일반적으로 선행은 사색보다 중요한 것으로 여겨졌다.
그러나 그것은 잘 결합된 힘을 억지로 갈라놓으려는 것이나 다름없다.
그런 생각 때문에 우리의 천성이 상처를 입는 것이다.

도덕에서 사상을 제거하면 무엇이 남겠는가.
사상의 힘이 없다면 우리가 양심이라고 부르는 것은
한낱 환상이나 과장된 허위에 지나지 않을 것이다.

이 세상에서 가장 잔인한 행위는 양심의 이름으로 저질러져왔다.
양심의 명령에 따른다는 허울 좋은 핑계로 사람들은
서로를 증오하고 살생까지 마다하지 않았던 것이다.

__체이닝

어떤 물건이든 그것을 사용하는 사람은
반드시 명심해야 할 사실이 있다.
즉, 그것이 누군가의 노동에 의해서 만들어진 물건이며
그것을 함부로 쓰거나 파괴하는 것은
인간의 노동을 무시하는 행위라는 것이다.
__러스킨

가난한 이웃들을 위해 눈물 흘리고 슬퍼하라

부유한 자들이여,
가난한 이웃들을 위해 눈물 흘리고 슬퍼하라.

그대들의 재물은 쌓이기만 한 채 썩어가고 있다.
그대들의 화려한 옷은 장롱 속에서 곰팡이를 피우고 있으며,
그대들의 재물은 땅에 묻혀 녹이 슬고 있다.
그 녹이 그대들을 배반할 것이며,
불과 같이 그대들의 살을 태워버릴 것이다.

그대들은 최후의 날까지 재물을 모았다.
그로 인해 그대들의 밭에서 일한
노동자들에게 지급되어야 할 임금은
그대들 손에 갇혀서 눈물을 흘린다.

가난한 노동자들의 울음소리가 하늘에 있는
신의 귀에까지 울리는 이유는 그 때문이다.

__성서

선량한 사람

다른 사람에게 선을 베푸는 사람은 선량한 사람이다.
선을 행하기 위하여 자신의 고난도 무릅쓴다면
그는 더욱 선량한 사람이다.

또한 선을 행한 사람을 지키려고 한다면
그는 더욱더 선량한 사람이다.

선을 계속 행하기 위해 더 많은 고난을 겪는다면
그는 더할 수 없이 선량한 사람이다.

그로 인해 목숨까지 버리게 된다면
그는 그 누구보다 위대한 영웅이다.

_라 브뤼에르

우리는 서로의 도움 없이 살아갈 수 없다.
그 도움은 상호적인 것이어야 한다.
우리의 생활은 서로 밀접하게 연관되어 있기 때문이다.
어떤 사람들은 남을 돕기만 하고 어떤 사람들은 남의 도움을 받기만 하는데,
이렇듯 남의 도움을 이용하려는 사람들이 대개 사회를 좀먹는다.
_톨스토이

아픈 손가락을 드러내지 마라

당신이 아픈 손가락을 먼저 나서서
드러내는 순간 모두가 그곳을 찌를 것이다.
아프다고 하소연하는 버릇을 버려라.

악의는 늘 약한 곳을 노리며
아픈 곳만 찾아 돌아다닌다.
그리고 그 아픈 부위를 찌를 시도를
수천, 수만 번 반복한다.

때문에 신중한 사람은 결코
자신의 상처를 쉽게 드러내지 않으며,
개인적인 불행을 여기저기 발설하지도 않는다.

때로는 운명조차도 당신의 가장 아픈
상처를 찔러대며 즐거움을 느낀다.
그러니 아픈 것도, 기쁜 것도 쉽게 드러내지 마라.

__발타자르 그라시안

진정으로
두려워해야 할 것

보석을 잃어버린 로마의 여황제가
다음과 같은 포고문을 붙였다.

"30일 이내에 보석을 발견하고
신고한 자에게는 큰 상을 주리라.
그러나 30일이 지나서 신고한 자는 사형에 처한다."

30일이 지나자 랍비 한 사람이 보석을 들고 나타났다.
여왕이 물었다.

"분명 30일이 지나면
사형에 처한다고 했는데 어째서 늦게 왔느냐?"

이에 랍비가 대답했다.

"사형이 두려워서가 아니라
신이 두려워 신고한 것입니다."

__톨스토이

백 번 맞히기보다는 한 번 틀리지 않도록 주의하라

속세의 비열한 평판은 누군가의
성공을 칭송하기보다 과오를 물고 늘어지기 바쁘다.
소문 또한 좋은 일에 대한 찬사보다
나쁜 일에 대한 비난이 더 멀리, 오래 퍼지는 법이다.

많은 이들이 세상을 떠나는 순간까지
이를 깨닫지 못하고 단 한 번의 실수로
그전까지의 모든 노력과 수고를 허사로 만든다.

명심하라.
평생 동안 이룩한 업적이 아무리 대단하다 해도,
그것이 단 하나의 치명적인 오점을 지우지는 못한다.

_발타자르 그라시안

리더로서의 입장이 되면 당연히 일정한 권한을 갖게 된다.
거기에서 착각하기 쉬운 것이 힘으로 상대방을 움직이려는 환상이다.
힘이라는 것은 과시하는 것이 아니라 주위에서 인정해 주는 것이다.
_호리 코이치

사람의 불행은 자신으로부터 시작된다

인생의 불행은
자유롭고 안락한 생활로부터 시작되지만
방심하지 않고 노력함으로써
이 불행으로부터 벗어날 수 있다.

또한 불행은 사치스러운 생활에서 비롯되나
겸손하고 절약하는 생활습관으로 벗어날 수 있다.

욕망에 사로잡힘으로써 생겨나는 불행은
만족하는 마음 하나로 면할 수 있으며
지나치게 많은 일을 만들어냄으로써 생기는
불행은 신중한 행동으로 벗어날 수 있다.

__뤼신우

유능한 리더는 사랑받고 칭찬받는 사람이 아니다.
그는 그를 따르는 사람들이 올바른 일을 하도록 하는 사람이다.
리더십은 인기가 아니라 성과이다.
__피터 드러커

인생의 두 가지 생활

인간은 두 가지 생활을 영위할 수 있다.
진정한 내면적인 생활과
허위로 포장된 외면적인 생활이 그것이다.

여기서 내면적인 생활이란
주변의 모든 것들을 통해
신의 형상을 발견하는 것을 뜻한다.

내면적인 생활을 하는 사람은
주어진 재능을 일하는 데 쓰기 위해
노력하고 그 일을 완수하며,
그 일의 결과를 하찮게 여기지도 않는다.

그는 인생이 자기 자신의 만족을 위해서
주어진 것이 아니라는 사실을 깨닫고 있다.

_고골리

진정한 여행은 새로운 풍경을 보는 것이 아니라
새로운 시야를 갖는 것이다.
_마르셀 프루스트

현명하게 거절하는 방법

거절하는 일은 상대방의 청을 들어주는 것만큼이나 중요하다.
때로는 '아니오' 라는 말이 '네' 라는 말보다 훨씬 큰 가치를 발하기도 한다.
적절한 이유를 들어 거절의 뜻을 표현하는 것이 무미건조하게 허락한 후 능력 밖의 부담감을 안고 있는 일보다 현명하다.

한편 늘 '아니오' 라는 말만 입에 달고 사는 사람들이 있다. 그들은 이런 태도로 타인과의 관계에 벽을 쌓는다. 그들의 입에서 나오는 말이란 죄다 거절이었던 탓에 나중에는 아무리 무언가를 들어준다고 해도 사람들이 이를 인정하거나 믿으려 들지 않을 것이다.

관계를 거스르지 않고 거절하려면 지나치게 단호한 태도를 보이지 말고 부탁하는 사람이 점차 자기 환상에서 벗어나도록 서서히 유도하는 것이 좋다.

만일 나중에라도 도움을 주는 것이 가능하다면 거절당하는 사람에게 일말의 희망을 남겨두되, 그러한 호의조차 표현할 수 없는 경우라면 정중함으로 그 공간을 메워라.

_발타자르 그라시안

남에게 줄 것이 있으면 요청이 있기 전에 주어라.
요청을 받은 후에는 반밖에 주지 않은 셈이 된다.
_뤼케르트

자신에게 부족한 성품이 무엇인지 파악하라

사소한 점만 고치면 충분히
많은 일을 해낼 수 있는 사람들이 있다.
그들에게 대개 부족한 것은 진지함이다.

충분한 능력과 통찰력을 갖고 있음에도
행동에 앞서 차분히 숙고하는 진지함이 결여되어 있어
능력을 제대로 발휘하지 못하는 것이다.

그런가 하면 친절함이 부족한 사람도 있고,
행동력 혹은 절제가 부족한 사람도 있다.

이처럼 자신에게 부족한 면모가 무엇인지
좀 더 유심히 들여다보고 스스로의 결점을 보완해나가라.

__발타자르 그라시안

소인은 특별한 것에 관심을 두고
위인은 평범한 것에 관심을 두는 법이다.
__조지 허버트

만족할 줄 아는 사람

어떤 사람을 가리켜 현명한 사람이라 하는가?
모든 것에 배움을 얻고자 하는 사람을 말한다.

어떤 사람을 굳센 사람이라 하는가?
자기 자신을 자제할 줄 아는 사람을 말한다.

어떤 사람을 풍족한 사람이라 하는가?
자신이 벌어들이는 소득에
만족할 줄 아는 사람을 말한다.

_탈무드

비난은 한 단계 밑에 있는 사람이
한 단계 위에 있는 사람에게 하는 행동이다.
위에 있는 사람은 밑에 있는 사람을
따뜻한 애정과 미소로 바라볼 수 있지만
밑에 있는 사람은
위에 있는 사람에게 그럴 마음의 여유가 없다.
_나카타니 아키히로

농담을 남용하지 말라

사람과의 대화에서 적절한 농담을 섞는 것은
자연스러운 분위기를 위한 매너이지만,
남용한다면 문제를 일으킬 소지가 있다.

어떤 사람들은 누군가의 농담 한마디 때문에
마음이 상하거나 흥분하기도 한다.
그런 경우 그가 느낀 불쾌감은
그 자리의 다른 사람들에게까지 전이된다.

사소한 농담으로
심각한 일이 일어나는 경우는 다반사다.
그러므로 농담을 건네기 전에는
상대방의 상태를 먼저 살펴야 한다.

_발타자르 그라시안

길이 멀어야 말의 힘을 알게 되고
세월이 오래 지나야만 사람의 마음을 알게 된다.
_명심보감

스스로의 단점에 집중해라

남의 단점을 들추기 좋아하고
자기의 단점을 감추려고 하는 사람은
속임수를 감추려고 애쓰는 사기꾼과 다를 바 없다.

사람은 항상 남의 잘못을
비난하려는 경향을 갖고 있기 때문에
남의 과실에만 두 눈을 부릅뜬다.

이런 사람은 자기 자신의 그릇된 심성만을
더욱 키워갈 뿐 참되고
선량한 사람이 되는 길에서 점점 멀어져간다.

_붓다

나는 나의 스승들에게서 많은 것을 배웠다.
그리고 내가 벗 삼은 친구들에게서 더 많은 것을 배웠다.
그러나 내 제자들에게선 훨씬 더 많은 것을 배웠다.
_탈무드

사람에게 속지 말라

세상을 살면서 사람에게 속는 것은
너무도 쉽게 경험할 수 있는 일이다.
사람을 속이는 것은 나쁜 일이나
사람에게 속는 것도 그만큼 나쁜 일이다.

속은 경험으로 인해 인간에 대한 신념과
스스로에 대한 자부심이 손상되고,
그 여파가 앞으로 맺을 인간관계에까지
영향을 미친다면 더욱 그러하다.

그런 면에서 사람에게 배신을 당하느니
차라리 백화점에서 쇼핑 사기를 당하는 편이 나을 것이다.
그러한 아픔을 겪지 않기 위해서라도
우리는 다른 사람의 내면을 들여다보는 연습을 해야 한다.

_발타자르 그라시안

인간은 얼굴을 붉히는 유일한 동물이다.
또한 그렇게 할 필요가 있는 동물이다.
_마크 트웨인

모든 가능성은 당신에게 달려 있다

지혜로운 사람과 어리석은 사람의 차이는
책을 읽느냐, 읽지 않느냐에 달려 있다.

불행과 축복은 그 사람이 평소에
좋은 일을 행하느냐, 행하지 않느냐에 달려 있으며
가난하게 사느냐, 풍요롭게 사느냐는
그 사람의 근면함에 달려 있다.

또한 타인의 비방을 받을 것인가,
칭찬을 받을 것인가는
그 사람이 평소에 남을 생각하는 마음이
얼마나 있느냐에 달려 있다.

_뤄신우

> 대개의 사람은 다른 사람이 시간을
> 낭비하고 있는 사이에 앞으로 나아간다.
> 이것은 내가 오랜 세월 두 눈으로 보아 온 것이다.
> _헨리 포드

삶에 필요한 조건을 두 배로 갖추어라

삶에 필요한 조건을 두 배로 갖추면 삶의 가치 역시 두 배가 될 것이다. 그러니 아무리 중요한 일이라도 그 일에만 매달려 자신의 삶을 국한시켜서는 안 된다.

사람은 생활 방식과 건강한 의지, 삶에 대한 만족감 등 모든 것을 지금 자신이 취하고 있는 것의 배만큼 취할 필요가 있다.

달도 때가 되면 모양이 바뀌듯 인간의 연약한 마음으로 이끌어가는 삶 속에서 세상사는 또 얼마나 자주 바뀌고 변화하는가.
그처럼 깨지고 변형되기 쉬운 인생을 잘 이끌어가기 위해서는 삶에 필요한 모든 것을 두 배로 갖추어놓을 필요가 있다.

자연이 우리 신체의 중요한 부분인 팔과 다리를 둘씩 준 것처럼 우리도 우리들 삶 속에서 의지할 만한 것들을 두 배로 갖추는 노력이 필요하다.

_발타자르 그라시안

08

> 자기 자신을 인정하지 않는 사람은
> 누구도 진정으로 믿지 못한다.
> _예츠

말을 조심하라

경쟁자들과 함께 있을 때는
그들을 경계하기 위해,
다른 사람들과 있을 때는
자신의 위신을 지키기 위해서라도 말을 조심하라.

말을 내뱉기 전에 생각할 시간은 충분하다.
한 번 쏟아낸 말은 돌이킬 수 없다는 점을 명심하라.

말을 적게 할수록 다툴 일도 줄어든다.
비밀스러움은 언제나
신의 향기와 같은 신비로움을 풍긴다.
경솔한 태도로 말하는 사람은 이에 승복당할 수밖에 없다.

__발타자르 그라시안

슬픔이란 누구든지 이겨낼 수 있는 것이다.
그러나 이 슬픔을 이겨내지 못하는
사람에게는 늘 슬픔이 따를 것이다.
__셰익스피어

지식은 하나의 수단에 불과하다

한쪽 발을 찌르는 가시를 뽑기 위해서는
다른 발에 의지해야 한다.
그러나 가시를 뽑고 난 뒤
우리는 발에 대해서 까맣게 잊어버릴 것이다.

이와 같이 지식은 스스로를 어리석게 만드는
장애물을 제거하기 위해서 필요한 것이다.

지식 그 자체가 독립된 가치를 갖는 것은 결코 아니다.
그것은 하나의 수단에 불과하다.

__브라만 잠언

습관이란
인간으로 하여금 어떤 일이든지 할 수 있게 만든다.
__도스토예프스키

씨는 뿌리는 대로 거두는 법이다

남에게 상처를 입히면 그 괴로움은
당신에게도 그대로 전해진다.

반대로 남에게 봉사하면
당신 또한 봉사를 받게 될 것이다.

만일 당신이 한평생을 걸고
다른 사람에게 봉사한다면,
아무리 교활한 사람이라도
당신에게 보답하지 않을 수 없을 것이다.

__에머슨

진실로 선비인 사람은 사납지 않으며
정말로 잘 싸우는 사람은 화내지 않으며
진실로 적을 이기는 사람은 맞붙지 않으며
사람을 잘 부리는 사람은 그의 아래가 된다.
__노자

세금이 필요 없는 나라

약간의 세금만 필요한 나라,
또는 전혀 필요하지 않은 나라는 그야말로 지상낙원이다.
그와 같이 생활하는 데 있어서도
약간의 것만을 필요로 하는 사람,
혹은 그것을 전혀 필요로 하지 않는 사람은
행복한 사람이다.

외부에서 주어지는 것은
언제나 높은 대가를 치러야 하기 때문에
그만큼의 위험을 불러온다.
남에게서 또는 외부에서 얻어온 것에 대해서는
어떤 경우에도 많은 것을 기대해서는 곤란하다.

인간은 다른 누구도 아닌 자기 자신의 힘으로 살아가야 한다.
남과 함께 있지 않으면 안 될 상황에서도 마찬가지다.
문제는 그것이 대체 누구냐 하는 점에 있다.

_쇼펜하우어

울기를 두려워하지 말라.
눈물은 마음의 아픔을 씻어 내는 것이다.
_인디언 격언

병에 걸려도 건강할 때의 마음을 가져라

아무리 어려운 처지에 빠졌더라도
마음을 느긋하게 가져야 한다.
가난하고 고될 때도 마음만은 풍족할 수 있으며,
역경에 처했을 때도 넓고 고요한 마음을 유지할 수 있다면
변함없이 평안한 마음으로 살아갈 수 있을 것이다.

좁은 골짜기에 있더라도 넓은 대로에 있는 듯,
병에 걸려도 건강한 듯,
예측하지 못한 사태에 직면했을 때도
아무 일 없는 듯한 마음을 유지하도록 노력해야 한다.

이렇게 하면 어떤 일을 당해도 차분히 대처해 나갈 수 있다.

_뤼신우

오늘 내가 죽어도 세상은 바뀌지 않는다.
하지만 내가 살아있는 한 세상은 바뀐다.
_아리스토텔레스

다른 사람과 어울려 살아라

가끔은 사람들 속에 바보로 사는 것이
홀로 현명하게 사는 것보다 낫다.

모두가 바보라면 그들 중 누구도 바보 취급을 받지 않겠지만,
현명한 사람이 한 명뿐이라면 그 사람은 바보 취급을 받을 것이다.

진정으로 현명한 사람은 무지한 사람들 속에서 무지를 가장하며 산다.
그의 삶의 방식은 실로 위대한 지혜다.

혼자 현명한 사람이 되려면 홀로 무리에서 떨어져 나와
외로움과 고독의 시간을 견뎌야 할 것이다.

_발타자르 그라시안

쉬운 일이라도 어려운 일처럼 달려들고
어려운 일이라도 쉬운 일처럼 달려들어라.
_발타자르 그라시안

정치는 원칙이 있어야 한다

원칙만 확립되어 있다면 소소한 곁가지 정도는
기본에서 벗어나 있어도 적당히 조절하여 보완하면 된다.
그러나 좋은 음색이 나오지 않는다고
현을 뜯어고치거나 수레가 달리지 않는다고
바퀴를 바꾸어서는 안 된다.

예를 들어 국민들에게 혜택을 주겠다는
다짐을 원칙으로 삼고 있는데,
규율에 복종하지 않는 난동자가 나타나면
엄중하게 처벌해야 한다.

만일 이때마저도 혜택을 베푼다면서 원칙을 바꾼다면
사회에 악이 만연하게 될 것이다.

결과에 당황하여 그제야
태도를 바꾸는 것을 정치라고 말할 수는 없다.
왜냐하면 애초부터 원칙이 확립되어 있지 않았기 때문이다.

__뤼신우

내면을 주시하라

어떤 사물은 그 외양과 본질이 판이하게 다르다.
그래서 사물의 껍데기만 바라보던 사람들은
본질에 이르러서야 비로소 착각에서 깨어난다.

이 착각은 피상적인 인상에서 비롯되는데,
사람들은 그 표면적인 인상에
너무도 쉽게 속아 넘어간다.

진실하고 올바른 것은 깊이 물러서서
자신을 숨긴다는 진리를 모르기 때문이다.

_발타자르 그라시안

경영한다는 것은
성공의 사다리를 어떻게 효율적으로 올라가느냐의 문제이고,
리더십은
그 사다리가 올바른 벽에 걸쳐져 있는가를 결정하는 것과 관계된다.
_스티븐 코비

보이지 않는 것을 보는 안목

천 리 앞을 내다보는 것보다
한 치 뒤를 돌아보는 것이 어렵다.
전체를 조망하는 것보다 어려운 것은
내면을 꿰뚫어보는 일이다.

즉, 보이는 것을 보는 것은 쉽지만
보이지 않는 것까지 보는 것이 어려운 것이다.
그러나 지혜로운 사람이라면
끊임없이 사람과 사물의 내면에 집중하고
보이지 않는 것을 볼 수 있는 혜안을 길러야 한다.

__뤼신우

감성의 힘으로 사람들의 마음을 리드하라.
리더란, 집단의 감성을 끌고 가는 존재다.
즉, 리더는 사람들의 감성을 긍정적인 방향으로 이끌고
해로운 감정이 야기시킨 오염 물질을 제거해야 한다.
__다니엘 골먼

이웃 사람을 정의롭게 대하라

이웃 사람들을 정의롭게 대하라.
그들 모두를 사랑하지는 않아도
그들에게 정의를 보여주는 것은 가능하다.

그러면 그들을 사랑하는 방법도
저절로 알게 될 것이다.

그러나 만일 당신이 그들을
사랑하지 않는다는 이유로
불의를 저지른다면 평생 원수가 되고 말 것이다.

_러스킨

08

진실로 선비인 사람은 사납지 않으며
정말로 잘 싸우는 사람은 화내지 않으며
진실로 적을 이기는 사람은 맞붙지 않으며
사람을 잘 부리는 사람은 그의 아래가 된다.
_노자

상대방을 이해하는
다섯 가지 방법

자신과 상대방과 입장이 다를 때
그를 이해하기 위해서는
다음 다섯 가지 경우를 생각해볼 필요가 있다.

1. 아직 식견이 부족한 것은 아닌가?
2. 보고 들은 것이 실제와 어긋난 것은 아닌가?
3. 역량이 부족한 것은 아닌가?
4. 마음속에 무엇인가 남에게 알리고 싶지 않은 고민이 있는 것은 아닌가?
5. 조금 방심한 것은 아닌가?

__뤼신우

강한 자는 남이 못하는 일을 하고
약한 자는 남이 하는 일을 못한다.
__톨스토이

남을 비방하는 것은 무서운 죄악이다

종종 남을 비방하는 일에 재미를 느끼는 사람들이 있다.
그들은 자신들의 비방이 당사자에게는
얼마나 해로운 것인지를 이해하지 못하며
좀처럼 다른 사람에 대한 비방을 그치지 않는다.

그러나 비방이 남을 해롭게 한다는 것을
알고 있으면서도 재미로 계속하는 사람은
실로 무서운 죄악을 저지르고 있는 것이다.

_톨스토이

매 순간을 영원처럼 살아라.
오늘의 삶이 당신에게 주어진
마지막 날이라는 생각으로 일하고,
사람들을 만나며 하루를 보내라.
시간의 유한함을 깨닫는다면
순간순간을 최선을 다해 살게 될 것이다.
_톨스토이

누구나 자기만의 특성과 장점이 있다

낙타는 삼천 근이나 되는
무거운 짐을 등에 질 수 있지만
개미는 겨우 부스러기 하나밖에 지지 못한다.

그래도 낙타나 개미 모두
전력을 기울인다는 점에는 다를 바가 없다.

한편 코끼리는 엄청난 양의 물을 마시고
쥐는 고작해야 한 모금 정도의 물밖에 마시지 못하지만
둘 다 배를 가득 채운다는 사실에는 다름이 없다.

사람을 쓸 때에도 이처럼 모두로부터
똑같은 성과를 기대해서는 안 된다.
각자가 저마다의 장점을 발휘할 수 있도록
그들을 이끌고 격려하는 것이 중요하다.

__뤼신우

모든 일은 심사숙고해서 천천히 하라

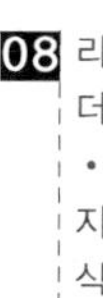

세찬 비바람은 순식간에 멈추고
성난 파도는 사흘만 지나면 잠잠해지게 마련이다.

템포가 빠른 곡은 합주에 적합하지 않으며,
말을 탈 때도 재갈을 물린 채
격하게 고삐를 죄면 곧 숨을 헐떡거리게 된다.

인간의 수명이나 행복도
이러한 이치에서 벗어나지 않는다.

어떤 일이라도 급하게 서둘러 이룬 것은
오래가지 못한다는 사실을 깨닫고,
성급함이 아닌 여유로움으로 모든 일에 임하라.

__뤼신우

08

사람이 일생을 마친 뒤에 남는 것은
모은 것이 아니라 뿌린 것이다.
__제라르 헨드리

조언에 귀 기울여라

완벽한 통찰력을 갖출 수 없다면
통찰력 있는 사람의 말에 귀를 기울여라.
자기 힘으로든, 남의 도움으로든
모든 사람은 분별력 없이는 살아갈 수 없다.
많은 이들은 자신의 무지를 스스로 깨닫지 못한다.
안다고 믿지만 사실 아무것도 모르는 것이다.

무지한 사람들은 자기 자신을 알지 못하는 까닭에
무엇이 부족한지 찾지도 않는다.
그래서 그들은 지혜로운 예언자들에게
조언을 구하러 오지 않는다.

스스로 현명하다고 믿지 않는 자가 진정한 현자다.
그러한 겸손으로 남의 조언에 귀 기울이는 것은
자기 능력의 부족함을 시인하는 것이 아니라
능력 있는 자임을 증명하는 것이다.

_발타자르 그라시안

> 모든 위대한 사업은
> 최초에는 불가능한 일이라고 했던 것들이다.
> _토머스 칼라일

건강한 정신이 건강한 신체를 만든다

'건강한 신체에 건강한 정신이 깃든다' 라는
진리와도 같은 말은 현대에 와서 반대가 되었다.
즉, 건강한 정신만이 육체를 건강하게 만든다.

도덕적인 생활과 노동, 검소한 식사와 절제,
금욕이 건강을 위한 필요충분조건이다.
육체의 건강을 대수롭지 않게 여기는 것은
다른 사람에게 베풀 수 있는 봉사의 기회를 저버리는 것과 같다.

그러나 육체에 대해 지나치게
마음을 쓰는 것도 좋다고만은 할 수 없다.
따라서 타인을 돕는 일에 방해가 되지 않는 범위 내에서
자신의 육체 건강에 신경 쓰는 것을 권유한다.

_러스킨

꿈이 사라진 인생은 날개를 접은 새와 같다.
더 이상 높이 날 수 없기 때문이다.
_랭스턴 휴즈

허기를 한꺼번에 채우지 마라

술을 마시고 있더라도 입술에서 잔을 떼어야 할 때가 있다.
중요한 순간에 욕구를 절제하고
다스리는 것이야말로 당신에게 꼭 필요한 미덕이다.

인간관계도 마찬가지다.
한 번에 누군가와 이상적인 관계를 만들려는
욕심을 버리고 천천히 잔에 물을 채우듯 넘치지 않게 해야 한다.

누군가의 마음을 얻어야 할 때도 넘치는 관심을 보이는 것보다
매일 조금씩 다가가는 것이 현명하다.

어렵게 얻은 사람일수록
더욱 소중하고 가치 있기 때문이다.

_발타자르 그라시안

> 시간을 버는 가장 좋은 방법은
> 일주일 엿새 동안, 낮 시간에 규칙 있게 일하는 것이다.
> _칼 힐티

자유는 인간의 본능이다

사람은 배고픔도 참지 못하지만
그에 못지않게 남에게 얽매이는 것도 싫어한다.
그래서 대부분의 사람들은 감옥에서 배불리 먹기보다
자유롭게 굶어 죽는 것을 덜 불행하게 여긴다.

간혹 어떤 사람들은 배가 무척 고픈 순간에
제 자유를 팔아 목숨을 부지하기도 하지만,
한 끼 밥을 먹고 나면 다시 자유를 원한다.

_톨스토이

08

미인의 아름다움은
스스로 아름다움을 의식하지 않을 때
그 진가를 발휘하는 법이다.
_톨스토이

진짜 의도를 감춘 사람을 경계하라 ❖

의도를 감추고 접근하는 사람들에게 속지마라.
남들의 경계심을 누그러뜨린 후
상대를 공격하는 것은 교활한 자들의 간계이다.
그들은 뜻한 바를 얻기 위해 진짜 의도를 감추고
접근하므로 조심하지 않으면 그들의 수법에 당할 수밖에 없다.

속으로 다른 의도를 갖고 접근하는 사람을 조심하라.
그리고 그가 본래의 목적을 관철하기 위해
내세우는 변명들을 간파하여 진짜와 가짜를 구별하라.
필시 그는 어느 순간에 갑자기 몸을 돌려세우고
과녁의 중심을 맞힐 것이다.

그런 사람에게 당하지 않기 위해서는 무엇을 양보하고
양보하지 않을 것인지 미리 판단을 내려두는 게 좋다.
또한 때로는 자신이 그의 의중을 파악하고 있음을
암시하는 것도 적절한 대처 방법이 될 수 있다.

__발타자르 그라시안

매사에 여유를 가져라

여유를 갖는 것은
당신의 위신을 지키기 위한 필수 덕목이다.
아무리 중요한 일일지라도
한 번에 모든 능력과 힘을
완전히 소모해 버려서는 안 된다.

만약 어떤 나쁜 결과에 처할 위험 요소가 있는 경우라면
거기서 벗어날 여분의 힘을 만들어놓는 것이 좋다.
이는 비겁함이 아니라 최악의 상황에서도 여유를 잃지 않고
보다 멀리 달리기 위해 꼭 필요한 지혜이다.

__발타자르 그라시안

08

가장 만족스러운 결과를 얻는 사람은
가장 뛰어난 아이디어를 가진 사람이 아니다.
동료들의 머리와 능력을 가장
효과적으로 조율하는 사람이다.
__알톤 존스

노여움을 푸는 방법

화를 내는 것이 당연하다 할지라도
자신을 노엽게 한 상대방을
'그 역시 불행한 인간' 일 뿐이라고 생각한다면
노여움은 이내 사라질 것이다.

이것은 노여움을 풀어버리는 가장 빠른 길이다.
동정심은 노여움이란 불에 물을 끼얹는 것과 같기 때문이다.

그러므로 다른 사람에 대해 분노한 나머지
그에게 고통으로 되갚아주려고 하는 것은 부질없는 짓이다.

_쇼펜하우어

자신의 부족함을 알면서도 모른 체
눈을 감고 있으면 결국 남에게 웃음거리가 된다.
부족한 점을 남에게 물어서 고치려고 하는 것은
한때의 부끄러움에 지나지 않지만,
묻지 않고 적당히 얼버무리고 마는 것은
평생의 부끄러움이 된다.

_뤼신우

대화 기술을 익혀라

사람은 대화 속에 자신의 전부를 드러낸다.
그러나 많은 경우, 아무렇지 않게 나눈 대화로 인해
쉽게 주목을 얻기도 하고 몰락하기도 한다.
인생에서 이보다 더 주의를 요하는 일은 없다.
예를 들어 편지는 서로의 생각을 글로 주고받는 대화이므로
조심성을 기울일 필요가 있다.
또한 아무런 준비 없이 이어지는 일상적인 대화에서는
더 큰 주의를 기울여야 한다.
소크라테스는 말했다.

"말하라, 그러면 내가 너를 볼 수 있다!"

어떤 사람들은 대화를 나누는 데 별다른 기술은 필요 없다고 생각한다.
대화는 그저 느슨한 옷처럼 편안하면 된다는 것이다.
그러나 이는 친한 친구 사이에서나 가능한 일이다.
중요한 사람들과 대화를 나눌 때는 말하려는 바를 보다
더 신중하게 전달해야 하며,
그러기 위해서는 상대방의 기분이나 분별력에 자신을 맞춰야 한다.

대화에서 가장 중요한 것은 달변 실력이 아니라
사려 깊은 분별력임을 잊지 말라.

__발타자르 그라시안

최후의 순간까지 처음과 같은 주의력을 유지하라

잠잠한 것은 잠잠한 대로 내버려둘 수 있고,
아직 드러나지 않은 것은 억제하기 쉬우며,
약한 것은 깨뜨려버리기 쉽다.

무릇 사물과 현상은 이처럼 그것이 나타나기 전에 조심해야 한다.
무질서가 되기 전에 질서를 세워야 하는 것이다.

큰 나무도 가늘고 작은 가지가 자라서 이루어지며
높은 탑도 작은 벽돌들이 쌓여 만들어진다.
천릿길도 한 걸음부터 시작되는 법.

최후의 순간까지 처음과 같은 주의력을 유지하라.
그렇게 할 때 비로소 어떤 일이라도 무사히 완수할 수 있게 될 것이다.

_노자

> 채석장의 돌을 잘라내어 다듬고, 모양을 새겨 넣어서
> 하나의 성격을 완성하는 것이 인생이다.
> _괴테

자신의 주요 결점을 알아두라

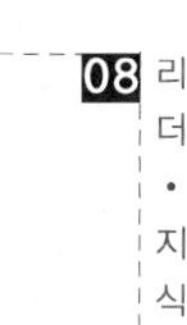

장점 없는 사람 없듯 단점이 없는 사람은 없다.
다만 단점이 나쁜 습성으로 자신을 휘두르지 않도록
신중히 그것을 정복해나가는 태도가 필요하다.

그 첫 단계는 자신의 주요 결점을
확실하게 간파하는 것이다.
스스로의 주인이 되려면
가장 먼저 자기 자신을 철저히 알아야 한다.

__발타자르 그라시안

리더들에게 가장 필요한 것은 의욕과 열정이며,
반드시 고쳐야 할 점으로
리더들이 실패하지 않으려고 하는 것이다.
실패하지 않으려는 것은
아무것도 하지 않으려는 것과 마찬가지이다.
__이구택

습관화된 비방을 멈추라

어느 날 밤 파티가 열렸다.
모임이 거의 끝날 무렵, 한 손님이 인사를 하고 먼저 돌아갔다.
그러자 뒤에 남은 사람들은 일제히 그를 비방하기 시작했다.

두 번째 돌아간 사람에게도 같은 악담이 퍼부어졌다.
그렇게 해서 손님들이 차례대로 떠나고 마지막으로 한 사람만 남게 되었다.
혼자 남은 그는 주인에게 말했다.

"미안하지만 여기서 재워주십시오. 먼저 돌아간 사람들과 같은 일을 당하게 될까 두려워서 저는 집에 갈 수가 없군요!"

_톨스토이

어떤 기업이 성공하느냐 실패하느냐의 차이는
그 기업에 소속되어 있는 사람들의
재능과 열정을 얼마나 잘 이끌어 내느냐하는
능력에 의해 좌우된다.
_토마스 왓슨

약한 것이 강한 것을 이긴다

이 세상에서 물같이 부드럽고
순한 속성을 지닌 것도 없다.

그러나 오랜 시간에 걸쳐 떨어지는 한 방울의 물이
바위를 뚫는 것처럼
물은 그 어떤 강하고 단단한 것 위에 떨어질 때
상상하지 못했던 강한 힘을 드러낸다.

약한 것은 강한 것을 이긴다.
그러나 아무도 그 사실을 믿으려 하지 않는다.

_노자

삶에 있어서 모든 사람이
기막힌 재주를 가지고 있을 필요는 없다.
상식과 사랑하는 마음, 그것만 있으면 충분하다.
_머틀 오빌

시대에 순응하라

사람은 변해가는 지식의 흐름에 따라 성장해야 한다.
구태의연한 생각에만 매여서 현재의 시류에 무감각한 것은
곧 자신의 무지를 드러내는 것과 같다.
어떤 분야든 가장 대중적인 흐름이 강력한 힘을 가지게 마련이다.
그러므로 현재의 흐름을 자신의 내면으로 자연스럽게 흡수해야 한다.
지혜로운 사람은 비록 과거의 것이 더 좋아 보인다 해도
현 시대의 흐름에 순응하며 몸과 마음을 가꾼다.

의미 있는 삶을 추구하기 위해서는
현 시대의 흐름에 순응하는 동시에 선한 마음을 실행해나가야 한다.
진실을 말하고 자신의 말에 책임을 지는 그들은
무의미한 유행을 따르기에 급급하지도 않고,
그렇기에 타인으로부터 모방의 대상이 되지도 않는다.
또한 그들은 자신이 원하는 것을 모두 취할 수는 없어도
자신이 할 수 있는 것을 끊임없이 해내며 살아간다.

__발타자르 그라시안

> 현명한 사람은 사랑하는 사람의 선물보다는
> 선물을 보내준 사람의 사랑을 더욱 귀중하게 생각한다.
> __토마스 켐피스

당신은 어째서 변화를 두려워하는가

변화는 대자연의 가장 중요한 본질 가운데 하나다.
장작의 형태를 바꾸지 않고는 물을 끓일 수 없으며
식물은 그 형태를 바꾸지 않고는 영양분이 될 수 없다.

08

이 세계의 모든 생명은 변화함으로써 존재하는 것이다.
당신을 기다리고 있는 변화도 자연 그 자체에 내재된
필연적인 이유를 가지고 있다는 것을 기억하라.

_아우렐리우스

과거 위세가 당당했던 사람은 복고를 주장하고
지금 위세가 당당한 사람은 현상유지를 주장하며
아직 행세하지 못하고 있는 사람은 혁신을 주장한다.
_노신

참다운 지출

모든 낭비는 남들과
똑같이 하려는 마음에서 비롯되는 것이다.

어떤 사람들은 자신이 원하는 것이 아님에도 불구하고
남이 먹고 남이 하는 것들을 자신도 하기 위해
불필요한 지출을 서슴지 않는다.

하지만 정작 마음의 지식을 쌓기 위해서는
결코 그렇게 많은 지출을 하려 들지 않는다.

_에머슨

진실을 전하기 위해서는 두 사람이 필요하다.
한 사람은 그것을 말하고,
다른 한 사람은 그것을 들어야 한다.
이때 진실을 제대로 전하기 위해서는
진심 어린 사랑을 담아 말해야 한다.
사랑이 담긴 말만이 호소력을 갖기 때문이다.
_소로

현명한 사람과 어리석은 사람의 차이

인간으로서 갖추어야 할 덕을 쌓기 위해서
편견에서 무작정 벗어나는 것만이 능사는 아니다.
오히려 그런 섣부른 태도는
편견에 사로잡혀 있던 순간보다 더 위험할 수 있다.
그럼에도 사람들은 이 이치를 깨닫지 못하고
너무 쉽게 스스로 자기 기반을 무너뜨리고 만다.

편견을 버린다는 사실 자체가 해롭다는 뜻은 아니다.
다만 편견을 버림으로써 인간은 이전보다 더 성장할 수 있는데도
이제껏 미신처럼 신봉해왔던 습관 하나를 덜어내고는
마치 길을 잃어버린 것처럼 방황한다는 것이 문제다.

현명한 사람과 어리석은 사람의 차이가 바로 여기에 있다.
현명한 사람은 이럴 때 이제껏 자신이 기대온
외부의 지지대를 없애버리기보다 자신의 내면으로 깊이 침잠해 들어간다.
그 고요한 탐색 속에서 자기 자신을 충실하게 파악해내는 것이다.

__톨스토이

진정한 자존심

길거리에 과자를 떨어뜨려 놓으면 곧
아이들이 모여들고 서로
그것을 차지하기 위해 싸움을 벌일 것이다.

하지만 성숙한 어른이라면
결코 그런 행동을 하지 않는 게 옳다.

금전이나 지위, 명성과 영예 등도
아이들이 좋아하는 과자와 같다.

만약 내 손바닥에 우연히 과자가 굴러 떨어지면
그것을 맛있게 먹을지도 모르나,
내 손바닥이 아닌 바닥에 그것이 떨어져 있을 때
그것을 주워 먹겠다고 굳이
허리를 굽히거나 남과 싸우지는 않을 것이다.

_에픽테토스

사랑하는 사람이 나에게서 떠나갈 때조차
그를 위해 기도할 각오 없이 사랑하는 것은 처음부터 잘못된 일이다.
_헤르만 헤세

모든 일은 우리가 생각한 대로 일어난다

우리가 일상생활에서 겪는 모든 일들은
머릿속으로 생각한 대로 일어난다.
우리의 생활은 우리 자신의
마음속에서 품은 생각대로 전개되는 것이다.

만약 우리가 악한 마음을 품고 살아간다면
평생 번뇌의 수레바퀴에
끌려 다니는 신세가 될 것이다.

그러나 늘 선한 마음에서 우러나오는
말과 행동으로 세상을 살아가는 자는
한평생 기쁨을 그림자처럼 달고 다니게 될 것이다.

_붓다

사랑은 홍역과 같은 것이다.
나이가 들어서 걸리면 걸릴수록 중증을 나타낸다.
_윌리암 제롤드

타인의 호의를 주의하라

누군가가 반갑게 인사해온다고 해서
자신을 훌륭하게 여기기 때문이라고 생각해서는 안 된다.
타인이 자신의 말을 참으며 반대하지 않고
그대로 따른다고 해서
자기를 존경하기 때문이라고 생각해서도 안 된다.

타인이 베푸는 도움이
자신을 사랑하기 때문이라고 생각해서도 안 된다.
또한 타인이 겸손하게 행동하는 것을
자신에게 경의를 표하는 것이라고 생각해서도 안 된다.

_뤼신우

마음의 출입문에 나는 써 붙였다.
'출입 금지' 라고 하지만
사랑이 웃으며 들어와서는 큰소리쳤다.
"제가 들어가지 못하는 곳은 어디에도 없습니다."
_하버트 쉽맨

당당함으로 마음을 사로잡아라

말과 행동을 당당하게 하라.
그러면 어디에 있든 신임과 존경을 얻게 될 것이다.

사람의 마음을 사로잡는 것은 참으로 위대한 승리다.
이는 어리석은 불손함이나
악한 마음으로는 결코 이룰 수 없는 일이며
천부적인 재능과 성취를 통해 쌓은
탁월하고 당당한 권위에서 비롯된다.

__발타자르 그라시안

뜨거운 가마 속에서 구워낸 도자기는
결코 빛깔이 바래는 일이 없다.
이와 마찬가지로 고난의 아픔에 단련된 사람의 인격은
영원히 변하지 않는다.
__쿠노 피셔

진정으로 선을 베푸는 일 ❖

부유한 사람은 가난한 사람들에게
자선을 베푸는 일에만 만족할 뿐
부유함에서 비롯되는 해악에 대해서는
전혀 생각하지 않는다.

물질적으로 풍족한 것만 대단하게 여기고
그것만이 인생의 행복인 양 착각하는 것은
실로 엄청난 해악임에도 말이다.

때문에 부유한 사람일수록 선을 행하기가 어렵다.
그가 선을 베풀기 위해서는 무엇보다도
먼저 자신이 가진 부유함으로부터 벗어나야 되기 때문이다.

_체이닝

사랑의 계산 방법은 독특하다.
절반과 절반이 합쳐 하나가 되는 것이 아니라
오직 두 개가 모여 완전한 하나를 만들기 때문이다.
_토 코데르트

끝을 생각하라

환호의 문을 지나 행운의 거실로 들어선 자는
통탄의 문을 거쳐 다시 밖으로 나오게 될 것이다.
그 반대의 경우도 마찬가지다.
그러므로 항상 끝을 생각하고 등장할 때의
갈채보다 퇴장할 때를 염두에 두어야 한다.

등장할 때는 누구라도 쉽게 갈채를 받을 수 있다.
그것은 대수로운 일이 아니다.
하지만 퇴장할 때 갈채를 받는다는 것은
그야말로 위대한 일이다.

퇴장하는 사람에게 갈채를 보낼 만큼
사람들이 열망한다는 것 자체가 드문 일이기 때문이다.
입장하는 사람을 정중하게 대접하는 것이
일반적이듯 퇴장하는 사람은 비난받기가 더욱 쉬운 법이다.

_발타자르 그라시안

성실하게 사랑하며 조용히 침묵을 지켜라.
성실한 사랑은 많은 말을 필요로 하지 않는다.
_프리드리히 제나인

무슨 일이든
그에 어울리는 쓰임이 있다

어떤 사람이 나무를 한 그루 받았다.
그것을 본 누군가가 물었다.

"집을 지을 때 대들보로 쓰려는 겁니까?"
"아니요, 대들보로는 작습니다."
"그럼 기둥으로 쓰려는 겁니까?"
"아니요, 기둥으로는 너무 큽니다."

그러자 나무를 본 사람이 웃으면서 말했다.

"나무는 한 그루밖에 없는데 너무 작기도 하고 너무 크다고도 하시는구려. 대관절 어디에 쓰시려는 겁니까?"

그러자 나무를 받은 사람이 말했다.

"무슨 일이든 그것에 어울리는 쓰임새가 있고, 어떤 말도 경우에 딱 들어맞는 것이 있습니다. 이것은 비단 나무만의 문제가 아니지요."

_뤼신우

고민에만 빠져 일을 그르치지 말라

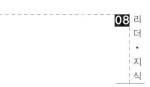

어떤 사람들은
고민을 너무 많이 해서 일을 그르친다.
그렇게 심사숙고하지 않고도
원하는 목표를 충분히 달성할 수 있는데
고민으로 아까운 시간을 허비하는 것이다.

어떤 일을 미루고 미루다 궁지에 몰려서야
비로소 급하게 해내는 사람들이 바로 그렇다.
그들은 대개 제한된 시간 내에
집중력과 역량을 발휘해 불가능해 보이던 일을 훌륭하게 해낸다.

하지만 충분한 시간을 주고 어떤 일을 시켰을 때
그들은 대개 포기하고 만다.
쫓기는 시간 속에서 전광석화처럼 떠올렸던 것들을
느슨하게 주어진 시간 동안은 결코 발견해내지 못하기 때문이다.

__발타자르 그라시안

평가할 줄 알라

제아무리 남보다 우월한 사람도
다른 누군가에 의해 압도당할 수 있다.

지혜로운 사람은 이와 같은 진실을 파악하고 있어,
누구를 만나든 그의 좋은 점을 발견해내고 또
어떤 일을 제대로 해내기 위해
자신에게 무엇이 필요한지도 현명하게 판단한다.

반면 어리석은 사람은 모든 사람을 경시하며
무엇이 좋은 것인지 알아차리지 못하고,
때문에 언제나 최악의 선택을 한다.

_발타자르 그라시안

사랑은 타오르는 불길인 동시에
앞을 비추는 광명이라야 한다.
타오르는 사랑은 흔하다.
그러나 불길이 꺼지면 무엇이 의지할 것인가.
_바이런

자신에 대한 철저한 사색 ❖

이 세상에서 벌어지는 잘못된 신앙의 대부분은
무조건적인 믿음을 강요하는 방식에서 비롯된다.
그러므로 무턱대고 신앙을 받아들이거나
상대방에게 강요하면서 신앙인 행세를 하는 것은 죄악이다.

아무런 판단이나 준비도 없이 맹목적으로 구축된 신앙은
자기 자신에 대한 저주이자 타인을
죄악의 구렁텅이로 몰아넣는 사악한 짓에 지나지 않는다.

사람들을 구하고, 또 스스로의 생각을 바로잡기 위해서는
먼저 자기 자신에 대한 철저한 사색이 필요하다.

_에머슨

그대 자신을 인도하는 빛이 되어라.
자신에 대한 신뢰를 잃지 마라.
자기 자신의 빛을 높이 걸고,
결코 그 밖에서 피난처를 찾지 않도록 하라.
_붓다

양심의 목소리에 귀 기울여라

당신은 젊다. 즉, 정념과 욕망의 시기에 있다.
이러한 시기에는 무엇보다도 자신 안에서
울려나오는 양심의 목소리에 귀 기울여야 한다.
그리고 그것을 다른 것에 앞서 존중하도록 하라.

정념이나 욕망 때문에
양심에서 벗어나는 일이 없도록 경계하라.

다른 사람들의 꾐, 또는 법률이라고 불리는
사회적 관습을 빌미로 양심이 주장하는 것과
다른 일을 하지 않도록 주의하라.

__시어도어 파커

> 연애가 결혼보다 즐거운 것은
> 소설이 역사보다도 재미있는 것과 같은 이유다.
> __상포르

비단 같은 말과 친절함으로 타인을 대하라

날카로운 화살이 몸을 찌르듯이
나쁜 말은 마음을 찌르게 마련이다.

말 한마디로 천 냥 빚을 갚을 수도 있고
불가능한 일도 이뤄낼 수 있다.

그만큼 말의 힘은 위대하다.
그러니 타인에게 말을 할 때에는
좀 더 부드럽고, 정중하고, 친절하게 하라.

_발타자르 그라시안

인생을 가장 멋지게 사는 방법은
가능한 한 많은 것을 사랑하는 것이다.
_빈센트 반 고흐

유능한 목수

유능한 목수는 나무를 조금도 다룰 줄 모르는 사람이
그의 재주를 칭찬해주지 않는다고 울적해하지 않는다.
그러므로 악한 이의 중상모략을 두려워하지 말라.
당신 내면에 있는 단단한 심지까지
상처 입힐 수 있는 자가 과연 누가 있겠는가.

나는 나를 근거 없는 말로 헐뜯거나
내 마음에 못을 박으려는 자들을 초연하게 대한다.
그들은 내가 어떤 사람인지,
또 내가 무엇을 선으로 생각하며
무엇을 악으로 생각하는지 알지 못한다.

그들은 내가 진정한 내 것으로 생각하는 것,
내가 의지하여 살아가는
유일한 진리에 대해 짐작조차 못할 것이다.

_에픽테토스

평범한 일을 매일 평범한 마음으로
실행할 수 있는 것이 비범인 것이다.
_앙드레 지드

선택은
우리 자신의 몫이다

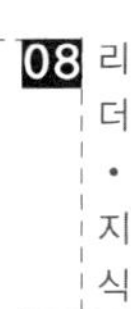

우리는 머리 위로 날아다니는 새들을 물리치지는 못한다.
그러나 자기 머리 위에 집을 짓는 것을 막을 수는 있다.
뇌리를 스치는 나쁜 생각도 마찬가지다.

우리는 세상에 떠도는 악한 생각들을 없애버릴 수는 없으나
그런 생각이 우리 머릿속에 집을 짓고 제멋대로
악한 행동을 불러일으키는 것을 막을 수는 있다.

_루터

08

마음을 청결하게 하여
모든 증오의 감정을 멀리하면
젊음을 오래 보전할 수 있다.
이 세상에 천한 직업은 없다.
다만 천한 사람이 있을 뿐이다.
_에이브러햄 링컨

소수처럼 생각하고 다수처럼 말하라

대세를 거스르려고 하면 자칫 과오를 저지르거나 위험에 빠지기 쉽다.
그런 일을 아무런 내적 혼란 없이 감당할 수 있는 사람은 아마 소크라테스와 같은 현자뿐일 것이다.
사람들은 대개 누군가가 자신의 의견과 다른 주장을 내세우면 이를 모욕으로 간주한다. 자신의 판단을 비난하는 것처럼 받아들이기 때문이다.

진리는 소수를 위해 존재하며, 기만은 비천한 만큼 널리 퍼져 있다.
시장에서 떠드는 사람을 현자로 받들지 않는 것은, 비록 그 자신은 그렇지 않다고 생각한다 할지라도 그가 자신의 목소리가 아니라 어리석은 목소리에 편승하여 말하고 있기 때문이다.

지혜로운 사람은 다른 사람을 쉽게 반박하지 않는다.
설사 속으로는 질책한다 하더라도 이를 겉으로 드러내지는 않는다.
생각하는 것은 개개인의 자유이기 때문이다.
따라서 거기에는 타인의 압력이나 강요가 가해질 수 없다.
그러므로 지혜로운 사람은 섣불리 말하지 않고 침묵을 지킨다.
다만 몇몇 분별 있는 이들에게만 이따금 자신의 뜻을 내비칠 뿐이다.

_발타자르 그라시안

생의 세 가지 여정

쉬지 않고 사는 인생은
휴게소에도 들르지 않고
강행하는 긴 여행처럼 피곤하다.
사람은 자신이 아는 만큼 인생을 즐길 수 있다.

인생의 첫 여정은 죽은 자들과의 교류로 시작하라.
우리는 삶의 진실성을 알기 위해,
그리고 우리 자신을 깨닫기 위해 산다.
그 과정에서 이미 죽은 자들이 남긴 좋은 책은
우리를 사람답게 만들 것이다.

인생의 두 번째 여정은
산 사람들과 보내면서 세상의 좋은 것을 보고 느껴라.
좁은 땅 안에서는 모든 것을 다 찾을 수 없다.
세상을 창조한 신도 자신의 능력을 분별력 있게 나누어 썼고,
때로는 풍요로운 것에 추한 것을 곁들여놓았다.

인생의 세 번째 여정은 자기 자신과 보내라.
이 마지막 행복의 비결은
인간과 인간을 둘러싼 세계에 대해
관조하고 사고하며 살아가는 데 있다.

__발타자르 그라시안

얼굴 표정이 마음입니다

혹시 가까운 곳에 거울이 있다면 그 속을 좀 들여다 보십시요.

거울 속에 들어있는 얼굴의 표정과 빛을 보십시요.
얼굴은 마음의 거울이요,
자신이 살아온 삶의 과정들을 담고 있습니다.

슬픈 일이 많았다면 슬픔이 담겨 있을 것이고,
고통스러운 일이 많았다면 그 얼굴 어딘가에 고통이 배어 있을 것입니다.

평소 마음에 켠 촛불로 자신의 내면을 골고루 들여다보며
마음을 살피는 공부를 해 온 사람은 그 얼굴이 온화하고 편안할 것입니다.

그러나 그 빛을 밖으로 향해 항상 타인에 대한 옳고 그름만을 가려 왔다면
그 얼굴엔 결코 평화나 기쁨이 담겨 있지 않을 것입니다.
공부를 하는 데는 많은 준비물이 필요하지 않습니다.

거울 하나 초 한 자루면 될 것 같습니다.
쉴 새 없이 열심히 밖으로 뛰어 다닌 자신을 불러 들여 오랜 만남을 통해
대화를 해 보십시요.

그리고 당신의 얼굴빛과 표정이 평화로워지고
눈빛이 맑아지는 변화를 확인 하십시요.

_좋은글

말이 깨끗하면
삶도 깨끗해진다

생명의 소중함을 깨닫고
저마다 의미 있는 삶을 살고자 마음을 가다듬는 때
누가 다른 사람을 깎아내리는 말에 관심을 두겠는가?
험담은 가장 파괴적인 습관이다.

입을 다물어라.

인간과 동물의 두드러진 차이점은 의사소통 능력이다.
오직 인간만이 복잡한 사고와 섬세한 감정,
철학적인 개념을 주고받을 수 있다.

그런데 우리는 이 귀한 선물을,
사랑을 전하고 관계를 돈독하게 하고
불의를 바로 잡는데 써 왔는가?

아니면 서로에게 상처를 입히고 멀어지도록 했는가?
다른 사람에게 해 줄 좋은 말이 없거든
차라리 침묵을 지켜라.

화제를 돌려라.

험담을 멈추게 할 수 있는 사람은
이미 나쁜 마음을 먹고 말하는 쪽이 아니라

그 이야기를 듣는 쪽이다.

대화가 옳지 않은 방향으로 흘러갈 때는
스포츠, 날씨, 경제 등 안전하고 흥미로운 화제로 바꾸어라.

험담이 시작될 때마다 다른 이야기를 꺼낸다면
상대방은 험담을 해도 아무 소득이 없다는 사실을
깨닫고 주의할 것이다.

믿지마라.

법정에서 증인이 해서는 안 될 말을
검사가 교묘하게 유도했을 때,
배심원들은 지금 들은 말을 무시하라는
판사의 요청에도 쉽게 그 말을 지우지 못 한다.

그 말은 이미 배심원들의 뇌리에
또렷하게 새겨졌기 때문이다.
들은 사실을 믿지 않기란 어렵다.

하지만 험담을 들었다면 믿지 마라.
험담을 피할 수 있는 마지막 수단이다.

용서하는 방법을 개발하라.

링컨 대통령은 자기의 명령에 불복종하는 장관들 때문에
좌절과 분노를 느끼면 그 사람들 앞으로
온갖 욕설과 비난을 퍼붓는 편지를 쓰곤 했다.

그리고는 편지를 부치기 직전에 갈기갈기 찢어

쓰레기통에 버림으로써 자신을 괴롭히는 부정적인 감정을 털어 냈다.
자신만의 방법으로 분노와 증오를 극복해라.

충동을 이겨내라.

험담하고 싶은 욕망을 이겨 낼 때마다 자기를 칭찬하고
부정적인 말을 꺼내기 전에 자신을 다잡아라.

물론 험담하지 않는다고 박수를 쳐 줄 사람은 없다.
그러나 당신은 스스로 올바른 일을 한 것이다.

세상을 바꾸자,
한 번에 한 마디씩.

__지식in

08

어머니는 20년의 세월 동안
한 소년을 사나이로 키워낸다.
그러고 나면 다른 여자가 나타나
그 사나이를 20분 만에 바보로 만들어 버린다.
__마르셀 프루스트

스스로 변하라

병아리가 스스로 껍질을 깨고 나오면
새로운 생명으로 탄생할 수 있지만
남이 깰 때까지 기다리다가는
결국 계란 프라이가 돼
밥상에 오를 수밖에 없습니다.

뱀도 마찬가지입니다.
고통과 힘겨움을 참아내며
허물을 벗어야 클 수 있습니다.
허물벗기를 중단하면
기다리는 것은 죽음뿐입니다.

우리도 관습과 고정관념에서 벗어나
매일 새로 태어나듯이 살아야 합니다.

__지식in

사랑은 악마이며, 불이며, 천국이며, 지옥이다.
쾌락과 고통, 슬픔과 후회가 거기에 함께 살고 있다.
__반필드

책속에 길이 있다

일본의 고이즈미 전 총리는
"책을 읽고 생각하는 사람과 그렇지 않은 사람의 얼굴에는
분명한 차이가 있다."고 말했습니다.

책 속에는 성공의 길이 있습니다.
책에서 얻은 것을 현실에서 적절히 활용하고
대화를 할 때 활용하는 일은 성공의 보증수표입니다.

책을 읽지 않는 사람,
그는 스스로 발전을 포기한 사람입니다.

_지식in

턱없이 방대한 지식에 얽매이기보다는
단 한 가지일지라도 좀 더
깊고 훌륭한 지식을 얻기 위해 노력하라.
가령 저급하거나 조잡한 것이 아니라 하더라도
지식은 그 양보다는 질의 가치를 중시해야 한다.
_톨스토이

유능과 무능의 차이

회사에는 대개 두 부류의 사람이 있습니다.
유능한 사람과 무능한 사람입니다.
그런데 생각 외로
이들의 차이는 그리 크지 않습니다.
'네' 와 '아니오' 의 차이입니다.

유능한 사람은 자기 스스로 일을 찾고
상급자의 업무지시에는 '네' 라고 대답합니다.
하지만 무능한 사람은
지시만을 기다리고 있다가 지시가 내려지면
'글쎄요. 그 일이 될까요' 하고
부정적인 생각부터 합니다.

처음부터 안 된다고 포기하는 습관,
실패자들이 가지고 있는 공통분모입니다.

__지식in

아무도 사랑하는 것을 가르쳐 주는 사람은 없다.
사랑이란 우리의 생명과 같이 날 때부터 가지고 태어나는 것이다.
__F. M. 밀러

한결같다는 말

한결같다는 말
그런 말 들어본 적 있으세요?

그 말 참 듣기 어려운 말 일 수도 있는데
어떠세요?

한결같은 그 모습과
한결같은 그 마음으로
누군가의 마음을 감동시켜 본 적 있으세요?

아직 살아야 할 날이 많아
감동시킬 시간도 많은 듯하여
이제부터 감동시키실 거라구요?

나는 아니면서
상대에게 한결같지 못함을
탓한 적은 없었나요?

사람이 사람에게 보여줄 수 있는
최대의 감동은
한결같음이란 생각이 드네요.

사람과 사람이 나눌 수 있는
최대한의 사랑도 한결같음이구요.

늘 사람다운 사람을 그리워하는
인연님들의 마음을 알아요.

그건 결국 한결같은 사람을 만나지 못했거나
내가 한결같지 못했기 때문에 오는
결과일 수도 있단 생각해 보셨어요?

사람과 사람사이
한결같은 이의 이름으로 기억되기 위해
그리고 한결같은 사람을 내 곁에 두기 위해
몇 걸음 정도는 양보하고
몇 걸음 정도는 손해 보더라도
그냥 눈감아 넘어 가는 아량을
가슴 한 켠에 키워 갈 수 있었음 하네요.

__배은미

닥치는 대로 책을 읽거나 쓸데없이
잡다한 지식으로 머릿속을 어지럽히지 말라.
진실로 피가 되고 살이 되는
그 무엇을 얻고 싶다면 좋은 책을 가려 읽어야 한다.
이것저것 가리지 않는
마구잡이식 독서는
오히려 두뇌를 망가뜨릴 뿐이다.
__세네카

어떤 일이든 진실하라

진실한 것이 더 손쉬운 것이다.
어떠한 일이든
거짓에 의해서 해결하는 것 보다는
진실에 의해서 해결하는 편이
항상 보다 직선적이며
보다 신속하게 처리된다.

그리고 남에게 하는 거짓말은
문제를 혼란시키고
해결을 더욱 멀게 할 뿐이다.
그러나 그보다 더욱 나쁜 것은
겉으로는 진실한 채 하면서
자기 자신에게 하는 거짓말이다.
그것은 결국 그 인간의 평생을 망치게 할 것이다.

_톨스토이

사랑은 우리들을 행복하게 하기 위해서 존재하는 것이 아니라,
우리들이 고뇌와 인내에서 얼마만큼 견딜 수 있는가를 보기 위해서 존재한다.
_헤르만 헤세

08

어떤 책들이 있는가

그대의 서재 안에
어떤 책들이 있는가를 살펴보라.
수천 년 동안 온갖 문명을 이끌어 온
가장 슬기롭고 훌륭한 위인들과 만날 수 있을 것이다.
그들은 고독을 즐기는 은둔자들이며 소란한 것을 싫어하고,
예의범절을 지키는 데 있어서도 까다롭기 그지없어서
그대와는 동떨어진 인격체일 수도 있다.

그러나 그들이 가장 아끼는 벗에게도 털어놓지 않았던
위대한 사상이 여기 낯모르는 우리들을 위하여
낱낱이 기록되어 있다고 생각해보라.

우리는 책을 통해서
고도의 지적 성과물을 얻게 되는 것이다.

__에머슨

사랑이 있기 때문에 세상은 항상 신선하다.
사랑은 인생의 영원한 음악으로
청년에게는 빛을 주고 노인에게는 후광을 준다.
__사무엘 스마일즈

지식이란 재물과 같다

지식이란 금전과도 같다.
만약 구슬땀을 흘려 재물을 얻었다면
충분히 자랑할 만하다.

비록 푼돈이라 해도
정직한 노동의 대가로 얻은 것이라면
그 또한 자랑할 가치가 있다

.

그러나 아무 일도 하지 않고
길 가는 사람이 던져준 동전을 받은 것처럼
얻어진 지식이라면 무슨 자랑거리가 되겠는가.

_러스킨

사랑을 두려워함은 인생을 두려워함이다.
그리고 인생을 두려워하는 사람이 있다면
그는 이미 십중팔구는 죽은 것이나 다름없다.
_러슬

진리는 항상 굳세다

신분이 높은 사람이든 낮은 사람이든,
부유하든 가난하든 모든 사람을
두려워하지도 말고 업신여기지도 말라.
다만 그들을 똑같이 존경하라.

자의식으로 진리를 가려잡으며,
모든 것에 신념을 가져라.
사람들의 반응을 기다리지 말라.

진리의 편을 드는 소리가 미약해질수록
더욱 강하게 자기의 소리를 높여라.

진리는 착오나 편견 그리고
공포보다도 굳세다는 것을 믿어라.
그리고 항상 고뇌에 대비하라.

_체이닝

자신을 사랑하는 방법을 배우는 것이야말로
세상에서 가장 위대한 사랑이다.
_앤드류 매튜스

성공하는 CEO

성공하는 CEO는 결과가 나쁠 때에는
창문 밖이 아니라 거울을 들여다보며
전적으로 자신에게 책임을 돌리고,
다른 사람들이나 외부 요인들, 불운을 원망하지 않는다.

회사가 성공했을 때에는 거울이 아니라
창문 밖을 내다보며,
다른 사람들과 외부 요인들, 행운에 찬사를 돌린다.

_짐 콜린스

오늘 할 수 있는 일을 내일로 미루지 말라.
자기가 할 수 있는 일을 다른 사람에게 시키지도 말라.
값이 싸다고 해서 필요 없는 물건을 마구 사들이지도 말라.
긍지는 의식주에 필요한 모든 것보다도 고귀하다.
알맞은 정도에 그침으로써 후회하는 일은 드물다.
_제퍼슨

고용주와 지도자

고용주는 권위에 의존하고
지도자는 친절에 의존한다.

고용주는 공포를 불어넣고
지도자는 열광을 고취한다.

고용주는 '나' 라고 말하고
지도자는 '우리' 라고 말한다.

고용주는 고장에 대한 책임에 눈길을 돌리고
지도자는 그 해결 방법을 보여 준다.

고용주는 '일하라' 라고 말하고
지도자는 '일합시다' 라고 말한다.

__고든 셀프리지

사랑은 달콤한 기쁨이면서
가장 처절한 슬픔이기도 하다.
__베일리

규율에 대하여

아직 친숙하지 않은 부하에게
벌을 주면 부하는 마음으로 복종하지 않는다.
반대로 친숙하다고 해서 벌을 행하지 않으면
타성이 생겨서 이 또한 쓰기 어렵다.

따라서 부하에 대하여는
온정으로 대함과 동시에 권위로써 질서를 세우기 위해
미리미리 준비해 두지 않으면 안 되는 것이다.
평소에 규율이 잘 지켜지는 상태가 되어있을 때
명령이 내려져야 이를 잘 지키게 된다.

__손자

연애가 결혼보다 즐거운 것은
소설이 역사보다도 재미있는 것과 같은 이유다.
__상포르

불행한 회사

회사가 항상 순풍에 돛을 단 듯
순조롭게 발전하게 되면
사원들은 자신도 모르게
온실 속 화초가 되어 버린다.

발전과정에 어려움이 발생하여
그 어려움에 기죽지 않고
기꺼이 돌파해가는 경험이 있어야
국가든 사회든 지속적인 발전을 이룰 수 있다.

따라서 항상 순조롭게 발전하고 있는 회사는
오히려 불행한 회사이다.

_마쓰시타 고노스케

사랑은 손 안에 머문 수은과 같다.
손가락을 펴도 수은은 손바닥에 남지만
잡으려고 움켜쥐면 멀리 달아나 버린다.
_도로시 파커

부하의 마음

아직 친숙하지 않은 부하에게 벌을 주면
부하는 마음으로 복종하지 않는다.

반대로 친숙하다고 해서 벌을 행하지 않으면
타성이 생겨서 이 또한 쓰기 어렵다.

따라서 부하에 대하여는 온정으로 대함과 동시에
권위로써 질서를 세우기 위해
미리미리 준비해 두지 않으면 안 되는 것이다.

평소에 규율이 잘 지켜지는 상태가 되어있을 때
명령이 내려져야 이를 잘 지키게 된다.

_손자

사랑은 완전하지도 불완전하지도 않다.
완전과 불완전이 문제가 되는 것은
오로지 사랑이 존재하지 않을 때 뿐이다.
_크리슈나무르티

인재를 등용한다는 것

항우와 비교할 때 유방에게는
여섯 가지 부족한 점이 있었다.

명성이 부족하고,
세력이 부족하고,
용맹이 부족하고,
인의가 부족하고,
신의가 부족하고,
군졸에 대한 사랑이 부족했다.

그러나 항우가 따르지 못하는 한 가지 장점이 있었다.
그것은 인재를 등용할 줄 안다는 것인데,
그의 수하에는 유능한 장수들이 구름같이 모였고,
모사들 또한 숲처럼 가득했다.

__지전(智典)

> 사랑은 일에 굴복한다.
> 만일 사랑으로부터 빠져 나오기를 원한다면 바쁘게 일하라.
> 그러면 안전할 것이다.
> __오비디우스

좋 은 글 대 사 전

노력 · 고뇌

노력의 대가

노력과 재능, 이 두 가지를 모두 갖추지 않고서는
절대 큰 인물이 될 수 없다.
이 두 가지를 겸비해야만 비로소 최고의 경지에 이를 수 있다.
그러나 두드러진 재능이 없는 사람이라도
성실하게 노력하기만 한다면 뛰어난 지성을 갖추고도
노력하지 않는 사람을 앞질러나갈 수 있다.

명성은 바로 이러한 최대의 노력을 발휘함으로써 얻는 것이다.
노력이라는 대가를 적게 치를수록 명성의 가치는 미미해진다.
간혹 최고의 지위에 있는 사람이 궁지에 몰리는 경우가 있는데,
이는 대부분 재능보다 노력이 부족해서 일어난 결과다.

최선을 다하지 않을뿐더러 노력하지도 않으면서
평범하게 머무는 데 만족하고 있다면 어떤 변명도 소용없다.
타고난 재능과 후천적인 노력을 함께 키울 때
사람은 비로소 성장할 수 있는 것이다.

__발타자르 그라시안

고마움을 통해 인생은 풍요해진다.

__본 헤퍼

하루를 좋은 날로 만들려는 사람은

고난 속에서도 희망을 가진 사람은
행복의 주인공이 되고
고난에 굴복하고 희망을 품지 못하는 사람은
비극의 주인공이 됩니다.

하루를 좋은 날로 만들려는 사람은
행복의 주인공이 되고
나중에 라고 미루며 시간을 놓치는 사람은
불행의 하수인이 됩니다.

힘들 때 손 잡아주는 친구가 있다면
당신은 이미 행복의 당선자이고
그런 친구가 없다고 생각하는 사람은
이미 행복 낙선자입니다.

사랑에는 기쁨도 슬픔도 있다는 것을
아는 사람은 행복하고
슬픔의 순간만을 기억하는 사람은 불행합니다.

작은 집에 살아도
잠잘 수 있어 좋다고 생각하는 사람은
행복한 사람이고,
작아서 아무것도 할 수 없다고

생각하는 사람은 불행한 사람입니다.

남의 마음까지 헤아려 주는 사람은
이미 행복하고,
상대가 자신을 이해해주지 않는 것만
섭섭한 사람은 이미 불행합니다.

미운 사람이 많을수록
행복은 반비례하고
좋아하는 사람이 많을수록
행복은 정비례합니다.

너는 너, 나는 나라고 하는 사람은
불행의 독불장군이지만
우리라고 생각하는 사람은
행복의 연합군입니다.

용서할 줄 아는 사람은 행복하지만
미움을 버리지 못하는 사람은 불행합니다.

작은 것에 감사하는 사람은
행복한 사람이고
누구는 저렇게 사는데
'나는' 이라고 생각하는 사람은
불행한 사람입니다.

_좋은글

과장은 금물이다

말을 할 때 최상의 표현만을 고집할 필요는 없다.
중요한 것은 진리를 왜곡하지 않고
분별력을 지켜 정확히 말하는 것이다.
칭찬은 호기심을 불러일으키고 욕구를 자극한다.
그러나 매번 기대했던 만큼의 결과를 얻을 수는 없다.

한껏 드높여놓은 기대감이 좌절되면,
그것이 터무니없는 허위였다는 사실에 대한
배반감 때문에라도 그런 기대를 조장한 사람에게
비난의 화살을 던질 것이다.

만약 당신이 사람들과 대화할 때 늘 과장을 일삼는다면
그전에 얻었던 호의도 잃고 분별력마저 잃어버리게 될 것이다.

_발타자르 그라시안

한 사람이 천 명을 이길 수도 있다.
그러나 자기를 이기는 자가 가장 위대한 승리자이다.
_J. P. 네루

취향을 가져라

취향은 이성처럼 가꾸고 키울 수 있다.
숭고한 정신은 취향의 고상함에서도 드러난다.
큰 먹이가 큰 입에 맞듯
고상한 취향은 숭고한 정신에 걸맞다.
그러한 정신이 내리는 판단 앞에서는
세상만물이 두려움을 느끼고
훌륭한 예술 작품도 빛깔을 잃는다.

엄밀한 의미에서 '완벽하다' 고
말할 수 있는 것은 극히 적으며,
따라서 절대적으로 높은 평가를 받는 일도 드물기 때문이다.

우리는 타인과의 만남을 통해 취향을 가꾸어나가기도 한다.
고상하고 매력적인 취향을 가진 사람과
교류하는 것은 특별한 행운일 것이다.
그렇다고 해서 매사에 까다롭게 굴며 불평하지는 마라.
이는 고지식하고 어리석은 짓으로
불협화음을 듣는 것보다 더 괴로운 일이다.

__발타자르 그라시안

자기 자신을 파악하라

자기 정체성을 완전히 파악하지 않고서는
자신의 진정한 주인이 될 수 없다.
어떤 일을 하기 이전에
자신의 능력과 분별력, 정교함부터 파악하라.

특히 협상을 하기 전에는
자신의 용기를 반드시 시험해보라.
즉, 스스로가 가진 가능성의 깊이가 어느 정도인지,
일을 감당할 능력이 어느 정도인지 등을
완전히 파악하고 실전에 뛰어들어야 한다.

_발타자르 그라시안

단순한 진흙이라도 도공의 손에 들어가면
아름답고 유용한 것이 될 수 있다.
생각을 바꾸면 인생이 달라지는 것이다.
_존 하첼

생각할 것,
생각하지 말 것

오늘 하루 동안에는 나를 행복하게 해주는 것들만 생각하겠습니다.
슬픔을 주는 것들은 생각하지 않겠습니다.

오늘 하루 동안에는 나의 장점과 진실만을 생각하겠습니다.
단점과 거짓은 생각하지 않겠습니다.

오늘 하루 동안에는 내 주위의 축복들만 생각하겠습니다.
거절당한 것이나 불행은 생각하지 않겠습니다.

오늘 하루 동안에는 우정과 미덕을 생각하겠습니다.
잘못과 허점은 생각하지 않겠습니다.

오늘 하루 동안에는 기분 좋았던 날들만 생각하겠습니다.
한숨과 고통은 생각하지 않겠습니다.

오늘 하루 동안에는 내 앞에 있는 소망들을 생각하겠습니다.
뒤에 남은 찌꺼기는 생각하지 않겠습니다.

오늘 하루 동안에는 내가 베풀 수 있는 친절만 생각하겠습니다.
나 자신만 돌아보려는 생각은 하지 않겠습니다.

__좋은글

아름다운 미소는

미소는 아무런 대가를 치루지 않고서도
많은 것을 이루어 냅니다.
받는 사람의 마음을 풍족하게 해주지만
주는 사람의 마음을 가난하게 만들지는 않습니다.

미소는 순간적으로 일어나지만
미소에 대한 기억은 영원히 지속됩니다.
미소 없이 살아갈 수 있을 만큼 부자인 사람은 없고
그 혜택을 누리지 못할 만큼 가난한 사람도 없습니다.

미소는 가정의 행복을 만들어 내고
연인에게는 사랑을 싹트게 하며
우정의 표시로 나타나기도 합니다.

미소는 지친 사람에게는 안식이며, 햇빛이고,
슬픈 사람에게는 태양이며
모든 문제에 대한 자연의 묘약이기도 합니다.

그러나 미소는 살 수도 구경할 수도 없으며
빌리거나 훔칠 수도 없습니다.

왜냐하면 미소는 누구에게 주기 전에는
아무 쓸모가 없기 때문입니다.
환한 미소를 지어 보세요.

누군가에게 그 미소를 전해주세요.

그 미소는 또 다른 누군가에게 전하며
사람의 마음을 풍족하게 해주니까요.
작은 미소가 사람의 마음을 훈훈하게 해주는
작은 사랑의 시작인거 같습니다.

할 수 있다면
영원히 미소 짓는 사람이 되고 싶습니다.
모두가 무어라 설명할 수 없는
행복한 미소가 입가에 머물지 않으세요?

그건 바로
그 순간에 미소 짓기 때문입니다.

__좋은글

말이란 사자와 같이 대담하며
토끼와 같이 부드러울수록 좋다.
또한 뱀처럼 인상 깊고 날카로우며
소처럼 근실한 느낌을 주어야 한다.
그러면서도 중심에서 울리는 종소리처럼 은은하다면
말 때문에 남에게 미움 받지는 않을 것이다.

__티베트 명언

노력에는 어떤 형태로든 보상이 따른다

한 사람이 보석을 바다에 던져버렸다.
그러나 이내 후회하면서 보석을 되찾을 욕심에
국자로 물을 퍼내기 시작했다.
한참 뒤 바다의 신이 나타나 그에게 물었다.
"언제쯤이면 네 보석을 찾을 것이라고 생각하느냐?"
그러자 그는 이렇게 대답했다.
"이 바닷물을 전부 퍼내면 찾을 수 있다고 생각합니다."
그 대답에 바다의 신은 보석을 건져다가 그 사람에게 주었다.

겉으로 드러나는 결과 자체가
오직 우리의 의지로 인해 결정되는 것은 아니나,
끝까지 노력하는 자세는 우리의 몫에 달렸다.
그와 같은 자세로 노력할 때 우리는 적어도 그 노력에 상응하는
좋은 결과를 내면적으로 성취해낼 수 있다.

_톨스토이

기회를 기다려라.
그러나 절대로 때를 기다려서는 안 된다.
_F. M. 밀러

자신감을 갖고 일을 대하라

마음을 가라앉힐 수만 있다면
어떤 일이라도 항상 정확하게 판단할 수 있다.

또 어떤 일에든 자신감을 갖고 임하면
이루지 못할 것이 없다.
그런데 대부분의 사람들은 들뜬 마음으로,
혹은 주눅이 들어 위축된 마음으로 일을 그르친다.

그런 자세로는 아무것도 이루지 못한 채
인생을 허비하기 십상이다.

_뤼신우

세상에서 가장 좋은 벗은 나 자신이며,
세상에서 가장 나쁜 벗도 나 자신이다.
나를 구할 수 있는 가장 큰 힘도 나 자신 속에 있으며,
나를 해하는 무서운 칼날도 자신 속에 있다.
이 두 가지 중 어느 것을 좇느냐에 따라
자신의 운명이 결정된다.

_웰만

자기 분야에서 권위자가 돼라

위엄을 지녀라.
실제로 지도자가 아니더라도
최소한 자기 영역에서는
지도자와 같은 위엄을 지녀야 한다.

행동은 고귀하게 하고 생각은 드높여라.
세상의 권력은 가지지 못한다 할지라도
어떤 일을 하든 지도자와 같은 업적을 쌓아라.

한 치의 부끄러움도 없는 도덕성 속에서
진정한 권위를 갖추어나가라.
또한 위대함을 이상으로 삼고 있다면
다른 사람의 위대한 업적을 시기해서도 안 된다.

__발타자르 그라시안

> 못난 사람일수록 잘되면 자만심이 부풀어 오르고
> 역경에 처하면 자멸한다.
> __에피쿠로스

힘들게 일한 삶은 그만큼 당당하다

먼 옛날 한 형제가 살았다.
형은 왕을 모시며 편안하게 살고 있었고, 동생은 힘든 일을 하며 겨우겨우 먹고 사는 처지였다. 어느 날, 형이 가난한 아우에게 물었다.

"너는 왜 나처럼 왕을 모시려고 하지 않지? 그렇게만 하면 지금처럼 힘들게 일하지 않고도 호의호식할 수 있을 텐데."

그러자 가난한 아우가 대답했다.

"형님은 어째서 노예처럼 살려고 합니까? 어떤 훌륭한 분이 내게 이런 말을 해주더군요. '황금 옷을 입고 남의 종노릇을 하느니 차라리 누더기 옷을 입더라도 내가 벌어 사는 게 낫다. 복종의 표시로 두 손을 모으느니 차라리 그 손을 일하는 데 쓰는 게 낫다. 노예처럼 허리 굽혀 얻은 기름진 음식보다는 차라리 한 조각의 맛없는 빵이 낫다' 라고 말입니다."

_사디

> 사람이 태어나서 배우지 않으면,
> 어둔 밤길을 가는 것과 같다.
> _강태공

남들이 원하는 사람이 돼라

남들로부터 큰 호의를 얻는 것은 쉽지 않은 일이다.
특히 현명한 사람들의 호의를 얻을 수 있다면
이는 굉장한 행운이다.

사회생활에서 사람들의 호의를 얻는 가장 확실한 방법은
자신의 분야에서 탁월한 재능을 드러내는 것이다.

자신의 능력을 발휘하며 자신감 있는 행동으로
상대의 마음을 얻어낸다는 것은 참으로 대단한 일이다.

이 모든 과정을 통해 당신은 사람들에게
'내 재능은 당신에게 꼭 필요하다' 는 사실을 인식시킬 수 있으며,
그렇게 되면 당신이 일을 찾지 않아도 일이 당신을 찾아온다.

_발타자르 그라시안

삶은 죽음에서 생긴다.
보리가 싹트기 위해서는 씨앗이 죽지 않으면 안 된다.
_간디

모든 일에는 때가 있다

사람은 누구나 한 번쯤
불행한 시기를 맞닥뜨리게 마련이다.
그때는 어떤 일도 잘 풀리지 않고
상황이 바뀌어도 불운이 지속된다.

지혜조차도 연거푸 찾아오는 재앙 앞에 무릎을 꿇고
평소와 같은 분별력도 따르지 않는다.
모든 일이 이상하게 어긋날 때가 있는가 하면
큰 수고를 들이지 않고도 일이 잘 풀릴 때도 있다.

모든 일에는 때가 있는 것이다.

이 모든 상황에 준비되어 있는 사람은
행운을 맞이할 수 있다.
정신은 집중되어 있고 기분은 최고조를 달리는 때가
바로 그런 순간이다.
그럴 때 자신에게 다가온 행운을 알아보고
이를 조금이라도 놓치지 마라.
생각이 깊은 사람은 이런 조짐을 미리 알아채기에
자신이 처한 상황이 나쁘다거나 좋다고 성급하게 말하지 않는다.

__발타자르 그라시안

거름을 만드는 비결

힘든 때일수록 자신의 가치를 알아야 합니다.
상황이 어렵다고 해서
자신의 선택이 다 잘못된 것은 아닙니다.

아무리 좋은 선택을 해도
그것이 위대한 선택일수록
어려운 일은 있을 수 있습니다.
그 고생 끝에 기쁨이 있는 것입니다.

현재의 고통과 외로움은 미래를 위한 거름입니다.
그것이 쓰레기가 되어서는 안 됩니다.
현재의 좌절과 어려움을 쓰레기로 만드는 사람이 있습니다.
그런 사람은 쓰레기와 함께 썩어버리고 맙니다.

정말로 어렵고 힘들 때 그것이 거름이 되어서
거기서 꽃이 피는 것입니다.

__일지

그 사람을 모르거든 그 벗을 보라.

__메난드로스

오늘에 충실하라

어제는
이미 지나 갔으니
내 것이 아니라고 합니다.

내일은
아직 오지 않았으니
그 또한 내 것이 아니라고 합니다.

그러나 오늘은
지금 내 앞에 있으니
그것만이 온전히 내 것이라고 합니다.

어제에 매달리지 말고,
내일만을 꿈꾸지도 말고,
오늘에 충실해야 한다는 얘기입니다.

__지식in

인간의 죽음은 패배했을 때가 아니라
포기했을 때에 온다.
__닉슨

친절이 복을 부른다

한 젊은이가 면접을 보기 위해
부지런히 길을 가고 있었습니다.

그런데 한 중년 부인이 차를 길가에 세워둔 채
안절부절못하는 모습이 보였습니다.

자동차 바퀴가 펑크났는데,
부인은 바퀴를 교체할 줄 몰랐습니다.
젊은이는 팔소매를 걷어붙이고
바퀴를 갈아 끼워준 뒤 자리를 떴습니다.

하지만 면접시간에 늦고 말았습니다.
젊은이가 낙담해 있는데 누군가 그의 어깨를 툭 쳤습니다.
아까 그 부인이었고, 그 부인이 바로 회사의 사장이었습니다.

__지식in

경험이 많을수록 말수가 적어지고
슬기를 깨칠수록 감정을 억제한다.
__에피테토스

스스로를 칭찬하라

큰 식당에서 일하는
종업원과 매니저의 차이는
딱 한 가지밖에 없습니다.

종업원은
누군가 시키는 일만 하지만
매니저는
자기가 프로젝트를 만든다는 것이죠.

인생에서도
종업원이 아니라
매니저로 살기 위해서는
자기만의 프로젝트를 세워야 합니다.
스스로를 칭찬하는 것도
좋은 프로젝트 중 하나입니다.

__지식in

인생이란 학교에는 '불행'이란 훌륭한 스승이 있다.
그 스승 때문에 우리는 더욱 단련되는 것이다.
__프리체

좋은 대화법

대화는 말 그대로
서로 묻고 서로 답하는 것입니다.
다만 물을 때는 성실하게 묻고
들을 때는 겸허하게 들어야 하며
대답할 때는 진실하게 대답해야
비로소 대화의 가치를 갖게 됩니다.

대화를 한다는 것은
서로 마음의 문을 활짝 열고
상대방을 받아들이는 일입니다.

그러므로
폐쇄적인 자세를 버리고
개방적인 마음을 가져야만
의미 있는 대화를 할 수 있습니다.

_지식in

귀찮다거나 괴롭다고 생각하는 자체가
그 일을 괴롭게 만든다.
_카네기

1도의 노력의 차

물이 수증기가 돼 하늘로 오르기 위해서는
섭씨 100도까지 끓어야 하는
오래고 힘든 고통을 참아야 합니다.

99도까지 끓었더라도
1도가 부족해 100도를 채우지 못했다면
그 물은 0도의 물과 마찬가지로
하늘로는 절대 올라갈 수 없습니다.

혹시 당신은 99도까지는 잘 올라갔지만
1도를 채우지 못하고 포기한 적은 없습니까.
성공과 실패의 격차는 딱 1도의 노력 차입니다.

__지식in

다른 사람에게서 사랑을 바라는 생활은 위험하다.
그 사람이 스스로 충만되어서 나에게서 떠난다고 해도
그 사람을 위해 기도드릴 각오 없이
사랑한다는 것은 처음부터 잘못된 일이다.
__헤르만 헤세

오늘이 현금이다

'내가 왕년에는…….' 라는 말을
입에 달고 사는 사람이 적지 않습니다.
'나에게도 기회가 올 거야' 라는 말을
입에 달고 사는 사람 역시 적지 않습니다.

과거를 되돌아보고, 미래를 꿈꾸는 것은 잘못이 아닙니다.
문제는 그런 생각에만 매달려
오늘을 소홀히 하는 행동입니다.

진정한 행복은 지금 지니고 있는 것, 지금 하는 일,
지금 함께하는 사람들에 깃들어 있습니다.

어제는 부도난 수표이고,
내일은 기약 없는 약속어음이며,
오늘만이 당장 쓸 수 있는 현금입니다.

_지식in

어려움을 먼저,
이익을 나중에 처리하는 것이 어진 사람의 자세이다.
_공자

고난의 이유

'맹자' 편에 이런 얘기가 나옵니다.

하늘이 누군가에게 큰일을 맡기려 할 때에는
반드시 그의 마음과 뜻을 괴롭히고
뼈마디가 꺾어지는 고난을 당하게 한다.

또 그의 몸을 굶주리게 하고
그의 생활을 빈궁에 빠뜨리며
그가 하는 일마다 어지럽게 만든다.

이는 그의 마음을 두들겨서 참을성을 길러 줘
지금까지 할 수 없던 일도 할 수 있게 하기 위함이다.

이 말을 가슴에 새겨둔다면
세상에서 참아내지 못할 일이 없을 듯합니다.

__지식in

희망은 우리들에게 끊임없이
'나아가라, 나아가라' 고 말한다.
__맹트농 부인

정성과 최선을 다해야

무슨 일을 할까 말까 망설이기보다는
뭐든 일찍 시작하는 게 좋다고들 말합니다.

그러나 일찍 시작했다고 해서
반드시 일찍 이룰 수 있는 것은 아닙니다.
다른 꽃보다 일찍 핀 꽃이 반드시 튼실한 열매를 맺는 것은 아닌 것이요.

꽃이 비바람을 견디고 오랫동안 햇볕에 몸을 내놓는 정성 끝에
굵고 탐스러운 열매를 맺듯이
사람의 일도 얼마만큼 오랜 시간 참고 견디며
얼마나 정성껏 준비했느냐가 무엇보다 중요합니다.

아무리 보잘것없는 일이라도
철저히 준비하고 최선을 다해야 이룰 수 있습니다.

_지식in

자기 자신을 신뢰할 수 있으면
모든 것에 대한 자신이 생긴다.
_라 리슈코프

품에 안고 가는 십자가

십자가는
등에 지거나 질질 끌고 가는 것이 아니라
다정히 품에 안고 가야 한다는 얘기가 있습니다.

등에 지거나 땅바닥에 끌고 가는 십자가는
자기 의지와 상관없이 억지로 가져가는 것이기에
고통스러울 수밖에 없습니다.

하지만
자기 의지로 품에 안고 가는 십자가는
같은 무게라도 그렇게 버겁지 않을 것입니다.

아무리 힘겨운 고난이라도
그 고난 속에 담긴 의미를 깨닫는 순간,
고난은 더 이상 고난이 아닙니다.

_지식in

사람들은 아무리 수단을 써도 말할 때만큼은
자신의 성격을 숨길 수 없다.
_맹자

지금이 기회다

성공할 수 있는 기회는
언제 어느 때나 당신 곁에 머물고 있습니다.
당신이 손만 뻗으며 닿을 수 있는 곳,
당신이 마음만 먹으면 바로 잡을 수 있는 곳에
성공의 기회는 있습니다.

하지만
당신이 붙잡지 않으면
성공의 기회는 당신 곁을 떠날지 모릅니다.
성공의 기회는
자신을 붙잡는 사람에게만 붙어 있으려 합니다.

지금 이 순간이 기회입니다.
그리고 당신에게는 기회를 잡을 권리가 있습니다.

_지식in

내 자식들이 해 주기 바라는 것과
똑같이 네 부모에게 행하라.
_소크라테스

일을 못하는 사람

일을 못하는 사람,
그 일에 주인의식이 없는 사람은
먼저 하고 나중에 할 처리 순서를 떠나
자기가 좋아하는 일부터 처리하곤 합니다.
하기 싫은 일은 최대한 뒤로 미뤄 놓습니다.

하지만 그렇게 하다보면
얼마 지나지 않아 모든 일이 어지럽게 얽히고
하기 싫은 일, 그래서 능률이 오르지 않는 일이
산더미처럼 쌓이게 됩니다.

반면 일을 잘하는 사람,
그 일에 주인의식을 가진 사람은
가장 하기 싫은 일부터 해치워 버립니다.
그런 다음 홀가분하게 다른 일을 처리하면
일하는 보람도 커지면서 일의 능률도 오르게 됩니다.

_지식in

패배란 우리를 한층 높은 단계에 이르게 하는 교육이다.
_웬델 필립스

설탕과 소금

세상에는
나에게 설탕 같은 말만 하는 사람이 있고,
또는 소금 같은 말을 자주 하는 사람이 있습니다.

내 주변에는
설탕 같은 일을 하는 사람이 있고,
소금 같은 일을 하는 사람도 있습니다.

사람들은 대개
소금보다는 설탕을 좋아합니다.
설탕의 달달한 맛에 중독되기도 합니다.

하지만 음식의 참맛을 내고 상하지 않도록 하는 것은
설탕이 아니라 소금입니다.
더욱이 설탕은 없어도 살 수 있지만,
소금이 없으면 귀한 생명을 지킬 수가 없습니다.

__지식in

목표라는 항구를 모르는 사람에게 순풍은 불지 않는다.
__세네카

비범보다 위대한 평범

귀한 것이 꼭 좋은 것만은 아닙니다.
평범하다고 해서 값이 떨어지는 것도 아닙니다.
뻔한 것 속에,
특별하지 않은 것에 큰 것이 담겨 있기도 합니다.

당신이 날마다 먹는 밥도 마찬가지입니다.
귀하거나 특별하지 않고,
평범하면서도 뻔한 그 밥은
분명 최고의 '웰빙 음식' 중 하나입니다.

늘 반복되는 당신의 일상도 그렇습니다.
소중하지도 않고,
특별해 보이지도 않는 당신의 일상이
실제는 무엇보다 소중한 시간일 수 있습니다.
세상에 평범함을 뛰어넘는 비범함은 없답니다.

__지식in

내일 비록 세계 종말이 올지라도
나는 한 그루의 사과나무를 심으리라.
__스피노자

좋은 습관의 노예

실패한 사람과 성공한 사람,
그들의 차이는 생각보다 무척 작습니다.
어떤 습관을 가지고 있느냐에 따라
실패한 자와 성공한 자가 엇갈립니다.

좋은 습관은 성공의 열쇠이며,
나쁜 습관은 실패로 가는 문입니다.
좋은 습관은 좋은 결과를 낳는 반면
나쁜 습관은 나쁜 결과를 낳을 수밖에 없습니다.

성격도 기본적으로 습관입니다.
습관적인 행동이 모여 성격이 되는 것이니까요.
그리고 성격은 우리의 미래를 결정하는 원동력입니다.
따라서 성공으로 가는 제1법칙은
좋은 습관을 만들어 좋은 습관의 노예가 되는 것입니다.

__지식in

많이 배웠다고 뽐내는 것은 지식이요,
더 이상 모른다고 겸손해 하는 것은 지혜이다.
__윌리엄 쿠퍼

꿈은 누구나 꿀 수 있지만

그토록 어려운 상황에서 현대를 세운
정주영 회장에게는 특이한 말버릇이 있었다고 합니다.
"해보기나 했어?"가 바로 그것입니다.

주식투자 등으로 세계적 갑부가 된 워런 버핏은
보통사람들에 비해 5배가 넘는 독서량을 자랑합니다.

또 스타벅스를 세운 하워드 슐츠는
매일 다른 사람과 점심식사를 하는 것으로 유명합니다.

이들의 공통점은
자신의 꿈을 이루기 위해 무언가를 실천했다는 것입니다.
꿈은 누구나 꿀 수 있습니다.
꿈을 꾸어야 희망을 가질 수 있습니다.
하지만 실천이 없는 꿈은 그냥 꿈으로만 남습니다.

__지식in

건강이 있는 곳에 자유가 있다.
건강은 모든 자유 중에 으뜸가는 것이다.
__아미엘

쉬운 일도
어려운 일도 없다

쉬워 보이는 것도 막상 해보면 어렵고
못할 것 같은 일도 정작 시작해 놓으면 이루어지는 게
세상의 일입니다.

따라서 쉽다고 얕봐서는 안 되고
어렵다고 해서 팔짱 끼고 먼 산만 바라볼 것도 아닙니다.
쉬운 일에는 좀 더 신중하고 버거워 보이는 일이라도 겁내지 말고
일단 해보는 것이 무엇보다 중요합니다.

서로 모순되는 얘기 같지만,
어떤 일을 시작할 때는 '신중함'과 '용기'
두 가지의 마음가짐을 함께 지녀야 한다는 의미입니다.
신중하게 살피면서 자신감 있게 실행에 옮긴다면
실패와 시간낭비를 모두 막을 수 있을 것입니다.

__지식in

09

모든 거짓 중에서 가장 나쁜 것은
자기 자신을 속이는 일이다.
__P. J. 베일리

천재란 자기를 믿는 것

천재의 특징은
보통 사람들이 깔아놓은 레일에
자기의 사상을 심지 않는다는 것이다.

천재란 한 가지 용도 외에
다른 곳에 사용할 수 없는
벽돌과 같은 존재다.

천재 그런 것은 절대로 없다.
끊임없이 계획하는 태도가 중요하다.

천재란
자기를 믿는 것이다.

__지식in

추위를 피하거나 더위를 피하는 사람들은 차츰
춥고 더운 것에 대한 저항을 잃게 되고,
그만큼 약한 사람이 된다.

__간디

나에게 행동할 수 있는 힘을 주는 것

내 생명의 근원이여,
나는 언제나 몸을 깨끗하게 하고 있습니다.
당신의 손길이 나의 몸을 어루만지고 있다는
사실을 알기 때문입니다.

나는 언제나 나의 생각에서
모든 거짓을 씻어내기 위해 노력하고 있습니다.
내 마음 속에 깃들여 있는
이성의 등불에 불을 밝힌 진리가
당신이라는 사실을 알기 때문입니다.

나는 나의 가슴에서
모든 죄악을 물리치고
사랑이 피어나도록 노력하고 있습니다.
내 가슴 가장 깊은 곳,
그곳에 당신이 머무르고 있다는 사실을 알기 때문입니다.

그래서 당신이
나의 행동으로 나타나도록 노력하고 있습니다.
나에게 행동할 수 있는 힘을 주는 것으로
당신의 권능이라는 사실을 알기 때문입니다.

_타고르

거울처럼 있자

나는 거울처럼 있어야 한다.
나 자신에 대해서도, 다른 이들에 대해서도,
거울은 자기 색깔을 갖고 있어선 안 된다.
자신이나 다른 사람들을 본래 모습대로 비춰 줄 수 없기 때문이다.

자기 색깔이 없기 때문에 거울이 스스로 다른 무엇인가를
바꾸려고 덤비지 않으며 덤벼서도 안 된다.
나는 거울 속에 비친 나를 보며 저절로 변화되어 갈 것이다.

다른 사람들도 마찬가지다.
내가 그저 홀로 향기롭게 가만히 있으면
내 거울에 비친 자신들을 보며 저절로 변화되어 갈 것이다.
서로가 서로에게 서로가 서로를 위해서 이렇게 거울로 있으면 족하다.
비춰 주고 비춰지는 가운데 절로절로 변화되어 갈 것이다.

나 자신을 변화시켜야 한다는 다른 사람들을 변화시켜야 한다는
이 사회를 변화시켜야 한다는 그 족쇄가 풀릴 때
비로소 기쁨과 평화를 누릴 것이다.

예수가 거울처럼 있자,
누구는 넘어지고 누구는 일어났다.

__성 유보나벤뚜라

오늘 만큼은 …… 하자

링컨의 말처럼 사람은 스스로
행복해지려고 결심한 정도만큼 행복해진다.

오늘 만큼은 주변 상황에 맞추어 행동하자.
무엇이나 자신의 욕망대로만 하려 하지 말자.

오늘만큼은 몸을 조심하자.
운동을 하고 충분한 영양을 섭취하자.
몸을 혹사 시키거나 절대 무리하지 말자.

오늘만큼은 정신을 굳게 차리자.
무엇인가 유익한 일을 배우고
나태해지지 않도록 하자. 그리고
노력과 사고와 집중력을 필요로 하는 책을 읽자.

오늘만큼은 남에게 눈치채지 않도록 친절을 다하자.
남 모르게 무언가 좋은 일을 해 보자.
정신 수양을 위해 두 가지 정도는
자기가 하고 싶지 않는 일을 하자.

오늘만큼은 기분 좋게 살자.
남에게 상냥한 미소를 짓고
어울리는 복장으로 조용히 이야기하며
예절 바르게 행동하고 아낌없이 남을 칭찬하자.

오늘 만큼은 이 하루가 보람되도록 하자.
인생의 모든 문제는 한꺼번에 해결되지 않는다.
하루가 인생의 시작인 것 같은
기분으로 오늘을 보내자.

오늘 만큼은 계획을 세우자.
매 시간의 예정표를 만들자.
조급함과 망설임이라는
두 가지 해충을 없애도록 마음을 다지자.
할 수 있는 데까지 해 보자.

오늘 만큼은 30분 정도의
휴식을 갖고 마음을 정리해 보자.
때로는 신을 생각하고 인생을 관조해 보자.
자기 인생에 대한 올바른 인식을 얻도록 하자.

오늘 만큼은 그 무엇도 두려워하지 말자.
특히, 아름다움을 즐기며 사랑하도록 하자.
사랑하는 사람이 나를
사랑한다는 믿음을 의심하지 말자.

_F. 패트리지

부모를 사랑하는 사람은 남을 미워하지 않으며,
부모를 공경하는 사람은 남을 얕보지 않는다.
_불경

만일 고뇌가 없다면

만일 고뇌가 없다면
인간이 자기 자신의 경계를 알지 못할 것이다.
우리가 고뇌의 의의를 깊이 깨달아야 하는 이유가 여기에 있는 것이다.
우리가 처한 모든 상황은 고뇌를 동반한다.
인간이 고뇌할 줄 안다는 것은 차라리 행복한 것이다.

도덕적으로 자신의 표준이하로
떨어지려고 한다는 사실을 느끼는 것은 고뇌이다.
또한 도덕적으로 표준 이상으로 올라가려고 하는 욕심도 고뇌이다.
마찬가지로 한자리에 마냥 머물러 있으려는 태만도 고뇌이다.

양심의 가책이 곧 고뇌를 불러오는 것이다.
양심의 가책으로 인한 고뇌는
인간을 도덕적으로 전진하게 만드는 축복이다.

고뇌 속에서 정신적 성장에 대한 의의를 찾아라.
그러면 그대의 고뇌는 사라지고
환희와 광명이 새벽하늘처럼 밝아올 것이다.

인간적 성장의 표적은 다름 아닌 고뇌이다.
고뇌없는 생활은 발전할 수 없다.
고뇌는 성장을 불러오기 때문이다.

__스트라호프

깨달아라,
자유롭게 살아라

당신의 존재가 삶과 죽음을 겪어야 하는
육체 그 너머에 있음을 깨달으라.
그러면 모든 문제가 풀릴 것이다.

문제는 당신 스스로 죽어야할 존재로
태어났다고 믿는 데 있다.

깨달아라!
자유롭게 살아라!

당신은 개체적 자아가 아니다.
자유는 걱정으로부터의 자유이다.
변함없는 것을 깨달았다면
욕망과 두려움을 앗아가지 마라.

욕망과 두려움이 왔다가
스스로 떠나가도록 내버려두어라.
이와 같은 감정에 대해 반응하지 말고
차분한 마음으로 바라보면
감정은 힘을 잃고
당신은 자유롭고 편안한 상태에 이르게 된다.

__바바하리다스

한 권의 책

깊은 숲 속에 성인이 살고 있었다.
어느 날 다른 성인 한 사람이 와서
그에게 경전 한 권을 주었다.
성인은 날마다 그 책을 읽기로 마음먹었다.

어느 날 그는 쥐들이 몰래
경전을 쪼아 먹었다는 것을 알게 되었다.
그는 쥐를 쫓으려고 고양이를 키우기로 했다.

고양이를 키우니깐 우유가 필요했다.
그래서 다시 젖소를 키우게 되었다.
이제 그는 짐승들을 혼자 돌보기엔
벅찬 상태가 되어 젖소를 돌볼 여자를 구했다.
숲 속에서 두 해를 보내는 사이 큰 집과 아내,
두 아기, 고양이와 젖소가 살림살이로 늘어나게 되었다.

이제 성인에게는 고민이 생기기 시작했다.
그는 혼자 살 때가 얼마나 행복했는지 생각해 보았다.
이제는 신을 생각하는 대신 아내와 아이들,
젖소와 고양이를 생각해야 했다.
그는 어쩌다 이런 일이 벌어졌는지 곰곰이 생각해 보았다.
한 권의 책이 이토록 커다란 세계를 만들었던 것이다.

__바바하리다스

그대의 앎을 포기하라

인간이 배우고 아는 모든 것은
세상에 관한 것이다.
세상에 속한 인간이 세상에 대해
배우지 않으면 이 세상에서 살아갈 수가 없다.

하지만 세상에 대한 앎은 세상에 대한 집착을 낳는 법,
우리 인간은 이 세계를 잃는다는 사실을 두려워 떨고 있다.
자신이 속한 세계를 잃는 것에 대한 두려움은 분노를 유발한다.

그래서 알게 모르게 우리의 세계를 빼앗으려 드는 자들로부터
방어할 만반의 준비가 되어 있다.
마음은 이렇게 항상 빼앗김에 대한
두려움과 그것을 지키기 위한 긴장으로 가득 차 있다.

우리의 두려움과 분노 그 이면에
무엇이 있는지를 알아볼 시간조차 없는 것이다.
집착을 낳는 세속적인 앎, 두려움을 낳는 집착,
분노를 일으키는 두려움, 증오나 시기,
난폭함 등으로 변형되는 분노 따위,
이제 우리를 끌어내리려고 하는 모든 요소들을 제거해야만 한다.

__바바하리다스

하는 척 하지 마라

하는 척 하지 마라.
실재로 그렇게 해야 한다.
대부분의 사람들은 자신들이
자신들이 대단한 일을 하는 양 으스댄다.
특별한 이유가 있는 것도 아니면서
매사를 신비로운 일인 듯 포장한다.
참으로 우습기 짝이 없다.

사람이란 자신의 감정을
자랑처럼 내 세우지 말아야 한다.
소신껏 행동하고 남들이 자신에 대해
이야기하도록 내버려 두어라.

자신이 하는 행동을
있는 그대로 보여라.
그러나 포장하거나 매도하지 마라.
영웅처럼 보이려 애쓰지 말고
진짜영웅이 되기 위해 노력하라.

_발타자르 그라시안

걱정은 쓸모없다

차를 즐기기 위해서는 지금 이 순간 속에 완전히 깨어 있어야 한다.
현재에 대한 자각 속에서만
우리의 두 손은 찻잔의 기분 좋은 온기를 느낄 수 있다.
현재 속에서만 그 향기를 음미할 수 있고,
그 달콤함을 맛볼 수 있으며,
그 오묘함을 감상할 수 있다.

과거를 돌아보거나 미래를 염려하면
우리는 한 잔의 차를 즐기는 경험을
완전히 놓쳐버리고 말 것이다.
찻잔을 바라보는 순간 어느새 차는 사라지고 없을 것이다.

인생도 그와 같다.
우리가 현재에 온전히 존재하지 못하면,
우리가 주위를 둘러보는 사이 현재는 사라지고 말 것이다.
인생의 느낌, 향기,
그 오묘함과 아름다움을 놓치고 말 것이다.
그것들은 눈 깜짝할 사이에
우리를 스쳐 지나가게 될 것이다.

과거는 지나갔다.
그것으로부터 배운 다음 보내버리라.
미래는 아직 오지 않았다.
미래를 위해 계획하되,

미래에 대해 걱정하느라 시간을 낭비하지 말라.

걱정은 쓸모없다.
이미 일어난 일에 대해 생각하는 것을 멈출 때,
결코 일어나지 않을지도 모르는 일에 대해
걱정하는 것을 멈출 때,
우리는 비로소 현재에 존재할 수 있게 될 것이다.
그리고 삶 속에서 기쁨을 경험하기 시작할 것이다.

_틱낫한

09

집착하는 까닭에 탐하는 마음이 생기고,
탐하는 마음이 생기는 까닭에 얽매이게 되며,
얽매이는 까닭에
생로병사와 근심, 슬픔, 괴로움 같은
갖가지 번뇌가 뒤따르는 것이다.
_열반경

애착은 좋고 나쁨을 가리게 되고,
좋고 나쁨을 가리게 되면
더욱더 애착하게 된다.
애착으로부터 자기 자신을 잘 다스려
탐욕에 물들지 않도록 해야 한다.
_아함경

시련을 견디는 사람

시련을 참고 견디는 사람에게 은총이 있으리라.
신은 모든 사람들에게 시련을 내린다.

어떤 사람에게는 재물로,
또 어떤 사람에게는 가난과 비천함으로
재물이 필요한 사람에게 인색하지는 않은가
그것은 부귀로운 사람의 시련이다.

스스로 불평 없이 고난의 운명을 견뎌낼 수 있는가.
그것은 가난하고 비천한 사람에게 내려진 시련이다.

_탈무드

우리는 세 가지 방법에 의해서 예지에 도달할 수 있다.
그 하나는 사색에 의한 길로써, 이는 가장 쉬운 길이다.
둘째는 모방에 의한 길로서, 또한 쉬운 길이다.
셋째는 경험에 의한 것으로, 이는 가장 고통스러운 길이다.
_공자

어린아이들과 같다

우리는 마치 어린아이들과 같다.
우리는 일상생활에서 배운 하찮은 지식 하나라도
확고부동한 진리로 받아들여 계속해서 되풀이 한다.

학교에서 혹은 성장 과정에서 알게 된
숱한 위인들의 가르침을 통해서 알게 된 그것들을…….
무수한 곤경을 헤쳐 나가는 동안에
우리는 얼마나 많은 하찮은 말들을 외우려고 노력했는가.

그러나 달관의 경지에 이르면
그 말들의 덧없음을 알게 되고
스스로 외워둔 말들을 잊어버리려 노력하게 된다.

_에머슨

진실은 언제나 우리의 가장 가까운 곳에 있다.
다만 사람들이 그것에 주의하지 않았을 뿐이다.
항상 진실을 찾아야 한다.
진실은 우리를 늘 기다리고 있다.
_파스칼

선한 양심과 도덕적인 생활

자기만족 때문에 여러 가지 과학의
위대한 보고를 소유하는 것보다는
작더라도 겸허한 마음으로
건전한 사상을 소유하는 것이 낫다.

학문에 악한 것이 있을 리 없고
모든 지식은 각각의 입장에서
쓸모 있는 것이겠지만,
지식 이전에 먼저 선한 양심과
도덕적인 생활이 전제되어야 할 것이다.

_캠피스

노동은 모든 사람에게 필요한 것이다.
아이들에게 아무 일도 가르치지 않고
또 시키지도 않는 것은 장차 그 아이들에게
도둑질이나 하라고 가르치는 것과 다름없다.
_탈무드

사소한 것과 큰 것

만약 그대가 이웃사람에게 악을 행하였을 때
그것이 아무리 사소한 것이었을지라도
큰 것으로 생각하라.

그리고 이웃사람에게 선을 행하였을 때는
그것이 아무리 큰 것이었을지라도
아주 작은 것으로 생각하라.

그리고 이웃사람이
그대에 대해서 행한 선은
그것이 아무리 사소한 것일지라도
큰 것이라고 생각하라.

_탈무드

일하라. 노동을 부끄러워하지도 말고
자랑하려고 하지도 말라.
노동은 단지 모든 사람들을 행복하게 만드는 것뿐이다.
_아우렐리우스

현실을 피하지 마라

현실을 회피하지 말라.
악이 우리의 생활을 완강하게 따라다니기 때문이다.
악은 우리들 무지의 결과로써 생기는 것이다.

그리고 우리들은 그 무지를 자기와 함께
보이지 않는 세계로 이끌어가고 마는 것이다.

만약 그 이전에 그 무지에서 해방되지 않는다면
더욱더 우리의 생활을 불행하게 한다.
우선 그 무지를 쫓아버려야 한다.
그러면 불행도 자연히 사라져버릴 것이다.

__붓다

인간에게는 저주받아 마땅한 세 가지 습관이 있다.
육식과 담배와 술이 그것이다.
이 세 가지 습관은 간음하는 죄와 함께
인간을 동물이나 다름없게 만든다.
__아널드 힐스

친절을 베푸는 것

그릇이 큰 사람은 남에게 호의와 친절을
베푸는 것을 자신의 기쁨으로 삼는다.

그리고 자신이 남에게 의지하고
남의 호의를 받은 것을 부끄럽게 생각한다.

즉, 내가 남에게 베푸는 친절은
그만큼 자신이 그 사람보다 낫다는 얘기가 되지만,
남의 친절을 바라고 남의 호의를 받는 것은
그만큼 내가 그 사람보다 못하다는 의미가 되는 까닭이다.

_아리스토텔레스

감정의 폭발은 이성의 결함이다.
어리석은 사람이 격분하고 있을 때
냉정을 잃지 않는 사람은 성숙한 인간의 징표이다.
_발타자르 그라시안

잘 들어주는 사람

말을 잘 못하는 사람의 문제 해결 비법은
이야기를 잘 들어주는 사람이 되는 것이다.

말하는 것은 능력이 있는 사람에게 맡기고
자신은 듣는 것에 통달하면 된다.

사람들 앞에서 이야기하는 것에 서툴러도 상관없다.
그것을 극복하려고 하면 할수록
오히려 심적인 부담만 느끼게 될 것이다.

_타카하시 류우타

부유한 사람이건 가난한 사람이건,
또는 강한 사람이건 약한 사람이건 간에
일하지 않는 사람은 배척되어야 마땅하다.
모든 사람이 어느 한 가지든
자기 스스로 할 수 있는 참된 기술을 배워야 한다.
_루소

인간이 극복해야 할 결점 6가지

1. 자신의 이익을 위해 남을 누른다.
2. 변화나 극복하기 어려운 일에 대해서 걱정만 한다.
3. 어떤 일은 도저히 성취할 수 없다고 생각한다.
4. 사소한 애착이나 기호를 끊어 버리지 못한다.
5. 마음의 수양과 자기 계발을 게을리 하고
   독서와 연구하는 습관을 갖지 않는다.
6. 남들에게 자신의 사고방식을 따르도록 강요한다.

_M. T. 키케로

사람은 누구나 이기적이다.
사람은 누구나 다른 사람보다는
자기 자신에게 더 관심이 많다.
사람은 누구나 다른 사람들로부터
존경과 인정을 받고 싶어 한다.
좋은 인간관계를 유지하고 싶다면
이 3가지 사실을 확실히 기억하라.
_레스 기블린

좋 은 글 대 사 전

긍정 • 믿음

긍정의 힘

긍정은 무한한 힘을 가지고 있다.

긍정적인 마음가짐은
영혼을 살찌우는 보약이다.

이러한 마음가짐은 우리에게
부, 성공, 즐거움과 건강을 가져다준다.

반대로 부정적인 마음가짐은
영혼의 질병이며 쓰레기다.

이는 부, 성공, 즐거움과 건강을 밀어내고
심지어 인생의 모든 것을 앗아간다.

_나폴레온 힐

말이 쉬운 것은 결국은
그 말에 대한 책임을 생각하지 않기 때문이다.
_맹자

살다 보면

살다 보면 기쁠 때도 있고,
슬픔으로 눈물지을 때도 있습니다.
또 즐거운 일도 많지만
괴로운 일도 적지 않습니다.

그런데 기쁜 일과 즐거운 일은
그 순간이 지나면 금세 잊혀지지만
슬픈 일과 괴로운 일은
오래도록 가슴에 남곤 합니다.

고통에는 '깊이' 가 있기 때문입니다.
상처를 남기지만
그 상처로 뭔가를 깨닫게 하는
철학적 깊이 말입니다.

__지식in

내 비장의 무기는 아직 손 안에 있다.
그것은 희망이다.
__나폴레옹

그것이 우리의 아름다움입니다

기대한 만큼 채워지지
않는다고 초조해하지 마십시오.
믿음과 희망을 갖고 최선을 다한
거기까지가 우리의 한계이고
그것이 우리의 아름다움입니다.

누군가를 사랑하면서
더 사랑하지 못한다고 애태우지 마십시오.
마음을 다해 사랑한 거기까지가 우리의 한계이고
그것이 우리의 아름다움입니다.

지금 슬픔에 젖어 있다면
더 많은 눈물을 흘리지 못한다고
자신을 탓하지 마십시오.
우리가 흘린 눈물, 거기까지가 우리의 한계이고
그것이 우리의 아름다움입니다.

누군가를 완전히 용서하지 못한다고 부끄러워 마십시오.
아파하면서 용서를 생각한 거기까지가 우리의 한계이고
그것이 우리의 아름다움입니다.

모든 욕심을 버리지 못한다고 괴로워 마십시오.
날마다 마음을 비우면서 괴로워한 거기까지가

우리의 한계이고, 그것이 우리의 아름다움입니다.

빨리 달리지 못한다고 내 발걸음을 아쉬워하지 마십시오.
내 모습 그대로 최선을 다해 걷는 거기까지가 우리의 한계이고
그것이 우리의 아름다움입니다.

세상의 모든 꽃과 잎은 더 아름답게 피지 못한다고
안달하지 않습니다.
자기 이름으로 피어난 거기까지가 꽃과 잎의 한계이고
그것이 최상의 아름다움입니다.

_좋은글

당신이 외부의 어떤 것 때문에 고통받고 있다면,
그 고통은 그것에서 비롯되는 것이 아니라
그것에 대한 당신의 생각 때문이다.
그러므로 당신은 언제라도 그것을 없앨 수 있다.
_마르쿠스 아우렐리우스

저 골짜기에 흐르는 물을 보라.
그의 앞에 있는 모든 장애물에 대해서
스스로 굽히고 적응함으로써 줄기차게 흘러
드디어는 바다에 이른다.
적응하는 힘이 자유자재로워야
사람도 그가 부닥친 운명에 굳센 것이다.
_공자

분노를 버려라

분노는 스트레스를 증가시키고
혈압과 심장 박동수를 높입니다.

분노를 풀지 못하면
인체의 기능을 조절하는
뇌에 흐르는 전기 형태가 변화해
인체의 여러 기능이 망가지게 됩니다.

이로 인해 콜레스테롤 수치가 높아지고
관절염과 암의 발병률도 높아집니다.
사람과의 친밀감도 방해합니다.

건강하게 살기 위해서는
마음속의 분노부터 버려야 합니다.

__지식in

누군가를 정복할 수 있는 사람은 강한 사람이지만
자신을 정복할 수 있는 사람은 강력한 사람이다.
__노자

만족을 아는 사람

누구는 한 끼를 때우는데
밥 한 공기면 만족해하지만
누구는 산해진미로도 부족함을 느낍니다.

누구는 한두 벌의 옷으로 흡족해하지만
누구는 하루에도 값비싼 옷을 몇 벌씩 갈아입습니다.

두 사람 중에 누가 부자일까요?

진짜 부자는 만족을 아는 앞사람입니다.
아무리 돈이 많아도 마음이 가난하면
그는 절대 부자가 될 수 없습니다.

_지식in

사업은 처음 시작할 무렵과
목적이 거의 완성될 때가 실패의 위험이 가장 크다.
배는 해변에서 잘 난파된다.
_베르네

말씨는 곧 말의 씨앗인 것

一言不中 千語無用(일언부중 천어무용)
한 마디 말이 맞지 않으면 천 마디가 무슨 소용이 있으리.

그 사람의 환경은 생각이 됩니다.
그 사람의 생각은 말씨가 됩니다.

침묵이 금이 될 수도 있고
한 마디 말이 천 냥 빚을 탕감할 수 있는 것은 말의 위력입니다.

말(言)이 적은 친절이 기억에 오래 가는 것은
마음속 깊이 우러나오기 때문입니다.

비록 많은 말을 하지 않는 행동이
보는 이의 심금을 울려주겠지요.

너그러운 마음씨가 혀를 고쳐준다고 합니다.

적을 많이 가지고 있으면 불평하는 말도
그만큼 늘 것이고 정신건강에 지대한 악영향을 줄 것입니다.

사랑의 말이 사랑을 낳고 미움의 말이 미움을 부릅니다.

내가 한 말은 반드시 어떻게든 돌아옵니다.

그래서 말씨는 곧 말의 씨앗인 것입니다.

생각이 깊은 사람은 말을 하지 않고 생각을 합니다.
생각이 없는 사람은 여러 이야기를 생각 없이 합니다.

사람들은 드러내는 말보다는 밝은 미소로, 침묵으로
조용한 물이 깊은 것처럼 깊이 있는 말로 사랑과 감동을 전할 수 있다면
바로 그것이 아름다운 삶이 아닐까요.

_지산 이민홍

10

세상을 살면서 어려운 일이
없기를 바라지 말라.
어려움을 겪지 않으면
남을 업신여기는 마음,
오만한 마음, 사치한 마음이 생긴다.
근심과 어려움을 거울삼아
세상을 살아가라.
_보왕삼매론

마음을 잘 지키고
말과 행동을 조심하는 이는
어려운 일을 만나도 괴로워하지 않는다.
진리에 살고 진리를 아는 총명한 사람에게
괴로움은 존재하지 않는다.
_소부경전

세상을 변화시키는 이치

한평생 시계만을 만들어 온 사람이 있었다.
그리고 그는 늙어 있었다.

그는 자신의 일생에
마지막 작업으로 온 정성을 기울여
시계 하나를 만들었다.

자신의 경험을 쏟아 부은 눈부신 작업이었다.
그리고 그 완성된 시계를 아들에게 주었다.

아들이 시계를 받아보니 이상스러운 것이 있었다.
초침은 금으로, 분침은 은으로,
시침은 구리로 되어 있었다.

아버지, 초침보다
시침이 금으로 되어야 하지 않을까요?
아들의 질문은 당연한 것이었다.

그러나 아버지의 대답은 아들을 감동케 하였다.
초침이 없는 시간이 어디에 있겠느냐.

작은 것이 바로 되어 있어야
큰 것이 바로가지 않겠느냐.
초침의 길이야 말로 황금의 길이란다.

그리고 아버지는 아들의 손목에 시계를 걸어주면서 말했다.
1초 1초를 아껴 살아야 한다.
1초가 세상을 변화시킨단다.

세상에는 '살인(殺人)' 이란 말이 있다.
그렇다면 '살시(殺時)' 라는 말은 어떨까.

사람을 죽이는 것은
법적으로 다루는 일이지만,
시간을 죽이는 일은
양심의 법으로 다루는 일이 될 것이다.

우리는 자주 이 양심을 외면한다.
작은 것을 소홀하게, 작은 것은 아무렇게나 해도
상관없는 것으로 생각할 때가 많다.

시계를 만드는 아버지의 말처럼
작은 것이 없는 큰 것은 존재하지도 않는다.

벽돌 하나도 10층 건물에서 소중한 역할을 하며,
벼 한 포기가 식량의 중심이 되는 것이다.

작은 것을 사랑하지 않는 사람은
결국 큰길로 가는 길을 놓치고 마는 것이다.

1초가 세상을 변화시키는 이치만 알아도
아름다운 인생이 보인다.

__좋은글

과거는 과거일 뿐

과거의 일이나 행동,
어떤 상황에 대해 후회해도
변하는 것은 아무것도 없습니다.
실제적으로 도움이 될 것도 없습니다.

왜냐하면
과거는 단지 우리의 기억 속에
존재할 뿐이기 때문입니다.

과거는 이미 지나간 일임을,
돌이킬 수 없는 일임을 인정해야 합니다.
그래야만 비로소
마음의 평온을 얻을 수 있습니다.

__지식in

듣지 않는 것은 듣는 것보다 못하며,
듣는 것은 보는 것보다 못하다.
보는 것은 아는 것보다 못하며,
아는 것은 이를 행동하는 것보다 못하다.
__순자

가슴에 담아야 할 글

내 등에 짐이 없었다면
나는 세상을 바로 살지를 못했을 겁니다.
내 등에 짐때문에 늘 조심하면서
바르고 성실하게 살아왔습니다.
이제 보니 내 등의 짐은 나를 바르게
살도록 한 귀한 선물이었습니다.
내 등에 짐이 없었다면 나는 사랑을 몰랐을 것입니다.

내 등에 있는 짐의 무게로 남의 고통을 느꼈고
이를 통해 사랑과 용서도 알았습니다.
이제 보니 내 등의 짐은 나에게 사랑을
가르쳐준 귀한 선물이었습니다.

내 등에 짐이 없었다면
나는 아직 미숙하게 살고 있을 것입니다.
내 등에 있는 짐의 무게가 내 삶의 무게가 되어
그것을 감당하게 하였습니다.

이제 보니 내등의 짐은
나를 성숙시킨 귀한 선물이었습니다.

내 등에 짐이 없었다면 나는
겸손과 소박함의 기쁨을 몰랐을 것입니다.
내 등의 짐 때문에 나는 늘 나를 낮추고

소박하게 살아왔습니다.

이제 보니 내 등의 짐은 나에게 기쁨을 전해준
귀한 선물이었습니다.

물살이 센 냇물을 건널 때는 등에 짐이 있어야
물에 휩쓸리지 않고
화물차가 언덕을 오를 때는
짐을 실어야 헛바퀴가 돌지 않듯이
내 등의 짐이 나를 불의와 안일의 물결에
휩쓸리지 않게 했으며
삶의 고개 하나 하나를 잘 넘게 하였습니다.

내 나라의 짐, 가족의 짐, 직장의 짐,
이웃과의 짐, 가난의 짐, 몸이 아픈 짐,
슬픈 이별의 짐들이 내 삶을 감당하는 힘이 되어
오늘도 최선을 다하는 삶을 살게 하였습니다.

_좋은글

운명은 우연의 문제가 아니라 선택의 문제이다.
그것은 우리가 기다려야 하는 것이 아니라
이루어야 하는 것이다.
_윌리엄 제닝스 브라이언

오늘보다
나아질 수 있다면

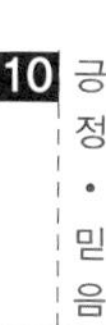

지금
얼굴을 찌푸려서
당신이 처한 상황이 달라진다면
지금보다 더 심하게 인상을 쓰고 사세요.

지금
술을 마시며 소리를 질러서
당신이 생활하는 처지가 변한다면
세상의 모든 술을 남김없이 다 마셔 버리세요.

지금
누구에게 화를 내고 싸워서
당신의 내일이 오늘보다 나아질 수 있다면
한둘이 아니라 백만대군과도 맞서 싸워야 합니다.

하지만 그렇지 않다면
지금 웃는 얼굴로 조용히 내일을 준비하세요.

__지식in

작은 칭찬 한마디

식물도 좋은 음악과 좋은 말을 듣는 것이
그렇지 않은 것보다
잘 자란다는 연구 결과가 나온 적이 있습니다.

감정이 없는 식물도 그러하거늘
감정에 웃고 우는 사람은 오죽하겠습니까.

사람은 작은 칭찬 한마디만 들어도
왠지 그날 하루 온종일 기분이 좋고
마치 즐거운 일이 생길 것 같은 기분이 들어
마음이 설레고 들뜨게 마련입니다.
그런 모습을 보고 있으면
칭찬을 한 사람까지 기분이 좋아집니다.

그렇게 좋은 칭찬을 아낄 필요가 없습니다.

__지식in

'오늘'이란 너무 평범한 날인 동시에
과거와 미래를 잇는 가장 중요한 날이다.
__미상

감당할 만큼만

가는 빗방울이 떨어지는 날
연꽃밭에 가면 재미있으면서도 철학적인 모습을 볼 수 있습니다.

떨어진 작은 빗방울들이 연잎의 중앙으로 도르르 굴러가
예쁜 모습으로 이리저리 일렁거립니다.

그러나
잎 중심에 물이 많이 고이게 되면
연잎이 고개를 꾸벅 숙여 물들을 쏟아냅니다.
연잎들은 자신이 감당할 만큼의 물만 담습니다.
만약 연잎이 빗방울들을 욕심대로 받아내려 하면
결국에는 줄기가 꺾이고 말 것입니다.

우리가 살아가는 이치도
이와 다를 게 없을 듯합니다.

__지식in

삼목(杉木)처럼 딱딱하고 굽힐 줄 모르는 사람이 아니라
갈대처럼 부드럽고 굽힐 줄 아는 사람이 되라.
__탈무드

먼저 웃고,
먼저 감사하라

많은 사람들이
습관적으로 불평만 늘어놓고
감사하는 일에는 소홀히 하며 살아갑니다.

그러나 평범한 삶에서 우러나오는 감사의 마음은
우리의 삶을 아름답고 풍요롭게 가꾸어 주는 밑거름입니다.

감사는 우리를 더욱 강하게 만들고
미래에 다가올 행복을 더욱 크게 만들어 줍니다.
먼저 웃고,
먼저 감사하며 사세요.
그것만으로도 삶이 행복해질 수 있습니다.

_지식in

인생은 반복된 생활이다.
좋은 일을 반복하면 좋은 인생을,
나쁜 일을 반복하면 불행한 인생을 보내는 것이다.
_W. N. L. 영안

긍정적 사고

일부러 아픔의 쓴 잔을 마시는 사람이 없고
고통의 불 속으로 들어가는 사람은 없습니다.

어려움을 딛고 선 사람이 크게 되며,
고통을 겪어 본 사람이 성공한다고 해서
일부러 그런 힘듦을 겪는 사람은 없습니다.

누구든지 삶의 길은 순탄치가 않아서
수고를 하고 역경을 만나지만,
그때마다,
이길 힘을 기르며 인내하는 것입니다.

어려운 처지에 처했을 때,
용기를 갖고, 기운을 차리라는 주위의 말은
포기하지 말고, 새롭게 정진하라는 말입니다.

그러한 이김의 기술들이 내 안에 축적되어
자신만의 생에 대한 노하우가 생기고,
삶의 승리자가 될 수 있다는 뜻입니다.

누구든지 나약해질 수 있으며
절망의 나락으로 떨어질 수 있습니다.

문제는 사고이며, 마음입니다.

긍정의 시각이든,
부정의 시각이든,
판단의 차원은 끝까지의 생각을 합니다.

그러나 부정의 시각으로 생각한 사람은
생각의 끝에서 절망 쪽을 선택하며,
긍정의 시각으로 생각한 사람은
생각의 끝에서 희망으로 방향을 바꿉니다.

겪어도 겪어도 힘듦만이 엄습하기만 할 때,
모든 것을 다 놓아버리고 싶겠지만
긍정적 시각으로 생각을 해야 합니다.

그러함이 다시 일어서게 하고,
쓰러지려는 자신을 세울 수 있습니다.
긍정적 사고가 승리자를 만드는 길입니다.

__이장익

청춘이란 마음의 젊음이다.
신념과 희망에 넘치고 용기에 넘쳐
나날을 새롭게 활동하는 한,
청춘은 영원히 그대의 것이다.
청년과 미래가 있다는 것만으로도 충분히 행복하다.
__고골라

가슴에 새기는 글

내가 받은 것은 가슴에 새겨두세요.
미움은 물처럼 흘러 보내고
은혜는 황금처럼 귀히 간직하세요.

사람은 축복으로 태어났으며 하여야 할 일들이 있습니다.
그러므로 생명을 함부로 하지 말며
몸은 타인의 물건을 맡은 듯 소중히 하세요.

시기는 칼과 같아 몸을 해하고 욕심은 불과 같아 욕망을 태우며
욕망이 지나치면 몸과 마음 모두 상하게 합니다.

모든 일에 넘침은 모자람만 못하고
억지로 잘난척하는 것은 아니함만 못합니다.

내 삶이 비록 허물투성이라 해도 자책으로 현실을 흐리게 하지 않으며
교만으로 나아감을 막지 않으니

생각을 늘 게으르지 않게 하고 후회하기를 변명 삼아 하지 않으며
사람을 대할 때 늘 진실이라 믿어야 하며
절대 간사한 웃음을 흘리지 않으리니

후회하고 다시 후회하여도 마음 다짐은 늘 바르게 하세요.

__좋은생각

행운과 불행의 차이

어느 도둑이 경찰에 쫓기고 있었습니다.
그가 강가에 이르렀을 때 배 한 척이 보였습니다.
그는 얼른 배에 올라탔고, 사공은 노를 저어갔습니다.
그때 뒤쫓아 온 경찰이 사공에게
되돌아오라고 고래고래 소리를 쳤습니다.
그러나 사공은 앞만 보고 계속 노를 저어갔습니다.
사공이 귀머거리였던 것입니다.

도둑은 사공이 듣지 못하는 것이 너무 기뻤습니다.
그러면서 생각했죠. '하늘이 나를 돕는구나' 하고요.

하지만 기쁨도 잠시, 강 건너편으로 경찰이 보였습니다.
도둑은 사공에게 다른 곳에 배를 대라고 말했습니다.
그러나 사공은 계속 앞만 보고 노를 저어갔습니다.

_지식in

우리가 부모가 됐을 때 비로소
부모가 베푸는 사랑의 고마움이
어떤 것인지 절실히 깨달을 수 있다.
_헨리 워드 비처

말이 곧 얼굴이다

"말 한마디에 천 냥 빚을 갚는다."는 말이 있듯이
짧은 한마디의 말이 가진 힘은 참으로 엄청납니다.

좋은 말을 하면 좋은 사람이 되고
아름다운 말을 하면 아름다운 사람이 됩니다.
험한 말을 하는 사람은 인상이 험할 수밖에 없고
늘 고운 말을 하는 사람은 행동도 아름답게 보입니다.

당신이 먼저 친절한 말을 하면
주변 모두가 친절한 이웃이 되지만,
당신이 거친 말을 하면 거북한 관계가 되고 맙니다.

겸손한 말을 하면 존경을 받고
진실되게 말을 하면 신뢰를 얻으며,
좋은 말을 하면 정말 좋은 사람 대접을 받습니다.

말 한마디는
당신의 얼굴이요, 미래요, 삶입니다.

__지식in

좋은 말과 좋은 글

마음이든 물건이든 남에게 주고 나를 비우면
그 비워진 만큼 다른 것이 채워진다고 합니다.
좋은 말과 글도 마찬가지입니다.
좋은 말을 하면 할수록 더 좋은 말이 떠오르고,
좋은 글을 쓰면 쓸수록 그만큼 더 좋은 글이 나옵니다.

아무리 좋은 말과 글이 있어도 쓰지 않으면
그 말과 글은 망각 속으로 사라지고
더 이상 좋은 말과 글이 떠오르지 않게 됩니다.

그러니 남에게 전하는 좋은 말에는 '절약' 이 필요 없습니다.
나중에 할 말이, 나중에 전할 글이 없어질까 두려워 말고
아낌없이 좋은 말을 들려주고, 좋을 글을 전해주세요.
당신이 남에게 준만큼
아니 그보다 많은 좋은 말과 글이 당신을 채울 것입니다.

__지식in

> 은혜를 입은 자는 잊지 말아야 하고,
> 베푼 자는 기억하지 말아야 한다.
> __피체 찰론

불완전한 모습

지금 자신이 처한 상황은
자신이 뿌려놓은 행위의 결과(業)이다.

지금의 삶은 지금까지 살아온 삶의 그림자다.
힘이 들다고 세상을 탓할 필요가 없다.

세상은 나를 힘들게 만들지도,
나를 돕지도 않는다.

세상을 원망한다고
세상은 동요하지 않는다.

역경은 누구에게나 있다.
역경은 극복하라고 있는 것이다.
불완전한 모습, 바로 그것이 사람의 모습이다.

_지식in

만족함을 알고 있는 자는 진정한 부자이고,
탐욕스런 자는 진실로 가난한 자이다.
_솔론

지금 이 순간을 살면 된다

이 자연의 법칙에서 미래는 필요치 않다.
지금 이 순간을 살아가면 그뿐이다.
다음 순간은 이 순간 이후에
저절로 따라오게 되어 있다.

어린아이가 자라서 어른이 되기 위해
굳이 계획을 세울 필요가 없듯 자연스럽게,
모든 일은 일어나게 되어 있다.
마치 강이 바다를 향해 흘러가는 것처럼,
우리도 끝을 향해, 바다를 향해 흘러간다.
노를 휘저을 필요도 없다. 그저 흘러가면 된다.

이 순간을 살아가면 된다.
미래에 대해, 야망이나 욕망에 대해,
생각하기 시작하는 그 순간,
우리는 이 순간을 놓치고 만다.
이 순간을 낭비하게 된다.
늘 무언가 부족한 상태에서
이 순간과 나 자신 사이에 거리감이 생긴다.

__오쇼 라즈니쉬

걱정거리

그대가 지금 걱정하는 일들이
무엇인가 곰곰이 생각해 보도록 하라.
누군가 나를 원망하고 있지는 않은지
무슨 일에 실패하지는 않을지 등등……
혹 이런 걱정이거든 지금 당장 떨쳐버려라.

언제 나타날지도 모르는
아직 나타나지도 않은
불확실한 일에 대해 미리부터
걱정할 필요는 없다.

불행은 미리 걱정한다고 해서
그것이 해결되지는 않는다.
걱정의 대부분은 내일, 혹은 앞으로
일어날지도 모르는 일이다.
이미 닥친 불행에 대해서
자꾸 근심하는 것은 쓸데없는 일이다.

엎질러진 물은 주워 담을 수 없다.
걱정에서 벗어나라.
그것이 마음의 평화를 얻는 길이다.

__발타자르 그라시안

'지금까지' 가 아니라 '지금부터' 입니다

때때로 자신의 과거 때문에 자신의 현재까지
미워하는 사람을 보게 됩니다.

사람은 살아가면서 되돌릴 수 없는 이미 흘러간 시간을
가장 아쉬워하고 연연해하는 반면 가장 뜻 깊고,
가장 중요한 지금이라는 시간을 소홀히 하기 쉽습니다.

과거는 아무리 좋은 것이라 해도 다시 돌아오는 법이 없는
이미 흘러간 물과도 같을 뿐더러 그것이 아무리 최악의 것이였다 해도
지금의 자신을 어쩌지는 못합니다.

우리가 관심을 집중시켜야 할 것은 지나온 시간이
얼마나 훌륭했는가 하는 것이 아니라 남겨진 시간을 어떤 마음가짐으로
어떻게 이용할 것인가 입니다.

자신이 그토록 바라고 소망하는 미래는
자신의 과거에 의해서 결정되는 것이 아니라
지금 현재에 의해 좌지우지된다는 사실, 기억하십시오.

우리 인생의 목표는
'지금까지' 가 아니라 '지금부터' 입니다.

__지식in

세상만 탓한다

사람들은 자신의 마음을 고치려고는 하지 않고
세상만 탓한다.

만일 당신이 부정적이거나
불리하다고 느껴지는 상황에
닥치거든 그 속에서 반드시 긍정적인 면을
찾도록 노력해 보라.
항상 뭔가 긍정적인 요소를 발견하게 될 것이다.

당신이 부정적이라고 느껴지는 환경에서
긍정적인 것을 찾는 일에 빠졌을 때
당신의 삶은 풍성한 열매를 맺을 것이며
당신의 창조력은 왕성하게 자랄 것이다.

당신은 환경에 의존하며 끌려 다니는 사람이 아니라
환경을 가꾸어 나날이 새로운 힘을
발견하는 기쁨으로 살아가게 될 것이다.

그 삶은 당신이 주인이 되는 삶이다.

__바바하리다스

또 다른 충고

고통에 찬 달팽이를 보게 되거든
충고하려 들지 말라.
그 스스로 고통에서 벗어나올 것이다.
너의 충고는 그를 화나게 하거나
상처를 입게 만들 것이다.

하늘의 선반 위로
제자리에 있지 않은 별을 보게 되거든
그럴 만한 이유가 있을 것이라고 생각하라.
더 빨리 흐르라고 강물의 등을 떠밀지 말라.
풀과 돌, 새와 바람,
그리고 대지 위의 모든 것들처럼
강물은 나름대로 최선을 다하고 있는 것이다.

시계추에게 달의 얼굴을
가지고 있다고 말하지 말라.
너의 말이 그의 마음을 상하게 할 것이다.
그리고 너의 문제들을 가지고
너의 개를 귀찮게 하지 말라.
그는 그만의 문제들을 가지고 있으니까.

__장 루슬로

그대로 내버려두라

사물을 있는 그대로 내버려두라.
그들에게 스스로 무게를 갖게 하라.
겨울날 아침, 단 하나의 사물이라도 있는 그대로
바라보는 데 성공한다면, 비록 그것이 나무에 매달린 얼어붙은
사과 한 개에 불과하더라도 얼마나 큰 성과인가!

나는 그것이 어슴푸레한 우주를 밝힐 것이라고 생각한다.
얼마나 막대한 부를 우리는 발견할 것인가!
열린 눈을 가질 때, 우리의 시야가 자유로워질 때,
신은 우리 앞에 모습을 드러낸다.

필요하다면 신조차도 홀로 내버려두라.
신을 발견하고자 원한다면,
그와 서로를 존중할 수 있는 거리를 두어야 한다.
신을 발견하는 것은, 그를 만나러 가고 있을 때가 아니라,
그를 홀로 남겨 두고 돌아설 때이다.

감자를 썩지 않게 보존하는 방법에 대해
당신의 생각은 해마다 바뀔지도 모른다.
그러나 영혼이 썩지 않게 하는 방법에 대해서는
수행을 계속하는 일 외에 내가 배운 것은 없다.

_헨리 데이빗 소로우

돈으로 살 수 없는 것

미소는
돈이 들지 않지만 많은 것을 이루어냅니다.
받는 사람의 마음을 풍족하게 하지만
주는 사람의 마음을 가난하게 하지 않습니다.

미소는
번개처럼 짧은 순간에 일어나지만
그 기억은 영원히 지속되기도 합니다.
미소 없이 살아갈 수 있을 만큼 부자인 사람도 없고 미소의 혜택을
즐기지 못할 만큼 가난한 사람도 없습니다.

미소는
가정에서 행복을 꽃피우게 하고 직장에서 호의를 베풀게 하며
친구 사이에는 우정의 징표가 됩니다.
지친 사람에게는 안식이고 낙담한 사람에게는 희망의 빛입니다.
세상 어려움을 풀어주는 자연의 묘약입니다.

하지만 미소는
돈으로 살 수도 없고
강요할 수도 없으며 훔칠 수도 없습니다.
미소는 대가 없이 줄 때만 빛을 발하는 것이기에…….

_데일 카네기

없으면 없는 대로

없으면 없는 대로, 부족하면 부족한 대로, 불편하면 불편한 대로,
그냥 그런대로 살아갈 수도 있습니다.

없는 것을 만들려고 애쓰고, 부족한 것을 채우려고 애쓰고,
불편한 것을 못 참아 애쓰고 살지만,
때로는 없으면 없는 대로 부족하면 부족한 대로
또 불편하면 불편한 대로 사는 것이 참 좋을 때가 있습니다.

그냥 지금 이 자리에서 만족할 수 있다면
애써 '더 많이' '더' 좋게를 찾지 않아도 충분하기 때문입니다.
조금 없이 살고 부족하게 살고 불편하게 사는 것이 미덕입니다.
자꾸만 꽉 채우고 살려고 하지 말고
반쯤 비운 채로 살아볼 수도 있어야 겠습니다.

온전히 텅 비울 수 없다면 그저 어느 정도 비워진 여백을
아름답게 가꾸어 갈 수도 있어야 할 것입니다.
자꾸 채우려고 하니 비웠을 때 오는 행복을 못 느껴 봐서 그렇지,
없이 살고, 부족한 대로, 불편한 대로 살면
그 속에 더 큰 행복이 있음을 알 수 있을 것입니다.

__불광

빈 배

한 사람이 배를 타고 강을 건너다가
빈 배가 그의 배와 부딪치면
그가 아무리 성질이 나쁜 사람일지라도
그는 화를 내지 않을 것이다.

왜냐하면 그 배는 빈 배니까.
그러나 배 안에 사람이 있으면
그는 그 사람에게 피하라고 소리칠 것이다.
그래도 듣지 못하면 그는 다시 소리칠 것이고
마침내는 욕을 퍼붓기 시작할 것이다.

이 모든 일은
그 배 안에 누군가 있기 때문에 일어난다.
그러나 그 배가 비어 있다면
그는 소리치지 않을 것이고 화내지 않을 것이다.

세상의 강을 건너는
그대 자신의 배를 빈 배로 만들 수 있다면
아무도 그대와 맞서지 않을 것이다.
아무도 그대를 상처 입히려 하지 않을 것이다.

__장자

남을 비웃기 전에

남을 비웃기 전에 먼저 스스로를 돌이켜보세요.
사람들은 종종 너무 쉽게 잘못된 길로 빠져듭니다.
예를 들어 남을 비웃는 행동이죠.
마치 무슨 신나는 일이나 있는 것처럼,
조금도 거리낌 없이 남의 불행을 즐거워합니다.

생각해 보셨나요?
당신이 남을 비웃듯이, 남들도 당신을 비웃으리라는 것을.
영문도 모르면서 그저 덩달아 남을 비웃는 사람,
이런 사람이 곧 웃음거리가 될 수 있습니다.

타인의 행동이 비록 우스울 정도로
유치하다고 해도 비웃기 전에 한 번 생각해보세요.
그리고 스스로를 돌이켜보세요.
이것이 바로 지혜로운 사람의 행동입니다.

인생살이의 다채로운 무대에서
사람들은 누구나 실수를 하게 마련이고,
또한 누구나 우스워 보이는 면이 있게 마련입니다.
함부로 사람을 비웃지 마세요.
먼저 스스로를 반성하십시오.

__지식in

누가 뭐래도
가장 중요한 것

누가 뭐래도 가장 중요한 것은 바로 나 자신이다.
자신을 함부로 굴리지 않는 것,
자신의 가치를 스스로 발견하고 개발하는 것,
그것이 모든 이들의 최우선 과제다.

인품이 갖추어지지 않은 사람이
온갖 명품으로 몸을 치장한다고 해서 돋보이는 것은 아니다.
오히려 그는 비웃움의 대상이 된다.

그러나 내면의 명검을 가진자, 인생에서 불굴의 신념을 획득한 자는
자기 자신을 소중하게 생각한다.
그가 명품을 입었을 때,
명품이 그를 돋보이게 하는 것이 아니라 그가 명품을 돋보이게 한다.

그러므로 먼저 자신의 가치를 발견하라.
이것만큼 소중한 것은 없다.
자신의 가치를 발견하지 못한 사람은 스스로를 함부로 대한다.

이것은 남을 함부로 대하는 것보다 훨씬 위험한 일이다.
자신의 가치를 알고 자기를 소중하게 여기는 사람,
그가 바로 진정한 보물을 간직한 사람이다.

__김창일

무심 속에서

일상은 무수한 만남 속에 있다.
만나고, 헤어지고, 다시 헤어짐으로써
또 새로운 만남을 맞는다.
사람과 사람의 만남이든, 사람과 자연의 만남이든
우리 마음은 항상 부딪침 가운데 있다.

불어오는 바람이 시원하지만,
때로는 살을 에는 폭풍이 되기도 한다.
감정 없는 바람도 우리에게 다가와 무수한 감정을 일으키는데
감정을 가진 사람과 사람이 만나 무심할 수 없다.
사람과 사람 사이의 부딪침이기쁨이 되고, 슬픔이 되고, 고통이 된다.

참된 삶의 지표가 없을 때 번뇌와 망상은 끊임없이 일어난다.
환상을 가지고 있다면 언젠가 그 환상은 깨지기 마련이다.
기대가 있는 한 언젠가 그 기대는 실망으로 다가온다.
무심 속에 고요히 나를 바라볼 때 잔잔해진 수면에 내 얼굴이 비추이듯
진정한 나의 모습을 볼 수 있다.

환상도 그 어떤 감정도 그것은 파도일 뿐 바다가 아니다.
파도에 머물지도 말며 또한 바다 자체가 되려고도 하지 말라.
그대, 바다의 주인이 되고, 바람의 주인이 되고, 인생의 주인이 되어라.
무심 속에서만 그것은 가능하다.

__일지

선한 마음으로 받아들여라

이 세상 그 누구에게도 멸시하는 마음을 갖지 말라.
비록 그가 한낱 비천하고 보잘것없는 사람일지라도
누군가를 비난하고 싶거나 모략하려는 마음은 처음부터 잘라버려라.

다른 사람의 말과 행동을 언제나 선한 마음으로 받아들여라.
사람은 누구나 자신의 인격 속에
영원불멸의 가치를 지니고 있음을 기억하라.
그러므로 우리가 사람들과 더불어 살아가기 위해서는
모든 인격 속에 제각기 존재하는 개성
(설령 그것이 인간의 본질과는 다른 방향으로 바뀔지라도)을 비난하지 않고 다만
조용히 견딜 수 있는 힘을 길러야 한다.

__쇼펜하우어

웃음은 인간관계의 도로상에 있는 청신호이다.
그것은 암흑 속을 안내하는 손이요,
폭풍우 속에서 용기를 안겨 주는 것이다.
__더글라스 미돌

이런 사람

참과 거짓의 길을 알고 있는 사람,
사람들을 설교하되 폭력에 의해서가 아니라
율법과 정의로써 인도하는 사람,
사람의 진실과 이지를 신뢰하는 사람,
이런 사람이 참으로 바른 사람이다.

말이 아름답고 유창하다고 해서
지혜로운 것은 아니다.
끈기 있게 사람들에 대한
혐오나 공포로부터 벗어나 있는 사람,
이런 사람만이 참으로 지혜로운 사람이다.

_붓다

내일에 대해서는 아무것도 모른다.
우리가 할 일은 오늘이 좋은 날이며
오늘이 행복한 날이 되게 하는 것이다.
_시드니 스미스

이성을 가진 사람

발끝으로는 오랫동안 서 있을 수 없다.
자기 자신을 과시하는 사람은 빛날 수가 없고,
자기만족에 취해버린 사람은
영광에 도달할 수가 없다.

교만한 자는 그 이상으로 자신을 높일 수가 없다.
이성이 판단 앞에 나서면
그것들은 무용지물에 지나지 않는다.

그리하여 모든 사람들에게
혐오를 일으키게 하는 것이다.
그러므로 이성을 가진 사람은
자기 자신에게 지나친 신뢰를 두지 않는 법이다.

_노자

현명한 자는 남의 욕설에 귀 기울이지 않으며
남의 단점도 보려 하지 않는다.
_채근담

완성된 것의 착각

우리는 자기에게 있지도 않은 것으로
자신을 꾸미려 하고, 현실을 멸시한다.

그리하여 만약 어떤 조그만 것이라도 얻게 되면
될 수 있는 대로 그것을 빨리 공표하고
그것이 자기 자신의 완성된 모습인 것처럼 착각하고 살며,
또한 그것을 과장하고 드러내길 좋아한다.

그것은 우리가 사람들의 시선을 너무 의식하고 살며,
용감하다는 평판을 얻기 위하여 노력하는
비겁자이기 때문이다.

_파스칼

자신의 욕망을 극복하는 사람이
강한 적을 물리친 사람보다 위대하다.
_아리스토텔레스

참다운 영웅

인간 사회의 참다운 영웅은
불결한 과시 없이 자신의 존재를
대중 속에 파묻는 사람이다.
가령 오케스트라는 각기 다른 악기를 가진
연주자들의 집합체이다.

그들은 각자가 자기가 택한 악기를 연주하면서도
그 재능을 전체 하모니를 위해 바치고
생명을 불어 넣어,
마침내 감동적인 음악을 완성하는 것이다.

__톨스토이

뜨거운 가마 속에서 구어낸 도자기는
결코 빛이 바래는 일이 없다.
이와 마찬가지로 고난의 아픔에
단련된 사람의 인격은 영원히 변하지 않는다.
안락은 악마를 만들고
고난은 사람을 만드는 법이다.
__쿠노 피셔

왜소한 인간의 그림자

이 약하디 약하며 부질없는 희망으로
가득 찬 왜소한 인간의 그림자를 보라.

그는 아무런 힘도 없으며
제 스스로 제 몸을 지킬 수도 없다.

이 약하고 힘없는 육체는 나이를 먹어감에 따라
점점 더 약해지고 또 그 생명은
언제 죽음으로 옮겨갈는지도 알 수 없는 일이다.

두개골은 마치 그 모양이 가을에 딴 호박과도 같다.
그래도 만물의 영장이라고 기뻐할 수 있을까?
아직도 희망을 가질 수가 있을까?

뼈가 살로 뒤덮이고 피로 채워져 육신은
간신히 모양을 갖추고 있다.
그러나 그 속에는 이미 늙음이,
죽음이 자리 잡고 있다.

_붓다

강한 것과 부드러운 것

인간의 몸은 살아 있는 동안은 부드럽고 유연하다.
그러나 죽으면 곧 굳어버린다.
그러므로 굳는다는 것은 죽음을 의미한다.

부드럽다는 것은 생을 의미한다.
그러므로 너무 굳세고 메마른 것은 승리를 얻지 못한다.

수목이 굳어져 버릴 때는 죽음이 다가온 때이다.
굳세고 큰 것은 언제나 아래에 있는 것이다.
부드러운 것은 언제나 그 위에 있다.

__노자

과거는 과거다.
과거보다는 미래가 더 중요하고
미래보다는 현재가 더 중요하다.
현재보다는 오늘이 더 중요하며
오늘보다는 지금이 더 중요하다.
지금과 오늘을 소중히 여기고,
이것이 자기 자신을 위해서 있다고 확신하자.
__앙드레 모로아

열등감에서 벗어나기

나이가 들면서
나는 내 자신이 가지고 있는
나약함에 대처하는 방법을
아주 자연스럽게 알게 되었다.

그 방법이란 바로 남들 앞에서
강해 보일 필요가 없다는 것이었다.

내가 가지고 있는 약점을 인정하고
가능한 한 유리하게 바꿔 보자고
생각한 뒤에야 열등감에서 벗어날 수 있었다.

__엔도 슈샤쿠

인생이 그대를 위하여 어떤 의미를 가졌는가를
묻는 것은 잘못된 질문이다.
그대가 인생을 위하여 어떤 의미를 창조할 것인가를
인생이 도리어 그대에게 묻고 있다.
__빅톨 프랭클

좋 은 글 대 사 전

감사 • 기타

진리를 받아들일 수 있는 사람

생활을 이성의 빛 속에 두는 사람,
무슨 일을 겪든 절망하지 않는 사람,
양심의 괴로움을 모르는 사람,
고독을 겁내지 않고
소란한 모임을 가까이하지 않는 사람,
이와 같은 사람은
평화롭게 자신의 삶을 이어간다.

그는 사람들로부터 멀어지지도 않으며
사람들에게 쫓기지도 않는다.
자신이 처한 자리를 확실히 아는 까닭에
마음에 두려움이 없다.

또한 정신의 초조함이 사라졌으므로
비로소 완전한 평화를 누린다.
이런 평안함은
사색적인 인간에게 주어지는 축복이다.
죽음을 앞두고도 평상시와 다름없이
행동하는 이야말로
모든 진리를 받아들일 준비가 되어 있는 사람이다.

__아우렐리우스

나를 위로 하는 날

가끔은 아주 가끔은
내가 나를 위로할 필요가 있네.

큰일 아닌 데도 세상이
끝난 것 같은 죽음을 맛볼 때
남에겐 채 드러나지 않은 나의 허물과
약점들이 나를 잠 못 들게 하고
누구에게도 얼굴을 보이고 싶지 않은
부끄러움에 문 닫고 숨고 싶을 때
괜찮아 괜찮아, 힘을 내라고
이제부터 잘 하면 되잖아.

조금은 계면쩍지만 내가 나를 위로하며
조용히 거울 앞에 설 때가 있네.
내가 나에게 조금 더 따뜻하고 너그러워지는
동그란 마음, 활짝 웃어주는 마음,
남에게 주기 전에 내가 나에게
먼저 주는 위로의 선물이라네.

__좋은글

친절의 힘

친절은 이 세상을 아름답게 한다.
상대에게 느끼는 적대적인 감정을
사그라지게 하는 것도 친절의 힘이다.

친절은 사람들 사이에 오해를 풀어
관계를 부드럽게 만들 뿐 아니라
어려운 일도 수월하게 만든다.

어두웠던 마음에
밝은 빛을 비춰 기쁨을 안겨주기도 한다.

_톨스토이

만약 어떤 사람의 과오를 발견하고
그것을 지적해줘야만 한다면 친절한 태도를 잃지 마라.
그렇지 못하다면 차라리 스스로를 책망하라.
다른 누구도 탓해서는 안 된다.
언제나 더욱 친절하도록 힘써라.
_아우렐리우스

이런 사람에겐

게으른 사람에겐 돈이 따르지 않고
변명하는 사람에겐 발전이 따르지 않습니다.

거짓말 하는 사람에겐 희망이 따르지 않고
간사한 사람에겐 친구가 따르지 않습니다.

자기만 생각하는 사람에겐 사랑이 따르지 않고
비교하는 사람에겐 만족이 따르지 않습니다.

고로 사람이란 부지런해야 하며,
진실되어야 하며, 서로를 존중하며,
남과 비교하지 말며,
사랑으로 감싸 주어야 합니다.

__좋은글

육체를 좀먹는 독약과
영혼을 망치는 독약에는 차이가 있다.
육체를 좀먹는 독약은 대부분 그 맛이 쓰고 불쾌하지만
영혼에 해를 끼치는 독약은 그 맛으로 곧잘 사람을 현혹한다.
__세네카

일생 동안 찾아오는 세 가지 유혹

살아가는 동안 인간에게는
세 가지 유혹이 찾아든다.

거칠고 강렬한 육체적 욕망,
스스로 우쭐해하는 교만함,
격렬하고 불순한 이기심이 바로 그것이다.

그로 인해 인간은
과거에서 미래에 이르기까지 영원히
불행에서 빠져나오지 못하는 것이다.

만약 인간에게 이 세 가지 유혹이 없었더라면
보다 완전한 자아실현에 도달할 수 있었을 것이다.
이토록 끔찍한 무질서를 초래하는 요인,
누구나 마음속에 지니고 있는
이 무서운 질병의 근원을 차단하기 위해
우리는 어떤 대책을 세워야 할까?

해답은 단 한 가지,
끊임없는 자기 수양으로
스스로를 닦아나가는 수밖에 없다.

_라메네

괴로울 때 생각할 것

어떤 일이 당신을 괴롭게 할 때는
다음과 같이 생각하라.

첫째, 다른 사람들은 이보다
괴로운 일을 더 많이 겪고 있을 것이다.

둘째, 예전에도 이보다 더
괴로운 일이 나에게 닥쳐왔지만
지금은 오히려 추억거리가 되지 않았는가.

셋째, 지금 나를 괴롭히는 이 일은
언젠가는 좋은 경험이 되어 이보다 더 힘들고
어려운 상황에서 나를 구해줄 수도 있으리라.

_러스킨

겁쟁이는 죽음에 앞서서 여러 차례 죽지만
용기 있는 사람은 한 번밖에 죽지 않는다.
_셰익스피어

그리고 꼭 행복하세요

1. 이별부터 생각하면 안 돼요

그립다 그립다 하면 그리운 법입니다.
슬프다 슬프다 하면 슬퍼지는 법입니다.

자신을 자꾸 안으로 가두려 하지 마세요.
만남에 이별을 부여하지 마세요.

헤어질 때 헤어지더라도
그대가 사랑하는 사람에게 최선을 다하세요.

애초에 두려움에서 시작된 사랑이란 오래가는 법이 없습니다.
그만큼 자신 없는 사랑이기 때문입니다.

2. 닮아 지세요

사랑하는 사람과 닮아지려고 노력해 보세요.
그의 취미생활을 따라해 보세요.
그의 친구들과 친구가 되어 보세요.
그의 웃음을 닮아보세요.

서로 닮아가는 데는 많은 시간이 걸리지 않습니다.
닮아진다는 노력은

서로에게 그만큼 이해의 폭을 넓힐 수 있다는 것입니다.

누군가가 '오누이처럼 닮았네요?' 라고 한다면
얼마나 기분이 좋겠어요?
어느 날 둘이 너무도 닮아 하나임을 느꼈을 때
그와 나는 하늘이 맺어준 '천생연분' 이 되는 것입니다

3. 여행을 떠나요

사랑하는 사람과 낯선 고장에 발을 내려 보세요.
낯선 곳은 그와 당신을 이방인으로 만들 것입니다.

그리고 자연스럽게 모르는 사람들 속에서
둘만이 느끼는 결속력을 느끼게 될 것입니다.

또한 낯선 곳은
서로의 내심을 알 수 있는 기회이기도 합니다.
낯선 곳에서 그동안 숨겨왔던
버릇을 알 수 있고 그의 성격도 알게 됩니다.

4. 존중해 주세요

사랑하는 사람의 일을 존중해 주세요.
그가 존속해 있는 사회적 위치와
그가 알고 있는 사회적인 일들을 존중해 주세요.

그것은 남자이건 여자이건 마찬가지입니다.
'여자이기 때문에 이러이러해야 된다'
또는 '남자이기 때문에 이러 이러해야 된다' 는 식의 생각은 버리세요.

서로의 원하는 길을 도와준다는 것을 결코 어렵지만은 않습니다.
그로 인해 성숙해지는 사랑의 열매를 생각하면.

5. 더 신경쓰세요

오랜 만남이 있었다 하더라도 몸가짐과 외모에 더 신경쓰세요.
약속이 있을 때는 자신이 할 수 있는 한 멋을 부려도 좋습니다.

나태해지는 연인의 모습을 좋아할 사람은 아무도 없습니다.
오래된 만남은 대부분 서로를 식상하게 만듭니다.

매일 변화를 주는 모습을 보여준다면
그는 당신이란 커다란 바다를 알기 위해 더욱 노력할 것입니다.

6. 감사하세요

이 많은 사람들 중에 하나의 의미가 될 수 있는
단 한 사람을 알게 됐음을 감사하세요.

사랑하는 사람과 어긋나지 않고
계속 만날 수 있음을 감사하세요.
외로움으로 타들어 가는 나의 가슴에도
따뜻한 사랑의 시가 피어나고 있음을 감사하세요.

언제나 외로울 때 위로가 되고 서러울 때 화풀이 하고
우울할 때 기댈 수 있고 속상할 때 역성들어 줄
영원한 사람이 있음을 감사하세요.

7. 언제나 그를 생각해 보세요

거리를 지나가는데 낯익은 카페 간판이 보이거나,
버스에 앉아 졸음이 올 때나,
역에서 지하철을 기다리고 있을 때나,
바쁘게 일하고 커피 한 잔의 여유가 있을 때나,
갑자기 창밖으로 소낙비가 쏟아질 때나,
창 밖에 첫눈이 하염없이 내릴 때나,
다정히 손잡은 연인들이 지나갈 때나,
길을 가다 그가 좋아하는 유행가가 흘러나올 때나,

언제나 사랑하는 이를 생각해 보세요
많은 관심은 그만큼 더 큰 사랑을 만드는 길입니다.

11

8. 사랑하는 사람의 친구들 앞에서

사랑하는 이의 친구들과 어울릴 때는 혹,
기분 나쁜 일이 있어도 싫은 내색은 하지 마세요.

상대방의 친구를 당신의
사랑을 지켜줄 수 있는 커다란 우방으로 만드세요.
만일 친구의 말이 불쾌하게 들린다면
당신이 먼저 예의를 지켰나 생각해보고
너무 가깝게도 너무 멀게도 대하지 마세요.

너무 가까우면 허물없이 대하다 사고가 생기기 마련이고
너무 멀면 어렵게만 느껴지기 때문에 서먹하기 일쑤입니다.

언제나 그네들 앞에선 도리를 지킬 줄 아는
그래서 사랑하는 이를 더욱 높여 줄 수 있는 센스를 가지세요.

9. 비오는 날엔

비오는 날에는 꼭 전화를 거세요.
커튼이 드리워진 창이 있는 카페에서 만나기로 약속해 보세요.

김이 모락모락 나는 한 잔의 커피와
온 마음을 적셔주는 음악을 들으며,
이 세상에서 그와 만날 수 있었던 행운을
그래서 서로 사랑하게 된 것을 감사한다고 말하세요.

비오는 날은 왠지 더 깊이 스며들겠지요.

10. 마음의 편지를 쓰세요

사랑하는 사람에게 편지를 써 보세요.
말로는 다하지 못한 사랑의 고백을 편지에다 솔직히 옮겨 보세요.

깊은 밤 나와 그만을 이 세상에서 서로가 주인공으로 하여
한편의 시를 그리듯 마음을 편지로 적어 보내세요.

11. 단 한 사람만의 사랑이 되세요

사랑하는 그대에겐 어린 왕자의 장미꽃과 같은 존재가 되세요.
많고 많은 사람들 중의 단 한 사람.
그 사람만이 물을 주고 가꾸어 주는 장미꽃이 되세요.

오직 그를 위한 사랑이 되세요.

12. 표현을 하세요

자신감을 주고 사랑의 확신을 줍니다.
표현은 오해를 풀게 하고
무관심에 대한 섭섭함을 녹여 줍니다.

너무 많은 세월 동안 우리는
가슴으로만 사랑하도록 교육 받아 왔습니다.
마치 말해버린 순간,
사랑하는 마음을 들켜 버린 것처럼 느껴왔습니다.

이젠 침묵이라는 옛틀을 벗으세요.
진정으로 사랑하고 있다면 과감하게 표현하세요.

13. 이런 가슴을 준비하세요

언제나 그 자리에 조용히 있어도
다가올 것 같은 사랑하는 사람을 위하여
포근한 가슴 한쪽을 내어 줄 준비를 해 두세요.

기대기만 해도 저절로 위로가 될 수 있는 사람,
인생에 있어서 없어서는 안 될 꼭 필요한 사람,
언제나 큰 가슴으로 모든 고뇌를 받아들일 수 있는
편안한 사람이 되고자 노력하세요.
그리고, 꼭 행복하세요.

_좋은글

인간이란 강물처럼 흐르는 존재다

사람이 가장 범하기 쉬운 과오는
남을 착한 사람, 악한 사람 또는 어리석은 사람,
똑똑한 사람 등으로 구분하려 드는 것이다.

인간이란 강물처럼 흐르는 존재로,
끊임없는 변화 속에서 각자의 길을 걸어간다.

그들의 내면에는 모든 가능성이 내포되어 있다.
바보라도 언젠가는 똑똑해질 수 있으며,
악인도 착한 사람으로 변할 가능성이 있는 것이다.
바로 그러한 이유로 인간이 위대한 것이다.
그런데 어떻게 어떤 사람에 대해서
함부로 절대적인 판단을 내릴 수 있겠는가.
그는 어떠어떠한 사람이라고 당신이 단정지어버린 바로 그 순간,
그는 벌써 다른 모습으로 변했을지도 모르는데 말이다.

_톨스토이

제 갈 길을 아는 사람에게 세상은 길을 비켜준다.
_찰스 킹슬리

어떤 악행도
가볍게 여기지 말라

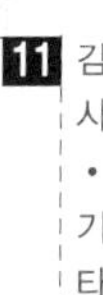

악행을 가볍게 여기지 말라.
물방울도 모이면 그릇을 가득 채우는 법이다.
조금씩 범하는 악도 쌓이고 쌓이면
거기에서 헤어날 수 없게 된다.

그 어떤 작은 선행도 소홀히 넘기지 말라.

'그런 일은 나 같은 사람이
도저히 해낼 수 없는 일' 이라는
생각도 하지 말라.

한 방울의 물이 모이고 모여서
큰 그릇을 채우듯이,
사소한 선행이 쌓이고 쌓여 큰 덕이 되는 것이다.

_붓다

세상은 고통으로 가득하지만
한편 그것을 이겨 내는 일로도 가득차 있다.
_헬렌 켈러

감사할 뿐입니다

어느 하나를 절실히 원하다 갖게 되면 얻은 것에 대한 감사하는 마음은
어느 듯 짧은 여운으로 자리잡습니다.

또 다른 하나를 원하며 채워진 것 보다 더 많이 바라는 것이
사람의 마음입니다.

이렇듯 욕심은 끝없이 채워지지 않습니다.

갖고 있을 때는 소중한 것을 모르고
잃고 나서야 비로소 그것이 얼마나 소중했는지를 깨닫게 됩니다.

현명한 사람은 갖고 있는 것에 대해
감사하는 마음을 잃지 않으려 노력합니다.

갖고 있던 것을 잃은 뒤에 그것에 대한 소중함을 깨닫는 것은
이미 늦은 일이기 때문입니다.

욕심을 버리고 마음을 비우는 연습을 해야겠습니다.
그리고 아직 내게 주어진 시간들이 남아 있기에 그것 또한 감사할 뿐입니다.

오늘 하루도 선물입니다
1분만 하늘을 보아 주세요.

__좋은글

영원한 생명을 얻는 길

남을 아는 사람은 총명한 사람이며
자신을 아는 사람은 덕이 있는 사람이다.

남을 이기는 사람은
육체가 강한 사람이며
자신을 이기는 사람은
마음이 강한 사람이다.

또한 죽음으로써
모든 것이 소멸되는 것이 아니라는
진리를 깨달은 사람은
영원한 생명을 얻은 사람이다.

_노자

사람을 싫어하는 성격을 고치는 간단한 방법이 있다.
그것은 타인의 장점을 발견하는 것이다.
어떤 사람이든 장점은 반드시 있게 마련이다.
_데일 카네기

여유로운 마음으로 살아가는 자세

맺고 끊음이 분명한 사람은
바쁜 듯 보여도 늘 마음에 여유가 있다.
반면 매사에 우물쭈물하고
쉽게 결단을 내리지 못하는 사람은
한가한 것처럼 보여도
속은 항상 바쁘고 피로가 쌓여 있다.

무슨 일이든 여유를 갖고 임하는 것은
매우 중요한 자세다.
평소에 대책을 세워두지 않고
걱정만 하다가 정작 일에 직면해서야
갑자기 법석을 떤다면
공연히 괴로움만 더해질 뿐이다.

_뤼신우

충고는 눈과 같이 해야 한다.
조용히 내리면 내릴수록 마음에 오래 남고 마음에 스며드는 것도 깊어진다.
_칼 힐티

인생에서
진정 가치 있는 일

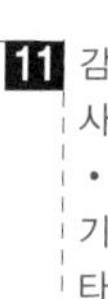

죽음의 공포에서 벗어나고 싶다면
최선을 다해 살아가는 사람의 행동을 눈여겨보고 본받도록 하라.

그 사람들은 죽음이 언제 닥쳐올지
모른다는 것을 알고 있다.

나를 포함한 우리 주변의 많은 사람들은 결국 나이가 들어 죽는다.
살아 있는 동안의 그토록 짧은 인생에서
인간은 많은 슬픔과 고통, 기쁨을 누린다.

죽음 뒤에 찾아오는 시간의 영원성을 생각해보라.
당신의 앞날에도 존재하는 이 무한한
영원의 틈바구니에서 사흘 동안 사는 것과
3세기 동안 사는 것이 뭐가 다르겠는가.

_아우렐리우스

11

어리석은 사람이 현명한 사람에게 배우는 것보다
현명한 사람이 어리석은 사람에게 배우는 것이 더 많다.
_카토

하늘을 바라 볼 수 있는 것

의롭게 살아야 함에는
지극히 당연한 도리일 것입니다.
사실은 의롭게 살지 말라고 해도
의롭게 살고자 하는 것이 사람입니다.

종교인이 아니더라도
그냥 대충 살라고 한다면 그를 이상하게 여길 것입니다.
더구나 종교인들이라면 아마 이단이라고 공격할 것입니다.
사람이 가진 기본적인 심성입니다.

처음부터 의롭게 살지 않겠다고
생각하고 그렇게 산 사람있습니까?

의롭게 살고 싶지만
사람에 따라서는 죄를 짓기도 하고
환경을 극복하지 못하는 삶을 살게 되는 것입니다.
사실은 의롭게 살기 위해서 끊임없이 노력해 온 모습이
지금의 내 삶인 것입니다.

죄를 지라는 것이 아닙니다.

물이 부족한 농장에 저수지를 만들어서
과실수와 작물에게 걱정하지 않고 물을 줄 수 있다고 해서

비를 기다리지 않아서는 안 되는 것입니다.
저수지에 물을 채우려면 하늘에서 비가 내려야 하는 것입니다.

사람의 마음이라는 것이
저수지에 물을 가득 채우는 것과 같이 의로워지면
섭리를 생각하지 않는다는 것입니다.

참으로 아이러니컬한 것은
신을 믿는다 하는 그들이 지극히 의로워지려 하고 있습니다.
물을 가득 채우고 그것을 자랑하고 있습니다.

물이 부족하다 느껴야
하늘을 바라 볼 수 있는 것입니다

__좋은글

사람들은 얻기에만 바쁘고 버리는 것에는 무관심하다.
그러나 버릴 줄도 알아야 한다.
꽃을 잘 가꾸려면 그 옆의 잡초를 뽑아야 한다.
그럼으로써 좋은 꽃과 열매를 얻을 수 있는 것이다.
착하지 못한 일, 올바르지 못한 일
떳떳하지 못한 일은 스스로 버려라.
__동양 명언

자녀에게 침묵하는 것을 가르치라.
말하는 것은 어느새 쉽게 배워 버린다.
__B. 프랭클린

진정한 자유인

나는 모든 것들을 자유로이 받아들일 수 있는,
그러나 보이지 않는 본질의 내면적 동기에 따라서만
행동하는 사람을 '자유인' 이라고 부른다.

또한 습관에 예속되지 않고
낡은 세대의 도덕에 안주하지 않으며
일정한 법칙에 갇히지 않는 사람,
양심의 소리에 귀 기울이며
보다 새롭고 높은 문제로 나아가는 것에
즐거움을 느끼는 사람을 자유인이라고 부르고 싶다.

__체이닝

도리의 길은 곧게 이어지지만
욕망의 길은 복잡하게 뒤얽혀 있다.
도리의 길은 밝지만 욕망의 길은 어둡다.
도리의 길은 느긋하지만 욕망의 길은 번거롭다.
도리의 길은 안락하지만 욕망의 길은 각박하다.
__뤼신우

어머니의 손

어머니 그 두 손에
바람이 불어와 두 손을 가를 때
어머님의 맺힌 그 한이 가슴속에 사무칩니다.

살아오신 그 땅에,
물기 마른 그 자리에,
가뭄 들고 무서리 지는
시린 그 바람을 어머님 아십니다.

어머니 그 얼굴에
설움이 몰려와 주름살 깊을 때
어머님의 작은 그 두 눈에 맑은 이슬 흐르십니다.

흰 눈 쌓인 이 땅에, 얼어붙은 그 자리에
봄이 오고 웃음 꽃 피는 다순 그 손길을 우리는 알겠습니다.

열 자식을 거느려도
한 부모를 못 모신다는 말,
원래는 독일 속담이라고 합니다.

__지산 이민홍

신과 영원에 대하여

어떤 사람이 자신에게 내려질 판결을
모른 채 감옥에 갇혔다고 가정해보자.
그가 자신의 판결을 알게 될 시간도
앞으로 한 시간밖에 남지 않았다.

만약 그 사람이 한 시간 후에
사형 선고를 받게 되리라는 것을 알았다면,
그가 트럼프 놀이나 하면서 시간을 보낼까?

그것은 상상도 할 수 없는 일이다.
그런데 많은 사람들이 신과 영원에 관한
아무런 고뇌 없이 그 죄수와 같은
마음가짐으로 세월을 보내고 있다.

__파스칼

성공하지 못한 사람의 공통점은 게으름에 있다.
게으름은 인간을 패배하게 만드는 주범이다.
성공하려거든 먼저 게으름을 극복해야 한다.
__A. 카뮈

가장 좋은 장수 비결은 선하게 사는 것이다

수명이 짧아지는 데에는 두 가지 이유가 있다.
하나는 어리석음이고 다른 하나는 방종이다.
어리석음에는 생명을 지키는 분별력이,
방종에는 의지가 결여되어 있다.

미덕에 보답이 따르듯
이런 악덕에는 징벌이 따르며,
악덕을 일삼는 자는 오래 살지 못한다.

반면 미덕을 베풀며 사는 자는 장수한다.
흠이 없는 정신은
육체를 건강하게 만들기 때문이다.

_발타자르 그라시안

서툰 의사는 한 번에 한 사람을 해치지만,
서툰 교사는 한 번에 수많은 사람들을 해친다.
_보이어

맺어진
소중한 인연이기에

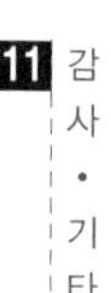

사람과 사람이 서로 만나
인연을 맺는다는 것은 소중한 일입니다.

부모로서, 형제로서, 친구로서,
연인으로써 인연을 맺는다는 것은
눈먼 거북이 바다에서 나무토막을 만나는 것과 같이
어려운 일이라고 합니다.

그 소중하고 귀한 인연을
너무 등한히 하고 있지는 않았나
지금 우리는 어떠한 인연 속에 있는가 돌아보게 됩니다.

우리가 하루하루를 살아가면서
부딪치게 되는 사건들이나,
살아가면서 만나게 되는 사람들은
모두 과거에 맺어진 인연의 결과입니다.

내가 과거에 선한 인연을 지었으면
현재에 선연의 결과를 얻을 것이요.
내가 과거에 악한 인연을 지었으면
현재 악연의 결과를 받게 될 것이라고 합니다.

그리고 그 악연을 선연으로 풀어 주어야만

악연의 업이 풀린다고 합니다.

현재 나에게 주어진
그 어느 것도 원인이 없음이 없으며
그 원인대로 결과가 만들어진다고 합니다.

이것은 과거에 자기와 어떤 형태든
인연이 맺어진 사람들이 자신의 주위에
있을 확률이 높기 때문입니다.

과거에 자기와 인연이 맺어진 사람들은
그 인연의 결과로 반드시 다시 만나게 되어 있으며
그 인연의 골이 깊을수록
더욱 자기와 가까운 곳에 존재하기 때문이랍니다.

어차피 맺어진 우리 인연 과거에도 인연이었고
지금도 인연이라면 우리는 필연이기에
그러기에 당신이 나에겐 소중합니다.

__좋은글

11

사람은 제각기 그 운명을 스스로 만든다.
즉, 운명이란 결코 하늘이나 신이 지배하는 것이 아니고
각자 자신의 손으로 자신의 운명을 만드는 것이다.
__네포스

베풂의 올바른 방식

좋은 일은 한꺼번에 다 하지 말고 가끔씩 하라.
그리고 남들에게 호의를 베풀 때는
그들이 되갚지 못할 정도로 크게 베풀지 말라.

상대가 부담을 느낄 만큼 한꺼번에
너무 많은 것을 주는 것은 베푸는 것이 아니라
자신의 능력을 과시하는 것과 같다.

또 상대가 이를 완전히 알아주기를
바라지 않는 것이 좋다.
분수에 넘치게 베푸는 사람은
주변 사람에게 부담을 안겨주게 되어 있다.

많은 이들이 베풂의 의미를 과잉 해석하고
스스로의 사정을 생각지 않고
지나치게 베풀다 모든 것을 잃는다.
그럴 때 은혜를 입은 사람들은
부담감 때문에 거리를 두고 마침내는
자신에게 도움을 준 사람을 적으로 보기도 한다.

_발타자르 그라시안

완전함을 추구하는 까닭 ❖

완전함을 이루려고 할 때,
그때의 목적은 어떤 완벽한 상태에
도달하는 데만 있는 것은 아니다.
사실 거기에 도달하려는 것은 불가능한 일이다.

인간에게 완전함이란
단순한 이상에 지나지 않으며
하나의 표상에 불과하기 때문이다.

그럼에도 우리가 완전함을 추구하는 것은
우리 자신의 내면을
악에서 선으로 변화시켜 나가기 위함이다.
그것은 비록 불가능한 일처럼 보이지만
인간이라면 반드시
힘을 기울여야 할 공통된 사명이다.

_세네카

내가 소라고 말하면 그것은 소가 되고,
내가 말이라고 하면 그것은 말이 된다.
_장자

마지막 모습이 아름다운 사람이 되고 싶다

삶에서 만나지는 잠시 스쳐가는 인연 일지라도
헤어지는 마지막 모습이 아름다운 사람이 되고 싶다.

오늘이 마지막인 것처럼 다시는 뒤 돌아보지 않을 듯이 등 돌려 가지만
사람의 인연이란 언제 다시 어떠한 모습으로 만나질지 모른다.
혹여 영영 만나지 못할지라도 좋은 기억만을 남게 하고 싶다.

실낱같은 희망을 주는 사람이든 설렘으로 가슴에 스며들었던 사람이든
혹은 칼날에 베인 듯이 시린 상처만을 남게 했던 사람이든
떠나가는 마지막 뒷모습은 아름다운 사람이 되고 싶다.

살아가면서 만나지는 인연과 헤어짐은 이별, 그 하나만이라도 슬픔이기에
서로에게 아픈 말로 더 큰 상처를 주지 말자.

삶은 강물처럼 고요히 흘러가며
지금의 헤어짐의 아픔도 언젠가는 잊혀질 테고
시간의 흐름 안에서 변해 가는 것이 진리일 테니.

누군가의 가슴 안에서 잊혀지는 그날까지 살아가며 문득문득 떠올려지며
기억되어 질 때 작은 웃음을 줄 수 있는 아름다운 사람으로 남고 싶다.

_좋은글

진정으로 신을 이해하는 사람

진정으로 신을 이해하는 사람은
두 가지의 유형으로 나뉜다.

첫 번째 유형은
겸손한 마음으로 가난한 사람들을
동정하는 사람이다.
이런 사람은 많이 배웠든 적게 배웠든
상관없이 본능적으로 신을 이해한다.

두 번째 유형은
어떤 어려움이 있더라도 그에 구애됨 없이
진리를 탐구하려는 지혜가 충만한 사람이다.

_파스칼

생각에 따라 천국과 지옥이 생기는 법이다.
천국과 지옥은 천상이나 지하에 있는 것이 아니라
바로 우리의 삶 속에 있는 것이다.
_말로리

고운 미소와 아름다운 말 한마디

낯선 이에게 보내는
고운 미소 하나는 희망이 되며
어두운 길을 가는 이에게는 등불입니다.

미소 안에 담긴 마음은 배려와 사랑입니다.
진정한 마음에서 우러나오는 미소는
나를 아름답게 하며 누군가를 기쁘게 합니다.

댓가없이 짓는 미소는 내 영혼을 향기롭게 하고
타인의 마음을 행복하게 합니다.

나를 표현하는 말은 나의 내면의 향기입니다.
칭찬과 용기를 주는 말 한마디에
어떤 이의 인생은 빛나는 햇살이 됩니다.

아름다운 말 한마디는
우리의 사소한 일상을 윤택하게 하고
사람 사이에 막힌 담을 허물어줍니다.

실의에 빠진 이에게 격려의 말 한마디,
슬픔에 잠긴 이에게 용기의 말 한마디,
아픈 이에게 사랑의 말 한마디 건네 보십시오.

내가 오히려 행복해집니다.

화사한 햇살 같은 고운 미소와
진심 어린 아름다운 말 한마디는
내 삶을 빛나게 하는 보석입니다.

나의 아름다운 날들 속에 영원히
미소 짓는 나이고 싶습니다.
더불어 사는 인생길에 언제나 힘이 되는
말 한마디 건네주는 나였으면 좋겠습니다.

__좋은글

행복을 이웃집 담 너머에서 찾는 것은
가장 어리석은 일이다.
행복의 파랑새는 자신의 추녀 끝에서 찾아야 한다.
해가 떠도 눈을 감고 있으면 어두운 밤과 같다.
사람은 그 마음의 눈을 뜨지 않으면 언제나 불행하다.
__모리스 메테를링크

사람을 이롭게 하는 말은 솜처럼 따스하고
사람을 해롭게 하는 말은 가시처럼 아프게 찌른다.
한마디의 말이라도 소홀히 하지 말라.
사람을 상하게 하고 아프게 하기는
칼로 찌르는 것보다 그 한마디가 더하다.
__윤포

삶은 투쟁이며 행진이다 ❖

삶은 시간을 공허하게 보내기 위해
존재하는 것도 아니고,
오로지 행복 하나만을 위해 존재하는 것도 아니다.

'삶은 투쟁이며 행진이다' 라는 말이 있다.
우리의 삶은 선과 악의 투쟁,
정의와 불의의 투쟁, 자유와 폭압의 투쟁,
협동과 이기주의의 투쟁이다.

삶은 인간의 이상적인 자아를 실현하기 위해
스스로를 전진시킨다.

_마치니

완전한 소유란 어디에도 없다.
재물은 자신이 소유할 때보다
남이 소유하고 있을 때 즐거움을 준다.
지나치게 물질적인 혜택을 누리면 보이지 않는 적을 만든다.
_그라시안

진정한 선행의 자세

진심으로 타인에게 선행을 베풀고 싶다면
자신이 올바르다고 믿는 대로
상대를 설득할 수 있어야 한다.
비록 상대가 그릇된 견해를 취하며
고집을 부리더라도 인내심을 가지고
설득할 수 있어야 한다.

그러나 우리는 대부분 그와는 반대로 행동한다.
자기의 말에 동의하는 사람들과는
금방 뜻이 통하지만
자신의 견해를 대수롭지 않게 여기거나
무시하는 사람을 보면
너무 쉽게 외면해버리고 마는 것이다.

__에픽테토스

실패한 사실이 부끄러운 것이 아니다.
도전하지 못한 비겁함은 더 큰 치욕이다.
__로버트 H 슐러

나그네이며 지나가는 행인

인생은 나그네입니다.
지금 살아가고 있는 세상은 사람이 주인이 아니며
잠시 기대어 살아가다 주인이 더 이상 허락하지 않으면
나는 사라져야 합니다.

나그네는 때로 부당한 대우를 받기도 하고
정말 이해하기 힘든 억울한 일을 당하기도 합니다.

전혀 나와는 상관없는 일로
바람이라는 돌이 나에게 날아오면 피해야 하고
뜨거운 햇살이 오면 그늘을 찾아야 합니다.

바람이 부는 것도
견디기 힘든 추위가 찾아오는 것도
나그네와는 아무 상관이 없이
주인인 세상이 자기가 원하는 바에 따라
행하고 있습니다.

세상에 대들지 마세요.
거친 돌 바람이 불면 피하는 게 상책이지
내가 그것을 이겨 보겠다고 맞서다가는
자기만 손해입니다.

어찌하겠는지요.
하필이면 나에게만 바람이 불고
추위가 찾아오는 것도 세상 마음이라는 것을
받아 들여야 합니다.

나그네는 조금 억울해도 참습니다.
만약 그것이 자기 삶의 끝이라면 억울하겠지만
자기가 가야 하는 더 좋은 집이 있는 나그네는
이해 못하는 돌이 나를 쳐도 참을 수 있어야 합니다.

_좋은글

11

그날그날의 24시간이야말로 인생의 양식이다.
시간이 있으면 모든 것이 가능하나
시간이 없으면 아무것도 이룰 수 없다.
우리에게 필요한 건강과 즐거움과 만족
그리고 다른 사람으로부터의 존경도
오직 시간 속에서 짜내어야 한다.
_이노크 아놀드 베넷

인생은 경주가 아니다.
누가 1등으로 들어오느냐로
성공을 따지는 경기가 아니다.
네가 얼마나 의미 있고 행복한 시간을 보냈느냐가
바로 인생의 성공 열쇠이다.
_마틴 루터 킹

세상의 모든 것들은 연결되어 있다

비록 우리 자신은 원하지 않는다 할지라도
우리는 세상 모든 것들과 연결되어 있다.
사상과 지식을 교류하고,
특히 다른 사람들과 관계를 맺어나가면서
우리는 우리 자신과 이 세계 사이의
수많은 접점들을 연결시킨다.

그러한 관계 속에서 선량한 사람들은
서로를 의심하는 법 없이 타인을 돕지만
악한 사람들은 사람과 사람 사이를
이간질할 궁리만 한다.

__중국 격언

육체의 등불은 눈이다.
만일 당신의 눈이 깨끗하다면 육체의 모든 부분도 깨끗하리라.
그러나 만약 당신의 눈에 병든 기색이 어려 있다면
육체 또한 질병으로 신음하고 있을 것이다.
__톨스토이

3초만 생각해 보세요

엘리베이터를 탔을 때 '닫기'를 누르기 전
3초만 기다리세요.
정말 누군가 급하게 오고 있을지도 모르니까요.

출발 신호가 떨어져 앞차가 서 있어도
경적을 울리지 말고 3초만 기다려 주세요.
그 사람은 인생의 중요한 기로에서
갈등하고 있었는지 모릅니다.

내 차 앞으로 끼어드는 차가 있으면
3초만 서서 기다려요.
그 사람 아내가 정말 아플지도 모르니까요.

친구와 헤어질 때 그의 뒷모습을
3초만 보고 있어 주세요.
혹시 그 놈이 가다가 뒤돌아 봤을 때
웃어줄 수 있도록.

길을 가다가 아니면,
뉴스에서 불행을 맞은 사람을 보면
잠시 눈을 감고 3초만 그들을 위해 기도하세요.
언젠가는 그들이 나를 위해 그리할 것이니까요.

정말 화가 나서 참을 수 없는 때라도

3초만 고개를 들어 하늘을 보세요.
내가 화낼 일이 보잘것없지는 않은가.

차창으로 고개를 내밀다
한 아이와 눈이 마주 쳤을 때
3초만 그 아이에게 손을 흔들어 주세요.
그 아이가 크면 분명
내 아이에게도 그리 할 것이니까요.

죄 짓고 감옥 가는 사람을 볼 때 욕하기 전
3초만 생각해보세요.
내가 그 사람의 환경이었다면 어떻게 되었을까.

__좋은글

적당히 채워라.
어떤 그릇에 물을 채우려 할 때
지나치게 채우고자 하면
곧 넘치고 말 것이다.
모든 불행은
스스로 만족함을 모르는 데서 비롯된다.
__최인호

당신은
참 멋진 사람입니다

어느 날
누군가 전화를 걸어와 차 한 잔 하자고 하면
아무 이유도 묻지 않고 선뜻 만나 줄 수 있는 사람이 되세요.
그의 외로움을 넓은 품으로 받아주는 그런 사람이요.

사는 것이 버겁다며 술 한 잔 하자는 친구가 있으면
언제든 달려가 그의 빈 잔을 채워주는 사람이 되세요.

철저한 계산으로 다가가지 않고
풍금소리처럼 잔잔한 감동으로 전해지는 당신,
장미만큼 화려하지는 않지만
안개꽃처럼 은은한 향기를 풍기는 당신,
그런 당신이 세상에서 가장 멋진 사람입니다.

_지식in

11

무엇과도 바꿀 수 없는 소중한 시간을 버리고 있다.
소심하게 굴기에는 인생은 너무나 짧다.
_D. 카네기

날마다 조금씩 아름다워지는 사람

사람들은 가슴에 남모르는 불빛 하나를 안고
살아가고 있습니다.
그 불빛이 언제 환하게 빛날지 아무도 모릅니다.
그는 그 불씨로 말미암아 언제나 밝은 얼굴로
살아가는 사람이 됩니다.

사람들은 가슴에 남모르는 어둠을 한 자락 덮고
살아가고 있습니다.
그 어둠이 언제 걷힐지 아무도 모릅니다.
그러나 그는 그 어둠 때문에 괴로워하다가
결국은 그 어둠을 통해 빛을 발견하는 사람이 됩니다.

사람들은 가슴에 남모르는 눈물 한 방울씩을
날마다 흘리며 살아가고 있습니다.
그 눈물이 언제 마를지 아무도 모릅니다.
그러나 그는 그 눈물로 말미암아
날마다 조금씩 아름다워지는 사람이 됩니다.

사람들은 가슴에 꼭 용서받아야 할 일
한 가지씩 숨기고 살아가고 있습니다.
그 용서가 어떤 것인지 아무도 모릅니다.
그러나 그는 날마다 용서를 구하다가
어느새 모든 것을 용서하는 사람이 됩니다.

사람들은 가슴에 꼭 하고 싶은 말 하나씩 숨기고
살아가고 있습니다.
그 말이 어떤 말인지 아무도 모릅니다.
그러나 그는 숨기고 있는 그 말을 통해
하고 싶은 말을 아름답게 하는 사람이 됩니다.

사람들은 가슴에 남모르는 미움 하나씩 품고
살아가고 있습니다.
그 미운이 어떤 것인지 아무도 모릅니다.
그러나 그는 그 미움을 삭여 내다가
결국은 모두를 사랑하는 사람이 됩니다.

사람들은 가슴에 남모르는 희망의 씨 하나씩 묻고
살아가고 있습니다.
그 희망이 언제 싹틀지 아무도 모릅니다.
그러나 그는 희망의 싹이 트기를 기다리다가
아름다운 삶의 열매를 맺는 사람이 됩니다.

__좋은글

11

어떤 종류이건 간에
종교는 인생의 고통을 제거시키기 위한 것이다.
유머도 역시 고통에 대한 일종의 처방이다.
그러므로 종교와 유머는 밀접한 관계가 있다.
__맥스 이스트만

아름다운 하루의 시작

소리는 눈으로 보이지 않습니다.
소리는 냄새로 알 수도 없습니다.
소리는 손으로 만져볼 수도 없습니다.
소리는 혀로 맛볼 수도 없습니다.

소리는 오직 귀로만 들을 수 있습니다.
그래서 사랑하는 사람의 목소리는 눈을 감고 들어야 잘 들립니다.

이 아침,
사랑하는 사람에게 목소리를 전해보시면 어떨는지요!
향기는 코로 맛볼 수 있습니다.
향기는 만지거나 눈으로 보는 것이 아니기 때문입니다.
향기는 혀로 맛볼 수도 없습니다.
향기는 촉감 없이 눈을 감고 코로만 느껴야 제대로 느낄 수 있습니다.

이 해맑은 아침,
좋아하는 꽃향기에 취해보는 건 어떨는지요!
아름다움은 눈으로 볼 수 있습니다.
아름다움은 만지거나 코로 맡을 수 있는 것이 아닙니다.

제대로 아름다움을 감상하려면
향기도 멀리하고,
감촉도 멀리하고, 맛도 멀리하고,
오직 눈으로만 봐야 제대로 볼 수 있습니다.

그래서 꽃은 바라만 볼 때가 아름답습니다.
메밀꽃은 보기엔 아름다운데 향기는 지독합니다.
사랑하는 사람을 깨끗한 눈으로 바라보는
당신은 아름다운 사람입니다.

꽃의 감촉은 눈으로 보는 것이 아닙니다.
코로 맡아지는 것도 아닙니다.
맛으로 알 수도 없습니다.
꽃의 감촉은 오직 만져봐야 알 수 있습니다.

그러므로 감촉은 눈을 감고
향기도 멀리하고 만짐으로써 느껴야 합니다.
꽃은 감상하는 것이 좋습니다.
꽃은 향기로 말하는 것입니다.
꽃은 아름다움으로 말하는 것입니다.
그래서 꽃은 느끼는 것입니다.

진리도 이와 같습니다.
진리는 발전하는 방식이 따로 있습니다.
진리는 직접 체험하는 것이기 때문입니다.
진리는 꽃의 향기와 같습니다.

그러므로 눈으로 보거나 귀로 들을 수 있는 것이 아닙니다.
진리는 경험으로 맛보는 것입니다.
볼 것은 보고, 들을 것은 듣고,
향기로운 것은 향기로 맡는 아름다운 하루가 되었으면 좋겠습니다.

_좋은글

11

나는 알게 되었다

여행은 힘과 사랑을 그대에게 돌려준다.
어디든 갈 곳이 없다면
마음의 길을 따라 걸어가 보라.
그 길은 빛이 쏟아지는 통로처럼
걸음마다 변화하는 세계,
그곳을 여행할 때 그대는 변화하리라.

내가 지나온 모든 길은
곧 당신에게로 향한 길이었다.
내가 거쳐 온 수많은 여행은
당신을 찾기 위한 여행이었다.
내가 길을 잃고 헤맬 때조차도
나는 당신을 향해 걸어가고 있었다.

그리고 마침내
내가 당신을 발견했을 때,
나는 알게 되었다.
당신 역시
나를 향해 걸어오고 있었다는 사실을.

_잘랄루딘 루미

같이 있고 싶은 사람

언제 보아도 늘 내 곁에 있을 사람처럼
보아도 보아도 지치지 않을 사람,
계절이 바뀌듯 많은 시간이 지나도
한결같은 마음으로 나와 같이 동행할 사람,
난 언제나 그런 사람을 기다립니다.

때론 술 한 잔으로
슬픈 내 마음을 털어놔도 부담 없는 사이
낙엽이 떨어지면 그 아래서
시 한 수라도 읊을 수 있는 사이.

멋진 사람이 아니더라도
커피 한 잔이라도 나눌 수 있는 사이
그저 친구로 바라볼 수 있는 그런 사이
난 그런 사람이 그립습니다.

이 계절엔 그런 사람이 그립습니다.
그 사람과 같이 하고 싶습니다.

__좋은글

보는 나와 보이는 나

봄이
보는 나와 보이는 나로
분열되어 사는 것이 중생(衆生)이다.

봄 하나가 시간적으로 앞의 나와 뒤의 나
공간적으로 안의 나와 밖의 나
두 개의 나
주객으로 나누어지는 바람에 내가 누구인지 모른다.

그리하여
앞의 나와 뒤의 나
안의 나와 밖의 나와의 사이에
대립 갈등 투쟁이 벌어지고 판단 평가 심판이 거듭되어
마음 고생이 그치지 않는다.

내가 나를 심판하고
내가 나를 벌주고
내가 나를 가두고
내가 나를 괴롭힌다.
괴로움의 원인이 나이다.
남이 아니다.

그러므로
몸과 마음을 다스리려면

보는 나와 보이는 나와의 분열을 종식시키는 수밖에는 없다.
분열을 치유하는 수밖에는 없다.
보는 나와 보이는 나로 갈리기 이전의 봄 하나로 돌아가는 수밖에는 없다.

돌아봄의 생활로 일심이 되고
봄 하나가 되어야 바라봄이 되고
늘봄이 되어 대무심이다.
본심, 본태양이다.

대무심이 대아다.
대무심이 믿음이다.
믿음이 생겨야 근심 걱정 불안 공포에 떨지 않는다.
대무심이 되어야 내가 나를 괴롭히지 않는다.
대무심이 되어야 나를 사랑하고 남을 사랑한다.

11

이렇게 되어야
몸과 마음이 내가 아니고
나의 것이고
나의 도구이고
내가 몸과 마음의 주인임을 확실히 알게 된다.

몸과 마음은
유한하고 불완전하지만
나는 무한하고 완전하다.
내가 우주의 주인이다.
내가 초월자이다.
내가 절대자이다.

_원아 http://www.bomnara.com/

동행의 기쁨

모든 사람은 저마다의 가슴에 길 하나를 내고 있습니다.
그 길은 자기에게 주어진 길이 아니라
자기가 만드는 길입니다.
사시사철 꽃길을 걷는 사람이 있는가 하면
평생 동안 투덜투덜 돌짝길을 걷는 사람이 있습니다.
나는 꽃길을 걷는 사람이 될 것입니다.

내게도 시련이 있을 수 있다는 생각으로
늘 준비하며 사는 사람이 되겠습니다.
시련이 오면 고통과 맞서
정면으로 통과하는 사람이 되겠습니다.
시련이 오면 고통을 받아들이고
조용히 반성하며 기다리는 사람이 되겠습니다.
시련이 오면 약한 모습 그대로 보이고도
부드럽게 일어나는 사람이 되겠습니다.

시련이 오면 고통을 통하여
마음에 자비와 사랑을 쌓는 사람이 되겠습니다.
시련이 오면 다른 사람에게 잘못한 점을 찾아
반성하는 사람이 되겠습니다.
시련이 오면 고통 가운데서도
마음의 문을 여는 사람이 되겠습니다.
시련이 지나간 뒤 고통의 시간을
감사로 되새기는 사람이 되겠습니다.

산다는 것은 신나는 일입니다.
남을 위해 산다는 것은 더욱 신나는 일입니다.
남을 위해 사는 방법 가운데 내 삶을 나눔으로써
다른 사람에게 용기와 지혜는 주는 방법이 있습니다.
어느 한 가지 기쁨과 안타까움이 다른 이에게는
더할 수 없는 깨달음이 되어 삶을 풍요롭게 하기도 합니다.

동행의 기쁨, 끝없는 사랑,
이해와 성숙, 인내와 기다림은 행복입니다
사랑하고 용서하는 일이 얼마나
좋은 일인지 나는 분명히 느낄 것입니다.

__묵연스님

정직은 최고의 처세술이다.
정직만큼 풍요로운 재산은 없으며
사회생활에서 지켜야 할 최소한의 도덕률이다.
정직한 사람은 신이 만든 최상의 작품이기 때문에
하늘은 정직한 사람을 도울 수밖에 없다.
__세르반테스

적이 한 사람도 없는 사람을 친구로 삼지 말라.
그는 중심이 없고 믿을 만한 가치가 없는 사람이다.
차라리 분명한 선을 갖고 반대자를 가진 사람이
마음에 뿌리가 있고 믿음직한 사람이다.
__테니슨

나는 세상을 바라본다

나는 세상을 바라본다.
그 안에는 태양이 비치고 있고
그 안에는 별들이 빛나며
그 안에는 돌들이 놓여져 있다.

그리고 그 안에는
식물들이 생기 있게 자라고 있고
그리고 그 안에는
인간이 생명을 갖고 살고 있다.

나는 영혼을 바라본다.
그 안에는 신의 정신이 빛나고 있다.
그것은 태양과 영혼의 빛 속에서
세상 공간에서 저기 저 바깥에도
그리고 영혼 깊은 곳 내부에서도
활동하고 있다.

그 신의 정신에게 나를 향할 수 있기를
공부하고 일할 수 있는 힘과 축복이
나의 깊은 내부에서 자라나기를…….

_루돌프 슈타이너

나에게 쓰는 영혼의 편지 ❖

아, 잔을 채워라.
반복해야 무슨 소용이 있으랴.
시간은 우리의 발아래로 빠져 나가고 있다.
태어나지 않은 내일,
그리고 죽어 버린 어제,
오늘이 달콤하다면 어제와 내일에 대해
초조해 할 이유가 무언가!

한 순간을 완전히 탕진해 버리고,
한 순간 삶의 우물 맛을 보고 별들은 지고 있고
대상은 무의 새벽을 향해 출발한다.

오, 서둘러라! 지금 잔을 채워라,
시간은 빠르게 지나가고 있다!

어제는 죽었다.
내일에 대해선 누가 알겠는가?
캬라반은 무를 향하여 출발할 준비가 되어있다.

서둘러라!
이 순간을 그대의 진정한 자아가 되는
이 기회를 낭비하지 마라.
고탐 붓다, 헤라클레스, 오마르 카얌,
이 모든 사람들이

매우 다른 형태의 사람들이라는 것은 매우 이상하다.

실체에 대한 그들의 접근은 다르다.
그들은 모두 변화를 강조한다.
그러나 만약 그대가 단순히
그들이 변화를 설교하고 있다고 생각한다면
그대들은 그들을 오해한 것이다.
이런 변화의 현상 뒤에는
시간 없이 단순히 존재하는 영원한 불꽃이 있다.
그것이 그대의 존재이다.

있는 그대로 받아들여라.
그것이 요구사항이다.
지금 나에게 있어서의 현실을 현실로 받아들여라.
최근에 나는 온갖 사소한 결정을 놓고
초조함을 느꼈었다.
나는 무슨 옷을 입어야 하나?
나는 무엇을 먹어서는 안 되는가?
문은 잠갔는가?
내가 걱정을 너무 많이 하는 것은 아닐까?
지금 당장은 그런 불안이 나의 현실이다.
진실과 싸우지 말고, 그것을 직시하라.
내가 원하는 것은 있는 그대로의
나를 받아들이는 것이다.

__오마르 카얌

자존심

사람의 마음은 양파와 같습니다.
마음속에 가진 것이라고는 자존심밖에 없으면서,
뭔가 대단한 것을 가진 것처럼 큰소리를 칩니다.
그리고 그 자존심을 지키기 위해
고집부리고, 불평하고, 화내고, 싸우고 다툽니다.
그러나 마음의 꺼풀을 다 벗겨내면
남는 것은 아무것도 없습니다.

사람이 자존심을 버릴 나이가 되면
공허함과 허무밖에 남지 않습니다.
그리고 그 하나 하나를 벗겨내는 데는
많은 시간과 아픔이 따릅니다.
사람이 세상에 나올 때는 자존심 없이 태어납니다.
그러나 세상을 살면서 반평생은
자존심을 쌓고, 다시 그것을
허무는 데 남은 반평생을 보냅니다.

그리고 힘든 인생이었다는 말을 남기고 갑니다.
우리를 자신 안에 가두고 있는
자존심을 허물 수 있다면,
우리는 많은 시간과 기회를 얻게 됩니다.
자존심 때문에 만나지 못했던
사람들을 만날 수 있고,
하지 못했던 일들을 할 수 있게 됩니다.

또한 우리는 자신의 체면 손상 때문에
사람들을 두려워할 이유가 없습니다.
자신을 숨기기 위해서
고민하거나 긴장하지 않아도 됩니다.
더 많은 사람과 조화를 이룰 수 있으며,
마음이 상해서 잠을 못 이루는 밤도 없어집니다.

필요 없는 담은
세우지 않는 것이 가장 좋은 방법이고,
세워져 있는 담이 필요 없을 때는
빨리 허무는 것이 넓은 세상을
바라볼 수 있는 비결입니다.

자존심은 최후까지 우리를
초라하게 만드는 부정적인 인식입니다.
우리가 지금까지 세워오던 자존심을 버리면
우리에게 많은 사람들이 다가옵니다.
그 순간, 그들과 편안한 관계를 유지할 수 있습니다.

__김홍식

사람과의 사귐에 있어서 가장 해로운 것은 허영심이다.
허영심은 항상 눈에 보이게 마련이며
악덕 중에서도 제일 바보스러운 것이다.
__성 어거스틴

맑고 아름다운 인격

세상에는 많은 고통이 있습니다.
그것은 이 세상이
지금 우리의 사랑과 배려를
많이 필요로 한다는 것을 의미합니다.

우리가 이 세상에 줄 수 있는
가장 가치 있는 것은
활력으로 가득한 아름다운 인격입니다.
만약 그것이 사라진다면
다른 모든 것들도 반짝이는 빛을 잃겠지요.

맑고 아름다운 인격은 그 무엇보다 중요합니다.
그런 인격은 어떤 것에도 배척되는 일이 없어서
내부 가득 기쁨과 행복을 담고 있습니다.

불운을 탄식하는 것은
이제 그만두어야 하지 않겠습니까?
잘못된 처사를 불평하거나
시시비비를 가리는 것은 이제 그치십시오.
대신 자신의 내면에 있는 모든 잘못,
모든 악함을 제거하십시오.

_제임스 알렌

오직 이 순간일 뿐

비교하는 마음만 놓아 버리면
이 자리에서 충분히 평화로울 수 있습니다.
모든 바람이나 욕망들도
비교하는 마음에서 나오고,
질투나 자기 비하 또한 비교에서 나옵니다.
비교하는 마음이 없으면 지금 이 자리에서
우린 더 이상 나아가려고 하지 않아도 됩니다.

마음에서 어떤 분별심이 일어나고
판단이 일어났다면 그것은
거의가 비교에서 나오는 겁니다.
또한 그 비교라는 것은 과거의 잔제입니다.
지금 이 순간 온전히 나 자신과
대면하고 서 있으면 거기에
그 어떤 비교나 판단이 붙지 않습니다.
이 순간에 무슨 비교가 있고, 판단이 있겠어요.

오직 이 순간일 뿐!
그저 지금 이대로 온전한 모습이 있을 뿐이지,
좋고 싫은 모습도 아니고,
행복하고 불행한 모습도 아니며,
성공하고 실패한 모습도 아닌 것입니다.
누구보다 더 잘 나고 싶고,
누구보다 더 아름답고 싶고,

누구보다 더 잘 살고 싶고,
누구보다 더 행복하고 싶은 마음들…….
우리 마음은 끊임없이 상대를 세워 놓고
상대와 비교하며 살아갑니다.

비교 우위를 마치 성공인 양, 행복인 양,
비교 열등을 마치 실패인 양, 불행인 양,
그러고 살아가지만,
비교 속에서 행복해지려는 마음은
그런 상대적 행복은 참된 행복이라 할 수 없어요.
무언가 내 밖에 다른 대상이 있어야만
행복할 수 있기 때문입니다.
나 혼자서 행복할 수 있어야 합니다.
그저 나 자신만을 가지고
충분히 평화로울 수 있어야 합니다.
나 혼자서 행복할 수 있다는 것은
상대 행복이 아닌 절대 행복이라 할 수 있을 것입니다.

무엇이 없어도 누구보다 잘 나지 않아도
그런 내 밖의 비교 대상을 세우지 않고
내 마음의 평화에는 아무런 문제가 없어야 합니다.
나는 그냥 나 자신이면 됩니다.
누구를 닮을 필요도 없고 누구와 같이 되려고 애쓸 것도 없으며,
누구처럼 되지 못했다고 부러워할 것도 없습니다.
우린 누구나 지금 이 모습 이대로의 나 자신이 될 수 있어야 합니다.

__법정스님

11

인간은 이상한 동물이다 ❖

인간은 이상한 동물이다.
그는 모든 것을 탐험한다.
에베레스트에도 가고, 남극에도 가고, 달에도 간다.
그러나 절대로 그 자신의 내면으로 들어갈 생각은 하지 않는다.
그것은 인간이 앓고 있는 가장 심각한 질병이다.
인간이 탐험하지 않고 내버려두는
유일한 곳은 그 자신의 내면세계이다.
그러나 진정한 보물은 그곳에 있다.
자기 존재의 성지 속으로 들어가지 않는다면
삶은 단지 낭비일 뿐이다.
막대한 낭비이다.
우리는 황금과 같은 기회를 잃어버리고 있다.

그러나 우리는
황금의 기회를 잃어버리고 있다는 사실조차
깨닫지 못하고 있다.
우리는 너무나 무의식적이어서
귀중한 것을 모두 내던져버리고 계속 쓰레기만 모은다.
계속해서 오래된 그림들을 모으는 사람들이 있다.
그림이 오래되면 될 수록 더 훌륭한 것으로 생각한다.
화폐 수집가도 있고…….
그러한 온갖 종류의 어리석음이 계속 되고 있다.

그들은 참으로

가장 오래된 보물을 찾아다니고 있지만,
모두 잘못된 방향에서 찾고 있다.
찾을 만한 가치가 있는 유일한 보물은
그대 자신의 본성이다.
진정한 모험은 그대 내부로 들어가는 것이다.
일단 그것이 그대의 사명이 되면
무슨 일이 있더라도
나는 나 자신을, 나의 본성을,
나의 존재를 발견해야 한다.

나는 이번 삶의
기회를 놓치지 않겠다는 결심을 확고히 하고
그대의 에너지를 거기에 쏟아 붓는다면
결코 실패하지 않을 것이다.
아무도 실패한 적이 없다.

자신의 에너지를 내면의 탐구에 쏟는 사람은
누구든지 항상 그 자신을 발견해 왔다.

__오쇼 라즈니쉬

악을 행한 후 남이 알까 두려워하는 것은
아직 그 속에 선이 남아 있음을 의미하는 것이고,
선을 행하고 나서 남이 빨리 알아주기를 바라는 것은
아직 그 속에 악의 뿌리가 남아 있기 때문이다.
__채근담

내가 나의 감옥이다

한눈팔고 사는 줄은 진작 알았지만
두 눈 다 팔고 살아온 줄은 까맣게 몰랐다.
언제 어디에서 한 눈을 팔았는지
무엇에다 두 눈 다 팔아 먹었는지
나는 못보고 타인들만 보였지
내 안은 안보이고 내 바깥만 보였지.

눈 없는 나를 바라보는 남의 눈들 피하느라
나를 내속으로 가두곤 했지.

가시껍데기로 가두고도
떫은 속껍질에 또 갇힌 밤송이
마음이 바라면 피곤 체질이 거절하고,
몸이 갈망하면 바늘 편견이 시큰둥해져
겹겹으로 가두어져 여기까지 왔어라.

_유안진

부드러운 말로 상대를 정복할 수 없는 사람은
큰 소리를 질러도 정복할 수 없다.
_안톤 체호프

자신의 거울

대부분의 사람들은 남의 허물을 보고 비난하고
손가락질 하는 데는 익숙하지만
그것을 통해 자신을 들여다보며
거울로 삼은 이들은 보기 드뭅니다.
그것은 남의 허물을 쉽게 보면서도
자신의 허물은 달팽이처럼 자꾸 안으로
밀어 넣으려는 습성이 있기 때문입니다.

사람처럼 이기적인 동물은 없습니다.
허점이 많은 사람일수록 자신의 허물을 감추려고만 합니다.
허점을 보이면 자신에게 손해가 따른다고 생각하기 때문입니다.
이런 사람들은 자신의 허물을 드러내지
않게 하기 위해 남의 허물을 지적하고
드러내는 것으로 끝내는 것이 아닌,
비난을 하고 손가락질 하는 것을 마다하지 않습니다.

그러나 지혜로운 사람은 자신의 허물을 감추지 않습니다.
남의 허물을 보고 자신의 거울로 삼으며 자신의 허물을 고치려고 애를 씁니다.
진실로 바른 몸과 마음가짐을 위해서라면 달팽이처럼 자신의 허물을
감추려는 어리석은 사람이 되지 말고, 남의 허물을 통해 자신의
거울로 삼는 지혜로운 사람이 되어야 하겠습니다.

__김옥림

무지(無知)

이 세상 사람들은
모르면서도 전체를 아는 체 합니다.
어설프게 아는 것입니다.
엄밀히 생각하면 하나도 아는 것이 없습니다.

한 방울의 물과 먼지 하나, 풀 한포기의 이치도
제대로 아는 것이 아닙니다.

피상적으로 이름을 붙여서 알 뿐이지
본질적으로 그 근본을 추궁하면
정체를 모르는 것입니다.

마음의 그림자인 생각으로
감각기관을 통해서 모든 걸 판단합니다.
그리고 그것을 제대로 이해하는 줄로 착각합니다.
이러한 지식은 몇 푼어치 안 되는 겁니다.

그것으로 백년 안쪽의 얘기는
서로 주고받고 이해가 되는 듯 할지는 모릅니다.
그러나 우리의 영원한 생명의 빛은
그런 단편적인 지식의 저울대로는 달아지지 않습니다.

_서암스님

불멸의 죽음

총소리가 난다. 그는 피를 흘리고 쓰러진다.
우군은 쓰러진 그를 짓밟고 전진한다.
그는 숨이 넘어가고 만다.
그의 죽음은 '불멸의 죽음' 이라는 영광의 칭호를 받게 된다.

친구나 친척들은 그를 잊어버리고 만다.
그리고 그가 자신의 행복과 고뇌와
모든 인생을 바친 그 대상은 그에 대해서 아는 것이 전혀 없다.

2, 3년이 지난 후
누가 그의 백골을 찾아내게 되면
그것은 구둣솔로 만들어 지기도 하고,
그리하여 장군의 구두에 달라붙은
진흙을 털어내는 신세가 되기도 한다.

_칼라일

세상을 보는 데는 두 가지 방법이 있다.
한 가지는 모든 만남을 우연으로 보는 것이고
다른 한 가지는 모든 만남을 기적으로 보는 것이다.
_아인슈타인

인색한 사람

인색한 사람은 타인의 소유물까지
자기 것으로 만들고 싶어 한다.
자기 이익만 챙기면 그만인 것이다.

그러므로 자기 이익을 위해서는
타인에게 피해를 주는 것도 개의치 않는다.

그러나 이런 행위는 타인뿐만 아니라
자기 자신에게도 악을 행하는 것과 같다.
그야말로 자기 집과 몸, 정신까지도
멸망시키는 가장 무서운 행위인 것이다.

__소크라테스

남의 잘못에 대해 관대하라.
오늘 저지른 남의 잘못은
어제의 내 잘못이었던 것을 생각하라.
완전하지 못한 것이 사람이라는 점을 항상 생각해야 한다.
__셰익스피어

참된 생활은 아주 좁은 길

참된 생활로 인도하는 길은
아주 좁아서 몇몇 사람들만이
그 길을 발견할 수 있을 뿐이다.

왜냐하면 그 길은 그들의
내면세계에만 존재하기 때문이다.

그나마 자기의 길을
찾으려는 자도 그리 많지는 않다.
대개는 다른 길을 헤매느라
진정한 자기의 길을 찾지 못하는 것이다.

_맬러리

당신을 좋게 말하지 말라.
그러면 당신은 신뢰할 수 없는 사람이 될 것이다.
당신을 나쁘게 말하지 말라.
그러면 당신은 당신이 말한 그대로 취급 받을 것이다.
_루소

인생은 투쟁이며 행진이다

인생은 하는 일 없이 빈둥거리며
자리나 차지하고 있는 것도 아니고,
오로지 행복을 추구하기만 하는 것도 아니다.

실러의 말을 빌리자면,
인생은 투쟁이며 행진이다.

선과 악의 투쟁, 정의와 불의의 투쟁,
자유와 폭압, 협동과 이기주의의 투쟁이다.

인생은
자아의 이상 실현을 위하여
스스로를 전진시키는 것이다.

_마치니

불평의 주된 이유는 문제가 크기 때문이 아니다.
진짜 이유는 마음이 좁기 때문이다.
_찰스 와그너

그대의 본질은 정신이다

삶이란 그대 안에 깃들여 있는 정신이
육체를 이끌어나가는 과정이라는 것을 기억하라.

신께서 이 세상을 주관하듯이
정신은 육체를 거느리고 있는 것이다.

죽음이란 그대 자신이 없어지는 것이 아니라
그대의 육체만이 소멸할 뿐이라는 것을 기억하라.

육체가 나타내는 것은 그대 자신이 아니다.
그대의 본질은 정신이다.

_키케로

단순한 관념이나 사상 속에서만 이상을 실현하고자 한다면
그것은 영원히 이루어지지 못할 것이다.
실현하고자 하는 이상이 아득히 멀리 있기는 하지만,
그것이 점점 가까워지고 있다고
생각할 때에만 참다운 이상이라고 할 수 있다.
_헨리 조지

인생의 기본적인 의무

노동, 성실한 노동은 인생의 기본적인 의무이다.
인간은 타인의 강요에 의한 노동에서 행방될 수도 있고
또한 내가 하기 싫은 일을 남에게 시킬 수도 있다.

그러나 일에 대한 자기 자신의
육체적 욕구를 벗어날 수 있는 길은 없다.

만약 일에 대한 욕구조차 느끼지 않는 이라면
그는 불필요한 인간이다.

__톨스토이

사람들은 항상 그들의 현 위치가
그들의 환경 때문이라고 탓한다.
나는 환경을 믿지 않는다.
이 세상에서 출세한 사람들은 자리에서 일어나
그들이 원하는 환경을 찾는 사람이다.
그리고 그들이 원하는 환경을 찾지 못할 경우에는
그들이 원하는 환경을 만든다.

__버나드 쇼

양심은 자신의 유일한 증인이다

그대가 사랑받는 것처럼 남을 사랑하라.
또한 그대가 받는 것만큼 남에게도 베풀어라.

항상 자신을 낮추고 남을 이롭게 하라.
관용으로써 분노를 극복하라.
선으로써 악을 정복하라.

나 자신의 어리석은 생각, 그릇된 판단,
그리고 잘못을 범하기 쉬운 나쁜 습관을 버려라.

해야 할 일을 하고 감당해야 할 일을 감당하라.
양심은 자신의 유일한 증인이다.

_톨스토이

자신의 결점을 잘 알고 있는 사람은
남의 결점에 대해 이렇다 저렇다 잔소리를 하거나
추궁하는 일이 결코 없다.
_사아디

죽음의 원인을 만들지 말라

생명이 있는 모든 것들은
죽음의 번뇌로 떨고 있다.

그대도 살아 있는 것들 하나임을 명심하라.
그대가 죽음을 두려워하는 것처럼
살아 있는 모든 것은 죽음을 두려워한다.

그러므로 그대는 죽음의 원인을 만들지 말라.
살생을 금하고 살아 있는
모든 것들의 고뇌를 이해하라.

_붓다

세상을 살아가는 데 가장 큰 손해가 되는 것은
남을 욕하는 것이다.
모든 사람은 누구나 결점이 있으므로
내가 욕을 하는 순간
또 한 사람의 적을 만들게 되기 때문이다.
_뤼신우

참된 인생

구름 속을 아무리 보아도 거기에는 인생이 없다.
반듯하게 서서 주위를 둘러보라.

우리는 스스로가 인정한 것을 붙들 수 있다.
귀신이 나오든 말든 나의 길을 가는 데 인생이 있다.
그렇게 앞으로 나아가는 동안에는
고통도 있고 행복도 있다.

어떠한 경우에도 인생에 완전한 만족이란 없는 것이다.
자신이 인정한 것을 힘차게 찾아가는 하루하루가
바로 참된 인생인 것이다.

__요한 볼프강 폰 괴테

세상 사람들 중에는 아직 피를 보지 않은 살인자들과
아무 것도 훔치지 않은 도둑들과
지금까지 진실만 얘기해온 거짓말쟁이들이 존재한다.
__칼릴 지브란

덕이란

덕이란 절제이다.
덕이란 침묵이다.
덕이란 규율이다.
덕이란 결단이다.
덕이란 검약이다.
덕이란 근면이다.
덕이란 성실이다.
덕이란 공정이다.
덕이란 중용이다.
덕이란 청결이다.
덕이란 평정이다.
덕이란 순결이다.
덕이란 겸양이다.

_B. 프랭클린

칼로 낸 상처보다 말로 낸 상처가 더 아프다.
그러나 말로 낸 상처보다 무관심의 상처가 더 아프다.
무관심은 치유될 수 없기 때문이다.
_J. 토퍼스

좋 은 글 대 사 전

마음 · 감정

당신은 그냥 좋은 사람입니다

그냥 좋은 사람이 가장 좋은 사람입니다.
돈이 많아서 좋다거나, 노래를 잘해서 좋다거나, 집안이 좋아서 좋다거나, 그런 이유가 붙지 않는 그냥 좋은 사람이 가장 좋은 사람입니다.

이유가 붙어 좋아하는 사람은 그 사람에게서 그 이유가 없어지게 되는 날, 그 이유가 어떠한 사정으로 인해 사라지게 되는 날 얼마든지 그 사람을 떠날 가망성이 많은 사람입니다.

좋아하는데 이유가 없는 사람이 가장 좋은 사람입니다.
어디가 좋아서 좋아하느냐고 물었을 때 딱히 꼬집어 말 한 마디 할 순 없어도, 싫은 느낌은 전혀 없는 사람, 느낌이 좋은 사람이 그냥 좋은 사람입니다.

말 한마디 없는 침묵 속에서도 어색하지 않고 한참을 떠들어도 시끄럽다 느껴지지 않는, 그저 같은 공간과 같은 시간 속에 서로의 마음을 공유할 수 있다는 것만으로도 기쁜 사람, 그냥 좋은 사람이 느낌이 좋은 사람입니다.

느낌이 좋은 사람이 가장 좋은 사람입니다.
가장 좋은 사람이 바로 당신입니다
당신은 그냥 좋은 사람입니다.

_좋은글

산은 구름을 탓하지 않는다

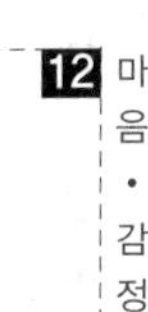

아무 자취도 남기지 않는 발걸음으로 걸어가라.
닥치는 모든 일에 대해
어느 것 하나라도 마다하지 않고
긍정하는 대장부(大丈夫)가 되어라.

무엇을 구(求)한다, 버린다 하는 마음이 아니라
오는 인연 막지 않고 가는 인연 붙잡지 않는
대수용(大收容)의 대장부가 되어라.

일체(一切)의 경계에 물들거나
집착(執着)하지 않는 대장부가 되어라.

놓아 버린 자는 살고 붙든 자는 죽는다.
놓으면 자유(自由)요, 집착함은 노예(奴隷)다.

왜 노예로 살려는가?
살아가면서 때로는 일이 잘 풀리지 않을 때도 있고
설상가상(雪上加霜)인 경우도 있다.
그런다고 흔들린다면 끝내는 자유인이 될 수 없다.

이 세상에 빈손으로 와서
빈손으로 가는 데 무엇에 집착할 것인가?

짐을 내려놓고 쉬어라.
쉼이 곧 수행(修行)이요, 대장부다운 살림살이이다.

짐을 내려놓지 않고서는 수고로움을 면할 수 없다.
먼 길을 가기도 어렵고 홀가분하게 나아가기도 어렵다.
자유를 맛 볼 수도 없다.

쉼은 곧 삶의 활력소(活力素)이다.
쉼을 통해 우리는 삶의 에너지를 충전(充塡)한다.

쉼이 없는 삶이란 불가능할 뿐더러 비정상적(非正常的)이다.

비정상적인 것은 지속(持續)될 수 없다.
아무리 붙잡고 애를 써도
쉬지 않고서 등짐을 진채로는 살 수 없다.

거문고 줄을 늘 팽팽한 상태로 조여 놓으면
마침내는 늘어져서 제 소리를 잃게 되듯이,
쉼을 거부한 삶도 마침내는 실패(失敗)로 끝나게 된다.
쉼은 너무나 자연스러운 일이다.
그것은 삶의 정지가 아니라 삶의 훌륭한 일부분이다.

쉼이 없는 삶을 가정(假定)해 보라.
그것은 삶이 아니라 고역(苦役)일 뿐이다.
아무리 아름다운 선율(旋律)이라도
거기서 쉼표를 없애버린다면
그건 소음(騷音)에 불과하게 된다.

따라서 쉼은 그 자체가
멜로디의 한 부분이지 별개(別個)의 것이 아니다.

저 그릇을 보라.
그릇은 가운데 빈 공간(空間)이 있음으로써
그릇이 되는 것이지
그렇지 않다면 단지 덩어리에 불과하다.
우리가 지친 몸을 쉬는 방(房)도
빈 공간을 이용하는 것이지 벽을 이용하는 게 아니다.

고로 텅 빈 것은 쓸모없는 것이 아니라
오히려 더욱 유용한 것임을 알 수 있다.
삶의 빈 공간 역시 그러하다.
그래서 쉼은 더욱 소중하다.

붙잡고 있으면 짐 진 자요.
내려놓으면 해방된 사람이다.

내려놓기를 거부하는 사람은
자유와 해방을 쫓아내는 사람이요.
스스로 노예(奴隸)이기를 원하는 사람이다.
하필이면 노예로 살 건 뭔가?

"산은 날보고 산 같이 살라하고
물은 날보고 말없이 물처럼 살라하네." 하는 말이 있다.

산은 거기 우뚝 서 있으면서도 쉰다.
물은 부지런히 흐르고 있으면서도 쉰다.
뚜벅뚜벅 걸어가면서도
마음으로 놓고 가는 이는 쉬는 사람이다.

그는 쉼을 통해 자신의 삶을 더욱 살찌게 한다.
그는 쉼을 통해 자신의 삶을 더욱 빛나게 한다.

12

풍요(豊饒)와 자유를 함께 누린다.

쉼이란 놓음이다.
마음이 대상(對象)으로부터 해방되는 것이다.
마음으로 짓고 마음으로 되받는
관념(觀念)의 울타리를 벗어나는 것이다.

몸이 벗어나는 게 아니고 몸이 쉬는 게 아니다.
마음으로 지어 놓고
그 지어놓은 것에 얽매여 옴치고
뛰지 못하는 마음의 쇠고랑을 끊는 것,
마음으로 벗어나고 마음이 쉬는 것이다.

고로 쉼에는 어떤 대상이 없다.
고정된 생각이 없고 고정된 모양이 없다.
다만 흐름이 있을 뿐이다.
대상과 하나 되는 흐름, 저 물 같은 흐름이 있을 뿐이다.

그래서 쉼은 대긍정(大肯定)이다.
오는 인연(因緣) 막지 않는 긍정이요,
가는 인연 잡지 않는 긍정이다.
산이 구름을 탓하지 않고,
물이 굴곡을 탓하지 않는 것과 같은
그것이 곧 긍정이다.

시비(是非)가 끊어진 자리,
마음으로 탓할 게 없고,
마음으로 낯을 가릴 게 없는 그런 자리의 쉼이다.

자유(自由)와 해방(解放),

누구나 내 것이기를 바라고 원하는 것,
그 길은 쉼에 있다.
물들지 않고 매달리지 않는 쉼에 있다.

영원한 것은 아무 것도 없다.

이 세상에서 영원한 것은 아무 것도 없다.
어떤 어려운 일도, 어떤 즐거운 일도 영원하지 않다.

모두 한 때이다.
한 생애를 통해서 어려움만 지속된다면 누가 감내하겠는가.
다 도중에 하차하고 말 것이다.

모든 것이 한때이다.
좋은 일도 그렇다.
좋은 일도 늘 지속되지는 않는다.
그러면 사람이 오만해진다.
어려운 때일수록 낙천적인 인생관을 가져야 한다.
덜 가지고도 더 많이 존재할 수 있어야 한다.

이전에는 무심히 관심 갖지 않던
인간관계도 더욱 살뜰히 챙겨야 한다.
더 검소하고 작은 것으로써 기쁨을 느껴야 한다.

우리 인생에서 참으로 소중한 것은
어떤 사회적인 지위나 신분, 소유물이 아니다.
우리들 자신이 누구인지를 아는 일이다.

__법정

재물이 아니라 마음이 만든다

두 이웃이 있었다.
한 사람은 쌀 아흔아홉 섬을 가졌고,
다른 한 사람은 고작
한 섬의 쌀을 가지고 있었다.

아흔아홉 섬을 가진 사람은
이웃이 가진 한 섬의 쌀을 탐냈다.
그것만 있으면 백 섬을 채울 수 있다고 생각했다.
그러나 한 섬의 쌀을 가지 사람은
적은 쌀까지 남들과 나눠 먹었다.

두 사람 중 진짜 부자는 누구일까?
당연히 한 섬의 쌀을 가진 사람이다.
부자는 재물이 아니라 마음이 만든다.

_지식in

두려움에 맞서기로 결심한 순간,
두려움은 증발한다.
_앤드류 매튜스

보는 만큼 보인다

눈물 어린 눈으로 하늘을 쳐다보지 마라.
넓고 푸른 하늘의
진짜 얼굴을 볼 수 없잖다.

시름 깊은 눈으로
땅을 내려다보지 마라.
그러면 들풀의 싱싱한 생명을 볼 수 없다.

당신의 눈이 맑고 밝아야
당신의 눈에 비친 세상도
딱 그만큼 맑고 밝을 수 있다.

세상이 어둡게 보이는 것은
눈에 낀 꺼풀이 두껍기 때문이다.

__지식in

배움을 소홀히 하는 사람은
과거를 상실하고 미래도 없다.
__에우리피데스

사람의 마음

삶에 대한 가치관들이 우뚝 서있는 나날들에도,
때로는 흔들릴 때가 있다.
가슴에 품어온 이루고픈 깊은 소망들을,
때로는 포기하고 싶을 때가 있다.

긍정적으로 맑은 생각으로 하루를 살다가도,
때로는 모든 것들이
부정적으로 보일 때가 있다.

완벽을 추구하며 세심하게 살피는 나날 중에도,
때로는 건성으로 지나치고 싶을 때가 있다.

정직함과 곧고 바름을 강조하면서도,
때로는 양심에 걸리는 행동을 할 때가 있다.
포근한 햇살이 곳곳에 퍼져 있는 어느 날에도,
마음에서는 심한 빗줄기가 내릴 때가 있다.

호흡이 곤란할 정도로 할 일이 쌓여있는 날에도,
머리로 생각만 할 뿐 가만히 보고만 있을 때가 있다.
늘 한결같기를 바라지만,
때때로 찾아오는 변화에 혼란스러울 때가 있다.

한 모습만 보인다고 그것만을 보고 판단하지 말고,
흔들린다고 곱지 않은 시선으로 바라보지 마라.

사람의 마음이 늘 고요하다면, 늘 평화롭다면,
그 모습 뒤에는 분명, 숨겨져 있는 보이지 않는
거짓이 있을 것이다.

잠시 잊어버리며
때로는 모든 것들을 놓아보라.
그러한 과정 뒤에 오는 소중한 깨달음이 있다.
그것은 다시 희망을 품는 시간들이다.
다시 시작하는 시간들 안에는 새로운 비상이 있다.

흔들림 또한 사람이 살아가는 한 모습이다.
적당한 소리를 내며 살아야 사람다운 사람이 아닐까.

_지식in

12

세상은 약하지만 강한 것을 두렵게 하는 것이 있다.
첫째, 모기는 사자에게 두려움을 준다.
둘째, 거머리는 물소에게 두려움을 준다.
셋째, 파리는 전갈에게 두려움을 준다.
넷째, 거미는 매에게 두려움을 준다.
아무리 크고 힘이 강하더라도
반드시 무서운 존재라고는 할 수 없다.
매우 힘이 약하더라도
어떤 조건만 갖추어져 있다면
강한 것을 이길 수가 있는 것이다.
_탈무드

당신의 오늘은 정말 소중합니다

12 마음 · 감정

고운 햇살을 가득히 창에 담아
아침을 여는 당신의 오늘은
눈에 보이지는 않지만 마음과 마음이 통하는
천사들의 도움으로 시작합니다.

당신의 영혼 가득히
하늘의 축복으로 눈을 뜨고
새 날, 오늘을 보며 선물로 받음은
당신이 복 있는 사람입니다.

어제의 고단함은 오늘에 맡겨보세요.
당신이 맞이한 오늘은 당신의 용기만큼
힘이 있어 넘지 못할 슬픔도 없으며
이기지 못할 어려움도 없습니다.

오늘 하루가 길다고 생각하면
벌써 해가 중천이라고 생각하세요.
오늘 하루가 짧다고 생각하면
아직 서쪽까진 멀다고 생각하세요.
오늘을 내게 맞추는 지혜입니다.

오늘을 사랑해 보세요.
사랑한 만큼 오늘을 믿고 일어설 용기가 생깁니다.

오늘에 대해 자신이 있는 만큼
내일에는 더욱 희망이 보입니다.

나 자신은 소중합니다.
나와 함께하는 가족은 더 소중합니다.
나의 이웃도 많이 소중합니다.
그러나 이 모든 소중함들은 내가 맞이한
오늘을 소중히 여길 때 가능합니다.

고운 햇살 가득히 가슴에 안으면서
천사들의 도움을 받으며 무엇과도 바꿀 수 없는
오늘을 맞이한 당신은 복되고 소중한 사람입니다.
그런 당신의 오늘은 정말 소중합니다.

_좋은글

12

인생에서 가장 훌륭한 것은 대화다.
그리고 그 대화를 완성시키는 가장 중요한 것은
사람들과의 신뢰 관계
즉, 상호 이해를 두텁게 하는 것이다.
_에머슨

인생에 있어 가장 중요한 것은
실패했다고 낙심하지 않는 것이며,
성공했다고 지나친 기쁨에 도취되지 않는 것이다.
_나폴레옹

마음을 가볍게 하는 비결 ❖

천사는 스스로를 가볍게 하기 때문에
하늘을 날 수 있는 것이고
악마는 스스로를 무겁게 해서
땅으로 추락했다는 말이 있다.

마음이 가벼워야
행복함을 누릴 수 있다는 얘기이다.

마음을 가볍게 하는 비결은
부질없는 근심 걱정을 벗어던지고
지나친 욕심을 마음에서 지워 없애고
하루하루를 웃음 속에서 사는 것이다.

_지식in

상대에게 한 번 속았을 땐 그 사람을 탓하라.
그러나 그 사람에게 두 번 속았거든 자신을 탓하라.
_탈무드

마음을 다스리는 법

우리 마음 밭에는
두 개의 씨앗이 자란다고 합니다.
하나는 긍정의 씨앗이고
다른 하나는 부정의 씨앗입니다.

긍정의 씨앗은
기쁨 희망 등의 싹을 틔우고
부정의 씨앗은
불평과 절망의 싹을 틔웁니다.

무릇 성공하기 위해서는
긍정의 씨앗에 물과 거름을 주고
부정의 씨앗들은 솎아내야 합니다.
그것이 곧 마음을 다스리는 법입니다.

_지식in

사람은 늙어 가는 것이 아니다.
좋은 포도주처럼 세월이 가면서 익어 가는 것이다.
_S. 필립스

채워둘 수 있는 고운 마음

채워짐이 부족한 마음들, 완벽 하고픈 생각의 욕심들,
많은 사람들의 마음은 채워도 채워도
채워지지 않고 부족하다고 생각합니다.

나 자신만은 완벽한 것처럼 말들을 하고 행동들을 합니다.
자신들만은 잘못된 것은 전혀 없고 남들의 잘못만 드러내고 싶어 합니다.

남들의 잘못된 일에는 험담을 일삼고 자신의 잘못은 숨기려 합니다.
그러면서 남의 아픔을 즐거워하며
나의 아픔은 알아주는 이가 없어 서글퍼 하기도 합니다.

남의 잘못을 들추어내며 허물을 탓하고 험담을 입에 담는다면
남들도 돌아서면 자신의 허물과 험담이 더욱 부풀려져 입에 오른다는 것을
잊지 말아야겠습니다.

조금은 부족한 듯이
마음을 비우고

조금만 덜 채워지는 넉넉한 마음으로
조금 물러서는 그런 여유로움으로
조금 무거운 입의 흐름으로 간직할 수 있는
넓은 마음의 부드러움을 느끼며 살아갈 수가 있었으면 좋겠습니다.

_좋은글

아름다운 눈빛

마음이 아름다운 사람은 눈빛이 아름답습니다.
아름다운 눈빛은 상대에게 마음에 평화를 줍니다.

마음이 밝은 사람은 눈빛도 초롱초롱 합니다.
내면의 고운 마음이 눈빛으로 빛나기 때문입니다.

따뜻한 사랑이 많은 사람은
눈빛마저 온유하며 부드럽습니다.
내면의 따뜻한 사랑이 눈빛으로 피어나기 때문입니다.

반대로 시기, 질투, 증오에 찬 사람은
눈빛마저 살기(殺氣)차고 얼굴 또한 일그러져 있습니다.

백년도 못사는 세상
미워하고 질투하고 증오하기보단
서로를 신뢰하고 용서하며
따뜻한 마음으로 아름답게 살아간다면
언제나 그 눈빛 초롱초롱 맑고 아름다우며
얼굴 표정 또한 여유롭고 떠오르는 태양처럼 환하겠지요.

__권정아

그릇의 크기

큰스님이 한 젊은이를 제자로 받아들였습니다.
그러자 다른 제자가 투덜거렸습니다.
그 젊은이가 마음에 들지 않았기 때문입니다.

큰스님이 그런 제자에게
소금을 한 줌 가져오라 하고는
물그릇에 소금을 풀어 마시게 했습니다.
그러고는 "맛이 어떠냐."고 물었습니다.
제자는 "짭니다."라며 얼굴을 찡그렸습니다.

큰스님이 이번에는 제자를 호수로 데려가
그곳에 소금을 푼 뒤 한 그릇 마시게 했습니다.
그런데 이번에는 물이 짜지 않고 시원했습니다.

그렇습니다. 세상의 미움과 고통은
내 안의 그릇 크기에 따라 달라지는 것입니다.

_지식in

건강은 행복의 어머니이다.
_프란시스 톰슨

좋은 사람에게 있는 여덟 가지 마음

향기로운 마음.
향기로운 마음은 남을 위해 기도하는 마음입니다.
나비에게, 벌에게, 바람에게,
자기의 달콤함을 내주는 꽃처럼
소중함과 아름다움을 베풀어 주는 마음입니다.

여유로운 마음.
여유로운 마음은 풍요로움이 선사하는 평화입니다.
바람과 구름이 평화롭게 머물도록
끝없이 드넓어 넉넉한 하늘처럼
비어 있어 가득 채울 수 있는 자유입니다.

사랑하는 마음.
사랑하는 마음은 존재에 대한 나와의 약속입니다.
끊어지지 않는 믿음의 날실에
이해라는 구슬을 꿰어놓은 염주처럼
바라봐주고 마음을 쏟아야 하는 관심입니다.

정성된 마음.
정성된 마음은 자기를 아끼지 않는 헌신입니다.
뜨거움을 참아내며 맑은 녹빛으로
은은한 향과 맛을 건네주는 차처럼
진심으로부터 우러나오는 실천입니다.

참는 마음.
참는 마음은 나를 바라보는 선입니다.
절제의 바다를 그어서 오톳이 자라며
부드럽게 마음을 비우는 대나무처럼
나와 세상 이치를 바로 깨닫게 하는 수행입니다.

노력하는 마음.
노력하는 마음은 목표를 향한 끊임없는 투지입니다.
깨우침을 위해 세상의 유혹을 떨치고
머리칼을 자르며 공부하는 스님처럼
꾸준하게 한 길을 걷는 집념입니다.

강직한 마음.
강직한 마음은 자기를 지키는 용기입니다.
깊게 뿌리내려 흔들림 없이
사시사철 푸르른 소나무처럼
변함없이 한결같은 믿음입니다.

선정된 마음.
선정된 마음은 나를 바라보게 하는 고요함입니다.
싹을 틔우게 하고 꽃을 피우게 하며
보람의 열매를 맺게 하는 햇살처럼
어둠을 물리치고 세상을 환하게 하는 지혜입니다.

_좋은글

마음의 문

딱딱한 껍데기를 깨고
새 생명의 뿌리가 밖으로 나옵니다.
굳은 땅을 뚫고서 새싹이 고개를 듭니다.
꽁꽁 얼어붙은 겨울 얼음장 밑에서도
봄의 물줄기 소리가 밖으로 튀어나옵니다.

이렇듯 갇힌 공간에서
열린 세상으로 나오는 것들 중에서
아름답고 귀하지 않은 것은 아주 드뭅니다.

당신도 마찬가지입니다.

마음의 문을 안으로 꽁꽁 걸어 잠그지 말고
빗장을 풀어 버리고 성큼 밖으로 나가야 합니다.
그리고 그 일은 오직 당신만이 할 수 있습니다.

_지식in

어진 부인은 남편을 귀하게 만들고,
악한 부인은 남편을 천하게 만든다.
_명심보감

청소를 하는 이유

청소를 하는 것은
주변을 깨끗이 하기 위해서만은 아닙니다.
청소를 하는 동안
그 사람의 손길이 닿는 곳에는
그 사람의 기운이 붙게 됩니다.

'집을 깨끗하게 하고 싶다'
'소중하게 잘 살고 싶다' 는 등의 염원이
집안 구석구석에 조용히 배어드는 것이지요.

이렇게 집안 곳곳에 배어든 기운은
그 집을 기웃거리는
재난의 기운 등을 쫓아낸다고 합니다.

집 안 청소를 게을리 하는 사람,
그는 절대 그 집을 지킬 수가 없습니다.

__지식in

당신은 바로 자기 자신의 창조자이다.

__D. 카네기

마음이 맑은 사람

마음이 맑은 사람은
아무리 강한 자에게도 흔들리지 않고
마음이 어두운 사람은
약한 자에게도 쉽게 휘말리기 마련입니다.

당신이 후자이거든
차라리 아무 것도 보이지 않는
까만 마음이 되십시오.

까만 조가비가 수많은 세월 동안 파도에 씻기어
하얀 조가비가 되는 것처럼
자꾸만 다듬어 맑음을 이루십시오.

맑음이 되려면 먼저
최초의 자신을 잃지 말아야 합니다.
가치관이 분명하고
그에 따르는 품행이 명백한 사람은
어느 경우든 자신을 되찾기 마련입니다.

언제 어디서나 자기를 잃지 않는 사람
그리하여 언제 어디서나 의젓한 사람
얼마나 아름다운지요.

바닷가의 수많은 모래알 중에서도

그저 뒹굴며 씻기며
고요하게 나를 지켜낸 조가비처럼
바로 내 안의 주인이 되는 것입니다.

주인이 되거든
옛날을 생각하지 마십시오.
주인이 되어
옛날을 생각하면 미움이 생깁니다.

미움은 언뜻 생각하면
미움을 받는 자가 불행한 듯하지만
실상은 미워하는 자가
참으로 불행한 자이기 때문입니다.

__좋은글

입은 사람을 상하게 하는 도끼이고
말은 혀를 베는 칼이다.
그러므로 입을 막고 혀를 깊이 감추면
몸이 어느 곳에 있어도 편안할 것이다.
__명심보감

행동하는 것으로 만족하는 말하는 것은
다른 사람들의 몫으로 남겨 두라.
__발타자르 그라시안

마음에도 힘이 필요하다 ❖

몸에 힘이 있어야 하듯이
마음에도 힘이 있어야 건강할 수 있습니다.
몸은 음식으로 힘을 얻지만
마음은 생각으로 힘을 얻습니다.

좋은 생각, 바른 생각은
마음의 힘이 되는 영양분입니다.
사랑과 감사, 열정과 용기,
정직과 성실, 용서와 화해 등은
우리 마음을 풍성하게 하고, 건강을 지켜줍니다.

반면
미움과 거짓, 불평과 의심,
괜한 걱정과 갈등, 부질없는 후회 등은
우리 마음을 약하게 하고 황폐하게 만듭니다.

_지식in

첫 인상에 좌우되지 말라.
거짓은 늘 앞서 오는 법이고 진실을 뒤따르는 법이다.
_발타자르 그라시안

마음을 얻으려면

세상에서 가장 어려운 일,
그것은 아마도
누군가의 마음을 온전히 얻는 것일 듯합니다.

수많은 사람 중에 누군가의 친구가 되거나
동료로서 신뢰를 얻는 데도 오랜 시간이 걸리는데
마음을 온전히 얻기란 정말 어려운 일입니다.

사람의 마음을 얻는 것은
머리로 계산해서 되는 일이 아닙니다.
얕은꾀로 얻어질 성질의 것도 절대 아닙니다.

내가 먼저 상대를 마음에 담아
그에게 내 마음의 소리를 들려주고
오래도록 기다려야 비로소 얻을 수 있습니다.

_지식in

이기주의자는 다른 사람의
이기주의를 결코 받아들이지 못한다.
_조제프 루

극락과 지옥

많은 사람이 자기 스스로 지어 놓은
감옥에 갇혀 삽니다.
많은 사람이 자기 스스로 만들어 놓은
쇠사슬에 매어 삽니다.

하지만
저마다 가시방석으로 여기는 자리가
실제는 꽃방석입니다.
현실이 어렵더라도 그렇게 생각해야 합니다.

자기 스스로 지은 감옥에서 벗어나고
자기 스스로 맨 굴레를 풀어야 비로소
세상이 바로 보이고 삶의 기쁨도 맛볼 수 있습니다.

극락과 지옥은 우리 마음속에 있습니다.

__지식in

사람은 친구와 적이 없어서는 안 된다.
친구는 나에게 충고를 주는 적은 경고를 준다.
__소크라테스

마음으로 지은 집

잘 지어진 집에 비나 바람이 새어들지 않듯이
웃는 얼굴과 고운 말씨로 벽을 만들고
성실과 노력으로 든든한 기둥을 삼고,

겸손과 인내로 따뜻한 바닥을 삼고,
베풂과 나눔으로 창문을 널찍하게 내고,

지혜와 사랑으로
마음의 지붕을 잘 이은 사람은
어떤 번뇌나 어려움도
그 마음에 머무르지 못할 것입니다.

한정되고 유한한 공간에 집을 크게 짓고
어리석은 부자로 살기보다
무한정의 공간에 영원한 마음의 집을
튼튼히 지을 줄 아는 사람은
진정 행복한 사람일 것입니다.

_진명스님

마음 바구니

햇살 한 줌이 소담합니다.
그대 두고 간 마음이 반짝입니다.
바람 한 결에도 상큼합니다.

살아 있는 것이 축복입니다.
당신도 내게 축복입니다.
나도 당신에게 축복이 되고 싶습니다.

기분 좋은 하루는
이런 느낌으로부터 출발합니다.
좋은 느낌을 마음에 그려보십시오.

푸른 하늘, 맑은 바람, 행복한 미소 등등
그러면 당신은 어느 새
그것들과 하나가 되어 있을 겁니다.

마음에 그리고
마음으로 느끼는 것이 바로 당신의 모습입니다.

만일 마음에 어둠이 있다면
당신은 어두운 표정이 되는 것이고
마음에 성냄이 있다면
당신은 성냄과 하나가 되는 것입니다.

마음은 빈 광주리와도 같습니다.
빈 바구니를 채우는 것은
바로 자기 자신입니다.

당신의 마음 바구니에는
무엇이 담겨 있습니까?

푸른 하늘 맑은 바람, 예쁜 꽃 넓은 바다,
아름다운 사람들의 모습으로 가득 찬
당신의 마음 바구니를
모두에게 내보여 주십시오.

그 순간 세상은 온통 축복으로
당신에게 다가올 것입니다.

__성전

사람을 판단하는 데는 그의 친구는 물론이거니와
그의 적을 함께 봐야 한다.

__조셉 콘래드

전쟁에서는 살고자 하는 사람은 죽고,
죽음의 두려움을 초월한 사람이 살아남는다.
승리하는 데 익숙해져 있는 사람은 패하고,
패하는 것을 부끄러워하는 사람은 승리한다.

__뤼신우

맑은 물처럼 맑은 마음으로

소중한 것은, 행복이라는 것은,
꽃 한 송이, 물 한 모금에서도 찾을 수 있는데,
우리는 오직 눈으로만 감각을 통해서만 찾으려 하기 때문에
정작 찾지 못합니다.

사랑의 눈으로, 마음의 눈으로
소중한 것을 찾을 줄 알아서
작은 꽃 한 송이에서 상큼한 행복을 들추어내고
물 한 모금에서 감동의 눈물을 찾을 줄 아는
순수한 마음을 간직함으로써 작은 일에도 감동할 줄 알고
사소한 물건에서도 감사를 느끼는
맑은 마음을 단 하루라도 간직하고 살 수 있었으면 좋겠습니다.

그래서 내 마음도 이토록 아름다울 수 있구나 하는
느낌이 1분이라도 내게 머물러서
마음으로 조용히 웃을 수 있는
그런 순수한 미소를 잠시라도 가져보았으면 좋겠습니다.

__지식in

12

마음과 머리에서 비우는 일

성공한 사람은 늘 마음의 짐을 가볍게 합니다.
그러기에 그들은 기회나 위기가 찾아왔을 때
누구보다 발 빠르게 처신할 수 있습니다.

성공한 사람은 늘 머릿속을 가볍게 합니다.
불평불만이 있으면 그때그때 털어놓습니다.

감정싸움에도 쉬 말려들지 않습니다.
머릿속이 단순해야
일에 집중할 수 있음을 잘 알기 때문입니다.

성공하고 싶다면 괜한 근심과 괜한 걱정을
마음과 머리에서 비우는 일부터 하세요.

__지식in

다른 사람에게 어떻게 보일까 걱정하기보다는
나 자신이 어떤 인간인가를 자각하라.
__몽테뉴

사랑의 눈으로 마음의 문을 열면

12 마음 · 감정

사랑의 눈으로 마음의 문을 열면
세상은 더욱 넓어 보입니다.
세상은 아름답게 보입니다.

내가 마음의 문을 닫아 버리면
세상은 나를 가두고 세상을 닫아버립니다.

내가 마음의 문을 열고
세상으로 향하면
세상은 내게로 다가와
나를 열고 넓게 펼쳐집니다.

내가 있으면 세상이 있고
내가 없으면 세상이 없으므로
분명 세상의 주인은
그 누구도 아닌 나 자신입니다.

만일 지구가 폭발해서 완전히
뒤집어 진다면 이 모든 땅들과
저 화려한 건물의 주인은 없습니다.
그 때는 주인이란 아무 의미가 없습니다.

사람들은 단순히 자기 땅도 아닌데,

마치 땅 뺏기 놀이처럼 금을 그으며
자기 땅이라고 우기며 자기 위안을 삼습니다.

무엇보다 소중한 건 우리가 존재하고
있다는 사실이며 우리의 몸속에
영혼이 숨 쉬고 있다는 것입니다.

우리는 지금 무슨 일을 하고 있나요?
우리는 지금 누구를 만나고 있나요?

나보다 더 강한 사람에게
나보다 더 나은 사람에게만
관심을 가지고 있지는 않나요?

나보다 약한,
나보다 보잘것없는,
나보다 가진 게 없는,
나보다 더 배운 게 없는,
이들과 눈높이를 맞추며,
진정한 마음으로 그들을 대했으면 좋겠습니다.

표면적인 조건으로 사람을 만나고,
사람을 평가하는 것이 아니라,
내면으로 만나고 마음으로 사귀고
보이지 않는 부분을 사랑했으면 좋겠습니다.

__좋은글

스스로 걸레가 되기를

걸레의 겉모습은 비천하기 그지없습니다.
그러나 그 안을 들여다보면
그만큼 귀하고 소중한 것도 없습니다.

걸레는
다른 사물에 묻어 있는 더러움을 닦아내기 위해
자신의 몸에 그 더러움을 묻히며 제 살을 떼어냅니다.

이렇듯 세상의 모든 일은 어떻게 보느냐에 따라
비천함과 소중함이 크게 엇갈릴 수 있습니다.

사람을 보는 눈과 대하는 태도도 마찬가지입니다.
누구를 이해하면 사랑의 씨앗이 되지만
누구를 오해하면 미움과 증오가 시작됩니다.

그리고 남을 이해하기 위해서는
자기 스스로 걸레가 되기를 선택해야 합니다.

__지식in

얼굴이 가지고 있는 깊은 뜻

얼굴이란 우리말의 의미는

얼 "영혼이라는 뜻이고,"
굴 "통로라는 뜻이 있다고 합니다."

멍한 사람들을 보면 얼빠졌다고 합니다.

죽은 사람의 얼굴과 산사람의 얼굴,
또는 기분이 좋은 사람의 얼굴과
아주 기분이 나쁜 사람의 얼굴,

이러한 얼굴의 모습은
우리의 마음의 상태에 따라 달라지게 합니다.

사람의 얼굴은 우리 마음의 상태에 따라 달라지듯
영혼이 나왔다 들어왔다 하는 것처럼 바뀝니다.

그러기에 변화무쌍한 것이 얼굴들입니다.
얼굴은 정직합니다.

첫인상이 결정되는 시간은 6초가 걸린다고 합니다.

즉, 첫인상이 결정하는 요소 중

외모, 표정, 제스처가 89%
목소리톤, 말하는 방법 13%
그리고 나머지 7%가 인격이라고 합니다.

표정이 그 사람의 인생을 결정하듯
표정과 감정의 관계는 불가분의 관계입니다.

사람의 얼굴은 근육 80개로 되어 있는데
그 80개의 근육으로 7,000가지의 표정을 지을 수 있다고 합니다.

우리 신체의 근육 가운데 가장 많이 가지고 있고
가장 오묘한 것이 바로 얼굴입니다.
그래서 얼굴을 보면 그 사람을 알 수 있답니다.
우리는 그것을 인상이라고 말합니다.
우리의 인상은 어떻게 생기는 것일까요?

이처럼 시시때때로 변화되어지는 것이 우리들의 모습이겠지요.

서로 잘 통하는 얼굴,
영혼이 잘 통하는 얼굴,
생명이 잘 통하는 얼굴,
기쁨이 잘 통하는 얼굴,
감사가 잘 통하는 얼굴,
희망이 잘 통하는 얼굴,

항상 이런 모습으로 변화될 수 있는 것도 우리들의 모습이듯,
하루하루를 영혼이 살아있는 얼굴이 되도록.
아침 햇살 같은 웃음으로.

_좋은글

마음은 자석과 같아서

하나가 필요할 때는 하나만 가지려 해야 합니다.
만약 둘을 가지려 덤벼들다가는
애초에 가질 수 있던 하나마저 잃기 일쑤입니다.

우리는
작은 것에 만족하고
적은 것이 흡족해할 줄 알아야 합니다.

우리의 마음은 자석과 같아서
욕심은 더 큰 욕심을 끌어들이고
어두운 생각은 더 강한 어둠을 몰아옵니다.
그렇게 닥쳐온 욕심과 어두운 마음은
결국 우리의 몸과 마음을 황폐하게 만들고 맙니다.

__지식in

다른 사람의 행동에 대해
비웃거나 탄식하거나 싫어하지 말라.
오로지 이해하려고만 노력하라.
__스피노자

더불어 함께 하는 따뜻한 마음

12 마음 · 감정

갓난아이가 엄마에게 애정을 보이는 건
모유를 먹을 수 있기 때문이기도 하지만,
그보다는 따뜻한 신체 접촉 때문이라고 합니다.

일상 속에서 우리가 진정으로 가치를 느끼는 건
돈이나 물질적인 무엇이 아니라
기쁨과 슬픔을 더불어 함께 나눌 수 있는 따뜻한 마음입니다.

옷이 별로 없다면 헌옷을 입으면 되고
배가 고프면 물이라도 마시고 참을 수 있지만,
마음의 상처는 오직 따뜻한 사람의 위안으로 치유되는 것.

누군가 남몰래 가슴아파하고 있다면 가만히 손을 잡아 주세요.
많이 아파하고 부족했던 내가 이렇게 잘 자랄 수 있었던 건
차가운 내손을 누군가가 따뜻하게 잡아 주었기 때문입니다.

마음이 아픈 사람은 가슴을 보듬어 주고
사랑을 받지 못한 사람이 있다면 머리를 쓰다듬어 주세요.
더불어 함께하는 따뜻한 마음 언제나 내 마음과 당신의 마음속에 있답니다.

__좋은글

마음먹기에 따라

세상을 살다 보면
언제나 희비가 엇갈리게 마련입니다.
누구에게나 기억조차 하기 싫은 아픈 기억과
평생 간직하고 싶은 즐거운 추억이 있습니다.

아픈 기억의 순간에는
이것으로 인생의 마지막인가 하고 괴로워했고,
즐거운 기억의 순간에는
지금이 영원했으면 좋겠다 하고 생각했을 겁니다.

그러나 지금 돌아보면
아픈 순간은 기억 저편으로 흘러갔고
즐거운 순간 역시 내 마음에서 멀어져 있습니다.
그렇습니다.
행복과 불행은 그때그때 마음먹기에 달려 있습니다.

_지식in

친절한 말은 짧고 쉽게 할 수 있는 것이지만
그 메아리는 끝없이 울려 퍼진다.
_마더 테레사

마음을 열어주는 따뜻한 편지

우리는 우리 스스로를 가둬 놓고 살고 있습니다.
서로를 못 믿으니까 마음에 문을 꼭꼭 걸어 잠그고
스스로 감옥에 갇혀 살고 있습니다.

사랑의 눈으로 마음에 문을 열면 세상은 더욱 넓혀 보입니다.
세상은 아름답게 보입니다.
내가 마음의 문을 닫아 버리면
세상은 나를 가두고 세상을 닫아 버립니다.

내가 마음의 문을 열고 세상으로 향하면
세상은 내게로 다가와 나를 열고 넓게 펼쳐집니다.
우리네 마음이란 참 오묘하여서 빈 마음으로 세상을 바라보면
세상이 한없이 아름답고 따뜻하지요.

정말 살 만한 가치가 있어 보이거든요.
내가 있으면 세상이 있고 내가 없으면 세상이 없으므로
분명 세상의 주인은 그 누구도 아닌 나 자신입니다.

내가 더 마음의 상처를 입었어도 먼저 용서하고 마음을 열고 다가가는
아름다운 화해의 정신으로 이 세상을 여는 작은 창이 되었으면 좋겠습니다.

__좋은글

미련을 버릴 줄 알아야……

처음부터
당신의 것이었던 게 있을까요?
당신의 돈과 당신의 집도 남의 것이었고
심지어 당신의 목숨까지도 신이 주신 겁니다.

당신 것이 아니었던 만큼
그것이 당신 곁을 떠난다고
너무 아쉬워할 필요가 없습니다.
남의 것이 당신에게 왔듯이
당신의 것이 남에게 가는 것이 세상의 이치입니다.

언제나 큰마음을 가지고
당신 곁을 떠나려 하는 것을 놓아 주세요.
그릇도 비워야 새 것을 담을 수 있으며,
미련을 버릴 줄 알아야 마음이 자유로워집니다.

_지식in

웃어라. 그러면 세상 사람들이 함께 웃는다.
울어라. 그러면 너 혼자 울게 되리라.
_윌콕스

마음의 휴식이 필요할 때 ❖

삶에 대한 가치관들이 우뚝 서 있는 나날들에도
때로는 흔들릴 때가 있습니다.

가슴에 품어온 이루고픈 깊은 소망들을 때로는
포기하고 싶을 때가 있습니다.

긍정적으로 맑은 생각으로
하루를 살다가도 때로는 모든 것들이
부정적으로 보일 때가 있습니다.

완벽을 추구하며 세심하게 살피는 나날 중에도
때로는 건성으로 지나치고 싶을 때가 있습니다.

정직함과 곧고 바름을 강조하면서도
때로는 양심에 걸리는 행동을 할 때가 있습니다.

포근한 햇살이 곳곳에
퍼져있는 어느 날에도 마음에서는
심한 빗줄기가 내릴 때가 있습니다.

호흡이 곤란할 정도로 할일이
쌓여 있는 날에도 머리로 생각할 뿐
가만히 보고만 있을 때가 있습니다.

내일의 할 일은 잊어버리고
오늘만을 보며 술에 취한 흔들거리는
세상을 보고픈 날이 있습니다.

늘 한결 같기를 바라지만 때때로 찾아오는 변화에
혼란스러울 때가 있습니다.

한 모습만 보인다고 그것만을 보고
판단하지 말고 흔들린다고
곱지 않은 시선으로 바라보지 말아주세요.

사람의 마음이 늘 고요하다면 늘 평화롭다면
그 모습 뒤에는 분명 숨겨져 있는
보이지 않는 거짓이 있을 것입니다.

잠시 잊어버리며
때로는 모든 것들을 놓아 봅니다.
그러한 과정 뒤에 오는
소중한 깨달음이 있습니다.

그것은 다시 희망을 품는 시간들입니다.
다시 시작하는 시간들 안에는
새로운 비상이 있습니다.

흔들림 또한 사람이 살아가는 한 모습입니다
적당한 소리를 내며 살아야
사람다운 사람이 아닐까요?

__좋은글

마음의 근육

세상을 사는 동안
처음부터 잘하는 것은 없습니다.

박태환 선수가
처음부터 수영을 잘했던 것은 아닙니다.
장미란 선수가 처음부터
그 무거운 바벨을 번쩍 들었던 것은 아닙니다.
그들은 하루하루 조금씩 실력을 쌓아
마침내 세계 최고의 선수로 우뚝 서게 됐습니다.

살아가는 것도 이와 같습니다.
날마다 조금씩 강해지는 것입니다.
하루하루 고난을 극복하면서 강해지는 것입니다.

지금은 힘들지만,
당신 마음의 근육은 날마다 조금씩 강해지고 있습니다.

__지식in

괴로움은 의식의 시작이다.

__도스토예프스키

마음을 다스리는 10훈

1. 먼저 인간이 되라
좋은 인맥을 만들려 하기 전에
먼저 자신의 인간성부터 살펴라.
이해타산에 젖지 않았는지,
계산적인 만남에 물들지 않았는지 살펴보고 고쳐라.
유유상종이라 했으니 좋은 인간을 만나고 싶으면
너부터 먼저 좋은 인간이 되라.

2. 적을 만들지 말라
친구는 성공을 가져오나, 적은 위기를 가져오고
성공을 무너뜨린다.
조직이 무너지는 것은 3%의 반대자 때문이며,
10명의 친구가 한 명의 적을 당하지 못한다.
쓸데없이 남을 비난하지 말고,
항상 악연을 피하여 적이 생기지 않도록 하라.

3. 스승부터 찾아라
인맥에는 지도자, 협력자, 추종자가 있으며
가장 먼저 필요한 인맥은 지도자, 스승이다.
훌륭한 스승을 만나는 것은
인생에 있어 50% 이상을 성공한 것이나 다름없다.
유비도 삼고초려했으니 좋은 스승을 찾아 삼십고초려하라.

4. 생명의 은인처럼 만나라
만나는 사람마다 생명의 은인처럼 대하라.
항상 감사하고 어떻게 보답할 것인지 고민하라.
그 사람으로 인하여 운명이 바뀌었고,
또 앞으로도 바뀔 것이라 생각하고 대하라.
언젠가 그럴 순간이 생기면
기꺼이 너의 생명을 구해 줄 것이다.

5. 첫사랑보다 강렬한 인상을 남겨라
첫 만남에서는 첫사랑보다도 강렬한 이미지를 남겨라.
길거리에서 발길에 차인 돌처럼 잊혀지지 말고
애써 얻은 보석처럼 가슴에 남으라.

6. 헤어질 때 다시 만나고 싶은 사람이 되라
함께 있으면 즐거운 사람,
함께 하면 유익한 사람이 되라.
든사람, 난사람, 된사람,
그도 아니면 웃기는 사람이라도 되라.

7. 하루에 3번 참고, 3번 웃고, 3번 칭찬하라
참을 인자 셋이면 살인도 면한다.
미소는 가장 아름다운 이미지 메이킹이며
칭찬은 고래도 춤추게 한다.
3번에 10배라도 참고 웃고 칭찬하라.

8. 내 일처럼 기뻐하고, 내 일처럼 슬퍼하라
애경사가 생기면
진심으로 함께 기뻐하고 함께 슬퍼하라.
네 일이 내 일 같아야 내 일도 네 일 같다.

9. Give & Give & Forget 하라
먼저 주고, 조건 없이 주고, 더 많이 주고,
그리고 모두 잊어버려라.
Give & Take 하지 마라.
받을 거 생각하고 주면 정 떨어진다.

10. 한 번 인맥은 영원한 인맥으로 만나라
잘 나간다고 가까이 하고, 어렵다고 멀리 하지 마라.
한 번 인맥으로 만났으면 영원한 인맥으로 만나라.
100년을 넘어서 대를 이어서 만나라.

_좋은글

훌륭한 인간의 두드러진 특징은
쓰라린 환경을 이겼다는 것이다.
_베토벤

과거에 대해 생각하지 말라.
미래에 대해 생각하지 말라.
단지 현재에 살라.
그러면 모든 과거도 모든 미래도
그대의 것이 될 것이다.
_라즈니쉬

마음은 누구나 고독한 존재

사람은 누구를 막론하고 자기 자신 안에 하나의 세계를 가지고 있다.

그것은 아득한 과거의 영원한 미래를
함께 지니고 있는 신비로운 세계다.

홀로 있지 않더라도 사람은 누구나
그 마음의 밑바닥에서는 고독한 존재다.
그 고독과 신비로운 세계가 하나가 되도록 거듭거듭 안으로 살피라.

무엇이든지 많이 알려고 하지 말라.
책에 너무 의존하지 말라.

성인의 가르침이라 할지라도 종교적인 이론은 공허한 것이다.
그것은 내게 있어서 진정한 앎이 될 수 없다.
남한테서 빌린 것에 지나지 않는다.

내가 겪은 것이 아니고, 내가 알아차린 것이 아니다.
남이 겪어 말해 놓은 것을 내가 아는 체할 뿐이다.

진정한 앎이란 내가 몸소 직접 체험한 것.
이것만이 참으로 내 것이 될 수 있고 나를 형성한다.

__법정

마음이 힘들어질 때

서로 마음 든든한 사람이 되고
때때로 힘겨운 인생의 무게로 하여
속마음마저 막막할 때 우리 서로 위안이 되는
그런 사람이 되었으면 좋겠습니다.

누군가 사랑에는 조건이 따른 다지만
우리의 바램은 지극히 작은 것이게 하고

그리하여 더 주고 덜 받음에 섭섭해 말며
문득 스치고 지나는 먼 회상 속에서도
우리 서로 기억마다 반가운 사람이 되었으면 좋겠습니다.

어쩌면 고단한 인생길 먼 길을 가다
어느 날 불현듯 지쳐 쓰러질 것만 같은 시기에
우리 서로 마음 기댈 수 있는 사람이 되고

견디기엔 한 슬픔이 너무 클 때
언제고 부르면 달려 올 수 있는 자리에
오랜 약속으로 머물길 기다리며

더 없이 간절한 그리움으로 눈 시리도록 바라보고픈 사람
우리 서로 끝없이 끝없이 기쁜 사람이 되었으면 합니다.

_좋은글

세상만사 새옹지마

낮은 자들의 인생에는 고통과 슬픔이
항상 뒤따르는 법이다.

하지만,
그렇기 때문에 인생은 더욱
아름다울 수 있는 것이다.

견(見)하면서 살지 말고 관(觀)하면서 살도록 하자.
사람도 일생에 한 번 정도는
누에처럼 고치 속으로 들어가서
고생스럽고 외로운 나날들을 보낸 적이 있어야만
보다 나은 삶을 영위할 수 있다.

사방을 둘러보아도 첩첩산중,
온 길은 천리인데 갈 길은 만리라.

그러나
군자는 이런 때 마음을 맑게 하고
덕으로 세상 만물을 바라보아
자신을 더욱 아름답게 가꾸는 법이다.

그렇기 때문에
인생은 더욱 아름답게 가꾸어지는 것이다.

세상만사가 새옹지마 격이라
오르막이 있으면 내리막도 있는 법,
슬픔과 고통으로부터 도망칠 이유가 무엇인가.

그것들도 어차피
그대가 껴안아야 할 그대 자신의 몫이라면
은혜처럼 생각하고 받아야 할 일이다.

비록 지금은 때가 아니어서
새벽달을 등지고 돌아앉아
빈 낚싯대를 드리우고 있지만
머지않아 아침 해가 온 누리를 비출 것이다.

_좋은글

가슴은 존재의 핵심이고 중심이다.
가슴 없이는 아무것도 존재할 수 없다.
생명의 신비인 사람도,
다정한 눈빛도,
정겨운 음성도 가슴에서 싹이 튼다.
가슴은 이렇듯 생명의 중심이다.
_법정

사랑을 받는 것은 행복이 아니다.
사랑하는 것이야말로 행복이다.
_헤르만 헤세

마음의 벽

우리들은 존재와 존재 사이에 있는 공간을 발견하지 못하고
타인과의 사이에 차단하는 벽을 쌓아가며
그 공간을 꽉 메워버리고 있습니다.

사람들이 그 마음의 벽을 두고
타인을 전혀 보지 않고
자신의 관념으로 상대방을 상상하며
계속 의식하고 주시하면서
서로 마주 보고 있습니다.

마치 봉사와 봉사가
함께 있는 것과 같은 모습입니다.

'저 사람이 누구인가?'
하는 순수한 관찰을 하지 않고,
'저 사람은 이런 사람이구나!'
하고 자신의 인식에 정지시켜 판단해 버립니다.

사실은 타인에 대해 아무것도 보지 않았는데도
마치 타인을 잘 이해한 것 같은 감정으로
친구를 맞이하고, 이웃을 자칭하면서
관계를 맺고 있습니다.

_정명철

얼굴의 뿌리,
웃음의 뿌리는 마음

사람을 판단할 때 가장 중요한 것은
그 사람의 얼굴에 나타나는 빛깔과 느낌입니다.

얼굴이 밝게 빛나고 웃음이 가득한 사람은 성공할 수 있습니다.
얼굴이 어둡고 늘 찡그리는 사람은 쉽게 좌절합니다.

얼굴은 마음과 직결되며 마음이 어두우면 얼굴도 어둡습니다.
마음이 밝으면 얼굴도 밝습니다.
이는 행복하다는 증거입니다.

마음속에 꿈과 비전을 간직하면 행복에 익숙한 사람이 될 수 있습니다.

언제나 웃음이 얼굴에 가득한 사람은
다른 사람에게 편안함을 주기도 하지만
무엇보다 자신의 건강에 유익합니다.

목 위에서부터 출발하여 얼굴에 나타나는 미소나 웃음은 예외입니다.
그것은 뿌리 없는 나무와 같습니다.

얼굴의 뿌리, 웃음의 뿌리는 마음입니다.

__좋은글

얼굴 없는 만남

우린 얼굴이 아닌
마음으로 먼저 인사를 했네요.

마음을 가득 담은 아름다운 글 속에서
당신의 미소를 보았습니다.

때로는 슬픔이 담긴 가슴 아픈 미소를,
때로는 애정이 가득 담긴 따뜻한 미소를,
때로는 행복에 겨워 웃으며 우는 눈물을
열린 문틈으로 엿보았답니다.

사랑이라는 꽃을
먼저 피워 올릴 수 있었던 건
얼굴 없는 만남이었기에
할 수 있었던 일이었는지도 모르겠습니다.

__좋은글

하찮은 위치에서도 최선을 다하라.
말단에 있는 사람만큼 깊이 배우는 사람은 없다.
__S. D. 오코너

아름답다는 말

길을 가다 보면 기암괴석 위에
멋지게 앉아 있는 나무를 보게 된다.
내 정원에 옮겨 닮아지고 싶은 명품 소나무다.

바위 틈새를 갈라 뿌리 내리고
오로지 생존의 만고풍상을 이겨내는
극히 열악한 환경을 극복하는 당당한
저 모습을 우리는 "아름답다."라고 말한다.

_지산 이민홍

사람은 본질적으로
홀로일 수밖에 없는 존재다.
홀로 사는 사람들은 진흙에 더럽혀지지 않는
연꽃처럼 살려고 한다.
홀로 있다는 것은 물들지 않고, 순진무구하고,
자유롭고, 전체적이고, 부서지지 않음을 뜻한다.
_법정

마음을 가볍게 하라

걱정을 해도 해결되지 않는 문제라면
걱정하기보다 시간에 맡기는 것이 낫습니다.

성공하는 사람들은 마음이 가볍습니다.
그래야 기회나 위기가 찾아왔을 때
발 빠르게 처신할 수 있기 때문입니다.

성공하는 사람은 화가 나는 일이 있거나 불평불만이 있으면
그때그때 털어내 마음을 가볍게 합니다.
마음이 가벼워야 일에 집중할 수 있기 때문입니다.
맷돌을 짊어지고 달리는 사람이
맨몸으로 달리는 사람을 따라잡을 수는 없습니다.

누구에게나 걱정은 있습니다.
하지만 그 걱정을 마음에 담아 두거나 내려놓는 것은
순전히 자신의 선택에 달려 있습니다.

__지식in

나에 대한 사람들의 평가는
내가 스스로를 어떻게 평가하느냐에 좌우된다.
__헤밍웨이

마음에 두면 좋은 11가지 메시지

첫 번째 메시지
누군가를 사랑하지만 그 사람에게
사랑받지 못하는 일은 가슴 아픈 일입니다.
하지만 더욱 가슴 아픈 일은 누군가를 사랑하지만
그 사람에게 당신이 그 사람을 어떻게 느끼는지
차마 알리지 못하는 일입니다.

두 번째 메시지
우리가 무엇을 잃기 전까지는 그 잃어버린 것의
소중함을 모르는 것이 사실입니다.
하지만 우리가 무엇을 얻기 전까지는 우리에게 무엇이
부족한지를 깨닫지 못하고 있는 것 또한 사실입니다.

세 번째 메시지
인생에서 슬픈 일은 누군가를 만나고
그 사람이 당신에게 소중한 의미로 다가왔지만
결국 인연이 아님을 깨닫고
그 사람을 보내야 하는 일입니다.

네 번째 메시지
누군가에게 첫눈에 반하기까지는 1분밖에 안 걸리고,
누군가에게 호감을 가지게 되기까지는 1시간밖에 안 걸리며,
누군가를 사랑하게 되기까지는 하루밖에 안 걸리지만

누군가를 잊는 데는 평생이 걸립니다.

다섯 번째 메시지
가장 행복한 사람들은 모든 면에서
가장 좋은 것만 가지고 있는 것은 아닙니다.
그들은 단지 대부분의 것들을 저절로 다가오게 만듭니다.

여섯 번째 메시지
꿈꾸고 싶은 것은 마음대로 꿈을 꾸세요.
가고 싶은 곳은 어디든 가세요.
되고 싶은 것은 되도록 노력하세요.
왜냐하면, 당신이 하고 싶은 일을 모두 할 수 있는
인생은 오직 한 번이고 기회도 오직 한 번이니까요.

일곱 번째 메시지
진정한 친구란 그 사람과 같이 그네에 앉아
한마디 말도 안하고 시간을 보낸 후 헤어졌을 때,
마치 당신의 인생에서
최고의 대화를 나눈 것 같은 느낌을 주는 사람입니다.

여덟 번째 메시지
외모만을 따지지 마세요.
그것은 당신을 현혹시킬 수 있습니다.
재산에 연연하지 마세요.
그것들은 사라지기 마련입니다.
당신에게 미소를 짓게 할 수 있는 사람을 선택하세요.
미소만이 우울한 날을 밝은 날처럼 만들 수 있습니다.

아홉 번째 메시지
부주의한 말은 싸움을 일으킬 수 있습니다.

잔인한 말은 인생을 파멸시킬 수도 있습니다.
시기적절한 말은 스트레스를 없앨 수 있습니다.
사랑스런 말은 마음의 상처를 치료하고 축복을 가져다줍니다.

열 번째 메시지
항상 자신을 다른 사람의 입장에 두세요.
만약, 당신의 마음이 상처 받았다면
아마, 다른 사람도 상처 받았을 겁니다.

마지막 메시지
사랑은 미소로 시작하고 키스로 커가며 눈물로 끝을 맺습니다.
당신이 태어났을 때 당신 혼자만이 울고 있었고
당신 주위의 모든 사람들은 미소 짓고 있었습니다.
당신이 이 세상을 떠날 때는 당신 혼자만이 미소 짓고
당신 주위의 모든 사람들은 울도록 그런 인생을 사십시오.

__좋은글

우리 곁에서 꽃이 피어난다는 것은
얼마나 놀라운 생명의 신비인가.
곱고 향기로운 우주가 문을 열고 있는 것이다.
잠잠하던 숲에서 새들이 맑은 목청으로 노래하는 것은
우리들 삶에 물기를 보태주는 가락이다.
__법정

버리기와 채움의 지혜

미움과 욕심을 버리고,
비우는 일은 결코 소극적인 삶이 아닙니다.
그것은 지혜로운 삶의 선택입니다.
버리고 비우지 않고서는
새로운 것이 들어설 수가 없습니다.

일상의 소용돌이에서 한 생각 돌이켜
선뜻 버리고 떠날 수 있는 용기,
그것은 새로운 삶의 출발로 이어질 수 있습니다.

미련 없이 자신을 떨치고
때가 되면 푸르게 잎을 틔우는 나무들을 보세요.
찌들고 지쳐서 뒷걸음질 치는
일상의 삶에서 자유로움을 얻으려면
부단히 자신을 비우고 버릴 수 있는 그런
결단과 용기가 있어야 합니다.

오늘의 삶이 힘들다는 생각은
누구나 갖는 마음의 짐입니다.
욕심을 제 하면 늘 행복함을 알면서도
선뜻 버리지 못함은 삶의 힘듦보다는
내면의 욕망이 자아를 지배하고 있기 때문입니다.

흔들림이 없어야 할 불혹에도

버림의 지혜를 깨우치지 못하는 것은,
살아온 것에 대한 아쉬움과
나이가 들어간다는 것에 대한
초조함이 아닌가 생각해 봅니다.

나태해진 지성과 길들여진 관능을 조금씩 버리고
아름다움과 너그러움으로 채워가는 참다운 지혜가
바로 마음을 비우는 것에서부터 출발한다는 것
잊지 않았으면 합니다.

흐뭇함이 배어있는 감동,
정갈함이 묻어있는 손길,
당당함이 고동치는 맥박,
사랑함이 피어나는 인생을 위해
마음 비우기를, 미움과 욕심 버리기를 열심히
연습해야 할 것 같습니다.

__정용철

같은 꽃을 보고도 한 숨 지으며
눈물뿌리는 사람이 있고,
거꾸로 웃고 노래하는 사람도 있습니다.
그렇다고,
노래하는 꽃이 따로 있고
눈물 뿌리는 꽃이 따로 있나요?
자기 마음을 중심으로
세계가 벌어지는 것이지요.
__지식in

마음의 힘

우리 몸에 힘이 있듯이 마음에도 힘이 있습니다.

우리 몸은 음식으로 힘을 얻지만 마음은 생각으로 힘을 얻습니다.
좋은 생각은 마음의 힘이 됩니다.

사랑, 희망, 기쁨, 감사, 열정, 용기, 지혜, 정직, 용서는 마음을 풍성하고
건강하게 합니다.

하지만, 미움, 거짓, 불평, 의심, 염려, 갈등, 후회는 마음을 약하게 하고
황폐하게 합니다.

나의 자유가 중요하듯이
남의 자유도 똑같이 존중해 주는 사람

존 러스킨은 "마음의 힘에서 아름다움이 태어나고,
사랑에서 연민이 태어난다."고 했고,

스피노자는"평화란 싸움이 없는 것이 아니라 마음의 힘으로부터 생긴다."
고 했습니다.

우리 마음의 좋은 생각이 우리를 아름답게 하고 삶을 평화롭게 합니다.

__좋은글

주는 마음

누구든 원만한 인간관계를 원합니다.
하지만 그런 인간관계를 갖고 있다고 자신하는 사람은
그리 많지 않을 듯합니다.

원만한 인간관계를 만들기 위해서는
무엇보다도 '주는 마음' 을 갖는 것이 중요합니다.
받고자 하는 마음이 앞서면
상대는 절대로 문을 열지 않습니다.
문을 열기는커녕 경계하는 마음만 키웁니다.

'주는 마음' 은 나를 낮추는 것에서 시작합니다.
내 것을 고집하지 않고 남의 것을 받아들이는 것입니다.
그의 말을 들어주고, 그의 마음을 받아주면
내 열린 마음으로 그의 열린 마음이 들어옵니다.

__지식in

자신이 비참하다고
생각하지 않는 한 비참한 것은 없다.
__보에티우스

마음으로 드릴게요

아무것도 가지지 말고 가벼운 걸음으로 오세요.
무거운 마음을 둘 곳이 없다면
가지고 오셔도 좋습니다.

값비싼 차는 없지만 인생처럼 쓰디쓴
그러나 그대의 마음을 편안하게 해 줄
향기로운 커피를 드릴게요.

어쩌면 숭늉 같은 커피일지도 모릅니다.
탈 줄도 모르는 커피지만
마음으로 타기에
맛이 없어도 향기만은 으뜸이랍니다.

허름한 차림으로 오셔도 좋아요.
어차피 인생이란 산뜻한 양복처럼 세련된
생활만 있는 게 아니니까요.

벙거지에 다 해어진 옷이라 해도
그대가 마실 커피는 있답니다.

나는 그대의 피로를 풀어 줄
향기 있는 커피만 타드리겠어요.

맛있는 커피나 차가 생각나시면

언제든지 오셔도 좋습니다.
오셔서 맛없다고 향기만 맡고 가셔도 좋고요.
돈은 받지 않는답니다.

그렇다고 공짜는 아니에요.
그대의 무거운 마음의 빚을 내게 놓고 가세요.

내려놓기 힘드시거든 울고 가셔도 좋습니다.
삶이 힘드시거든 언제든 오세요.
맛이 없더라도 향기 있는 커피를 타 드리지요.
마시기 힘드시거든 마음으로 드세요.
나도 마음으로 커피를 드리겠습니다.

언제든지, 아무 때나 힘이 들거나, 슬프거나,
즐겁거나, 외롭거나, 고독하거나, 얘기가 하고 싶거든
그냥 빈 마음 빈손으로 오세요.

__좋은글

현명한 사람은
기회를 찾지 않고, 기회를 창조한다.
__프란시스 베이컨

실패는 고통스럽다.
그러나 최선을 다하지 못했음을 깨닫는 것은
몇 배 더 고통스럽다.
__앤드류 매튜스

내 마음의 주인은 바로 나

행복해지고 싶다면 노력해야 합니다.
집을 깔끔하게 정리하듯
내 마음에서 버릴 것은 버리고
간수할 건 간수해야 하는 것입니다.

내게 소중하고 아름다운 기억과
칭찬의 말 등은 간직해도 좋지만
필요도 없는 비난이나 고통의 기억은
쓰레기나 잡동사니 치우듯이 과감히 버리는 것입니다.

자기 마음 밭을 어떻게 가꾸느냐에 따라
행복과 불행이 갈립니다.

버려야 할 쭉정이들을 그대로 쌓아두거나
잘 간수해야 할 알곡들을 미련하게 내버리면서
행복하기를 기대할 수는 없습니다.

자기 마음 밭의 주인은 바로 자기 자신이며
그 밭을 가꾸는 사람도 자기입니다.

__좋은글

인디언 격언

1. 그대 자신의 영혼을 탐구하라.

다른 누구에게도 의지하지 말고 오직 그대 혼자의 힘으로 하라.
그대의 여정에 다른 이들이 끼어들지 못하게 하라.
이 길은 그대만의 길이요, 그대 혼자 가야할 길임을 명심하라.

비록 다른 이들과 함께 걸을 수는 있으나, 다른 그 어느 누구도 그대가 선택한 길을 대신 가줄 수 없음을 알라.

2.삶에 균형을 유지하라.

몸, 마음, 정신, 영혼 어느 한 곳에도 치우침 없이 조화롭고 굳세고 건강해야 한다.
단련된 육체는 마음을 강하게 하고, 풍요로운 의식은 마음의 상처를 치유한다.

__지식in

아내의 덕행은 친절히 보고
아내의 잘못은 못 본 척하라.
__브라이언트

마음의 전화 한 통 기다려져요

살다보면 그런 날이 있습니다.
점심은 먹었냐는 전화 한 통에 마음이 위로가 되는 그런 소박한 날이 있습니다.

일에 치여 아침부터 머리가 복잡해져 있을 때 뜬금없는 전화 한 통이 뛈박질하는 심장을 잠시 쉬어가게 하는 그런 날이 있습니다.

별것 아닌 일인데 살다보면 그렇게 전화 한 통 받기가 사실은 어려울 수가 있는 게 요즘 세상이라 이런 날은 빡빡하게 살던 나를 한 번쯤 쉬어가게 합니다.

전화해 준 사람에 대한 고마움 그 따스함을 잊지 않으려고 닫힌 마음 잠시 열어 그에게 그럽니다.

"차 한 잔 하시겠어요?"
살다보면 그런 날이 있습니다. 내 입에서 차 한 잔 먼저 하자는 그런 별스런 날도 있습니다.

따스한 마음마저 거부할 이유가 없기에 아낌없이 그 마음 받아들여 차 한 잔의 한가로움에 취하는 살다보면 그런 날도 있습니다.

__좋은글

마음이 깨끗해지는 방법 하나

우리 마음이 깨끗해지는 데는 두 가지 방법이 있습니다.
한 가지는 고통과 고난을 겪는 것이고
또 한 가지는 깊이 사랑하는 것입니다.

바다는 태풍이 불어야 깨끗해지고
하늘은 비바람이 세차게 몰아쳐야 깨끗해지듯이
사람들은 고난을 통해
깨끗함과 순결함을 얻을 수 있습니다.

그런데 우리가 생각하고 있는 대부분의 고통은
진정한 고통이 아닙니다.
고양이 한마리가 다리를 지나갔다고
다리가 든든하다고 할 수 없는 것처럼 말입니다.

정말 마음에 깊은 갈등과 아픔이 있었다면,
정말 뜨거운 눈물을 흘렸다면
그 사람의 마음은 비온 뒤에
하늘 같이 맑고 깨끗해져 있을 것입니다.

겨울이 추울수록 이듬해
봄에 피어나는 꽃이 더 밝고 맑고 아름답습니다.

__좋은글

버리고 비우는 일

버리고 비우는 일은
결코 소극적인 삶이 아니라
지혜로운 삶의 선택이다.

버리고 비우지 않고는
새것이 들어설 수 없다.

공간이나 여백은
그저 비어있는 것이 아니라
그 공간과 여백이
본질과 실상을 떠받쳐주고 있다.

_법정

한 문제를 반쯤 아는 것보다는
모르는 것이 더 낫다.
_푸블릴리우스 시루스

게으름은 쇠붙이의 녹과 같다.
노동보다도 더 심신을 소모시킨다.
_프랭클린

마음을 돌아보게 하는 글 ❖

화는 마른 솔잎처럼 조용히 태우고
기뻐하는 일은 꽃처럼 향기롭게 하여라.

역성은 여름 선들바람에게 하고
칭찬은 징처럼 울리게 하라.

노력은 손처럼 끊임없이 움직이고
반성은 발처럼 가리지 않게 하라.

인내는 질긴 것을 씹듯 하고
연민은 아이의 눈처럼 밝게 하라.

남을 도와주는 일은 스스로 하고
도움 받는 일은 힘겹게 구하라.

내가 한 일은 몸에게 감사하고
내가 받은 것은 가슴에 새기고
미움은 물처럼 흘러 보내고
은혜는 황금처럼 귀히 간직하라.

시기는 칼과 같이 몸을 해하고
욕망이 지나치면 몸과 마음 모두 상하리라.

모든 일에 넘침은 모자람만 못하고

억지로 잘난 척 하는 것은 아니함만 못하다.

사람을 대할 때 늘 진실이라 믿으며
절대 간사한 웃음을 흘리지 않으리니
후회하고 다시 후회하여도
마음 다짐은 늘 바르게 하리라.

오늘은 또 반성하고, 내일은 희망이어라.

_좋은글

12

나는 누구인가. 스스로 물으라.
자신의 속얼굴이 드러나 보일 때까지 묻고 묻고 물어야 한다.
건성으로 묻지 말고 목소리 속의 목소리로
귀 속의 귀에 대고 간절하게 물어야 한다.
해답은 그 물음 속에 있다.
_법정

불행이야말로 우리의 가장 훌륭한 스승이다.
불행은 돈과 사람의 가치를 가르쳐 준다.
역경에 처해 있으면서 타락하지 않는다면
그 자체만으로도 매우 위대하다.
_H. 발자크

마음의 일

어떤 사람은 가진 것을 남에게
나누어 주면서 기뻐하고,
어떤 사람은 남의 것을 빼앗으면서
화를 낸다.

기쁨도 슬픔도
내 마음의 일이다.
세상이 나를 기쁘고 슬프게
만드는 것이 아니라
내 마음이 기쁘고 슬픈 것이다.

자신의 마음속 깊이 들어가
객관적으로 바라보라.
자신의 모습을 볼 수 있다.

_지식in

말할 때 부끄러움을 깨닫지 못하면
행할 때 깨닫기는 더욱 어려우니라.
_공자

내 마음에 그려 놓은 사람

내 마음에 그려 놓은
마음이 고운 그 사람이 있어서
세상은 살맛나고
나의 삶은 쓸쓸하지 않습니다.

그리움은 누구나 안고 살지만
이룰 수 있는 그리움이 있다면
삶이 고독하지 않습니다.

하루 해 날마다 뜨고 지고
눈물 날 것 같은 그리움도 있지만
나를 바라보는 맑은 눈동자 살아 빛나고
날마다 무르익어 가는 사랑이 있어
나의 삶은 의미가 있습니다.

내 마음에 그려 놓은
마음 착한 그 사람이 있어서
세상이 즐겁고
살아가는 재미가 있습니다.

__이해인

생각의 자유와 생각의 노예

기쁨과 즐거움, 근심과 걱정은
모두 마음에서 생겨난다.
마음(心)은 본래 텅 빈 것이다.
마음에 이런저런 생각들이 얼룩지면
그것이 작용하여 감정이 나타난다.

생각을 뜻하는 한자에는
상(想), 사(思), 념(念) 등이 있다.
상(想)은 형상과 함께 떠오르는 생각이다.
사(思)는 머리로 따져서 하는 생각이다.
염(念)은 지금(今) 내 머리에서 떠나지 않는 생각이다.
같은 생각이지만 그 알맹이는 같지 않다.

상(想)은 퍼뜩 떠오른 생각이다.
생각이 퍼뜩 떠오르는 것을 상기(想起)라 하고,
이것을 보고 저것이 떠오르면 연상(聯想)이라 한다.

사(思)는 곰곰이 하는 생각이다.
그래서 사고(思考)한다고 하지,
상고(想考)한다거나 염고(念考)한다고 말하지 않는다.
사려(思慮) 깊게 행동해야지,
염려(念慮) 깊고 상려(想慮) 깊게 행동하면 안 된다.

염(念)은 맴돌며 떠나지 않는 생각이다.
염두(念頭)에 두기는 해도
상두(想頭)나 사두(思頭)에 두지 않는다.
문득 떠오른 생각이 머리를 떠나지 않으면
상념(想念)이 되고,
떠나지 않는 생각이 바람이 될 때 염원(念願)이 된다.
같은 생각이되 같지가 않다.

하루에도 오만 가지 생각이 마음속을 들락날락한다.
눈만 감으면 갖은 상념(想念)이 떠올라
사념(思念)이 끝이 없다.
가만 놔두면 생각은 괴물처럼 커져서
마침내 나를 잡아먹고 내 영혼을 숨 막히게 한다.

생각의 노예가 되면
마음은 종이 되어 생각의 부림을 받는다.
질질 끌려 다니게 된다.
마침내 마음은 떠나가 얼빠지고 넋 나간 얼간이가 된다.
내가 내 마음의 주인이 되면
생각이 정돈되고, 근심이 사라진다.

__지식in

12

고통은 인간의 위대한 교사이다.
고통의 숨결 속에서 영혼은 발육된다.
__에센 바하

마음을 멈추고 다만 바라보라

마음은 다만 마음이지.
'마음' 은 '나' 가 아니랍니다.
'마음을 멈추고 다만 나를 바라보라'

"무서워 죽겠다."
"힘들어 죽겠다."
"미워 죽겠다."

'죽겠다' 라고 하는 것은
'마음' 이지 '나' 가 아니랍니다.

날개가 달린 비둘기가
네발 달린 고양이에게 물려 죽습니다.
비둘기는 고양이와 눈이 마주치는 순간
그만 얼어붙어서 꼼짝을 하지 못합니다.
비둘기를 죽게 하는 건
"무서워서 꼼짝 할 수 없어."라는 그 마음입니다.

비둘기가 '마음' 을 두고 '나' 를 바라본다면
날아서 도망을 갈 수도 있을 텐데도 말이죠.
그런 비둘기가 된 자살인구들이
교통사고로 죽는 사람들보다 많아진 시대입니다.

우리는 스스로 마음을 멈추고
나를 바라보는 연습이 필요한 때입니다.
멋지고, 용기 있고, 패기 있고, 아름다운
'나'를 보는 연습을 해봅시다.

_틱낫한

산다는 것은 죽는 위험을 감수하는 일이며,
희망을 가진다는 것은
절망의 위험을 무릅쓰는 일이고,
시도해 본다는 것은
실패의 위험을 감수하는 일이다.
그러나 모험은 받아들여져야 한다.
왜냐하면 인생에서 가장 큰 위험은
아무것도 감수하지 않는 일이기 때문이다.
_레오 커스카클리아

지혜를 얻는 데는 세 가지 방법이 있다.
첫 번째 방법은
사색에 의한 것으로 가장 고상한 방법이다.
두 번째는
모방으로 가장 쉬우나 만족스럽지 못한 방법이다.
세 번째는
경험을 통해 얻는 방법으로 가장 어려운 것이다.
_공자

12

누구에게나 감사하라

감사와 고마움이 무럭무럭 자라도록 하라.
그것이 생활의 습관이 되게 하라.
누구에게나 감사하라.
고마움을 알게 되면, 사람은 행한 일들에 감사하게 된다.
할 수 있었지만 못한 일에 대해서도 고마움을 느낀다.

어떤 이가 도와주면 그대는 고마워하는데
그것은 단지 시작에 불과하다.
그 다음에는 누군가가 그대에게 해를 끼칠 가능성이 있는데도
그렇게 하지 않은 것에 감사하게 된다.

상대방이 그렇게 하지 않은 점이 고마운 것이다.
일단 감사에서 생기는 감동을 마음속 깊이 가라앉혀 두면,
그대는 모든 것에 고마움을 느끼게 된다.

그리하여 고마움을 느끼면 느낄수록
불평과 투덜거림은 훨씬 더 줄어들게 된다.
불평이 사라지면, 고통도 사라진다.
고통은 불평과 더불어 있으며, 불평하는 마음도 함께 연결되어 있다.
고통은 감사하는 마음과 공존할 수 없다.
이것이 배울 만한 가장 중요한 비밀들 중의 하나이다.

_오쇼 라즈니쉬

무소유의 또 다른 의미

크게 버리는 사람만이
크게 얻을 수 있다는 말이 있다.
아무것도 갖지 않을 때에
비로소 온 세상을 다 가질 수 있다는 것은
무소유의 또 다른 의미이다.

무소유란 아무것도 갖지 않다는 것이 아니라
불필요한 것을 갖지 않는다는 뜻이다.
우리가 선택한 맑은 가난은
부보다 훨씬 값지고 고귀한 것이다.

__법정

문제 자체에 매달려
논리적으로만 해결하려 하지 말고
문제에서 한걸음 물러나 더 넓은 안목과 시야로
총체적으로 문제를 바라보라.
숨어 있던 비상구가 보일 것이다.
__이드리스 샤흐

베풀 때는 무심(無心)으로

남에게 무엇을 해줄 때는 무심으로 하세요.
즉, 베풀겠다는 생각도 없고
받겠다는 생각도 없어야 합니다.

베풀겠다고 생각을 하면
받겠다는 생각이 나기 때문입니다.
내가 어떤 사람에게
무엇을 주었는지 안줬는지 기억하지 마세요.
그게 무심입니다.

누가 나한테 무얼 주었는지도 잊어버리세요.
"누가 나한테 뭘 줬지."
"내가 누구한테 뭘 줬지."
하면 벌써 갚아야 한다는 부담이 생겨서
자연스럽지가 않습니다.
거래가 되는 것입니다.

__지식in

교만은 패망의 선봉이고
거만한 마음은 넘어짐의 앞잡이다.
__솔로몬

모두가 부처

언젠가 열차대합실에서
서양 종교를 선교하는 사람을 만났는데
출가 승려임을 보면서도 다가와서
"하나님을 믿으세요. 하나님." 하고
집요하게 선교를 하더군요.
그래서 이렇게 답했지요.

"나는 하나님 생기기 전부터 하나님을 믿소.
하나님만 믿는 것이 아니고
앞집의 박 서방, 뒷집의 김 서방도 다 믿소."

사실 우리가 믿자고 보면
안 보이고 모르는 신보다는
이웃이 더욱 미더운 것 아니겠습니까?
그들 모두 본래 마음이 다 부처자리인데
그 모습을 본다면 당연히 믿어야지요.

_서암스님

자식에게 물고기를 잡아 먹이지 말고
물고기를 잡는 방법을 가르쳐 주라.
_탈무드

마음 이야기

아침에 일어나면 세수를 하고 거울을 보듯이 내 마음도 날마다 깨끗하게 씻어 진실이라는 거울에 비추어 보면 좋겠습니다.

집을 나설 때 머리를 빗고 옷매무새를 살피듯이 사람 앞에 설 때마다 생각을 다듬고 마음을 추슬러 단정한 마음가짐이 되면 좋겠습니다.

몸이 아프면 병원에 가서 진찰을 받고 치료를 하듯이 내 마음도 아프면 누군가에게 그대로 내 보이고 빨리 나아지면 좋겠습니다.

책을 읽으면 그 내용을 이해하고 마음에 새기듯이 사람들의 말을 들을 때 그의 삶을 이해하고 마음에 깊이 간직하는 내가 되면 좋겠습니다.

위험한 곳에 가면 몸을 낮추고 더욱 조심하듯이 어려움이 닥치면 더욱 겸손해지고 조심스럽게 행동하는 내가 되면 좋겠습니다.

어린 아이의 순진한 모습을 보면 저절로 웃음이 나오듯이 내 마음도 순결과 순수를 만나면 절로 기쁨이 솟아나 행복해지면 좋겠습니다.

날이 어두워지면 불을 켜듯이 내 마음의 방에 어둠이 찾아 들면 얼른 불을 밝히고 가까운 곳의 희망부터 하나하나 찾아내면 좋겠습니다.

_정용철

여기가 모든 곳이며
지금이 영원이다

우리는 우리가 보고 싶은 것만 본다.
보고 싶지 않은 것이 있을 때
우리는 그것을 보지 않는다.
이러한 '싶다' 라는 것이
바깥 세계의 형태를 만들어 낸다.
그러나 관찰자의 '싶다' 가 사라질 때
대상은 있는 그대로 존재한다.
바로 그것이 실재다.
있는 그대로, 실재를 보는 사람을
우리는 깨달은 사람이라고 한다.

여기가 모든 곳이며 지금이 영원이다.
'나는 육체다' 라는 관념을 초월하라.
그러면 당신은 시간과 공간이 당신 속에 있으며
당신이 시간과 공간 속에 있는 것이
아니라는 것을 발견할 것이다.
그것을 발견할 때 깨달음의 중요한 장애가 제거된다.

세상은 마음의 겉모습에 불과할 뿐이고
실재에 있어서 마음은 무한하다.
생각은 마음속의 물거품이며
마음이 고요히 가라앉을 때 실상의 빛이 나타난다.

마음의 동요가 완전히 사라질 때
마음은 녹아 실재와 하나가 되는 것이다.
실재는 마음과 물질보다
더욱 생생하고 굳센 것이어서
이에 비하면
다이아몬드도 버터처럼 부드럽다고 할 수 있다.

압도할 만큼 강한 실재성에
세상은 꿈과 같이 덧없게 보이는 것이다.

__바바하리다스

혼자 있을 때라도
항상 남 앞에 있는 것처럼 생활하라.
마음의 모든 구석구석이 남의 눈에 비치더라도
두려울 것이 없도록 사색하고 행동하라.
__세네카

하나님의 눈에는 큰 것도 작은 것도 없다.
인생에서도 또한 큰 것과 작은 것도 없다.
있는 것이라고는 오직 곧은 것과 굽은 것뿐이다.
__톨스토이

있는 그대로 마음을 열자 ❖

12 마음 · 감정

마음을 혼란시키는 내적 갈등의 대부분은
인생을 통제하고자 하는 욕망과
지금과는 다른 식으로
변해야 한다는 생각에서 비롯된다.

하지만 인생이 항상 자신이 원하는
방향으로만 흘러가는 것은 아니다.
실제로 그러한 경우는 무척 드문 게 현실이다.

12

인생이 어떠해야 한다고
미리 결정하는 그 순간부터
새로운 것을 즐기고
배울 수 있는 기회와는 점점 멀어진다.
게다가 위대한 깨달음의 기회가 될지도 모르는
현실의 순간을 소중하게
생각하는 것조차 가로막는다.

아이들의 불평이나 배우자의 반대 의견에
부정적으로 대응하기 보다는 마음을 열고
그 순간을 있는 그대로 받아들이자.
그들이 자신의 뜻대로 행동하지 않는다고 해서
화내는 것이 무슨 소용이 있겠는가.

일상생활의 어려움 속에서

마음을 여는 법을 터득한 사람에게는
자신을 괴롭혔던 많은 문제들이
더 이상 골치 아픈 존재가 아닌 것이다.

마음의 눈이 더욱 깊고 투명해진다.
인생은 전투가 될 수도 혹은
자신이 공 노릇을 하는 탁구 시합이 될 수도 있다.
하지만 순간에 충실하고
있는 그대로를 수용하고 만족한다면
따뜻하고 평화로운 감정이 찾아들기 시작할 것이다.

__리처드 칼슨

당신의 비애가 아무리 크더라도
세상의 동정을 받지 마라.
왜냐하면 동정 속에는
경멸의 생각이 들어 있기 때문이다.
__플라톤

세상에는 과거의 행위에 대하여
후회하는 사람이 많으나
그보다는 해야 할 일을 하지 않은
행위에 대해 후회함이 옳다.
인생의 마지막에 가서,
해야 할 일을 하지 않은 후회야말로
우리를 비탄과 절망의 심연에 빠지게 한다.
__R. 부라우닝

내가 먼저 마음을 열면

우리는
우리 스스로를 가둬 놓고 살고 있습니다.
서로를 못 믿으니까
마음의 문을 꼭꼭 걸어 잠그고
스스로 감옥에 갇혀 살고 있습니다.

사랑의 눈으로 마음의 문을 열면
세상은 더욱 넓어 보입니다.
세상은 아름답게 보입니다.
내가 마음의 문을 닫아 버리면
세상은 나를 가두고 세상을 닫아 버립니다.
내가 마음의 문을 열고 세상으로 향하면
세상은 내게로 다가와 나를 열고 넓게 펼쳐집니다.

내가 있으면 세상이 있고 내가 없으면 세상이 없으므로
분명 세상의 주인은 그 누구도 아닌 나 자신입니다.

내가 더 마음의 상처를 입었어도
먼저 용서하고 마음을 열고 다가가는
아름다운 화해의 정신으로
이 세상을 여는 작은 창이 되었으면 좋겠습니다.

__좋은글

가슴으로 느껴라

태양을 바라보고 살아라.
그대의 그림자를 못 보리라.
고개를 숙이지 말라.
머리를 언제나 높이 두라.

세상을 똑바로 정면으로 바라보라.
나는 눈과 귀와 혀를 빼앗겼지만
내 영혼을 잃지 않았기에
그 모든 것을 가진 것이나 마찬가지이다.

고통의 뒷맛이 없으면
진정한 쾌락은 거의 없다.
불구자라 할지라도 노력하면 된다.
아름다움은 내부의 생명으로부터 나오는 빛이다.

그대가 정말 불행할 때
세상에서 그대가 해야 할 일이 있다는 것을 믿어라.
그대가 다른 사람의 고통을 덜어줄 수 있는 한 삶은 헛되지 않으리라.

세상에서 가장 아름답고 소중한 것은 보이거나 만져지지 않는다.
단지 가슴으로만 느낄 수 있다.

__헬렌 켈러

마음을 보라

잠시라도 조용히 앉아
스스로를 찾아보아라.

조용하면 조용한 마음을 보고,
미움이 일어나면 미움을 보라.
질투가 일어나면 질투를 보라.
분노가 일어나면 분노를 보라.
웃음이 일어나면 웃음을 보라.
생각이 일어나면 생각을 보라.
보고 보아라.

마음의 갖가지 모습이
하염없음을 보라.

한 발자국 물러서서
스스로를 보아라.

__성우스님

기둥이 약하면 집이 흔들리듯,
의지가 약하면 생활도 흔들린다.
__에머슨

마음속에서 일어나는 것 ❖

상상하지 않고 보는 법과
왜곡하지 않고 듣는 법을 배워라.
그것이면 충분하다.
본질적으로 이름도 없고 형태도 없는 것에
이름과 형태를 붙이려하지 말라.

모든 의식은 주관적이라는 것,
보거나 듣거나 만지거나 냄새 맡는 것,
느끼거나 생각하는 것,
기대하고 상상하는 것,
모두가 단지 마음속에서 일어나는 것이며
실재 속에 있는 것이 아니라는 것을 깨달아라.

그러면 당신은 평화를 얻을 것이며
두려움으로부터 해방될 것이다.

_바바하리다스

영원히 지닐 수 없는 것에
마음을 붙이고 사는 것은 불행이다.
_플라톤

누구를 만나든

언제나 내가 누구를 만나든
나를 가장 낮은 존재로 여기며,
마음 속 깊은 곳으로부터
그들을 더 나은 자로 받들게 하소서.

그늘진 마음과 고통에 억눌린
버림받고 외로운 자들을 볼 때,
나는 마치 금은보화를 발견한 듯이
그들을 소중히 여기게 하소서.

누군가 시기하는 마음 때문에,
나를 욕하고 비난하며 부당하게 대할 때
나는 스스로 패배를 떠맡으며
승리는 그들의 것이 되게 하소서.

__티벳 명상시

얻는 것보다 더욱 힘든 일은
버릴 줄 아는 것이다.
__그라시안

빈 마음

빈 방이 정갈합니다.
빈 하늘이 무한이 넓습니다.
빈 잔이라야 물을 담고
빈 가슴이래야 욕심이 아니게
당신을 안을 수 있습니다.

비어야 깨끗하고 비어야 투명하며
비어야 맑디맑습니다.
그리고 또 비어야만 아름답습니다.
살아가면서 느끼게 되는 것은
빈 마음이 좋다는 것입니다.
마음이 비워지지 않아서
산다는 일이 한없이 고달픈 것입니다.

터어엉 빈 그 마음이라야
인생의 수고로운 짐을 벗는다는 것입니다.
그 마음이라야만
당신과 나, 이해와 갈등의 어둠을 뚫고
우리가 된다는 것입니다.

빈 마음 그것은 삶의 완성입니다.

_묵연스님

마음을 변화시키는 시 ❖

소원을 들어주는 보석보다
귀한 생명 가진 모든 존재들의 행복을 위해
완전한 깨달음을 이루려는 결심으로
내가 항상 그들을 사랑하게 하소서.

언제나 내가 누구를 만나든
나를 가장 낮은 존재로 여기며
마음속 깊은 곳으로부터
그들을 더 나은 자로 받들게 하소서.

나의 모든 행복을 스스로 살피게 하고
마음 속 번뇌가 일어나는 그 순간에
그것이 나와 다른 사람들을 위험에 빠뜨린다면
나는 당당히 맞서 그것을 물리치게 하소서.

그늘진 마음과 고통에 억눌린
버림받고 외로운 자들을 볼 때,
나는 마치 금은보화를 발견한 듯이
그들을 소중히 여기게 하소서.

누군가 시기하는 마음 때문에,
나를 욕하고 비난하며 부당하게 대할 때
나는 스스로 패배를 떠맡으며
승리는 그들의 것이 되게 하소서.

내가 도움을 주었거나
큰 희망을 심어 주었던 자가
나에게 상처를 주어 마음을 아프게 하여도
여전히 그를 나의 귀한 친구로 여기게 하소서.

직접, 간접으로
나의 모든 어머니들에게
은혜와 기쁨 베풀게 하시고
내가 또한 그들의 상처와 아픔을
은밀히 짊어지게 하소서.

여덟 가지 세속적인 관심에 물들지 않아
모든 것이 때묻지 않게 하시고,
또한 이 모든 것이 헛된 것임을 깨달은 나는
집착을 떨쳐 버리고
모든 얽매임에서 자유롭게 하소서.

__게셰 랑리 탕빠

세상은 감사하는 사람의 것이다.
그렇게 함으로써 세상은
더욱 아름다운 것이 되는 것이다.
나는 그렇게 살아왔고, 앞으로도 그럴 것이다.
__레오 버스카글리아

사람아 무엇을 비웠느냐 ❖

사람마다 생각하는 대로
다 버릴 수 있고,
사람마다 생각하는 대로
다 얻을 수 있다면
그것이 무슨 인생이라 말할 수 있겠느냐.

버릴 수 없는 것은
그 어느 것 하나 버리지 못하고
얻을 수 있는 것은
무엇 하나 얻지 못하니
이것이 너와 내가 숨 헐떡이며
욕심 많은 우리네 인생들이
세상 살아가는 삶의 모습들이라 하지 않더냐.

사람들마다 말로는 수도 없이
마음을 비우고 욕심을 버린다고들 하지만
정작 자신이 마음속에 무엇을 비우고
무엇을 버려야만 하는지 알지 못하고
오히려 더 채우려 한단 말이더냐.

사람들마다 마음으로는
무엇이든 다 채우려고 하지만
정작 무엇으로 채워야 하는지 알지 못한 채
몸 밖에 보이는 것은

오직 자기 자신에게 유리한
허울 좋고 게걸스런 탐욕뿐일진데.

사람아
그대가 버린 것이 무엇이며
얻는 것 또한 그 무엇이었단 말이더냐.
얻는 것이 비우는 것이요,
비우는 것이 얻는다 하였거늘
무엇을 얻기 위해 비운단 말이더냐.

사람이 사람으로서 가질 수 있는 것은
끈적거린 애착과 채워도 채워지지 않는 마음과
불만족스러운 무거운 삶뿐인 것을
비울 것이 무엇이며
담을 것 또한 무엇이라 하더냐.

어차피 이것도 저것도 다 무거운 짐인걸.

__법정스님

항상 무엇인가를 생각하며
항상 무엇인가를 배워라.
이것이 참된 삶의 방식이다.
아무것도 바라지 않고
배우지 않는 사람은 인생을 살 자격이 없다.
__아서 헬프스

버려라, 놓아라

간곡히 말하는데 집착을 버려라.
분별심을 버려라.
알음알이를 버려라.
자존심을 버려라.
모든 너를 움직이는 잠재의식의 어떤 것도 버려라.
모든 생각의 근본 뿌리를 완전히 뽑아 버려라.

버린다고 죽지 않는다.
버린다고 잃지 않는다.
버리면 더 큰 것을 얻을 수 있다.
이것을 정녕 버리지 못하면 도통이 되지 않는다.
평화로운 너를 찾을 수 없다.
바로 도통하면 부처가 되는 길일진데.
너는 왜 버리지 못하느냐.

여태껏 살아오면서 많은 번뇌해 봤잖느냐.
부질없는 것이 너를 이롭게 한 것이 무엇이었느냐.
하나의 보탬도 이익됨이 없었던 것을
왜 놓지 못하느냐.

지금 이 순간 놓아라.
앞으로도 번뇌와 계속 싸울 것이냐.
천진난만 하라.
동자가 되라.

아무것도 모르는 사람이 되라.
알려고 하는 것도 놓아라.
잔머리를 돌리지 마라.
부귀영화도 놓아라.
그것은 너를 병들게 하는 최고의 적이다.

모든 일에는 단계가 있듯이
네가 도통하려고 생각하면 버리는 것을
행동화하지 못하고는 절대로 되지 않는다.

그것이 정녕 놓이지 않으면 앞서 간 수많은 이를 한 번 보자.
일세의 영웅도 만고의 성인도 그들이 지금 살아 있느냐.
모든 것이 영원하더냐.

모두 지나간 허무한 꿈인 것을
지금 이 순간 부질없는 너의 모든 것 진정으로 없애라.
없애면 너는 영원한 너를 찾는다.

그 값진 보배를 너는 찾아야 하고 사람으로 태어났을 때 찾아야 한다.
사람이 아니고선 절대로 찾지 못하니또 모든 것엔 기회가 있듯이
이 순간 놓지 않으면 너는 영원히 영원히 기회를 놓치는 것이다.

시간은 나를 위하여 늘어지지 않으니
아! 깨침이 없음은 누구의 허물인고.

__우명

깨어 있는 마음

깨어 있는 마음을 수행해야 한다.
한 잔의 물을 마시면서
자신이 물을 마시고 있음을 알 때
거기 깨어 있는 마음이 있다.

앉아 있고, 걷고, 서 있고, 호흡하면서
자신이 앉아 있고, 걷고, 서 있고,
호흡한다는 것을 자각할 때
우리는 우리 안에서 깨어 있는
마음의 씨앗을 느낀다.
그리고 며칠 후 우리의 깨어 있는 마음은
더욱 강해질 것이다.

깨어 있는 마음은
우리의 길을 밝혀주는 등불이다.
그것은 우리들 각자의 내면에 있는
살아있는 붓다이다.

깨어 있는 마음은 통찰력과 자각,
자비와 사랑을 낳는다.

_틱낫한

마음아 뭐하니

이따금 화가 날 때가 있다.
그것도 가까운 인연이나 내가
도움을 주었던 사람 때문에
일어난 일일 경우에는 그 정도가 심하다.

그런 때, 한참 동안 화를 삭이지 못하다가
마음을 돌려 정리하는 데 두 가지 방법이 있다.

하나는
'내가 이러면 안 되지' 하고 돌리는 것이고,
다른 하나는 '이 마음이 어디서 왔나?'
하고 돌리는 경우이다.

'내가 이러면 안 되지' 하고 돌리다 보면
차츰 잘 돌려지게 된다.
그리고 '이 마음이 어디서 왔나?' 하고 보면
그 근원지에 화가 나게 하는 실체란 없다.

실체도 없는 허깨비를 놓고
혼자서 고민하거나 싸우고 있는 것이다.
그러고 보면 화나는 것, 참고 돌리는 것,
실체가 없는 그 자리를 아는 것 등이
다 내 마음에서 비롯된 것이다.

이를 안다면 그 누구를 탓할 것도 없고
복을 지어 놓고 복 받기를 기다릴 일도 없다.
비단 화나는 일에만 국한되는 게 아니다.
모든 일의 근본인 이 마음의 원리를 안다면
금방 놓아질 일인데 모르기 때문에
그게 이 순간에 전부인 줄 알고 붙들고 있는 것이다.

__나상호

12

누군가에게 그날을
생애 최고의 날로 만들어 주는 것은
그리 힘든 일이 아니다.
전화 몇 통, 감사의 쪽지,
몇 마디의 칭찬과 격려만으로 충분한 일이다.
__댄 클라크

자신의 결점을 반성하고 있는 사람에게는
남의 결점을 보고 있을 틈이 없다.
그 사람의 입장에서 보지 않는 한
남의 일에 대해서 이러니저러니 판단하지 마라.
__동양격언

우물과 마음의 깊이

보이지 않는 우물이 깊은지 얕은지는
돌멩이 하나를 던져보면 압니다.
돌이 물에 닿는데 걸리는 시간과
그 때 들리는 소리를 통해서
우물의 깊이와 양을 알 수 있는 것입니다.

내 마음의 깊이는
다른 사람이 던지는
말을 통해 알 수 있습니다.
내 마음이 깊으면 그 말이 들어오는데
시간이 오래 걸립니다.
그리고 깊은 울림과 여운이 있습니다.

누군가의 말 한마디에
흥분하고 흔들린다면
아직도 내 마음이 얕기 때문입니다.
마음이 깊고 풍성하면 좋습니다.
이런 마음의 우물가에는 사람들이 모이고
갈증이 해소되며 새 기운을 얻습니다.

__정용철

마음을 떠나 마음 밖으로 가라

당신에게 고통은 어디에 있는가?
세상 속에서 고통이라고 일컬어지는 것 말고,
당신 자신의 고통을 찾아보라.

그것이 도대체 자신의 삶
어디에 기생하고 있는지를 찾아보라.
현실 속에 고통이 있는 게 아니다.
그것은 바로 우리네 마음속에서 생겨나고,
자라고, 소멸되는 것이다.

고통이 살아가는 자리는 우리 마음인 것이다.
지옥이 결코 따로 있는 게 아니다.
그것은 바로 우리 마음속에 있다.

천국이 결코 따로 있는 게 아니다.
바로 우리 마음속에 있다.
그런데 왜 자기 마음의 일을
스스로 마음대로 못하는가?
그 해답이 바로 여기에 있다.

마음속에 쳐 박혀서,
마음속에 깊숙이 틀어 박혀서
마음을 어찌하려 드는 이 상황,

이것이 바로 문제인 것이다.

마음을 떠나, 마음 밖으로 가라.
'나' 라는 존재가 마음보다도
훨씬 더 크고 장대한 존재임을 알아채라.

마음 바깥에서 마음을 보라.
한 발짝 떨어져서 마음을 보라.
마음에서 일어나는 일들을 보라.
그것과 하나가 되지 말고 떨어져 보라.
경험하는 사건들을 마치
제 3자의 눈으로 보듯이 보라.
그때 우리는 진정으로 알게 되리라.

고통이란 애초부터 존재하지 않았다는 사실을.
고통은 그것이 반드시 존재한다는
가정과 습관을 기반 삼아
주관적 세계 안에서 스스로의 힘으로
시시각각 창조해낸 결과였다는 사실을.

__전용석

우리는 1년 후면 다 잊어버릴 슬픔을 간직하느라고
무엇과도 바꿀 수 없는 소중한 시간을 버리고 있다.
소심하게 굴기엔 인생이 너무나 짧다.
__데일 카네기

다 놓아 버려라

하나의 심상(心象)이 일어나
마음을 끌어당기게 되면.
마음은 바람에 떨어지는
열매처럼 휩쓸리게 됩니다.

행복이든, 불행이든,
기쁨이든, 슬픔이든,
선이든, 악이든, 다 놓아 버리라는 것이다.
우리가 놓지 못하는 건 대상에 대한 집착 때문이다.

모든 고통은 집착에서 비롯된다.
모든 현상들은 항상 변하는 불확실한 것임을
알지 못할 때 집착과 고통이 따른다.

따라서 누구든 일체를 놓아 버려
법마저 놓아 버리게 되면 진정한 자유를 누릴 수 있다.
그러므로 현실이나 타인을 자기가 바라는 대로 바꾸려 들지 말아야 한다.

또한 자신의 내면에서 일어나는 생각이나 감정도 바꾸려 하거나
자신을 타인과 비교하게 되면 고통이 일어난다.
무상을 알지 못하기 때문이다.

_아짠 차 스님

마음을 텅 비우고

힘은 평화로운 마음에서 생긴다.
평화로 가득찬 마음을 얻으려면
무엇보다도 마음을 텅 비워라.

당신의 마음속에서 두려움과 미움,
불안, 후회, 미련, 죄의식 등을
깨끗이 비워내는 일을 어김없이 실행하라.

당신이 자신의 마음을 의식적으로
비우려고 애쓰고 있다는
그 사실 자체만으로도
당신의 마음은 잠시 동안이나마
휴식을 얻게 될 것이다.

_노먼 빈센트 필

하루의 생활을 다음과 같이 시작하라.
"눈을 떴을 때, 오늘 단 한 사람에게라도 좋으니
그가 기뻐할 만한 무슨 일을 할 수 없을까 생각하라."
_니체

생각하는 것은 일종의 질병

생각이라는 것은 일종의 질병입니다.
질병은 균형이 무너질 때 생깁니다.
균형이 무너진다는 것은 어떤 의미일까요?

예를 들어, 몸 안의 세포가
분열하고 증식하는 것 자체는
당연하고 자연스러운 상태입니다.
그러나 이 과정이 몸 전체의 질서와 상관없이
계속된다면, 세포들이
급격히 증가해서 병에 걸리게 됩니다.

올바르게 사용하면 마음은 아주 훌륭한 도구이지만,
잘못 사용하면 대단한 파괴력을 갖게 됩니다.
더, 정확히 말하자면, 잘못 사용하는 정도가 아니라
마음이 우리를 부리는 상태가 되어 버립니다.

마음을 부리지 못하고 부림을 당하는 것이 곧 병입니다.
나를 내 마음이라고 믿는 것은 환상이요 기만입니다.
부림을 당해야 할 도구가 주인의 자리를 점령하고 만 꼴입니다.

__에크하르트 톨레

세상에 바라는 바 없으니 ❖

갈등의 요인은 문제가
자신에게 있다는 것을 잊어버리는데 있습니다.
내가 강하게 서 있으면 주변의 모든 것들이
나에게 영향을 미치지 않는데,
그렇지 않으면 산들바람만 불어도 크게 흔들립니다.
뿌리까지 뽑혀질 정도로 많이 흔들린다면
'내가 뿌리가 굳건하지 않고 부실하다' 는 생각을 해야 됩니다.

나는 온전하고 괜찮은데 주변에서
나를 못살게 군다거나 누가 못마땅하다는 등
자꾸 눈을 밖으로 돌리는데,
항상 원인은 나에게 있다는 것을 명심하십시오.
주변 사람이 못마땅하다고 느껴질 때는
내가 나 자신에게 못마땅하다고 생각하면 됩니다.
내가 내 자신을 볼 때 마땅치 않기 때문에
계속 타인에게 눈을 돌려서 마땅치가 않은 겁니다.

맘에 안들고 못마땅하고 이런 것은
근본적으로 캐어 들어가면 내가 나 자신에게
만족하지 못하고 있다는 얘기입니다.
자신에게 만족하는 사람은 남에게 바라는 바가 없습니다.
기대하는 바가 없으면 불만도 없습니다.
내가 나를 충족시키지 못하면
타인에게 기대하는 바가 많은 법입니다.

그런데 기대하는 만큼 실망이 다시 돌아옵니다.
자기는 자기가 만족시키면 되는 것입니다.

남이 충족시켜 주기를 바라지 마십시오.
자급자족하는 것이 사람의 기본 도리입니다.
세상으로부터 아무것도 구할 것이 없고
타인에게서 아무것도 필요한 것이 없는 상태,
그런 것이 우리가 지향해야 하는 모습입니다.
타인에게 아직도 필요한 것이 있다면
내가 아직 완전히 서 있지 않다고 보면 됩니다.

_문화영

12

신중한 사람은 친절하다고 해서 쉽게 좋아하지 않고
냉담하다고 해서 쉽게 화를 내지도 않는다.
변덕은 인간의 특징이기 때문이다.
_발타자르 그라시안

세상 경험이 부족한 이들이
가장 쉽게 저지르는 실수 중 하나는
하나를 아는데도 셋을 안다고 착각하는 것이다.
_라 퐁텐느

감정 다스리기

물위에 글을 쓸 수는 없다.
물속에서는 조각도 할 수 없다.
물의 본성은 흐르는 것이다.

우리의 성난 감정은
바로 이 물처럼 다루어야 한다.
분노의 감정이 일어나면
터뜨리지 말고 그냥 내버려 두어라.

마치 강물이 큰 강으로 흘러가듯이
분노의 감정이 자신의 내면에서
세상 밖으로 흘러가는 모습을 즐겁게 지켜보라.

이것은 감정을 숨기는 것과는 다르다.
이때 필요한 것은 자신이 그런 감정을
느낀다는 사실을 분명히 인식하는 것이다.

그리고 그것을 자신에게서 떠나가게 하라.
그것은 부정하는 것이 아니라
자연스럽게, 가장 지혜롭게 풀어 주는 것이다.

__법상스님

육체의 주인은 마음이다 ❖

육체의 주인은 마음이다.
육체를 통해 마음은 정서와 감정,
욕망과 사고를 표현한다.

사랑과 미움, 쾌락과 고통은 마음에 의해 생겨나며
다시 마음에 물들게 된다.

우리는 깊은 잠에 빠졌을 때나
기절했을 때는
희로애락(喜怒哀樂)을 인식하지 못한다.

희로애락이 진아(眞我)에 속한 기능이라면
깊은 잠과 기절한 상태에서도
존재하고 진아처럼 작용을 계속했을 것이다.

수련으로 마음이 맑고 밝아지면
초의식으로 변화된다.
순수한 초의식의 상태에서
마음이 만들어내는 그림자의 세계는 사라진다.

_바바하리다스

감정은 여러분 안에 있다 ❖

부정적 감정들은 여러분 안에 있습니다.
현실 안에 있지 않습니다.
그러니 현실을 변화시키려 하기를 멈추십시오.
그건 미친 것입니다!
다른 사람을 바꿔 놓으려 하기를 그만두십시오.
우리는 모든 시간과 정열을 외적 상황들을 바꾸려는 데에,
배우자 · 사장 · 친구 · 적, 그 밖의 모든 사람들을
변화시키려는 데에 허비하고 있습니다.

아무것도 바꿀 필요가 없습니다.
부정적인 감정들은 우리 안에 있습니다.
지상의 어느 누구도 우리를 불행하게 할 힘은 없습니다.
지상의 어떤 사건도 우리를 혼란시키고 상심케 할 힘은 없습니다.
어떤 일, 어떤 조건, 어떤 상황도, 혹은 어떤 사람도,
아무도 우리에게 이것을 말해 주지 않았습니다.
정반대 얘기를 했죠.
그래서 지금 여러분이 뒤죽박죽인 겁니다.
그래서 잠들어 있는 겁니다.
사람들은 이것을 말해 주지 않았습니다.
그러나 이건 자명한 것입니다.

비가 와서 내가 소풍을 망쳤다고 합시다.
누가 기분이 나빠집니까?
비입니까, 나입니까?

무엇이 부정적 감정을 일으킵니까?
비입니까, 나의 반응입니까?
무릎을 탁자에 부딪쳤다 했을 때 탁자는 잘못이 없습니다.
탁자는 생긴 대로 탁자 노릇 하느라고 바쁘죠.
아픈 데는 무릎이지 탁자가 아니죠.

신비가들은 늘 우리에게 현실이란 모두 옳다고 말해 주고자 합니다.
현실에 문제가 있는 게 아닙니다.
인류를 이 지상에서 치워 버려도 생명은 지속될 것입니다.
그 사랑스러움과 공격성을 고스란히 유지하면서
자연은 존속할 것입니다.

어디에 문제가 있어요?

전혀 문제가 없죠.
여러분이 문제를 만드는 겁니다.
여러분이 바로 문제인 겁니다.
'내 것' 과 동일화했고 그것이 문제인 겁니다.
그 감정들은 여러분 안에 있지 현실에 있지 않습니다.

_안소니 드 멜로

화가 날 때는 화를 내야 할 대상을 바꿔라.
화내야 할 대상은 상대방이 아닌 나 자신의 자제력이다.
_B. 칼튼

사람의 마음을 움직이는 말

어느 장님이 팻말을 목에 걸고 지하철 입구에서
구걸을 하고 있었습니다.
그 팻말에는 이런 글귀가 씌어져 있었습니다.

'저는 태어날 때부터 장님입니다.'

지나가는 사람들은 많았으나 그 장님에게
동전을 주는 사람은 그리 많지 않았습니다.
어느 날, 장님이 쪼그려 앉아
빵조각을 먹는 것을 보고
한 청년이 장님에게로 다가왔습니다.

그리고는 불쌍했던지 그 장님을 위해
팻말의 글귀를 바꿔주기로 했습니다.
그 청년은 팻말에 있던 글귀를 지우고
그 위에 다시 쓰기 시작했습니다.

"저는 봄이 와도 꽃을 볼 수 없답니다."

그 후로 지나가는 사람들의 태도가 변했습니다.
장님을 바라보며 고개를 끄덕이기 시작했습니다.
그리고 그들은 장님 앞에 놓인 깡통에
동전을 아낌없이 넣었습니다.

참 신기합니다. 글자 몇 개 바꿨을 뿐인데
사람들은 마음의 문을 열기 시작합니다.
그만큼 우리의 일상은 메말랐다는 반증이겠지요.
사람과 사람과의 거리는 종이 한 장 차이입니다.
당신의 풍부한 감성으로
그 간격을 없애 주시길 바랍니다.
분명 세상은 당신의 간절함으로 인해
아름다워질 것입니다.

__김현태

12

빈 마음, 그것을 무심이라고 한다.
빈 마음이 곧 우리들의 본마음이다.
무엇인가 채워져 있으면 본마음이 아니다.
텅 비우고 있어야 거기 울림이 있다.
울림이 있어야 삶이 신선하고 활기 있는 것이다.
__법정

친절은 이 세상을 아름답게 만들며
모든 비난을 해결한다.
그리고 얽힌 것을 풀어 헤치고,
어려운 일을 수월하게 만들고,
암담한 것을 즐거움으로 바꾼다.
__톨스토이

마음이 가는 곳

사랑을 가지고 가는 자는
가는 곳곳마다 친구가 있고,

선을 가지고 가는 자는
가는 곳곳마다 외롭지 않고,

정의를 가지고 가는 자는
가는 곳곳마다 함께 하는 자가 있고,

진리를 가지고 가는 자는
가는 곳곳마다 듣는 사람이 있으며,

자비를 가지고 가는 자는
가는 곳곳마다 화평이 있으며,

진실함을 가지고 가는 자는
가는 곳곳마다 기쁨이 있고,

성실함을 가지고 가는 자는
가는 곳곳마다 믿음이 있고,

부지런함을 가지고 가는 자는
가는 곳곳마다 즐거움이 있으며,

겸손함을 가지고 가는 자는
가는 곳곳마다 화목이 있으며,

거짓 속임을 가지고 가는 자는
가는 곳곳마다 불신이 있고,

게으름과 태만을 가지고 가는 자는
가는 곳곳마다 멸시 천대가 있고,

사리사욕을 가지고 가는 자는
가는 곳곳마다 원망 불평이 있고,

차별 편벽을 가지고 가는 자는
가는 곳곳마다 불화가 있다.

__지식in

12

우리는 정직으로부터
쾌락보다 더 많은 이익을 얻는다.
명예를 무시하고 돈을 번 사람들은
종종 그들의 명예를 회복하기 위해서
많은 돈을 지불해야 한다.
__콤태세 다이아네

남들로부터 칭찬의 말을 듣기를 원한다면
자기의 좋은 점을 늘어놓지 말라.
__파스칼

내 마음을 다스릴 때

그대 마음속에 분노가 고여 들거든
우선 말하는 것을 멈추십시오.

지독히 화가 났을 때에는
우리 인생이 얼마나 덧없는가를 생각해보십시오.

서로 사랑하며 살아도 벅찬 세상인데
이렇게 아옹다옹 싸우며 살아갈 필요가 있겠습니까.

내가 화가 났을 때
내 주위 사람들은 모두 등을 돌렸습니다.

그러나 내가 고요한 마음으로 웃으며 마주칠 때 많은 사람이
내 등을 다독거려 주었습니다.
그리하여 난 알 수 있었습니다.

내게 가장 해가 되는 것은 바로
내 마음속에 감춰진 분노라는 것을 말입니다.
나는 분노하는 마음을 없애려고 노력합니다.

고요하고 편안한 마음으로 내 마음을 다스릴 때
많은 사람이 나에게 사랑으로 다가올 겁니다.

__지식in

마음 나누기

두 손을 꼭 움켜쥐고 있다면,
이젠 그 두 손을 활짝 펴십시오.
가진 것이 비록 작은 것이라도 그것이
꼭 필요한 사람이 있으면 나누어 주십시오.

이는 두 손을 가진
최소한의 역할이기 때문입니다.

두 눈이 꼭 나만을 위해 보았다면,
이젠 그 두 눈으로 남도 보십시오.
보는 것이 비록 좁다 할지라도
도움이 꼭 필요한 사람을 본다면 찾아가서 도움을 주십시오.

이는 두 눈을 가지고
해야 할 임무이기 때문입니다.

두 귀로 꼭 달콤함만 들었다면
이젠 그 두 귀를 활짝 여십시오.
듣는 것이 비록 싫은 소리라도 그것이
꼭 필요한 사람이 있으면 들어주며 위로 하여 주십시오.

이는 두 귀를 가지고
함께 할 조건이기 때문입니다.

입으로 늘 불평만 하였다면,
이젠 그 입으로 감사하십시오.
받은 것이 비록 작다 해도 그것을
감사하는 사람과 손잡고 웃으면서 고마워하십시오.

이는 고운 입 가지고
살아 갈 기준이기 때문입니다.

마음을 꼭 닫으면서 살았다면,
이젠 그 마음의 문을 여십시오.
마음 씀이 비록 크지 않더라도
주변의 사람을 향하여 미소로서 대하며 사십시오.

이는 내가 사랑을
받고 나눠야 할 책임이기 때문입니다.

__지식in

내 소망은 단순하게 사는 일이다.
그리고 평범하게 사는 일이다.
느낌과 의지대로 자연스럽게 살고 싶다.
그 누구도, 내 삶을 대신해서 살아줄 수 없기 때문에 나는 나답게 살고 싶다.
__법정

영혼을 잃는 사람

부모를 나보다 더 사랑하는 사람은
나에게 합당치 않은 사람이다.

자녀를 나보다 더 사랑하는 사람은
나에게 합당치 않은 사람이다.

자기 자신의 십자가를 짊어지고
내 뒤를 따르지 않는 사람은
나에게 합당치 않은 사람이다.

자기의 영혼을 소중히 하는 사람은
그것을 잃게 되리라.

나를 위해 영혼을 잃는 사람은
그것을 얻게 되리라.

__성서

12

밝은 성격은 어떤 재산보다 귀한 재산이다.
__데일 카네기

서로 공명하듯이

나는 항상 스스로 반성하지 않으면
안 된다는 것을 알고 있다.

신은 모든 것을 알고 있다.
그리고 신의 법칙은 변하지 않는다.

신은 모든 것을 볼 수 있고
모든 것 속으로 들어갈 수 있으며
모든 것 속에 존재하고 있다.

그리고 나는 이 모든 것을 알고 있다.
신은 모든 것의 내부에 깊이 스며들어 있다.

마치 햇빛이 어두운 방 안에 비쳐들 듯이
우리는 신의 빛을 반영하도록 노력해야 한다.

마치 두 개의 악기가 서로 공명하듯이.

__공자

인간은 분류 대상이 아니다

가장 일반적인 착오는
모든 사람이
어떤 일정한 성격을 갖고 있다고
생각하는 데 있다.

가령 착한 사람, 악한 사람,
어진 사람, 어리석은 사람,
성미가 급한 사람, 냉정한 사람, 등으로
분류되는 것은 옳지 못한 짓이다.

인간은
그렇게 분류할 수 있는 대상이 아니다.
더구나 남에 대해 함부로
나쁜 판단을 내리는 것은
전혀 바람직하지 않은 일이다.

_톨스토이

대리석이 아니라 다른 사람의 마음에
여러분의 이름을 새겨라.
_찰스 스펄전

마음의 결과

"자신을 사랑하듯이 이웃을 사랑" 하라고
한 말은 처음 그대가 그를 사랑하고
그런 다음에 그 사랑의 결과로써
선을 행해야 함을 의미한다.

그러한 사랑이 그대 마음속에
사람들에 대한 사랑을 심어줄 것이다.

그대가 먼저 사랑받고 나중에
그 사랑을 돌려주겠다는 것은
진짜 사랑이 아니다.

사랑은 먼저 선을 행하려는
마음의 결과로써 나타나는 것이다.

_톨스토이

내가 없는 곳에서
나를 칭찬해 주는 사람은 좋은 친구다.
_이 언

악에서 벗어날 장소는 없다

악인도 자신이 범한 악이
탄로 나지 않을 때까지는 행복할 수 있다.

사람이여,
어떤 악일지라도 하찮게 범하지 말라.

한 방울 한 방울의 물이 모여
물통을 가득 채우는 법이다.

마찬가지로 사소한 악행이 쌓이고 쌓이면
악의 구렁텅이에 빠져버리는 것이다.

악은 그 악을 범한 자에게
바람을 타고 날아가는
먼지와 같이 되돌아가는 것이다.

하늘, 바다, 깊은 산속,
그 어느 곳이든 이 세상에서
인간이 악에서 벗어날 장소는 없다.

_불교경전

마음을 성실하게 가져라 ❖

선을 알지 못하는 인간에게서
무슨 가치를 발견할 수 있을 것인가?

선은 진정한 재산이다.
선인이 되느냐 악인이 되느냐 하는 것은
그 사람의 마음 하나에 달려있는 것이다.
마음을 성실하게 가져라.
그리고 선을 행하도록 하라.

그대가 비록 온갖 종교의 믿음을 터득 했다 할지라도
예전과 같이 그대에게 행복을 가져다주는 것은
오직 선한 마음뿐이다.

또한 마음이 선한 자는
결코 슬픔의 나라로 떨어지지 않으리라.
어떤 악도, 선량하며
모든 사람에게 이로운 사람을 범하지는 못한다.

_붓다

마음과 눈이 집중되는 것 ❖

성인은 자기 자신의 감정을 갖고 있지 않다.
타인의 감정이 곧 그의 감정인 것이다.

그는 선행에는 선으로 대하며
악행에도 선으로 대한다.

그는 믿음이 있는 자에게는 믿음으로 대하고
믿음이 없는 자에게도 믿음으로 대한다.

성인은 이 세상에 살며
사람들과의 관계에 마음을 쓴다.

그는 모든 사람들을 위해 생각한다.

그런 이유로 모든 사람들의
마음과 눈은 그에게 집중되는 것이다.

_노자

무례한 사람의 행위는
내 행실을 바로 잡게 해주는 스승이다.
_공자

완전한 자유

욕구를 많이 가질수록
사람은 많은 것에 예속되고 만다.

많은 것에 욕구를 느끼면 느낄수록
점점 더 자신의 자유를
잃어버리는 것이 되기 때문이다.

완전한 자유는
전혀 아무것도 바라지 않을 때 얻을 수 있다.

욕구를 적게 가지면 가질수록
사람은 한층 더 자유롭다.

__조로아스터

의복은 새 것일수록 좋고
사람은 옛 사람이 더욱 정답다.
__고시

모든 사람을 존경하라

아이들은 진리를 알고 있으나
그것을 말할 줄은 모른다.

우리가 외국말을 알고는 있으나
말할 줄은 모르는 것과 같다.

또한 아이들은 선이란 무엇인가
설명할 줄은 모른다.

그러나 온갖 악으로부터
반드시 스스로를 지킨다.

모든 사람을 존경하라.
그리고 그 이상으로
어린아이를 존중하고 대접하라.

_톨스토이

착한 아내와 건강은
남자의 가장 훌륭한 재산이다.
_C. H. 스퍼진

양심이란

헤라클레이토스는 말했다.
"똑같이 흐르는 물에서 두 번 목욕할 수는 없다."

나는 말하고 싶다.
"똑같은 경치를 두 번 구경할 수는 없다.
왜냐하면 경치는 하나의 만화경이며
보는 사람의 마음도 그때 변하기 때문에."

양심만이 최면 상태나 무의식으로부터
우리를 눈뜨게 해준다.
그리고 양심은 인간적인 번민,
인간적인 의무의 거친 물결 속으로
우리를 밀어 넣는 것이다.

양심은
우리들 자신의 꿈을 쫓아내는 자명종이며
새벽닭의 울음소리인 것이다.

_아미엘

완전한 두 발

나는 운명을 슬퍼하거나
불평하지는 않는다.

딱 한 번 구두를 잃어버리고
다시 살 수 없었을 때
불평을 한 적은 있었다.

그때 나는 무거운 마음을 안고
교회 안으로 들어갔다.
거기서 발이 없는 사람을 보았다.

비로소 나는 완전한 두 발을 주신
신에게 감사를 드렸다.
구두쯤은 문제도 되지 않았다.

__사디

그대의 가장 좋은 친구는
바로 자기 자신이다.
__그라시안

자기 자신을 바꿀 수 없는 것

신은 모든 것을 본다.
그러나 우리는 신을 보지 못한다.

마찬가지로 정신은 눈에 보이지 않는다.
그러나 모든 것을 보고 있다.

정신이 육체를 지배한다.
그러나 육체는 결코 정신을 지배하지 못한다.

자신을 변화시키기 위해서는
정신적인 개선이 이루어져야 한다.

육체적인 변화만으로는
결코 자기 자신을 바꿀 수 없다.

__톨스토이

> 고민하면서 길을 찾는 사람,
> 그것은 참된 인간상이다.
> __파스칼

선택은 자신의 몫

선택은
우리 자신의 몫이다.

우리는 머리 위로 날아다니는
새들을 물리치지는 못한다.
그러나 내 머리 위에 집을 짓는 것은
막을 수 있다.

뇌리를 스치는 나쁜 생각도 마찬가지이다.
우리는 악한 사상을 중지시킬 수는 없다.

그러나 악한 사상이
머릿속에다 집을 지어놓고
제멋대로 악한 행위를 불러들이는 것을
막을 수는 있다.

_루터

소인의 학문은
귀로 들어오고, 입으로 나간다.
_순자

외로움을 느끼게 되는 것 ❖

죄 많은 사람은
언제나 다른 사람과 연락을 취하며 생활하고 있다.
그러나 죄를 더하면 더할수록
내면적으로는 점점 외로움을 느끼게 되는 것이다.

반대로 선량하고 총명한 사람은
다른 사람과의 관계를 통해서는
가끔 외로움을 느끼지만,
오히려 세계와의
끊임없는 결합을 의식하고 있는 것이다.

_톨스토이

인생은 바느질과 같아야 한다.
한 바늘 한 바늘씩!
_생트 뵈브

가장 좋은 대응 방법

어리석고 무지한 인간에 대한
가장 좋은 대응 방법은 침묵이다.

그럼 사람에게 말대답을 하면
그 말은 곧 그대에게 되돌아온다.

비난을 비난으로써 갚는 것은
타오르는 불 속에 장작을 넣는 것과 같다.

자기를 비난하는 자에게
온화한 미소를 보낼 줄 아는 사람은
이미 상대방을 이긴 것이다.

_러스킨

재능이란
자기 자신을 믿는 것이고,
자기의 힘을 믿는 것이다.
_막심 고리키

유쾌하게 유지하라

자진해서 먼저 남에게 친절히 하고
그 사람들과의 관계를
유쾌하게 유지하라.

남이 친절하니 나도 친절하게
대해주어야지 하는 것으로는 부족하다.

또한 친구와 시비를 피하는 것만으로는
시비를 막기 어렵다.

평소에 시비가 일어나지 않도록
터를 닦아둘 필요가 있는 것이다.

_동양 명언

네가 평생을 바친 것이 무너지는 것을 보고도
낡은 연장을 집어 들고 다시 세우려는 의지가 있다면
너는 어른이 되었다고 할 수 있다.
_키플링

좋 은 글 대 사 전

용서 • 배려

당신은 언제쯤이면

당신은 언제쯤이면
육체적인 욕구에서 벗어나 정신적인 인간이 될 수 있겠는가?

당신은 언제쯤이면
모든 사람이 소망하는 행복에 대해 깨달을 수 있겠는가?

당신은 언제쯤이면
자신의 행복을 위해 다른 사람으로 하여금
당신에게 봉사하기를 요구하지 않고,
자신을 비애나 정욕에서 스스로 해방시킬 수 있겠는가?

당신은 언제쯤이면
참다운 행복이란 늘 당신의 내면에 있으며,
눈에 보이는 아름다움이나 다른 사람과의 관계 속에서
찾을 수 있는 것이 아님을 깨달을 수 있겠는가?

_아우렐리우스

증오심이 커지는 것은 당신이 미워하는 사람보다
자신이 더 하찮은 사람으로 전락되는 것이다.
_라 로슈푸코

참으로 멋진 사람

남이 나에게 친절하기를 바란다면
내가 먼저 따뜻한 마음으로 다가가야 합니다.

속으로는 상대방을 멸시하면서
남에게 보이기 위해서
겉치레로 어쩔 수 없이 교제하는 것은
바보가 아닌 이상 누구나 알 수 있기 때문입니다.

윗사람이라고 자신은
잘못을 스스럼없이 저지르면서
대우만 받으려고 하면
아랫사람이 따라 주질 않습니다.

이기적인 성격을 가진 사람은
자신의 잘못은 보이지 않는가 봅니다.
남의 입장에 서서 생각을 하지 않습니다.

그런 사람은 좋은글 따위에 신경도 안 씁니다.
밝은 세상이 되려면
좋은글도 읽고 읽는 데만 그치지 말고
그렇게 살려고 노력도 해야 합니다.

그런 사람은
남의 부정이나 조그만 잘못이라도 보면

동네방네 소문내고 다닙니다.
자신의 단점은 철저히 감추면서도
남의 일이라면 크게 확대해서
재미있게 말하는 사람도 있습니다.

이런 사람은
그 말을 듣던 사람으로 부터
신뢰감을 얻어내지 못합니다.
"내가 없으면 내말도 저렇게 하겠지."
하는 생각이 들기 때문입니다.

남의 단점을 보듬어 주는 사람이
아름다운 사람입니다.
잘못을 하면 설득력 있게 대화를 해서
좋은 가정을 이루도록 유도할 줄 아는 사람이
참으로 멋진 사람입니다.

_좋은글

죄악을 생각하고 죄악을 범하는 것은 바로 당신 자신이다.
또한 죄악을 꺼리고
깨끗한 삶을 살아가려 노력하는 것도 당신 자신이다.
죄악이나 결백함은 당신 자신에 의해 결정되며,
세상에서 당신을 구원할 사람은
오로지 단 한 명, 당신 자신밖에 없다.
_불경

자신이 좋아하는 일

사람은 누구나 항상 자기가 좋아하는 일만 한다.
실제로 그 일이 좋은 일이라면
그 사람은 옳은 일을 하고 있는 셈이다.

그러나 만약 잘못된 일을 반복하고 있다면
그는 다른 누군가에 의해서가 아니라
바로 자기 자신에 의해서 나쁜 결과를 맞게 된다.

모든 그릇된 일 끝에는 고통이 기다리고 있기 때문이다.
이 점을 잊지 않는다면 공연히
타인에게 화를 내거나 짜증을 내는 일이 없어질 것이다.

누군가를 비난하거나 꾸짖지도 않을 것이며
그런 일로 사이가 벌어지는 일도 생기지 않을 것이다.

__에픽테토스

미움은 초대하지 않아도 저절로 오는 불청객과 같다.
많은 사람들이 이유도 모르고 괜히 서로 싫어한다.
__리차드 에드럴

기도는 고요하고 평온한 상태에서 하라

기도하기 전에는 먼저 정신을 한곳으로 집중해야 한다.
그럴 수 없다면 차라리 기도를 하지 않는 것이 낫다.

기도할 때에는 비애의 감정이나 태만,
오락, 잡담 등의 영향이 조금이라도 남아 있어서는 안 된다.

오직 신성하고 평온한 마음이 되었을 때만 기도하라.
만약 마음의 준비가 되어 있지 않다면
기도는 다음으로 미루는 게 좋다.

습관화된 기도는 대개 진실하지 못하기 때문이다.

_탈무드

현명한 사람이 되려거든
사리에 맞게 묻고,
조심스럽게 듣고 침착하게 대답하라.
그리고 더 할 말이 없으면 침묵하라.
_라파엘로 산치오

베풂이란

남의 좋은 점을 보는 것이 눈의 베풂이요,
환하게 미소 짓는 것이 얼굴의 베풂이다.

사랑스런 말소리가 입의 베풂이요,
자기를 낮추어 인사함이 몸의 베풂이다.

곱고 착한 마음 씀이 마음의 베풂이니
베풀 것이 없어서 베풀지 못함이 아니라
베풀려는 마음이
고갈되어 있는 것임을 알라.

__좋은글

불평을 말하면 한이 없다.
세상에는 훼방꾼도 있고 원수도 있지만 어떠한 경우에라도 유쾌하고
화평한 기분을 잃지 않고 나아간다면 반드시 목적을 이루게 된다.
언제나 당신의 목표에 충실하라.
묵묵히 한 길로 꾸준히 나아가라.
__모리스 메테를링크

비열한 불평

모든 대상을 나쁘게만 바라보는
음울한 심성의 소유자는
다른 사람들이 이루어낸 일과
앞으로 이루어낼 일 모두를 저주한다.

이들은 부스러기에 불과한 문제도
들보로 과장해서 표현하곤 하는데,
이는 매우 비열한 감정에서 비롯된 행동이다.

또한 이들은 어긋난 열정으로
모든 것을 극단으로 몰아붙인다.
반면 고귀한 심성을 지닌 사람은 넓은 포용력으로
상대의 악의 없는 과오를 용서할 줄 안다.

_발타자르 그라시안

20년 뒤를 상상해보라.
당신은 지금 한 일보다 하지 않은 일 때문에
더 후회하고 있을 것이다.
_마크 트웨인

실속 있는 사람이 되어라 ❖

실속 있어 보이는 사람들 중에는
사실 겉모습만 번지르르하여 남을 속이려는 무리들이 많다.
그들은 확실한 진실보다 불확실한 거짓에 집착하며
비슷한 부류의 사람들의 도움을 받는다.

스스로의 거짓을 덮기 위해
더 큰 거짓들로 상대의 눈을 가리기도 한다.
하지만 이치에 맞지 않는 생각은
공중에 떠 있는 누각과 같아서 결코 오래 지속될 수 없다.

누군가 당신에게 너무 많은 약속을 한다면 의심하라.
너무 많은 것을 제시하는
그 자체가 이미 진실에서 벗어나 있기 때문이다.

_좋은글

인간은 생각하는 것이 적으면 적을수록
더욱 더 말이 많아진다.
_몽테스키외

남 때문인 줄 알았습니다 ❖

내 마음이 메마를 때면 나는 늘 남을 보았습니다.
남이 나를 메마르게 하는 줄 알았기 때문입니다.

그러나 이제 보니,
내가 메마르고 차가운 것은 남 때문이 아니라
내 속에 사랑이 없었기 때문입니다.

내 마음이 불안할 때면 나는 늘 남을 보았습니다.
남이 나를 불안하게 하는 줄 알았기 때문입니다.

그러나 이제 보니,
내가 불안하고 답답한 것은 남 때문이 아니라
내 속에 사랑이 없었기 때문입니다.

내 마음이 외로울 때면 나는 늘 남을 보았습니다.
남이 나를 버리는 줄 알았기 때문입니다.

그러나 이제 보니,
내가 외롭고 허전한 것은 남 때문이 아니라
내 속에 사랑이 없었기 때문입니다.

내 마음에 불평이 쌓일 때면 나는 늘 남을 보았습니다.
남이 나를 불만스럽게 하는 줄 알았기 때문입니다.

그러나 이제 보니,
나에게 쌓이는 불평과 불만은 남 때문이 아니라
내 속에 사랑이 없었기 때문입니다.

내 마음에 기쁨이 없을 때는 나는 늘 남을 보았습니다.
남이 내 기쁨을 빼앗아 가는 줄
알았기 때문입니다.

그러나 이제 보니,
나에게 기쁨과 평화가 없는 것은 남 때문이 아니라
내 속에 사랑이 없었기 때문입니다.

내 마음에서 희망이 사라질 때면 나는 늘 남을 보았습니다.
남이 나를 낙심시키는 줄 알았기 때문입니다.

그러나 이제 보니,
내가 낙심하고 좌절하는 것은 남 때문이 아니라
내 속에 사랑이 없었기 때문입니다.

나에게 일어나는 모든 부정적인 일들이
내 마음에 사랑이 없었기
때문이라는 것을 알게 된 오늘,
나는 내 마음 밭에 사랑이라는
이름의 씨앗 하나를 떨어뜨려 봅니다.

__좋은글

자신에게 맞지 않는 일은 하지 마라

성미에 맞지 않는 일을 하지 마라.
모든 일에는 양면성이 있다.
아무리 좋고 유리한 것이라도
칼날 쪽을 붙잡으면 고통을 겪을 수밖에 없고,
적대적인 것이라도
그 손잡이를 잡으면 방패로 삼을 수 있다.

좋은 면만 보고 기뻐했던 일들도 후에
한탄을 불러올 수 있음을 명심하라.

이렇듯 매사에는
유리한 점과 불리한 점이 함께 도사리고 있다.
그리고 그 중 유리한 점을
골라내는 것이 현명한 사람의 능력이다.

어떤 사람들은 모든 일에 만족하고
어떤 사람들은 모든 일을 걱정하는 이유가 여기에 있다.

__발타자르 그라시안

침묵하라

침묵. 침묵 속에 가만히 숨어 있으라.
그리고 당신의 마음속 깊은 곳을 파고들라.
당신의 가슴속 아련한 공상이
밤하늘의 샛별처럼 그 모습을 드러낼 것이다.

그것을 그리워하라. 그리고 침묵하라.
영혼은 무엇이라 속삭이는가?

당신 자신의 영혼을
어떻게 다른 사람들이 이해할 수 있겠는가?
당신이 무엇 때문에 살고 있는지를
남들이 어떻게 이해할 수 있겠는가?

말로 나타난 사상은 허위다.
열쇠로 열어도 흐트러짐이 없이
침묵 속에서 사랑을 길어 올려라.
오직 자기 자신에 의해서만 산다는 것을 알라.

모든 세계는 당신의 영혼 속에 있다.
신비한 마력과 같은 지혜를 바깥 세계의 소음이 누르고 있다.
속세의 생활은 빛을 어둡게 한다.
그 노래에 주의하라. 그리고 침묵하라.

_톨스토이

상대방을 배려하는 대화 ❖

가끔 사소한 말 한마디 때문에
상대방을 아프게 하고
자신의 입장마저 난처해지는 경우가 있습니다.

그리고 다른 사람을 통해
당사자에게 그 말이 전해졌을 때
문제는 더욱 심각해지고는 합니다.

사람이 동물과 가장 다른 점은
언어를 가지고 자신의 마음을
표현할 수 있다는 것 일 겁니다.

사랑하는 사람에게
사랑한다는 고백을 할 수 있고
자신이 원하고 느끼는 바를
동물적인 몸짓이 아닌
언어로 표현할 수 있다는 것일 겁니다.

참으로 축복이고 다행한 일입니다.
하지만 신이 주신 그런 좋은 선물 때문에
상대의 마음을 아프게 한다면,

서로의 가슴속에
오해와 불신이 쌓여 간다면

그건 잘못된 일이 아닐까요.

사람과 사람 간에 나누는 대화는
참으로 유쾌하고 즐거운 일입니다.

하지만 누군가를 함부로 비방하거나
자신의 의견만이 옳다고 몰아세우는 대화는
오히려 자신의 살을 깎아 먹는 나쁜 일입니다.

아무리 사소한 일이라도
이미 뱉어진 말은
다시 주워 담을 수 없기 때문입니다.

자신의 감정을 드러내기에 앞서
상대방을 배려할 줄 아는 넉넉함으로
대화를 하는 우리들이 되었으면 합니다.

_좋은글

13

죽음은 완전히 소멸하는 것이 아니라
다른 존재 속으로 들어가 다시 살게 되는 것이다.
감정을 가진 지금의 내 육체는 자아이지만,
죽어서 영혼이 다른 육체를 찾아갈 때에는
내면의 모든 세계가 달라진다.

_세네카

자신의 본질과 영혼을 지켜내라

운명이 당신을 아무 곳에나 던져버린다 해도
당신 자신의 본질과 영혼은 언제나 당신과 함께 있을 것이다.

또한 자신의 존재 이유에 대해
확고한 신념을 갖는다면 당신은 자유와 힘을 얻게 될 것이다.

눈에 보이는 행복이나 호화로운 생활이라도
그로 말미암아 타인과의 소통에 방해받고
자신의 정신적 존엄마저 파괴당한다면
과연 무슨 가치가 있겠는가.

그렇게 지대한 희생을 지불하고
당신이 얻는 것이 대체 무엇인가?

_아우렐리우스

우둔한 사람의 마음은 입 밖에 있지만
지혜로운 사람의 입은 그의 마음속에 있다.
_벤자민 프랭클린

천국에는 기쁨이, 지옥에는 고통이

천국에는 기쁨이, 지옥에는 고통이 있다면
그 중간에 있는 이 세상에는 두 가지 모두가 공존한다.

운명은 매 시기마다 달라지고
평생 행복하기만 한 사람도, 평생 불행하기만 한 사람도 없다.

이 세상은 무(無)로 이루어져 있기 때문에
그 자체로는 아무런 가치도 없다.
오직 천국과 더불어 생각할 때만 의미를 지닌다.

운명이 바뀌어도 평온함을 유지하는 사람은 참으로 지혜로운 사람이다.
변화의 흐름 속에서 연극처럼 뒤얽히다가도 마지막에 다시 새로운 세계가 펼쳐지는 것이 인생임을 그들은 알고 있다.

_발타자르 그라시안

> 남을 사랑하기에 인색하다면 남도 나에게 인색할 것이다.
> 남을 소중히 여기면 남도 나를 소중히 받들어 줄 것이다.
> _동양격언

……보려거든

꽃을 보려거든
먼저 흙과 뿌리를 살피세요.

내 얼굴을 보려거든
먼저 거울을 닦아 주세요.

내 마음을 보려거든
먼저 마음을 놓으세요.

그 사람을 보려거든
먼저 내 자신을 살피세요.

현실을 긍정하고,
사람을 긍정하고,
작은 것부터 천천히 살피세요.

빗방울이 모여 실개천을 이루고
강물이 흘러 바다를 이룹니다.

__지산 이민홍

성숙함은 완성된 인간을 만들어낸다

성숙함은 그 사람의 외모도 빛나게 하지만
인격을 더욱 빛나게 한다.

또한 어떤 다른 능력보다
인간에게 위엄을 부여하고 존경심을 불러일으킨다.

한 인간의 평온함은 그의 영혼이
어떤 얼굴을 하고 있는지를 보여주는데,
이는 무감각한 바보가 아닌
정숙하고 위엄 있는 사람에게서만 드러난다.

성숙함은 이처럼 완성된 인간을 만들어내며,
그렇게 한 사람의 어른으로 성장하면서
인간은 비로소 진지함과 위엄을 갖추기 시작한다.

_발타자르 그라시안

곰은 쓸개 때문에 죽고 사람은 혀 때문에 죽는다.
_동양격언

육체의 죽음과 영원한 생명

육체의 죽음과 동시에 우리의 삶도 끝나고 마는 것인가.
우리 모두는 이 문제에 관해 깊이 생각해볼 필요가 있다.
그러나 대부분의 사람들이
이런 중대한 문제를 소홀히 여기며 살아간다.

인생의 참된 진리는
영원한 생명에 대한 믿음을 전제로 한다.
그러므로 우리는 인간의 삶에 있어서
불멸하는 그 무엇인가가
반드시 존재한다는 사실을 분명히 깨달아야 한다.

_파스칼

인생의 본질을 육체적 생활에 두지 말라.
육체란 영혼을 담고 있는 그릇에 불과하다.
삶을 지탱시키는 본질적인 힘은 영혼에 있다.
우리는 바로
그 영혼의 힘에 의해서 살아가고 있는 것이다.
_아우렐리우스

소중한 사람

잎새가 바람에 날리는 것을 봐도
애처로워 하는 마음이라면
당신은 소중한 사람입니다.

담벼락에서 혼자 우는 아이를 보고
와락 껴안고 싶은 마음이 든다면
당신은 소중한 사람입니다.

힘겨워 지쳐 쓰러져 있을 때
다가와서 동행을 해준다면
당신은 소중한 사람입니다.

누구를 만나든 밝고 환한 목소리로
응대할 준비가 되어 있다면
당신은 소중한 사람입니다.

나쁜 길을 가는 친구를
실신을 시켜서라도 막아선다면
당신은 소중한 사람입니다.

아무 잘못도 없이 누명을 쓴 이를
아무도 돌아보지 않을 때 다가간다면
당신은 소중한 사람입니다.

모두가 피하는 힘든 일을
오히려 당연히 해야 할 일로 여기는
당신은 소중한 사람입니다.

태어날 때부터 타인에게 힘이 되어
주기위해 태어났다고 생각하는
당신은 소중한 사람입니다.

선한 일을 한 사람에게
박수를 쳐주고 힘을 주고 동참해주는
당신은 소중한 사람입니다.

모두가 안 된다고 할 때
"해봅시다."라고 말을 하는
당신은 소중한 사람입니다.

__좋은글

사람의 마음이 어질고 너그러움에 눈뜰 때
그의 눈앞에는 새롭고 신비롭고
초자연적인 아름다움이 펼쳐진다.
그때 사람은 자기 속에 자신보다 더욱 높고
무한한 존재가 있음을 깨닫게 된다.
또한 지금의 모습이 아무리 보잘것없어도
자신이 선을 위해 태어난 존재임을 깨닫는다.
__발타자르 그라시안

영혼에는 고통도 죽음도 없다

육체적인 삶에는 고통과 죽음이 함께한다.
어떤 노력으로도
이 육체의 고통과 죽음에서 벗어날 수는 없다.

그러나 영혼에는 고통도 죽음도 없다.
그러므로 영혼의 자아 속에 자신의 사상을 옮겨놓고,
스스로의 의지를 신의 의지와 결합시켜라.

이런 과정을 통해 우리는
고통과 죽음에서 스스로를 구해낼 수 있을 것이다.

_톨스토이

13

사람은 주먹을 쥐고 이 세상에 태어난다.
마치 '이 세상은 내 것이다' 라고 말하는 것처럼.
그리고 세상을 떠날 때는 손바닥을 보이며 죽는다.
마치 '나는 아무것도 가지지 않고
빈손으로 떠난다' 라고 말하는 것처럼.
_탈무드

우리는 지금

우리는 우리 스스로를
가둬 놓고 살고 있습니다.

사랑의 눈으로 마음의 문을 열면 세상은 더욱 넓어 보입니다.
세상은 아름답게 보입니다.

내가 마음의 문을 닫아 버리면 세상은 나를 가두고 세상을 닫아버립니다.

무엇보다 소중한 건 우리가 존재하고 있다는 사실이며,
우리의 몸속에 영혼이 숨 쉬고 있다는 것입니다.

우리는 지금 무슨 일을 하고 있나요?
우리는 지금 누구를 만나고 있나요?

표면적인 조건으로 사람을 만나고 사람을 평가하는 것이 아니라
내면으로 만나고 마음으로 사귀고
보이지 않는 부분을 사랑했으면 좋겠습니다.

내가 더 마음의 상처를 입었어도 먼저 용서하고 마음을 열고 다가가는
아름다운 화해의 정신으로 이 세상을 여는 작은 창이 되었으면 좋겠습니다.

__좋은글

죽음의 순간은 개인주의로부터 벗어나는 순간이다

죽음의 순간이야말로
우리가 비로소 개인주의로부터 벗어나는 순간이다.

개인주의는 인간의 본질이 아니라
인간의 본질을 불구로 만드는 것이다.
그래서 인간의 본질적 상태로 완전하게
부활하는 죽음의 순간에 이르러서야
참다운 자유가 찾아오는 것이다.

죽은 사람의 표정이
평화스럽게 보이는 까닭이 바로 여기에 있다.
선량하게 살다 간 사람의 죽음은 편안하고 평화롭지만,
자신의 삶에 그 어떤 의지도 거부했던 사람은
고요한 죽음의 특권을 누리지 못한다.

자살하는 사람들은
다만 현실에서 사라지는 것만을 원할 뿐이지
자아가 먼 미래에까지 존속하기를 원하지 않기 때문이다.

__쇼펜하우어

미움을 지우개로 지우며

상대방의 욕심이 당신을 화나게 할 땐
너그러운 웃음으로 되갚아 주세요.

상대방의 거친 말투가 당신을 화나게 할 땐
부드러운 말씨로 되갚아 주세요.

상대방의 오만 불손함이 당신을 화나게 할 땐
예의 바른 공손함으로 되갚아 주세요.

당신을 화나게 한 상대방은 하나 더 미움을 얻고 가련함이 더 해지고
당신은 하나 더 미움을 지우고 사랑이 더해집니다.

미움은 단지 순간의 실수일 뿐 지니고 있어야 할 의미는 없습니다.
용서함으로써 우리들은 성숙 해져 갑니다.

미움은 늘 어딘가에 서성이고 있습니다.
미움에 지배 받지 않기 위해서 우리는 용서가 만든 지우개가 필요 합니다.

용서함으로써 지우개를 만드신 당신,
당신 가슴 속에 채워진 것들 중 만약 미움을 지운다면
그 만큼 당신은 무엇을 채우시렵니까?

__좋은글

영혼을 새롭게 하라

자연의 힘으로,
혹은 노력으로 영혼을 늘 새롭게 하라.
사람의 심성은 7년마다 변한다고 한다.
그러니 자신의 취향을 개선하고
더 고상하게 가꾸어나가도록 노력해야 한다.

처음 태어나 7년 정도가 지나면 사람에게는 분별력이 생긴다.
그러고 나서 다시 7년이 지날 때마다 새로운 완전성이 더해진다.

이 자연적인 변화를 주시하고
그것을 계기로 삼아 언제나 새로움을 도모하는 데 힘써라.

20세에 이르면 사람은 공작이 되고
30세에는 사자, 40세에는 낙타, 그리고 50세에는 뱀이 된다.

그러다가 60세에는 개가, 70세에는 원숭이가 되지만
80세가 되면 아무것도 아닌 존재가 되어버린다.

__발타자르 그라시안

미워하지 말고 잊어버려라

흐르는 물에 떠내려가는 사람의 마음은 조급합니다.
그러나 언덕에 서서 흐르는 물을 바라보는
사람의 마음은 여유롭고 평화롭습니다.

내게 미움이 다가 왔을 때 미움 안으로 몸을 담그지 마십시오.
내게 걱정이 다가왔을 때 긴 한숨에 스스로를 무너뜨리지 마십시오.

미움과 걱정은 실체가 있는 것이 아닙니다.
그냥 지나가 버리는 것일 뿐입니다.

다만 그것이 지나가기를 기다리는 인내의 마음이 필요할 뿐입니다.
가만히 눈을 감고 마음속에 빛을 떠올려 보십시오.

미움과 걱정의 어둠이 서서히 걷히는 것을 느낄 수가 있을 것입니다.
언덕에 서기 위해서는 지혜가 필요합니다.

미움은 미움으로 갚을 수 없고 걱정은 걱정으로 지울 수 없다는 것을 알 때
우리는 언덕에 서서 미움과 걱정을 향해 손 흔들 수 있을 것입니다

__좋은글

신은 존재한다

신은 존재한다.
그러나 우리는 그것을 증명할 수 없으며,
또 증명하려 해서도 안 된다.
신의 존재를 증명하기 위한 모든 방법은
신을 모독하는 것과 다름없다.

신은 우리의 마음속에, 인류의 의식속에,
그리고 우리의 주변 어디에나 고루 존재한다.

우리는 어디에나 존재하는 그 신을 향해 비애와 희열의
한가운데에서도 가장 엄숙한 마음으로 기도한다.

그러므로 별들이 반짝이는 밤하늘 아래에서,
외로운 나그네의 무덤가에서, 혹은
어떤 순교자의 처형을 지켜봐야 하는 그 순간에도
끝까지 신을 부정할 수 있는 사람은
진정 불행한 사람 아니면 죄 많은 사람이다.

_마치니

성인의 감정은 타인의 감정이다

성인은 자기 자신의 감정을 앞세우기보다
타인의 감정을 자기 감정의 지표로 삼는다.

그는 선행에 선으로, 악행에도 선으로 대한다.
믿음이 있는 자에게는 믿음으로,
믿음이 없는 자에게도 믿음으로 대한다.

성인은 이 세상에서 사람들과 더불어
살아가야 하므로 타인들과의 관계에도 마음을 쓴다.
그는 모든 사람들에게 도움이 되는 것을 늘 생각한다.
그런 이유로 사람들의 눈과 마음이 그에게 집중되는 것이다.

__노자

내 것이라고 집착하는 마음이
갖가지 괴로움을 일으키는 근본이 된다.
온갖 것에 대하여 취하려는 생각을 하지 않으면
훗날 마음이 편안하여 마침내 버릴 근심이 없어진다.
__화엄경

용서는 사랑의 완성입니다

용서 한다는 것은
무척 어려운 일입니다.

그러나 세상에서 가장 훌륭한 사랑은
용서하는 것이라 합니다.

나를 해롭게 하는 사람을 용서하는 것만큼
참된 사랑은 없다고 합니다.

그리고 용서는 사랑의 완성이라고 생각합니다.

사람들은 상대방으로부터 상처를 받았을 때
어떻게 보복할 것인가를 생각합니다.

하지만 보복은 보복을 낳는 법입니다.
확실히 상대방을 보복하는 방법은
그를 용서하는 겁니다.

한 사람을 완전히 이해한다는 것은
쉬운 일이 아닙니다.

그 사람을 완전히 이해하기 위해서는
그의 처지가 되어 살아 보아야 하고

그 사람의 마음 속 아니 꿈속에까지
들어 가봐야 할겁니다.

우리는 늘 누군가에게 상처를 주고
누군가로부터 상처를 받으며 살아갑니다.

설령 상처를 받았다 할지라도
상대방의 실수를 용서해주세요.

나도 남에게 상처를 줄 수 있으니까요.

__좋은글

운명을 겁내는 자는 운명에 먹히고
운명에 부딪히는 사람은 운명이 길을 비킨다.
대담하게 자신의 운명에 부딪혀라.
그러면 물새 등 위에 물이 흘러버리듯
인생의 물결은 가볍게 뒤로 사라진다.
__오토 폰 비스마르크

모든 화는 입에서 나온다.
오로지 입을 지키라.
모든 사람의 불행한 운명은 그 입에서 비롯된다.
입은 몸을 치는 도끼요,
몸을 자르는 칼날이다.
__석가모니

천당과 지옥의 차이

천국과 지옥에서는 식사시간이 되면
똑같이 먹음직스러운 음식들이 가득 나온다고 한다.

식탁에는 온갖 먹음직스러운 음식들이 가득한 데
한 가지 규칙은 그 음식들을
꼭 젓가락을 이용해서 먹어야 한다는 것이다.

문제는 자기 자신의 입에
음식물을 넣기엔 젓가락이 너무 길었다.

똑같은 조건에서 식사를 하는
천국과 지옥의 사람들 차이는 여기에 있었다.

천국에 있는 사람들은 긴 젓가락을 이용해
서로에게 먼저 음식을 먹여주었기에 배불리 식사를 했지만
지옥의 사람들은 서로 자신의 배를 채우기 위해
젓가락으로 음식을 집어 자신의 입으로 가져가려
안간힘을 쓴다고 한다.

물론 젓가락이 너무 길어 음식을 먹을 수 없었고
지옥의 사람들은 굶주려 서서히 말라갔다.
서로에게 먹여주려고 해도 모두 '나부터'를 외쳤기 때문이다.

__지식in

당신의 침묵, 얼마나 오묘한가

숲은 만을 이루어 굽이쳐 흐른다.
산자락을 구르는 시냇물의 힘찬 박동
그 울림 속에 당신 현존을 느끼느니
태초의 말씀을
당신이 창조하신 세상만물은
제각기 소리 높여 떠드는데
당신의 침묵, 얼마나 오묘한가.

숲은 짙푸른 물빛으로 깊어 가고
시냇물은 노래하며 비탈길을 구르는데
은빛으로 부서지는 물줄기엔
온갖 세상 함께 실려 흐르는구나.

경쾌한 율동으로 내닫는 시냇물은
조류에 몸을 맡겨 덧없이 굽이치는데
정녕 어디로 가는 것인가.

시냇물은 무엇을 말하며
어느 길, 어느 지점에서 나와 마주치려는가
언젠가는 나도 사라져갈 처지이거니
어디쯤에서 우리는 만나려는지,
참으로 우리는 서로 닮은 존재.

(아, 이곳에서 나를 멈추게 해다오. 문턱에서 나를 멈추게 해다오. 이것은 가장 단조로운 경이, 그대도 나에겐 벅차기 그지없구나!)

시냇물은 마냥 흐르고
숲 또한 무심히 이랑져 굽이치는데
오직 사람만이 경탄할 줄 아는 존재,
생의 마지막 문턱까지 줄지어 이어지는 경이로움.
(언젠가 이 경이로움에 "아담"이란 이름이 붙여졌느니)

놀라움을 모르는 피조물들 속에서
사람은 경이감 탓에 홀로 외롭구나.
만물은 존재했다 언젠가 사라지듯
사람도 홀연히 사라질 존재이련만
유독 사람에겐 경탄의 물결 밀려오고
넘치는 감동으로 삶을 이어나간다.

우리를 몰고 온 파도에 출렁이며
주위 만물을 향해 큰 소리로 외치고 싶구나.

"제발 멈춰다오, 내 안에 그대의 안식처 있으니."
"바로 내 안에서 태초의 말씀과 만나게 되리니."
"멈춰다오. 사라져 간다는 건 의미 있는 일이니."
"참으로 의미 있으니, 의미 있으니, 그래, 의미가 있으니!"

__교황 요한 바오르 2세

13

어린 아이들은 이 순간에 산다

두세 살쯤 된 어린아이들을 주의 깊게 지켜보라.
그 아이들이 어떻게 행동하는지를 보라. 아이들은 늘 재미있게 놀고 있다.
항상 깔깔거리며 웃는다. 상상력은 대단하며, 탐험과 모험을 즐긴다.

뭔가가 잘못되면 즉각 반응하고 자신들을 방어하지만 그 뒤에는 다 잊어버리고 다시 이 순간에, 놀이에, 탐험하고 재미있게 노는 데 주의를 돌린다.

어린아이들은 지금 이 순간을 산다.
어린아이들은 과거를 부끄러워하지 않는다.
어린아이들은 미래에 대해 걱정하지 않는다.
어린아이들은 느끼는 바를 그때그때 표현하며
사랑하기를 두려워하지 않는다.

우리 삶에서 가장 행복한 순간들은 어린아이처럼 놀고 있을 때이며,
노래하고 춤출 때이며, 즐거움을 위해 탐험하고 창조하고 있을 때이다.
우리가 어린아이처럼 행동할 때 아름다운 까닭은 이것이 바로 사람의 정상적인 마음이며, 사람의 정상적인 성향이기 때문이다.

어린아이일 때, 우리는 천진하며 자연스럽게 사랑을 표현한다.
그런데 우리에게 무슨 일이 일어났는가?
이 온 세상에 무슨 일이 일어났는가?

_돈 미겔 루이스

용서해서 안 되는 것

용서해서 안 되는 것은 나 자신이다.
나를 용서한다는 것은 편의적인 나와의 타협이니까.
누구를 미워서 용서하지 못하겠다는 것은
그로 말미암아 좌지우지 당하는
자기를 용서하지 못하는 것이다.
그런데 자기 자신을 용서하지 말아야 되는 일이 있다.

1. 인생의 낭비
쓸데없이 시간과 에너지를 낭비한다든지, 자기 힘으로 되지 않는 것에 매어서 인생을 낭비한 것은 용서하면 안 되는 일이다.

2. 재미없게 사는 것
우리는 제사를 지낼 때 학생부군신위라고 쓰는 것은 공부를 마치지 못하고 죽기 때문이다.
그런데 학생이 학교 가는 것을 싫어하고, 입버릇처럼 죽어야지, 사는 맛이 없느니 하면서 의욕이 없고 우울해하면 안 된다.

3. 자신을 사랑하지 않는 것
누구보다도 소중한 것이 자기 자신인데 사랑하지 않고 팽개쳐 두는 것, 역시 용서하면 안 되는 일이다.

__지산 이민홍

온전한 존재

사람들은 모두 삶이 다르고
모두 다양한 방식으로 세상을 봅니다.
좋아하고 싫어하는 것이 다르고 그렇게 된 배경도 다릅니다.

만약 그대가 차이점에만 집중한다면
늘 다른 사람과 비교하면서 불편함을 느낄 것입니다.
결코 이 악순환에서 벗어날 수 없게 될 것입니다.

그러나 서로의 차이점을 없애려고
굳이 노력하지 않는다면
사막같은 비교의 순간은 사라지게 됩니다.
그대가 가지고 있는 것은 다른 이들도 가지고 있습니다.

우리 모두는 온전한 존재입니다.
참된 자의 눈으로 다른 이들을 바라보고,
만약 자신을 완벽한 존재라고 느낀다면
다른 이들도 그렇다는 것을 기억하세요.

_디팩초프라

감사하는 마음

감사하는 마음은 종교의 근본이다.
이 마음을 통해 우리는 신이 존재함을 깨닫게 된다.
진정한 구도자는 늘 감사하는 마음으로 사는 사람으로
모든 존재에게 감사를 드린다.
심지어는 자신에게 큰 상처를 안긴 적에게 조차도
자연은 인간에게 모든 것을 주었다.
저 푸른 하늘과 아름다운 꽃들, 울창한 수풀을 주었다.
목이 마를 때는 맑은 샘물을 주고
배가 고플 때는 먹을 것을 주었다.

그러나 인간은 단 한 번이라도
진정 자연에 대해 감사한 적이 없었다.
아니, 오히려 자신의 불편만 늘어놓았다.
우리 인간이 겸허한 마음으로 돌아가서
자신을 바라볼 때 우리가 누리고 있는
이 모든 것들을 준 존재에
진정으로 감사의 기도를 드릴 수 있을 것이다.
새로운 마음의 눈이 열릴 것이다.
늘 감사한 마음으로
하루하루를 살아가는 것이야말로
신의 사랑 속에서 살아가는 길이다.

_바바하리다스

작은 베풂이 큰 기쁨으로

남의 좋은 점을 보는 것이 눈의 베풂이요.
환하게 미소 짓는 것이 얼굴의 베풂이요.

사랑스런 말소리가 입의 베풂이요.
자기를 낮추어 인사함이 몸의 베풂이요.

곱고 착한 마음 씀이 마음의 베풂이니
베풀 것이 없어서 베풀지 못함이 아니라
베풀려는 마음이 고갈되어 있는 것임을 알라.

만약 너희에게 구걸하는 사람이 찾아오면
그를 자신을 일깨우는 스승이라 생각하고
그가 나의 보살행의 바탕이라 생각하고
나의 가르침을 따라 베풀겠다는 생각을 하라.

재물을 베풀면서 아깝다는
마음이 없어야 탐욕심이 없어지고
구걸하는 사람에게 자비심을
내야만 분노심이 엷어지고
베풀면서 깨달음을 서원하였으니
어리석음이 엷어진다.

이리 좋은 말씀은 눈에 담기만 하시지 마시옵고
마음에 담아 행하시게 하옵소서.

__좋은글

감사하는 마음은 종교의 근본이다

13 용서 • 배려

감사하는 마음은 종교의 근본이다.
감사하는 마음을 통해
신이 계시다는 것을 깨닫게 된다.

그러므로 감사는 바로 기도다.
진정한 구도자는 늘 감사하는
마음으로 사는 사람이다.
그는 부모, 친구 심지어 자기에게
상처를 준 사람이나 적에게 조차
감사를 느끼기 때문이다.

당신에게 무자비하게 구는 사람,
당신을 욕하는 사람에게 감사를 드려라.
그들은 당신에게 뭔가를 가르쳐 주었다.

어느 날 당신이 깨닫게 되는 날
모든 존재가 당신을 도왔다는 것을
느낄 수 있으리라.

자연은 우리에게 모든 것을 주었다.
저 푸른 하늘과 아름다운 꽃들과 울창한 수풀을 주었다.
목이 마를 때는 맑은 샘물을 주고,
배가 고플 때는 먹을 것을 주었다.

그러나 우리는 한 번도 자연에 감사한 적이 없었다.
오히려 자신의 불평만 늘어놓았다.
그러나 우리가 자연에게 준 것이
무엇이 있는지 돌아보자.

우리가 겸허한 마음으로 돌아가서
자신을 볼 때 우리가 누리고 있는
이 모든 것들을 준 존재에게 어찌 감사를
드리지 않을 수 있겠는가.

우리에게는 새로운 마음의 눈이 열릴 것이다.
늘 감사한 마음으로 살아가는 것이야말로
신의 사랑속에서 살아가는 길이다.

_바바하리다스

욕설은 한꺼번에 세 사람에게 상처를 준다.
욕을 먹는 사람, 욕을 전하는 사람
그러나 가장 심하게 상처를 입는 사람은
욕설을 한 그 사람 자신이다.
_막심 고리키

한 아름의 나무도 티끌만 한 싹에서 생기고
9층의 높은 탑도 흙을 쌓아서 올렸고
천리 길도 발밑에서 시작된다.
_노자

한 글자만 바뀌면

사노라면 무수히 크고 작은 파도를 만납니다.
이럴 때 우리는 분노와 슬픔, 좌절, 아픔, 배신감으로
주체할 수 없도록 치를 떨게도 합니다.

"그럴 수 있나?" 끓어오르는 분노와 미움,
그리고 배신감으로 치를 떨게 됩니다.

혈압이 오르고 얼굴은 붉어지고
손발이 부르르 떨리기도 합니다.

이럴 때
"그럴 수 있지"
이 한마디, 즉 한 글자만 바꿔 생각하면
격정의 파도는 잠잠해지고
마음은 이내 안정과 평안을 찾을 것입니다.

"그럴 수 있나."와 "그럴 수 있지."의 차이는
하늘과 땅 차이만큼이나 표현하기에 따라
180도 다른 인격으로 바뀌게 됩니다.

자! 한 번 바꿔보시지요.
그럴 수 있지는 세상을 따뜻하게 합니다.

__좋은글

비움으로
아름다운 사람들

거리의 걸인들은 한 번 손에 들어온 것은
절대 남을 주지 않는다고 합니다.
그리고 주위의 모든 사람을 의심합니다.
자신이 가진 것을 빼앗으려 한다고 생각하는 것이지요.

거리의 걸인들 뿐 아니라,
많이 배우고 많이 가진 사람들 중에서도
마음이 걸인인 사람이 많은 것 같습니다.

내가 가진 것을 행여 잃어버리면,
행복까지 잃을까 두려워하고
내가 아는 지식을 남이 알면
내가 초라해지리라 생각하는 이들이
주위에 너무 많은 것 같습니다.

그러나 눈이 맑은 이들은 말합니다.
세상에서 느낄 수 있는 기쁨 중에 가장 큰 것은
함께 나누는 기쁨이라고 말입니다.

하늘로부터 받은 가슴이 너무 넓어 나누고 또 나누어
텅 빈 비움으로써 충만할 때,
그 비움은 누구도 감히 넘볼 수 없는 아름다움을 뿜어냅니다.

이러한 비움의 자리를 옛 현인들은
무의 자리, 공의 자리라고 말씀하시며
모든 창조와 사랑이 절로 생기는 곳이라고 하였습니다.

나눔과 비움의 기쁨을 아는 이들은 가슴을 쓸 줄 압니다.
가슴이 살아 움직일 때
머리에서 잡념과 고민이 끼어 들 틈이 없습니다.

우리의 육신은 조금씩 늙어갈 터이지만
우리의 영혼은 무한대로 성장할 수 있습니다.

가끔 힘이 들 때면, 우리 영혼의 고향이
검푸른 허공이었다고 생각해 보십시오.

순수한 한 생명이 사람의 몸을 빌어
지구별에 놀러 왔다가 다시 돌아가노라고.

그리고 육신을 버리고 떠날 때 가지고 갈 수 있는 것은
기쁨으로 충만한 마음뿐일 거라고 말입니다.

__좋은글

13

당신을 좋게 말하지 말라.
그러면 당신은 신뢰할 수 없는 사람이 될 것이다.
당신을 나쁘게 말하지 말라.
그러면 당신은 당신이 말한 그대로 취급 받을 것이다.
__장 자크 루소

가장 아름다운 멋

꽃은 반 정도 피었을 때 감상해야 하고,
술은 취기가 오를 정도까지만 마셔야 한다.
이때야 말로 가장 아름다운 멋을 느낄 수가 있다.

만약 꽃이 눈부시도록 활짝 피기를 기다리거나,
취할 정도로 마신다면 추악한 경지에 빠지기 쉽다.

환경이 원만하여 사업이 정상에 오른 사람은
마땅히 그 안의 도리를 생각하여야 한다.

지나치면 쇠퇴하기 쉽고,
적당하지 않으면 패하기 쉬우니,
모든 일은 조금 빈 듯해야 그 안의 미묘한 정취를 느낄 수가 있다.

그래서 꽉 차게 하지 않는 것이 처세하는 기본 태도이다.

_좋은글

사람은 약속을 기다리는 동안
자신을 기다리게 하는 사람의 결점을 계산하는 법이다.
_프랑스격언

힘들어 하는 당신을 위한 글

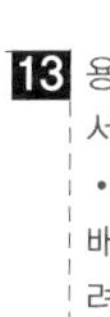

혹시 당신이 힘들어 하고 있어
세상의 좋지 않은 일들이
항상 주위에 있다고 느껴지고
왜 자신이 존재하는지
그 이유에 대해서 자신이 없다면
그러는 중이라면
당신에게 고백할 것이 있습니다.

당신은 생각하는 힘이 있고
느낄 수 있는 감정이 있습니다.
당신을 위해 기도하는
부모와 친구가 있고
외로움이 느껴질 때 되돌아보며
그릴 수 있는 과거가 있고
많지는 않더라도 아름다운 추억이 있습니다.

힘들 때 당신을 생각하며
위로 받는 친구와
읽어보며 입가에 미소를 띠게 하는
오래된 일기장도 있고 어설픈 모습이지만
귀여운 어린 시절 사진들이 있습니다.

조용한 밤 즐겨 들을 수 있는 노래가 있고

생각나면 가슴이 아프기도 하지만
작은 그리움을 남기는 누군가가 있고
가끔 마주치면 무척이나 반가워하는
오래전 친구들이 있습니다.

아침이면 당신을 바쁘게 하는 일이 있고
피곤한 하루를 보낸 당신에게는
휴식을 줄 밤이 있습니다.

무엇보다도 당신에게는
사라져가는 많은 이들이 아쉬워하는 지금이 있고
조금은 두렵지만 설레이기도한
미래가 있습니다.

그리고 당신에게는
당신의 모든 것을 아름답게
볼 수 밖에 없는 내가 있기에
당신의 모든 것이 아름답게 느껴지는
오직 당신만의 참으로 당신을 사랑하는
내가 이렇게 있습니다.

_지식in

우리가 저지르는 큰 잘못 중의 하나는
남의 잘못에 대해 선입견을 갖는 것이다.
_칼릴 지브란

행운을 부르는 사소한 습관

하나. 불행의 책임을 남에게 돌리지 말라.

자신에게 닥친 어려움이나 불행에 대해
자신의 책임을 인정하지 않는 사람들은
그들이 궁지에서 벗어나 마음 편해지기 위해
즉각 다른 사람에게 비난의 화살을 돌린다.

물론 스스로 책임을 진다는 것은
자기 잘못을 직면해야 하므로 결코 쉬운 일이 아니다.

그러나 한 번 남의 탓으로 돌리고 나면
책임을 떠넘기는 건 좀처럼 떨쳐버릴 수 없는
습관으로 굳어지게 된다.

둘. 진심만을 말하라.

상대의 환심을 사면서 진심으로 다른 사람을 칭찬하면,
상대는 늘 기분 좋게 느끼고 당신에 대해서 좋은 감정으로 갖게 된다.

어떤 사람들은 칭찬은 아부와 다름없는 것이라고
또한 상대를 마음대로 하려는 얄팍한 술책이거나
무언가를 얻어 내려는 아첨이라고 말한다.

그러나 칭찬과 아부에는 엄청난 차이가 있다.
칭찬은 진심이 뒷받침된 것이다.

따라서 칭찬을 할 때 칭찬 그 자체 외에 다른 의미가 없다면
상대를 기분 좋게 만들 것이다.

셋. 똑똑한 척하지 말라.

똑똑한 척하는 것은 두 가지 이유에서 바람직하지도
운에 좋은 영행을 끼치지도 않는다.

우선 똑똑한 척 행동하면
자신을 도와줄 수 있는 사람들로부터 고립된다.

그리고 혼자서도 충분히 잘해낼 수 있는 것처럼 보이면
사람들은 그를 도와줄 필요가 없다고 생각하게 된다.

다시 말해 지나치게 똑똑하면
이로울 게 없는 것이다.

__좋은글

두려움이란 무엇인가

두려움이란 무엇인가.
두려움은 분노의 친구이다.

당신이 비난하지 않고 분노를 받아들인다면
당신이 두려워하는 이유를 깨닫게 될 것이다.

분노란 자기를 방어하기 위한 무기에 지나지 않는다.
때때로 우리는 부끄러움을 숨기기 위해
분노를 자아내기도 한다.

만일 분노를 받아들인다면 왜 나중에 부끄러워하겠는가.
질투와 부끄러움은 분노의 한 부분인 것이다.

_바바하리다스

누구든지 성을 낼 수 있다. 그것은 쉬운 일이다.
그러나 올바른 대상에게 올바른 정도로,
올바른 시간에, 올바른 방식으로 성을 내는 것은
모든 사람들이 할 수 있는 일은 아니며 쉬운 일도 아니다.
_아리스토텔레스

넌 아니?

너는 네모라 하지.
나는 세모라 한다.

우리는 같은 것을 보는 거다.
네 눈에 그것은 네모이며,
내 눈에 이것은 세모인 거다.

본래 이것은
네모도 아니요, 세모도 아니다.
그냥 이것은 그런 거다.

너는 네모로 사는 거고
나는 세모로 사는 거다.

네모의 아름다움, 넌 아니?
세모의 멋들어짐, 넌 아니?
때로 그것은 네모이지만,
나에게로 와서 이렇게 세모가 된다.

__투리야

내 무덤 앞에서

내 무덤 앞에서 눈물짓지 말라.
난 그곳에 없다.
난 잠들지 않는다.
난 수 천 개의 바람이다.
난 눈 위에서 반짝이는 보석이다
난 잘 익은 이삭들 위에서 빛나는 햇빛이다.
난 가을에 내리는 비다.

당신이 아침의 고요 속에 눈을 떴을 때
난 원을 그리며 솟구치는 새들의 가벼운 비상이다.

난 밤에 빛나는 별들이다.

내 무덤 앞에서 울지 말라.
난 거기에 없다.
난 잠들지 않는다.

__지식in

> 다른 사람을 지나치게 신경 쓰면 결국 그 사람의 포로가 된다.
> __도덕경

슬프고 괴로울 때

슬프고 괴로운 일에 유혹 당하여
가슴 아파 하지 마라.

오랜 시간 이전 무명의 잠속에서
생각이나 행동으로 만들었던 것이
이제 다시 나타남이니
슬픈 일이 있으면 그 슬픔을 보라.
존재의 무게를 느낄 것이다.

괴로운 일 당하면 그 괴로운 일 살펴보아라.
신비로운 위대함을 발견할 것이다.
슬픔에 괴로움에 협조하거나
동화 하지 말라.

그것 또한 마음의 아름다운 파도이니라.
그것 또한 생명의 불꽃이니라.

슬픔과 괴로움에는 참 모양이 없다.
한번 되받아 지나가면
소멸되는 업고의 원칙
소박한 축복을 보내어라
콩 심어 팥 거둘 수 없지 않은가.

__지식in

악이나 고통을 선으로 바꿀 수 있다면

세상에 있는 악을 환영이라 생각하라.
모든 악은 깨달음의 길로 변형될 수 있다.

악이 당신에게 반대하는 것은 아니다.

다만 당신이 악으로부터 고통스러워한다면
그것은 당신이 악을 잘 활용하지 못했기 때문이다.

현명한 사람의 손에선 독이 약으로 변하지만
어리석은 사람의 손에선 약도 독으로 바뀌고 만다.

모든 것은 당신에게 달렸다.
모든 것은 당신이 사물에 다가서는 자세와 태도에 달린 것이다.
예수는 말했다. 원수를 사랑하라고, 악에 저항하지 말라.

이것은 내면의 부를 창조하는 연금술이다.

악에 대해 반대하거나 분노하지 말고 있는 그대로 받아 들여라.

당신이 악을 받아들인다면 그것은 순금으로 바뀌리라.
악이나 고통을 선으로 바꿀 수 있다는 것은 양극의 필요성을 본다는 말이다.

_바바하리다스

가슴에 묻어두고 사는 것들

사람들은 가슴에 남모르는 불빛 하나를
안고 살아가고 있습니다.

그 불빛이 언제 환하게 빛날지 아무도 모릅니다.
그는 그 불씨로 말미암아 언제나 밝은
얼굴로 살아가는 사람이 됩니다.

사람들은 가슴에 남모르는 어둠을 한 자락
덮고 살아가고 있습니다.

그 어둠이 언제 걷힐지 아무도 모릅니다.

그러나 그는 그어둠 때문에 괴로워하다가 결국은
그 어둠을 통해 빛을 발견하는 사람이 됩니다.

사람들은 가슴에 남모르는 눈물 한 방울씩을
날마다 흘리며 살아가고 있습니다.

그 눈물이 언제 마를지 아무도 모릅니다.

그러나 그는 그 눈물로 말미암아 날마다
조금씩 아름다워지는 사람이 됩니다.

사람들은 가슴에 꼭 용서받아야 할 일
한 가지씩 숨기고 살아가고 있습니다.

그 용서가 어떤 것인지 아무도 모릅니다.

그러나 그는 날마다 용서를 구하다가 어느새
모든 것을 용서하는 사람이 됩니다.

사람들은 가슴에 꼭 하고 싶은 말 하나씩
숨기고 살아가고 있습니다.

그 말이 어떤 말인지 아무도 모릅니다.
그러나 그는 숨기고 있는 그 말을 통해
하고 싶은 말을 아름답게 하는 사람이 됩니다.

사람들은 가슴에 남모르는 미움 하나씩
품고 살아가고 있습니다.

그 미움이 어떤 것인지 아무도 모릅니다.
그러나 그는 그 미움을 삭여내다가 결국은 모두를 사랑하는 사람이 됩니다.

사람들은 가슴에 남모르는 희망의 씨 하나씩
묻고 살아가고 있습니다.

그 희망이 언제 싹틀지 아무도 모릅니다.

그러나 그는 희망의 싹이 트기를 기다리다가
아름다운 삶의 열매를 맺는 사람이 됩니다.

__좋은글

따뜻한 마음

세상에는 가는 곳마다 마음이
따뜻한 사람들이 많아요.
눈길 하나에도,
손길 하나에도,
발길 하나에도,
사랑이 가득하게 담겨 있어요.

이 따뜻함이 어떻게 생길까요.
마음속에서 이루어져요.
행복한 마음,
욕심 없는 마음,
함께 나누고 싶은 마음이에요.

그 마음을 닮고
그 마음을 나누며 살고 싶어요.
그 마음 모두 한마음인데
그 마음속 행복에 젖어
나는 오늘도 미소 짓네.

_좋은글

무념(無念)

우리가 산다는 것은 전부 생각의 흐름입니다.
생각, 그것을 가지고 살아갑니다.
한 생각도 없을 때는 없습니다.

보통 중생의 세계에서는
무슨 생각이든지 생각을 가지고 있거든요.
내가 아무 생각도 안한다 해도
안한다는 생각을 가지고 있는 것이므로
다 쉬어버리지 못한 것이고 텅 비웠다 해도
비웠다는 생각 역시 하나의 생각이거든요.

결국은 우리의 생각을 털어버리지 못하고
생각 속에서 자꾸 흐르고 있다 이거지요.
이렇게 정처없이 자꾸 흘러가는 그 마음이 우리가 볼 수 있는
모든 인간들의 양상을 낳는 것입니다.
거기에서 우리는 웃고 울고 합니다.

생각 생각이 얼어나고 끊어지는
그것을 나고 죽는 것(生死)이라고 합니다.
정(定)에 들어서 무념(無念)이 되는데
생각이 끊어진 자리는
생각으로 도저히 들어가지지를 않습니다.

생각이 끊어지면 아무 생각이 없는 허공처럼

무정물(無情物)이 되는 것이 아니라
희로애락 흘러가는 그런 머트러운 생각이 없다는 말입니다.
머트러운 생각이 없을 때 일어나는 생각을 쉴 때,
우리가 상념(想念)으로 느끼는 그 이상의 위대한 빛이 흘러서
아주 밝고 밝아 꺼지지 않는
자기의 본바탕을 볼 수 있습니다.

__서암스님

후회스럽다는 말을 하지 말라.
슬퍼한들 무슨 소용이 있으랴.
허위는 말한다. 후회하라고.
그러나 진실은 말한다. 다만 사랑하라고.
지나간 일에 대하여 말하지 말라.
사랑의 나무 그늘 밑에서 거하라.
그리고 모든 미련을 다 떠나보내라.
__페르시아 잠언

선을 베풀고 눈에 보이는 보수를 바라지 말라.
선행에 대한 보수는
그 선행과 동시에 그대가 받고 있는 것이다.
악행을 저지르고도 눈에 보이는
보복이 없다고 해서 신기하게 여기지 말라.
그 보복도 이미 그대의 마음속에 존재하고 있는 것이다.
__톨스토이

늘 곁에 있는 것의 소중함

내일이면 장님이 될 것처럼
당신의 눈을 사용하십시오.

그와 똑같은 방법으로
다른 감각들을 적용해보시기를
내일이면 귀머거리가 될 것처럼
말소리와 새소리
오케스트라의 힘찬 선율을 들어보십시오.

내일이면 다시는 사랑하는 사람들의 얼굴을
못 만져보게 될 것처럼 만져보십시오.

내일이면 다시는
냄새와 맛을 못 느낄 것처럼
꽃향기를 마시며 손길마다 맛을 음미하십시오.

_헬렌켈러

깨닫기만 하고 실천하지 않는다면
아무 소용이 없는 깨달음이다.
_칼 힐티

인간은 정신적 존재이다 ❖

물질적인 것이
당신을 본질적으로 바꿀 수는 없습니다.
물질은 아무 영향력도 지니지 않기 때문입니다.
인간은 정신적인 존재입니다.
사람은 빈손으로 태어나 빈손으로 간다고 하지만
모든 일을 절대 신뢰하고 관용으로 받아드리면
삶과 관계되는 모든 일이 가치 있게 보입니다.

인간은 원래 비판하지도 않고
용서하며 솔직히 받아들이고
자기처럼 남을 사랑할 수 있는
파동이 당신을 보다 좋은 운명으로 인도합니다.
그렇게 되면 당신의 과거는 지금까지의 평가와는
다른 가치를 지니게 되고 미래는 즉시 변하게 됩니다.

잠을 자던 영혼이 드러나면 직관이 여러분을 시키게 됩니다.
아무런 걱정을 할 필요가 없습니다.
잘되는 일은 잘 되도록,
잘되지 않아야 하는 일은 잘 되지 않도록
신은 모두 처리해 주십니다.
오직, 최선을 다하고 기다리면 됩니다.
그리고 결과는 신에게 맡기면 됩니다.

_인드라 초한

신은 당신 곁에 있다

실제로 신은 당신 가까이에 있다.
신을 보는 것은 결코 불가능한 것이 아니다.
신은 당신의 머리 바로 위에서
영원히 빛나고 있는 태양과도 같다.

당신이 신을 발견하지 못했다면
그것은 당신 스스로 잡다한
마음의 껍질이라는 우산을
쓰고 있기 때문이다.

당신이 그 우산을 치우기만 한다면,
태양을 발견하기 위해 굳이
다른 곳을 찾아갈 필요가 있겠는가.
태양은 항상 당신을 바라보고 있다.

하지만 우산처럼 작고 사소한 것이
태양처럼 엄청난 존재를
가로 막고 있는 것이다.

_바바하리다스

선한 열매와 악한 열매

감히 예언자라고 떠들고 다니는 자들을 경계하라.
그들 가짜 예언자들은 양의 탈을 쓰고 있지만,
실은 마음속에 늑대가 웅크리고 있다.
그들이 맺은 열매를 보고
그들의 정체를 알아볼 수 있어야 한다.

과연 가시덤불에서 포도를 구할 수 있을 것인가?
모든 선한 나무에는 선한 열매가 열리게 마련이다.
선한 나무에 악한 열매가 열리는 법이 없고,
악한 나무에 선한 열매가 맺어질 까닭이 없으니,
사람마다 그 열매를 보고 나무를 판단할 일이다.

_성서

자기가 남보다 뛰어난 점이 있더라도
그것을 의식하지 않는 것이 좋다.
또한 자기가 남보다 부족하더라도
그것을 가지고 크게 걱정할 필요는 없다.
_로렌스 굴드

마음을 괴롭히는 사람

사람들은 참다운 자신과 아무런 상관없는
외면적인 일에 종사할 때 불안해하며 초조해한다.
그럴 때 그는 고통스럽게 자문한다.

'나는 무엇을 하면 좋을까?
나는 어떻게 될 것인가?
혹시 무슨 일이 생기는 것은 아닐까?'

자기 문제도 아닌 일로
항상 마음을 괴롭히는 사람은 언제나 이 모양이다.

_에머슨

한 말짜리 그릇에는 아홉 되쯤 담는 게 좋다.
가득 채운다면 자칫 그릇을 깨게 되리라.
모든 일에는 어느 정도 여백을 남겨 두는 것이 좋다.
화나는 일이 있어도 화나는 감정을 다 쏟아내지 말 것이며,
비록 정당한 말이라도 7, 8할쯤만 말하고 여운을 남겨 두어라.
_채근담

실패병을 치유하는 묘약 ❖

어떤 계획을 갖고 있으면서도
그것을 일이나 사업으로 연결하지 못하고
이리저리 계산만 하는 사람이 많습니다.

실패할 우려,
난관을 헤쳐 갈 과정이 두렵기 때문이지요.

하지만 닥쳐오지도 않은 실패를
얼마큼인지 모르는 고난을 두려워하는 것은
'실패병' 의 주요 증상입니다.

실패병을 치료하는 묘약은
일단 '무조건 해보는 것' 입니다.
아무것도 하지 않는 것도
실패하더라도 일단 하는 것이 더 현명합니다.

__지식in

> 지혜는 듣는 데서 오고
> 후회는 말하는 데서 온다.
> __영국격언

부끄러움 없는 시간

아무리 고귀하고 값비싼 옷을 걸어놓아도
옷걸이의 크기가 달라지는 것이 아닙니다.

아무리 가진 것이 풍족하고 지체가 높은 사람도
그 역시 죽음의 골짜기를 벗어날 수는 없습니다.

신은 우리에게 똑같은 그릇을 내주었습니다.
그 그릇에 무엇을 담느냐는 온전히 우리 몫입니다.

잘났거나 못났거나
각자에게 주어진 인생의 그릇은 소중한 것이며
우리는 그 안에 부끄러움 없는 시간을 담아야 합니다.

_지식in

내가 만난 모든 사람들은 어떤 면에서든 나보다 우수한 사람들이며
그 점에서 나는 누구에게서나 배운다.
_랄프 왈도 에머슨

왜 나만

산다는 것은 쉬운 일이 아닙니다.
누구나 힘겹게 살아갑니다.
그런데 괜히
'왜 나만 이런 시련을 당하는 거지' 하는
생각이 들곤 합니다.

그러나 잠시 눈을 감고
당신이 지금까지 살아온 날들을 돌아보세요.
당신은 이미 참 많은 시련을 잘 이겨내 왔습니다.
다만 기억의 한계 속에서
그것을 잠시 잊고 있을 뿐입니다.

지금보다 더 큰 시련과 싸우며
누구보다 당당하고 힘차게 살아온 당신에게는
지금의 시련을 견뎌낼 용기와 지혜가 충분합니다.

__지식in

좋은 예절이란
남의 나쁜 예절을 용서하는 것이다.
__이스라엘격언

스트레스에서 벗어나는 법

누군가 나를 비판했다는 소리를 들으면
그의 속내가 궁금해지면서 화가 나곤 합니다.
하지만 그의 비난이 일리 있다고 생각해 버리면
그의 비판은 나를 위한 조언의 소리가 됩니다.

누구나 실수를 합니다.
또 실수를 되새긴다고 해서
그 결과가 바뀌는 법도 없습니다.
지나간 일에 너무 연연할 필요가 없다는 얘기입니다.

앞일을 충실히 준비해야 하지만
오지도 않은 내일 때문에 전전긍긍할 필요도 없습니다.
그보다는 오늘을 열심히 사는 게 더 좋습니다.

_지식in

> 어리석은 사람의 특징은 다른 사람의 결점을 들어내고
> 자신의 약점은 잊어버리는 것이다.
> _키케로

상대방은 바로 당신의 거울이다

다른 사람의 단점이 보이는 것은
그것이 자신의 단점이기 때문이다.
사람들의 행위가 마음에 걸린다는 것은
바로 그러한 면이 나 자신에게도 있다는 뜻이다.
또 그러한 행위를 내 속의 또 다른 나는
결코 좋아하지 않는데 나를 꼭 닮은 행위로
비춰주듯 하는 일이 벌어졌으니 싫은 것이다.

내가 나의 싫은 면을 상대를 통해서
봄으로써 일어난 거부감 같은 것이다.
그는 바로 나의 거울 역할을 한 것이다.
남의 허물을 잘 보는 것은 곧 내 허물이
많음을 증명하는 일이다.
내 기준으로 모든 것을 저울질해서
상대방에 대해서 판단하고
싫어하는 마음을 일으키는 경우가 많다.

내 생각으로 너를 판단하여 일으키는
분별심은 실상을 보는 것이 아니라
내 식으로 내 판단으로
사람이 어떠하다고 낙인찍는 행위다.
상대방을 좋아하는 것은
내가 판단한 내 생각을 좋아하는 것과 같다.

상대방에 대해서 걸리는 것이 많다는 것은
사실 나의 문제가 그 만큼 많다는 것이다.
다시 말해 내 속에 상대방한테 보이는 문제점이 있기 때문이다.
자기의 문제점이 상대방의 행동을 통해서 투사되기 때문이다.

상대방의 행동이 마음에 거슬리면 내가 원하지 않지만 이미 내 속에
그러한 요소가 있어서 상대방의 행동이 거울처럼 의식 속에 숨어 있는
내 행동의 일면을 비추기 때문에 싫은 것이다.
바로 상대방의 허물이 바로 내 허물이기 때문이다.

__김남선

13

뜨거운 가마 속에서 구워낸 도자기는
결코 빛이 바래는 일이 없다.
이와 마찬가지로 고난의 아픔에 단련된 사람의
인격은 영원히 변하지 않는다.
안락은 악마를 만들고 고난은 사람을 만드는 법이다.
__쿠노 피셔

얻음은 그때를 만난 것이요,
잃음은 자연의 순리에 따른 것이다.
세상에 오면 편안히 그때에 머물고
떠나면 또 그런 순리에 몸을 맡긴다면
슬픔과 기쁨이 비집고 들어올 틈이 없다.
__장자

인간의 존재

인간 존재로서,
우리는 항상 어딘가에 도달하려고 애씁니다.
많은 사람들이 세상의 인정을 받고 싶어 하며
성공을 위해 고분 분투합니다.

이런 경향은 개인적 성장과 의식적 진행과정 중에 있는
사람들까지도 마찬가지며,
다들 현재의 상태에 불만족스러워합니다.

더 나은 어딘가에 도달하려고 애쓰는 것이지요.
그리고 우리가 거기에 도달하면
어떻게든 모든 것이 잘 되리라고 생각합니다.
그렇지만 의식은 어딘가에서 찾아질 수 있는 것이 아닙니다.

지금 이 순간 우리가 어디 있는지를
깨닫게 되면서부터 찾을 수 있는 것입니다.
다른 어딘가에 도달하려는 노력은
현재의 진행과정에 대해 감사하는 마음을 가질 수 없게 합니다.

그러나 진행과정 그 자체를 즐기기 시작하면 매혹적인
여행에 완전히 몰두할 수 있게 됩니다.

__샥티 거웨인

온 세상이 너의 것

네게 들려줄 한 가지 이야기가 있으니
마음의 평화를 원한다면
다른 사람의 잘 못을 찾지 말아라.

너 자신의 모자람을 보는 법을 배워라.
온 세상을 너의 것으로 여기는 법을 배워라.

그 누구나 낯선 사람들이 아니다.

그러니 아이야.
온 세상을 네 자신으로 여기거라.

__스리 사라다 데비

비록 지금 불행한 환경에 있더라도
마음이 진실하다면
아직 행복을 간직하고 있는 것이다.
왜냐하면 진실한 마음에서만
힘찬 지혜가 우러나오기 때문이다.
진실을 잃는다면 그 지위도 지식도 그대 곁을 떠난다.
__요한 하인리히 페스탈로치

나를 믿지 마라

나를 믿지 마십시오.
당신 자신을 믿지 마십시오.
아무도 믿지 마십시오.
믿지 않으면, 진실이 아닌 것은
이 세상이라는 환영에서
연기처럼 사라질 것입니다.

모든 것은 지금 여기에 있는 것입니다.
진실인 것을 정당화할 필요는 없습니다.
그것을 설명할 필요는 없습니다.
진실인 것은 누구의 뒷받침도 필요하지 않습니다.
당신의 거짓말은 당신의 뒷받침이 필요합니다.
당신은 첫 번째 거짓말을 뒷받침하기 위해 거짓말을,
그 거짓말을 뒷받침하기 위해
또 다른 거짓말을 지어낼 필요가 있습니다.

그리고 그 모든 거짓말들을 뒷받침하기 위해
더 많은 거짓말들을, 당신은 거짓말들로 이루어진 큰 집을 지어냅니다.
그런데 진실이 드러나면 모든 것은 무너져 없어집니다.
대부분의 거짓말들은 우리가 믿지만 않으면 흩어져 사라집니다.
진실인 것은 진실입니다.
믿든 믿지 않든.

_돈 미겔 루이스

남들이 정직하기를 바란다면

남들이 정직하기를 바란다면 나부터 정직해져야 합니다.
세상을 고통으로부터 해방시키고 싶다면
나부터 해방되어야 합니다.

가정과 주위 환경을 행복하게 하고 싶다면
나부터 행복해져야 합니다.

나 스스로 자신을 바꿀 수 있다면
나를 둘러싼 모든 것이 변화할 것입니다.

인생에는 그 어떤 우연도 존재하지 않습니다.
삶에서 일어난 모든 일들은 오직 내 마음이 끌어당긴 것입니다.

나를 둘러싼 환경은 내 마음속에 들어 있는
눈에 보이지 않는 원인이 가져온 정당한 결과에 다름 아닙니다.

생각을 낳는 사람도 나 자신이고
환경과 삶을 창조하는 사람도 내 자신입니다.
내가 마음속에서 길러낸 생각들이
지금도 나의 삶을 만들고 있습니다.

_제임스 알렌

문제는
만들어지는 것이다

문제는 만들어진 것이다.
상황은 거기에 있지만, 문제는 거기에 없다.
문제는 상황에 대한 그대의 해석이다.
동일한 상황이 한 사람에게는 문제가 될 수 있지만,
다른 사람에게는 문제가 되지 않을 수 있다.

따라서 문제를 만들어내느냐 아니냐의 여부는 그대에게 달려 있다.
문제는 존재(existence) 속에 있는 것이 아니라 인간의 심리 속에 있다.
다음에 문제가 생기면 그저 지켜보아라.
옆으로 비켜서서 문제를 주시하라.

그 문제가 진정 거기에 있는가?
아니면 그대가 그것을 만들어냈는가?
마음 깊숙한 곳을 들여다보아라.
그러면 갑자기 그대는 문제가 더 이상 증가하지 않고
줄어드는 것을 알 수 있을 것이다.

그대가 열심히 들여다보면 볼수록 문제는 점점 더 작아진다.
그러다가 갑자기 문제가 그곳에 더 이상 존재하지 않는 순간이 올 것이다.
그때는 허허하며 너털웃음을 터뜨릴 것이다

__오쇼 라즈니쉬

비난하지 말고 이해하려고 애써라

자신을 포함하여
생명자체의 표현인 모든 생명체에게
예외없이 부드럽고 온화하고 따뜻하고 너그럽게
무조건적으로 사랑하는 자세를 가져라.

모든 생명체에게 사심없이 봉사하고, 사랑하고,
존경하는 일에 집중하라.
부정적인 마음가짐과 세속적인 것들에 대한
욕망, 쾌락과 소유물에 대한 집착을 피하라.

자기 주장을 내세우거나
옳고 그름을 판별하거나
나는 옳다고 자만하기를 삼가고
정의를 가장한 덫에 빠지지 않도록 하라.

비난하지 말고 이해하려고 애써라.
스승들의 가르침의 근본적인 원리는 깊이 새기고
그밖의 모든 사람들이 하는 말은 그냥 흘려버려라.
이 원리들을 자기 자신과 타인에게 적용하라.

인간적인 모든 잘못과 한계, 연약함을 꿰뚫어 보는
신성의 사랑과 자비, 무한한 지혜, 연민을 신뢰하라.
모든 것을 용서하는 신의 사랑을 믿고 신뢰할 것이며

심판과 단죄에 대한 두려움은 에고에서 비롯된 것임을 이해하라.

신의 사랑의 빛은 태양처럼 모두를 평등하게 비춘다.
신을 질투하고, 성내고, 파괴하고, 편애하고, 앙갚음하고,
불안정하고, 상처받기 쉽고, 거래하는 등의
인간적인 과오를 저지르는 부정적인 존재로 묘사하는 것을 삼가라.

__데이비드 호킨스

이상한 일이다. 사람들은 외부,
즉 타인에게서 발견하는 악에 대해서는
화를 내고 싸우지만
자기 자신 속의 악과 싸우려고는 하지 않는다.
타인의 악은 제아무리 애를 쓰더라도 고칠 수 없지만,
자기 자신 속의 악은 노력하는 만큼
이겨나갈 수 있는 법이다.

__톨스토이

남을 용서할 줄 알아야 한다.
남을 용서하기에 인색하지 말라.
무슨 일이든 남을 용서할 마음의 여유를 가져야 한다.
남을 용서할 줄 모르는 사람의 생활은
늘 미움에 차 있고 평화를 누리기 어렵다.
그리고 남의 용서를 받지 못함을 원망하지 말라.

__동양 명언

용서는 가장 큰 마음 수행

나를 고통스럽게 만들고 상처를 준 사람에게
미움이나 나쁜 감정을 키워 나간다면
내 자신의 마음의 평화만 깨어질 뿐이다.

하지만 그를 용서한다면 내 마음은 평화를 되찾을 것이다.
우리를 힘들게 하고 상처입힌 누군가가 있기 때문에
우리는 용서를 베풀 기회를 얻는다.

용서는 가장 큰 마음의 수행이다.
용서는 단지 우리에게 상처를 준 사람들을
받아들이는 것만을 의미하지는 않는다.

그것은 그들을 향한 미움과 원망의 마음에서 스스로를 해방시키는 것이다.
그러므로 용서는 자기 자신에게 베푸는 가장 큰 선물인 것이다.

__달라이라마

너에게 해를 끼친 사람은 너보다 강하거나 약했다.
그가 너보다 약했으면 그를 용서하고
그가 너보다 강했으면 너 자신을 용서하라.
__세네카

가슴의 연못에서

가슴을 꽃피우려면
우리 자신뿐 아니라 남을 미워하지 말아야 한다.
미움은 연못을 얼어붙게 하고
연꽃 줄기를 메마르게 하는
가을의 서리나 마찬가지이다.

사랑은 모든 속박으로부터의 자유이다.
사랑은 우리의 머리로 만들어 낼 수도 없으며,
우리들의 육체로 만들 수가 없다.
사랑은 사랑 자체의 순수함 속에 존재하고
사랑 자체 때문에 빛난다.

연못에 활짝 핀 연꽃은
남의 시선을 끌려고 애쓰지 않더라도
모든 이의 눈길을 끈다.

가슴의 연못에서 사랑의 연꽃이 활짝 피어나면 모든 이들이
그 연꽃을 보고 느낄 수가 있으며, 꿀을 따러 오는 벌들처럼 찾아온다.

사랑이 그대의 가슴 속에서 자라도록 하라.
마음이 순수해질수록 더 많은 사랑이 솟아날 터이고,
그러면 어느 날 그대는 사랑과 하나가 되리라.

__바바하리다스

인간의 악행

남이 나를 욕하는 소리를 들어도 분개하지 말라.
아첨하는 말을 곧이듣고 기뻐하지도 말라.
다른 사람의 좋지 못한 소문을 듣고
이러쿵저러쿵 같이 떠들지 말라.

오직 덕 있는 사람의 말에만 귀를 기울여야 한다.
그대는 그 말을 들음으로써 행복을 느끼며,
그를 본받기 위해 기꺼이 노력하라.

진리의 근원이 널리 전파되는 것을 기뻐하고,
이 세상에 하나의 선행이 보태졌음을
알게 되면 또한 기뻐하라.

그러나 인간의 악행을 하나라도 알게 되면
그대 자신의 몸에 바늘이 꽂힌 듯이 아픔을 느껴라.

_동양 잠언

아름다운 여인은 곧 싫증을 느끼게 만들지만
선량한 여인에게는 결코 싫증이 나지 않는다.
_몽테뉴

아무것도 탓하지 마라

성현은 자기 자신에 대해서는 아주 엄격하지만
다른 사람에 대해서는 아무것도 요구하지 않는다.
스스로의 상태에 만족하기 때문이다.

또한 결코 자기 운명에 대해서는
하늘을 원망하거나 다른 사람을 비난하지 않는다.
그러므로 불행한 운명에 처해 있을지라도
그 운명을 공손한 태도로 받아들일 줄 안다.

그러나 단순한 인간들은
지상의 영예를 쫓기 때문에 위험 속에 떨어지게 된다.
화살이 과녁에 맞지 않았을 때는
화살을 쏜 자신을 탓할 일이지 아무것도 탓하지 말라.
성현은 스스로 이와 같이 행한다.

__공자

성난 말을 하지 말라.
마음에 괴로움을 안겨줄 뿐이다.
악을 보이면 재앙이 오나니 내 몸에 해로울 뿐이다.
__법구경

자신의 잘못을 깨달아라 ❖

13 용서 • 배려

남의 잘못을 들춰내기는 쉽지만
자신의 과오를 깨닫기는 아주 어렵다.

대부분의 사람들이
남의 실수에 대해서는 말하기 좋아하면서도
자신의 잘못은 기를 쓰고 감추려 한다.

사람은 누구나 남의 흉보기를 좋아한다.
그러나 다른 사람의 사소한 잘못
한 가지를 찾아내려고 혈안이 되어 있을 때,
그 자신은 형편없이 나쁜 사람으로 전락해버리는 것이다.

_붓다

13

친구 사이의 우정을 나날이 두터이 하지 않고
무관심하게 지내는 것은 예쁜 꽃에 물을 주지 않고
시들게 내버려두는 것과 같다.
우정을 타오르게 하여 서로 정을 돈독하게 함은 아름다운 일이다.
_새뮤얼 존슨

아이의 웃음을 보라

어린아이가 웃는 모습을 보라.
진실로 선량한 기쁨으로 가득 차 있지 않는가.

부패하지 않은 인간은 누구나 다 그와 같다.
그러나 어떤 사람들은 덮어놓고 이방인들을 멸시하며
그들을 고통과 공포 속으로 몰아넣는다.

민족과 민족 사이에 이러한 감정을
조장하는 인간은 참으로 가증스러운 범죄자이다.

_톨스토이

새가 머리 위를 지나는 것을 막을 수는 없다.
그러나 머리 위에 집을 짓는 것은 막을 수 있다.
나쁜 생각이란 마치 머리 위를 스치는
새와 같아서 막아낼 도리가 없다.
그러나 그 나쁜 생각이 머리 한가운데 자리를 틀고
들어앉지 못하게 막을 힘은 누구에게나 있다.
_마틴 루터 킹

사소한 가르침

사소한 가르침이라도 지키지 않으면
결국에는 중대한 가르침까지 지키지 않게 된다.
만일 우리가
"자기를 사랑하듯 이웃을 사랑하라."는 가르침을 무시 한다면
거기에 따르는 여러 가지 가르침,
즉 "복수하지 말라.", "악을 행하지 말라.",
"형제를 미워하지 말라." 등의
가르침까지 등한시하게 되며
그 결과 끝내는 종족 간에 피를 흘리게 될 것이다.

_탈무드

무슨 일을 하다가 실패했을 때
그것은 자신의 덕이 부족한 탓이라고 생각하라.
만약 일이 잘되었으면
그것은 운수가 좋았다고 생각하라.
그릇이 작은 사람일수록 성공하면 제 자랑으로 삼고
실패하면 그것을 남의 탓으로 돌린다.
_채근담

위험한 존재

참다운 진리를 터득하기 위해서는
실로 많은 곤란을 극복해야 한다.
거짓을 말하는 사람은
진리에 대하여 아무것도 아는 게 없는 사람이다.

또한 거나하게 술에 취해 이것저것 떠벌리거나
자신의 이론이 대중들에게 널리
칭송되어지기를 바라는 장사꾼 같은 작가나 학자는
참다운 진리를 왜곡시키는 위험한 존재이다.

__톨스토이

진실한 마음으로 좋은 일을 계획하고
그 일을 실행에 옮기는 것이 가장 좋은 생활이다.
당신은 오늘의 계획을 세우고 또 내일을 설계해야 한다.
그리고 성실한 마음으로
그 계획을 차근차근 실행에 옮겨야 한다.
__스탕달

의지는 등불 같은 것

등불을 든 사람은
결코 길의 끝까지 이를 수 없다.
등불이 비치는 장소는
언제나 그 사람의 앞이기 때문이다.

인생에 있어서의 의지는 그런 등불 같은 것이다.
의지의 생활에서 죽음은 존재할 수 없다.
왜냐하면 그 등불은
끊임없이 최후의 시간까지도 비추어지고
그대는 그 뒤를 따라서 언제까지나 걸어가야 하기 때문이다.

__톨스토이

우리 모두는 어리석은 인간이다.
그러므로 타인에 대하여 비난하는 것은
항상 우리 자신 속에서도 찾아볼 수 있는 결점이다.
서로 너그러이 용서하라.
이 세상에서 평화롭게 살아가는 길은 꼭 하나 밖에 없다.
그것은 용서하는 길이다.
__칼라일

좋 은 글 대 사 전

성공 · 시작

남의 일에 참견하지 마라 ❖

어떤 사람들은 매사를 헐뜯고
어떤 사람들은 매사를 복잡한 일거리로 만든다.
모든 것을 심각하게 받아들여 그로부터
싸움거리나 은밀한 일거리를 만들어내는 것이다.

그러나 마음의 평화를 유지하려면
짜증나고 불쾌한 일일수록
가볍게 생각하는 지혜가 필요하다.
그렇지 않으면 적절치 못한 때에
그 일에 휘말리고 말 것이다.

사소한 일에 지나치게 마음을 쓰는 사람들은
자신이 만들어낸 걱정에 집중하느라 정작
중요한 일을 보지 못하고
작은 일을 큰일로 부풀리는 경우가 많다.

때로는 마음에 거슬리는 일도 그저
내버려두는 것이 가장 좋은 처방일 수 있다.

_발타자르 그라시안

아쉬움을 남겨두라

완벽한 만족 다음에는
어김없이 허무가 찾아오게 마련이다.
그러므로 어떤 일을 하든
아쉬움을 남겨두는 것이 현명하다.

모든 것을 가지면 이내 실망이 찾아오고
불만은 전보다 더 크게 부풀 것이다.
인간에게는 이성적으로 다 채워지지 않은
무언가가 남아 있어야 하며,
그것은 호기심을 일으키고 희망을 되살린다.

칭찬을 할 때도
완전한 만족을 주지 않는 편이 현명하다.
모든 두려움은
더 이상 원하는 바가 없다는 데에서
시작되기 때문이다.

__발타자르 그라시안

쉬운 일은 신중하게,
어려운 일은 대담하게 하라

쉬운 일을 어려운 일처럼 하면
자신감이 우리를 나태하지 않게 할 것이며,
어려운 일을 쉬운 일처럼 대하면
소심한 마음으로 용기를 잃지 않게 될 것이다.

어떤 일을 끝내지 못하고 방치하지 않도록 하려면
그 일을 이미 해버린 것처럼 바라볼 필요가 있다.
반대의 경우도 마찬가지다.

노력하고 애쓰면 불가능한 일도 가능해진다.
시도해보기도 전에 지레 겁에 질리지 않도록,
책임지는 것을 두려워하지 않는 태도도 필요하다.

__발타자르 그라시안

주의 깊게 듣고,
총명하게 질문하고, 조용하게 대답하며,
말할 필요가 없을 때는 입을 열지 않는 사람은
인생의 가장 필요한 의의를 깨달은 사람이다.
__라파엘로

성공하려면 말투부터 바꿔라

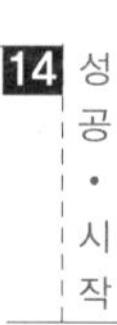

모든 사람에게 공짜로 주어지는 것이 두 가지가 있는데, 그것은 바로 시간과 말이다.
시간을 어떻게 활용하는가에 따라 그 사람의 인생이 달라지듯이, 말을 어떻게 하느냐에 따라 천 냥 빚을 갚을 수도 있고, 남에게 미움을 받을 수도 있다.

자신이 자주 쓰는 말을 객관적으로 분석해보라.
그러면 자신의 미래를 예측해볼 수 있을 것이다.
성공하는 사람은 말투부터 다르다.
성공하는 사람은 어떻게 말할까?
그럼 이런 질문으로 시작해보겠다.
이 질문은 당신이 하루에도 수십 번 듣는 말이다.

"요즘 어떠십니까?"

보통 이런 질문을 받으면 긍정형, 평범형, 부정형, 세 가지 형태로 답을 한다.

부정형
이들은 질문을 받으면 입버릇처럼 이렇게 말한다.
"별로예요.", "피곤해요.", "죽을 지경입니다.", "묻지 마세요.", "죽겠습니다."

평범형
이들은 이렇게 이야기한다.
"그저 그렇지요.", "대충 돌아갑니다.", "먹고는 살지요.", "늘 똑같죠.", "거기서 거깁니다."

긍정형
이들이 하는 말에는 열정과 힘이 가득 실려 있다.
"죽여줍니다.", "좋습니다.", "대단합니다.", "환상적입니다.", "끝내줍니다.", "아주 잘 돌아갑니다."

이 세 가지 유형 중 당신은 어떤 유형이 맘에 드는가?
아마 긍정형의 말투일 것이다.

성공인 그룹과 실패인 그룹은 말하는 습관부터 다르다고 한다.
성공인은 남의 말을 잘 들어주지만 실패인은 자기 이야기만 한다.
성공인은 '너도 살고, 나도 살자' 고 하지만 실패인은 '너 죽고 나 죽자' 고 한다.
성공인은 '해보겠다' 고 하지만 실패인은 '무조건 안 된다' 고 한다.
성공인은 '난 꼭 할 거야' 라고 말하지만 실패인은 '난 하고 싶었어' 라고 말한다.
성공인은 '지금 당장' 이라고 하지만 실패인은 '나중에' 라고 한다.
성공인은 '왜, 무엇' 을 묻지만 실패인은 '어떻게, 언제' 를 묻는다.
성공인은 '지금까지 이만큼 했다' 고 하지만 실패인은 '아직 이것밖에 못했다' 고 한다.
성공인 그룹의 말투를 자세히 분석해보면 다음과 같다.
첫째, 성취를 다짐한다.
둘째, 작은 성공을 서로 축하해준다.
셋째, 실패를 나무라기보다는 성취를 인정한다.
넷째, 화를 내기보다는 유머를 즐긴다.
다섯째, 남을 탓하기 전에 자신을 탓한다.
여섯째, 상대방의 장점에 초점을 맞춘다.
일곱째, 부정문보다는 긍정문으로 말한다.
여덟째, 상대방을 신나게 호칭한다.

아홉째, 노래방에 가서도 긍정적인 노래를 부른다.

서울에 있는 한 김밥집에 있었던 일이다.
이 김밥집 주변엔 기업체 건물들이 많아 매장에서의 판매보다는 배달로 매출을 더 올리고 있었다. 그래서 배달하는 아르바이트 학생이 많이 있었다.
그런데 그 김밥집 주인은 아르바이트 학생이 배달을 나갈 때나 갔다 왔을 때 꼭 이렇게 말하는 것이었다.

"쉬었다 하시게나.", "천천히 다녀오시게.", "물 좀 먹고 하시게.", "조심해서 다녀오시게."

그 주인의 말투엔 정말 기름기가 잘잘 흐를 정도로 정이 넘쳐 있었다.
그 주인은 우리나라에서 김밥 하면 둘째가라면 서러워할 '김밥의 대가' 였다. 즉, 한 분야에서 최고를 달리는 사람들은 말하는 데도 이렇게 신명이 나고, 상대를 배려주는 자세를 가지고 있다는 것이다.

이처럼 당신도 성공하려면 무엇보다 지금 쓰는 말투부터 바꿔야 한다.

옛 속담에 '말이 씨가 된다' 는 말이 있다.
평상시 하는 말이 바로 성공을 암시하는 중요한 씨앗이 된다.
두 명의 농부가 1000평에 달하는 밭을 똑같이 갈고 있었다.

그런데 한 농부는 "아직도 900평이나 남았는데 언제 이 밭을 다 가나?" 하고 푸념을 하고 있었다.
그런데 다른 농부는 "이제 900평밖에 남지 않았구나."라고 말했다.
누가 먼저 밭을 다 갈겠는가?

_좋은글

절반만 완성된 일을 결코 남에게 보이지 않마라

시작 단계에 있는 일은
아직 온전한 형상을 갖추지 못한 채
우리의 상상력 속에 하나의 기억으로 남는다.
무엇을 미처 완성하지도 않은 단계에서 남게 된
이런 기억은 오래도록 남아서
그 일을 끝마친 뒤에 느껴야 할 완성의 묘미를 깨뜨린다.

때문에 완성되기 전까지의
준비 기간을 담담하게 기다릴 줄 알아야 한다.

어떤 일은 완성하기 전까지는 아무것도 아니다.
현명한 사람일수록 아직 맹아 상태에 있는
자신의 작품을 쉽게 드러내지 않는다.

자연 또한 아직 내보일 단계에 있지 않은 것은
결코 빛 속에 드러내지 않는다.

__발타자르 그라시안

속상하고 화가 날 때

1. '참자!' – 그렇게 생각하라.
감정 관리는 최초의 단계에서 성패가 좌우된다.
'욱' 하고 치밀어 오르는 화는 일단 참아야 한다.

2. '원래 그런 거' 라고 생각하라.
예를 들어 고객이 속을 상하게 할 때는 고객이란 '원래 그런 거' 라고 생각하라.

3. '웃긴다' 고 생각하라.
세상은 생각할수록 희극적 요소가 많다.
괴로울 때는 심각하게 생각할수록 고뇌의 수렁에 더욱 깊이 빠져 들어간다.
웃긴다고 생각하며 문제를 단순화시켜 보라.

4. '좋다. 까짓 것' 이라고 생각하라.
어려움에 봉착했을 때는 '좋다. 까짓 것' 이라고 통 크게 생각하라.
크게 마음먹으려 들면 바다보다 더 커질 수 있는 게 사람의 마음이다.

5. '그럴 만한 사정이 있겠지' 라고 생각하라.
억지로라도 상대방의 입장이 되어 보라.
'내가 저 사람이라도 저럴 수밖에 없을 거야.'
'뭔가 그럴 만한 사정이 있어서 저럴 거야.' 라고 생각하라.

6. '내가 왜 너 때문에' 라고 생각하라.
당신의 신경을 건드린 사람은

마음의 상처를 입지 않고 있는데, 그 사람 때문에 당신이 속을 바글바글 끓인다면 억울하지 않은가.
'내가 왜 당신 때문에 속을 썩어야 하지?'
그렇게 생각하라.

7. '시간이 약' 임을 확신하라.
지금의 속상한 일도 며칠 지나면, 아니 몇 시간만 지나면 별 것 아니라는 사실을 깨달아라.
너무 속이 상할 때는 '세월이 약' 이라는 생각으로
배짱 두둑이 생각하라.

8. '새옹지마' 라고 생각하라.
세상만사는 마음먹기에 달렸다.
속상한 자극에 연연하지 말고 세상만사 새옹지마' 라고 생각하며 심적 자극에서 탈출하려는 의도적인 노력을 하라.

9. 즐거웠던 순간을 회상하라.
괴로운 일에 매달리다 보면 한없이 속을 끓이게 된다.
즐거웠던 지난 일을 회상해 보라.
기분이 전환될 수 있다.

10. 눈을 감고 심호흡을 하라.
괴로울 때는 조용히 눈을 감고 위에서 언급한 아홉 가지 방법을 활용하면서 심호흡을 해 보라.
그리고 치밀어 오르는 분노는 침을 삼키듯 '꿀꺽' 삼켜 보라.

__좋은글

상대의 취향을 파악하라

상대의 취향을 놓치지 말고 파악하라.
그렇지 않으면 즐거움 대신 곤욕을 치르게 될 것이다.
같은 것이라도 어떤 사람에게는 칭찬이 되지만
어떤 사람에게는 모욕으로 받아들여질 수 있다.

그 때문에 상대를 불쾌하게 만들어 큰 대가를 치르기도 한다.
상대의 취향을 알지 못하면 만족시키기도 그만큼 어렵다.

칭찬을 하려다가 질책을 하는 바람에 도리어
일을 망쳐버리거나, 능변으로 남을 즐겁게 해주려다
상대의 기분을 그르치는 것은
이 점을 간과했기 때문에 저지르는 실수다.

_발타자르 그라시안

내 것이라고 집착하는 마음이
갖가지 괴로움을 일으키는 근본이 된다.
온갖 것에 대하여 취하려는 생각을 내지 않으면
훗날 마음이 편안하여 마침내 버릴 근심이 없어진다.
_화엄경

좀 더 즐기고
좀 덜 노력하라

인생에서 성공하기 위해서는
좀 더 노력하고 좀 덜 즐겨야 한다고 사람들은 말한다.
그러나 원하는 일을 하거나 놀며 시간을 보내는 것이
바쁘게 일만 하는 것보다 차라리 나은 경우가 많다.

우리가 가진 것은 결국 시간뿐이다.
귀중한 시간을 기계적인 일과 형식적인
작업을 하는 데만 쓰는 것은 불행한 일이 아닐까?

성공에만 지나치게 매달리지 말라.
그러한 집착 때문에 되레 몰락할 위험이 있다.

_발타자르 그라시안

> 알맞은 정도의 소유는 인간을 자유롭게 한다.
> 도를 넘어서면 소유가 주인이 되고
> 소유하는 자가 노예가 된다.
> _F. W. 니체

살면서
우리가 해야 할 말은

살면서 우리가 해야 할 말은 "힘을 내세요."라는 말입니다.
그 말을 들을 때 정말 힘이 나거든요.
오늘 이 말을 꼭 해보도록 해보세요.
그러면 당신도 힘을 얻게 될 테니까요.

살면서 우리가 해야 할 말은 "걱정 마세요."라는 말입니다.
그 말을 들을 때 정말 걱정이 사라지거든요.
오늘은 이 말을 꼭 들려주세요.
그러면 당신도 용기를 얻게 될 테니까요.

살면서 우리가 해야 할 말은
"용기를 잃지 마세요."라는 말입니다.
그 말을 들을 때 정말 용기가 생겨나거든요.
오늘 이 말을 꼭 속삭이세요.
그러면 당신도 용기를 얻게 될 테니까요.

살면서 우리가 해야 할 말은 조건 없이
"용서합니다."라는 말입니다.
그 말을 들을 때 정말 감격하거든요.
오늘 이 말을 꼭 들려주세요.
그러면 당신도 용서를 받게 될 테니까요.

살면서 우리가 해야 할 말은 "감사합니다."라는 말입니다.

그 말을 들을 때 정말 따사롭고 푸근해지거든요.
오늘 이 말을 꼭 또렷하게 해 보세요.
그러면 당신도 감사를 받게 될 테니까요.

살면서 우리가 해야 할 말은 "아름다워요."라는 말입니다.
그 말을 들을 때 정말 따사롭고 환해지거든요.
오늘 이 말을 꼭 소곤거리세요.
그러면 당신도 아름다워지게 될 테니까요.

살면서 우리가 해야 할 말은 "사랑해요."라는 말입니다.
그 말을 들을 때 정말 사랑이 깊어지거든요.
오늘 이 말을 꼭 하셔야 해요.
그러면 당신도 사랑을 받게 될 테니까요.

__좋은글

꾸준히 참는 사람에게는
반드시 성공이라는 보수가 주어진다.
잠긴 문을 한 번 두드려
열리지 않는다고 돌아서서는 안 된다.
오랜 시간 큰소리가 나게 문을 두드려 보라.
반드시 누군가가 잠에서 깨어나 열어줄 것이다.
__헨리 워즈워스 롱펠로

당신이 힘들고 어려우면 하늘을 보세요

당신이 힘들고 어려우면 하늘을 보세요.
이제까지 당신은 몰랐어도 파란 하늘에서 뿌려주는
파란 희망들이 당신의 가슴속에 한 겹 또 한 겹 쌓여서
넉넉히 이길 힘을 만들고 있습니다.

당신이 슬프고 괴로우면 하늘을 보세요.
이제까지 당신은 몰랐어도 수많은 별들이 힘을 모아
은하수를 가지고 당신의 슬픔들을 한 장 또 한 장 씻어서
즐겁게 웃을 날을 만들고 있습니다.

당신이 외롭고 허전하면 하늘을 보세요.
이제까지 당신은 몰랐어도
둥실 흘러가는 구름들이 어깨동무하며
당신의 친구 되어 힘껏 또 힘껏
손잡고 도우며 사는 날을 만들고 있습니다.

당신이 용기가 필요하면 하늘을 보세요.
이제까지 당신은 몰랐어도
동쪽 하늘에서 떠오르는 새날의 태양이
당신의 길이 되어 환히 더 환히 비추며
소망을 이룰 날을 만들고 있습니다.

__좋은글

살아온 삶,
그 어느 하루라도

가만히 생각해 보면 살아온 삶의 단 하루도 아무리 아픈 날 이었다 해도 지우고 싶은 날은 없습니다.
그 아픔 있었기에 지금 아파하는 사람을 헤아릴 수 있기 때문이며 그 아픔 있었기에 아픔을 호소하는 사람에게 희망을 이야기할 수 있기 때문입니다.

가만히 생각해 보면 살아온 모든 날, 그 어지러웠던 날들도 단 하루 소중하지 않은 날이 없었습니다.

지금 누가 혹시 아픔과 슬픔 속에 고통을 잊으려 한다면 지우개 하나 드릴 수 있지만 고통의 날을 지우려 한다면 이렇게 말씀을 드리고 싶습니다.
이 고통의 날이 얼마나 소중한 날이었는지 아시게 될 거예요.

지나고 나면 그래서 제가 지우개를 드린 걸 원망하게 될 거예요.
지나고 나면 가만히 지난날을 생각해보면 모든 일이 소중한 것처럼 가만히 지나간 날을 생각해보면 모든 날 중 단 하루 지우고 싶은 날이 없습니다.

지금 또한 소중한 날들 중의 하나가 또 지나가고 또 시작되고 있음은 참 감사한 일입니다.

그래서 가만히 생각해 보면 참 감사한 일과 감사한 날들만 우리 생의 달력에 빼곡히 남게 됩니다.

__좋은글

당신은 기분 좋은 사람

당신을 만나면 왜 이리 기분이 좋을까요?
당신은 늘 미소를 잃지 않기 때문입니다.
언제 만나도 늘 웃는 얼굴은 부드럽고 정감을 느끼게 하여
보는 이로 하여금 언제나 기분이 좋게 합니다.

당신과 말을 하면 왜 이리 기분이 좋을까요?
당신의 말은 참으로 알아듣기가 쉽습니다.
어설픈 외래어나 어려운 말보다는
우리들이 늘상 쓰는 말 중에서
쉽고 고운 말들로 이야기하기 때문입니다.

당신을 생각하면 왜 이리 기분이 좋을까요?
당신은 언제나 남을 먼저 배려하기 때문입니다.
건널목을 건널 때도 남보다 조금 뒤에서
걸음이 느린 할머니 손을 잡고
함께 걸어오는 모습이 너무 보기 좋습니다.

당신을 아는 것이
당신은 우리에게 소중한 사람이기 때문입니다.
믿고 함께 사는 필요함을 알게 해 주고
서로 돕는 즐거움 가운데 소망을 가지게 하는
당신의 사랑이 가까이 있기 때문입니다.

__좋은글

마음을 담아 말을 건네세요

타인의 행복을 부러운 시선으로 바라본다고 해도 결코 아무 것도 얻지 못합니다. 자신을 행복하게 만드는 힘은 바로 자신의 힘을 끌어내려면 먼저 자신에게 말을 건네야 합니다.

당신의 꿈이 세계 제일의 부자가 되는 건지요?
그렇다면 자신에게 "넌 세계 제일의 부자야."라고 말하세요.
멋진 사람을 원하시나요?
그렇다면 상대에게 애정을 담아 말을 건네세요.

"안녕하세요. 좋아 보이네요."
"안녕하세요. 안색이 좀 안 좋은 것 같아요."
이렇게 상대에게 마음을 담아 인사를 건네는 사람과 그저 기계적으로 "안녕하세요." 라고
무뚝뚝하게 인사하는 사람이 있다면 당신은 어떤 사람에게 호감을 느끼겠습니까?

둘 가운데 한 사람은 좋은 상대에게 둘러싸여 멋진 사랑을 하는 동안 다른 한 사람은 그런 기회를 만들지 못한다고 해도 전혀 이상한 일은 아닙니다.

머피 박사는 이렇게 "마음을 담아 말하기."의 중요성을 강조합니다.
머피 박사는 "말은 신 그 자체다."라고 주장합니다.
말에는 실로 불가사의한 힘이 있어 사소한 말로도 커다란 기적이 일어나기도 합니다.

좋은 말을 하면 좋은 결과가 일어나고 부정적인 말을 하면 부정적인 결과가 일어납니다.
그래서 누구에게든지 좋은 말을 해야 합니다.
또 자신에게도 좋은 말을 해야 합니다.

꽃씨를 심으면 꽃이 피는 것처럼 마음에 어떤 씨를 뿌리느냐에 따라 다른 결과가 나타납니다.

땅에 꽃씨를 뿌리는 것은 마음에 소망을 심는 것과 같습니다.
빈곤을 느끼면 빈곤하게 되고, 번영을 느끼면 번영하게 되고, 기품을 느끼면 기품 있는 존재가 됩니다.

__좋은글

매일 잠자리에 들기 전 그날 한 일을
하나하나 돌이켜 반성하여라.
크게 뉘우칠 만한 잘못이 있다면
다시 거듭하지 않도록 다짐하고
잘한 일은 앞으로도 계속하도록 노력하여라.

__피타고라스

먼저 당신이 원하는 것을 결정하라.
그리고 그것을 이루기 위해
당신이 기꺼이 바꿀 수 있는 것이 무엇인지 결정하라.
그 다음에는 그 일들의 우선순위를 정하고
곧바로 그 일에 착수하라.

__H. I. 린트

14

이런 사람을 경계하라

학자처럼 행세하기 좋아하는 사람을 경계하라.
그들은 겉치레를 즐기며,
집회 석상에서 연설하기를 좋아하고
모임에서는 어김없이 상석을 차지하려고 든다.

장례식장에서 게걸스럽게 음식을 탐하고
오랜 시간 마음에도 없는
형식적인 예의를 갖추는 사람 또한 경계하라.

그런 사람들일수록
자신에 대한 비난을 못 들은 척하기 십상이다.

_톨스토이

그대가 만약 좋은 일을 하고 싶다면
가장 가까운 의무부터 실행하라.
그것이 모든 올바른 일의 첫걸음이다.
만약 그대가 한 가지 의무를 지체한다면
그것 때문에 그 다음에는
새로운 일곱 가지의 의무가 그대를 괴롭힐 것이다.
_찰스 킹즐리

마음의 중심을 지켜라

대문을 수없이 여닫더라도 문을 열고 닫는
잠금장치는 항상 가만히 머물며 움직이지 않는다.
또 미인이나 추녀가 번갈아 모습을 비추더라도
거울은 늘 움직이지 않고 상을 비춘다.

이처럼 우리의 마음도 매일
다른 사람들을 대하는 가운데 고요함을 유지해야 한다.
그로써 때때로 몰아치는 삶의
파도를 다스릴 수 있게 될 것이다.

그러지 않고 상황에 따라 마음이 이리저리 휘둘린다면
만사를 올바르게 처리하는 판단력은 힘을 잃으며,
잠자리에 들어서도 좋지 않은 꿈만 꾸게 된다.

__뤼신우

사람이 정직하게 말하는 것은 무슨 이유인가?
신이 거짓말을 금지했기 때문이 아니다.
그것은 거짓말을 하지 않는 것이
마음이 편하기 때문이다.
__F. W. 니체

일의 순서를 파악하라

어리석은 자가 마지막에 하는 일을
현명한 자는 처음에 한다.
둘 다 같은 일을 하지만 때가 다르다.
현명한 사람이 제때에 하는 것을
어리석은 사람은 엉뚱한 시기에 하는 것이다.

분별력을 잃고 이성이 뒤틀린 사람은
매번 그런 식으로 일의 순서를 그르친다.
왼쪽 일을 오른쪽 일로 만들거나
매사를 왼쪽으로 처리하는 식이다.

__발타자르 그라시안

건강은 최상의 이익,
만족은 최상의 재산,
신뢰는 최상의 인연이다.
그러나 마음의 평안보다 행복한 것은 없다.
__법구경

우리가 할 일은 그저 살아가는 것이다

14 성공 • 시작

만일 인간이 육체적인 존재에 불과하다면
죽음은 모든 것의 종말을 의미한다.
만일 인간이 정신적인 존재이며 육체는
정신의 껍데기에 불과하다면
죽음은 단지 어떤 변화에 지나지 않는다.

나는 이러한 변화를 남들처럼 공포로 인식하지는 않는다.
내 생각에 의하면, 죽음이란 좋은 것으로의 변화를 의미한다.
죽음에 대해서 이러쿵저러쿵 떠드는 것은 어리석은 일이다.
우리가 할 일은 그저 살아가는 것이며,
잘 사는 방법을 아는 사람은 죽음도 훌륭하게 맞이할 수 있다.

_시어도어 파커

14

당신이 좋은 책을 읽고 지식을 얻는 것은
남을 업신여기기 위해서가 아니다.
남을 도울 수 있고, 남을 사랑할 수 있고
남에게 무엇인가를 줄 수 있는 힘을 얻기 위한 것이다.
배운 것을 실생활에 나타내는 것이 가장 중요하다.
_에픽테토스

주제넘게 나서지 마라

주제넘게 나서면 무시를 당하기 십상이다.
그러므로 존경받고 싶으면
먼저 밀고 나가기보다는 끌어당겨라.

당신은 적절한 시기에
남이 원할 때 가야만 환영받을 수 있다.
남이 부르지 않았을 때는 가지 마라.
그러면 그들이 환송하지 않아도 떠나야 할 것이다.

자발적으로 어떤 일을 감행하는 사람은
그 일이 잘못되면 모든 비난을 떠안지만,
설령 일이 잘된다 해도
그에게 고마움을 표하는 사람은 없을 것이다.

__발타자르 그라시안

당신이 생명을 사랑한다면 시간을 낭비하지 말라!
시간이야말로 생명을 만드는 재료이다.
__B. 프랭클린

집중과 집착의 경계를 구분하라

긴장하지 않으면 무슨 일을 하더라도
제대로 처리할 수가 없다.
집중력이 저하된 상태에서는
보는 것과 듣는 것
모두를 건성으로 흘려보내게 되기 때문이다.

그러나 오직 한 가지 일에만 집착하면
만사에 대응하는 것이 부자연스러워지고
생활의 균형이 깨지게 마련이므로 이를 잘 조율해야 한다.

_뤼신우

시간처럼 정직하고,
시간처럼 큰 힘을 가진 것은 없다.
시간이 모든 것을 익어가게 하고, 모든 것을 평가한다.
또 시간의 힘에 의해서 모든 것이 명백하게 된다.
시간은 진리의 아버지이다.
아무도 시간을 속일 수는 없다.
_프랑수아 라블레

지나친 기대를 품게 하지 마라

사람들로 하여금 자신에게 지나친 기대를 품게 하는 것은 자칫 위험을 초래할 수 있다.
명성을 얻은 사람들이 쉽게 불행해지는 것은 타인의 큰 기대에 부응하지 못해서 생기는 결과다.

상상력은 소망과 결부되어 있어서 실제 모습을 더 크게 부풀리는 경향이 있다. 아무리 뛰어난 사람이라도 그런 선입견을 충족시키기는 어렵다.
허황된 기대에 부풀어 있던 사람일수록 실망을 느끼면 장점을 칭찬하기보다는 비난에 열을 올리게 마련이다.

그러므로 때로는 사람들 앞에 나설 때 적절한 수준으로 기대감을 낮추는 지혜도 필요하다. 잔뜩 기대하게 했다가 실망감을 안기는 것보다는 실제의 결과가 기대를 넘어서는 편이 낫지 않겠는가.

이 규칙은 나쁜 일에서는 정반대로 적용된다.
최악의 끔찍한 결과를 예상하고 있던 사람들일수록 실제로 벌어진 일이 그에 못 미치면 처음에 품었던 혐오와 공포조차 예사로운 것으로 받아들이기 때문이다.

__발타자르 그라시안

항상 자신을 돌아보라

함께 대화를 할 때는 다들 그럴듯한
의견을 말하는 까닭에 그 속마음을 알지 못한다.

세상 사람들의 눈에 잘 띄는 곳에서는
예의범절을 갖추고 실행하기를 힘쓰므로
누구나 그럴듯한 겉모습을 지니는 것이다.

그러나 그들이 타인의 눈에 잘 띄지 않는 곳에서
무엇을 하는지는 알 수 없다.
대부분의 사람들은 이처럼 겉과 속이 다르다.
이런 무리에 끼지 않도록 늘 자기 자신을 돌아봐야 한다.

_뤼신우

친절은
세상을 아름답게 한다.
모든 비난을 해결한다.
얽힌 것을 풀어헤치고,
곤란한 일을 수월하게 하고,
암담한 것을 즐거움으로 바꾼다.
_톨스토이

남의 단점을 들추지 마라 ❖

어떤 이들은 다른 사람의 단점을 세상에 드러내면서
자신의 단점을 덮어버리거나 희석시키려고 한다.
혹은 거기에서 위안을 찾아내려고도 한다.
하지만 이는 자신의 무지에서 비롯된 위안일 뿐이다.

세상에 단점 없는 사람은 없다.
누구나 남들이 아는, 혹은 남들이 눈치 채지 못하는
단점을 갖고 살아가는 법이다.

현명한 사람은 타인의 잘못을 들추지 않는다.
'애정 어린 충고'라는 미명 하에 걸핏하면
남의 단점을 들추고 비평하는 자는
겉모습만 그럴듯한 비인간적인 사람이다.

__발타자르 그라시안

족함은 모르는 사람은 부유하더라도 가난하고,
족함을 아는 사람은 가난하더라도 부유하다.
__석가모니

경쟁자를 만들지 말라

우리가 다른 사람들을 비난하면 그들도 우리를 비판하고 이기려들게 마련이다.
감정적으로 시작된 전쟁에서 공정한 방법으로만 싸우는 사람은 거의 없다.
당신의 경쟁자는 끊임없이 당신의 잘못을 들춰내 비방하는 데 혈안이 될 것이다.

그리고 상황이 악화되면 오래전의 과오까지 들추어내 당신을 공격하는 것도 서슴지 않을 것이다.

이렇듯 경쟁자는 자신에게 유리한 일이라면 수단과 방법을 가리지 않고 적을 깎아내린다.
이러한 불필요하고 소모적인 싸움에 휘말리지 않으려면 경쟁심보다 호의로 눈을 돌려라.
호의를 베푸는 자들은 늘 평화로운 상태에서 평판과 명망을 유지한다.

__발타자르 그라시안

14

> 책 속에 모든 과거의 영혼이 잠잔다.
> 오늘의 참다운 대학은 도서관이다.
> __T. 칼라일

겸양의 미덕

흐르는 물이 골짜기 전부를 차지하려면
물은 그 골짜기보다 낮은 곳으로 흘러가야 한다.
성인의 도리도 이와 같다.

사람을 따르게 하기 위해서는
겸양의 미덕을 갖추어야 하며
사람들을 인도하기 위해서는
그들의 앞이 아니라 뒤에 서야 한다.

그러므로 성인(聖人)은 사람들을 조금도
거북하게 하지 않으면서
그들보다 훨씬 앞서 가는 것이다.

__노자

참으로 마음에서 우러나오는 보시는
이름이나 칭찬을 바라지 않는다.
__법구경

동물도 자신을 좋아하는 사람을 좋아한다

남을 사랑하는 마음으로 대했던 옛 사람들에 비해
요즘 사람들은 남을 미워하는 마음이 강하다.
만일 당신이 누군가를 사랑하면
그도 당신에게 애정을 느끼며
당신의 말에 귀를 기울일 것이다.

그러나 반대로 누군가를 증오한다면
그 또한 당신을 증오하게 된다.
동물들이 자신을 좋아해주고 예뻐해주는
사람을 따르듯 사람 또한 마찬가지다.

_뤄신우

가난은 결코 불명예로 여길 것이 아니다.
문제는 그 가난의 원인이다.
나태, 멋대로의 고집, 어리석음.
이 세 가지 중 하나가 가난의 결과라면
그 가난은 진실로 수치로 여겨야 할 것이다.
_플루타르크

자신에 대한 맹신은 교만을 부른다

발끝으로만 오랫동안 서 있을 수 없듯이
자기 자신을 과시하는 사람은 빛날 수가 없고
자기만족에 취해버린 사람은 영광에 도달할 수가 없다.

자랑을 일삼는 자는 보상을 바랄 수 없고
교만한 자는 그 이상으로 자신을 높일 수 없다.
많은 이들에게 존경을 받기 보다는 반감만 불러일으킬 뿐이다.

그러므로 훌륭한 이성을 가진 사람은
자기 자신에게 지나친 신뢰를 갖지 않는다.

__노자

인간의 가치는
얼마나 사랑을 받았느냐가 아니라,
얼마나 주위 사람들에게
사랑을 베풀었느냐에 달려 있다.
__에픽테투스

하소연하지 마라

하소연은 늘 우리의 위신을 해친다.
울화가 치밀어도 대담한 태도를 견지하는 것이
동정과 연민 속에서 한탄을 늘어놓는 것보다 낫다.

흔히 사람들은 자기가 겪은 부당함을 하소연하다가
또 다른 부당한 일을 불러오기도 하고,
다른 사람에게 도움과 위안을 구하려다가
그들의 경멸을 사기도 한다.

이러한 악순환을 부르는 일에 익숙하다면
이제는 차라리 누군가에게서 얻은
호의에 대한 이야기로 주제를 바꾸어라.

지금 이 자리에 없는 사람들에게
감사한 마음을 표현함으로써 함께 있는
사람들에게도 언젠가 그러한
감사를 받고 싶다는 마음이 들도록 할 수 있다.
그럼으로써 어떤 이들로부터 얻은 명망을
다른 사람들로부터도 자연스럽게 얻을 수 있는 것이다.

__발타자르 그라시안

선량하고
현명한 사람들의 공통점

선량하고 현명한 사람의 가장 큰 특징은 다음과 같은 점에 있다.

그는 언제나 자신은 아는 것이 별로 없으며
자기보다 뛰어난 사람들이 많다는 것을 의식하고 있고,
그렇기에 항상 더 많이 알기 위해 노력하고
결코 남을 가르치려 들지 않는다.

남을 훈계하고 충고하기 좋아하는 사람은
결코 남을 가르치거나 충고할 자격이 없는 사람이다.

__러스킨

배움은 깨달음이다.
깨달음은 그릇된 것을 아는 것이다.
그릇된 것을 어떻게 깨달을 것인가?
평소 사용하는 말에서부터 그릇됨을 깨달아야 한다.
그릇된 것들을 하나하나 바로잡아 나가야 한다.
그릇된 것들이 제거된 마음가짐이
우리에게 무엇보다 필요한 것이다.
__정약용

약간은
장사꾼 기질을 가져라

세상을 살면서 약간의 장사꾼 기질은 필요하다.
성품이 어질고 덕이 많은 사람들 중 간혹
잘 속는 사람이 있는데,
이는 심오한 일에만 몰두하느라 일상의 평범하고
세속적인 일에 시야가 어둡기 때문이다.

남들이 모르는 것을 아는 비범한 자일지라도
남들이 다 아는 일을 모른다면
쉽게 속임수의 대상이 된다.
그러니 속지 않을 만큼만
장사치의 속마음을 체득하는 일도 필요하다.

남에게 해가 되지 않는 범위 내에서
실생활에 유익한 지식이라면 마다할 이유가 있겠는가.

__발타자르 그라시안

좋은 약은 입에 쓰나 병에 이롭고,
충직한 말은 귀에 거슬리나 행동에 이롭다.
__사마천

모든 사람에게
적응하는 법을 배워라

학자에게는 학식으로,
성자에게는 성스러운 마음가짐으로 다가가
모든 사람의 마음에 자연스럽게 적응하라.

사람들의 기분을 관찰하고
자신의 특성을 그들에게 조화시키며
행동을 적절히 조율하라.

타인의 도움이 필요한 사람에게
이 기술은 특히 중요하다.
단 이를 실행에 옮길 때에는 섬세한 태도로
자신이 가진 모든 재능을 활용해야 한다.

다양한 지식을 갖추고
다방면의 취미를 가지고 있다면
타인과 자연스럽게
어우러지는 일이 그리 어렵지 않을 것이다.

_발타자르 그라시안

감출 것과 알릴 것을 구별하라

어떤 관계도 서로를 완전히 소유할 수는 없다.
친척이든 친구든,
또 아무리 은혜를 입은 사이라도 마찬가지다.
서로를 신뢰하는 것과 좋아하는 것 사이에는
엄연한 차이가 있으며,
아무리 가까운 사이라도
서로 간의 비밀은 있는 법이다.

관계를 무난하게 지속시키기 위해
우리는 남에게 말해도 될 것과
안 될 것을 구분할 줄 알아야 한다.

_발타자르 그라시안

시간을 잘 이용하는 사람은 모든 것을 얻을 수 있다.
하루 생활을 되돌아봐서 어떤 일은 재미가 있었다, 즐거웠다,
정말 만족한 일이었다고 생각되는 것이 없다면
그 하루는 헛되이 보낸 것이다.
_드와이트 데이비드 아이젠하워

사람을 분석할 줄 알라

영리한 사람의 분석력은
신중한 사람의 자제력과 흡사하다.
다른 사람들의 심성과 성품을 아는 것은
인생에서 가장 중요한 일인데,
낯선 사람을 분석하기 위해서는
고도의 지성이 필요하다.

가장 먼저 분석할 수 있는 것은
그 사람이 하는 말일 것이다.
쇠가 부딪치는 소리를 들어보면
그 쇠의 성분을 알 수 있듯이
그 사람의 말을 들어보면
그의 사람됨을 파악할 수 있다.

__발타자르 그라시안

가장 유능한 사람은
배우는 것에 가장 힘쓰는 사람이다.
__괴테

결단력 있는 사람이 돼라 ❖

결단력이 없는 사람은 살면서 부딪히는
다양한 문제 앞에서 갈팡질팡하며
누군가가 대신 중대한 결정을 해주기를 바란다.

이런 행동은 대개 판단력의 혼란,
행동력의 결핍에서 비롯된다.
이들 중 일부는
통찰력으로 판단의 어려움을 극복하기도 한다.
강한 통찰력은 어려운 상황에서도
탈출구를 찾아낼 수 있기 때문이다.

반면 결단력이 강한 사람은
어떤 어려움도 느끼지 않고 무리 없이 일을 해낸다.
또한 확고한 결단력으로 자신이
어떻게 그 일을 해낼 수 있었는지
세상 사람들에게 설명하고 남들보다 앞서
다음 일에 집중할 시간까지도 확보해낸다.

_발타자르 그라시안

적을 이용하라

당신의 정의를 구현하기 위해서라면
모든 것을 이용하라.
그러나 칼날은 잡지 마라.
대신 당신을 보호할 수 있는 칼집을 잡아야 한다.

적을 움직여 이용하는 방법도 필요하다.
지혜로운 사람에게는 어리석은 벗보다
현명한 적이 더 나은 법이며,
때로는 호의보다 악의가 난관을
헤쳐나가는 데 더 도움이 된다.

증오보다 더 위험한 것은 아첨이다.
증오는 오점을 없애려 하나
아첨은 그것을 감추기 때문이다.
타인의 증오는 받아들이기에 따라
호의보다 더 도움이 된다.

_발타자르 그라시안

움직이지만
움직이지 않는 듯 보이는 배처럼

움직이는 배 위에 서서 갑판을 내려다보고 있으면
배가 움직이는 것을 느끼지 못한다.
그러나 멀리 있는 나무나 언덕을 바라보고 있으면
배가 움직이고 있음을 느낄 수 있다.

그와 같이 인생에 있어서도
모든 사람이 같은 길을 걷고 있을 때에는
서로 아무것도 보지 못한다.

하지만 그중 한 사람이 신의 길을 걷고 있으면
다른 사람들은 그제야 비로소
자신들이 얼마나 악한 생활을 하고 있는가를 깨닫고,
때문에 악한 사람들을 무리에서 추방하려고 하는 것이다.

_파스칼

오늘을 붙들어라! 되도록 내일에 의지하지 말라!
그날 그날이 일 년 중에서 최선의 날이다.
_에머슨

정신의 고삐를 집어던지지 말라

인간은 모든 정욕을 극복할 힘을 갖고 있다.
때로는 자신이 정욕에 압도당하는 것을 느낄지라도
그 순간에만 극복하지 못할 뿐이다.

마부는 말이 말을 듣지 않는다고 해서
당장 고삐를 집어던지지 않는다.
오히려 더욱 세게 고삐를 잡아당긴다.

절제도 이와 같이 해야 한다.
정신의 고삐를 집어던지지 않도록 노력하라.

__톨스토이

단순한 관념이나 사상 속에서만
이상을 실현하고자 한다면 그것은
영원히 이루어지지 못할 것이다.
실현하고자 하는 이상이 아득히 멀리 있으나
그것이 점점 가까워질 때
그것이야말로 참다운 이상이라 할 수 있다.
__헨리 조지

단점을 감추려 하지 마라

어떤 선배가 글을 지어와 내게 교정을 부탁했다.
내가 계속 거절하자 그는 이렇게 말했다.

"나는 나 자신의 단점을 감추려고 하지는 않네.
차라리 이것으로 자네의 웃음거리가 되어
한 사람만의 웃음거리에 그칠 수 있다면 좋겠네.
그렇지만 만약 자네가 이것을 고쳐주지 않으면
더 많은 사람들에게 웃음거리가 될 것이네."

남에게 비판 듣는 것을 꺼리다가
그 결과 많은 사람들의 웃음거리가 되는 것은
글의 경우에만 해당하는 것은 아니다.
또한 이 이야기는 한두 사람에 그치는 것이 아니다.

__뤼신우

기억하라, 형세는 언제고 바뀐다는 것을.
세상은 반드시 더 좋아진다.
__앤드류 매튜스

무르기만 해서는 곤란하다

마음이 지나치게 물러서 결코
화를 낼 줄 모르는 사람이 있다.
그러나 이는 지혜와 현명함에서 비롯된
성격이라기보다 무능력에서 비롯된 경우가 많다.

적당한 때 그에 맞는 감응을 보이는 것은
자신의 개성을 드러내는 것이자
스스로의 정체성을 지키는 것이다.

참는 것이 무조건 능사는 아니다.
새들도 때로는 허수아비를 조롱한다.

__발타자르 그라시안

자신과 타협하지 말라.
당신은 당신이 가진 전부이기 때문이다.
__제니스 조플린

남을 위해 하는 일이 곧 자신을 위한 일이다

꾸불꾸불하고 좁고 험한 길에서
앞서 가던 수레가 뒤집어지면
뒤를 따르던 수레가 협력하여 도와줄 수밖에 없다.

이는 특별히 친절한 마음 때문이라기보다는
앞서 가던 수레가 길을 막으면
자신의 수레 또한 그 길을 지나갈 수 없기 때문이다.

우리는 종종 공동의 위험에 처할 뿐 아니라
공동의 이해관계에 놓일 때가 많다.
이럴 때 남을 위해 하는 일은
곧 자신을 위한 일이 되기도 한다.

_뤼신우

자기가 하려는 일에 한계를 긋는 사람은
자기가 할 수 있는 일에 한계를 긋는 사람이다.
_찰스 슈와브

큰일을 성취하기 위해 알아야 할 일

큰일을 하려면 그에 앞서 먼저 자신을 알아야 한다.
또한 그 일을 통해 자기만의 욕심을 이루기는 어려우며,
그렇게 할 경우 대다수의 반감을 피할 수 없을 것이다.

그러나 다수의 정서에 따르고 사리에 맞게 행동한다면
많은 이들의 당신을 신뢰할 것이다.

일단 일을 시작했으면 반드시 노력해서
결실을 거두어야 하며
쉽게 만족할 것이 아니라 결과가 지속되도록
꾸준히 관심을 갖고 살펴야 한다.

_뤼신우

할 수 있다고 생각하면 할 수 있게 된다.
그러나 할 수 없다고 생각하면 절대로 할 수 없게 된다.
_메어리 k. 이슈

자신의 어리석음을 용서할 줄 알라

어리석은 짓을 저지르는 사람이 어리석은 것이 아니라
자신이 저지른 어리석음을 용서할 줄 모르는 사람이
진짜 어리석은 사람이다.

때로는 자신이 저지른 중대한 실수를
스스로 포용할 줄 알아야 한다.
인간은 누구나 오류를 범하기 때문이다.

어리석은 사람은 잘못을 저지르면
스스로를 지나치게 책망하며
섣불리 실패를 예견하기 바쁘지만,
현명한 사람은 완전무결하지 못한 자신을 인정하고
앞으로의 행동에 더욱 신경쓴다.

이미 일어난 일은 빨리 잊어버리고
스스로의 결점을 과장하지 않는 사람만이
미래에 더 큰 명망을 얻게 될 것이다.

_발타자르 그라시안

즐거움은 천천히 누려라

적당히 나눠 쓸 줄 아는
지혜를 가진 자는 매사를 즐길 수 있다.
많은 이들의 행운은
대개 그들의 삶보다 먼저 끝나버린다.

그들은 그 행운을 즐기고 기뻐하기보다 망쳐버리고,
행운이 멀리 떠나고 난 후에야
그 기쁨을 알아차리고 아쉬워한다.

사람은 지식을 갈구할 때에도 정도를 지켜야 한다.
배우지 않는 것만 못한 것에 대해서는
관심을 끊는 법도 필요하다.

인생을 살면서 기쁜 날보다 그렇지 않은 날이 더 많을 것이다.
그러니 즐거움은 천천히 누리고, 일은 신속히 하라.

_발타자르 그라시안

운명은 기회의 문제가 아니라 선택의 문제이다.
기다리는 것이 아니라 성취하면 되는 것이다.
_윌리엄 J. 브라이언

용기를 가져라

사라진 위험 앞에 내세우는 용기는 필요하지 않다.
우리는 죽지 않은 사자와도 같은
위험 속에서 기지를 발휘해야 한다.
두려움 앞에서 쉽게 굴복하다 보면
어느새 모든 상황에서
무릎 꿇는 자신을 발견하게 될 것이다.

어차피 부딪힐 거라면 처음부터
정면으로 승부해야 훨씬 더 많은 것을 성취해낼 수 있다.
용기로 충만한 정신은 위험 속에서
한 사람을 온전하게 지켜낼 만큼 강한 힘을 지닌다.

나약한 정신은 일시에
모든 것을 무너뜨린다는 사실을 명심하라.
비범한 재능을 지닌 사람이라도 용기를 갖추지 못하면
죽은 사람처럼 살다가
무위(無爲)에 갇혀 생을 마칠 수밖에 없다.

__발타자르 그라시안

자신과 자신의 목표를 냉철히 파악하라

인생의 어느 한 시기에 첫발을 내디딜 때 우리는 무엇보다 자기 자신에게 집중해야 한다.
누구나 자신을 대단하게 여긴다.
그렇게 생각할 근거가 부족한 사람들마저도 그런 경향을 드러낸다.
물론 누구나 행복을 꿈꾸고 자신을 경이로운 존재로 여길 수는 있다.
그러나 그런 허황된 상상이 현실에 의해 깨지면 행복한 삶을 방해하는 고통의 근원으로 자리 잡게 된다.
때문에 지혜로운 사람은 그러한 착각으로부터 거리를 둔다.
그는 늘 긍정적인 결과를 바라고 희망하지만, 최악의 상황도 늘 염두에 두기 때문에 갑자기 불행이 닥쳐도 평정심을 유지한다.

과녁을 향해 화살을 높이 드는 것은 좋다.
그러나 자신의 인생 경력을 완전히 그르칠 정도로 높은 곳을 바라보는 것은 곤란하다.
이런 어리석음에서 벗어나기 위한 최고의 방법은 통찰력에 있다.
통찰력으로 자기 능력의 한계를 파악해야 하는 것이다.
그렇게 함으로써 우리는 우리 스스로의 이상을 현실에 맞게 바로잡을 수 있다.

_발타자르 그라시안

불행마저도 자양분으로 삼으라

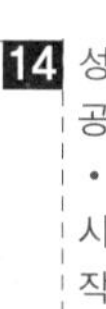

어떤 불행이라도 차분히 참고 견뎌내라.
그럼으로써 그 불행을 도리어 행복의 자양분으로 삼아라.
위는 사람이 섭취한 음식물 속에서
영양분이 될 만한 것을 골라서 흡수한다.

불길도 마른 나무를 넣었을 때만
불이 더욱 밝게 타오른다.
만약 당신이 불행 속에 갇혀 있다면
인생이 활활 타오르는 데
도움이 될 만한 것을 선별해내도록 하라.

_러스킨

비누는 쓸수록 물에 녹아 없어지는
하찮은 물건이지만 때를 씻어낸다.
물에 녹지 않는 비누는 결코 좋은 비누가 아니다.
사회를 위하여 자신을 희생하려는 마음이 없고
몸만 사리는 사람은 녹지 않는 나쁜 비누와 같다.
_존 워너메이커

이성적으로 생각하고 신속하게 행동하라

어리석은 사람들은 경솔하고 성급한 태도로 일을 그르친다.
그들은 어떠한 확신이나 사전적 지식 없이 무턱대고
일에 달려들기 때문에 곤경에 부딪히기 일쑤다.

반면 지나치게 신중하기만 하고
결단력이 없는 사람들은 매사에 주저하며
시간을 끌다가 일을 그르친다.

일에 대해 충분히 생각하는 것은 물론
필요하지만 행동에 옮기지 않고 망설이기만 한다면
성장의 기회는 오지 않는다.
충분히 고민했고 스스로의 판단에 대한 믿음이 있다면
행동으로 신속하게 옮기는 용기도 필요하다.

__발타자르 그라시안

숨을 들이쉬는 유일한 방법은 숨을 내쉬는 것이다.
크게 되려면 기꺼이 작아져야 한다.
__오아벤사

매일 새로운 눈으로 세상을 바라보라

남다른 통찰력과 판단력을 지닌 사람은
사물에 지배당하지 않고 스스로 사물을 다스린다.
또한 사람을 만나면 넓은 이해심을 바탕으로
그의 실체를 파악해내며
꼼꼼한 관찰력으로 그의 감춰진 내면을 읽어낸다.

무엇을 바라보든 예리하게 주시하고
철저하게 파악하는 그의 결정은
언제나 올바를 수밖에 없다.
고정관념과 선입견으로 똘똘 뭉친 눈이 아닌,
늘 새롭고 맑은 눈으로 세상을 바라보고 이해하기 때문이다.

__발타자르 그라시안

무릇 위대한 일은 겉으로 드러나지 않게
겸손하고 조용한 상태에서 진행되는 법이다.
번개가 번쩍이고 천둥이 칠 때는
밭을 갈거나 집을 짓지도 못하고 가축을 부릴 수도 없다.
위대하고 참된 일은 이처럼 항상 단순하고 신중하게 이루어진다.
__체이닝

자기 일의 가치를 알라

큰 공장에서 일하는 대부분의 노동자는
자신이 하고 있는 부분적인 일이
전체적인 목적을 이루는 데
얼마나 중요한 기여를 하는지 잘 알지 못한다.

그러나 훌륭한 노동자는 자신이 하고 있는 일이
얼마나 중요한 일인지 반드시 알고 있다.
이와 마찬가지로 우리는 삶의 목적이 무엇인지,
우리들 각자에게 주어진 인생이 얼마나 중요하며
소중한 소명을 띠고 있는지 분명하게 인식해야 한다.

_러스킨

알 수 없는 것을 알려고 애쓰는 것보다
알고 있는 것을 더 잘 알기 위해 노력하는 편이 낫다.
알 수 없는 것의 영역을 찾는 것처럼
지력을 소모하고 또 깊은 회의를 느끼게 하는 일은 없다.
또한 이해하지 못한 것을 이해한 것처럼
꾸미는 것은 가장 옳지 못한 행위다.
_톨스토이

만약 그리고 다음

지나간 일에 대해 후회하는 것이야말로
세상에서 가장 큰 시간 낭비입니다.

뉴욕의 저명한 한 신경정신과 의사는
퇴임 연설에서 이렇게 말했습니다.

나는 그동안 환자들을 만나면서
나의 생활방식을 바꾸는데
가장 큰 도움을 준 스승을 발견했습니다.

바로 많은 환자들이 입에 담는 '만약' 이란 두 글자입니다.

나와 만난 환자들은 대부분의 시간을
지난 일을 회고하고 그때 반드시 해야 했는데
하지 못했던 일을 후회하면서 보냅니다.

"'만약'
내가 그 면접시험 전에 준비를 잘했더라면……."

"'만약'
그때 그 사람을 보내지 않았더라면……."

하지만 그렇게 후회의 시간을 보내는 것은
엄청난 정신적인 소모를 가져올 뿐입니다.

차라리 이렇게 해보는 것이 어떨까요?
당신이 습관처럼 쓰는 '만약' 이란 말을 '다음에' 라는 말로 바꾸어 쓰는 것입니다.
만약 꼭 들어야 할 강의를 듣지 못했다면 이렇게 말합니다.

"'다음에' 기회가 오면 반드시 그 강의를 들을 거야!"

그러다 보면 어느 날 그 말은 이미 자신의 습관이 되어 버린 사실을 발견할 수 있을 것입니다.
절대로 이미 지난 일을 가슴에 담아두지 마세요.
문득 지난 일을 후회하는 마음이 들면 이렇게 말하세요.

"'다음 번엔'
그런 바보 같은 행동을 하지 않을 거야."

이렇게 한다면 과거의 후회로부터 벗어날 수 있으며
동시에 당신의 소중한 시간과 정열을 현실과 미래에 쓸 수 있을 것입니다.

__감숙

근로는 우리들 행복의 들판을 개척하는 귀중한 쟁기이다.
노동은 우리들의 마음밭에 자라는 잡초의 뿌리를 뽑아내고
그 자리에 행복과 기쁨의 씨앗을 뿌려 무성하게 가꾼다.
그래서 아름다운 꽃을 피우게 한다.
__블레즈 파스칼

“저 사람, 참 괜찮다!”

사무실 쓰레기통이 차면
조용히 직접 비우는 사람이 있다.

아무도 안볼 거라 생각하는 곳에서도
누군가는 반드시 보고 있다. 그래서
“저 사람, 참 괜찮다.”라는 소문이 돌게 된다.

“나는 원래 큰일만 하는 사람이야.”
“그런 작은 일은 아랫사람이 하는 거야”라는
인식은 잘못된 것이다.

작은 일을 소홀히 하는 사람치고
크게 성공한 사람은 드물다.

_나이토 요시히토

소극적인 사람은 작렬하는 태양 아래서
일하는 고통만 생각할 뿐,
일을 끝내고 나무 그늘에서 바람을 쐬며 휴식할 때
만끽하는 행복감을 생각하지 못한다.
_정주영

치즈를 빼지마라

많은 항공사가 비용 절감을 위해 고객을 위한 편의시설을 대폭 줄였다. 그러나 이들은 비용 삭감을 위해서는 새롭게 부담해야 하는 '감춰진 비용'을 부담해야 한다는 것을 알지 못했다.

그 감춰진 비용이란 고객 상실을 의미한다.
비용을 아끼기 위해 그들은 결국 고객을 포기하는 실수를 저지른 것이다.

불경기에 대처하기 위해 제조원가를 줄이기 위한 노력은 필요하다.

그러나 비용을 절감하기 위해 품질을 떨어뜨려서는 안 된다.
피자에서 치즈를 빼내면 안 되는 것이다.

경기가 어렵다고 값싼 원료로 제품을 만들어 품질을 저하해서는 안 된다.
그리고 고객에 대한 서비스를 줄여서도 안 된다.

택시 기사가 연료비를 줄이기 위해 차에 기름을 적게 넣을 수는 없는 일이다. 대신 사람들을 태우기 위해 더 열심히 돌아다녀야 한다.
어려운 때일수록 경쟁사 보다 더 많이 판매하고, 더 많이 홍보하고, 더 많이 광고하라.

이 시기엔 투자를 줄일 게 아니라 투자를 늘려야 한다.
그리고 절대 피자에서 치즈를 빼지마라.

__제프리 폭스

성공을 원하면 체력부터 길러라

성공한 사람은 자기 관리에 무척 능합니다.
이미지 관리는 물론이고
사람 관리와 건강관리도 잘합니다.

그중에서도 체력의 중요성은
아무리 강조해도 지나치지 않습니다.
건강이 있어야 성공도 있는 법이니까요.

몸이 쇠약해지면
세상만사 모든 것이 귀찮아지고
비관적인 생각이 온몸을 칭칭 동여맵니다.
우울증에 걸린 사람 대부분은
몸이 허약한 사람이라는 통계도 있습니다.

__지식in

> 청년에게 권하고 싶은 것은 다음 세 마디뿐이다.
> 즉시 일하라, 더욱더 일하라. 끝까지 일하라.
> __비스마르크

성공은 습관이 만든다

"성공은 습관이 만든다."라는 얘기가 있습니다.
그만큼 습관은 중요한 것입니다.
더욱이 습관은 돈을 들이지 않고도
자신의 것으로 만들 수 있습니다.

우선 성공하기 위해서는
'실패를 성공의 어머니'로 삼는
긍정적인 습관을 가져야 합니다.

실패는 누구나 합니다.
다만 누구는 실패를 두려워하지만
누구는 실패 속에서 교훈을 얻습니다.

포기하지 않는 한
아직 실패한 것이 아닙니다.

__지식in

실수하지 않는 사람이 되는 것보다
포기하지 않는 사람이 되는 것이 중요하다.
__보도셰퍼

성공하는 자세

두 친구가 있었습니다.
하나는 부잣집 아들이었고
하나는 집안이 가난했습니다.

먼 훗날
부잣집 아들은 사업가로 성공했고
가난한 집 아들은
여전히 가난을 면치 못했습니다.

둘이 우연히 만났을 때 가난한 친구는
"나도 아버지가 돈을 물려줬다면
사업을 했을 것."이라고 말했습니다.
그러자 성공한 친구는
"아버지는 돈 대신 성공하는 자세를
나에게 일깨워 주셨다."고 말했습니다.

__지식in

인간은 항상 시간이 모자란다고 불평을 하면서
마치 시간이 무한정 있는 것처럼 행동한다.
__세네카

꿈만 꾸는 사람과 행동하는 사람

세상에는 두 부류의 사람이 있습니다.
하나는 언제나 생각하고 계획하고
꿈을 꾸는 사람입니다.
그리고 다른 하나는
그것을 행동으로 옮기는 사람입니다.

꿈만 꾸는 사람은
실패를 맛볼 수밖에 없고
실천하는 사람만 성공을 붙잡습니다.

목표를 세웠다면 당장 실천해야 합니다.
생각만 하고 꿈만 꾼다면
삶의 변화를 얻을 수 없습니다.

__지식in

성공이란 열정을 잃지 않고
실패로부터 다시 출발하는 것이다.
__윈스턴 처칠

시간의 회계장부

글래드스턴은 영국의 명재상입니다.
그는 무려 4번이나 총리를 지냈습니다.
영국 국민은 그를 처칠과 함께
'가장 위대한 정치인' 으로 꼽습니다.

그는 15세 때부터 늙어 실명할 때까지
하루 일과를 15분 단위로 기록했습니다.
단 1분도 헛되이 쓰지 않기 위함이었지요.
이 기록을 '시간의 회계장부' 라 부릅니다.

그는 누가 성공의 비결을 물으면
"시간을 낭비하지 말라." 고 말했습니다.
'시간은 금이다' 라는 말은
영원히 변치 않을 진리 중의 진리입니다

__지식in

> 승자의 주머니 속에는 꿈이 들어 있으나
> 패자의 주머니 속에는 욕심이 들어 있다.
> __J. 하비스

꿈을 크게 가져라

셀리 라이드라는 여성이 있습니다.
그녀는 한때 테니스 선수를 꿈꿨으나
실력이 뛰어나지 못해 방황을 했습니다.

그때 그녀의 아버지가
딸이 평생 가슴속에 담고 살아갈
말 한마디를 해줍니다.

"얘야, 꿈을 크게 가지렴.
하늘의 별을 따겠다는 마음처럼……."

그 말은 그녀의 마음에
한 톨의 귀중한 씨앗이 됐습니다.
이후 그녀는 우주비행사의 꿈을 키웠고
인류 최초의 여성 우주 비행사가 됐습니다.

_지식in

성공을 뽐내는 것은 위험하다.
그러나 더 위험한 것은 실패를 숨기는 것이다.
_케네

성공한 인생을 살고 싶다면

성공한 인생을 살고 싶다면
무엇보다도 시간을 낭비해서는 안 됩니다.
시간은 인생을 구성하는 가장 귀한 재료입니다.

어떤 일을 똑같이 시작했는데
어느 정도 시간이 지난 뒤에 보면
누구는 저 멀리서 휘파람을 불며 가는데
누구는 한참 뒤떨어져 헉헉대는 일이 벌어집니다.
그리고 두 사람의 거리는 좁혀지지 않고
시간이 갈수록 점점 멀어지기 일쑤입니다.

앞서 가는 사람은 주어진 시간을 효과적으로 이용한 사람이고
뒤에 처진 사람은 허송세월로 시간을 낭비한 사람입니다.

_지식in

영원히 살 것처럼 꿈을 꾸고
내일 죽을 것처럼 오늘을 살아라.
_제임스 딘

실패를 두려워하지 마라 ❖

삶은 어차피 모순의 연속입니다.
어렸을 때는 어른이 되고 싶어 안달하지만
막상 어른이 돼서는 유년을 그리워하고,
나이 먹기를 두려워합니다.

젊어서는
돈을 버느라 건강 따위는 신경도 쓰지 않다가
훗날 건강을 잃고서는
건강을 되찾기 위해 전 재산을 쏟아 붓기도 합니다.

성공을 바라지만 실패할 수도 있고
실패가 더 큰 성공을 가져다 줄 수 있는 것이 우리의 인생입니다.
실패를 두려워하거나, 그로 인해 낙담하지 마세요.

__지식in

노력은 이자를 낳지만
게으름은 연체료를 낳는 법이다.
__미상

계획보다
도전이 중요하다

고민은
어떤 일을 시작했기 때문에 생기기보다는
어떤 일을 할까 말까 망설이는 데에서 생긴다고 합니다.

어떤 일을 앞에 두고
이럴까 저럴까 망설이기보다는
불완전한 상태라도
일단 시작하는 것이 더 좋다는 얘기입니다.
망설이기보다는
차라리 실패를 선택하라는 말일 수도 있습니다.

실패를 두려워해
도전은 미뤄둔 채 계획만 열심히 세우는 사람은
절대 성공의 열매를 딸 수 없습니다.

__지식in

먼저 '할 수 있다. 잘 될 것이다' 라고 결심하라.
그리고 나서 방법을 찾아라.
__에이브러햄 링컨

성공하려면 정보를 선점하라

정보는 어디에도 있고 누구든 공유할 수 있습니다.
하지만 아무리 흔한 정보도 내 것으로 만들었을 때 가치가 있고,
선점을 해야 더욱 돋보일 수 있습니다.
귀한 정보도 시간이 지나면 가치가 떨어집니다.

정보를 선점하기 위해서는 사이버 공간을 뇌의 일부처럼 사용해야 합니다.
또 정보의 가치를 높이려면 분석과 조합의 수고를 들여야 합니다.
각각은 별다른 가치가 없는 정보들이라도
여러 개를 조합해 놓으면 그 가치가 달라집니다.

성공한 사람은 언제나 시대의 흐름을 앞서 가고
오래전부터 정보를 선점해 왔으며
더 좋은 정보를 선점하기 위해 노력하고 있습니다.

_지식in

양손을 호주머니에 넣고서는
결코 성공의 사다리를 오를 수 없다.
_엠마 월러

간절한 마음

성공이라는 것은
'생각의 나뭇가지' 에 매달린 열매입니다.
그러나 생각의 나뭇가지에
열매가 매달리게 하기 위해서는
아주 지극한 정성을 기울여야 합니다.

사람은 하루에도 수많은 생각을 합니다.
그 속에는 '좋은 생각' 도 수없이 많습니다.
그러나 아무리 좋은 생각이라도
그것을 붙들지 않으면 아무 소용이 없습니다.

따라서 성공하고 싶다면
막연하게 생각하지 말고 간절히 생각해야 합니다.
간절한 마음은 구체적인 계획을 낳고
계획이 구체화되어야 성공적으로 행동할 수 있습니다.

_지식in

과거가 있는 사람은 용서할 수 있으나
미래가 없는 사람은 용서할 수 없다.
_미상

작은 돈에 연연하지 마라 ❖

1년 내내 한 사무실에 일하면서
그 흔한 커피 한 잔 사지 않는 사람,
밥 한 번 함께 먹자고 바람을 잡아놓고는
막상 계산을 할 때는 뒷짐지고 있는 사람,
같이 술을 마시다가 자리에서 일어설 때면
슬그머니 화장실로 향하는 사람이 꼭 있습니다.

하지만 그렇게 푼돈을 모아서
부자가 된 사람은 그다지 많지 않습니다.
작은 돈에 벌벌 떨면 푼돈은 모을 수 있지만
절대 사람을 모을 수는 없습니다.

내 주머니의 돈이 아깝다면
남의 주머닛돈도 아깝다는 것을 알아야 합니다.
내 돈만 빼어가는 사람을 다시 만날 사람은 없습니다.
돈은 필요할 때 주저 없이 써야 다시 들어옵니다.

__지식in

지금 고난이 크다면

지금의 삶이 비참하다고 생각하나요?
스스로 생각하기에 능력이 없는 것 같습니까?
앞날에 먹구름만 잔뜩 낀 것 같고,
어떻게 헤쳐 갈지 두렵기만 하십니까?

하지만 어쩌겠습니까.
그래도 그것이 당신의 삶이고,
당신을 성장시킬 수 있는 사람 역시
세상에 당신 혼자밖에 없는 것을요.

다만, 지금 당신이 당하고 있는 고통이 크다면
그것은 당신이 이룰 꿈이 그만큼 크기 때문입니다.
그러니 낙담하지 마세요.
당신이 겪고 있는 고통의 무게가
바로 당신이 이뤄낼 성공의 무게랍니다.

__지식in

당신이 저지를 수 있는 가장 큰 실수는
실수를 할까 끊임없이 두려워하는 것이다.
__앨버트 허버트

지금 당장

꿈을 꿀 수 있다면 행동할 수 있고,
행동할 수 있다면 원하는 대로 될 수 있습니다.

꿈꾸는 것도 훌륭하지만
꿈을 실행에 옮기는 것은 더 훌륭합니다.
신념도 강하지만
신념에 실행을 더하면 더욱 강해집니다.
열망도 도움이 되지만
열망에 노력을 더하면 천하무적이 됩니다.

시도하고 또 시도하는 자만이
성공을 쟁취하고 그것을 유지할 수 있습니다.
시도해서 잃을 것은 없으며, 성공하면 수확을 얻게 됩니다.
그러니 일단 해보세요.
망설이지 말고 지금 당장 해보세요.

__지식in

미래는 선택하는 사람의 몫이고
결과는 행동하는 사람의 몫이다.
__미상

살다 보면……

살다 보면 힘든 일을 겪기 마련입니다.
그럴 때면 대개
'왜 나에게만 이런 시련이 닥쳐오는 것일까' 하고
생각하기 쉽습니다.

그러나 잠시 주변을 돌아보면
당신의 시련보다 더 큰 고통과 싸우는 사람이
무척 많다는 것을 발견할 수 있습니다.

또 잠시 옛일을 생각하면
당신은 지금보다 더 큰 시련을 잘 이겨내 왔음을
스스로 깨닫게 될 것입니다.

시련은 누구에게나 다가오는 것이고
당신에게는 그것들을 극복할 능력이 차고 넘칩니다.

__지식in

아무리 가까운 길이라도 가지 않으면 도달하지 못하며
아무리 쉬운 일이라도 하지 않으면 이루지 못한다.
__채근담

가장 큰 선물

내 인생이 성공한 것은 어느 때라도 반드시
15분 전에 도착한 덕분이다.

세상의 돈을 다 주어도 잃어버린 1분을 사지 못한다.

많은 시간을 가진 사람이라도
낭비해서 좋은 시간은 없다.

시간을 버는 가장 좋은 방법은
일정한 시간에 규칙있게 일하는 것이다.

세상에서 가장 큰 선물은 시간이다.

청춘과 잃은 시간은,
영원히 되돌아오지 않는다.

__지식in

운명은 용감한 사람 앞에서는 약하고
비겁한 사람 앞에서는 강하다.
__세네카

나를 바로 잡으면 모든 것이 바로 잡힌다

세상을 탓하지 말고,
남을 탓하지 말고,
흔들리는 자기 마음을 바로 잡아라.
나를 바로 잡으면 모든 것이 바로 잡힌다.

즉,
자신을 비웃을 수 있는 사람은
남의 비웃음을 당하지 않는다.
여러분이 필요로 하는 것은
이미 여러분 안에 있습니다.

여러분이 반드시 깨달아야 할 것은
자신 안에 모든 것이 존재한다는 사실을 아는 일입니다.
여러분이야말로 완전한 여러분입니다.

__레오 버스카글리아

14

아침을 지배하는 사람은 하루를 지배하고,
하루를 지배하는 사람은 인생을 지배한다.
__이케다 다이사쿠

어제도 내일도 바로 지금이다

우리가 가진 것은 오직 '지금' 뿐이다.
현재에 몰두하고 있다면 잘 살고 있는 것이다.
어제 무슨 일이 있었건, 내일 무슨 일이 생기건, 개의치 말라.
오늘 해야 할 일을 충실히 할 때 행복과 만족을 찾을 수 있다.

어린 아이들에게 깃들인 가장 경이로운 아름다움은 현재에 온전히 몰두 한다는 것이다. 하자고 마음먹은 일에 아이들은 정신없이 일한다.

딱정벌레를 관찰하건, 그림을 그리건, 모래성을 쌓건 간에 말이다.
우리는 어린이 되면서 한꺼번에 여러 가지 일을 걱정하고 생각하는 기술을 배운다.

지나간 문제와 앞으로의 걱정이 뒤엉켜 우리의 현재를 점령하기 때문에
우리는 비참해지고 무력해진다.
그뿐인가, 우리는 즐거움과 행복을 미루는 법도 배운다.

언젠가는 모든 게 한결 나아질 거라고 믿으면서 말이다.
지금을 충실하게 누리고 살면 우리 마음에서 두려움이 사라진다.
본래 두려움이란 어느 날 갑자기 생길지도 모르는 좋지 않는 사태를 걱정하는 것이다.

__엔드류 메튜스

자신을 풀어주라

가장 중요한 것은
내면이 평온을 찾는 일이다.

흥분을 가라앉힐수록 평온한 기운이 온몸으로 퍼져 나간다.
마음이 평온해지면 어떤 상황에서든 침착하게 행동하게 된다.

모든 행동이 내적인 평온함에서 흘러나오는 까닭에
신의 창조적인 휴식을 함께 누릴 수 있다.

자신을 풀어주라.
충분히 쉬도록 하라.
그러고 나면 계획했던 길을 힘차게 나아갈 수 있다.

__안젤름 그륀

이해관계가 있을 때만 남에게 친절하고 어질게 대하지 말라.
이해관계를 떠나서 누구에게나 친절하고 누구에게나 어진 마음으로 대하라.
어진 마음 자체가 따스한 체온이 되기 때문이다.
__블레즈 파스칼

첫걸음을 내딛는 순간

희망이란
있다고 할 수 없고,
없다고 할 수도 없는 것입니다.

그것은 땅 위의 길과 같습니다.
원래 땅 위에는 길이 없었습니다.
누군가 그곳을 처음 걸어가고
그를 따르는 사람이 많아지면서
그곳에 길이 생겨난 것입니다.

지금 당신 앞에 눈이 잔뜩 쌓여 있거나
수풀이 무성히 자라고 있더라도
당신이 첫 걸음을 내딛는 순간
그곳은 길이 되기 시작합니다.

_지식in

단순히 고객을 만드는 데 그치지 말고
친구를 만드는 데 초점을 맞춰야 한다.
_수잔 쇼 산토로

처음과 끝이 같아야 하는 것

한 아내가 몹쓸 병에 걸려 죽어가며
남편의 두 손을 꼭 쥐고 고백했습니다.
평생 세 남자를 사랑했다고요.

아내가 사랑한 남자 중 한 명은
같은 동네에 살던 첫사랑의 남자였고,
다른 한 명은 삶의 지표가 된 대학의 선배였으며,
마지막은 지금의 남편이었습니다.

이 소리를 들은 남편은
세상을 다 잃은 듯 펑펑 울었습니다.
세 남자가 모두 자신이었기 때문입니다.

세상에서 가장 귀하고 소중한 사랑은
무릇 이처럼 처음과 끝이 같아야 합니다.

__지식in

부지런한 사람에게는 모든 것이 쉽고
게으른 사람에게는 모든 것이 어려운 법이다.
__벤자민 프랭클린

모든 것에는 때가 있다

하늘 아래서 일어나는 모든 일에는
다 정해진 때가 있다.
날 때가 있고 죽을 때가 있으며
심을 때가 있고 심은 것을 뽑을 때가 있다.

죽일 때가 있고 살릴 때가 있으며,
부술 때가 있고 세울 때가 있으며,
울 때가 있고 웃을 때가 있다.
슬퍼할 때가 있고 춤출 때가 있다.

돌을 던져 버릴 때가 있고
돌을 모을 때가 있으며,
껴안을 때가 있고 껴안는 것을
멀리할 때가 있다.

얻을 때가 있고 잃을 때가 있으며,
지킬 때가 있고 버릴 때가 있으며,
찢을 때가 있고 꿰맬 때가 있다.

침묵할 때가 있고 말할 때가 있으며,
사랑할 때가 있고 미워할 때가 있으며,
싸울 때가 있고 화해할 때가 있다.

_구약성서

과거를 버리십시오

마음은 지나 버린 당신의 과거입니다.
과거를 버리십시오.
그러면 그때 당신의 의식은 완전하게 깨어나게 됩니다.
과거는 죽어 버린 파편입니다.
과거에서 벗어 나십시오.
그러면 당신은 목격하는 법을 배우게 됩니다.

과거, 생각, 기억에서 자유롭게 될 때,
당신은 완전한 현재(지금 이 순간)에 머무르게 됩니다.
당신이 현재 속에 존재할 때,
그때 당신은 모든 것을 '있는 그대로' 목격하게 됩니다.

생각이 있을 때, 과거는 존재하고,
생각이 제거되면, 과거는 사라집니다.
그리고 그때 당신은 아트만에 안주하게 됩니다.
지고자(the Self)는 항상 모든 것을
단순히 지켜보고 있을 따름입니다.
지고자는 인격체가 아닙니다.
그는 순수 의식입니다.
그는 모든 현상에서 완전히 초월해 있습니다.

__암마

패배의 원인

전력을 다해 싸우는 사람에게는 언제나 승리가 있다.
그리고 그 승리는 죽음조차도 멸망시킬 수 없는 강한 것이다.

불굴의 정신이여, 싸워라, 전진하라!
행복과 불행에 혼미해지지 말고
정의는 반드시 승리를 얻으리라는 믿음을 가져라.
멸망하는 것은 언제나 부정뿐이다.

모든 정의는 영원한 법칙 속에 있으며 세계의 목적을 실현시키는 것이다.
패배의 원인은 늘 자기 자신에게 있다.
결코 다른 것에 의해서 패배하게 되는 것은 아니다.

_칼라일

인생은 흘러가고 사라지는 것이 아니다.
성실로써 이루고 쌓아가는 것이다.
우리는 하루하루를 보낼 것이 아니라
아름답고 참된 무언가를
노력으로 차곡차곡 쌓아가야 한다.
하루하루를 보람 있게 장식하라.
_존 러스킨

성공이라는 것

시간표가 없는 버스 정류장에서 버스를 기다리는 것이다.
언젠가 올 것이라는 기대를 가지고 참을성 있게 기다려도
버스가 온다는 보장은 어디에도 없다.
어쩌면 노선이 폐지되었을지도 모르는 불안감이
마음속에 솟아오르기 시작한다.

그러면 대부분의 사람들은 기다리는 것을 포기하고
성공이라는 버스가 오는 정류장을 떠나버린다.

그러나 참을성 있게 기다리면 반드시 공공이라는 버스는 온다.
성공을 붙잡지 못하는 사람이 가지지 못한 것은
재능이 아니라 인내력인 것이다.

_고다마 미쓰오

오늘 배우지 아니하고 내일이 있다고 믿지 말며
올해 배우지 아니하고 내년이 있다고 생각하지 말라.
날과 달은 늘 그대로가 아니라 흐르는 물과 같이 자꾸 변해간다.
때문에 우리는 배움의 시기를 늦출 수 없다.
_주희

쉬운 일과 어려운 일

쉬워 보이는 일도 막상 부딪혀보면 어렵다.
그러나 못할 것 같은 일도 일단 시작해놓으면
결국 이루게 된다.

쉽다고 얕볼 것이 아니고
어렵다고 팔짱을 끼고 있을 것이 아니다.

쉬운 일도 신중히 하고
어려운 일도 겁내지 말아야 한다.

__채근담

어떤 사람의 말이라도 귀 기울이고
그 말 속에서 무언가 배우고자 하는 사람은
남보다 앞서게 마련다.
자기 혼자 말하고 싶어 하는 사람은 발전이 없다.
듣기도 하고 말하기도 하며 지내는 것이
인생의 자연스럽고 진실한 모습이다.
__존 러스킨

인간의 가장 근본이 되는 것

건강한 사람은
건강의 고마움을 느끼지 못하지만
허약한 사람은
늘 건강을 생각한다.

건강은 인간의 가장 근본이 되는 것으로서
누구나 주의를 해야 한다.

그리고 지금 앓지 않더라도
병에 관해 항상 주의를 기울여야 한다.

__토머스 칼라일

자동차가 언덕에서 고장이 났을 때,
비로소 그 성능과 약점을 알게 되듯이
우리도 어떤 사건과 맞닥뜨렸을 때,
자신의 약점과 나쁜 성격이 드러나게 된다.
사건은 우리의 인간성을 고쳐나가는 동기이다.
__오귀스트 르네 로댕

자신을 알라

한 쪽의 말만 듣고
속임수에 넘어가지 말라.

또 자기의 능력도 생각하지 않은 채
많고 무거운 임무를 맡지 말라.

자기의 장점을 나타내고자
남의 단점을 예로 들지 말라.

자기가 능하지 못한 일을
남이 잘 한다고 꺼리지 말라.

_채근담

모든 것은 하찮은 일에서 비롯된다.
한 알의 씨앗이 하늘을 찌르는 큰 나무로 자라는 것을 보라.
행복과 불행, 성공과 실패도 그 처음은
조그만 일에서 시작되는 것이다.
. 언제나 시작을 잘하여라.
_랠프 에머슨

먼저 꽃이 피게 하라

갑자기 이루어지는 일은 없다.
한 알의 과실, 한 송이의 꽃조차
한순간에 생겨난 것이 아니다.

그대가 나를 향해서
과실이 필요하다고 말한다면
나는 대답할 것이다.

시간이 필요하다.
먼저 꽃이 피게 하라.
그리고 열매가 나오도록 하여라.

_에픽테토스

길은 가까운 곳에 있다.
그런데도 사람들은 헛되이 먼 곳을 찾고 있다.
일이란 무릇 막상 해보면 쉬운 법이다.
시작도 하지 않고 미리 어렵게만 생각하기에
할 수 있는 일들도 놓쳐버리는 것이다.
_맹자

자신에게 먼저 이겨라

무슨 일이든지 복수를 꾀하지 말라.
복수는 자기 자신을
그와 같은 위치에 떨어뜨리게 된다.

적과 싸우기에 앞서 자신의 약점과
싸워 이기지 않으면 안 된다.

사람은 적이 강해서 지는 경우보다
자신에게 먼저 지는 경우가 많다.

__에픽테토스

사람들은 자신의 생각과 마음을 살찌우기 위해
그리고 보다 많은 재산을 얻기 위해 힘을 쏟고 있다.
그러나 우리들의 행복에 진정으로 도움이 되는 것은
외부에 있는 것이 아니라
내면인 마음에 있음을 알아야 한다.
__아르투어 쇼펜하우어

목표를 향해 나아가라

14 성공·시작

사람은 뜻이 커야 하며
그것을 실행하는 마음이 치밀해야 한다.

큰집일수록 잔손이 많이 가듯
큰일일수록 치밀한 실행이 필요하다.

물은 스스로를 굽히면서도 마침내 바다에 이르듯
평소 자세는 부드럽게 가지면서
목표를 향해 줄기차게 나가는 것이 중요하다.

__동양 명언

14

무슨 일이든 시작이 중요하다.
집을 짓는 데는 설계가, 농사일에서는 씨뿌리기가
인생에 있어서는 어린 시절이 중요하다.
처음 한 발짝이 장래의 일을 결정하기 때문이다.
좋은 계획을 세워 바르게 출발하면
이루지 못할 것이 없다.
__레오나르도 다빈치

뿌리 없는 나무

뜻한 바를 이루려면 먼저 실력을 길러야 한다.

나무와 풀이 따뜻한 봄볕을 받으면 무럭무럭 자라듯
평소에 실력을 쌓아둔 사람은
어떤 기회를 만나면 홀연히 두각을 나타내게 마련이다.

뿌리 없는 나무는 봄볕도 소용없는 것이다.

_채근담

적당한 자리보다 낮은 자리를 택하라.
남으로부터 '내려가라'는 말을 듣는 것보다는
'올라가라'는 말을 듣는 편이 훨씬 낫다.
신은 자기 스스로 높은 자리에 앉는 자를
낮은 곳으로 떨어뜨리며
스스로 겸손해 하는 자를 높이 올린다.
_탈무드

좋은 운명이란

운명은
그 사람의 성격에서 만들어지고
성격은
일상생활의 습관에서 만들어진다.

오늘 하루 좋은 행동의 씨를 뿌려서
좋은 습관을 거두어들여라.

좋은 습관으로 성격을 다스리는 날부터
운명은 새로운 문을 열 것이다.

__르네 데카르트

일만 알고 휴식을 전혀 모르는 사람은
브레이크가 없는 자동차와 같아 위험하기 짝이 없다.
반대로 쉴 줄만 알고 일할 줄 모르는 사람은
모터가 없는 자동차와 같아 아무 쓸모가 없다.
__헨리 포드

참을성과 신념

참을성을 그대의 옷으로 알라.
옷을 벗고 다니면 남이 흉을 볼 것이다.
참을성이 많으면 욕된 일을 막아낸다.

신념을 그대의 밥으로 알라.
배고픈 것보다 신념을 잃었을 때의 인간이
더욱 불쌍하다.

참을성과 신념이 없으면
어떤 일에서나 실패자가 된다.

__동양 명언

남을 아는 사람은 현명한 사람이요,
자신을 아는 사람은 덕이 있는 사람이다.
남을 이기는 사람은 힘이 강한 사람이며,
자신을 이기는 사람은 굳센 사람이다.
무엇보다도 자신을 알고 자신을 이기는 것이 중요하다.
__노자

행복을 얻는 사람

남에게 너그럽게 한 만큼
내 마음이 넉넉해진다.

남에게 야속하게 군 만큼
내 마음이 좁아진다.

남에게 친절하고 관대한 것이
내 마음의 평화를 유지하는 길이다.

남을 행복하게 할 수 있는 사람이
또한 행복을 얻는다.

__플라톤

사람은 무릇 솔직해야 하고
자신의 잘못을 뉘우쳐 고칠 줄 알아야 한다.
혹자는 자신의 잘못을 변명하기 위해 애를 쓰기도 하는데
변명하려는 마음을 버려야 한다.
솔직한 사람은 결코 변명하지 않는다.
__랠프 에머슨

참된 재산

그대는 무엇을 가지고 싶은가?
그대가 진실로 이해하고 있는 것이라야
그대의 소유물이다.

훌륭한 책을 샀더라도
그 책을 이해하지 못하면
그대의 것이라 할 수 없다.

참된 재산은 그대의 마음속에
깊이 자리 잡은 것을 말한다.

__요한 볼프강 폰 괴테

사람의 마음속에는 두 개의 방이 있는데
기쁨과 슬픔이 각각 그 안에 살고 있다.
한 방에서 기쁨이 깼을 때 다른 방에서는 슬픔이 잠자고 있는 것이다.
기쁜 일이 있을 때는 슬픔이 깨지 않도록]
조용히 기뻐하는 슬기가 필요하다.
__존 헨리 뉴먼

새로운 생활의 첫걸음

반성은
새로운 생활의 첫걸음이다.

나에게는 죄가 없다고 생각하지 말라.

한 방울 한 방울의 낙숫물이 드디어
큰 물통에 가득 차게 된다.

이처럼 이따금 저지른 그릇된 일도
반성하지 않는 동안에 눈덩이와 같이 뭉쳐져
큰 죄로 변한다.

__레프 니콜라예비치 톨스토이

추위에 떨어본 사람만이 태양의 따스함을 진실로 느낀다.
굶주림에 시달린 사람만이 쌀 한 톨의 귀중함을 절실하게 안다.
그리고 인생의 고민을 겪어본 사람만이
생명의 존귀함을 알 수 있다.
__월트 휘트먼

힘으로 이길 수 없다

나무와 풀을 보라.
생명이 있을 때는 부드럽고 약하지만
죽으면 마르고 굳어진다.

이 세상 모든 것이 이와 같다.

부드럽고 약한 것은 생명의 특징이다.
강하다고 승리자가 될 수 없다.

힘으로
부드럽고 연한 것을 이길 수 없기 때문이다.

__노자

같은 물건을 오래도록 바라보면 눈이 흐려져
결국에는 아무것도 보이지 않게 된다.
그와 마찬가지로 한 가지 일만 계속해서 생각하면
오히려 이해하기 어려운 경우가 있다.
때문에 우리는 틈틈이 쉬어갈 필요가 있다.
__아르투어 쇼펜하우어

마음의 눈을 떠라

비록 환경이 어둡고 괴롭더라도
항상 마음의 눈을 크게 떠라.

마음이 좁으면
하는 일도 좁아지는 법이다.

행동은 마음의 그림자이다.
마음속에 성의가 없는데
겉으로 성의 있게 보이기는 어렵다.

늘 진실된 마음을 가져야 한다.

__태공망 강상

사람은 자신이 생각하는 모습대로 되는 것이다.
지금 자신의 모습은 자신의 생각에서 비롯된 것이다.
내일 다른 위치에 있고자 한다면
자신의 생각을 바꾸면 된다.
__데이비드 리버만

마음의 참모습

고요한 곳에서
고요한 마음을 지키는 것은
참다운 고요함이 아니다.

소란한 가운데서
고요함을 지켜야만
심성의 참 경지를 얻으리라.

즐거운 가운데서
즐거운 마음을 지니는 것은
참다운 즐거움이 아니다.

괴로운 곳에서
즐거운 마음을 얻어야만
마음의 참모습을 볼 것이다.

_명심보감

이상적인 환경이 아니라고 불평하지 말라.
아담은 에덴동산에서도 타락했음을 기억하라.
_해노버

시간표가 없는 버스 정류장

성공이라는 것은 시간표가 없는
버스 정류장에서 버스를 기다리는 것이다.
언젠가 올 것이라는 기대를 가지고
참을성 있게 기다려도
버스가 온다는 보장은 어디에도 없다.

어쩌면 노선이 폐지되었을지도 모르는
불안감이 마음속에 솟아오르기 시작한다.
그러면 대부분의 사람들은 기다리는 것을 포기하고
성공이라는 버스가 오는 정류장을 떠나버린다.

그러나 참을성 있게 기다리면
반드시 성공이라는 버스는 온다.
성공을 붙잡지 못하는 사람이 가지지 못한 것은
재능이 아니라 인내력인 것이다.

__고다마 미쓰오

14

가장 중요한 건 좋은 일이 생길 것이라는 믿음이다.
그러면 위기 속에서도 기회를 찾을 수 있다.
__폴란

게으름의 정체

노력은 항상 이익을 가져다준다.
성공하지 못한 사람들에게는
항상 게으름의 문제가 있다.

노력은 결코 무심하지 않다.
그 만큼의 대가를 반드시 지급해준다.

성공을 보너스로 가져다준다.
비록 성공하지 못했을지라도 깨달음을 준다.

성공하지 못한 사람의 공통점은 게으름에 있다.
게으름은 인간을 패배하게 만드는 주범이다.
성공하려거든 먼저 게으름을 극복해야 한다.

_A. 카뮈

환경은 약한 자를 지배하지만
현명한 사람에게는 목적을 달성하는 수단도 된다.
_프란시스 베이컨

좋 은 글 대 사 전

가족 • 결혼 • 친구

자기를 낮추는 미덕

한 집안에서 두 사람이
서로 자기 주장이 옳다고 다투면
집안이 시끄러워지고 파탄에 이를 수도 있다.

그러나 그중 누구 한 사람이라도
먼저 한 발 물러서서 생각한다면
극단의 상황을 막을 수 있다.

자신을 낮추는 미덕,
사과의 말 한마디로
서로가 큰 기쁨을 나눠 가질 수 있는 것이다.

_뤼신우

네가 평생을 바친 것이
무너지는 것을 보고도 낡은 연장을 집어 들고
다시 세우려는 의지가 있다면
너는 어른이 되었다고 할 수 있다.
_키플링

모든 인간은
하나의 가족이다

모든 인간은 하나의 가족이다.
즉, 우리 모두는 하나의 근원과
자연에 속하는 것이다.

인간은 모두 하나의 빛 속에서 태어나
하나의 중심, 하나의 행복을 추구한다.

이 위대한 진리는
모든 인류의 마음속에 새겨진
가장 강력한 본능이다.

__체이닝

15

돈 빌려 달라는 것을 거절함으로써
친구를 잃는 일은 적지만
반대로 돈을 빌려줌으로써
도리어 친구를 잃는 일은 많다.

__쇼펜하우어

참된 효의 조건

자식이 부모를 모실 때는 무엇보다
부모의 마음을 살피는 것이 가장 중요하며,
그다음이 부모의 몸을 보살펴드리는 것이다.

몸만 보살펴드리고
마음은 보살펴드리지 않는 것은
최대의 불효다.

그러나 그보다 더 나쁜 불효가 있다.
이는 겉으로만 그러는 척 꾸밀 뿐
부모의 몸조차 보살펴드리지 않는 것이다.

__뤼신우

형제는 수족과 같고 부부는 의복과 같다.
의복이 떨어졌을 때에는
새 것으로 갈아입을 수 있지만
수족이 잘리면 잇기가 어렵다.
__장자

행복한 가정이란

가정을 이루는 것은
의자와 책상과 소파가 아니라
그 소파에 앉은 어머니의 미소입니다.

가정을 이룬다는 것은
푸른 잔디와 화초가 아니라
그 잔디에서 터지는 아이들의 웃음소리입니다.

가정을 이루는 것은
자동차나 식구가 드나드는 장소가 아니라
사랑을 주려고 그 문턱으로 들어오는
아빠의 설레이는 모습입니다.

가정을 이루는 것은
부엌과 꽃이 있는 식탁이 아니라
정성과 사랑으로 터질 듯한 엄마의 모습입니다.

가정을 이루는 것은
자고, 깨고, 나가고, 들어오는 것이 아니라
애정의 속삭임과 이해의 만남입니다.

행복한 가정은 사랑이 충만한 곳입니다.
바다와 같이 넓은 아빠의 사랑과
땅처럼 다 품어내는 엄마의 사랑이 있는 곳

거기는 비난보다는 용서가
주장보다는 이해와 관용이 우선되며
항상 웃음이 있는 동산이 가정입니다.

가정이란
아기의 울음소리와 어머니의 노래가 들리는 곳
가정이란
따뜻한 심장과 행복한 눈동자가 마주치는 곳,

가정이란
서로의 성실함과 우정과 도움이 만나는 곳,
가정은 어린이들의 첫 교육의 장소이며
거기서 자녀들은 무엇이 바르고
무엇이 사랑인지를 배웁니다.

상처와 아픔은 가정에서 싸 매지고
슬픔은 나눠지고, 기쁨은 배가되며
어버이가 존경받는 곳,

왕궁도 부럽지 않고
돈도 그다지 위세를 못 부리는
그렇게 좋은 곳이 가정입니다.

__지식in

> 딸은 시집을 가도 딸이지만
> 아들은 그가 장가갈 때까지만 아들이다.
> __크레이크

자존심과 고집의 바람

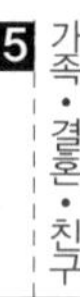

사막의 모래에서
차가 빠져 나오는 방법은
타이어의 바람을 빼는 일이다.

공기를 빼면 타이어가 평평해져
바퀴 표면이 넓어지기 때문에
모래 구덩이에서 빠져 나올 수 있다.

부부가 갈등의
모래사막에 빠져 헤맬 때
자존심과 자신의 고집이라는
바람을 빼는 일이다.
그러면 둘 다 살 수 있다.

__지식in

가족이 하늘이 맺어준 인연이라면
친구는 내가 선택한 가족이다.
__미상

실과 바늘의 조화

부부란
실과 바늘의 조화.
바늘이 너무 빨리 가면 실이 끊어지고,
바늘이 너무 느리면 실은 엉키고 만다.

그렇다고 바늘대신 실을 잡아당기면
실과 바늘은 따로 놀게 된다.

실과 바늘은
자신의 역할을 바꿀 수도 없고,
바꾸어서도 안 된다.
실과 바늘의 조화,
여기에 부부화합의 비밀이 있다.

__지식in

인간이 입술에 올릴 수 있는
가장 아름다운 단어는 '어머니' 이고
가장 아름다운 부름은 '우리 엄마' 이다.
어머니는 모든 것이다.

__수헤일 부쉬루이

가족을 위한 기도

나보다 가족을 먼저 생각하는 여유를 주시고
서로를 아끼고 사랑하며 믿음으로
하나 되게 하소서.

물질적인 풍요보다 마음의 풍요가
소중함을 느끼게 하시고
이기적인 마음 때문에
서로에게 고통을 주지 않도록 하소서.

없는 것에 대해 불평하기보다
저희에게 주신 것에 대해 감사할 줄 아는
여유와 은총을 주소서.

교만으로부터 오는
자존심과 허영심을 모두 버리고
겸손함과 정직함으로 살아가도록 하소서.

작은 지식으로
다른 사람을 판단하지 않도록 하시고
모든 사람을 존중할 수 있는 겸허함을 주소서.

저를 위하여 다른 사람들이 있기를 바라기보다
다른 사람들을 위해 내가 존재하는
기쁨을 느끼도록 하소서.

서로를 믿고 사랑하며
사랑 안에서 모두가 함께 할 수 있도록 하소서.

삶이 힘들고 괴로울지라도
주어진 삶을 기쁨으로 맞이할 수 있는
용기와 믿음을 주소서.

실수를 하거나 잘못을 하였을 때
욕하고 비난하기보다 용서하고 격려하며
포용할 수 있는 넓고 깊은 마음을 갖도록 하소서.

노력 없이 결과를 기대하지 않도록 하시고
성실과 정직으로 모든 일에 임하도록 하소서.

다른 사람에게 보여주기 위해
열 가지의 일을 하기보다 보이지 않는
진정한 하나의 일을 즐겁게 할 수 있게 하소서.

미미한 나의 능력과 지혜가
나만을 위한 것이 아니고
너와 나 우리 모두를 위해 주신 것임을
잊지 않도록 하소서.

서로를 이해하고 용서하며
기쁨과 즐거움이 함께 하는
열린 가족이 되게 하소서.

__심재학

세 가지의 눈

우리에게는 세 가지 눈이 필요합니다.

첫 번째는 자기를 보는 눈입니다.
'나는 지금 무엇을 원하고 있는가? 내게 진정으로 필요한 것은 무엇인가?'를 정확하게 볼 수 있는 눈이 있어야 합니다.

두 번째는 남을 보는 눈입니다.
다른 사람이 내게 무엇을 기대하고 있는가를 알고, 자신의 중심을 잃지 않으면서 그들과 조화를 이루어나갈 때 건강한 인간관계가 형성됩니다.

세 번째는 세상을 보는 눈입니다.
'이 세상은 지금 어떻게 변해가고 있는가?'
'나는 이 세상을 위해서 무엇을 할 수 있는가?'를 보는 눈입니다.

개인이 속해 있는 사회 전체가 성장하지 않는 한 개인의 성장은 한계가 있습니다.

먼저 나를 보고, 그 다음 다른 사람들을 보고, 더 나아가서 자신이 속한 사회 전체를 바라볼 수 있는 눈을 가질 때 모든 것을 긍정적으로 변화시킬 수 있는 의지와 힘을 기를 수 있으며 이상과 현실이 조화를 이루는 삶을 살 수 있습니다.

_지식in

나를 안다는 것

내가 나를 알아야 합니다.
그러기 위해서는 여러 방면으로 한 치의 거짓 없이
스스로를 평가해 보아야 합니다.
내가 나를 바르게 평가할 때
비로소 남을 바르게 평가할 수 있습니다.

나를 알고 남을 알면 만사에 무리가 없습니다.
이렇게 되면 무슨 일이든지 조화롭게 할 수 있습니다.
남을 알기를 잘하는 사람도 자기를 알지 못해서
일에 실패하는 경우가 종종 있습니다.

일이 순리에 따르지 못하고
조화를 이루지 못하는 것은
내가 나를 알지 못하기 때문입니다.
비록 자기가 자기를 알더라도
왜곡된 평가를 내려서는 안 됩니다.
용서 없이 바른 평가를 내려야 하는 것입니다.

다른 어떤 일을 하기 전에
먼저 내가 나를 알 수 있는 길을 찾으십시오.
맹목적으로 세상의 여러 길을 활보하지 말고,
나는 누구인가에 대한 해답을 먼저 찾으시길 바랍니다.

__지식in

배우자에 대한 의무

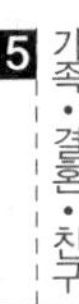

부부는 신뢰와 사랑을 바탕으로
서로에게 일정의 의무를 지켜야 한다.
하지만 누군가는 배우자에 대한
의무를 저버리거나 책임감을 피해
멀리 떠나버리기도 한다.

비애를 피해 비겁하게 달아나는 사람은
그곳에서 오히려 더 큰 비애를 맛보게 되는 법이다.

사랑으로 지켜야 할 의무를
모두 상실해버린 후에
맞닥뜨리게 될 엄청난 대가는
감당할 수 없을 만큼 클 것이다.

_조지 엘리엇

15

자녀에게 줄 수 있는 최선의 유산은
혼자 힘으로 제 길을 갈 수 있도록 해 주는 것이다.
_던컨

먼저 가르쳐야 할 것

나는 내 아이에게
나무를 껴안고 동물과 대화하는 법을
먼저 가르치리라.

숫자 계산이나 맞춤법보다는
첫 목련의 기쁨과 나비의 이름들을
먼저 가르치리라.

나는 내 아이에게
성경이나 불경보다는
자연의 책에서 더 많이 배우게 하리라.
한 마리 자벌레의 설교에 더 귀 기울이게 하리라.

지식에 기대기 전에
맨발로 흙을 딛고 서는 법을 알게 하리라.
아, 나는 인위적인 세상에서 배운 것도
내 아이에게 가르치지 않으리라.

그리고 언제까지나 그를 내 아이가 아닌
더 큰 자연의 아이라고 생각하리라.

_조안 던컨 올리버

양보에 대하여

머리가 둘 달린 백조의 이야기가 있다.
그 백조는 머리가 하나뿐인 백조들보다 훨씬 빨리 모이를 먹을 수 있다.

어느 날 두 머리 사이에 어떤 머리가 더 빨리 먹고
또 어떤 머리가 더 늦게 먹는지를 놓고 말다툼이 일어났다.
심한 말다툼이 오고간 뒤, 둘 사이에는 미움이 싹트기 시작했다.

한쪽 머리가 독있는 딸기를 따면서

"나는 너하고는 살 수가 없어."하고 내뱉었다.

다른 쪽 머리가 말했다.

"잠깐, 먹지마! 네가 그걸 먹으면 나도 죽는단 말이야."

그러나 한쪽 머리는 어찌나 화가 났던지
그 말에 아랑곳하지 않고 독이든 딸기를 삼켜버렸다.
그리하여 머리 둘 달린 백조는 죽어 버렸다.

가정생활을 꾸려나가는 사람 중 대부분이 이런 싸움을 하다가
서로 간에 조금씩 양보를 하면서 살아가면 될 것을 결국은 헤어지고 만다.

_바바하리다스

당신의 소유물이 아니다 ❖

당신의 아이는 당신의 아이가 아니다.
그들은 그 자체를 갈망하는 생명의 아들딸이다.
그들은 당신을 통해서 온 것이지
당신으로부터 온 것이 아니다.
그리고 그들은 당신과 함께 있지만
당신의 소유물이 아니다.

당신은 그들에게 사랑은 주어도 좋지만
당신의 생각을 주어서는 안 된다.
당신은 그들의 육체를 집에 두어도 좋지만
정신을 가두어서는 안 된다.

그들의 정신은 당신이 방문할 수 없는
내일의 집에 살지
당신의 속에 사는 것이 아니기 때문이다.

당신은 그들을 좋아하기 위해서 애써도 좋지만
그들이 당신을 좋아하도록 요구해서도 안 된다.

_칼릴 지브란

가장 좋은 친구

최상의 친구가 될 수 있는
가장 적합한 거리를 찾아내라.

친구 관계를 유지하는 데에도 센스가 필요하다.
어떤 사람은 멀리 있는 게 좋고,
어떤 사람은 가까이 있는 게 좋다.
또 어떤 사람은 대화보다
편지를 주고받는 게 더 적합할 때가 있다.

거리를 두고 떨어져 있으면
가까이 지내면서 참아내기 힘든
서로의 결함에 대해 너그러워질 수 있기 때문이다.

친구와는 즐거움을 나누는 것뿐만 아니라
서로에게 최상의 친구가 될 수 있는
가장 적합한 관계를 유지할 줄도 알아야 한다.

모름지기 친구란 우애, 사랑, 진실,
이 세 가지 속성을 지닌 사람이어야 하는데,
그것은 친구가 우리의 삶에서
그 무엇보다 소중한 존재이기 때문이다.

좋은 친구가 되기에 적합한 사람은 드물며
분별력이 없는 사람은

그런 친구를 만나기가 더욱 어려운 법이다.

현재의 우정을 지키는 것은
친구를 새로 사귀는 것보다 더 소중한 일이다.
오래갈 수 있는 친구를 찾으라.
새로 사귄 친구도 앞으로
오랜 친구가 될 수 있다는 마음으로 다가가라.

가장 좋은 친구는 신랄한 조언도
주저하지 않는 사람들이다.
이와 같은 참된 우정은
기쁨을 두 배로 키우고 슬픔을 반으로 나누며,
이는 불행을 견뎌내는 유일한 방법이자
영혼의 자유로운 호흡과도 같다.

__발타자르 그라시안

남편이 그 아내를 택하는 것이 아니라
아내가 그 남편을 택하는 것이다.
앞으로 태어날 아이들을 위해서
좋은 아버지를 택하려면,
여성은 먼저 선과 악을 구분하는 능력을
갖추지 않으면 안 된다.
__톨스토이

친구를 가져라

한 사람의 인생에서 친구는
'제2의 삶' 이라 할 수 있다.
그리고 그 어떤 친구라도
얼마간은 서로에게 도움이 된다.

친구들과 함께하면
그 어떤 일이라도 흥미롭게 느껴지고,
누구와 사귀든 그 나름의 가치가 있다.

다른 사람들이 당신과
친구가 되길 원하도록 하기 위해서는
먼저 그들의 마음을 얻어야 한다.
그럴 때 먼저
호의를 베푸는 것만큼 강력한 방법은 없다.

호의를 갖고 다가가
스스로 그의 친구가 되는 것이
친구를 얻는 최고의 방법이다.
매일 더 많은 친구를 사귀어라.
그들은 당신의 성장을 이끌어주고
당신의 본모습을 발견하게 할 것이다.

_발타자르 그라시안

친구와 함께 중용의 길을 걸어라

교제는 인간의 성장에
확실한 효과와 영향력을 불러온다.
서로의 관습과 취향을 나누는 사이에서는
서로의 의견이나 사상까지도 주고받게 되기 때문이다.

때문에 명민한 사람은
자기보다 나은 사람을 가까이하고
의견을 주고받으며
어색함 없이 친밀한 분위기를 만들어낸다.

이렇게 서로 다른 것,
대립되는 것들의 교류와 상호작용 속에서
세상은 더 크고 아름다운 조화를 이루어낸다.

친구를 선택할 때는
이와 같은 지혜를 염두에 두고
신중히 다가가라.
상호 대립되는 것을 적절히 결합할 때
우리는 비로소 지혜로운 중용의 길을 걸을 수 있다.

_발타자르 그라시안

친구는 스스로 선택하라

대부분의 친구는 우연의 장소에서
생각지도 못한 시간에 생긴다.
분별력을 갖고 친구를 선택하라.
단지 끌리는 마음보다는
통찰력에 근거해서 선택하는 것이 좋다.

사람은 그가 사귀는 친구에 따라 평가되기 때문이다.
어떤 사람에 끌린다는 이유만으로
절친한 친구 관계가 되는 것은 아니다.
이는 그 사람의 능력을 신뢰해서라기보다는
그와 즐거움을 나누는 사이에 생겨난
호감에 불과할 수 있다.

진실한 우정과 진실하지 못한 우정이 있다.
후자는 오락에서,
전자는 훌륭한 생각과 행동의 결실에서 온다.

진실한 친구 한 사람의 건실한 통찰이
다른 많은 이들의 호의보다 더 유용한 법이다.
그러니 우연에 맡기지 말고
직접 나서서 친구를 선택하라.

_발타자르 그라시안

가정의 규범

집안사람의 허물이 있거든
지나치게 화내지는 말 것이되
가볍게 여기지 말고,

그 일을 말하기 어려우면
다른 일을 비유하여 은근히 깨우치게 하라.

오늘에 깨우치게 못하거든
내일을 기다려 다시 경계하라.

봄바람이 언 것을 풀 듯
화기가 얼음을 녹이듯 하라.
이것이 바로 가정의 규범이다.

_채근담

친구란 내 부름에 대한 메아리이다.
좋은 친구를 만나고 싶거든
내가 먼저 좋은 친구가 되어야 한다.
_법정

좋은 친구

친구사이의 만남에는
서로의 메아리를 주고받을 수 있어야 한다.
너무 자주 만나게 되면 상호간의 그 무게를
축적할 시간적인 여유가 없다.
멀리 떨어져 있으면서도 마음의 그림자처럼
함께 할 수 있는 그런 사이가 좋은 친구일 것이다.

만남에는 그리움이 따라야 한다.
그리움이 따르지 않는 만남은
이내 시들해지기 마련이다.
진정한 만남은 상호간의 눈뜸이다.
영혼의 진동이 없으면 그건 만남이 아니라
한 때의 마주침이다.
그런 만남을 위해서는
자기 자신을 끝없이 가꾸고 다스려야 한다.

좋은 친구를 만나려면 먼저 나 자신이
좋은 친구감이 되어야 한다.
왜냐하면 친구란 내 부름에 대한 응답이기 때문이다.
끼리끼리 어울린다는 말도 여기에 근거를 두고 있다.
이런 시구가 있다.
'사람이 하늘처럼 맑아 보일 때가 있다'

〈그때 나는 그 사람에게서 하늘 냄새를 맡는다. 사람한테서 하늘 냄새를 맡아 본 적

이 있는가. 스스로 하늘 냄새를 지닌 사람만이 그런 냄새를 맡을 수 있을 것이다.〉

혹시 이런 경험은 없는가.
텃밭에서 이슬이 내려앉은 애 호박을 보았을 때
친구한테 따서 보내주고 싶은 그런 생각 말이다.

혹은 들길이나 산길을 거닐다가
청초하게 피어있는 들꽃과 마주쳤을 때
그 아름다움의 설레임을
친구에게 전해 주고 싶은 그런 경험은 없는가.
이런 마음을 지닌 사람은 멀리 떨어져 있어도
영혼의 그림자처럼
함께 할 수 있어서 좋은 친구일 것이다.

좋은 친구는 인생에서 가장 큰 보배이다.
친구를 통해서 삶의 바탕을 가꾸라.

__법정

어머니는
물고기를 먹는 방법을 알려주는 존재이고,
아버지는
물고기를 잡는 방법을 알려주는 존재이다.
어머니는 항상 지는 것이
자신의 행복으로 여기는 존재이며,
아버지는 울 곳이 없어 슬픈 존재이다.
__지식in

내 사람이기 때문에……

사람이 산다는 것은 어디까지나 '함께' 일 때
비로소 의미가 있는 것이지 싶다.
우리 삶의 모든 기쁨과 슬픔도
결국은 사람에서 기인하기 때문이다.
그러기에 사람이 아닌 다른 모든 것들은
중심이 아닌 조건들에 불과하다.

문득 주위를 돌아보면,
개개인은 모두가 소중하지만
우리들의 관계는
얼마나 메말라가고 있는지 모른다.
인생을 살면서 잊지 않아야 할
한 가지 사실은
사람을 소중히 하고 귀하게 여기는 마음이리라.

__장성숙

물이 너무 맑으면 물고기가 없고,
사람이 너무 살피면 친구가 없는 법이다.
__명심보감

두 영혼에 깃든 하나의 신체

○○를 갖는다는 것은
또 하나의 인생을 갖는 것이다.

좋은 ○○가 생기기를 기다리는 것보다
스스로가 누군가의 ○○가 됐을 때 행복하다.

진실한 ○○는 천 명의 적이 우리를 불행하게 만드는
그 힘 이상으로 우리를 행복하게 만든다.

이처럼 멋진 표현의 ○○에 들어갈 말은 무엇일까요?
바로 '친구' 입니다.
친구는 기쁨은 배로 키워주고 슬픔은 반으로 줄여주는
두 영혼에 깃든 하나의 신체입니다.

이번 주말, 그런 친구에게 전화라도 걸어
"내 친구가 돼 줘 고맙다."는 말 한마디
건네 보는 것은 어떨까요?

_지식in

행복의 꽃

결혼 생활의 파탄은
조그마한 씀씀이를 잊어버린 데서 일어나기 쉽다.
결혼이라고 하는 행복의 꽃에는
언제나 부드러운 애정을 계속 쏟아야 한다.

따뜻한 인정의 빛을 내리쬐어 줌으로써
그 꽃잎을 활짝 피게 해주며 아무런 것에도
흔들리지 않는 신뢰의 철벽으로 지켜주어야 한다.

이렇게 하여 성장한 행복의 꽃은
인생의 모든 신기에 향기로운 꽃을 피우며
노년의 쓸쓸함조차도
감미로운 맛으로 감싸게 하는 것이다.

__토머스 스프랏

부모들이 우리의 어린 시절을 꾸며 주셨으니
우리는 그들의 말년을 아름답게 꾸며 드려야만 한다.
__생텍쥐페리

세 종류의 친구

나의 친구는 세 종류가 있다.

나를 사랑하는 사람,
나를 미워하는 사람,
그리고 나에게 무관심한 사람이다.

나를 사랑하는 사람은
나에게 유순함을 가르치고,
나를 미워하는 사람은
나에게 조심성을 가르쳐 준다.
그리고 나에게 무관심한 사람은
나에게 자립심을 가르쳐 준다.

__J. E. 딩거

> 나무가 고요하고자 하나 바람이 멈추지 않고
> 자식이 효도하고자 하나 어버이가 기다리지 않는다.
> __한시외전

형제의 인연

아무리 먼 거리에 있더라도
형제의 인연은
그 누구도 끊을 수 없다.

형제는 영원한 형제인 것이다.
어떠한 분노라든가 냉정함도
형제의 끈을 자를 수는 없다.

그러므로 형제는 항상 정으로 맺어져 있는 것이다.

_존 키블

빈곤이 문간에서 집 안으로 스며들어 오면
거짓 우정은 곧 창문으로 달아나 버린다.
_빌헬름 뮐러

육체나 정신의 조건

남자의 육체건 여자의 육체건
사람이 사람의 육체를 사고 팔수는 없다.
더욱이 그들의 영혼을 매매할 수는 없다.

또 그와 마찬가지로
땅, 물, 공기를 매매할 수는 없다.

인간의 육체나 정신을 유지해나가는 데 있어
이러한 것들은 없어선 안 될 조건이기 때문이다.

_러스킨

남녀 간의 사랑은
아침 그림자와 같이 점점 작아지지만
우정은 저녁나절의 그림자와 같이
인생의 태양이 가라앉을 때까지 계속된다.
_베벨

여자가 할 수 없는 일

세상의 모든 여자들이여,
아직 결혼하지 않은 동안에,
아직 아이를 낳지 않은 동안에,
남자가 하는 일은 무엇이든 해도 좋다.

그러나 아무도 그대들을 대신해서
할 수 없는 일이 있음을 알라.

그것은 아이를 낳는 일과 기르는 일이다.

_톨스토이

부모란 아이들이라는 화살을 쏘기 위해
있어야 하는 활과 같다.
활이 잘 지탱해 주어야만 화살이 멀리,
정확히 날아갈 수 있는 법이다.
_칼릴 지브란

어머니와의 관계

어머니를 사랑하는 사람은
다른 사람을 사랑할 수 있다.

어머니를 존경하는 사람은
다른 사람을 존경할 수 있다.

어머니의 은혜를 아는 사람은
남들의 도움을 고마워할 수 있다.

어머니와의 관계는
세상 모든 사람과의 관계를
시작하는 출발이기 때문이다.

__김홍식

세상에는 여러 가지 기쁨이 있지만
그 가운데 가장 빛나는 기쁨은
어머니의 웃음이다.
__케스탈로치

연인 같은 친구

나이 든 것을 부끄러워하지 않아도 될 그런 친구 하나 갖고 싶다!

비슷한 시대에 태어나 애창곡을 따라 부를 수 있는 그런 사람을!
팔짱을 끼고 걸어도 시선을 끌지 않을
엇비슷한 모습의 그런 친구 하나 갖고 싶다!

함께 여행하며 긴 이야기로 밤을 지새워도 지루하지 않을 그런 사람을!
아내나 남편 이야기도 편히 나눌 수 있는 친구 같은 사람!

설레임을 느끼게 하면서도 자제할 줄 아는 사람
열심히 살면서 비울 줄도 아는 사람!
어제에 연연하지 않고 오늘을 아름답게 살 줄 아는 사람!

세상을 고운 시선으로 바라 볼 줄 아는 사람이면 더욱 좋으리!

그런 사람 하나 있다면 혹시 헤어진다 해도 먼 훗날!
노인정에서 다시 만나자고 웃으면서 말 할 수 있는 그런 사람 하나 있다면!
어깨동무하며 함께 가고 싶다.

내 남은 인생의 세월을 나눌 수 있는
연인 같은 친구가 그립다!

_좋은글

신이 내게 내린 축복

인생의 고비가 닥칠 때마다
어머니만큼
나를 인정하고 믿어주셨던 사람은 없다.

그런 어머니가 없었다면
나는 결코 지금과 같은
발명가로서의 삶을 살 수 없었을 것이다.

어머니가 내게 보여준 헌신적인 사랑은
신이 내게 내린 축복이나 다름없다.

__에디슨

부부는 전생에 원수지간이라,
서로 사랑하며 살라하여 엮어졌고,
부모와 자식 간은
자식에게 전생에 빚진 게 많아서
아낌없이 갚으려 보내졌으니
아낌없이 베풀어 주세요.
__미상

아버지도 인간이다

아버지가 신이 아니라
나와 똑같은 인간임을 알았을 때,
그 감동을 잊을 수 없다.

산에 오를 때보다
약해진 모습으로 내려오는
아버지를 보고 나는 약한 모습을 지닌
아버지 그 자체를 사랑하게 되었다.

__로빈 윌리암스

서로에게 지나치게 매달린다면
우정과 사랑이 발전할 수 없다.
사랑과 우정에는
서로를 향해 다가가면서도 떨어져 있을 수 있는
다정하고 편안한 공간이 있어야 한다.
__헨리 나우웬

소중한 친구에게 주고 싶은 글

친구라는 말 보다 아름다운 것은 없습니다.
우정보다 소중한 것도 없습니다.

나는, 당신에게 아름다운 친구
소중한 우정이길 바랍니다.

가끔,
사랑이란 말이 오고가도 아무 부담 없는 친구,
혼자 울고 있을 때 아무 말 없이 다가와
"힘내"라고 말해줄 수 있는 당신은 바로 내 친구이기 때문입니다.

나, 역시 당신의 어떤 마음도
행복으로 받아들일 수 있는 친구이고 싶습니다.

함께 있지 않아도, 보이지 않는 곳에서 서로를 걱정하고
칭찬하는 그런 친구이고 싶습니다.

주위에 아무도 없어도 당신이 있으면
당신도 내가 있으면 만족하는 그런 친구이고 싶습니다.

당신에게 행복이 없다면 그 행복을 찾아줄 수 있고,
당신에게 어둠이 있다면 그 어둠을 걷어줄 수 있는
친구이고 싶습니다.

각자의 만족보다는 서로의 만족에,
더 즐거워하는 그런 친구이고 싶습니다.

사랑 보다는 우정, 우정보다는 진실이란 말이
더 잘 어울리는 친구이고 싶습니다.

고맙다는 말 대신 아무 말 없이 미소로 답할 수 있고
둘 보다는 하나라는 말이 더 잘 어울리며,
상대보다 미안하다는 말을 먼저 할 수 있는
그런 친구이고 싶습니다.

아무 말이 없어도 같은 것을 느끼고,
나를 속인다 해도 전혀 미움이 없으며,
당신의 나쁜 점을 덜어줄 수 있는
그런 친구이고 싶습니다.

잠시의 행복이나 웃음보다는 가슴깊이 남을 수 있는 행복이 더 소중한
그런 친구이고 싶습니다.

그냥, 지나가는 친구보다는 늘 함께 있을 수 있는,
나지막한 목소리에도 용기를 얻을 수 있는,
아낌의 소중함보다 믿음의 소중함을 더 중요시 하는,
먼 곳에서도 서로를 믿고 생각하는
친구이고 싶습니다.

당신보다 더 소중한 친구는 아무도 없습니다.
소중한 우정과 사랑을 위해.

__좋은글

결혼은 장거리 경주다

결혼이란
인생에 있어 가장 아름답고,
인간을 향한 끝없이 경건한 투신이지만
그것은 동시에 가장 인내와 희생을 요구하는
장거리 경주이다.

독립성 중심의 남자에게는 인정과 신뢰를
친밀성 중심의 여자에게는
관심과 이해를 줄 필요가 있다.

_송봉모

일 때문에 아이가 참가하는
운동경기나 학예회를 놓쳤어도
겨우 1년 후에는
그 일이 무엇이었는지조차 잊어버린다.
그러나 아이는
내가 그곳에 오지 않았다는 것을
영원히 잊지 못한다.
_로렐 커틀러

당신보다
더 소중한 친구는 없습니다

고맙다는 말 대신 아무 말 없이 미소로 답할 수 있고
둘보다는 하나라는 말이 더 잘 어울리며,
당신보다 미안하다는 말을 먼저 할 수 있는
그런 친구이고 싶습니다.

아무 말이 없어도 같은 것을 느끼고
나를 속인다 해도 전혀 미움이 없으며
당신의 나쁜 점을 덜어줄 수 있는
그런 친구이고 싶습니다.

잠시의 행복이나 웃음보다는
가슴깊이 남을 수 있는 행복이
더 소중한 친구이고 싶습니다.

그냥 지나가는 친구보다는
늘 함께 있을 수 있는 나지막한 목소리에도 용기를 얻을 수 있는
아낌의 소중함보다 믿음의 소중함을 더 중요시하는
먼 곳에서도 서로를 믿고 생각하는 친구이고 싶습니다.

당신보다 더 소중한 친구는 아무도 없습니다.
소중한 우정과 사랑을 위해.

__좋은글

우정은 이해이며
사랑은 느낌이다

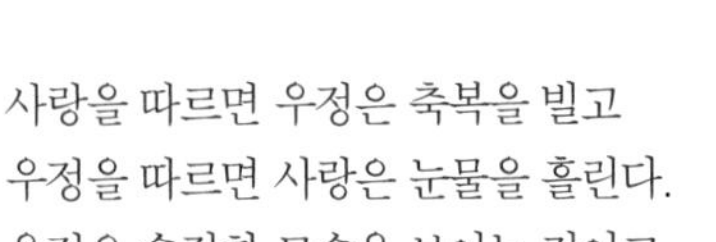

사랑을 따르면 우정은 축복을 빌고
우정을 따르면 사랑은 눈물을 흘린다.
우정은 솔직한 모습을 보이는 것이고
사랑은 꾸미면서 보여주고 싶은 것이다.

사랑은 눈물짓게 하는 것이고
우정은 웃음짓게 하는 것이다.
우정은 무얼할까 같이 찾는 것이고
사랑은 조용히 곁에 머무르는 것이다.

사랑은 언제 떠날지 불안한 것이며
우정은 항상 옆에 있는 것이다.
우정은 좋아한다고 표현할 수 있지만,
사랑은 사랑한다고 표현하기 어려운 것이다.

우정은 서로의 생각을 나누는 것이며
사랑은 혼자 속으로만 끙끙 앓는 것이다.
우정은 만나고 싶을 때 부르는 것이고
사랑은 얼굴 한 번 보기 위해 몇 시간을 기다리는 것이다.

우정은 편하게 만나서 아무 생각 없이 얘기하지만
사랑은 어렵게 만나서 고르고 고른 단어로 얘기하는 것이다.
우정은 뒤통수치면서 장난치는 것이고

사랑은 멀리서 슬쩍 보는 것이다.
우정은 주고받는 것이지만 사랑은 주는 것이다.

우정은 언제나 느낌표이지만,
사랑은 언제나 물음표이다.
우정은 같이 걸어가는 것이고
사랑은 같이 걸어가는 걸 꿈꾸는 것이다.

우정은 어려울 때 알게 되고
사랑은 아침에 눈뜰 때 알게 된다.
우정은 여러 명과도 같이 하지만
사랑은 오직 한 사람과 같이 만들어 가는 것이다.

우정은 화를 내다가도 화해하는 것이고
사랑은 화내는 모습까지도 귀엽다고 하는 것이다.
우정은 같이 있을 때 즐거운 것이지만
사랑은 잠깐의 스침에도 며칠 간 마음 졸이는 것이다.

우정은 목욕탕에서 등 밀어주는 것이지만
사랑은 손 한 번 잡는 것에도 가슴이 요동치는 것이다.
우정은 쉽게 빨리 이뤄져도 오래가지만
사랑은 오랜 기간 어렵게 이뤄져도 항상 위태롭다.

도움을 줄 때 우정은 친구를 위해 희생하는 것이지만
사랑은 도움을 줄 수 있다는 것만으로도 기쁜 것이다.

죽음 앞에서 우정은 추억을 떠올리는 것이며
사랑은 삶의 의미가 사라지는 것이다.

__좋은글

길이 멀어도 찾아갈 벗이 있다면

길이 멀어도 찾아갈 벗이 있다면
얼마나 좋으랴.

문득 만나고픔에 기별 없이 찾아가도 가슴을
가득 채우는 정겨움으로 맞이해주고,
이런저런 사는 속내를 밤새워 나눌 수 있다면
정말 행복한 인생이지 않겠는가.

부부간이라도 살다 보면 털어놓을 수
없는 일이 있고 피를 나눈 형제간이라도
말 못할 형편도 있는데, 함께하는 술잔만으로도 속마음이
이미 통하고 무슨 말이 더 필요하랴.

마주함에 내 심정을 벌써 아는 벗이 있었으면 좋겠다.

좋을 때 성할 때 이런저런 친구 많았어도
힘들고 어려우면 등 돌리고 몰라 하는 세상인심인데,
그래도 가슴 한 짐 툭 털어내 놓고 마주하며
세월이 모습을 변하게 할지라도 보고픈 얼굴이 되어
먼 길이지만 찾아갈 벗이라도 있으면 행복하지 않겠는가.

_좋은글

어려울 때 얻는 친구

사람이 살다보면
참으로 어려울 때가 있지요.

그럴 때 우리는 좋은 친구하나 있었으면 하고 생각을 하지요.

그러나 내가 어려울 땐 좋을 때 만나던 친구는 보이지 않는 법입니다.
진정한 우정이 아니기 때문입니다.

친구가 어려움에 처했을 때, 최선의 정성을 다하여
마치 나의 일처럼 돌봐 주는 일, 이것이 바로 진정한 우정입니다.
요즘, 모두들 어렵다고 합니다.

그러나 우리 곁에는 나보다 못한, 정말 끼니를 간신히 이어갈 정도로
소리 없이 울고 있는 불행한 사람이 많습니다.

나이든 나에게도 사업에 실패하고 홀로 외롭게 살아가는
친구가 하나 있습니다.

엊그제 그 친구가 사는 단칸방을 찾아가
친구와 작은 정을 나누고 있었습니다.

그때 빈병이나 헌 신문지 있으면 달라고
할머니가 문을 두드렸습니다.

친구는 "잠깐 계세요." 하더니
몇 개 남은 라면을 몽땅 비닐봉지에 싸서
"이거 빈병이에요." 하면서
할머니에게 드리는 것이었습니다.

꽁꽁 얼은 할머니의 얼굴에서
글썽이는 감사의 눈물을 보았습니다.

고맙다는 인사를 몇 번이나 하고
리어카를 끌고 어데론가 바쁘게 가시는
허리 굽은 그 할머니의 뒷모습…….

당장 자기도 먹을 게 없으면서
자기보다 더 불행한 이를 돕는 친구의 마음,
몇 끼를 굶어도 배부를 것 같은 광경이었습니다.

"이 사람아 다 주어버리면 친구는 어쩌려고……"

"응, 별것도 아닌데, 뭘,
난, 할머니 보다 젊으니까 몇 끼 굶어도 돼.
그리고 친구가 내 옆에 있지 않나.
안 먹어도 든든해……"

한때 넉넉했던 시절,
그렇게 아끼지 않고 베풀던 친구
어쩌다, 이 친구가 이리 되었는지,
나도 넉넉지 못해
이 고운 친구에게 큰 도움을 주지 못합니다.

그러나 친구의 낮은 삶을 보며

부끄러운 마음뿐이었습니다.

그렇습니다.

우리네 세상,
애써, 감추려는 아픔 보다
어루만져야 할 부끄러움이 훨씬 많습니다.

찾아가야 합니다.
찾아가서 따뜻이 어루만져 주는 친구가 되세요.

나의 작은 정성이 그에게 큰 희망이 되고,
나의 작은 위로가
그의 불행을 반으로 줄일 수 있습니다.
남을 도울 때는 기쁜 마음으로 다가가세요.
두 배로 안겨오는 행복을 느끼실 겁니다.

평소, 입장을 바꾸어 생각해 보면
나는 불행하지 않을 거라는 보장이 없는
불안한 이 세상에 살아가면서
진정한 친구하나
곁에 두고 살면 얼마나 든든하겠습니까.

어려울 때 찾아가
손잡아 주는 친구가 진정한 친구입니다.
내가 어려울 때 비로소 진정한 친구를 얻게 됩니다.
따뜻함이 그리운 계절입니다.

__좋은글

세상에서 가장 ……할 때는

세상에서 가장 행복할 때는
친구를 사랑하는 맘이 남아 있을 때이고,

세상에서 가장 울고 싶을 때는
친구가 내 곁을 떠나갈 때입니다.
세상에서 가장 웃고 싶을 때는
친구가 즐거워하는 모습을 볼 때입니다.

세상에서 가장 고마울 때는
친구가 나의 마음을 알아 줄 때이고,
세상에서 가장 편안할 때는
친구가 내 곁에 머물러 있을 때입니다.

세상에서 가장 친근하게 느낄 때는
친구의 손을 꼭 잡고 마주 앉아 있을 때이고,
세상에서 가장 바라고 싶은 것은
친구의 맘속에 내가 영원히 간직되는 것이며,

마지막으로 세상에서 가장 사랑하는 것은 바로
내가 사랑하는 나의 친구
이 글을 읽는 바로 당신입니다.

__지식in

남편이라는 나무

언젠가부터 내 옆에 나무가 생겼습니다.
그 나무 때문에 시야가 가리고
항상 내가 돌봐줘야 하기 때문에
내가 하고 싶은 것을
하지 못할 때도 많이 있습니다.

비록 내가 사랑하는 나무이기는 했지만
내 것을 포기한다는 게
이렇게 힘든 것인 줄 미처 몰랐습니다.

언젠가부터
나는 그런 나무가 싫어지기 시작했습니다.
귀찮고 날 힘들게 하는 나무가
밉기까지 했습니다.
나는 나무를 괴롭히기 시작했고
괜한 짜증과 심술을 부리기 시작했습니다.

내 덕을 많이 보고 있다고 느꼈기에
이 정도의 짜증과 심술은
충분히 참아 낼 수 있고
또 참아내야 한다고 생각했습니다.

나무는 점점 병들어
죽어 가기 시작했습니다.

그러던 어느 날
태풍과 함께 찾아온 거센 바람에
나무는 그만 쓰러지고 말았습니다.
나는 그저 바라만 보았습니다.

어쩌면 나무의 고통스러워함을
즐겼는지도 모릅니다.

그 다음날
뜨거운 태양 아래서
나무가 없어도 충분히 살 수 있다고 여겼던
나의 생각이 틀렸다는 것을 알기까지는
그리 오랜 시간이 필요하지 않았습니다.

이제야 깨달았습니다.
내가
나무를 보살피는 사이에
나무에게 짜증과 심술을 부리는 사이에
나무는 나에게
너무나 소중한 "그늘"이 되었다는 것을.

이제는
쓰러진 나무를 다시금 사랑해 줘야겠습니다.
서로가 서로에게 너무나 필요한 존재임을
새삼 알게 되었습니다.

__좋은글

좋 은 글 대 사 전 Index

ㄱ

ㄴ

Index

ㄷ

Index

ㅁ

ㅂ

ㅅ

Index

ㅇ

Index

ㅈ

Index

Index

Index

ㅊ

ㅋ

ㅌ

ㅍ

ㅎ

공지

이 책에 수록된 모든 글의 저작권은 해당 글의 저자분에게 있음을 표기합니다.
또한 이 책에 수록된 글들 중에서 제목이나 저자명이 실제 제목이나 저자명과 다른 경우도 있을 수 있습니다. 이는 해당 저자분을 찾아 여러 가지로 노력했으나 찾을 수 없는 경우는 부득이 여러 매체에 노출된 대로 기재했음을 명시합니다.
또한 각각의 글에 대한 저자분들의 게재 허락을 득해야 했음에도 불구하고 연락이 되지 않아 부득이 저자분의 허락을 득하지 못하고 수록된 부분들도 있습니다.
이런 글에 해당되는 분은 아래 메일이나 주식회사 북씽크 편집팀으로 연락을 주시면 해당 글의 저자로 입증됨과 동시에 소정의 원고료를 지불하도록 하겠습니다.
다시 한 번 말씀드립니다. 이 책에 수록된 모든 글의 출처와 저자명을 명확히 해야 됨이 옳으나 출처와 저자명이 불분명한 부분은 부득이 최초 게재된 매체의 출처와 저자명을 따라 수록하였음을 밝혀 둡니다.

메일 : bookthink2@naver.com

좋은글 대사전 2ND

2판 1쇄 발행 2015년 12월 10일
엮은이 좋은글연구회, 이민홍 **펴낸곳** 북씽크 **펴낸이** 강나루
주 소 서울시 성동구 행당동 192-29 성동샤르망 1019호 **전 화** 070-7808-5465
등록번호 제206-86-53244
ISBN 978-89-97827-59-6 **이메일** bookthink2@naver.com